De

Van Tom Clancy

De jacht op de Red October
Operatie Rode Storm
Ongelijke strijd
Kardinaal van het Kremlin
De Colombia Connectie
Golf van ontzetting
De meedogenlozen
Ereschuld
Uitstel van executie
Uur van de waarheid
SSN
De beer en de draak
Het rode gevaar
De tanden van de tijger
Op leven en dood
In het vizier
Dubbele dreiging

Woestijnstorm
Slag om Kuweit
Special Forces

Tom Clancy's Power Plays-serie
Tom Clancy's Op-Center-serie
Tom Clancy's Netforce Explorers-serie
Tom Clancy's Net Force-serie

Tom Clancy & Peter Telep

De ogen van de vijand

A.W. Bruna Fictie

Oorspronkelijke titel
Against All Enemies

This edition published by arrangement with G.P. Putnam's Sons, a member of Penguin Group (USA) Inc. Trough Ulf Töregård Agency AB.
Vertaling
Jolanda te Lindert
Omslagbeeld
© Radius Images / Imageselect (boven)
© Stephen Mulcahey / Arcangel / Hollandse Hoogte (onder)
Omslagontwerp
Studio Jan de Boer

ISBN 978 94 005 0287 1
NUR 332

'Wij vinden Al Qaida al erg,
maar zij vallen in het niet bij de kartels.'
- Een anonieme vooraanstaande FBI-agent, El Paso, Texas

'Iedereen heeft een prijs. Je moet er alleen achter zien te komen hoe hoog die is.'
- Pablo Escobar

'In Mexico is de dood heel dichtbij. Dat geldt voor iedereen, dat hoort bij het leven, maar in Mexico ligt de dood overal op de loer.'
- Gael García Bernal

Proloog

Rendez-vous Foxtrot

02.15 uur Arabische Zee
5 mijl ten zuiden van de Indus
Pakistaanse kust

Een verduisterd schip is een verdoemd schip, dacht Moore. Hij stond naast het stuurhuis van de OSA-1 torpedojager *Quwwat*. Dit schip, gebouwd door Karachi Shipyard and Engineering Works en gebaseerd op een oud Sovjet-Russisch ontwerp, had vier HY-2 grond-grondraketten en twee dubbelloops 25 mm luchtafweerkanonnen. De veertig meter lange patrouilleboot werd aangedreven door drie dieselmotoren en drie schroefassen, en voer met een snelheid van dertig knopen. De golven hadden zilveren randjes door de kwart maan die laag aan de horizon stond. Een 'verduisterd schip' betekent: geen geleide- of mastlichten en geen bakboord- of stuurboordlichten. Volgens de International Regulations for Preventing Collisions at Sea (Col Regs, het internationaal reglement ter voorkoming van botsingen op zee) zou *Quwwat* in geval van een ongeluk schuldig zijn, ongeacht de omstandigheden waaronder het ongeluk plaatsvond.

Eerder die avond, bij het invallen van de schemering, wandelde Moore nog samen met luitenant-ter-zee 3e klasse Syed Mallaah over een pier in Karachi, met in hun kielzog vier gewone matrozen, een SPECOPS-team van de Pakistaanse Special Service Group Navy (SSGN). Deze organisatie lijkt veel op de Amerikaanse Navy SEAL's, maar heeft wel een veel minder capabele leiding. Zodra Moore aan boord van de *Quwwat* was gestapt, had hij een korte rondleiding gevraagd die werd afgesloten met een korte kennismaking met de commanding officer (CO) luitenant Maqsud Kayani. Deze had zijn aandacht er niet echt bij, doordat hij net opdracht gaf de haven te verlaten. De CO leek niet veel ouder dan de vijfendertigjarige Moore, maar daar hield de overeenkomst dan ook op. Moores brede schouders stonden in scherp contrast met Kayani's ranke wielrennerslichaam dat zijn uniform amper vulde. De luitenant had een haakneus en áls hij zich die week al had geschoren was dat niet te zien. Ondanks zijn woeste uiterlijk had hij de erkenning en het respect van de achtentwintig bemanningsleden die hem blindelings gehoorzaamden. Na een tijdje gaf Kayani Moore een stevige hand en zei: 'Welkom aan boord, meneer Fredrickson.'

'Dank u wel, luitenant. Uw hulp wordt bijzonder op prijs gesteld.'

'Graag gedaan.'

Ze spraken Urdu, de nationale taal van Pakistan. Moore had het gemakkelijker gevonden deze taal te leren dan Dari (Perzisch), Pashto (Zuid-Afghaans) of Arabisch.

De Pakistaanse mariniers kenden hem als Greg Fredrickson en als Amerikaan, hoewel hij met zijn donkere gelaatstrekken, dikke baard en lange zwarte haar dat hij in een paardenstaart droeg net zo goed voor een Afghaan, een Pakistaan of een Arabier had kunnen doorgaan.

Luitenant Kayani vervolgde: 'Maakt u zich geen zorgen, meneer. Ik ben van plan om stipt op tijd op onze bestemming aan te komen, misschien zelfs wat eerder. De naam van dit schip betekent "kundig" en dat is hij ook.'

'Fantastisch.'

Point Foxtrot, de zone waar het rendez-vous zou plaatsvinden, lag drie mijl van de Pakistaanse kust, iets buiten de rivierdelta van de Indus. Daar zouden ze de Indiaanse patrouilleboot *Agray* treffen en een gevangene in ontvangst nemen. De Indiaanse regering was bereid gevonden een onlangs gevangengenomen talibanleider over te dragen. De gevangene heette Akhter Adam en was volgens hen een HVT (*high-value target*) die operationele informatie bezat over de eenheden van de taliban aan de zuidkant van de Afghaans-Pakistaanse grens. De Indiërs dachten dat Adam zijn eigen mensen nog niet op de hoogte had gebracht van zijn gevangenneming; hij was gewoon vierentwintig uur geleden verdwenen. Toch was de tijdsfactor van belang. Beide regeringen wilden voorkomen dat de taliban op de hoogte werden gebracht van het feit dat Adam in Amerikaanse handen was gevallen. Daarom werden voor deze transfer behalve Maxwell Steven Moore, een *paramilitary operations officer* van de CIA, geen Amerikaanse militaire middelen of strijdkrachten ingezet. Moore had wel bedenkingen over de inzet van een security team bestaande uit SSGN-mannen onder leiding van een jonge, onervaren onderluitenant. Toch was hem tijdens de briefing verteld dat Mallaah, een jongen uit Thatta in de provincie Sindh, bijzonder loyaal was, dat men hem vertrouwde en hij veel respect genoot.

Maar Moore vond dat loyaliteit, vertrouwen en respect verdiend moesten worden. Hij wilde weleens zien of deze jonge onderluitenant tegen de uitdaging was opgewassen, hoewel Mallaahs opdracht eenvoudig was: toezicht houden op de transfer en meehelpen Moore en de gevangene te beschermen.

Moore ging ervan uit dat Akhter Adam veilig aan boord was en wilde meteen beginnen met het verhoor. De vaart terug naar de pier in Karachi zou negen uur duren en deze tijd wilde hij volledig benutten om uit te vinden of deze talibanleider inderdaad een HVT was die de serieuze aandacht van de CIA verdiende of iemand die hij als een speeltje voor de Pakistani kon achterlaten.

Schuin voor bakboord zag hij drie korte witte flitsen van de Turshian Mouth-vuurtoren bij de ingang van de Indus; dit werd elke twintig seconden herhaald. Verder naar het oosten, dichter bij de boeg, ontdekte Moore de enkele witte flits van de Kajhar Creek-vuurtoren; deze flits werd elke twaalf seconden herhaald. Dit roterende licht van de veelbesproken Kajhar Creek (ook wel het Sir Creek-licht genoemd) stond op de Pakistaans-Indiase grens. Moore had speciale aandacht besteed aan de vuurtorens: hun namen, hun locatie en hun unieke lichtpatroon op de navigatiekaarten die tijdens de briefing uitgerold waren. Oude SEAL-gewoonten slijten niet zomaar.

Met de maansondergang om 02.20 uur en vijftig procent bewolking ging hij ervan uit dat het tijdens het rendez-vous om 03.00 uur pikdonker zou zijn. Ook de Indiërs zouden met een verduisterd schip varen. In geval van nood zou hij zich kunnen oriënteren aan de hand van de vuurtorens van Turshian Mouth en Kajhar Creek.

Luitenant Kayani hield woord, want om 02.50 uur bereikten ze Point Foxtrot. Moore liep om het stuurhuis heen naar de enig beschikbare nachttelescoop aan bakboordzijde. Ondertussen stonden Mallaah en zijn team te wachten op het hoofddek, midscheeps, om de gevangene over te nemen zodra het Indiase schip langszij kwam.

Kayani stapte weg van de nachttelescoop zodat Moore erbij kon. Ondanks de toenemende bewolking produceerde het licht van de sterren voldoende fotonen om de Indiase patrouilleboot in een griezelig groen schemerlicht te dopen en het was helder genoeg om de cijfers 3 en 6 op de scheepsromp te kunnen lezen. Op de boeg van de vijfhonderd ton wegende *Agray*, twee keer het gewicht van de *Quwwat*, waren acht GRAIL-luchtdoelraketten en twee RBU-1200 ASW-bommenwerpers gemonteerd; ASW betekent *anti-submarine warfare,* oftewel onderzeebootbestrijding. Daarbij viel de *Quwwat* in het niet.

De *Agray* maakte aan bakboordzijde een draai zodat Moore de in zwarte letters geschilderde naam op de achtersteven kon lezen. Toen hij even later door de deur van het stuurhuis aan stuurboord keek, zag hij lichtflitsen: kort-lang, kort-lang. Hij probeerde zich te herinneren welke vuurtoren dat lichtpatroon had. De *Agray* completeerde zijn bocht, waarna Kayani naar de bakboordzijde liep en instructies gaf voor het plaatsen van stootblokken om te voorkomen dat de romp, zodra de beide schepen naast elkaar lagen, zou beschadigen.

Weer die flitsen: kort-lang, kort-lang.

Niks vuurtoren, dacht Moore. ALPHA-ALPHA was de internationale morsecode voor, plat gezegd: 'Wie ben je verdomme?!'

Er liep een koude rilling over Moores rug. 'Luitenant, we krijgen een ALPHA-ALPHA aan stuurboord. Ze vragen ons wie we zijn!'

Kayani stormde langs het stuurhuis naar de stuurboordzijde en Moore rende achter hem aan. Hoe vaak hadden ze hen al gevraagd wie ze waren? Ze waren in de territoriale wateren van Pakistan, welke regels golden hier?

Er vloog een lichtflits over hen heen die de duisternis verscheurde en diepe schaduwen op het dek van beide patrouilleboten veroorzaakte. Moore keek uit over de zee en zag, een kilometer verderop ongeveer, iets opstijgen uit de golven, een nachtmerrie met een zwarte rugvin. Het water stroomde van zijn zwarte romp toen hij met de boeg naar hen gericht uit het water opsteeg. De commandant had de onderzeeër laten opstijgen om hun identiteit te vragen, maar daarna had hij een vuurpijl afgeschoten om zijn doelwit zichtbaar te maken.

Kayani tilde de verrekijker op die hij om zijn hals had hangen en zoomde in. 'Het is de *Shushhuk*! Dat is een van ons, maar hij zou nu al terug moeten zijn bij de pier!'

Moores borstkas verkrampte. Wat deed een onderzeeër van de Pakistaanse marine verdomme in zijn rendez-vouszone?

Hij keek omhoog naar de *Agray*, waar de talibangevangene inmiddels wel op het dek zou staan. Afgesproken was dat Adam geboeid zou zijn en een zwarte overall en een tulband zou dragen. Hij zou worden geëscorteerd door twee zwaarbewapende MARCO's (marinecommando's) van het Indiase leger. Moore draaide zich snel om en keek naar de onderzeeër. Opeens zag hij het: een streep fosforescentie die bruisend uit het water kwam en langs hun achtersteven naar de *Agray* vloog.

Hij wees. 'Torpedo!'

Een fractie van een seconde later stond Moore achter Kayani, duwde hem over de reling en sprong vervolgens zelf van boord, terwijl de torpedo de *Agray* raakte met een afschuwelijke explosie waarvan het gedonder en geflits even surrealistisch waren als griezelig dichtbij. Een drukgolf brokstukken klapte tegen de boeg van de *Quwwat* en stortte met veel lawaai in zee.

Met grote ogen zag Moore de stomende, sissende zee hun kant op rollen, kokendheet door de gloeiende brokstukken van de boeg en het dek van de *Agray*, en van de torpedo zelf. Moore klapte op het water en viel rakelings langs een gerafeld stuk staal, en tegelijkertijd schoot er een bal van vlammen uit de GRAIL-lucht-grondraketten en de ASW-raketten op het bovendek.

Moore verdween in de golven, waarbij zijn schoenen iets raakten. Daarop zwom hij naar de oppervlakte en keek om zich heen, op zoek naar de luitenant. Dáár was hij, iets buiten bereik.

Opeens sloegen drie van de ASW-raketten van de *Agray* in de behuizing van de Silkworm-raketten aan boord van de *Quwwat*. De explosies waren zo luid en fel dat Moore instinctief dekking zocht door weer onder te duiken. Hij zwom naar de luitenant die op zijn rug in het water dreef en half bewusteloos leek. Zijn gezicht zat onder het bloed dat uit een diepe snee langs de linkerkant van zijn hoofd stroomde. Hij zou tijdens zijn val in het water wel wat brokstukken hebben geraakt. Moore kwam bij de schouder van de man boven water. Kayani keek hem wazig aan en daarom spetterde Moore wat zout water op de wond. 'Luitenant! Kom op!'

Dertig meter verderop brandde de dieselolie die op het zeewater dreef; Moore vertrok zijn gezicht toen hij de stank rook. Even later hoorde hij vlakbij het donkere gerommel van dieselmotoren... de onderzeeër. Hij had nog even tijd, want zolang de vlammen brandden, zou de onderzeeër niet in de buurt van het wrak komen.

Er lagen nog meer mannen in het water, amper zichtbaar. Hun gegil werd overstemd door nog meer explosies. Vlakbij hoorde Moore een gesmoorde kreet. Hij scande zijn omgeving, zocht hun talibangevangene, maar de dubbele donderslag van een nieuwe ontploffing dwong hem weer onder te duiken. Toen hij weer boven kwam en achteromkeek, hing de *Quwwat* schuin in het water en zou algauw zinken. De boeg van de *Agray* was helemaal gezonken, maar Moore zag nog steeds vlammen en pikzwarte rook. De munitie ontplofte met scherp gekraak en gedempt geknal. De lucht werd ondoorzichtig door een nevel die naar brandend rubber en plastic rook.

Moore dwong zichzelf tot kalmte toen hij de hitte van de vlammen op zijn gezicht voelde. Hij trok zijn schoenen uit, knoopte de veters aan elkaar en hing ze om zijn nek. *Drie mijl naar het strand...* maar doordat hij zo laag in het water dreef, had hij geen idee waar het strand was. Op de vlammen na was alles om hem heen pikzwart en steeds nadat hij even naar de vuurzee had gekeken, moesten zijn ogen zich aanpassen aan het donker.

Flits-flits-flits. *Wacht eens even.* Hij wist het weer en begon te tellen: eenentwintig, tweeëntwintig... Bij negenendertig werd hij beloond met drie nieuwe snelle flitsen. Hij had zicht op de Turshian Mouth-vuurtoren.

Moore greep Kayani en draaide hem om. De man verloor nog steeds af en toe het bewustzijn, maar toen hij even naar Moore keek en vervolgens naar de vlammen vlak bij hen raakte hij in paniek. Hij greep om zich heen en kreeg Moores hoofd te pakken. Het was wel duidelijk dat de man niet helder kon denken. Hij gedroeg zich precies zoals veel mensen vlak na een ongeluk. Maar als Moore niets deed, zou de angstige luitenant hem zomaar kunnen verdrinken.

Zonder aarzeling legde Moore zijn beide handen om Kayani's heupen en duwde hem weer in horizontale positie. Dankzij deze hefboomwerking kon hij aan de greep van de man ontkomen. Moore bevrijdde zijn hoofd en schreeuwde: 'Rustig aan! Ik heb je! Draai je om en haal adem.'

Moore greep Kayani bij zijn kraag. 'Nu op je rug drijven.'

Met de man in een stevige kraaggreep zwom Moore op zijn zij om de brandende brokstukken heen. De plassen brandende diesel deinden hun kant op, zijn oren deden pijn van het constante geronk en het gedreun van de sissende vlammen.

Kayani hield zich rustig tot ze langs een stuk of zes lijken van zijn bemanningsleden, nog meer wrakhout en brokstukken kwamen. Hij schreeuwde hun namen en Moore moest hard trappen om ze opzij te schoppen. De zee werd steeds gruwelijker: hier zagen ze een arm, daar een been. Opeens zag hij iets donkers in het water voor zich... een drijvende tulband. Moore stopte en keek om zich heen tot hij een levenloos lichaam op de golven zag drijven. Hij zwom ernaartoe, rolde het lichaam iets op zijn zij zodat hij het bebaarde gezicht, de zwarte overall en de verschrikkelijke snee in zijn hals zag die zijn halsslagader had doorgesneden. Dit was hun man. Moore klemde zijn kaken op elkaar en verstevigde zijn greep om Kayani's kraag. Voordat hij verder zwom, keek hij in de richting van de onderzeeër, maar die was al verdwenen.

Toen Moore nog een SEAL was, kon hij twee zeemijlen in minder dan zeventig minuten zwemmend overbruggen. Blootsvoets en een man bij zijn kraag achter zich aan slepend zou hij die afstand minder snel afleggen, maar hij weigerde zich daardoor te laten ontmoedigen.

Hij concentreerde zich op de vuurtoren, bleef ademhalen en zwemmen, met soepele en gracieuze bewegingen, zonder energie te verspillen, elke beweging van zijn arm en elke trap van zijn voeten afgemeten.

Hij zou met de nauwkeurigheid van een machine zijn hoofd optillen, ademhalen en doorzwemmen.

Een kreet achter Moore dwong hem in te houden. Toen hij zich omdraaide, zag hij een groepje mannen, een stuk of vijftien, naar hem toe zwemmen.

'Volg mij maar!' riep hij. 'Volg mij.'

Nu moest hij niet alleen Kayani proberen te redden, maar ook de andere overlevenden motiveren om de kust te bereiken. Het waren mariniers, getraind om te zwemmen, snel zelfs, maar drie mijl was een afschuwelijk lange afstand, vooral als je gewond was. Ze moesten hem dus kunnen blijven zien.

Het melkzuur in zijn armen en benen hoopte zich op; eerst brandde dat een beetje, maar na een tijdje werd het erger. Hij ging langzamer zwemmen, schudde met zijn benen en met de ene arm die hij gebruikte, haalde diep adem en zei tegen zichzelf: *Ik geef niet op. Nooit.*

Daar zou hij zich op concentreren. Hij zou hen leiden en de resterende mannen naar huis jagen, ook al zou dit zijn dood betekenen. Hij leidde hen door de onrustige zee, terwijl hij luisterde naar stemmen uit het verleden, naar de stemmen van instructeurs en surveillanten die hun leven in dienst hadden gesteld om anderen te helpen de strijdlust te ontketenen die diep en sluimerend in hen aanwezig was.

Bijna anderhalf uur later hoorde hij de golven op de kustlijn breken en met elke deining zag hij op het strand bewegende zaklampen. Zaklampen betekenden mensen. Ze waren naar het strand gekomen om naar het vuur en de explosies op zee te kijken. Als ze hem zagen, zou Moores geheime operatie de krantenkoppen halen. Vloekend keek hij achterom. De groep overlevenden was behoorlijk achteropgeraakt, vijftig meter of meer, niet in staat Moores vernietigende tempo bij te houden. Hij kon ze amper zien.

Tegen de tijd dat zijn blote voeten de zanderige bodem raakten, was Moore uitgeput. Hij had alles gegeven in de Arabische Zee. Kayani was nog steeds af en toe bij bewustzijn. Moore tilde hem uit de branding en sleepte hem het strand op. Vijf of zes dorpelingen groepten om hen heen. 'Bel om hulp!' riep hij.

In de verte zag hij nog steeds vlammen en lichtflitsen die op bliksemflitsen leken en waardoor de wolken scherp afstaken. Maar de silhouetten van beide schepen waren verdwenen, alleen de resterende diesel brandde nog.

Moore haalde zijn mobiele telefoon tevoorschijn, maar die deed het niet meer. De volgende keer dat hij van plan was zich door een onderzeeër te laten aanvallen, zou hij een waterproof mobieltje meenemen. Hij vroeg een van de dorpelingen, een tiener met een dun baardje, om een telefoon.

'Ik heb die schepen zien exploderen,' zei het joch ademloos.

'Ik ook,' snauwde Moore. 'Bedankt voor de telefoon.'

'Geef hem aan mij,' riep Kayani vanaf het strand. Zijn stem was schor, maar hij leek nu veel helderder. 'Mijn oom is kolonel in het leger. Hij kan hier binnen een uur een paar helikopters naartoe krijgen. Dat is de snelste manier.'

'Hier, neem maar,' zei Moore. Hij had op de kaart gekeken en wist dat het uren rijden was naar het dichtstbijzijnde ziekenhuis. De locatie van het rendez-vous was bewust gekozen, vóór een dunbevolkte landelijke kustlijn.

Kayani kreeg zijn oom te pakken en deze beloofde meteen hulp te sturen. Een tweede telefoontje naar Kayani's commanding officer zou een reddingsboot van de kustwacht sturen voor de mannen die nog steeds in zee zwommen, maar de Pakistaanse kustwacht had geen luchtzeereddingshelikopters en de patrouilleboten zouden pas halverwege de ochtend arriveren. Moore wijdde zijn aandacht weer aan de branding en keek aandachtig naar elke golf, op zoek naar overlevenden.

Vijf minuten. Tien. Niets. Niemand. Door het bloed en de in het water drijvende lichaamsdelen, een afgrijselijk soort soep, kon je er gif op innemen dat de haaien er al waren. En snel ook. In combinatie met de verwondingen van de andere overlevenden zou dat weleens te veel geweest kunnen zijn.

Een halfuur later zag Moore het eerste lichaam als een stuk wrakhout op een golf drijven. Er zouden nog vele volgen.

Bijna anderhalf uur later verscheen in het noordwesten een Mi-17; zijn beide turbines brulden, de rotors stampten en echoden tegen de heuvels. De Russen hadden deze helikopter speciaal ontworpen voor hun oorlog in Afghanistan en hij was het symbool van dit conflict geworden: de Goliaths van de lucht verslagen door katapults. Het Pakistaanse leger had bijna honderd Mi-17's in zijn bezit; Moore wist dit doordat hij een paar keer als passagier had meegevlogen en een piloot had horen zeggen dat hij er de balen van had om in een Russisch stuk afval te vliegen die om de vlucht kapotging en dat het Pakistaanse leger meer dan honderd van deze vliegende stukken schroot bezat.

Een beetje onrustig stapte Moore aan boord van de Mi-17 en werd samen met Kayani naar het Sindh Government Hospital gebracht in Liaquatabad Stad, een buitenwijk van Karachi. Onderweg gaven de ziekenbroeders Kayani pijnstillers waardoor zijn panische blik iets vrediger werd. Tegen de tijd dat ze landden, kwam de zon al op.

Moore stapte op de eerste verdieping van het ziekenhuis uit de lift en verdween in Kayani's kamer. Ze waren nu al ongeveer een uur in het ziekenhuis. De luitenant zou er een fraai oorlogslitteken aan overhouden dat hem geliefd zou maken bij de vrouwen. Beide mannen hadden de kust met ernstige uitdrogingsverschijnselen bereikt en de luitenant lag aan het infuus.

'Hoe voelt u zich?'

Kayani voelde aan het verband om zijn hoofd. 'Ik heb nog steeds hoofdpijn.'

'Dat gaat wel weer over.'

'Ik had nooit terug kunnen zwemmen.'

Moore knikte. 'U hebt een harde klap gehad en wat bloed verloren.'

'Ik weet niet wat ik moet zeggen. Dank u wel is niet voldoende.'

Moore nam een grote slok uit het flesje water dat een van de verpleegkundigen hem had gegeven. 'Ach, laat maar zitten.' Moore zag iets bewegen in de deuropening. Het was Douglas Stone, een collega van de CIA die over zijn gespikkelde grijze baard streek en Moore over de rand van zijn bril aankeek. 'Ik moet gaan,' zei Moore.

'Meneer Fredrickson, wacht even.'

Moore fronste.

'Kan ik u ergens bereiken?'

'Natuurlijk. Hoezo?'

Kayani keek naar Stone en perste zijn lippen op elkaar.

'O, het is oké, hoor. Hij is een goede vriend.'

De luitenant aarzelde nog een paar seconden en zei toen: 'Ik wilde u gewoon bedanken... hoe dan ook.'

Moore pakte pen en papier van het ziekenhuistafeltje en schreef een e-mailadres op.

De luitenant hield het papiertje stevig in zijn hand. 'Ik neem contact met u op.'

Moore haalde zijn schouders op. 'Prima.'

Hij liep de gang op, draaide zich om, liep doelbewust bij Stone vandaan en vroeg met opeengeklemde kaken: 'Zo, Doug, vertel me nu eens wat er verdomme is gebeurd!'

'Ik weet het, ik weet het.' Stone zei dit op zijn gebruikelijke kalmerende toon, maar Moore was daar niet gevoelig voor, niet nu.

'We hebben de Indiërs beloofd dat het rendez-vous veilig was. Daarvoor moesten ze de territoriale wateren van Pakistan in. Daar maakten ze zich grote zorgen om.'

'Ons is verteld dat de Pakistani overal voor zouden zorgen.'

'Wie heeft het verknald?'

'Ze beweren dat hun onderzeebootcommandant nooit opdracht heeft gekregen bij de pier te blijven liggen. Hij maakte zijn gebruikelijke patrouilleronde en dacht dat hij op het een of ander gevecht was gestuit. Volgens hem heeft hij verschillende *challenges* verstuurd waar geen enkele reactie op kwam.'

Moore snauwde: 'Nou, we hadden hem niet bepaald verwacht en toen we hem zagen, was het te laat.'

'De commandant heeft ook gerapporteerd dat hij heeft gezien dat de Indiërs gevangenen op hun dek hadden.'

'Hij was dus ook bereid op zijn eigen mensen te schieten?'

'Wie weet.'

Moore bleef opeens stokstijf staan, draaide zich vliegensvlug om en keek de man verbijsterd aan. 'De enige gevangene die ze hadden was onze man.'

'Hé Max, ik weet wat je hebt meegemaakt.'

'Laten we samen maar eens drie mijl gaan zwemmen. Dán weet je dat.'

Stone zette zijn bril af en wreef in zijn ogen. 'Luister, het had veel erger kunnen zijn. We hadden ook Slater en O'Hara kunnen zijn en moeten ons afvragen hoe we de Indiërs onze excuses aanbieden terwijl we er tegelijk voor zorgen dat ze geen kernbom op Islamabad laten vallen.'

'Dat zou fijn zijn. Want daar ga ik nu dus naartoe.'

1

Besluiten

Marriott Hotel
Islamabad, Pakistan
Drie weken later

Luitenant Maqsud Kayani's manier om Moore te bedanken voor het feit dat hij zijn leven had gered, kwam in de vorm van een uitnodiging voor een kennismakingsbijeenkomst tussen Moore en Kayani's oom, kolonel Saadat Khodai van het Pakistaanse leger. Toen Moore in Islamabad aankwam, vond hij de intrigerende e-mail van de luitenant in zijn inbox. Kayani's oom, dezelfde man die de helikopter had gestuurd om hen te redden, had zijn neef verteld dat hij een aanhoudende strijd leverde tegen een depressie die door een persoonlijke morele crisis werd veroorzaakt. Uit de e-mail bleek niet wat de crisis van de kolonel precies inhield, maar Kayani beweerde dat een dergelijke bijeenkomst voor beide partijen, Moore en zijn oom, grote voordelen zou opleveren.

Moore had de kolonel gedurende een paar weken regelmatig ontmoet en lange gesprekken met hem gevoerd. Daarna vermoedde hij dat Khodai belangrijke talibansympathisanten zou kunnen identificeren. Hij dronk liters thee met de kolonel en probeerde hem over te halen alles te vertellen wat hij wist over de infiltratie en exploitatie door de taliban van de tribale gebieden in het noordwesten van het land, maar vooral in de regio die bekendstaat als Waziristan. De kolonel aarzelde hiermee in te stemmen, hij schrok ervoor terug iets onherstelbaars te doen. Dat frustreerde Moore, want dit was een gigantisch struikelblok, het kernpunt van hun impasse.

De kolonel was niet alleen bang voor de eventuele gevolgen voor zijn familie, maar hij moest ook ingaan tegen zijn persoonlijke overtuiging dat hij nooit negatieve opmerkingen mocht maken over zijn collegaofficieren en kameraden, en ze ook niet anderszins mocht bedriegen, zelfs niet wanneer ze hun eed van trouw aan Pakistan en zijn geliefde leger hadden gebroken. Maar zijn gesprekken met Moore dreven hem tot wanhoop. Als hij het niet deed, wie dan wel?

Toch had de kolonel Moore op een avond gebeld en gezegd dat hij bereid was te praten. Moore had hem van huis opgehaald en was met hem naar het hotel gereden waar de kolonel met Moore en twee collega's van Moore zou praten. Moore stopte op de parkeerplaats voor bezoekers.

Khodai was net vijftig geworden en had dik, kortgeschoren zwart haar met grijze strepen erin. Hij had een vermoeide blik en zijn prominente kin was begroeid met dun, spierwit haar. Hij was in burger; hij droeg een eenvoudige lange broek en een overhemd, maar zijn legerlaarzen verrieden zijn beroep. Zijn BlackBerry zat stevig in het leren hoesje en hij zat er zenuwachtig mee te spelen.

Moore wilde het portier opendoen, maar Khodai stak afwerend zijn hand op. 'Wacht! Ik zei wel dat ik er klaar voor was, maar misschien heb ik toch meer tijd nodig.'

De kolonel had op de middelbare school Engels geleerd en daarna techniek gestudeerd aan de Universiteit van Punjab in Lahore. Hij had een sterk accent, maar een grote woordenschat en hij praatte altijd op een indrukwekkende en bevelende toon.

Moore begreep heel goed waarom de man zo snel een hoge positie had bereikt. Als hij zijn mond opendeed, voelde je je meteen tot hem aangetrokken. Dus ontspande Moore zich, liet het portier los en zei: 'U bént er klaar voor. En u zúlt het uzelf vergeven. Ooit.'

'Gelooft u dat echt?'

Moore veegde wat haar uit zijn ogen, slaakte een zucht en zei: 'Dat wil ik wel.'

De man grinnikte zwakjes. 'De lasten die u met u meetorst zijn minstens zo zwaar als de mijne.'

'U neemt veel aan.'

'Een ex-militair herken ik altijd. En gezien uw huidige functie, hebt u ook heel veel meegemaakt.'

'Misschien. Maar u moet zich afvragen: welke last weegt het zwaarst? Iets doen? Of niets doen?'

'U bent nog altijd heel erg jong, maar ik merk dat u ouder bent dan uw jaren.'

'Ik begrijp waarom u dat zegt.'

Met opgetrokken wenkbrauwen vroeg hij: 'Heb ik uw belofte dat mijn familie uitstekend wordt beschermd?'

'Dat hoeft u niet nog een keer te vragen. Wat u op het punt staat te gaan doen, zal levens redden. Dat begrijpt u.'

'Dat is zo, maar ik zet niet alleen mijn leven en mijn carrière op het spel. Zowel de taliban als mijn collega's zijn meedogenloos. Wreed. Ik ben nog altijd bang dat zelfs uw vrienden ons niet kunnen helpen, ondanks al uw geruststellingen.'

'Dan zal ik u niet nog een keer geruststellen. Het is uw eigen keus. We weten allebei wat er gebeurt als u niet naar binnen gaat. Dat kunnen we wél voorspellen.'

'U hebt gelijk. Ik kan niet langer toekijken. Zij mogen ons niets voorschrijven. Zij mogen ons onze waardigheid niet afnemen. Nooit.'

'Ik wil u eraan herinneren dat het aanbod om uw familie naar de Verenigde Staten te brengen nog steeds geldt. Daar kunnen we hen beter beschermen.'

De man schudde zijn hoofd en wreef in zijn ogen. 'Ik kan hun levens niet verstoren. Mijn zonen zitten nu op de middelbare school. Mijn vrouw is net gepromoveerd. Ze werkt hiernaast, in het technisch centrum. Pakistan is ons thuis. We zullen hier nooit weggaan.'

'Help ons dan er een beter land van te maken. Een veiliger land.'

Khodai keek Moore met grote ogen aan en vroeg: 'Wat zou u doen als u mij was?'

'Ik zou niet willen dat de terroristen wonnen doordat ik niets deed. Dit is de moeilijkste beslissing van uw leven. Dat weet ik. Ik vat dit echt niet licht op. U hebt geen idee hoeveel respect ik heb voor wat u op het punt staat te doen... voor de moed die daarvoor nodig is. U bent een man die rechtvaardigheid wil. Dus ja, als ik u was, zou ik het portier opendoen en meekomen naar mijn vrienden. Laten we het Pakistaanse leger zijn waardigheid teruggeven.'

Khodai sloot zijn ogen en begon oppervlakkig te ademen. 'U klinkt als een politicus, meneer Moore.'

'Dat kan wel zo zijn, maar het verschil is dat ik oprecht geloof wat ik net zei.'

Met een vage glimlach zei Khodai: 'Ik heb het gevoel dat u een bevoorrecht leven hebt geleid voordat u bij het leger ging.'

'Nee, hoor.' Moore dacht even na. 'Bent u er klaar voor, kolonel?'

Hij sloot zijn ogen. 'Ja, ik ben er klaar voor.'

Ze stapten uit en staken de parkeerplaats over. Ze liepen naar de oprijlaan, onder de brede markies door naar de hoofdingang van het hotel. Moores blik gleed over de weg, het gebouw, zelfs over de dakgoten van de gebouwen aan de overkant, maar alles leek veilig. Ze kwamen langs taxichauffeurs die tegen de motorkap van hun auto geleund stonden te roken. Ze knikten naar de jonge hotelbedienden die naast een kleine lessenaar stonden. Ze liepen naar binnen, langs een pas gebouwde bombestendige muur en langs de beveiliging waar ze werden geröntgend op bommen en wapens. Daarna liepen ze over glanzende ivoorkleurige marmeren tegels die zich uitstrekten tot de sierlijke incheckbalies waar in een donker pak geklede conciërges stonden. Een bebaarde man in een wit katoenen pak speelde zacht op een kleine piano links van hen. Bij de balie stonden een paar mensen, zakenlieden, dacht Moore. Verder was het hotel stil, kalm, uitnodigend. Moore knikte even naar Khodai en toen liepen ze naar de liften.

'Hebt u kinderen?' vroeg Khodai terwijl ze op de lift wachtten.

'Nee.'

'Hebt u daar spijt van?'

'Dat lijkt iets uit een ander leven. Ik reis te veel. Volgens mij zou het niet eerlijk zijn. Waarom vraagt u dat?'

'Omdat alles wat we doen erop gericht is de wereld voor hen te verbeteren.'

'U hebt gelijk. Misschien komt het er nog eens van.'

Khodai stak zijn hand uit en legde die op Moores schouder. 'Geef ze niet alles. Dat is een beslissing waar u spijt van zult krijgen. Als u vader wordt, verandert de wereld.'

Moore knikte. Hij wilde dat hij Khodai iets kon vertellen over de vele vrouwen met wie hij in de loop der jaren een relatie had gehad en dat al die relaties het slachtoffer waren geworden van zijn carrière bij de marine en bij de CIA. Het echtscheidingspercentage varieerde, maar sommigen zeiden dat dit bij SEAL's wel op negentig procent kon liggen. Er waren immers maar weinig vrouwen die getrouwd wilden zijn met een man die ze zelden zagen. In dat geval had het huwelijk meer weg van een affaire. Maar een van Moores ex-vriendinnen had gezegd dat dit precies was wat zij ambieerde: ze wilde met een andere man trouwen, maar ondertussen haar relatie met Moore voortzetten, alleen maar omdat hij haar aan het lachen maakte en haar fysiek zo opwond als die andere man niet kon, terwijl die andere man financiële zekerheid en een emotioneel vangnet bood. Met een echtgenoot in het openbaar en een Navy SEAL als minnaar, zou ze het beste van twee werelden hebben. Maar aan dat spelletje wilde Moore niet meedoen. Helaas had hij met te veel callgirls en strippers en geschifte dronken vrouwen geslapen, en in de afgelopen jaren was zijn leven veranderd in een hotelbed waar altijd maar één hoofdkussen werd gebruikt. Zijn moeder vroeg hem nog vaak wanneer hij een leuk meisje ging zoeken en zich zou vestigen. Dan lachte hij en zei dat hij zich nooit ergens zou vestigen, wat tot gevolg zou hebben dat hij onmogelijk een meisje zou vinden. Daarop had ze hem gevraagd: 'Vind je jezelf dan niet een beetje egoïstisch?' Hij had geantwoord dat hij dat inderdaad vond en dat hij heel goed begreep dat ze kleinkinderen wilde, maar dat zijn werk te veeleisend was en dat hij vreesde dat een afwezige vader zijn erger was dan helemaal geen vader zijn.

Ze had hem aangeraden ontslag te nemen. Hij had geantwoord dat hij, na alle pijn die hij haar had berokkend, op deze wereld eindelijk een plekje voor zichzelf had gevonden. Ontslag nemen was nu geen optie. Nooit.

Al die gedachten wilde hij toevertrouwen aan Khodai – ze waren verwante geesten – maar de bel kondigde aan dat de lift er was. Ze stapten naar binnen en toen de deuren dichtgingen, leek de kolonel bleek te worden.

Zwijgend gingen ze naar de vierde verdieping. Toen de deuren opengingen, zag Moore het silhouet van een man in de deur van het trappenhuis aan de andere kant van de gang. Het was een Pakistaanse agent van de ISI (Inter-Services Intelligence, de geheime dienst). Door het mobieltje aan het oor van de agent dacht Moore aan zijn eigen mobieltje. Hij wilde hem uit zijn zak halen om de anderen te bellen en te vertellen dat ze bij de deur waren, maar toen realiseerde hij zich dat hij zijn telefoon beneden in de auto had laten liggen. *Verdomme.*

Ze kwamen bij de deur en Moore klopte aan. Hij zei: 'Ik ben het, jongens.'

De deur zwaaide open en een van zijn collega's, Regina Harris, nodigde Khodai binnen. Douglas Stone was er ook.

'Mijn mobieltje in de auto laten liggen,' zei Moore. 'Zo terug.'

Toen Moore door de gang liep, zag hij een tweede agent bij de liften. Slimme actie, de ISI hield alle personen op de hele vierde verdieping in de gaten. De man bij de lift, een kleine, sjofel uitziende vent met grote bruine ogen, stond zenuwachtig in zijn telefoon te praten. Hij droeg een blauw overhemd, een bruine lange broek en zwarte tennisschoenen, en zijn gezicht leek meer op dat van een knaagdier dan van een mens.

Zodra de man Moore zag, liet hij zijn telefoon zakken en liep door de hal naar het trappenhuis. Heel even verbaasde Moore zich hierover. Hij zette nog een paar stappen, bleef toen abrupt staan en draaide zich om naar de kamer.

De explosie raasde door de gang, met een vlammenzee en heel veel brokken puin die Moore van de liften afsneden en hem plat op zijn achterste deden belanden. Uit de kamer kwam even later rook die in dikke wolken door de gang dreef. Moore draaide zich om, kroop door de gang en vloekte zacht omdat zijn ogen brandden. De lucht werd dik door de stank van de bom. Zijn gedachten sloegen op hol en hij dacht terug aan elk bezwaar dat de kolonel had genoemd, alsof al die twijfels zich in die explosie hadden gemanifesteerd. Moore ging ervan uit dat Khodai en zijn collega's uit elkaar waren gereten. Door die gedachte gedreven stond hij op en rende naar het nu verlaten trappenhuis...

De klootzak achterna die was weggerend!

Doordat Moore de man achtervolgde, had hij geen tijd voor schuldgevoelens en daar was hij dankbaar voor. Als hij ook maar een seconde zou stilstaan bij het feit dat hij Khodai had overgehaald om 'het juiste te doen' zodat hij zich kon laten vermoorden doordat Moores team steken had laten vallen bij de beveiliging, zou hij instorten. En dat was misschien wel Moores grootste zwakte. In een After-Action Report had men hem eens beschreven als 'een intens emotionele man die ontzettend veel om zijn collega's gaf'. Dat was natuurlijk de reden dat hij nog altijd werd gekweld door een bepaald gezicht uit zijn Navy SEAL-verleden. Khodais plotselinge dood herinnerde hem weer aan die avond.

Moore rende het trappenhuis in en zag de man naar beneden rennen. Hij klemde zijn kaken op elkaar en rende hem achterna; hij gebruikte de trapleuning zodat hij drie tot vier treden tegelijk kon nemen. Moore vloekte toen hij zich realiseerde dat hij ook zijn pistool in de auto had laten liggen. Ze hadden toestemming gekregen om het hotel als ontmoetingsplaats te gebruiken, maar zowel de security van het hotel als de plaatselijke politie was heel duidelijk geweest over hun wapens: geen enkel wapen mocht mee het gebouw in. Op dit punt was er absoluut geen onderhandelingsruimte geweest, en hoewel Moore en zijn collega's aan verschillende wapens konden komen die de security nooit zou hebben ontdekt, hadden ze besloten het verzoek te respecteren om een toch al gespannen relatie niet verder onder druk te zetten.

Moore ging ervan uit dat de man niet gewapend was, omdat hij door de controlepost van de ISI had weten te komen. Maar Moore was er ook van uitgegaan dat hun hotelkamer een veilige ontmoetingsplek was. Ze hadden hun keus laten vallen op een van de vier leegstaande kamers aan de straatkant op de vierde verdieping, zodat ze het komen en gaan van gasten en de verkeerspatronen in de gaten konden houden. Plotselinge veranderingen waren aanwijzingen dat er iets stond te gebeuren. Ze noemden dit een vroegtijdig waarschuwingssysteem voor slimmeriken. Omdat ze niet de beschikking hadden over een explosievenhond hadden ze de kamers zelf onderzocht op elektronische apparatuur. Bovendien hadden ze de kamer al een paar weken probleemloos gebruikt. Dat deze moordenaars erin waren geslaagd explosieven naar binnen te krijgen, was om woedend van te worden maar ook verschrikkelijk. Khodai was zonder problemen door de screening gekomen, zodat Moore ervan uit kon gaan dat de man niet was voorzien van afluisterapparatuur of bommen... tenzij de beveiliging zelf fake was geweest en de man daar voor de taliban werkte...

De kleine man rende als een gek de trap af, bereikte de begane grond en rende door de deur van het trappenhuis naar buiten.

Moore had een achterstand van ongeveer zes seconden en stond even later dus ook buiten. Hij keek naar links naar de hoofdlobby, daarna naar rechts naar een lange gang die naar het zwembad, de sportzaal en de parkeerplaats aan de achterzijde leidde. Deze parkeerplaats lag in een hoek van een groot bebost terrein.

Ondertussen was er een chaos ontstaan in de rest van het hotel: alarmsignalen weerklonken, beveiligingspersoneel schreeuwde en hotelpersoneel rende alle kanten op toen de rook van de explosie de aircoinstallatie binnensijpelde en de prikkelende geur van explosieven verspreidde.

De man keek even achterom en rende naar de deur. Moore draaide zich vliegensvlug om en rende achter hem aan. Ondertussen trok hij de aandacht van twee schoonmakers die naar hen wezen en om de security schreeuwden. *Goed.*

Moore verkleinde de afstand toen de man met beide handen de achterdeur openduwde en naar buiten verdween. Drie, twee, één... Moore hapte naar adem toen hij bij de deur kwam en de koele avondlucht voelde. Hij zag dat de man naar dezelfde parkeerplaats rende als waar hij zijn auto had geparkeerd. Voor hem was dit de beste uitgang, omdat het bos erachter lag, maar het zou hem ook langs Moores auto leiden en naar zijn pistool dat daar lag.

Moores woede had eindelijk de weg naar zijn spieren gevonden. Deze vent zou niet ontsnappen. Dit was niet langer een beslissing en zelfs geen doelstelling, maar een keihard feit. Moore zag zijn arrestatie al voor zich; het was domweg de hoogste tijd deze uit te voeren. Zoals verwacht had zijn prooi niet hetzelfde uithoudingsvermogen als hij. De man begon langzamer te rennen toen hij zijn melkzuurdrempel overschreed, maar bij Moore was dat nog lang niet het geval. Daarom sprong hij als een wolf achter hem aan, en hij schopte met zijn voet tegen het linkeronderbeen van de man zodat deze met een kreet van schrik op het grasveld belandde, kort voordat ze beiden het asfalt bereikten.

Er was een oude en heel bekende uitspraak over de vechttechnieken van Muay Thai: ‘Trap verliest van stoot, stoot verliest van knie, knie verliest van elleboog, elleboog verliest van trap.’

Nou, deze klootzak had zojuist alles verloren van Moores trap. Moore greep zijn polsen en ging in spreidstand op hem zitten om hem op de grond te houden.

'Geen beweging. Dan ben je dood!' zei Moore in het Urdu, de taal die in de stad het meest werd gebruikt.

De man hief zijn hoofd en probeerde zich los te worstelen, maar kneep opeens zijn ogen halfdicht en opende zijn mond van... wat?

Afschuw? Schok?

Achter Moore klonk gedonder. Bekend gedonder.

Afschuwelijk bekend...

Ongeveer op hetzelfde moment ontplofte het hoofd van de man, waardoor Moore onder de bloedspatten kwam te zitten. Hij reageerde op instinct, op spiergeheugen, zonder vooropgezet plan; alleen zijn gevoel voor zelfbehoud joeg hem bij de man vandaan. Hij rolde op zijn zij, hapte naar adem, bleef rollen, had zijn lichaam nog steeds onder controle, hij was de exercities van de SEAL-training nog niet vergeten, zijn lichaam wist het nog, reageerde, handelde.

Het geweer knalde nog twee keer, de kogels sloegen nog geen zes centimeter van Moores romp in de aarde toen hij op zijn handen en knieën viel en naar zijn auto rende, slechts tien meter verderop. Het was een Russisch Dragunov-snipergeweer, dat wist Moore zeker. Daar had hij zelf mee geschoten, hij had er anderen mee zien schieten en hij was er door andere mannen mee beschoten. Het wapen had een bereik van achthonderd meter en zelfs van dertienhonderd meter als de schutter ervaren was en zijn telescoop gebruikte. Dankzij het uitneembare tienschotsmagazijn kon die vent nog wel even doorgaan met schieten.

Een nieuw schot sloeg een gat in het linkerportier op het moment dat Moore zijn sleutels uit zijn zak haalde. Hij kroop om de auto heen, uit de vuurlinie van de schutter, en trok het portier open.

De voorruit versplinterde toen een nieuwe kogelregel insloeg. Uit het handschoenenvakje haalde Moore zijn kaliber .45 Glock 30, waar in de zijkant het woord AUSTRIA was geponst. Nadat hij vanachter het portier de boomgrens en het hotel erachter had gescand, zag hij hem: de man lag op zijn buik op het dak van het twee verdiepingen hoge technisch centrum naast het hotel.

De sluipschutter had een zwarte wollen muts op, maar Moore kon zijn gezicht zien. Donkere baard. Brede neus. Moore knikte inwendig toen hij het Dragunov-snipergeweer zag met de telescoop erop en het grote magazijn. De sluipschutter tilde het geweer omhoog en hield hem in balans met één elleboog op de uitspringende dakrand gesteund.

Op het moment dat Moore hem ontdekte, zag de sluipschutter hem ook en vuurde snel na elkaar drie schoten af die in het portier sloegen. Moore rende om de auto heen, naar de kant van de bestuurder. Terwijl het derde schot wegebde, ging Moore met zijn pistool in zijn linkerhand rechtop staan en beantwoordde het vuur. Zijn kogels sloegen in het beton, een paar centimeter van de plek waar de sluipschutter had gelegen, ongeveer veertig meter verderop. Dat was buiten het accurate bereik van het pistool, maar Moore ging ervan uit dat de sluipschutter geen ballistische berekeningen maakte en gewoon zou wegduiken voor wild rondvliegende kogels.

Vier mensen van de veiligheidsdienst van het hotel kwamen naar het parkeerterrein gerend. Moore wees en riep: 'Hij zit daarboven! Bukken!'

Eén man rende naar Moore toe, terwijl de anderen zich achter een paar geparkeerd staande auto's verschansten.

'Verroer je niet!' beval de bewaker, waarop de sluipschutter zijn hoofd eraf schoot.

Een andere bewaker begon in zijn radio te brullen.

Moore keek weer naar het gebouw en zag dat de sluipmoordenaar aan de oostkant snel via een brandladder naar de parkeerplaats afdaalde, als een spin die zijn nest verlaat.

Moore rende hem achterna. Het pad werd oneffen, het gras veranderde in steenslag en daarna in trottoirtegels. Een smalle steeg tussen het technisch centrum en een rij kleine kantoren van één verdieping daarachter leidde in noordwestelijke richting naar de Aga Khan Road, de hoofdweg voor het hotel. De steeg rook naar zoet varkensvlees uit de afvoerpijpen van de hotelkeuken en Moores maag begon te rammelen, ook al was eten ongeveer het laatste waar hij aan dacht.

Zonder zijn pas in te houden, sloeg hij links af, met zijn Glock voor zich en daar, nog geen twintig meter voor hem, stond een Toyota Hiace-bestelbus. Uit de beide achterraampjes hingen twee gewapende mannen.

De sluipschutter rende naar de langzaam rijdende bus en sprong op de passagiersstoel, terwijl de gewapende mannen achterin hun geweren op Moore richtten. Deze had maar twee seconden de tijd om zich achter een zomerhuisje te verschuilen terwijl de stenen boven hem versplinterden door de kogelregen uit de automatische wapens. Twee keer probeerde hij om het hoekje te kijken om de nummerplaat te kunnen zien, maar de kogelregen was te intens. Tegen de tijd dat de mannen ophielden met schieten, draaide de bestelbus de hoofdweg al op. Verdwenen.

Moore rende terug naar zijn auto, pakte zijn mobieltje en probeerde met trillende handen een nummer in te toetsen. Maar na een tijdje hield hij er gewoon mee op en leunde tegen zijn auto, terwijl bewakers hem omsingelden en hun baas antwoorden eiste.

Hij moest melding maken van het busje, een helikopter de lucht in sturen om het busje te achtervolgen.

Hij moest hun vertellen wat er was gebeurd.

Iedereen was dood.

Maar het enige wat hij kon doen, was ademhalen.

Saidpur Village
Islamabad, Pakistan
Drie uur later

Saidpur Village was genesteld in de Margallah Hills en bood een pittoresk uitzicht op de stad Islamabad. Het dorp trok een gestage stroom toeristen aan die op zoek waren naar wat sommige gidsen wel de 'ziel' van Pakistan noemden en die, alweer volgens de gidsen, te vinden was in Saidpur.

Maar als de stad al een ziel had, was die zojuist donkerder geworden. Vanaf het Marriott Hotel stegen nog steeds rookwolken op die afstaken tegen de sterrenhemel. Moore stond op het balkon van het *safehouse* te vloeken. De explosie had niet alleen hun eigen kamer vernietigd, maar ook de kamers aan weerszijden ervan. En voordat er zelfs maar iemand in de buurt had kunnen komen, was het dak van dat deel van het gebouw ingestort.

Met assistentie van drie andere spionnen die waren opgeroepen om het gebied te beveiligen, een speciaal forensisch team en twee specialisten van moordzaken, kon Moore samenwerken met de particuliere security van het hotel, de lokale politie en een vijf man sterk team van de Inter-Services Intelligence. Ondertussen leverde hij een gestage stroom onjuiste informatie aan verslaggevers van de Associated Press. Tegen de tijd dat het verhaal vertegenwoordigers van organisaties als CNN bereikte, rapporteerden ze al dat in het hotel een bom van de taliban was ontploft en dat de terroristen de verantwoordelijkheid hadden opgeëist. Ze wilden wraak nemen omdat sjiieten leden van een soennitische extremistische bondgenoot van de groep hadden vermoord die bekendstonden als Sipah-e-Sahaba. Een kolonel van het Pakistaanse leger was onopzettelijk gedood door de explosie. Dankzij de lastig te onthouden namen van de groeperingen en de onduidelijke omstandigheden was Moore er bijna zeker van dat het verhaal steeds verwarder zou worden. Zijn collega's die in de hotelkamer waren geweest, hadden niets bij zich gehad waardoor ze konden worden geïdentificeerd als Amerikanen of als leden van de CIA.

Hij draaide zich om en hoorde in gedachten een stem zeggen: 'Ik kan hun levens niet verstoren. Mijn zonen zitten nu op de middelbare school. Mijn vrouw is net gepromoveerd. Ze werkt hiernaast, in het technisch centrum. Pakistan is ons thuis. We zullen hier nooit weggaan.'

Moore greep de stenen balustrade stevig vast, bukte zich en begon te braken. Hij bleef staan met zijn voorhoofd op zijn arm en wachtte tot het voorbij zou zijn. Hij probeerde alles te vergeten, maar door de bomaanslag herinnerde hij zich juist alles weer. Het had hem jaren gekost om alle herinneringen te verdringen, hij had er talloze slapeloze nachten mee geworsteld, hij had gevochten om niet voor de gemakkelijke weg te kiezen en de pijn weg te drinken... en de laatste jaren had hij willen geloven dat hij had gewonnen.

En nu dit. Hij had zijn collega's nog maar een paar weken geleden leren kennen en had alleen maar een professionele relatie met hen gehad. Ja, hij vond het vreselijk dat ze dood waren, maar het ergst vond hij de dood van Khodai, de verscheurde kolonel... De man had Moore veel over zichzelf verteld en zijn dood voelde *belangrijk*.

Hoe zou Khodais neef op de dood van zijn oom reageren? De luitenant had gedacht dat hij de beide mannen hielp en hoewel hij moest hebben geweten dat Khodai zichzelf in gevaar bracht door met Moore te praten, had hij waarschijnlijk niet willen weten dat zijn oom zou kunnen worden vermoord.

Moore had beloofd dat hij Khodai en zijn familie zou beschermen, maar had in elk opzicht gefaald. De politie was nog maar een uur geleden bij Khodais huis gearriveerd. Zijn vrouw en zoons waren doodgestoken en de agent die was aangesteld om hen te beschermen was verdwenen. De taliban hadden zulke goede relaties binnen de stad dat het voor Moore en zijn mensen vrijwel onmogelijk leek om echt iets te kunnen doen. Dat hij dit dacht kwam natuurlijk door zijn depressie, maar de taliban hadden overal spionnen en hoe hij ook zijn best deed niet op te vallen – door zijn baard te laten staan, de lokale kleren te dragen en de taal te spreken – hadden ze een goed idee van wie hij was en wat hij wilde bereiken.

Hij veegde zijn mond af en ging rechtop staan. Hij keek weer naar de stad, naar de rookwolken, naar de lichtjes aan de horizon. Hij slikte, vatte moed en fluisterde: 'Het spijt me.'

Een paar uur later had Moore een videovergadering met Greg O'Hara, waarnemend directeur van de National Clandestine Service van de CIA. O'Hara was een fitte man van achter in de vijftig, met grijs haar en een harde blik in zijn blauwe ogen, die nog eens werd versterkt door zijn bril. Hij had een voorliefde voor goudkleurige stropdassen waar hij er misschien wel honderd van bezat. Moore gaf hem een korte samenvatting van wat er gebeurd was en ze spraken af dat ze elkaar de volgende ochtend weer zouden spreken, nadat de andere teams hun onderzoek hadden afgerond en hun bevindingen gerapporteerd. Moores directe baas, het hoofd van de Special Activities Division, zou dan ook deelnemen aan dat gesprek.

Een van Moores lokale contacten, Israr Rana, een spion die hij zelf had gerekruteerd nadat hij de laatste twee jaar in Afghanistan en Pakistan had doorgebracht, arriveerde in het safehouse. Rana studeerde aan de universiteit, was halverwege de twintig, had scherpe gelaatstrekken, was slim en een verwoed cricketspeler. Dankzij zijn gevoel voor humor en zijn jongensachtige charme slaagde hij erin opmerkelijke hoeveelheden info voor de Agency te verzamelen. Daardoor en door zijn afkomst – zijn familie was in de afgelopen eeuw vrij bekend geworden als goede soldaten en slimme zakenlieden – was hij een bijna perfecte spion.

Moore liet zich in een stoel vallen, terwijl Rana naast de bank bleef staan. 'Bedankt voor je komst.'

'Geen probleem, Money.'

Dat was Rana's – terechte – bijnaam voor Moore, want Rana werd goed betaald voor zijn diensten.

'Ik moet weten waar het lek zat. Hebben we het meteen al verknald? Wie heeft dit gedaan? Het leger, de taliban, of beide?'

Rana schudde zijn hoofd en trok een gezicht. 'Ik zal alles doen om iets voor je te vinden. Maar eerst wil ik je iets te drinken geven, iets wat je zal helpen slapen.'

Moore maakte een afwerend gebaar. 'Niets zal me helpen slapen.'

Rana knikte. 'Ik ga een paar telefoontjes plegen. Mag ik de computer gebruiken?'

'Hij staat daar.'

Moore trok zich terug in de slaapkamer en nog geen uur later bleek dat hij zich had vergist. Hij gleed weg in een uitputtende slaap, deinde op zwarte golven tot zijn hartslag, als het gedreun van de rotorbladen van een helikopter, hem wekte en hij van schrik rechtop in bed ging zitten. Hij keek de kamer rond, slaakte een zucht en liet zich weer op zijn kussen vallen.

Een halfuur later zat hij in zijn auto en reed terug naar het hotel. Hij keek naar het vernielde gebouw en vervolgens naar het technisch centrum ernaast. Hij vond een van de bewakers van het technisch centrum en kreeg samen met twee lokale politieagenten toegang tot het gebouw.

Ze gingen naar het dak waar Moore al eerder was geweest; daar hadden ze de hulzen van de sluipschutter verzameld om ze te laten onderzoeken op vingerafdrukken.

Het was een ingeving geweest, een soort goddelijke openbaring, terwijl zijn geest heen en weer ebde tussen slaap en halfslaap. Want de vraag hoe hun vijanden de explosieven in de hotelkamer hadden gekregen bleef maar door zijn hoofd malen, tot hem een bijzonder eenvoudige oplossing te binnen schoot. Het enige wat hij nu nog moest doen, was het bewijs ervoor vinden.

Hij liep langs de rand van het dak en bescheen met zijn zaklamp het beton en het staal dat onder een dikke laag stof zat... tot hij vond wat hij zocht.

De Special Activities Division (SAD), onderdeel van de National Clandestine Service, werd bemand door uit het leger gerekruteerde officieren van de Paramilitaire Operaties, die geheime operaties op buitenlands grondgebied uitvoerden. De divisie bestond uit een grond-, zee- en luchtafdeling. Moore was oorspronkelijk gerekruteerd uit de zeeafdeling, net als de meeste Navy SEAL's, maar hij was uitgeleend aan de grondafdeling en had verschillende jaren in Irak en Afghanistan gewerkt, waar hij briljante geheime operaties had uitgevoerd, onder andere met Predator drones die verschillende talibandoelen met Hellfire-raketten hadden bestookt. Moore had geen bezwaren geuit tegen zijn overplaatsing naar de grondafdeling en hij wist dat hij zou worden weggestuurd als hij nodig zou zijn voor een bepaalde maritieme operatie. Operationele lijnen werden door administratief personeel getrokken, niet door actieve spionnen.

De SAD bestond uit nog geen tweehonderd agenten, piloten en andere specialisten die werden ingezet in teams van zes man of minder, met vaker wel dan geen solo SAD-spion die 'zwarte' en andere geheime operaties uitvoerden met de hulp van een *handler* en/of een *case officer* die vaak buiten schot bleef. SAD-spionnen hadden een uitstekende training gehad in sabotage, counterterrorisme, het redden van gijzelaars, onderzoek naar bomaanslagen, kidnapping en het terughalen van personeel en materieel.

SAD had zijn bestaan te danken aan de Office of Strategic Services (OSS), een dienst die tijdens de Tweede Wereldoorlog onder de gezamenlijke stafchefs viel en rechtstreeks toegang had tot president Franklin D. Roosevelt. Meestal opereerde de OSS autonoom, dus niet onder leiding van het leger; een idee dat in die tijd opgetrokken wenkbrauwen veroorzaakte en met scepsis werd ontvangen. Men zei dat MacArthur grote bezwaren had als er binnen zijn operatieterrein OSS-personeel werkzaam was. Als gevolg daarvan werd na opheffing van de OSS de CIA opgericht volgens de National Security Act van 1947. Missies die niet met de Verenigde Staten in verband mochten worden gebracht, werden gedelegeerd naar de paramilitaire groep van de CIA: de Special Activities Division, een directe afstammeling van de OSS.

Aan de videovergadering de volgende ochtend nam ook deel het hoofd van de SAD, David Slater, een zwarte man met een scherpe kaaklijn, voormalig Force Recon Marine die twintig jaar in het leger had gezeten. De andere deelnemer was waarnemend directeur O'Hara. Moore zat in de keuken van zijn safehouse in Saidpur Village.

'Sorry dat we gisteren niet met elkaar konden spreken. Ik zat in het vliegtuig naar CONUS,' zei Slater ongevraagd.

'Uitstekend, meneer. Bedankt dat u er nu bij bent.'

O'Hara wenste Moore goedemorgen.

'Met alle respect, maar er is helemaal niets goeds aan deze ochtend.'

'We begrijpen hoe u zich voelt,' antwoordde O'Hara. 'We hebben een paar geweldige mensen en jaren spionage verloren.'

Moore vertrok zijn gezicht en beet op zijn tong. 'Wat hebt u tot nu toe?'

'Harris en Stone zijn uit de puinhopen gehaald. In elk geval wat er van ze over was. Gallagher, die bij Khodai thuis was, is nog steeds verdwenen. Ze moeten hem in een kelder of een diepe grot hebben opgesloten, want er komt geen enkel signaal van zijn schouderzender. De man die u achternazat, was kennelijk goed getraind, maar is toch maar een laaggeplaatste persoon.'

Moore schudde vol afschuw zijn hoofd. 'Denkt u dat Khodai voorzien was van afluisterapparatuur?'

'Dat is mogelijk,' zei Slater.

'Dat dacht ik ook. Ik dacht dat de controlepost in de hotellobby fake was en door hen werd gecontroleerd. De röntgenapparatuur zou niets oppikken, zelfs niet als hij afluisterapparatuur droeg. Khodai kwam er dus doorheen zonder het systeem te alarmeren. Misschien hebben ze hem bedreigd, hebben ze hem verteld dat als hij ons niet zou opblazen zij zijn familie zouden vermoorden. Wat ze toch hebben gedaan.'

'Dat is wel een goede theorie,' zei O'Hara.

Moore snoof. 'Maar dat is níét wat er is gebeurd.'

'Wat weet je?' vroeg Slater aan hem.

'De hotelsecurity is grotendeels vrij goed, volgens mij. Ik denk dat ze schoonmakers hebben gebruikt om de bommen in de kamer naast die van ons te krijgen.'

'Rustig aan,' zei Slater. 'Hoe hebben ze die bommen dan het hotel in gekregen? Niet via de hoofdingang.'

Moore schudde zijn hoofd. 'Ze zijn het gebouw ernaast binnengegaan, het technisch centrum, waar de sluipschutter was. Daar is minder security, en misschien is die gemakkelijker om te kopen. De bommen zijn via een draad met een katrol van het ene dak naar het andere gebracht.'

'Dat meent u niet,' zei O'Hara.

'Jawel. Ik ben naar het dak van het technisch centrum gegaan en heb gezien waar ze de touwen hadden vastgemaakt. Daarna ben ik naar het Marriott gegaan en aan de rand van dat dak ontdekte ik dezelfde aanwijzingen. Over een paar minuten stuur ik u een aantal foto's die ik daar heb gemaakt.'

O'Hara zei gefrustreerd: 'Dat is belachelijk eenvoudig.'

'Misschien was dat ons probleem: wij verwachtten iets ingewikkelds, terwijl deze mannen eenvoudige middelen gebruiken. Als ze echt lef hadden gehad, zouden ze hebben geprobeerd de bommen naar de overkant te gooien...' Weer schudde Moore zijn hoofd.

'De kamers naast die van jullie stonden dus op naam van gasten die er nooit zijn geweest,' concludeerde O'Hara.

'Inderdaad. Iemand van binnenuit heeft ervoor gezorgd dat ze in het registratiesysteem bezet leken, terwijl ze al die tijd leeg zijn gebleven. De lokale politie zou die klootzak van de receptie moeten inrekenen die contact met ze had. Ik heb Rana opdracht gegeven een paar lijntjes uit te zetten.'

'Dat klinkt goed,' zei O'Hara. 'Maar op dit moment zouden we liever zien dat u vertrekt.'

Moore haalde diep adem en sloot zijn ogen. 'Luister, ik weet dat jullie denken dat ik de boel hier heb verknald... een gat in de security, maar deze hele operatie was clean. Ik heb alles gecontroleerd. Ik bedoel álles. Dus... laat me even uitspreken. Alstublieft.' Hij wilde hun vertellen dat hij dit moest doen voor de mensen die waren gedood en voor zichzelf, maar de woorden wilden niet komen.

'We hebben u thuis nodig.'

Zijn ogen schoten open. 'Thuis? In de VS?'

Slater interrumpeerde: 'Gistermiddag zijn verschillende officieren van Khodais bataljon gefotografeerd samen met een man die we hebben geïdentificeerd als Tito Llamas, een bekende luitenant van het Juárez Cartel. Bij hen waren twee niet-geïdentificeerde mannen, mogelijk taliban. Je krijgt die foto's nu.'

'We hebben dus corrupte Pakistaanse militairen die een ontmoeting hebben met een vent van een Mexicaans drugskartel en de taliban,' zei Moore. 'Dat is inderdaad geen beste drie-eenheid.'

Slater knikte. 'Max, je kent heel veel van de spelers uit het Midden-Oosten. Jij bezit de expertise die we nodig hebben. We willen dat jij ter plekke de leiding neemt over een nieuwe joint taskforce die we gaan opzetten.'

Verbaasd vroeg Moore: 'Is dit een soort promotie of zo, na wat er net is gebeurd? Ik bedoel, ik heb net binnen twee weken beide operaties vergald...'

'We bespreken dit al een tijdje en jouw naam staat al die tijd boven aan de lijst. Dat is niet veranderd,' antwoordde Slater.

Maar Moore bleef zijn hoofd schudden. 'Die twee mannen op de gang... Ik dacht dat het agenten van de ISI waren die de toegang naar de vierde verdieping bewaakten. Maar zij checkten alleen maar of die bommen echt afgingen...'

'Klopt,' zei O'Hara.

O'Hara boog zich naar voren, naar de camera. 'We moeten weten in welke mate die Mexicaanse drugskartels verbonden zijn met die Afghaanse en Pakistaanse smokkelaars. Misschien troost het je te weten dat je nog steeds aan dezelfde zaak werkt, alleen dan vanuit een andere hoek.'

Moore moest dit even verwerken. 'Wat hebben die Mexicanen er dan mee te maken, behalve als tussenpersoon en klant?'

O'Hara liet zich terugzakken in zijn stoel. 'Dat is dus de vraag, nietwaar?'

Slater schraapte zijn keel en las een paar aantekeningen door. 'Je belangrijkste taak is uitzoeken of de connectie tussen de taliban en de Mexicanen alleen maar bedoeld is om de opiummarkt uit te breiden of dat het de bedoeling is iets problematischers te veroorzaken. Bijvoorbeeld dat de taliban in Mexico leden werven om een nieuwe basis op te zetten voor hun operaties en eenvoudiger toegang tot de VS.'

'U had het zojuist over een joint taskforce. Welke diensten zijn hier dan nog meer bij betrokken?'

Slater grijnsde. 'Het hele alfabet: CIA, FBI, ATF, CBP, met assistentie van een stuk of zes kleinere, lokale diensten.'

Moore rilde toen hij zich realiseerde hoeveel ze eigenlijk van hem vroegen. 'Heren, ik waardeer uw aanbod.'

'Het is geen aanbod,' zei O'Hara.

'Ik begrijp het. Luister, geef me een paar dagen om Khodais moordenaars te vinden en om wat informatie over Gallagher te krijgen. Meer vraag ik niet.'

'Er is al een ander team onderweg,' zei Slater.
'Dat is prima. Maar laat me nog één poging wagen.'
O'Hara rilde en zei: 'We hebben allemaal gefaald. U bent niet de enige.'
'Ze hebben de kolonel en zijn gezin vermoord. Hij was een goede man. Hij deed het juiste. Dat zijn we hem en zijn neef wel verschuldigd. Ik kan niet zomaar weglopen.'
O'Hara dacht hier even over na en zei toen met opgetrokken wenkbrauwen: 'Twee dagen.'

2

Verplaatsing

Ergens in het oerwoud
Ten noordwesten van Bogotá, Colombia

Juan Ramón Matta Ballasteros vloekte met opeengeklemde kaken en moest langs zijn dikke bierbuik reiken om zijn mobiele telefoon te pakken die in de zak van zijn korte broek zat. Zijn mouwloze witte T-shirt was drijfnat van het zweet en de nog niet aangestoken Cohiba Behike tussen zijn lippen was vochtig. Het was een smoorhete en gruwelijke zomer geweest, de lucht was zo vochtig dat je het gevoel had dat je tussen warme boterhammen liep.

Ballasteros was amper veertig, maar de zware verantwoordelijkheden van zijn baan hadden ervoor gezorgd dat hij diepe rimpels om zijn ogen had, dat zijn baard en krulhaar metaalgrijs waren en hij voorovergebogen liep vanwege hevige pijn in zijn rug die aanvoelde als houwen met een machete.

Maar zijn fysieke problemen waren niet belangrijk. Al zijn aandacht was gericht op de vier jonge mannen met schotwonden in hun hoofd. Ze hadden het grootste deel van de nacht op de grond gelegen en het ochtendlicht schitterde op hun bleke lichamen. De glanzende vliegen zoemden over hun wangen en oogleden, en vlogen hun geopende mond binnen. De rigor mortis was al ingetreden en hun darmen waren al leeggelopen. De stank was niet te harden en Ballasteros draaide zich om, ademde diep in en slikte de gal weg.

Zijn team was alweer op een mobiel cocaïnelab gestuit. Dit lab was absoluut niet hightech of hygiënisch, maar bestond slechts uit een paar zelfgemaakte tenten boven stapels cocabladeren die op de grond lagen te drogen. Eén tent werd gebruikt voor de productie en opslag van kerosine, zwavelzuur en andere chemicaliën die nodig waren om minstens duizend kilo cocapasta per week te maken.

De afgelopen jaren had Ballasteros een paar van zijn machtigste klanten een rondleiding in de kampen gegeven en hen de verschillende fasen van de productie laten zien.

Hoewel cocaboeren allemaal een iets andere procedure volgden, hadden Ballasteros' mannen duizend kilo cocabladeren nodig voor één kilo pasta. Tijdens een rondleiding lieten ze zien hoe een tiende van die hoeveelheid werd gemaakt. Zijn mannen versnipperden met bosmaaiers honderd kilo bladeren en voegden deze snippers toe aan zestien kilo zeezout en acht kilo kalksteen. Deze ingrediënten werden met veel moeite gemengd tot een zwart modderachtig mengsel dat in een grote ton werd gedaan. Hieraan werd twintig liter kerosine toegevoegd, waarna dit mengsel ongeveer vier uur met rust werd gelaten.

Dan gingen de mannen naar een andere ton waarvan de inhoud al had staan weken. De vloeistof die hierin zat werd in een emmer geschonken, zodat ze de pulp en de bladeren konden weggooien. Het waardevolle product in deze fase was de drug uit de cocabladeren die was opgelost in de kerosine.

Hierna voegden ze acht liter water en acht theelepels zoutzuur toe. Dit nieuwe mengsel werd een paar minuten bewerkt met een plopper en daarna overgeheveld, waarbij het sediment op de bodem achterbleef. Aan het sediment werd sodiumpermanganaat toegevoegd, plus caustische soda in niet-gespecificeerde hoeveelheden, maar precies genoeg om het sediment onder te dompelen. De vloeistof was nu melkachtig wit en de pasta bleef achter op de bodem. De resterende vloeistof werd gezeefd door een doek en de pasta werd in de zon gedroogd tot hij lichtbruin was geworden.

De productie van één kilo kostte Ballasteros ongeveer 1.000 Amerikaanse dollar. Nadat hiervan cocaïnepoeder was gemaakt en dit naar Mexico was getransporteerd, schoot de prijs omhoog naar 10.000 dollar per kilo. Zodra diezelfde kilo de Verenigde Staten had bereikt, werd hij voor 30.000 dollar of meer verkocht aan straatbendes, die deze kilo versneden met additieven om de zuiverheid te verminderen en aan elke lading meer te verdienen. De bendes verkochten hun product per gram, en de straatwaarde van één enkele kilo kon wel 175.000 dollar of meer bedragen.

Een koper had hem een keer gevraagd: waarom doe je dit? Begreep hij dan niet dat een tiener in Los Angeles onlangs was overleden aan een overdosis van het spul dat hij produceert? Realiseerde hij zich dan niet dat hij hele families verwoestte en in de hele wereld levens vernietigde?

Daar dacht hij nooit over na en hij beschouwde zichzelf als een boer, net als zijn voorouders die op de koffieplantages hadden gewerkt. Hij was opgegroeid in Bogotá, had in Florida gestudeerd, was thuisgekomen als afgestudeerd econoom en had vervolgens geprobeerd zijn eigen biologische bananenkwekerij op te zetten, wat totaal was mislukt. Een paar van zijn vrienden in de bananenbusiness introduceerden hem bij verschillende drugshandelaars en zoals ze zeggen, de rest is geschiedenis. Voor hem was het een kwestie van overleven. Na twintig lange jaren als producent en trafficker van drugs genoot hij nu van de winsten van dit bijzonder riskante beroep. Zijn gezin woonde tussen blanke Europeanen in een welvarende noordelijke buitenwijk van de stad, zijn twee zonen deden het goed op highschool en zijn vrouw verlangde niets, alleen meer tijd met hem samen. Door de week was hij meestal weg voor 'zaken', maar hij kwam in het weekend naar huis. Dan bracht hij tijd door met zijn gezin, ging naar de kerk en samen met zijn zonen naar voetbalwedstrijden. In werkelijkheid woonde hij in zijn huis in het oerwoud, ongeveer tweehonderdvijftig meter bij zijn lab vandaan en had tot nu toe een uitstekende relatie met de FARC, de Revolutionary Armed Forces of Colombia, een paramilitaire groepering die hem hielp met de distributie en de export van zijn product. Hij hoopte dat zijn mannen niet door leden van de FARC waren vermoord; er was enige spanning ontstaan tussen hemzelf en een kolonel van de FARC, Dios, een meningsverschil over geld. Ballasteros' mannen waren in hun slaap vermoord.

Hij drukte op de sneltoets van Dante Corrales, zijn contact in Mexico, en wachtte tot de jongeman opnam.

'Je belt me alleen maar als er een probleem is,' zei Corrales. 'Toch is het beter als er geen probleem is.'

'Dios,' was het enige wat Ballasteros zei.

'Oké. Val me maar niet weer lastig.'

'Wacht, ik weet niet zeker of het Dios was, maar misschien...'

De jongen had de verbinding al verbroken.

Ballasteros had Corrales één keer ontmoet, twee jaar geleden, toen leden van het Juárez Cartel bij hem waren geweest om zijn operatie te bekijken en om bewakers en arbeiders aan te bieden zodat hij zijn productie kon verhogen. Corrales was een arrogante jongeman, de nieuwe lichting narco-traffickers zonder enig gevoel voor geschiedenis of respect voor diegenen die hem waren voorgegaan. Deze jonge *sicarios* hielden zich meer bezig met macht en image en intimidatie dan met geld verdienen. Ze droomden ervan dat ze een filmster werden, alsof ze Al Pacino waren. Ballasteros had niet veel met hen op, maar hij was gedwongen de assistentie van het kartel te accepteren toen de regering haar greep op zijn operatie verstevigde, maar ook omdat ze tegenwoordig zijn belangrijkste afnemers waren.

Na een even kort telefoongesprek met Corrales de week ervoor had Ballasteros gehoord dat de baas van het kartel binnenkort in het land zou zijn en dat hij de volgende lading op tijd moest verzenden. Hij vloekte en rende terug naar zijn huis waar hij twee van zijn mannen opdracht gaf de lijken bij het lab weg te halen.

Vier oude trucks waarvan de dieplader met een zeildoek was afgedekt stonden voor het huis en een andere groep mannen laadde de bananendozen vol bananen en cocaïne in de trucks.

Ballasteros probeerde zijn woede en zijn afschuw over de vermoorde mannen niet te tonen en schreeuwde tegen zijn mannen dat ze moesten opschieten. De boot was al aangemeerd aan de kade van Buenaventura.

Ze reden over wegen vol gaten, en klapten daardoor in de hete cabine hard op en neer in hun stoelen. De trucks hadden geen van alle een functionerende airco en dat was maar goed ook. Ballasteros wilde het zijn mannen niet te comfortabel maken; ze moesten alert blijven. Onderweg bekeek Ballasteros elke passerende auto en wandelaar met een kritische blik.

Omdat dit een bijzonder grote lading was (zeven ton om precies te zijn), en omdat de moordenaars zijn operatie zojuist een flinke knauw hadden gegeven, was Ballasteros bedacht op een nieuwe aanval. Daarom was hij van plan deze lading in elk geval tot het tweede of derde omslagpunt te vergezellen.

De bemanning van een achtentwintig meter lange garnalenboot uit Houston haastte zich naar de haven toen Ballasteros en zijn man arriveerden. De teams haalden de bananendozen snel uit de trucks met behulp van een op gas aangedreven vorkheftruck en de giek van het schip, en laadden ze in het laadruim van de garnalenboot.

Niet ver daarvandaan, ongeveer aan het einde van de kade, hielden twee soldaten van de FARC de hele operatie in het oog. Een van hen knikte naar Ballasteros, die zich tot verbazing van de bemanning over het gangboord haastte. Ja, zei hij tegen hen. Hij kwam mee. Hoe ver kwam hij dan mee? Ver genoeg.

Ze voeren ongeveer tweehonderdvijftig zeemijlen in westelijke richting en naderden Isla de Malpelo, een klein eiland met prachtige steile hellingen en spectaculaire rotsformaties die schitterden in het zonlicht. Ze zouden tot het vallen van de avond in dit gebied blijven en voerden de gebruikelijke 'garnalenvangst'-handelingen uit, achtervolgd door een school matglanzende haaien. Ballasteros was het grootste deel van de dag stil; hij werd nog steeds gekweld door het beeld van zijn dode mannen.

Eindelijk dook aan bakboord een donkere schaduw op, als een walvis of een grote witte haai. Toen de schaduw groter werd, begonnen de mannen aan dek tegen elkaar te schreeuwen en maakten de lijnen klaar. De schaduw dook op uit het water, waardoor het blauw, grijs en zwarte vlekkenpatroon zichtbaar werd en toen, terwijl het zeewater van zijn romp spoelde, kwam hij helemaal boven water...

Een onderzeeër.

Het vaartuig gleed langszij en Ballasteros schreeuwde naar de kapitein die door de luikopening keek: 'Deze keer vaar ik mee!'

De onderzeeër was eenendertig meter lang, had een dieselelektrische aandrijving en was van de dekplaten tot het plafond bijna drie meter hoog. Hij was gemaakt van glasvezel en kon met een snelheid van meer dan twintig kilometer per uur door het water snijden, zelfs beladen met tien ton cocaïne. Het vaartuig had een drie meter hoge bovenbouw met periscoop en kon tot bijna twintig meter diepte duiken. Het was een opmerkelijk staaltje van techniek en getuigde van de creativiteit en vasthoudendheid van de leiders van de operatie. De onderzeeër was uiteraard eigendom van het Juárez Cartel, en het had meer dan vier miljoen dollar gekost om onder de driedubbele overkapping van het Colombiaanse oerwoud een goed verborgen droogdok te bouwen.

Hoewel twee andere onderzeeërs al voordat ze konden worden ingezet door het leger waren ontdekt en geconfisqueerd, had het kartel voldoende geld om deze vaartuigen te blijven bouwen en deze onderzeeër was een van de vier die continu werd ingezet.

Ballasteros kon zich de tijd nog herinneren dat ze langzame vissersschepen, zeilboten en, als ze het aandurfden, een paar snelle motorboten gebruikten. Maar de schepen die ze nu inzetten, hadden meer laadvermogen en waren veel onopvallender. De oude semiduikboten konden wel vanuit de lucht worden ontdekt, maar deze onderzeeër niet. Iemand hielp hem aan boord waar hij de plaats zou innemen van een van de bemanningsleden van de onderzeeër. Ongeveer honderd zeemijlen voor de kust van Mexico zouden ze een andere vissersboot treffen, de vracht lossen en daarna terugkeren naar Colombia. Ballasteros zou niet slapen tot hij zeker wist dat de vracht was gearriveerd. Hij klauterde het trapje van de onderzeeër af en kwam in een smalle maar geklimatiseerde ruimte, terwijl de mannen buiten de vracht overlaadden.

Mexicaanse grens
Brewster County, Texas
Twee dagen later

U.S. Border Patrol Agent Susan Salinas had haar SUV naast een greppel gezet, zodat hij niet gezien kon worden vanaf de open woestijn die doorliep tot aan de golvende bergen aan de horizon. De zon was ongeveer twee uur eerder ondergegaan en zij en haar collega-grenswacht Richard Austin hadden op hun buik liggend de grens in de gaten gehouden met hun nachtvisiebril op, waardoor de woestijn glanzende groentinten had. Ze hadden een tip gekregen van een veeboer uit de buurt die een truck door het dal had zien rijden, in de richting van zijn land. Deze truck was over een van de elektronische sensoren gereden die daar door de CBP (Customs and Border Protection) was geplaatst.

'Misschien waren die kinderen weer aan het crossen,' zei Austin met een diepe zucht en hij keek naar rechts, terwijl zij in zuidoostelijke richting keek.

'Nee, volgens mij vangen we vannacht een heel grote vis,' zei ze langzaam.

'Waarom denk je dat?'

'Omdat ik die smeerlappen op dit moment in het vizier heb.'

Een klein stofwolkje dwarrelde op vanachter een gebutste F-150 met in het laadruim hoge stapels bananendozen die met spanbanden waren vastgemaakt en gedeeltelijk met een gescheurde canvasdoek waren afgedekt. Nee, deze jongens vervoerden écht geen producten door het ruige en bergachtige terrein van Brewster County, en ja, ze hadden hun lading slecht gecamoufleerd. Of ze waren gewoon te arrogant om zich daar iets van aan te trekken. Ze zoomde in, ze zag drie mannen opgepropt op de voorbank zitten en achter hen in de cabine zag ze iets bewegen. Het konden een man of zes zijn.

Ze maande zichzelf tot kalmte. Salinas was nu al bijna drie jaar bij de CBP en ze had al honderden mensen opgepakt die hadden geprobeerd illegaal de grens over te steken. Toch had ze nooit gedacht dat ze hier gewapend met een geweer de grens zou bewaken. Op highschool had ze zichzelf altijd beschouwd als een 'meisjesachtig meisje', ze was captain van de cheerleaders geweest en had haar diploma gehaald met vrijwel allemaal zesjes. Daarna was ze naar het plaatselijke college gegaan, maar geen van haar hoofdvakken had haar echt geïnteresseerd. Toen de broer van een vriendin bij de Border Patrol was gaan werken, had ze zich daar ook in verdiept. En nu was ze zevenentwintig, nog steeds single, maar ze genoot van de adrenalinestoten van haar baan.

Het was niet eenvoudig geweest deze baan te krijgen. Ze had vijfenvijftig dagen doorgebracht in Artesia, New Mexico, waar ze verschillende cursussen had gevolgd: immigratierecht en staatsrecht, strafrecht en bevoegde autoriteit, Spaans, douaneoperaties, onderhoud en gebruik van vuurwapens, fysieke training, het besturen van motorvoertuigen en antiterrorisme. En nee, op college hadden ze haar geen vuurwapens laten afvuren. Dit was verreweg het opwindendste wat ze in haar korte leventje had gedaan. En nu, terwijl haar hartslag versnelde, werd dat nog eens bevestigd.

'Je dacht zeker dat wij hier de puppy patrol waren of zo?' had ze een sicario gevraagd die ze een week geleden had opgepakt. 'Dat ze me gewoon een geweer in de hand hadden gedrukt met de opdracht de slechteriken tegen te houden?'

Vreemd genoeg was haar moeder enthousiast geweest over haar baankeuze en had gezegd dat ze er heel trots op was dat haar dochter bij de douane ging werken: 'Vooral omdat er altijd zoveel aandacht aan grensbewaking wordt geschonken.' Maar haar vader was even enthousiast als een voetbalfan die zonder bier zat. Hij was een rustige man die een rustig leventje had geleid als belastingadvocaat op een rustig kantoor in de buitenwijken van Phoenix. Hij genoot van rustige weekenden en was in geen enkel opzicht een alfamannetje. Hij kon zich gewoon niet voorstellen dat zijn dochter een wapen in de hand had. Hij had zelfs een keer Gandhi geciteerd en haar bovendien verteld dat mannen haar niet langer als een vrouw zouden zien, dat ze problemen zou krijgen met daten en dat sommige mensen waarschijnlijk zelfs haar seksuele geaardheid in twijfel zouden trekken. En verder zou ze natuurlijk dik worden. Alle agenten werden dik, ook douaniers.

Ze was zijn woorden nooit vergeten.

Austin leek heel veel op haar: hij was single, nogal op zichzelf en had een moeizame relatie met zijn ouders. Hij was een workaholic en iemand die zich aan de regels hield, behalve als het om hun relatie ging. Hij had al geprobeerd haar te versieren, maar ze was niet geïnteresseerd geweest. Hij had scherpe gelaatstrekken en zijn lichaam was iets te pafferig naar haar smaak. Ze had hem vriendelijk afgewezen.

'Oké,' zei hij. 'Ik roep een tweede unit op. Je hebt gelijk. Dit kon weleens een grote vis zijn.'

'Akkoord,' zei ze. 'Laat Omaha en de ATV's komen. Stuur ze de gps-locatie.' Omaha was de zendercode van de Black Hawk-helikopter die hun unit ondersteunde, en de drie mannen die de kleine, sterke ATV's (*all-terrain vehicles*) met hoge snelheid door de diepe voren van de woestijn stuurden.

Hij rolde opzij om zijn telefoon te pakken, maar sprong in plaats daarvan op en begon te rennen. 'Hé, jij daar! Staan blijven! Border Patrol!'

Ze draaide zich om en riep hem na...

Maar een geweerschot joeg een flits van paniek door haar borst.

Ze rolde weg van de verhoging, trok haar wapen en zag twee mannen naast hun SUV staan, Mexicanen in een spijkerjasje. Een van hen, met grijsachtig rood haar, had een pistool in zijn handen. Waarschijnlijk een Belgische FN 5.7, een pistool dat in Mexico de *mata policía* (*cop killer*) werd genoemd, omdat de kogels dwars door de kogelvrije vesten van de politie gingen. De andere man had een lang gebogen fileermes in de hand en glimlachte, waarbij hij één gouden tand ontblootte.

De eerste man schreeuwde in het Spaans dat ze zich niet mocht bewegen.

Ze lag te hijgen.

Austin lag op de grond met een schotwond in zijn borstkas. Zijn kogelvrije vest had hem niet kunnen beschermen tegen dit pistool. Hij ademde nog, drukte zijn wond dicht en kreunde zacht.

De man met het mes kwam naar haar toe. Ze keek eerst naar hem, daarna naar de man met het pistool en vuurde een kogel op hem af die hem in de schouder trof. De truck was nog geen honderd meter bij hen vandaan.

Ze stond op toen de man met het mes het pistool van zijn makker wilde pakken dat op de grond was gevallen en wilde hem neerschieten, maar op dat moment werd zij beschoten door iemand in de truck. De kogels sloegen vlak bij haar laarzen in.

Ze begon naar de greppel te rennen, ze dook er zo ongeveer naartoe, zonder achterom te kijken. Ze rende zo hard ze kon, ze hoorde haar eigen ademhaling in haar oren razen, haar hartslag bonkte, haar voetstappen dreunden ritmisch over de rotsbodem en de aarde. Ze wilde zover mogelijk wegrennen en dan even stoppen om haar radio te gebruiken.

Maar nu durfde ze niet te blijven staan.

Een schrille kreet echode door het dal en ondanks zichzelf bleef ze staan. Toen ze zich omdraaide, zag ze dat de man met het mes Richards afgesneden hoofd in de lucht hield zodat de mannen die uit de pick-up stapten hem konden zien. Ze begonnen te joelen terwijl zij zich weer omdraaide, zich in de greppel liet vallen en hoorde dat ze allemaal weer instapten.

Ze verstopte zich achter een struik en drukte haar warme pistool tegen haar borst. Ze dwong zichzelf rustig adem te halen en hoorde in gedachten haar vader zeggen: 'Je sterft nog als een hond en dan zal niemand meer aan je denken.'

Maar toen kreeg ze hoop, want het motorgeluid van de truck werd niet luider maar zachter. Een wonder? Kwamen ze haar niet achterna? Waren ze in tijdnood? Ze pakte de handset van haar radio en zei scherp luisterend: 'Road Runner, dit is Coyote Five, over.'

'Susan, wat gebeurt daar verdomme? Geen contact?'

'Richard is dood,' fluisterde ze.

'Ik kan je niet horen.'

'Ik zei: Richard is dood!' Ze drukte op een knopje van het gps-apparaat aan haar pols. 'Ik wil dat iedereen hiernaartoe komt!' Haar stem begaf het toen ze hem de gps-coördinaten gaf. Daarna zette ze de radio uit en hoorde de truck echt bij haar vandaan rijden.

3

Vruchtbare aarde

Nogales, Mexico
Vlak bij de grens van Arizona

Dante Corrales vond het verschrikkelijk als hij niet thuis was in Juárez, vooral omdat hij dan zijn vrouw Maria miste. Hij dacht steeds weer aan het vorige weekend, aan de manier waarop ze haar benen hoog had opgetild en haar gelakte teennagels in de lucht had gestoken, aan de spinnende geluidjes die ze had gemaakt, aan haar vingers die ze in zijn rug had gedrukt, aan de manier waarop ze tegen hem praatte en aan de uitdrukking op haar gezicht. Ze hadden de liefde bedreven als een stel hongerige, gewelddadige beesten! Corrales werd licht in het hoofd toen hij daaraan terugdacht. Hij stond in de uitgebrande Pemex *gasolinera* en keek naar de mannen die de bananendozen uitlaadden, de brokken cocaïne eruit haalden en in hun rugzakken stopten. Tweeëntwintig runners (smokkelaars) stonden onder supervisie van Corrales en vijf andere sicarios. Hun groep stond bekend als Los Caballeros, De Heren, omdat ze altijd bijzonder goed gekleed waren en beschaafd spraken, zelfs als ze hoofden afhakten en *corpse messages* naar hun vijanden stuurden. Ze waren slimmer, moediger en absoluut gevaarlijker en doortrapter dan de moordteams van alle andere Mexicaanse drugskartels. En zoals Corrales graag gekscherend zei, waren ze dan alleen nog maar hun *machismo* aan het oppoetsen!

Corrales wist dat een deel van de lading via Brewster County naar Texas was gegaan, en hij had net een telefoontje ontvangen van zijn eerste man, Juan, die hem had verteld dat ze problemen hadden. Zijn team was een unit van de Border Patrol tegengekomen en een van de jongens die Juan voor het smokkeltransport had ingehuurd, had het hoofd van een agent van de Border Patrol afgesneden.

'Wát zei je, verdomme?'

Corrales vloekte nog een paar keer, kalmeerde en herinnerde Juan eraan dat hij helemaal geen jongens van buitenaf had mógen inhuren. Juan zei dat hij geen keus had gehad, dat hij meer hulp nodig had gehad, omdat twee van zijn vaste krachten niet waren komen opdagen en waarschijnlijk dronken waren of high.

'De volgende begrafenis die je bijwoont is je eigen.' Corrales verbrak de verbinding, vloekte nog een keer, trok de kraag van zijn leren regenjas omhoog en plukte een paar pluisjes van zijn Armani-pantalon.

Hij zou zich niet zo kwaad moeten maken. Het leven was immers goed. Hij was vierentwintig, een hooggeplaatste luitenant in een belangrijk drugskartel en hij had al veertien miljoen pesos verdiend, meer dan één miljoen Amerikaanse dollar. Dat was indrukwekkend voor een arme jongen uit Juárez, het enige kind van een kamermeisje en een onderhoudsman die allebei in een goedkoop motel werkten.

Vanwege het uitgebrande tankstation en de stank van alle roet wilde Corrales snel vertrekken. De stank deed hem denken aan een andere nacht, de ergste nacht van zijn leven. Hij was toen zeventien en lid van een bende highschooljongens die zichzelf de Juárez 8 noemden. Ze trotseerden de sicarios van het Juárez Cartel en gingen in de tegenaanval nadat vrienden van hen waren bedreigd en gedwongen gerekruteerd. Te veel vrienden van Corrales waren al dood door hun betrokkenheid bij het kartel, en hij en zijn kameraden hadden besloten dat het genoeg was geweest.

Op een middag hadden twee jongens Corrales achter een afvalcontainer in een hoek gedreven en hem gewaarschuwd dat als hij niet uit die bende stapte en zich bij Los Caballeros zou aansluiten, zijn ouders zouden worden vermoord. Dat hadden ze heel duidelijk gemaakt.

Corrales zag de ogen van die vent nog altijd glashelder voor zich: in de donkere steeg gloeiden ze als brandende kooltjes. En hij kon de stem van die vent nog altijd horen: we zullen je ouders vermoorden.

Natuurlijk had Corrales hun verteld dat ze moesten oprotten. En twee nachten later, toen hij na een avondje drinken thuiskwam, stond het motel in lichterlaaie. De lichamen van zijn ouders werden uit de puinhopen gehaald: beiden waren geboeid met tape en levend verbrand.

Hij was helemaal doorgedraaid, had het pistool van een vriend gestolen en was op topsnelheid door de stad gereden, op zoek naar de klootzakken die zijn leven hadden geruïneerd. Hij had zijn auto tegen een hek gereden en had hem daar achtergelaten, daarna was hij naar een barretje gerend waar hij in het toilet in elkaar was gezakt. De politie had hem daarvandaan gehaald en naar familie gebracht.

Nadat hij een tijdje bij zijn pleegmoeder had gewoond en zelf als conciërge had gewerkt terwijl hij ondertussen probeerde zijn highschool af te maken, besloot hij dat hij niet langer net zo wilde zwoegen als zijn ouders hadden gedaan. Dat kón hij gewoon niet.

Hij had geen keus: hij zou lid worden van de bende die zijn ouders had vermoord. Dat besluit had hij niet zomaar en ook niet snel genomen, maar werken voor Los Caballeros was voor hem de enige manier om de sloppenwijken te ontvluchten. En omdat hij veel slimmer was dan de meeste misdadigers, en misschien ook wraakzuchtiger, bereikte hij snel een hoge positie en leerde veel meer van de zaken dan zijn bazen zich realiseerden. Hij had algauw door dat kennis macht is en daarom verzamelde hij zo veel mogelijk informatie over de zaken en de vijanden van het kartel.

Toevallig waren de beide jongens die zijn ouders hadden gedood een paar weken voordat Corrales bij de bende kwam zelf vermoord. Ze waren gedood door een rivaliserend kartel omwille van hun wrede en domme gedrag. De andere Caballeros waren blij dat ze dood waren.

Corrales rilde en keek even naar zijn team runners die allemaal een donkere trui met capuchon droegen en krom liepen door het gewicht van hun overvolle rugzakken. Hij liep voor hen uit naar een hoek achter in de nachtwinkel en tilde een grote plaat multiplex van de vloer waardoor de ingang van een tunnel zichtbaar werd. Het was een nauwe schacht waar een aluminium ladder in stond. Er welde een golf koude, muffe lucht naar boven.

'Als jullie in het andere huis zijn,' zei Corrales, 'mag je niet naar buiten gaan tot je de auto's ziet, en er mogen er steeds maar drie tegelijk gaan. Meer niet. De rest blijft in de slaapkamer. Als er problemen zijn, komen jullie terug via deze tunnel. Oké?'

De mannen mompelden instemmend en gingen daarna naar beneden, een voor een, enkelen hadden een zaklamp bij zich. Dit was een van de kleinere, maar langere tunnels van het kartel: bijna honderd meter lang, een meter breed en iets minder dan twee meter hoog. Het plafond was verstevigd met dikke steunbalken. Doordat er in Mexico zoveel werkloze timmerlieden en bouwvakkers waren, was het belachelijk eenvoudig werkploegen te vinden die dit soort tunnels wilden aanleggen. Er stonden zelfs ploegen klaar om aan het volgende project te beginnen.

Corrales' mannen liepen dicht op elkaar en ineengedoken door de tunnel. Deze liep vlak onder een van de controleposten in Nogales, Arizona, en het was altijd mogelijk dat een groter voertuig, een bus bijvoorbeeld, een instorting veroorzaakte. Dat was al vaker gebeurd. Corrales had zelfs gehoord dat de verschillende kartels al meer dan twintig jaar tunnels in Nogales lieten aanleggen en dat de overheid er al honderden had ontdekt. Toch bleef men nieuwe doorgangen graven, waardoor Nogales de *drug tunnel capital of the world* werd genoemd. Maar de laatste jaren was het Juárez Cartel begonnen zijn tunneloperaties uit te breiden; het had nu bijna alle belangrijke tunnels in handen die toegang boden tot de Verenigde Staten. Ze huurden mannen in die goed werden betaald om de tunnels te beschermen en te voorkomen dat rivaliserende kartels ze gebruikten. Bovendien lieten ze de tunnels nog dieper aanleggen, zodat de grondpenetrerende radarsystemen ze niet konden ontdekken en/of agenten ze zouden aanzien voor een van de vele rioleringsbuizen tussen Nogales in Mexico en Nogales in Arizona.

Toen hij in de deuropening achter zich geschreeuw hoorde, greep hij naar zijn mata policía in zijn schouderholster. Hij haalde het pistool tevoorschijn en liep naar de deur waar twee van zijn mannen, Pablo en Raul, een andere man naar binnen sleurden. De man bloedde uit zijn neus en mond, verzette zich hevig en spuugde opeens een golf bloed uit die Corrales' Berluti-mocassins op een haar na miste. Corrales was ervan overtuigd dat die idioot geen idee had hoe duur zijn schoenen waren.

Corrales vroeg fronsend: 'Wie is dit verdomme?'

Raul, de langste van de twee mannen, zei: 'Ik denk dat we een spion hebben ontdekt. Volgens mij is hij een van Zuniga's jongens.'

Corrales slaakte een diepe zucht, streek met zijn vingers door zijn lange, donkere haar en drukte opeens de loop van zijn pistool tegen het voorhoofd van de man. 'Volgde je ons? Werk je voor Zuniga?'

De man likte langs zijn bebloede lippen. Corrales drukte het pistool nog harder tegen zijn voorhoofd en schreeuwde dat hij antwoord moest geven.

'Fuck you!' snauwde de man.

Corrales liet zijn stem dalen en ging nog dichter bij de man staan. 'Werk je voor de Sinaloa's? Als je me de waarheid vertelt, laat ik je leven.'

De man kreeg een afwezige blik in zijn ogen, hief zijn hoofd een beetje en zei: 'Ja, ik werk voor Zuniga.'

'Ben je alleen?'

'Nee. Mijn vriend is nog in het hotel.'

'Op de hoek?'

'Ja.'

'Oké. Bedankt.'

Zonder ook maar een seconde te aarzelen schoot Corrales hem in zijn hoofd. Hij deed dat zo snel en zo achteloos dat zijn eigen mannen ervan schrokken. De spion viel voorover en Corrales' mannen lieten hem op de grond vallen.

Corrales gromde. 'Stop deze klootzak in een zak en zet dit stuk afval maar bij onze ouwe vriend voor de deur. Stuur twee mannen naar het hotel en laat ze dat andere stuk tuig levend ophalen.'

Hoofdschuddend keek Pablo naar de dode man. 'Ik dacht dat je hem zou laten leven.'

Corrales snoof, keek naar beneden en zag dat er een bloedvlek op een van zijn schoenen zat. Hij vloekte en liep terug naar de tunnel. Onderweg pakte hij zijn mobieltje en belde zijn mannetje in het huis aan de andere kant van de grens.

Omgeving Crystal Cave
Sequoia National Park
Californië
Vier dagen later

Een vrachtwagen van U-Haul stopte voor de grote tent. *Special agent* Michael Ansara van de FBI zag dat er twee mannen uitstapten die gezelschap kregen van twee andere mannen die uit de tent waren gekomen. Een van hen, de langste, deed de achterklep van de truck van het slot en rolde de deur omhoog. Daarna gaven de mannen de dozen aan elkaar door, ze vormden een rij naar de ingang van de tent. Dit gebied was een bevoorradingscentrum voor de groepen verder noordwaarts. Dat de Mexicaanse drugskartels cocaïne de Verenigde Staten binnensmokkelden, was ongeveer even vermetel als de operatie die Ansara de afgelopen week had verkend.

De kartels hadden uitgebreide marihuanakwekerijen opgezet in de rotsachtige heuvels en het achterland van het Sequoia National Park. Hoewel er veel wandelpaden doorheen liepen, waren er nog steeds grote gebieden verboden voor wandelaars en kampeerders. Omdat er maar weinig voetpatrouilles werden uitgevoerd, hadden de kartels enorme afgelegen gebieden tot hun beschikking die goed gecamoufleerd waren voor verkenningsvliegtuigen. Aan deze kant van de grens konden ze straffeloos hun eigen product kweken en snel naar hun klanten vervoeren, op hetzelfde moment als het geld naar Mexico werd getransporteerd. Ansara had zich hier meer dan eens over verbaasd, maar de kartels deden dat al jaren.

Vermetel? Ja, verdomme. Zeker als je zoveel tijd in dat gebied had doorgebracht als Ansara. Hij had de uitgebreide veiligheidsmaatregelen al ontdekt, verdedigingslinies die begonnen in de gebieden die parallel liepen aan de hoofdpaden. Avonturiers die per ongeluk van het pad waren gedwaald, konden allerlei soorten en maten vallen tegenkomen, zoals twee meter diepe valkuilen bedekt met takken, bladeren en dennennaalden, waarin dikke planken met spijkers lagen. Het was de bedoeling deze nieuwsgierige aagjes te verwonden zodat ze teruggingen om medische hulp te zoeken. Verderop had Ansara struikeldraden gevonden waardoor argeloze wandelaars voorover op een verstopte plank vol spijkers vielen. Uiteraard waren dit wrede manieren om voorbijgangers te 'ontmoedigen', maar ze vormden slechts een onderdeel van een nog geraffineerder verdedigingsnetwerk verder naar binnen.

Zijn huidige uitkijkpunt had hij alleen maar kunnen bereiken omdat hij een ervaren bergbeklimmer was. Hij was met lichte bepakking vertrokken, hij had heuvels beklommen met een steilte van meer dan achttien procent en behoorlijk rotsachtige kliffen, en hij had zeker een keer of zes een omweg moeten maken om niet te worden ontdekt. Losschietende stenen, laaghangende uitsteeksels en steile hellingen hadden hem soms de adem benomen.

Ongeveer een uur ten noorden van de grote tent die hij nu observeerde, en twee uur lopen van de dichtstbijzijnde weg, lag wat Ansara de *garden*, de tuin, noemde. Afgeschermd door hoge suikerdennen stonden meer dan vijftigduizend marihuanaplanten, soms wel anderhalve meter hoog, in rechte rijen met bijna twee meter tussenruimte. Ze groeiden in de vruchtbare aarde op soms heel steil terrein. Veel van deze planten stonden tussen dik struikgewas en langs rivieren die de kartels voor irrigatie gebruikten. In het heuvellandschap waren leidingen ingegraven en rivieren afgedamd, en een uitgebreid druppelirrigatiesysteem zorgde ervoor dat de planten niet te veel water kregen. Het was een professionele operatie waarbij kosten noch moeite waren bespaard.

Langs de akkers stonden groepjes tenten, waar boeren en bewakers woonden. Het meeste voedsel werd opgeslagen in grote zakken die aan boomtakken werden gehangen om ze te beschermen tegen de zwarte beren die dit gebied bewoonden. De akkers werden vierentwintig uur per dag bewaakt door minstens dertig man tegelijk. Voorraden werden aangevoerd door mensen die duidelijk niet op de hoogte waren van deze operatie, behalve dan dat er voedsel, water, kleding, kunstmest en andere noodzakelijke artikelen nodig waren. De geoogste planten werden 's nachts door groepjes boeren het land uit gesmokkeld, beschermd door bewakers. De teams die overdag werkten, reden op dure mountainbikes en verplaatsten zich snel en stil door de meedogenloze dalen. Ansara nam aan dat veel van de arbeiders familieleden en vrienden waren van de kartels, mensen die ze konden vertrouwen. Elke hoofdingang en hoofduitgang van het park werd beschermd door *rangers*, en Ansara's onderzoek had uitgewezen dat ten minste één nachtwaker was omgekocht zodat hij ongeveer elke tien dagen tussen middernacht en vijf uur 's ochtends een voertuig doorliet.

Ansara wist hoe marihuana werd gekweekt. Hij was opgegroeid in East Los Angeles, in een halfvrijstaand huis in Boyle Heights. De oudere broer van zijn moeder, Alejandro de La Cruz, woonde aan de andere kant. Door de week was zijn oom 'tuinman van de sterren' in het welvarende Bel Air. 's Nachts en in het weekend kweekte en verkocht De La Cruz hasj aan diezelfde rijke klanten.

En Ansara was zijn vertrouwde assistent.

Toen hij tien was, kon Ansara delta-9-tetrahydrocannabinol (THC) niet alleen spellen, maar ook uitspreken. THC is de actieve werkzame stof in hasj die ervoor zorgt dat de gebruiker high wordt. Hij was uren bezig met het in de wacht slepen en prepareren van piepschuimen bekers. Hij maakte afvoergaatjes in de bodem, vulde ze met potaarde en stopte er een donkerbruin zaadje in, met het puntige uiteinde naar boven. Hij zette dertig of veertig bekers op een plaat die heel veel op zijn moeders bakblik leek, en daarna schakelde hij de verwarmingsdraden aan de onderkant van de lange werkbank aan voor onderwarmte.

Hij leerde hoe hij de kiemplantjes moest verplanten, met heel veel aarde aan de wortelkluit, en hij leerde waarom het belangrijk was dat de ventilator vierentwintig uur per dag draaide. Hij bladerde de kranten door, vooral de bijlagen en folders, op zoek naar goedkope gloeilampen van zeshonderd watt en hogedruknatriumlampen.

De nacht, of de donkere periode, van een marihuanaplant was even cruciaal voor de groei. Het was een hele klus om vierentwintiguurstimers te vinden. Gewone timers konden gemakkelijk doorbranden door de gloeilampen en zijn oom had hem geleerd dat dure relaisschakelaars noodzakelijk waren.

Dat de planten bepaalde hoeveelheden daglicht en duisternis nodig hadden, creëerde twee veiligheidsproblemen. Ten eerste was het dichtplakken van de ramen om totale duisternis te creëren, riskant omdat het argwaan vanaf de straat wekte. Daar waren agenten van de narcoticabrigade speciaal naar op zoek. Continu bovengemiddeld elektriciteitsverbruik kon een alerte werknemer van het Californische energiebedrijf alarmeren die vervolgens dezelfde narcoticabrigade kon waarschuwen. Ten tweede kon een kwekerij behoorlijk vochtig worden. Openstaande ramen op vreemde tijden, onafhankelijk van eventuele neerslag of de buitentemperatuur, was dus ook riskant.

Op zijn twaalfde kon Ansara de twaalf snelst werkende marihuanasoorten opnoemen, in afnemende volgorde van hun THC-gehalte, van White Widow tot Lowryder. En al die tijd rookte Ansara geen enkele keer zelf pot, net als zijn oom; deze zei dat ze zakenlieden waren die een belangrijk product produceerden. Als je koekjes verkoopt, zei hij tegen Ansara, eet je ook niet al je koekjes zelf op.

Aan dat alles kwam abrupt een einde toen zijn moeder ontdekte waarom hij zoveel tijd bij oom Alejandro doorbracht; maandenlang had ze geen woord tegen haar broer gezegd.

Dat Ansara voor de FBI was gaan werken en al verschillende marihuanaproducenten had gearresteerd, was behoorlijk tegenstrijdig. Nog tegenstrijdiger was wat hij op dit moment zag gebeuren. Slechts een handjevol agenten van de narcoticabrigade was belast met het toezicht op de tachtigduizend hectare nationaal bos van Californië en helaas hoorde Ansara daar niet bij. Hij was daar omdat hij jacht maakte op één bepaalde smokkelaar, ene Pablo Gutierrez, die in Calexico een andere FBI-agent had vermoord en die volgens Ansara directe banden had met het Juárez Cartel.

Tijdens de jacht op deze man ontdekte Ansara het Oz van de Californische marihuanakwekerijen. Toch stonden hij en zijn collega's niet te dringen om deze organisatie op te rollen, omdat ze hoopten dat ze met behulp hiervan meer informatie over de kartels konden vergaren. Iedereen begreep dat ze de luitenants en de bazen te pakken moesten krijgen. Als ze te snel ingrepen, zouden de kartels een paar kilometer verderop gewoon een nieuwe akker aanplanten.

Nadat de bewaking langs de Amerikaans-Mexicaanse grens was verscherpt, breidden de kartels hun kwekerijen in de Verenigde Staten uit. Ansara had gesproken met een special agent van het Federal Bureau of Land Management. Deze had hem verteld dat park rangers nog maar acht maanden geleden elf ton marihuana per week in beslag namen. De man vroeg zich af hoeveel ze niét in beslag namen, hoeveel ze kweekten en hoeveel ze verkochten... Mexicaanse drugsbaronnen opereerden op Amerikaans grondgebied en er waren niet genoeg agenten om ze tegen te houden. Zoals de soldaten in Vietnam altijd zeiden: het is zoals het is...

Ansara liet zijn verrekijker zakken en trok zich verder terug in de struiken. Hij dacht dat hij een van de laders twee keer zijn kant op zag kijken. Zijn hartslag versnelde. Even later keek hij weer door zijn kijker. De mannen waren weer aan het werk gegaan en hadden een paar dozen apart gezet waarvan de deksels waren weggehaald.

Ansara zoomde in en zag dozen met tandenborstels en tandpasta, zeep, wegwerpscheermesjes, potjes aspirine en hoestdrank. In grotere dozen zaten tankjes propaangas, pakjes tortilla's en blikken met onder andere tomaten en pens.

In het bladerdak boven zijn hoofd fladderde een vogel. Ansara schrok ervan en hield zijn adem in. Weer liet hij zijn verrekijker zakken, wreef in zijn vermoeide ogen en hoorde in gedachten Lisa weer zeggen: 'Ja, ik wist wel waar ik aan begon, maar je bent gewoon te vaak weg. Ik dacht dat ik dit kon. Ik dacht dat ik dit wilde. Maar dat is niet zo.' En dus was alweer een blondine met lange benen, een rokerige stem en zachte handen aan Ansara's greep ontsnapt. Maar zij was anders geweest, ze had hem bezworen dat ze er wel tegen kon dat hij weg was en had het eerste jaar heel erg haar best gedaan. Ze was schrijfster en hoogleraar politieke wetenschappen aan de ASU (Arizona State University) en ze had tegen hem gezegd dat het goed was dat hij af en toe weg was, omdat ze tijd voor zichzelf nodig had. Op de avond toen ze vierden dat ze één jaar bij elkaar waren, had ze nog smoorverliefd geleken. Tijdens een feestje had ze hem vergeleken met acteurs als Jimmy Smits en Benjamin Bratt, en op haar Facebook-pagina had ze hem beschreven als 'een lange, slanke, gladgeschoren Amerikaan van Spaanse afkomst met een verrukkelijke glimlach en een heldere, bescheiden blik'. Hij had dat nogal cool gevonden. Hij kon dat soort woorden niet gebruiken. Maar de liefde was niet bestand geweest tegen zijn afwezigheid; ze was immers nog geen dertig. Hij had het begrepen en haar laten gaan. Maar de laatste maanden was hij aan haar blijven denken. Hij dacht terug aan hun eerste date; hij had haar meegenomen naar een klein Mexicaans familierestaurant in Wickenburg, Arizona. Toen had hij haar verteld over zijn eigen tijd aan de ASU en over zijn werk bij de Army Special Forces in Afghanistan. Hij had haar verteld dat hij het leger had verlaten en dat de FBI hem had gerekruteerd. Ze had gevraagd: 'Waarom vertel je me dit allemaal?'

'Dat weet ik niet. Word je er opgewonden van als je topgeheimen hoort?'

Ze had met haar ogen gerold en gegiecheld. Hun gesprek was serieus geworden toen ze hem vragen had gesteld over de oorlog, over zijn gestorven kameraden, over dat hij van te veel vrienden afscheid had moeten nemen. Na het dessert had ze gezegd dat ze naar huis moest, wat betekende dat ze niet echt in hem geïnteresseerd was, maar dat hij zijn zus moest bedanken omdat ze hen met elkaar in contact had gebracht.

Natuurlijk was hij haar achternagelopen, dat zou iedere vent van de Special Forces/FBI hebben gedaan. En uiteindelijk verleidde hij haar met bloemen en slechte gedichten op zelfgemaakte kaarten en nog meer dinertjes bij kaarslicht. Maar dat was allemaal naar de knoppen gegaan door zijn carrière, en daar begon hij van te balen. Hij had gedacht dat hij tevreden zou zijn met een kantoorbaan, maar hij werd al beroerd als hij zich alleen maar voorstelde dat hij in een hokje moest werken met een baas die hem achter de vodden zat.

Het was veel leuker om hoog in de bergen te zitten met een verrekijker in de hand om een paar misdadigers in de gaten te houden. Ja, hij had het gevoel dat hij weer een klein jongetje was.

De mannen waren klaar met uitladen, stapten weer in de truck en reden weg. Ansara zag hen wegrijden, waarna een paar andere mannen naar buiten kwamen en hun rugzakken vulden met spullen die ze uit de dozen haalden. Na een minuut of tien waren ze klaar en vertrokken in de richting van de garden. Ansara wachtte tot ze weg waren, draaide zich om en wilde zelf ook vertrekken.

Als hij niet toevallig naar beneden had gekeken, was hij dood geweest.

Want daar, rechts van hem, ontdekte hij een klein apparaatje met een laser eraan. Ansara zag meteen dat het een *laser trip-wire* was, een struikeldraad; de andere unit stond aan de andere kant van de open plek. Als hij de laserstraal onderbrak, zou er een stil alarm afgaan. Ansara keek nog eens beter, hief zijn verrekijker en ontdekte nog meer laser-units onder de bomen. Je zag ze als je wist waar je naar zocht, en de Mexicanen hadden zelfs bladeren en takjes tegen de zijkanten geplakt om ze nog beter te camoufleren. Rondom de hele tuin waren conventionele trip-wires en Claymore-mijnen geplaatst, maar dit was een nieuw gedeelte van het park voor Ansara, en deze detectieapparatuur had hij nog niet eerder gezien. Verdomme, als hij hier weer kwam, zou hij zelfs nóg voorzichtiger moeten zijn.

Beneden hoorde hij geroep. Spaans. De woorden: op de berg, aan de oostelijke zijde. Hadden ze hem ontdekt?

O, shit. Misschien was hij al door een van de laserstralen gelopen. Hij begon te rennen, terwijl de mannen beneden snel hun tent uit kwamen.

4

De goede zonen

Miran Shah
Noord-Waziristan
Vlak bij de Afghaanse grens

Moore en zijn contact ter plaatse, Israr Rana, hadden ongeveer tweehonderdnegentig kilometer in zuidwestelijke richting gereden. Ze waren nu in Noord-Waziristan, een van de zeven districten binnen de FATA (Federally Administrated Tribal Areas, of Federaal Bestuurde Stamgebieden) die slechts symbolisch door de centrale en federale regering van Pakistan werden gecontroleerd. Deze afgelegen gebieden werden eeuwenlang vooral bewoond door de Pashtun-stammen en in de negentiende eeuw door de Britten geannexeerd. In die tijd probeerde de Britse Raj de bevolking te onderdrukken met de Frontier Crimes Regulations (FCR's), 'zwarte wetten', die de lokale adel onbeperkte macht gaven zolang deze zich maar aan de Britten onderwierp. Deze regering bleef aan tot de vorming van de Islamitische Republiek van Pakistan in 1956. Tijdens de Sovjet-invasie in de jaren tachtig werd de regio veel militanter met de komst van moedjahedien uit Afghanistan. Na de aanslagen op 11 september 2001 werd zowel Noord- als Zuid-Waziristan berucht vanwege de opleidingskampen en als veilig toevluchtsoord voor terroristen van de taliban en Al Qaida. De bewoners verwelkomden hen zelfs, omdat de taliban hun tribale waarden en gebruiken accepteerden en hen eraan herinnerden dat ze onafhankelijk moesten blijven en wantrouwig moesten staan ten opzichte van de regering.

Moore realiseerde zich dat hij naar een bijzonder gevaarlijke en explosieve plek ging, maar Rana had gezegd dat de reis het risico waard was. Ze zouden een man ontmoeten die volgens Rana misschien in staat was de talibanstrijder op Moores foto te identificeren. Deze man woonde in het dorp Miran Shah, waar tijdens de Sovjet-invasie een groot vluchtelingenkamp was geweest voor ontheemde Afghanen die de grens waren overgestoken bij Khost, het dichtstbijzijnde dorp in een afgelegen deel van het land. Veel van de wegen naar Miran Shah waren tijdens de wintermaanden regelmatig onbegaanbaar en de enige elektriciteit voor de inwoners werd opgewekt door een paar dieselgeneratoren. Dat ze een stad binnenreden die in de duistere middeleeuwen was blijven steken, was zwak uitgedrukt. Toch verbaasde Moore zich over tegenstrijdige westerse invloeden; tussen een paar lemen gebouwen zag hij bijvoorbeeld gebutste reclameborden van 7-Up en Coca-Cola. Langs de straten stonden stoffige auto's geparkeerd en kinderen renden elkaar achterna door stegen vol afval. Ze kwamen een man tegen in een gewaad vol vetvlekken die een aapje aan een riem bij zich had. Ook zagen ze een stuk of zes andere mannen die een lang katoenen overhemd droegen en een broek die met een lange sjerp werd opgehouden. Enkele mannen hadden een AK-47 bij zich en onderzochten een gebombardeerd gebouw op het grote marktplein, waar een grote groep mannen en vrouwen nog steeds de puinhopen doorzochten. Vlak bij hen werd boven een open vuur een geit geroosterd; een geur die Moore heel goed kende.

'Alweer een zelfmoordaanslag,' zei Rana, die achter het stuur zat, met een knikje naar het gebouw. 'Ze hebben geprobeerd hier een van de stamleiders te vermoorden, maar dat is mislukt.'

'Maar met dat gebouw is het wel aardig gelukt, vind je niet?' zei Moore.

Aan het einde van de weg werden ze aangehouden door twee gewapende mannen, leden van het Pakistaanse leger dat meehielp de veiligheid te waarborgen nu Miran Shah steeds vaker door pro-talibanmilitanten werd aangevallen. Hun kampen lagen in de omringende heuvels, waar de zelfmoordenaar ongetwijfeld ook vandaan kwam. De regering was in actie gekomen tegen de 'talibanisatie' van deze tribale gebieden door manschappen en uitrusting te leveren, maar tot nu toe hadden deze inspanningen maar weinig succes. Moore had dit gebied goed bestudeerd en ontdekt dat de kans heel groot was dat de regeringstroepen werden omgekocht door drugsbaronnen die door de taliban werden gesteund. Khodai zou, als hij nog had geleefd, hun namen hebben genoemd.

Rana zei tegen de bewakers van de controlepost dat ze een afspraak hadden met Nek Wazir. Wazir was voorzitter van de Shura Raad van Noord-Waziristan en het was algemeen bekend dat hij sterk gekant was tegen de talibanleiders in het gebied. De bewaker liep naar zijn kameraad, keek op een klembord en kwam terug om hun identiteitsbewijzen te vragen. Moore had natuurlijk deskundig vervalste documenten waaruit bleek dat hij een wapenmaker was uit Darra Adam Khel, een stadje dat zich vrijwel uitsluitend bezighield met de productie van oorlogsmaterieel. Buitenlanders mochten niet naar Darra reizen, maar handelaren uit de stad konden zich gewoon door de stammengebieden verplaatsen om bestellingen af te leveren. De bewaker was snel tevreden met Moores papieren, maar nadat hij hun auto had doorzocht, stak hij zijn hand op. 'Waarom geen zending?'

Moore grijnsde. 'Ik ben hier niet voor zaken.'

Schouderophalend gebaarde de bewaker dat ze door mochten rijden.

'Waar ken je Wazir van?' vroeg Moore.

'Mijn grootvader heeft met hem tegen de Sovjets gevochten. Ze zijn hier samen naartoe gekomen en ik ken hem al mijn hele leven.'

'Ze waren moedjahedien.'

'Ja, de grote vrijheidsstrijders.'

'Geweldig.'

'Toen je me inhuurde, zei ik toch al dat ik bijzonder goede contacten had,' zei Rana met een knipoog.

'Dit is een lange rit en ik heb je verteld dat mijn bazen me maar twee dagen hebben gegeven.'

'Als iemand weet wie deze mannen zijn, dan is het Wazir. Hij is de man met de beste relaties in dit gebied. Hij heeft honderd spionnen, zelfs een paar in Islamabad. Hij heeft een verbazingwekkend netwerk.'

'Maar hij woont in deze puinhoop.'

'Niet het hele jaar. Maar ja, deze "puinhoop", zoals jij het noemt, verschaft hem uitstekende dekking en beperkt toezicht door de regering.'

De onverharde weg maakte een flauwe bocht naar rechts, waarna ze de voet van de bergen in reden. Ze kwamen langs een paar kleine stenen huizen met verschillende tenten erachter. Op het dak van het grootste gebouw waren een paar satellietschotels bevestigd en achter de tenten zoemden een paar generatoren. Verder naar achteren stonden hokken voor geiten en koeien, en links, in het dal beneden, lagen hectaren bewerkte akkers waar lokale boeren tarwe, gerst en *shaftal* (Perzische klaver) verbouwden.

Op het dak verschenen twee bewakers met een AK-47. Leuk. Wazir had hier in de heuvels een beveiligd hoofdkwartier laten aanleggen, dacht Moore.

Bij de voordeur werden ze opgevangen door een oude man wiens lange witte baard over zijn borstkas golfde. Hij droeg een lichtbruin gewaad en een witte tulband met bijpassend vest, en hij had een waterflesje in zijn rechterhand. Van zijn linkerhand was niet veel over: de vingers waren verdwenen en er zaten grote littekens op de rug van zijn hand en op zijn arm, tot in de mouw. Moore zag ook dat een deel van zijn linkeroor miste. Hij had een explosie meegemaakt, waarschijnlijk mortiervuur. Hij mocht blij zijn dat hij nog leefde.

Ze stelden zich kort voor. Moores valse naam was Khattak, een Pashtun-naam, en met zijn donkere haar en huidskleur (beide geërfd van de Italiaans/Spaanse voorouders van zijn moeder), kon hij bijna doorgaan voor een Pakistaan. Bijna.

Wazir grinnikte toen hij die naam hoorde. 'Zo heet u natuurlijk niet,' zei hij in het Engels met een accent. 'U bent een Amerikaan en dat is oké. Daardoor kan ik mijn Engels oefenen.'

'Dat is niet nodig,' zei Moore in het Pashto.

'Ach, gun me mijn pleziertje toch.'

Moore knikte met zijn lippen op elkaar geperst, maar glimlachte toen. Je moest wel respect hebben voor de oude man. Zijn oude blauwe ogen hadden zeer waarschijnlijk afschuwelijke dingen gezien. Wazir ging hen voor naar binnen.

Het islamitische middaggebed, de *dhuhr*, was net afgelopen, wist Moore, en Wazir zou nu ongetwijfeld thee serveren.

Ze kwamen in een koele, donkere woonruimte met kleurige kussens rondom een ingewikkeld gedetailleerd Perzisch tapijt. Er waren drie zitplaatsen klaargemaakt. De kussens, *toshaks*, en het dunne kleed in het midden, een *dastarkhan*, hoorden bij de dagelijkse theeceremonie. In een van de achterkamers werd gekookt en in het vertrek hing de zoete geur van uien en van iets anders.

Uit een gang achterin kwam een jongen die werd voorgesteld als Wazirs achterkleinzoon. Hij was zeven of acht jaar en droeg een speciale kom en een kruik die een *haftawa-wa-lagan* werd genoemd. Zorgvuldig wasten ze hun handen. Daarna kwam de jongen terug met de thee en Moore nam een grote slok en genoot van de smaak die hem altijd aan pistachenoten deed denken.

'Hoe is de reis verlopen?' vroeg Wazir.

'Zonder incidenten,' antwoordde Moore.

'Heel goed.'

'Hebt u de foto's?'

Moore haalde zijn tabletcomputer uit de kleine tas die hij over zijn schouder had gehangen. Hij zette hem aan en gaf hem aan Wazir.

De oude man bladerde behendig door de foto's van de inlichtingendienst alsof hij een dergelijk apparaat al vaker had gebruikt. Moore vroeg hem ernaar.

'Ik zal u iets laten zien,' zei de man en hij riep de jongen die hem overeind hielp.

Wazir liep voor hen uit door de gang naar een achterkamer, een kantoor. Moores mond viel open. Wazir had een hele serie computers, twee breedbeeld-tv's en minstens zes laptops die allemaal aanstonden. Zijn elektronische commandopost leek op de brug van een ruimteschip. Hij zag nieuwswebsites en tv-programma's, beeldschermen met mededelingen en websites van sociale media. De man was up-to-date, dat kon je niet ontkennen.

En daar, op een tafel, stonden verschillende tabletcomputers, net als die van Moore.

'Zoals u ziet,' zei Wazir met een zwaai van zijn goede hand, 'ben ik gek op mijn speeltjes.'

Verbaasd schudde Moore zijn hoofd. 'Ik ben hier nu, ik weet het niet, twee of drie jaar? Waarom hoor ik nu pas iets over u?'

'Dat was mijn keus.'

'Waarom nu dan wel?'

De glimlach verdween van het gezicht van de oude man. 'Kom mee, laten we onze thee opdrinken. Daarna lunchen we. En daarna praten we.'

Toen ze in de woonruimte hun plaats weer innamen, bracht de jongen een *quorma*, een uienstoofpot, en chutneys, zoetzure groente en naan, een plat brood dat in een kleioven is gebakken. Het eten was heerlijk en tegen de tijd dat ze klaar waren, was Moore meer dan verzadigd.

Wazir verbrak de stilte met een vraag: 'Wat is het moeilijkste dat u ooit hebt gedaan in uw leven?'

Moore keek naar Rana, wiens lichaamstaal zei: dit is belangrijk.

Met een gelaten zucht keek Moore naar Wazir en vroeg: 'Is dit belangrijk?'

'Nee.'

'Waarom vraagt u dit dan?'

'Omdat ik een oude man ben en ik binnenkort zal sterven en ik ervan overtuigd ben dat een broederschap wordt gevormd in de offers die men tijdens het leven brengt. Ik ben een verzamelaar van nachtmerries, zou u kunnen zeggen. Als je die verwoordt, *in the cool of the day*, kunnen moed en oprechtheid floreren. Dus, in de naam van onze broederschap... wat is het moeilijkste dat u ooit hebt gedaan in uw leven?'

'Volgens mij is me dat nooit eerder gevraagd.'

'Bent u bang het me te vertellen?'

'Ik ben niet bang, ik ben alleen maar...'

'U wilt het niet onder ogen zien. U hebt het weggestopt.'

Moore was verbaasd, en hij wist niet zeker of hij Wazir kon blijven aankijken. 'We hebben allemaal veel moeilijke dingen gedaan.'

'Ik wil het moeilijkste horen. Wilt u dat ik begin?'

Moore knikte.

'Ik wilde dat mijn vader trots op me was. Ik wilde een goede zoon zijn.'

'Waarom was dat zo moeilijk?'

Wazir liet zijn stomp zien. 'In het begin van de oorlog ben ik gewond geraakt en daardoor verdween de vaderlijke trots, elke keer als ik de kamer binnenkwam, van zijn gezicht. Zijn zoon was nu een invalide, niet langer een strijder. Daarna is het nooit meer goed gekomen. En niets was moeilijker dan hem trots op me te laten zijn.'

'Ik weet zeker dat u daar wel in bent geslaagd.'

De oude man zei met een glimlach: 'Dat zou u mijn vader moeten vragen.'

'Leeft hij nog?'

Wazir knikte. 'Hij woont hier ongeveer een uur rijden vandaan. Volgens mij is hij de oudste man in zijn dorp.'

'Nou, ik weet zeker dat hij nu trots op u is. Ik was geen bijzonder goede zoon en toen ik eindelijk begreep hoe dom ik was geweest, was het te laat. Mijn vader is gestorven aan kanker.'

'Wat erg voor u. En we wilden alleen maar een goede zoon zijn, nietwaar?'

'Het is nooit zo eenvoudig.'

Moores ogen begonnen te branden, omdat hij wist dat de oude man weer druk op hem zou uitoefenen.

Dat gebeurde ook. 'Het moeilijkste?'

Moore ontweek zijn blik. 'Het spijt me. Ik kan het niet opbrengen erin te kijken.'

De oude man nam rustig een slokje van zijn thee en liet weer een stilte vallen, terwijl Moore zijn gedachten naar de diepe, duistere golven van het niets dwong. Daarna keek hij op. 'Ik neem aan dat u me niet wilt helpen als ik het u niet vertel?'

'Als u het me te snel had verteld, zou ik u niet geloven. Ik begrijp dat de pijn zo hevig is dat u niets kunt zeggen. Ik ken die pijn. En ik zal u helpen. Ik moet u helpen.'

'Ik heb gewoon... Ik heb een keer een beslissing genomen waarvan ik nog altijd niet weet of het de juiste was. Elke keer als ik eraan denk, heb ik het gevoel dat ik moet overgeven.'

Wazir keek hem met grote ogen aan. 'Denk er dan niet meer aan! U hebt zojuist een van mijn beste stoofpotten gegeten!'

Moore grijnsde om het grapje.

'Goed dan, de beide mannen op de foto. Ik zal uitzoeken wie ze zijn, maar volgens mij zijn ze onbelangrijk. U moet de mannen voor wie ze werken tegenhouden.'

'Hebt u namen?'

'U hebt mijn kantoor gezien. Ik heb meer dan namen.' Wazir nam hen mee terug naar zijn computers, waar hij Moore foto's liet zien van twee mannen die hij identificeerde als Mullah Abdul Samad en Mullah Omar Rahmani. Samad was de jongste van de twee, in de veertig, terwijl Rahmani tegen de zestig liep.

'Zijn dit leiders van de taliban? Ik... ik kan gewoon niet geloven dat ik nog nooit van hen heb gehoord.'

Wazir grijnsde. 'Ze willen niet dat u weet wie ze zijn. De beste manier om dat uit te leggen is dat er taliban zijn binnen de taliban; de meer publieke figuren die u kent en een speciale groep die zo veel mogelijk in het geheim werkt. Rahmani is de leider van die groep hier. En Samad is zijn vuist. Deze mannen zijn verantwoordelijk voor de dood van uw vrienden, voor de moord op de kolonel die u wilde helpen.'

Moore keek met een bezorgde blik naar Rana, die de oude man veel meer had verteld dan hij had mogen doen. Rana zei schouderophalend: 'Ik moest hem vertellen wat er is gebeurd, om zijn hulp te krijgen.'

Moore vertrok zijn gezicht. 'Oké.' Tegen Wazir zei hij: 'Deze man wordt vermist.' Hij gaf Wazir een foto van agent Gallagher, met zijn lange, zilvergrijze haar en onverzorgde baard. Gallaghers ouders waren van Syrië naar de Verenigde Staten geëmigreerd en daar was hij geboren. Zijn echte naam was Bashir Wassouf, maar hij ging door het leven als Bobby Gallagher en had als tiener zijn naam officieel laten veranderen. Hij had Moore verteld dat hij als tiener in Noord-Californië heel erg werd gediscrimineerd.

'Mag ik deze houden?' vroeg Wazir.

'Natuurlijk. Weet u iets over die andere man?'

'Die Spanjaard?'

'Hij is Mexicaan en ze kopen nu veel meer opium dan eerst. Ze zijn nooit grote klanten geweest, maar hun zaken zijn de afgelopen jaren vertienvoudigd, en zoals u hebt ontdekt heeft het leger hen geholpen hun product door Pakistan en het land uit te krijgen, naar Mexico, naar de Verenigde Staten...'

'Weet u waar deze mannen zijn? Ik bedoel op dit moment.'

'Dat denk ik wel.'

'Wazir, ik wil u bedanken voor de thee, voor de stoofpot... voor alles. Dat meen ik.'

'Dat weet ik. En als u er klaar voor bent om te praten, moet u terugkomen. Ik wil uw verhaal horen. Ik ben een oude man, ik kan goed luisteren.'

Tijdens de terugrit dacht Moore lang na over 'zijn verhaal' en het slechte pad dat hij had kunnen kiezen...

Op Fairview High School, Boulder, Colorado (thuisbasis van de Knights) leerde Moore als eerstejaarsstudent Walter Schmidt kennen. Schmidt was een jaar ouder dan de anderen, omdat hij zijn eerste jaar niet had gehaald. Daar was hij trots op geweest. Hij pochte dat hij had gespijbeld, docenten een grote bek had gegeven en op het schoolplein hasj had gerookt. Hij probeerde regelmatig Moore over te halen mee te doen. En hoewel hij de gedachte om aan de chaotische scheiding van zijn ouders te ontsnappen heel verleidelijk had gevonden, had Moore voet bij stuk gehouden. Toch was Moore zelf ook geen goede leerling, hij haalde maar net voldoendes en was zelfs een beetje jaloers toen hij zag dat Walter steeds populairder werd, meisjes aantrok die zelfs met hem naar bed gingen en Moore vaak aankeek met een blik van: dit leventje zou jij ook kunnen leiden, *bro*.

Uiteindelijk, toen het schooljaar bijna afgelopen was, werd Moore zwak. Hij had besloten naar een feest van Schmidt te gaan. Hij zou voor het eerst in zijn leven hasj proberen, omdat een meisje dat hij leuk vond er zou zijn en hij wist al dat zij het ook rookte. Toen hij naar Schmidts huis fietste, zag hij daar politiewagens staan met blauw zwaailicht en toen hij dichterbij kwam zag hij dat Schmidt als een dolle hond door twee agenten uit zijn huis werd gesleurd. Schmidt probeerde zijn handboeien af te krijgen, vloekte en spuugde zelfs een agent in zijn gezicht. Moore stond ademloos toe te kijken, terwijl de andere feestgangers werden gearresteerd en weggevoerd, ook het meisje dat hij zo leuk vond.

Hij schudde zijn hoofd. Hij was bijna zelf gearresteerd. Nee, dit was geen leven. Niet zijn leven. Hij was niet van plan zijn leven te verspillen zoals deze klojo's. Hij zou het allemaal anders doen. Zijn vader, een computerfreak die voor IBM werkte, beschuldigde hem er altijd van dat hij geen doel had in zijn leven, geen toekomst. Maar die avond nam Moore een besluit. Hij zou eindelijk luisteren naar iemand anders die had geprobeerd hem te inspireren en aan te moedigen: zijn gymleraar, meester Loengard, een man die iets in hem herkende wat niemand anders ooit had gezien of ontdekt, een man die hem had doen begrijpen dat zijn leven iets waard was en dat hij een immens grote bijdrage aan deze wereld kon leveren. Hij kon gehoor geven aan die oproep en een heel bijzonder soort strijder worden: een U.S. Navy SEAL.

Moores vader had hem verteld dat de Navy (de marine) iets was voor dronkaards en idioten. Nou, hij zou zijn vader weleens laten zien dat hij ongelijk had. Hij bleef op het rechte pad, haalde zijn highschooldiploma en zat aan het einde van die zomer in Great Lakes, Illinois, in het Navy Recruitment Training Command waar hij acht weken lang een basistraining volgde. Moore moest twee keer door de *confidence course*, leerde schieten en varen, en hoe hij bij incidenten aan boord de schade moest beperken en ten slotte moest hij naar de gedenkwaardige *confidence chamber*, waar hij zijn volledige naam en sofinummer moest opgeven terwijl aan zijn voeten een traangasgranaat lag te sissen.

Nadat hij hiervoor was geslaagd, zette Moore zijn U.S. Navy-honkbalpetje op en werd naar de Navy Law Enforcement Academy in San Antonio gestuurd voor de zesweekse cursus LE/MA (Law Enforcement/Master-at-Arms). Dat had hij interessant en opwindend gevonden, omdat hij daar met wapens mocht spelen. In die tijd ontdekten zijn instructeurs dat hij een bedreven scherpschutter was en ten slotte, na veel gesmeek, ontving hij de felbegeerde aanbeveling. Hierna werd Moore bevorderd tot Seaman (E-3) en stuurden ze hem naar Coronado. De thuisbasis van de U.S. Navy SEAL's.

Daar wachtten hem bloed, zweet en tranen.

5

Vaderfiguur

Casa de Rojas
Punta de Mita, Mexico

In het buitenhuis op het omheinde Four Seasons Golf Course Resort aan de oceaankust hadden zich meer dan tweehonderd gasten verzameld. Het buitenhuis stond op een terrein van bijna een hectare en omvatte vier suites en twee kinderkamers met stapelbedden. Bovendien stond er nog een vrijstaande villa naast. Casa de Rojas was algauw alom bekend geworden. Van de massieve, handgesneden houten voordeuren tot de enorme bakstenen en marmeren entree die meer op een Europese kathedraal dan op een privéwoning leek, was het een adembenemend gebouw. Miguels vriendin Sonia Batista was verbijsterd toen hij haar meenam langs de prachtige stenen zuilen onder de overdekte granieten galerij naar het immens grote zwembad en het enorme stenen terras erachter.

'Iedereen heeft geheimen,' zei ze en ze bleef even staan. Ze leunde tegen een van de zuilen en keek omhoog naar de grote dakramen. 'Maar dit... dit is gewoon een beetje overweldigend.' Daarna keek ze naar de stenen vloer met de ingewikkelde patronen. Het had beroemde kunstenaars en architecten maanden gekost hem te ontwerpen en jaren om hem te maken. Dat wilde Miguel haar later vertellen, als hij haar helemaal zou rondleiden. Maar nu moesten ze zorgen dat ze op hun stoel zaten voordat zijn vader met de presentatie begon.

Toch wierp hij nog een laatste genietende blik op haar schouderlange krullen die door het zonlicht glansden als zwart vulkaanglas. Hij was tweeëntwintig, had een actief libido en terwijl hij naar haar keek vroeg hij zich af wat ze straks zouden gaan doen. Ze was zo slank als een model, maar ook opvallend atletisch, en in de afgelopen maanden had hij elke welving van haar jonge lichaam ontdekt en kon hij urenlang wegzinken in haar diepbruine ogen met gouden spikkeltjes. Hij ging dichter bij haar staan om een kusje te stelen.

Ze giechelde. Daarna greep hij haar bij de pols. 'Kom mee. Mijn vader vermoordt me als we te laat komen.'

Ze struikelde bijna toen hij haar meesleepte; ze keek namelijk niet vooruit, maar vol verbazing naar de drie enorme keukens met een bar waar twaalf man aan konden zitten en naar de aangrenzende eetzaal waar bijna honderd mensen konden plaatsnemen. Rechts en links van hen zag ze nog meer glanzend metselwerk dat doorliep tot aan de zes meter hoge plafonds. Hij wilde haar alles vertellen over het meubilair dat zijn vader vanuit de hele wereld had geïmporteerd, met het verhaal achter veel van de stukken. De rondleiding zou een paar uur duren, wist hij, en hij hoopte dat ze genoeg tijd hadden om de bibliotheek, de sportzaal, de mediazaal en de inpandige schietbaan te bezoeken voordat ze zich zouden terugtrekken voor de nacht. Ze had geen idee van de afmetingen van het huis en als hij het haar liet zien, zou ze niet alleen meer over hem te weten zijn gekomen, maar ook veel over zijn vader, Jorge Rojas.

'Ik ben behoorlijk zenuwachtig,' zei ze en ze kneep even in zijn hand. Aan het einde van een lange gang was de deur naar het terras bij het zwembad.

Zoals altijd stond Castillo daar, een standbeeld van een meter tachtig, gekleed in een donker pak, met een oortje in en een donkere zonnebril op. Miguel draaide zich om en zei: 'Sonia, dit is Fernando Castillo. Hij is mijn vaders hoofd beveiliging, maar is waardeloos als we Call of Duty spelen...'

'Dat komt doordat jij vals speelt,' zei Castillo met een grijns. 'Jij hackt al die spelletjes, dat weet ik gewoon.'

'Jij moet gewoon leren hoe je moet schieten.'

Castillo schudde zijn hoofd en zette zijn zonnebril af.

Ze zag dat hij maar één oog had, het andere was dichtgenaaid. Ze schrok ervan, maar gaf hem toch een hand.

'Heel prettig kennis te maken,' zei hij.

'Insgelijks.'

'Ik wil niet onbeleefd zijn tegen zo'n knappe dame,' zei hij, terwijl hij zijn zonnebril weer opzette, 'maar soms is het beter dat ik deze maar ophou, vindt u niet?'

'Het is al goed,' zei ze. 'Dank u wel.'

Ze lieten hem alleen en baanden zich een weg tussen de groepjes mensen door bij de eettafels rondom het zwembad. Miguel fluisterde tegen haar: 'Je mag hem niet onderschatten, want met dat ene oog ziet hij meer dan de meeste andere mensen met twee ogen.'

'Hoe is hij dat oog kwijtgeraakt?'

'Als jongen. Het is een triest verhaal. Misschien vertel ik je dat nog wel een keer, maar vanavond gaan we dure wijn drinken en plezier maken!'

Miguel trok zijn wenkbrauwen op en gaf een kneepje in haar hand.

Vier verschillende bars met elk een stuk of zes barkeepers zorgden ervoor dat de wijn en de champagne bleven stromen. Tussen twee van de bars was een spandoek opgehangen, met als perfecte achtergrond het kalme water van de noordelijke Stille Oceaan en een donkeroranje lucht. Op het spandoek stond: WELKOM BIJ HET BENEFIETDINER VAN JORGE ROJAS' SCHOOLVERBETERINGSPROJECT. Dit was een 'duizend dollar per couvert'-diner, de halfjaarlijkse poging van Miguels vader om zijn rijke vrienden af te helpen van een deel van hun geld voor een goed doel. Zijn vaders stichting had verbazingwekkende resultaten geboekt. De regering van Mexico zou het schoolsysteem nooit zo kunnen verbeteren als Jorge Rojas al had gedaan en zou blijven doen.

'Miguel, Miguel,' zei een bekende stem achter hen. Een dicht opeenstaand groepje gasten week uiteen voor Mariana en Arturo Gonzalez, Miguels tante en oom. Ze waren beiden achter in de veertig, goed verzorgd en gekleed, en zagen eruit alsof ze zo dadelijk in Hollywood op een rode loper werden verwacht. Miguels vader had na de dood van hun broer alleen nog deze zus Mariana.

'Kijk jou toch eens,' zei zijn tante terwijl ze aan de mouw van zijn donkergrijze pak trok.

'Vindt u hem mooi? Mijn vader en ik hebben in New York een nieuwe ontwerper ontdekt. Hij is hiernaartoe komen vliegen.' Miguel zou Sonia nooit vertellen dat dit pak hem tienduizend Amerikaanse dollars had gekost. Eerlijk gezegd schaamde hij zich weleens voor de rijkdom van zijn familie en probeerde dat soms niet te laten blijken. Sonia's vader was een succesvolle zakenman uit Madrid, Castiliaan en eigenaar van een fietsenfabriek die fietsen op bestelling maakte (Castile) en racefietsen bouwde voor de professionele teams die meededen aan de Tour de France. Maar de rijkdom van haar familie viel in het niet bij die van zijn vader. Jorge Rojas was niet alleen een van de rijkste mensen in Mexico, maar hij was ook een van de rijkste mensen ter wereld. Daardoor was het leven van zijn zoon zowel ingewikkeld als irrealistisch.

'Dit is dus de beroemde Sonia?' vroeg zijn tante.

'Ja,' zei Miguel en hij straalde van trots. Maar zoals zijn tante ook verwachtte, zei hij heel formeel: 'Sonia, dit zijn mijn tante Mariana en mijn oom Arturo Gonzalez, gouverneur van Chihuahua.'

Sonia was een perfecte dame en begroette hen op een al even formele toon. Haar stralende glimlach en het diamanten halssnoer ontgingen zijn oom niet. Toen ze aan het woord was en Miguel naar haar keek, hoorde hij geen woord maar zag alleen haar actie en reactie, de blijdschap die van haar afstraalde en waardoor ze maar bleef glimlachen, en het verleidelijke licht in haar ogen.

Miguels vader had hen aan elkaar voorgesteld nadat hij met enkele gemeenschappelijke vrienden aan een paar investeringen had gewerkt. Dat zij Castiliaanse was, was heel belangrijk voor zijn vader. Dat ze een lekker kontje en een diep decolleté had, was belangrijker voor Miguel, in elk geval in het begin van hun relatie. Hij had ontdekt dat ze had gestudeerd aan de Universidad Complutense, een van de grootste universiteiten van Europa, en hij kwam er al snel achter dat ze niet alleen knap maar ook heel slim was. 'Veroordeel me niet,' zei ze tegen hem. 'Ik heb niet op een dure particuliere school gezeten, maar ik ben wel cum laude afgestudeerd.'

De zomer na haar afstuderen reisde ze naar New York, Miami en Los Angeles, steden die ze nog nooit had bezocht. Ze was gefascineerd door de mode- en filmindustrie. Ze had business management gestudeerd en wilde gaan werken bij een grote studio in Californië of bij een beroemde ontwerper in New York. Helaas vond haar vader dat niet goed.

Hij had haar een jaar gegeven om zichzelf te ontdekken, maar komend najaar zou ze bij zijn bedrijf gaan werken. Miguel had natuurlijk veel grootsere plannen met haar.

'Dus je bent eindelijk terug uit Spanje,' zei zijn tante. 'Hoe lang ben je daar geweest?'

Met een grijns naar Sonia zei hij: 'Een maand ongeveer.'

'Je vader heeft me verteld dat het een cadeautje was voor je afstuderen,' zei zijn tante met grote ogen.

'Dat is zo,' zei Miguel trots. Daarna vroeg hij aan zijn oom: 'Hoe gaat het thuis?'

Arturo streek even over zijn kale schedel en knikte toen. 'We moeten nog steeds heel veel doen. Het geweld wordt erger.'

Mariana zei: 'Maar daar gaan we het nu niet over hebben, toch? Niet op een avond als deze, als er zoveel te vieren is!'

Arturo knikte gelaten en glimlachte naar Sonia. 'Heel prettig je te hebben ontmoet, maar nu nemen we je mee naar onze tafel. Die staat daar.'

'O fijn, dus we zitten bij u,' zei Sonia.

Voordat ze langs het zwembad naar hun tafel konden lopen, werd Miguel aangesproken door minstens vier andere vrienden, zakenrelaties van zijn vader, jongens van zijn voetbalteam bij de USC en minstens één ex-vriendinnetje dat erin slaagde dertig seconden lang een ongemakkelijke dertig uur te laten lijken terwijl zij in het Frans met elkaar praatten en Sonia er wat verloren bij stond.

'Ik wist niet dat je Frans sprak,' zei ze tegen hem toen hij eindelijk aan de opdringerige sirene was ontsnapt.

'Engels, Frans, Spaans, Duits en Nederlands,' zei hij. 'En soms *gangsta: ye know what I'm sayin', G?*'

Ze schoot in de lach.

Ze namen plaats aan hun tafel die was gedekt met het mooiste servies en bestek dat maar te koop was. Zijn vader had hem geleerd dat hij nooit iets als vanzelfsprekend mocht beschouwen en ondanks zijn bevoorrechte leven had hij toch bewondering voor de kleinste details, zoals de stof van zijn servet of het soort leer waar zijn riem van was gemaakt. Als zovelen zo weinig hadden, moest hij dankbaar zijn voor elke luxe in zijn leven en die waarderen.

Een lessenaar met een microfoon en een laptop erop stond vlak bij een groot draagbaar projectiescherm. Zijn vader gaf er de voorkeur aan zijn presentatie te houden voordat de gasten gingen eten omdat 'volle buiken geen oren hebben', zoals hij graag zei.

Arturo stond op en liep naar de lessenaar. 'Dames en heren, als u allemaal zit, kunnen we zo dadelijk beginnen. Voor diegenen die me niet kennen, zal ik me even voorstellen. Ik ben Arturo Gonzalez, gouverneur van Chihuahua. Ik wil u graag aan mijn zwager voorstellen, een man die geen introductie nodig heeft, maar voor deze speciale gelegenheid zou ik u iets willen vertellen over Jorges jeugd, omdat we naar dezelfde school zijn gegaan en we elkaar al ons hele leven kennen.'

Arturo haalde even adem en zei opeens: 'Jorge was een huilebalk. Echt waar!'

Het publiek schoot in de lach.

'Als we huiswerk moesten maken, zat hij urenlang te huilen. Vervolgens kwam hij naar mij toe en dan maakte ik zijn huiswerk, terwijl hij me dan wat Coca-Cola of kauwgum gaf. Ziet u? Zelfs toen wist hij al wat zakendoen was!'

Nog meer gelach.

'Maar nu even serieus, dames en heren. Jorge en ik hebben veel waardering voor onze opleiding en onze leraren, en zonder hen zouden we hier nu niet staan. Daarom willen we allebei zo graag iets teruggeven aan onze kinderen. Jorge zal u meer vertellen over het werk van de stichting en daarom geef ik nu meteen het woord aan Jorge Rojas!'

Arturo keek in de richting van een van de bars. De man die erachter vandaan kwam droeg een pak dat veel op dat van Miguel leek, maar zijn stropdas was anders: deze was dieprood met een gouden stiksel langs de randen. Hij had zijn pas geknipte haar met gel tegen zijn schedel geplakt en nu zag Miguel voor het eerst grijze haren boven zijn voorhoofd en in zijn lange bakkebaarden. Miguel had zijn vader nog nooit oud gevonden. Jorge was een sportieve man die als student in het voetbalteam van de USC had gespeeld. Hij was zelfs een paar jaar triatleet geweest, tot hij geblesseerd raakte aan zijn knie. Hij was nog altijd uitstekend in vorm en had een indrukwekkende lengte, bijna een meter negentig, in tegenstelling tot Miguel die net een meter zeventig was en niet meer leek te groeien.

Hoewel Jorge meestal een driedagenbaardje had, wat volgens hem kwam doordat hij het te druk had om zich te scheren (wat altijd verbazing wekte, want het was toch niet mogelijk dat een van de rijkste mannen ter wereld geen tijd had om zich te scheren?), was hij deze avond gladgeschoren. Hij glimlachte en zwaaide naar het publiek, terwijl hij snel naar de lessenaar liep en Arturo stevig omhelsde.

Maar toen stapte hij achteruit terwijl hij de nek van zijn zwager in een stevige greep hield, waardoor het publiek nog harder begon te lachen. Daarna liet hij Arturo los en liep naar de microfoon.

'Ik heb hem gevraagd nooit aan iemand te vertellen dat ik moest huilen omdat ik huiswerk moest maken, maar het is waar, dames en heren, het is waar. Ik denk dat we altijd emotioneel zijn geweest over school, op welke manier dan ook.'

Miguel keek even naar Sonia die verrukt naar zijn vader keek. Jorge had dit effect op iedereen en hoewel Miguel daar weleens jaloers op was, had hij op dit moment niet trotser kunnen zijn op zijn vader. En hij wist dat Sonia hem een verbazingwekkende man zou vinden, zoals de meeste mensen.

Een kwartier lang zaten ze te luisteren en keken ze naar een rondleiding langs het werk van de stichting. Ze hadden nieuwe scholen gebouwd, de klaslokalen ingericht met de modernste technieken en de beste docenten ingehuurd uit zowel Mexico als de omringende landen. Jorge liet zelfs grafieken en testresultaten van hun werk zien. Maar het meest overtuigende argument kwam van de leerlingen zelf.

Jorge stapte opzij toen zes jongelui achter de lessenaar kwamen staan en drie van de leerlingen, twee jongens en een meisje, een helder verhaal hielden over de verbeteringen op hun school. Het waren de leukste kinderen die Miguel ooit had gezien en waarschijnlijk raakten ze bij iedere aanwezige een gevoelige snaar. Toen ze uitgesproken waren, sloot Jorge af met een dringend beroep op alle gasten om voor ze vertrokken nog meer geld te doneren. Hij wees naar de kinderen en zei:

'We moeten in onze toekomst investeren, en die wordt vanavond voortgezet. Eet smakelijk allemaal! En dank u wel!'

Hierna kreeg Jorge gezelschap van zijn vriendin Alexsi, een bloedmooie blondine die samen met hem bij de bar had gestaan. Hij had haar tijdens een zakenreis naar Oezbekistan leren kennen en iedereen kon zien waarom hij zich tot haar aangetrokken voelde. Haar ogen waren even helder en groen als die van Gula, het Afghaanse meisje dat zo beroemd was geworden doordat ze op de cover van *National Geographic*-magazine had gestaan. Haar vader was rechter bij het hooggerechtshof op voordracht van de president van het land; zelf was ze advocate en leek niet ouder dan dertig. Miguel wist dat zijn vader nooit een vrouw naast zich zou dulden met wie hij geen intelligent gesprek kon voeren. Ze sprak vrij goed Engels, Spaans en Russisch, en wat nog verrassender was: ze had het langer uitgehouden dan alle eerdere vriendinnen van zijn vader. Ze hadden nu al bijna een jaar een relatie.

Miguel had helemaal links in de tuin een paar lege stoelen zien staan en zich afgevraagd voor wie die waren, maar nu zat er een orkest dat zachtjes *Jobim bossa nova* begon te spelen.

Alexsi gleed in haar stoel die Jorge voor haar achteruit had geschoven en begroette iedereen met een glimlach.

'Hé, ik zie dat de wereldreizigers eindelijk terug zijn uit Spanje,' zei zijn vader met een stralende blik op Sonia. 'En het is heel fijn u terug te zien, juffrouw Batista.'

'Dat is wederzijds, meneer. Dank u wel voor uw presentatie. Die was fantastisch.'

'We kunnen niet genoeg doen voor die kinderen, vind je wel?' Hij was even in gedachten. 'O, neem me mijn slechte tafelmanieren niet kwalijk,' zei hij snel tegen Alexsi. 'Dit is mijn vriendin Alexsi Gorbotova. Alexsi, dit is de vriendin van mijn zoon, Sonia Batista.'

Nadat de beleefdheden waren uitgewisseld, schrok Miguel even toen de obers hun wijnglazen volschonken. Hij keek even naar het etiket: Château Mouton Rothschild Pauillac, gebotteld in 1986. Miguel was gek op die wijn en wist dat deze flessen meer dan vijfhonderd dollar per stuk kostten. Weer was hij niet van plan dit aan Sonia te vertellen, maar nadat ze haar glas had geheven en even aan de wijn had geroken, keek ze hem met grote ogen aan.

Jorge hief zijn glas. 'Een toost op de toekomst van ons geweldige land, Mexico! *Viva Mexico!*'

Miguel en Sonia glipten al voor het dessert weg. Zijn vader was diep in gesprek met zijn oom en een aantal lokale politici. Ze hadden hun sigaar opgestoken en Sonia had de geur te sterk gevonden en kreeg branderige ogen van de rook. Ze gingen aan een leeg tafeltje zitten, niet ver van het orkest vandaan en luisterden naar een verrassend goede uitvoering van *Samba De Uma Nota So*. Het verbaasde haar dat hij de titel wist. Zijn cursus muzikale educatie was niet zomaar een keuzevak geweest, maar heel intensief. Ze legde haar hand op de zijne en zei: 'Bedankt dat je me hier mee naartoe hebt genomen.'

Hij lachte. 'Wil je de *grand tour*?'

'Nu niet, als je het niet erg vindt. Ik zit hier liever even te luisteren en te praten.'

In de verte hoorde ze een sirene, gevolgd door nog meer sirenes; een auto-ongeluk misschien, maar niet het geweld waar zijn oom het over had gehad, het geweld dat zich als een mistdeken over de stad Juárez had gelegd en die mannen hun visie had ontnomen en ervoor had gezorgd dat ze elkaar vermoordden. Nee, dit was gewoon een auto-ongeluk...

Sonia hief haar hoofd en keek naar het terras. 'Alexsi lijkt me aardig.'

'Ze is goed voor mijn vader, maar hij zal nooit met haar trouwen.'

'Waarom niet?'

'Omdat hij nog altijd van mijn moeder houdt. Deze meisjes kunnen nooit tegen haar op.'

'Je hoeft me geen antwoord te geven, maar je hebt me nog steeds niet verteld hoe ze is gestorven.'

Hij fronste. 'Ik dacht van wel.'

'Dat was je andere vriendinnetje.'

Hij grijnsde en deed net alsof hij haar arm wilde grijpen, maar toen keek hij weer ernstig. 'Ze is aan borstkanker overleden. Al het geld in de wereld kon haar niet redden.'

'Wat erg. Hoe oud was je toen?'

'Elf.'

Ze schoof naar hem toe en sloeg een arm om zijn schouders. 'Dat zal wel heel moeilijk zijn geweest, vooral op die leeftijd.'

'Ja. Ik wilde gewoon dat mijn vader... ik weet het niet... er beter mee had leren omgaan. Hij ging ervan uit dat ik zou doordraaien. Hij dacht dat ik als ik bleef het verdriet niet zou kunnen verwerken. Daarom stuurde hij me weg naar Le Rosey.'

'Maar je hebt me verteld dat je het daar prettig vond.'

'Dat is ook zo, maar daar had ik hém niet.'

Ze knikte. 'Ik moet eerlijk tegen je zijn: nadat je me had verteld dat je daar was geweest, heb ik het opgezocht op internet. Dat is een van de duurste kostscholen... ik bedoel, ter wereld! En je hebt in Zwitserland op school gezeten. Dat is geweldig.'

'Ja, misschien wel. Maar weet je, ik heb mijn vader ontzettend gemist en onze relatie is nooit meer dezelfde geworden. Hij wist niet hoe hij met het verlies van mijn moeder moest omgaan en ook niet hoe hij me moest opvoeden, dus moest ik weg. Ik zag hem maar drie of vier keer per jaar en dan had ik niet het gevoel dat ik mijn vader zag, maar meer alsof hij mijn baas was. Ik haat hem er niet om, hoor. Hij wilde alleen maar het beste voor mij, maar ik wilde gewoon, soms, ik weet niet wat ik zeg... Ik denk weleens dat hij al deze schoolkinderen helpt omdat hij zich schuldig voelt over wat mij is overkomen.'

'Misschien moet je eens met hem praten. Ik bedoel écht praten. Je reist altijd maar overal naartoe. Misschien moet je een tijdje thuisblijven, zodat jullie elkaar weer kunnen leren kennen.'

'Je hebt gelijk. Maar ik weet niet of hij dat wel zou willen. Hij is ook altijd op reis. Als je het grootste deel van Mexico in je bezit hebt, moet je de boel denk ik wel goed in de gaten houden.'

'Je vader lijkt me een eerlijke man. Volgens mij zal hij wel eerlijk tegen je zijn. Jullie moeten gewoon eens met elkaar praten.'

'Daar zie ik een beetje tegenop. Hij heeft mijn leven al helemaal gepland en als we met elkaar in gesprek raken, zal hij me een wegenkaart geven. Echt, ik hoop dat ik de rest van de zomer weg kan voordat hij me aan het werk zet. En in het najaar ga ik mijn master doen.'

'Dat heb je me helemaal niet verteld.'

'Ik heb je heel veel dingen niet verteld. Weet je nog dat je zei dat je naar Californië wilde verhuizen?'

'Ja.'

'Nou, in het najaar kunnen we daar samen gaan wonen. Dan ga ik daar naar school en kun jij bij me zijn. Misschien vind je wel een baan in een van de studio's, zoals je wilde.'

Ze stond versteld. 'Dat zou geweldig zijn! O wauw, dan zou ik echt iets kunnen zoeken wat...'

Ze zweeg opeens en haar gezicht betrok.

'Wat is er?'

'Je weet dat mijn vader me zoiets nooit zal laten doen.'

'Ik praat wel met hem.'

'Dat helpt toch niets.' Ze liet haar stem dalen en deed net alsof ze haar vader was: 'Zijn "koppige toewijding aan kwaliteit" heeft hem succes gebracht; zo noemt hij het tenminste. En zijn koppige toewijding aan zijn dochter is identiek.'

'Dan zal ik mijn vader met hem laten praten.'

'Wat bedoel je daarmee, Miguel?' Ze trok haar perfect geëpileerde wenkbrauwen op.

'Daarmee bedoel ik dat je vader wil dat je gelukkig bent. En geloof me, daar kan ik voor zorgen. Ik kan je heel gelukkig maken. Nou ja, dat zou ik in elk geval proberen.'

'Dat heb je al gedaan...' Ze boog zich naar hem toe en kuste hem intens en hartstochtelijk. Miguels hartslag versnelde.

Toen ze uitgezoend waren, draaide hij zich om en zag dat zijn vader vanaf het terras naar hen keek. Jorge gebaarde dat ze moesten komen.

'Daar gaan we dan,' zei Miguel met een zucht. 'Hij gaat me mijn mening vragen over de mondiale crisis... en wee mijn gebeente als ik die niet heb...'

'Maak je maar geen zorgen,' zei Sonia. 'Als jij er niet een hebt, vertel ik hem mijn mening wel.'

Glimlachend pakte hij Sonia's hand. 'Uitstekend.'

6

Het Vers van het Zwaard

District Shawal
Noord-Waziristan

De *chief* van de Shawal-stammen had een belangrijke vergadering belegd die plaats zou vinden in zijn lemen fort in de Mana Vallei. Mullah Abdul Samad was niet van plan hiernaartoe te gaan. Terwijl de *misharans* van de stammenleider zich buiten het fort verzamelden, bleef hij op de heuveltop naast een groepje bomen zitten. Hij zat gehurkt, net als zijn twee meest vertrouwde luitenants, Atif Talwar en Wajid Niazi.

Samad had op de tegenoverliggende heuvel beweging gezien. Bij nadere inspectie door zijn kijker zag hij twee mannen, de een had donker haar en een baard, de ander was veel jonger en slanker en had een korte, dunne baard. Ze waren gekleed als stamleden, maar een van hen gebruikte een satelliettelefoon en iets wat volgens Samad weleens een draagbaar gps-apparaat kon zijn.

Talwar en Niazi keken ook naar de twee mannen. Hoewel zijn beide voormannen nog maar in de twintig waren, dus bijna half zo oud als Samad, had hij hen de afgelopen twee jaar getraind en beiden hadden dezelfde mening over hun bezoekers: ze waren verkenners voor de Amerikaanse inlichtingendienst, voor het Pakistaanse leger of zelfs voor een Amerikaanse Special Forces-unit. De domme en slecht getrainde mannen van de chief hadden deze twee niet ontdekt en dus zouden zijn mensen de prijs voor hun onoplettendheid moeten betalen.

De chief hield ervan de regeringsvertegenwoordigers met de tribale gedragscode om de oren te slaan. Hij hield ervan om het leger te bedreigen en te wijzen op de verliezen die het leger in Zuid-Waziristan had geleden als voorbeeld van wat er zou gebeuren als ze hem aanvielen. Hij zei dat de regering moest weten dat zijn mensen hun problemen zouden oplossen met de tribale codes en besturen zoals de *jirgas*, en dat de regering hem alleen maar hoefde te helpen met de meest basale levensbehoeften en niet met het besturen van het volk. Hij verzekerde hen ervan dat zijn mensen nooit criminelen zouden verbergen, dat er geen 'vreemdelingen' in Shawal waren en dat hij zijn mensen en hun land nooit schade zou willen berokkenen. Maar de chief was geen goede leugenaar en Samad zou ervoor zorgen dat hij daarvoor zou sterven... misschien niet vandaag... of morgen... maar snel.

De verkenners verroerden zich niet terwijl ze met hun eigen kijkers de omliggende heuvels inspecteerden. Ze leken vooral belangstelling te hebben voor de lange rijen appelbomen die op de hellingen van de heuvel stonden en de rijen abrikozenbomen daaronder. In een paar van de steilste heuvels die op het dorp uitkeken waren akkers uitgehouwen en bomen geplant die een uitstekende dekking boden. Deze mannen hadden inderdaad een paar bewakers van de chief ontdekt, maar ze schonken amper aandacht aan de spionnen die zich achter hen bevonden. Weer schudde Samad vol afkeer zijn hoofd.

De Amerikaanse en Pakistaanse regering hadden een goede reden om te geloven dat deze stammen taliban- en Al Qaida-strijders verborgen. De stamleden van de Datta Khail en Zakka Khail voelden al eeuwen een diepe loyaliteit met de rebellen, en hun land was een natuurlijk toevluchtsoord voor hen. De huidige chief was geen uitzondering, behalve dan dat de Amerikanen hem erg onder druk zetten. Samad dacht dat het alleen nog maar een kwestie van tijd was voordat de chief onder die druk zou bezwijken en hem en de veertig andere mannen zou verraden die hier aan de Pakistaanse kant van Shawal en ongeveer tien kilometer verderop, binnen de Afghaanse kant van het gebied, trainden.

Na 11 september 2001 was het Pakistaanse leger naar dit gebied getrokken om de grens te verdedigen tegen de soldaten van de Noordelijke Alliantie die vanuit Afghanistan naar het oosten trokken. Hoewel er een confrontatie had kunnen (en volgens Samad had moeten) plaatsvinden, hadden de lokale stammen het leger verwelkomd en controleposten laten plaatsen. In de jaren daarna kregen de stamhoofden hier spijt van, want velen van hen werden vermoord door Amerikaanse drones en *daisy cutter*-bommen, omdat de Amerikanen dachten dat zich terroristen in het gebied bevonden. De Amerikanen boden vervolgens hun excuses en ontoereikende reparaties aan, maar vermoordden ondertussen in naam van gerechtigheid burgers.

De laatste maanden waren de stamleiders echter verstandig geworden en wezen verzoeken van de Amerikaanse en Pakistaanse regering af. Een paar jaar geleden was er een *lashkar* gevormd en dit leger had de opdracht alle vluchtelingen en opstandelingen in het district Shawal te arresteren. Nog maar een paar dagen geleden had de chief bericht uit Islamabad gekregen dat de regering niet blij was met het optreden van het lashkar en dat het leger misschien wel met grote aantallen soldaten zou moeten terugkomen om de vluchtelingen uit te roeien. Samad en zijn mensen, samen met hun leider Mullah Omar Rahmani, die op dit moment in het Afghaanse gebied was, hadden een deal gesloten: als het leger terugkeerde, zouden eenheden van de taliban en Al Qaida de stamleden voorzien van wapens en hen helpen tegen eventuele aanvallen. Bovendien had Rahmani de chief ervan verzekerd dat hij goed voor zijn hulp zou worden betaald. Rahmani had geen gebrek aan geld zolang de papavers bleven groeien en de pakjes opium naar het buitenland getransporteerd werden. Hun meest recente deal met het Juárez Cartel uit Mexico hield in dat zij de belangrijkste opiumleverancier naar dat land zouden worden als het kartel in staat zou zijn zijn vijanden te vermorzelen. Hoewel Mexico nooit een van de grootste afnemers van Afghaanse opium was geweest, wilde Rahmani daar verandering in brengen en ervoor zorgen dat zijn product beter kon concurreren met de Zuid-Amerikaanse leveranciers van cocaïne en methamfetamine (*crystal meth*), die enorme hoeveelheden van die drugs aan de kartels leverden, die dit weer doorverkochten aan Amerikanen.

Samad liet zijn verrekijker zakken. 'Vanavond zullen ze ons aanvallen,' zei hij tegen zijn luitenants.

'Hoe weet je dat?' vroeg Talwar.

'Geloof me maar. De verkenners zijn er altijd een paar uur eerder. Dat is alles. Nooit meer. Rahmani zal bellen om ons te waarschuwen.'

'Wat moeten we doen? Kunnen we de anderen op tijd weg krijgen? Kunnen we vluchten?' vroeg Niazi.

Samad schudde zijn hoofd en wees naar de lucht. 'Ze houden ons in de gaten, zoals altijd.' Hij streek peinzend over zijn lange baard en nog geen minuut later had hij een plan. Hij gebaarde dat ze hier weg moesten, dicht bij de fruitbomen moesten blijven en de bergkam moesten gebruiken om te voorkomen dat de spionnen hen konden zien. Aan de andere kant van de heuvel stond een klein huis met grote omheinde hokken voor geiten, schapen en een stuk of wat koeien. De boer die daar woonde, had Samad al vaak kwaad aangekeken omdat deze zijn troepen naar het dal bracht om te schijfschieten. Dit was een trainingsterrein van de taliban en de boer was zich daar heel goed van bewust. De chief had de boer opdracht gegeven Samad op alle mogelijke manieren te steunen en daar was hij met tegenzin mee akkoord gegaan. Samad had de man nog nooit gesproken, maar Rahmani wel en hij had Samad gewaarschuwd dat deze boer niet kon worden vertrouwd.

In tijden van oorlog moesten mannen worden opgeofferd. Samads vader, een moedjahedienstrijder die tegen de Russen had gevochten, had hem dat verteld op de laatste avond waarop hij de man nog in leven had gezien. Zijn vader was ten strijde getrokken met een AK-47, een kleine versleten rugzak en sandalen die uit elkaar vielen. Hij had zich nog even omgedraaid naar Samad en tegen hem geglimlacht. Hij had een bepaalde gloed in zijn ogen. Samad was enig kind en algauw waren alleen hij en zijn moeder nog over.

Mannen moesten worden opgeofferd. Samad had nog altijd een foto van zijn vader in een vergeeld plastic beschermhoesje. En in eenzame nachten keek hij weleens naar die foto en dan praatte hij tegen zijn vader en vroeg hem of hij trots was op alles wat Samad had bereikt.

Met behulp van verschillende internationale hulporganisaties had Samad in Afghanistan zijn middelbare school kunnen afmaken. Daarna had een andere hulporganisatie ervoor gezorgd dat hij een volledige beurs voor de Middlesex University in Groot-Brittannië kreeg. Daar had hij informatietechnologie gestudeerd en was hij verder politiek geïnteresseerd geraakt. Op deze universiteit had hij kennisgemaakt met jonge leden van de taliban, Al Qaida en Hezbollah. Deze opstandige geesten hielpen zijn jonge ziel ontbranden.

Na zijn afstuderen reisde hij met een paar vrienden naar Zahedan, een stad in het zuidoosten van Iran en strategisch gelegen in het grensgebied van Pakistan, Iran en Afghanistan. Met geld van de drugshandel en met behulp van bomexperts van de Iraanse Revolutionaire Garde richtten ze een werkplaats in waar bommen konden worden gemaakt. Samad had de leiding gekregen over het gebouw en het computersysteem. Ze maakten bommen en verstopten ze in holle betonnen bouwstenen die vervolgens over de grens werden gesmokkeld naar Afghanistan en Pakistan. Alle zendingen werden elektronisch getimed, gemarkeerd en gevolgd door de software die Samad had ontwikkeld. Dat was Samads eerste kennismaking met de wereld van het terrorisme.

De jihad is een collectieve verplichting voor alle moslims, maar de betekenis van dat woord wordt alom verkeerd geïnterpreteerd. Zelfs Samad was er niet zeker van geweest, tot hij tijdens het werk in de bommenfabriek de ware betekenis ervan had leren kennen. Sommige godgeleerden beschouwden de jihad als een innerlijke strijd of de verdediging van het geloof tegen critici, of zelfs de verhuizing naar een niet-islamitisch land om de islam te verspreiden. Je vocht op de manier van Allah. Maar was er eigenlijk een andere manier dan de gewelddadige jihad? De ongelovigen moesten uit het heilige land worden verwijderd. Zij moesten worden vernietigd. Zij waren de leiders van onrecht en onderdrukking. Zij waren de ontkenners van de waarheid, zelfs nadat hun dit duidelijk was gemaakt. Zij waren zichzelf al aan het vernietigen en zouden de rest van de wereld ook ten val brengen als ze niet werden tegengehouden.

Een vers uit de Koran lag altijd op het puntje van Samads tong: *Verzamel alle mannen en ruiters die je tot je beschikking hebt en jaag de vijanden van Allah angst aan...*

En geen enkel volk vertegenwoordigde de vijanden van Allah duidelijker dan de Amerikanen, die verwende, goddeloze consumenten van troep. Amerika, land van ontuchtigen en dikzakken. Amerikanen vormden een bedreiging voor alle mensen in de wereld.

Samad nam zijn luitenants mee naar de boerderij en riep vervolgens tegen de boer dat hij naar buiten moest komen. De man, die alleen woonde nadat zijn vrouw was overleden en zijn twee zonen naar Islamabad waren verhuisd, kwam wankelend door zijn voordeur, steunend op een stok en met zijn blik op Samad gericht.

'Ik wil je hier niet zien,' zei hij.

'Dat weet ik,' zei Samad en hij liep naar de man toe. Hij knikte nog eens en stak de man met een lang gebogen mes in het hart. Toen de boer achteroverviel, pakte Samad hem vast en droeg hem samen met Talwar en Niazi naar binnen. Ze legden hem op de onverharde vloer waar hij met zijn blik op hen gericht langzaam doodbloedde.

'Als hij dood is, moeten we zijn lichaam verbergen,' zei Niazi.

'Natuurlijk,' antwoordde Samad.

'Iemand zal hem missen,' zei Talwar.

'We zullen zeggen dat hij is vertrokken om zijn zoons in de stad op te zoeken. Maar dat zeggen we alleen als de stamleden ernaar vragen. Als de Amerikanen of het leger hier komen, dan is dit onze boerderij. Begrepen? Als we nu vluchten, zullen we alleen maar nog meer argwaan wekken.'

Ze knikten.

Buiten vonden ze vlak bij de hokken van de geiten een gat dat de boer gebruikte om de mest in te scheppen. Daar gooiden ze hem in en bedekten hem met nog meer mest. Samad grijnsde. Geen enkele soldaat zou in die mest gaan graven om het lijk van een waardeloze boer te zoeken. Samad trok wat kleren van de oude man aan, daarna gingen ze in de wankele stoelen zitten, maakten thee en wachtten tot het donker werd.

Moore en zijn jonge rekruut Rana hadden drie mannen geobserveerd vlak bij een groepje bomen op de heuvelkam. Maar ze waren te ver verwijderd om hun gezichten te zien, zelfs met hun verrekijkers. Rana dacht dat het talibanstrijders waren, wachtposten langs de buitengrens, en Moore was het met hem eens. Hij en Rana liepen terug over de voet van de bergen en door een ravijn, daarna omhoog van waaruit Moore een telefoontje pleegde met zijn Iridium-satelliettelefoon. Als hij zich te diep in de dalen en ravijnen bevond, werd de ontvangst meestal verstoord, maar op de bergtoppen had hij over het algemeen een uitstekend signaal hoewel hij daar natuurlijk veel gemakkelijker kon worden ontdekt. Hij bereikte de detachementcommandant van een ODA-team (Operational Detachment Alpha), een van de Special Forces-elitegroepen van het leger. Als SEAL had Moore in Afghanistan samengewerkt met deze mannen en hij had veel respect voor ze, ook al werden er heel veel beledigende opmerkingen gemaakt over welke groep de effectiefste en dodelijkste leden had. De onderlinge rivaliteit was zowel gezond als amusant.

'Ozzy, met Blackbeard,' zei Moore, die zijn CIA-zendercode gebruikte.

'Wat is er aan de hand, bro?'

De stem aan de andere kant van de lijn was van kapitein Douglas Osbourne, een ontstellend jonge maar buitengewoon slimme operator die met Moore had samengewerkt tijdens verschillende nachtelijke overvallen in Afghanistan die twee *high-value targets* hadden opgeleverd.

'We gaan vanavond voor de *hattrick*.'

Ozzy snoof. 'Heb je vervolgbare info of alleen maar de gebruikelijke bullshit?'

'De gebruikelijke bullshit.'

'Je hebt ze dus niet gezien.'

'Ze zijn hier. We hebben er al drie.'

'Wat zijn jullie toch een klojo's, waarom doen jullie me dit altijd aan?'

Moore grinnikte. 'Omdat jullie zo dom zijn. Ik heb de namen en foto's geüpload. Ik wil deze mannen.'

'Verder nog iets?'

'Luister, misschien heb je hier wat aan, maar we hebben hier allemaal hulzen gevonden. Dit is zeker weten een recent trainingsterrein. Die slordige klootzakken hebben hun troep niet eens opgeruimd. Ik heb je hier vannacht nodig voor de surpriseparty.'

'Je weet zeker dat Obi-Wan niet liegt?'

'Zeker weten.'

'Nou, *holy shit*, dan heb je een deal. Je kunt ons verwachten om nul uur dertig, *baby*. Tot dan.'

'Oké. En vergeet je handschoenen niet. Je wilt je nagels natuurlijk niet bederven.'

'Tuurlijk niet.'
Moore grijnsde en verbrak de verbinding.
'Wat doen we nu?' vroeg Rana.
'We zoeken een kleine grot, zetten daar ons kamp op en daarna zul je een helikopter horen aankomen.'
'Zal hen dat niet wegjagen?'
Moore schudde zijn hoofd. 'Ze weten dat we hier satellieten en Predators hebben. Ze zullen zich alleen maar ingraven. Let maar op.'
'Ik ben een beetje bang,' bekende Rana.
'Je maakt een grapje zeker? Relax. We hoeven ons geen zorgen te maken.'
Moore wees naar de AK-47 die aan zijn schouder hing en klopte op de oude Russische Makarov in de holster aan zijn zij. Rana had ook een Makarov, en Moore had hem geleerd hoe hij met dit wapen moest schieten en het moest herladen.

Ze ontdekten een ondiepe grot in een van de heuvelhellingen en camoufleerden de ingang een beetje met wat grotere rotsblokken en takken. Daar bleven ze toen het donker werd en Moore begon een beetje te doezelen. Hij merkte twee keer dat hij in slaap viel en vroeg Rana of hij wakker wilde blijven en de wacht wilde houden. Het joch was toch al gespannen en vond het prettig om alert te blijven.
De energiereep die hij eerder had opgegeten, viel niet goed zodat hij levendige dromen had. Hij dreef op een pikzwarte zee in een inktzwarte duisternis en stak opeens zijn hand uit en gilde: 'LAAT ME NIET ALLEEN! LAAT ME NIET ALLEEN!'
Hij schrok wakker doordat iets op zijn mond werd gedrukt. Waar wás hij verdomme? Hij voelde niet nat aan. Hij lag te hijgen, kreeg geen lucht en realiseerde zich dat dit kwam doordat iemand zijn hand op zijn mond drukte.
Door de korrelige duisternis zag hij Rana's wijd open ogen en hoorde hem fluisteren: 'Waarom schreeuw je zo? Ik ga nergens naartoe. Ik ga echt niet weg. Maar je mag niet schreeuwen.'
Moore knikte heftig en Rana trok langzaam zijn hand terug. Moore beet op zijn lip en probeerde zijn ademhaling in bedwang te krijgen. 'Oef, sorry, ik had een nachtmerrie.'
'Je dacht dat ik weg zou gaan.'
'Dat weet ik niet. Wacht. Hoe laat is het?'
'Al na middernacht. Bijna nul uur dertig.'
Moore ging rechtop zitten en schakelde zijn satelliettelefoon in. Er was een voicemail: 'Hé, Blackbeard, waardeloos stuk vreten dat je bent.

We stijgen op. ETA je achtertuin, twintig minuten.'
Hij deed de telefoon uit. 'Luister. Hoor je dat?'

Samad werd wakker door een hand op zijn schouder en heel even wist hij niet waar hij was. Toen herinnerde hij zich dat ze in de boerderij waren. Hij lag in het smalle houten bed en ging rechtop zitten. 'Er komt een helikopter aan,' zei Talwar.
'Ga maar weer slapen.'
'Weet je het zeker?'
'Ga maar weer slapen. Als ze komen, zullen we kwaad zijn omdat ze ons wakker hebben gemaakt.'
Samad liep naar een kleine tafel en bond een lapje voor zijn ene oog waardoor het leek alsof hij nog maar één oog had; niet ongebruikelijk in dit door oorlog verscheurde deel van het land. Het was een eenvoudige vermomming en in de tijd dat hij bommen maakte, had hij geleerd dat hoe eenvoudiger de bom, het idee, het plan was, hoe groter de kans op succes. Dat die theorie juist was, had hij steeds weer bewezen. Een lapje, een wond, een kwade boer die door domme Amerikanen wakker was gemaakt. Een kwade boer, dat was hij.
Allahu Akbar!
God is groot!

De twaalf mannen van het ODA-team lieten zich snel via een touw uit de zwevende helikopter zakken, terwijl een tolk in gesprek was met een paar stamleden die slaperig uit hun huizen waren gestrompeld en hun ogen beschermden tegen de windvlaag die de helikopter veroorzaakte. De tolk praatte luid via de luidspreker van de Black Hawk: 'We zijn hier om twee mannen te zoeken, dat is alles. Niemand zal gewond raken. Er zal niet worden geschoten. Help ons alstublieft die twee mannen te vinden.'
De tolk herhaalde dit bericht minstens drie keer, terwijl Ozzy's team de grond bereikte, de een na de ander, en zich vervolgens in paren verspreidde met hun geweer in de aanslag.
De helikopter hing boven een open plek vlak bij een rij huizen, ongeveer tweehonderd meter vanaf de muren van het fort van de chief. Moore trof de jonge Special Forces-commandant en zijn chief warrant officer in een steegje tussen de huizen.
De Black Hawk helde over en verdween in het donker met flitsende navigatielichten. De piloot vloog het toestel terug naar de veilige landingszone een paar kilometer verderop, waar hij zou wachten tot Ozzy hem belde met de opdracht ze op te halen. Het was gewoon te gevaarlijk

om de helikopter in het dorp op de grond te zetten en daar te laten staan terwijl het team aan het werk was.

Moore en de beide mannen wachtten tot de helikopter was vertrokken. 'Herinner je je mijn hulpje nog, Robin?' vroeg Moore en hij wees met zijn penlight naar Rana.

Ozzy grijnsde. 'Hoe gaat het, *buddy?*'

Rana fronste. 'Mijn naam is Rana, niet Robin.'

'Dat was een grapje,' zei Moore. Hij keek naar de chief warrant officer, Bobby Olsen, ook wel bekend als Bob-O, die één blik op Moore wierp en vroeg vervolgens quasichagrijnig: 'Ben jij die kwal van de CIA?'

Elke keer als ze elkaar tegenkwamen, keek Bob-O op dezelfde manier en stelde hij dezelfde vraag. Om de een of andere reden schepte hij er een duivels genoegen in Moore zo vaak hij kon te pesten. Moore stak waarschuwend zijn vinger op en wilde hem net van repliek dienen toen Ozzy zei: 'Oké, stelletje sukkels, ophouden nu.'

Hij keek Moore vragend aan en zei: 'Dit is jouw feestje, Blackbeard. Ik hoop dat je gelijk hebt.'

Ozzy's team was goed getraind in de kunst van het onderhandelen met de stamleden en hun veldwerk had hen in staat gesteld de theorie en verzonnen scenario's in praktijk te brengen. Ze hadden de taal geleerd, de gewoonten bestudeerd en zelfs weerbestendige spiekbriefjes in hun borstzakjes gestoken voor het geval ze een keer met hun mond vol tanden kwamen te staan. Ze waren, naar hun bescheiden mening, ambassadeurs van de democratie, en hoewel bepaalde mensen dat een domme of waardeloze mening vonden, waren zij het enige contact met de westerse wereld dat veel stamleden ooit zouden hebben.

Moore, Rana, Ozzy en Bob-O wilden net een zandpad met diepe voren naar de lemen huizen oversteken toen ze in de bergen salvo's van automatische wapens hoorden. Moore hield zijn adem in en Bob-O vloekte.

'Raceman, wie vuurde die schoten af?' brulde Ozzy in de microfoon voor zijn mond, terwijl Moore en Rana naast het huis hurkten.

Bob-O vroeg op dat moment via de radio informatie aan de andere teams.

Weer hoorden ze geweervuur, deze keer in een ander ritme en met een andere intensiteit. Ja, het was afkomstig van Ozzy's mensen die met hun Special Forces Combat Assault Rifles (SCAR's) de vijandelijke verrassingsaanval beantwoordden met 5.56 of 7.63-millimeter snipers. Nog twee salvo's. Een derde. Daarna antwoordden vijf, zes, misschien zeven AK-47's. Ongeveer zes huizen verderop woedde een vuurgevecht.

Moore luisterde aandachtig. Om een AK-47 af te vuren, moest je het magazijn erin doen, de schakelaar ontgrendelen, de trekker naar achteren trekken en loslaten, richten en vuren. Nogal wat handelingen voor één enkel schot. Maar als je de schakelaar op de middelste stand zette, stond hij op volautomatisch en kon je de trekker vasthouden tot het hele magazijn leeg was. Basale vuurwapenkennis, maar waar het om ging was dit: tijdens elk vuurgevecht luisterde Moore eerst om de locatie van de vijand te weten te komen en pas daarna probeerde hij te ontdekken of de vijand munitie probeerde te besparen. Hij hoorde het elke keer: volautomatisch, wat meestal betekende dat iedere tegenstander verschillende magazijnen tot zijn beschikking had, of enkele schoten, wat er vaak op duidde dat de vijand elke kogel raak wilde schieten. Dit was natuurlijk geen wet van Meden en Perzen, maar meestal had Moore het bij het rechte eind.

Als talibanstrijders hun wapens op volautomatisch hadden staan, moest je je op het ergste voorbereiden, want dan hadden ze meer dan genoeg munitie.

Moore zei tegen Rana: 'Niets doen. Blijf waar je bent.'

Rana zei: 'O, maak je maar geen zorgen. Ik ga nergens naartoe.'

'Neo en Big Dan, jullie gaan naar de heuvels aan de zuidkant. Raceman wordt daar beschoten,' zei Ozzy en hij keek om de hoek. Daarna gebaarde hij dat Moore en Rana hem moesten volgen. Moore liep door tot hij naast de kapitein stond. 'Hoe ziet het eruit?'

'We hebben tot nu toe acht, misschien tien Tango's. Ik laat een Apache komen om die klojo's te stoppen.'

Ozzy had het over de AH-64D Apache Longbow, de belangrijkste gevechtshelikopter van het leger, bewapend met een M230-chaingun, Hydra 70 lucht-grondraketten en AGM-114 Hellfire- of FIM-92 Stinger-raketten. Het silhouet van die helikopter alleen al veroorzaakte gedachten aan een gruwelijke dood bij die talibanstrijders die medestrijders onder het genadeloze vuur verscheurd hadden zien worden.

Ozzy pakte zijn radio en zei tegen de helikopterpiloot dat hij onmiddellijk terug moest keren naar het dorp en zijn chaingun op de opstandelingen moest afvuren.

'We brengen jullie meteen terug naar de landingszone,' zei Ozzy.

'Hoor je dat?' vroeg Moore aan Rana. 'We gaan terug. Het komt dus wel goed.'

Rana klemde zijn Makarov tegen zijn borst. 'Ik vind dit maar niets.'

'Ik ben bij je, Rana,' zei Moore. 'Het komt wel goed.'

Terwijl hij dit zei, keek Moore naar de andere kant van het huis, waar hij net iemand de hoek om zag komen en wiens geweer het maanlicht reflecteerde.

Moore richtte zijn AK-47, zette hem op volautomatisch en schoot vier salvo's af. De man werd in zijn borst geraakt en viel achterover in het zand.

Terwijl de man viel, kwamen Ozzy en Bob-O onder een kogelregen vanaf de andere kant van het huis aan rennen; minstens drie talibanstrijders openden het vuur en dwongen hen bij de hoek vandaan. Bob-O ging voor Rana staan om hem te beschermen. Moore keek even achterom, draaide zich vervolgens snel om en rende in de richting van Ozzy.

Aan de overkant van de straat stonden twee huizen en daar zag Moore twee geweerlopen flitsen. Een van de mannen bevond zich op het platte dak en verschool zich achter de kuithoge stenen rand. Hij vuurde en trok zich daarna terug achter de stenen rand. Een andere man bevond zich aan de achterkant van het huis, waar een kniehoge muur hem goede dekking bood. De derde stond in het linkerhuis, kroop naar het open raam om te vuren en liet zich dan terugrollen. De drie mannen wisten dat de lemen stenen hen tegen de vijandelijke kogels zouden beschermen.

'Rana, blijf bij hen,' zei Moore tegen de jongen. Daarna kroop hij een meter of twee tot hij dicht bij Ozzy was. 'Hou ze bezig. Ik ga er met een boog omheen. Ik begin met die vent op het dak.'

'Man, ben je gek?' vroeg Ozzy. 'Laat mij ze afmaken.'

Heftig hoofdschuddend zei Moore: 'Ik wil eentje levend in handen krijgen. Geef me een paar *zipper cuffs*.'

Ozzy grinnikte ongelovig, maar gaf Moore de plastic boeien.

Moore zei met een knipoog: 'Ben zo terug.'

'Hé, Money,' riep Rana zenuwachtig.

Maar Moore rende de steeg al uit. Omdat hij zelf als een stamlid was gekleed en een van hun wapens bij zich had, zouden ze even aarzelen als ze hem zagen en daar zou hij gebruik van kunnen maken. Hij rende om twee andere huizen heen, stak de zandweg over en kwam weer bij het huis waar een van de talibanstrijders op het dak lag. De man had een wankele houten ladder gebruikt en tijdens het eerstvolgende salvo klom Moore snel naar boven.

Hij kwam boven en kon over de rand kijken waar hij de man in het oog kreeg. Hij sprong op en neer als een doelwit op de schietbaan: hij kwam snel omhoog om te schieten en dook vervolgens snel weer achter de stenen rand. Bob-O en Ozzy schoten hun eigen kogels in de stenen rand, waardoor kleine wolkjes steengruis en stof opdwarrelden.

Omdat de talibanstrijder alleen lette op wat vóór hem gebeurde, merkte hij niet dat Moore naar hem toe kwam. Moore pakte zijn Makarov bij de loop vast, haalde diep adem en sprong naar voren. Hij torende hoog boven zijn tegenstander uit en voerde een ongebruikelijke combinatie uit van Krav Maga en zijn eigen improvisatie. Toen de man achteromkeek omdat hij vanuit zijn ooghoek iets had zien bewegen, landde Moore boven op hem als een soort roofvogel, duwde met zijn knie tegen de rug van de man en zette de loop van zijn geweer in zijn nek, onder en iets voor het oor. Een felle klap tegen de zijkant van de nek veroorzaakt bewusteloosheid door het schokeffect op de halsslagader, de hals-, keel-, nekader en de zwervende zenuw.

De man viel op zijn rug op het dak. Moore maakte de handen van de man op zijn rug vast, boeide zijn voeten en liet hem daar liggen. Als de man bijkwam, zouden ze wel een kopje thee drinken en een gezellig praatje maken. Maar nu klauterde Moore de ladder weer af, terwijl Ozzy en Bob-O de beide andere talibanstrijders beschoten.

Moore liep vlak langs de muur om het volgende huis heen. Hij kwam bij de hoek waar, links van hem en ongeveer tien meter voor hem uit, de tweede talibanstrijder achter de kniehoge muur lag. Hij had een geweer, maar ook een pistool in een zijholster en hij droeg een zware rugzak waarin misschien nog meer magazijnen zaten. Moore vroeg zich af wat hij moest doen. De man leek te ver om hem stilletjes van achteren te kunnen besluipen. En als Moore in de verkeerde hoek naar voren rende, zou hij door Ozzy's of Bob-O's kogels geraakt kunnen worden. Uitgeschakeld worden tijdens een moedige actie was één ding, maar uitgeschakeld worden tijdens een roekeloze actie en je door je eigen mensen laten doodschieten was stupiditeit van een niveau dat meestal alleen maar werd vertoond door overspelige politici.

Omdat Moore een AK-47 bij zich had en daarmee zou schieten, dacht de derde talibanstrijder misschien wel dat zijn kameraad aan het schieten was. Maar toen verscheen een zelfs nog betere afleiding: de Apache Longbow begon te dalen, helde over naar rechts en vloog over hen heen. De wind en het gebrul trokken de aandacht van de talibanstrijder, net als het sterke schijnwerperlicht dat het dal verlichtte.

Moore richtte zijn geweer en schoot drie kogels in de rug van de man. Het bloed spatte in het rond. Daarna draaide Moore zich snel om en rende weg langs de muur van het volgende huis, waar de laatste man zich bevond. Moore kroop op handen en voeten onder het zijraam door en kwam zo aan de voorkant van het huis. Bob-O en Ozzy hielden op met schieten, zodat Moore onder het raam kon kruipen van waaruit de derde man aan het schieten was.

Op dat moment hadden ze een granaat kunnen gooien en de man kunnen doden, maar Moore was al vlak bij de opstandeling. Hij rolde op zijn zij en strekte zijn hals zodat hij de loop van het geweer van de man kon zien, boven de vensterbank, binnen handbereik. Moore greep het gewcer bij de loop en trok zich hieraan op tot hij op zijn knieën zat. De man begon van schrik te gillen, liet het wapen los en greep naar het pistool in zijn holster.

Tegen de tijd dat hij zijn wapen had losgemaakt, had Moore de AK op de grond gegooid en zijn Makarov gericht. Hij doodde de man met drie kogels. Moore had zijn eigen pistool gebruikt, want een van de oudste gevechtsregels van de oude school luidde dat je alleen in uiterste nood je leven in handen van een vijandelijk wapen mocht leggen.

De Apache vertrok alweer, weggestuurd door Ozzy.

Slechts het wegstervende gedreun van de rotorbladen was nog te horen in de Mana Vallei. Ten slotte begon een hond te blaffen en daarna schreeuwde iemand in de verte. In het Engels.

Moore rende terug naar Ozzy en Bob-O. Overal hing de geur van buskruit en toen Moore op zijn hurken ging zitten, merkte hij dat hij trilde van opwinding.

'Goed gedaan, kwal,' zei Bob-O.

'Ja,' hijgde Moore. 'Heb eentje levend te pakken gekregen, op het dak. Die wil ik ondervragen.'

'Wij hebben nog vier anderen gedood, maar de rest is de bergen in gevlucht,' zei Ozzy en hij legde één hand op zijn oor om naar de verslagen van zijn mannen te luisteren. 'We zijn ze kwijt.'

'Ik wil met Old Man Shah praten, zodat hij me in mijn gezicht kan voorliegen,' snauwde Moore. Old Man Shah was de chief van het dorp.

'Ik ook,' zei Ozzy, en hij ontblootte zijn tanden.

Moore liep naar Rana die nog steeds, met opgetrokken knieën, in de steeg zat. 'Hé. Gaat het?'

'Nee.'

'Het is voorbij, hoor.' Moore stak zijn hand uit en de jonge man nam hem aan.

Terwijl Ozzy's team de lijken van de gedode talibanstrijders opruimde (en de gevangene ophaalde die Moore geboeid op het dak had achtergelaten), arriveerden Moore, Ozzy, Bob-O en Rana bij het lemen fort. De rechthoekige gebouwen waren omringd door een ongeveer twee meter hoge stenen muur en een groot houten hek waar nu zes bewakers voor stonden. Ozzy zei tegen een van de bewakers dat de chief van de Shawal-stammen meteen met hen moest praten. De bewaker liep het huis binnen, terwijl Moore en de anderen wachtten.

Chief Habib Shah en een van zijn meest vertrouwde geestelijken, Aiman Salahuddin, stormden het hek door. Shah was een indrukwekkende man van ruim een meter tachtig, hij droeg een grote zwarte tulband en een baard die meer op een bos zwarte draden leek dan op haar. Zijn groene ogen flikkerden in het licht van Ozzy's zaklamp. De geestelijke was veel ouder, een jaar of zeventig, en had een ivoorwitte baard en een bochel en was amper een meter vijftig. Hij keek hoofdschuddend naar Moore en de anderen alsof hij hen op die manier kon wegjagen.

'Laat mij het woord maar doen,' zei Moore tegen Ozzy.

'Ja, want ik zou hem het liefst verrot schelden.'

'Hallo, chief,' zei Moore.

'Wat doen jullie hier?' vroeg de chief.

Moore probeerde zijn woede te bedwingen. Dat probeerde hij inderdaad, maar hij slaagde daar niet in. 'Voordat we werden aangevallen door de taliban, kwamen we hier in vrede, op zoek naar deze twee mannen.' Moore gaf hem de foto's.

De chief keek even naar de foto's en haalde zijn schouders op.

'Die mannen heb ik nog nooit gezien. Als iemand in dit dorp de taliban helpt, zal hij lijden onder mijn toorn.'

Ozzy snoof. 'Chief, wist u dat de taliban hier waren?'

'Natuurlijk niet. Hoe vaak heb ik je dat al niet verteld, kapitein?'

'Volgens mij is dit de vierde keer. U blijft maar zeggen dat u geen terroristen helpt, maar we blijven hen hier vinden. Dat begrijp ik gewoon niet. Komen ze soms zomaar uit de lucht vallen?' Ozzy was de 'kunst' van het onderhandelen duidelijk even vergeten.

'Chief, met uw hulp zouden we graag willen doorgaan met onze zoektocht,' zei Moore. 'We hebben maar een paar man nodig.'

'Het spijt me, maar mijn mannen hebben het heel druk met het beschermen van dit dorp.'

'Kom, we gaan,' zei Ozzy. Hij draaide zich om en liep weg, met Bob-O achter hem aan.

De geestelijke liep naar Moore toe en zei in het Engels: 'Ga met je vrienden mee naar huis.'

'U helpt de verkeerde mensen,' zei Rana opeens.

Moore keek naar de jongeman en legde een vinger op zijn lippen.

De geestelijke kneep zijn ogen halfdicht en zei tegen Rana: 'Jonge man, jij bent degene die zich heel erg vergist.'

Ozzy's Special Forces-team had nog twee uur nodig om het dorp en de omringende boerderijen uit te kammen, maar was steeds bedacht op een nieuwe aanval.

Ondertussen ondervroeg Moore de man die ze gevangen hadden genomen. 'Ik vraag het je nog een keer, hoe heet je?'

'Dood me.'

'Hoe heet je? Waar kom je vandaan? Heb je deze mannen gezien?' Hij hield de foto's omhoog.

'Dood me.'

En zo ging het maar door, en door en door, tot Moore zo gefrustreerd raakte dat hij het opgaf voordat hij iets zou zeggen wat hij niet moest zeggen. Moores collega's van de CIA zouden het verhoor immers overnemen. Het zou misschien een week of meer kosten om de man te breken.

Toen Ozzy's team eindelijk weer bij de helikopter kwam, debriefde Moore ze voor hun vertrek.

'Die boerderij daar,' zei Moore en hij wees naar het huis op een satellietfoto, 'ligt behoorlijk afgelegen. Is iemand daar geweest?'

'Wij,' zei Bob-O. 'Oude boer met één oog. Paar zonen. Niet blij ons te zien. Ze leken niet op de beschrijving van jouw mannen.'

'Dat was het dan,' zei Ozzy.

Moore schudde zijn hoofd. 'Mijn mannen zijn hier. Ze zitten waarschijnlijk nu naar ons te kijken.'

'En wat moeten we daaraan doen?' vroeg Ozzy met zijn handen in de lucht. 'We zitten hier tussen een rots en, nou ja, nog een rots. En een paar bergen. En een paar chagrijnige stamleden. En een paar dode talibanstrijders. Zeg maar tegen je mensen thuis dat ze een paar cadeaubonnen naar die lui hier sturen als bedankje voor hun moeite.'

Het verrassingsbezoek was niet helemaal voor niets geweest. Moores bazen hadden zich afgevraagd waar de loyaliteit van de chief tegenwoordig lag, en dat wisten ze nu. Je zou wel gek zijn om te geloven dat niemand in dit deel van Shawal de mannen had gezien naar wie Moore zocht. Ze hadden hen gezien, met hen gepraat, misschien zelfs samen met hen getraind en gegeten. Moore had dit al heel vaak meegemaakt, maar voorlopig kon hij niets anders doen dan de foto's achterlaten en de chief om hulp vragen.

'Was deze missie een mislukking?' vroeg Rana.

'Geen mislukking,' antwoordde Moore. 'We hebben gewoon vertraging opgelopen door onvoorziene weersomstandigheden.'

'Weersomstandigheden?'

Moore snoof. 'Ja, een grote strontstorm van stilte.'

Rana schudde zijn hoofd. 'Ik begrijp niet waarom ze ervoor kiezen de taliban te helpen.'

'Dat zou je wel moeten. Ze krijgen meer van de taliban dan van wie ook,' zei Moore tegen de jonge man. 'Ze zijn opportunisten. Ze moeten wel. Zie maar waar ze wonen.'

'Denk je dat we die mannen ooit te pakken krijgen?'

'Echt wel. Dat kost gewoon wat tijd en dat is mijn probleem, snap je?'

'Misschien heeft Wazir nieuws over je verdwenen vriend.'

Moore slaakte een gefrustreerde zucht. 'Dat zou fijn zijn. Hoe dan ook, morgenavond ben ik hier weg en ik zou willen dat ik wraak had kunnen nemen voor wat ze de kolonel en zijn gezin hebben aangedaan. Als die mannen zomaar kunnen weglopen, zal dat altijd aan me blijven knagen.'

Ze klommen aan boord van de helikopter en waren nog geen tien minuten later in de lucht.

Al voordat ze in Kabul waren geland, zag Moore dat hij een telefoontje van Slater had gekregen.

De Mexicaanse man op de foto, Tito Llamas, een luitenant in het Juárez Cartel, was gevonden in de kofferbak van een auto met een kogel in zijn hoofd. Ook Khodais bondgenoten die samen met Llamas op de foto stonden waren allemaal vermoord. De enige mannen op die foto die tot nu toe niet dood waren gevonden, waren de taliban. Moore moest zo snel mogelijk terug naar Islamabad.

Hij wilde met de plaatselijke politie over Llamas praten en kijken of hij nog andere aanwijzingen kon ontdekken. Hij dacht dat hij misschien een beetje tijd zou winnen door 'per ongeluk' het vliegtuig naar huis te missen.

Hij kwam niet voor de ochtend in de stad en zei tegen Rana dat hij naar huis moest gaan om wat te slapen. Hij ging naar het politiebureau, ontmoette daar een paar rechercheurs en kon Tito Llamas' lichaam identificeren. Dit kartellid had valse papieren bij zich gehad, onder andere een vals paspoort, en Moore kon de politie deelgenoot maken van de informatie die de Agency over dit kartellid had. De rechercheurs waren hem hier natuurlijk erg dankbaar voor.

Een onverwachte e-mail van de oude Wazir was bijzonder welkom, tot Moore las wat erin stond.

De twee andere talibanstrijders op de foto die Wazir noemde, waren onbelangrijk en in feite Punjabi taliban, zo genoemd omdat ze afkomstig waren uit Zuid-Punjab. Ze waren herkenbaar, doordat ze geen Pastho spraken en traditioneel banden hadden met groeperingen als Jaish-e-Mohammed. De Punjabi taliban opereerden nu vanuit Noord-Waziristan en vochten samen met de Pakistaanse taliban en Al Qaida.

Maar die geschiedenisles was niet het belangrijkste onderdeel van deze e-mail. Wazir had de mannen gevonden, maar ze waren allebei vermoord. Hij zei dat de taliban hun lek had ontdekt en iedereen had vermoord die ermee werd geassocieerd... Behalve Moore natuurlijk, die ongetwijfeld boven aan hun zwarte lijst stond.

Misschien was het tijd om naar huis te gaan.

7

Reisplannen

District Shawal
Afghanistan

Samad en zijn twee luitenants hadden de boerderij al voor zonsopkomst verlaten en begonnen aan de zware voettocht van tien kilometer langs de grens tot in Afghanistan. Ze volgden een druk belopen pad en sloten zich, om niet op te vallen, aan bij een groepje van vijf kooplieden. Samad had zijn mannen eraan herinnerd dat de Amerikanen vanuit de lucht toekeken en als ze een beter door bomen beschutte route namen, zouden hun trillingen misschien worden ontdekt door een van de vele REMBASS-II onbemande grondsensoren die het Amerikaanse leger langs de grens had verstopt. Die beweging zou vervolgens het doelwit worden van een van de vele Amerikaanse Kennan *keyhole-class* (KH) herkenningssatellieten die daarop foto's van hen zouden maken. Hun gezichten zouden dan vrijwel onmiddellijk verschijnen op beeldschermen in Langley, waar analisten vierentwintig uur per dag zaten te wachten tot talibanstrijders zoals zij een dergelijke fout maakten. De reactie zou snel en fataal zijn: een Predator-drone, bestuurd door een Air Force luitenant-kolonel in een trailer in Las Vegas zou Hellfire-raketten op zijn doelwit laten vallen.

Zodra ze het dal hadden bereikt, gingen ze naar Mullah Omar Rahmani. Hij zat op een stapel dekens in een van de ongeveer twaalf tenten die in een halve cirkel onder een paar walnotenbomen en eiken waren opgezet, en vanuit het oosten werden gecamoufleerd door citroenbomen. Het ochtendgebed was net afgelopen. Rahmani dronk thee en wilde net iets gaan eten: het ronde, zoete platte brood dat de Afghanen *roht* noemen, een paar abrikozen, pistachenoten en dikke yoghurt (wat in de bergen een echte luxe was).

Rahmani begroette hen met een knikje en streek vervolgens over zijn baard die doorliep tot aan zijn sleutelbeen en in een scherpe punt eindigde. Zijn ogen, die iets werden vergroot door zijn draadbrilletje met dikke glazen, leken steeds halfdicht te zijn, waardoor het moeilijk was zijn stemming te peilen. Hij had zijn witte tulband naar achteren geduwd, zodat de diepe rimpels in zijn voorhoofd en de boonvormige moedervlek op zijn linkerslaap zichtbaar waren. Zijn lange linnen overhemd en wijde broek verborgen zijn behoorlijke omvang, en zelfs als hij zijn legerjasje dat om zijn schouders spande uittrok, zou hij er maar een heel klein beetje minder intimiderend uitzien. Dat jasje – oud en versleten bij de ellebogen – droeg hij al tijdens zijn gevechten met de Russen.

Samad nam aan dat Rahmani helemaal niet blij was met alle aandacht die het gebied de laatste tijd kreeg, hoewel hij Samad misschien wel zou complimenteren omdat hij goed had nagedacht en de Amerikanen alweer voor de gek had kunnen houden.

Rahmani knikte even naar hen. 'Vrede zij met u, broeders, en laten we God danken dat we hier vanochtend zijn om van dit eten te genieten en nog een dag te leven, want elke dag wordt moeilijker voor ons.'

Samad en zijn mannen gingen op de stoelen naast Rahmani zitten en kregen thee geserveerd door een paar jonge mannen die hem verzorgden. Er trok een rilling door Samads schouders toen hij een slok thee nam en zijn ademhaling probeerde te beheersen.

Toegegeven, Samad had het altijd moeilijk in aanwezigheid van die man. Als je hem kwaad maakte, als je het lef had hem teleur te stellen, zou hij je ter plekke laten executeren. Dat was geen gerucht. Samad had met eigen ogen mannen onthoofd zien worden. Soms werd het hoofd afgehakt. Maar soms werd het hoofd er langzaam, heel langzaam afgezaagd, terwijl het slachtoffer gilde en vervolgens in zijn eigen bloed verdronk.

Rahmani haalde nog eens diep adem, zette zijn theekopje neer en sloeg vervolgens zijn armen over elkaar, waardoor zijn zwarte overhemd en das strakker om zijn nek werden getrokken. Hij keek nog even naar hen, waardoor er een koude rilling door Samad heen ging, maar daarna schraapte hij zijn keel en begon eindelijk weer te praten: 'Het leger is te onstabiel voor ons geworden. Dat is wel duidelijk. Khodai zou zelfs nog meer schade hebben kunnen aanrichten, en hoewel ik dankbaar ben voor het werk dat je mannen in Islamabad hebben gedaan, zijn er hier nu te veel losse eindjes. Vooral die agent over wie onze sluipschutter het had. Wij zijn nog steeds naar hem op zoek. En onze nieuwe relatie met het Juárez Cartel in Mexico loopt nu gevaar, doordat we gedwongen waren hun man te doden. Dit alles betekent dat we sneller moeten handelen.'

'Ik begrijp het,' zei Samad. 'De CIA heeft veel spionnen in het gebied gerekruteerd. Ze betalen goed. Veel jonge mannen kunnen daar bijna geen weerstand aan bieden. Twee van mijn mannen achtervolgen nu een jongen die Israr Rana heet en die volgens ons de boel heeft verraden.'

Rahmani knikte. 'Sommigen onder ons zeggen dat geduld zal zegevieren. De Amerikanen kunnen en zullen hier niet altijd blijven, en zodra ze vertrokken zijn, kunnen we hier blijven trainen en Allahs wil naar de mensen in Pakistan en Afghanistan brengen. Maar ik vind het niet goed om niets te doen en te wachten tot de storm is gaan liggen. Het probleem moet bij de bron worden aangepakt. Ik ben nu al vijf jaar bezig met een project dat binnenkort resultaat zal opleveren; de infrastructuur is klaar en het enige wat ik nu nodig heb, zijn de strijders om dit plan uit te voeren.'

'We zouden ons vereerd voelen.'

'Samad, jij moet ze leiden. Jullie zullen de jihad terugbrengen naar de Verenigde Staten, en je moet de contacten die je met de Mexicanen hebt gelegd gebruiken om dat te doen. Begrijp je dat?'

Samad knikte wel, maar hij begon ook zenuwachtig te worden omdat hij wist dat hij de Mexicanen beledigd en kwaad zou maken als hij ze om een gunst vroeg. Maar als hij zich op de een of andere manier van hun steun kon verzekeren, zou zijn missie een veel grotere kans van slagen hebben.

Maar hoe?

Hij zou zijn toevlucht moeten nemen tot *hudaibiya*, liegen, zoals de Koran hem opdroeg als hij met ongelovigen te maken had.

'Ik moet jou en al je mannen waarschuwen, Samad,' zei Rahmani. 'Al bijna honderd van onze mannen hebben hun leven gewijd aan dit plan, en sommigen hebben er hun leven al voor gegeven. Er staat heel veel op het spel en een mislukking zal ernstige gevolgen hebben, bijzonder ernstige gevolgen zelfs.'

Samad voelde het mes al tegen zijn hals. 'Dat begrijpen we.'

Rahmani's stem klonk hoger toen hij uit de Koran citeerde: 'Eenieder die op Allahs manier strijdt, of hij nu wordt verslagen of zegeviert, zal ruimschoots worden beloond.'

'Ons wacht het paradijs,' voegde Samad er heftig knikkend aan toe.

'En toch, als we sterven en martelaren worden, alleen om te herrijzen en weer martelaar te worden, zullen we het doen. Daarom houden we van de dood.'

Rahmani kneep zijn ogen zelfs nog dichter. 'Daarom... Goed dan, laten we eten. Daarna zal ik alle details met jullie doorspreken. De complexiteit en de vermetelheid van deze missie zullen je imponeren, dat weet ik zeker. Over een paar dagen zul je onderweg zijn. En als de tijd gekomen is, zul je een boodschap van Allah overbrengen zoals de Amerikanen nog nooit hebben gezien.'

'We zullen u niet teleurstellen,' zei Samad.

Rahmani knikte langzaam. 'Stel Allah niet teleur.'

Samad boog zijn hoofd. 'We zijn zijn dienaren.'

Gandhara International Airport
Islamabad, Pakistan

Moore was onderweg naar San Diego om zijn nieuwe joint taskforce (JTF) te ontmoeten en zag ontzettend op tegen de reis die meer dan zeventien uur zou duren. Hij zat bij de gate te wachten op de eerste vlucht van zijn reis en hield alert een oogje op de passagiers om zich heen. Het waren vooral zakenlui, internationale journalisten (dacht hij) en een paar gezinnen met kleine kinderen, waarvan één ontegenzeggelijk Brits. Af en toe keek hij op zijn tabletcomputer, waarop hij al zijn gegevens achter een dubbelgecodeerd wachtwoord had opgeslagen. Bij elke poging om zonder zijn duimafdruk toegang tot zijn computer te krijgen, zou de harde schijf onmiddellijk worden gewist. Hij had zojuist een paar van de meest recente vrijgegeven rapporten van de Agency opgeroepen over kartelactiviteiten langs de grens (de geheime rapporten wilde hij op een meer afgesloten plek lezen). Hij was vooral op zoek naar informatie over schakels uit het Midden-Oosten of Arabië met die activiteit, maar de zaken die hij bekeek gingen meestal alleen maar over gevechten tussen rivaliserende kartels, vooral het Sinaloa en het Juárez Cartel.

Steeds vaker werden massagraven ontdekt, sommige met tientallen lijken. Onthoofdingen en lichamen die aan een brug hingen wezen op een toename van de gruwelijke aanvallen door bendes sicarios onder leiding van voormalige leden van de Mexican Airborne Special Forces. Regeringsofficials beweerden dat de karteloorlogen illustratief waren voor het succes van het regeringsbeleid waardoor de drugssmokkelaars zich tegen elkaar keerden. Maar Moore was al tot de conclusie gekomen dat de kartels zo machtig waren geworden dat ze bepaalde delen van het land feitelijk in handen hadden en dat het geweld niet meer was dan een eenvoudig bewijs van hun eigen wetten. Moore las een rapport geschreven door een journalist die meer dan een jaar bezig was geweest met het documenteren van kartelactiviteiten. In bepaalde landelijk gelegen steden in het zuidoosten van het land was het kartel de enige groepering waarbij de inwoners een baan en bescherming konden vinden. De journalist had een stuk of zes artikelen gepubliceerd voordat hij zeventien keer werd beschoten terwijl hij voor een winkel op zijn moeder stond te wachten. De kartels konden kennelijk geen waardering opbrengen voor wat hij te zeggen had.

Een ander rapport vergeleek kleine steden in Mexico en in Afghanistan met elkaar. Moore had gezien dat de taliban dezelfde strategie en hetzelfde gedrag volgden als de drugskartels. De bevolking had meer vertrouwen in de taliban en de drugskartels dan in de regering, en veel meer dan in de buitenlandse indringers. De taliban en de kartels gebruikten de macht die ze dankzij de drugshandel hadden om de hulp in te roepen van onschuldige burgers die niet werden gesteund of zelfs genegeerd door hun eigen regering. Moore vond het moeilijk zich apolitiek op te stellen, terwijl hij met eigen ogen een regering zag die corrupter was dan haar vijanden die je volgens je opdracht moest doden.

Toch zorgden de gruweldaden die beide groeperingen pleegden ervoor dat Moore alles in perspectief kon blijven zien.

Snel bladerde hij door een paar crime-scene foto's van Mexicaanse federale agenten die in een plas bloed lagen, sommigen bruut doodgeschoten, anderen met doorgesneden keel. Hij keek wat langer naar vierentwintig immigranten wier hoofd was afgehakt; hun lichamen lagen opgestapeld in een oude schuur, terwijl hun hoofden ontbraken en nooit gevonden waren. Eén sicario was voor zijn huis gekruisigd, waarna het kruis in brand was gestoken zodat zijn vader en andere familieleden hem zagen verbranden.

De wreedheden van de kartels kenden geen grenzen en Moore dacht stiekem dat zijn bazen grotere plannen voor hem hadden dan ze in eerste instantie hadden gesuggereerd. Iedereen was doodsbenauwd dat dit geweld de grens zou oversteken. Maar dat was slechts een kwestie van tijd.

Hij checkte zijn telefoon en zag drie e-mails van Leslie Hollander. In de eerste vroeg ze Moore of die haar wilde laten weten als hij weer in Kabul was. In de tweede vroeg ze hem of hij haar e-mail had ontvangen. In de derde vroeg ze hem waarom hij haar negeerde en ze schreef dat ze als hij antwoordde een nieuwe sessie met hem wilde afspreken zodat ze hem, zoals zij het nauwgezet formuleerde, zou neuken tot hij als een cowboy met kromme benen zou rondlopen.

Leslie werkte bij de persvoorlichtingsdienst van de Amerikaanse ambassade, eerst in Islamabad en daarna in Kabul. Ze was zevenentwintig, heel slank, had donker haar en droeg een bril. Op het eerste gezicht had Moore haar beschouwd als een opgefokte trut wier maagdelijkheid intact zou blijven tot de een of andere bleke en veel te dikke accountant (haar mannelijke tegenpool) erin slaagde die van haar af te nemen na een twee uur durende discussie waarin de seksdaad zou worden geanalyseerd en besproken, de houding bepaald en de daad ten slotte klinisch zou worden uitgevoerd en beide partijen zou schokken.

Maar lieve god, zodra de bril af en de bloes uit was, onthulde juffrouw Hollander de opmerkelijke contradictie tussen haar uiterlijke verschijning en dat wat haar echt bezighield. Elke keer als Moore een weekend naar de stad kon en bij haar kon blijven, werd hij overweldigd door hun seksuele escapades. Toch wist hij al hoe de fantasieloze scenarioschrijver deze film zou laten eindigen: man vertelt vrouw dat zijn baan te belangrijk is en dat hij hun relatie moet verbreken, of man moet stad verlaten voor werk, weet niet wanneer hij terugkomt. Dat werkte dus niet...

Gek genoeg had hij haar dit allemaal al tijdens hun eerste etentje verteld, dat hij haar nodig had als informatiebron en dat ze, als er al iets van kwam, de mogelijkheden konden onderzoeken, maar dat zijn carrière op dit moment een serieuze langdurige relatie in de weg stond.

'Oké,' had ze gezegd.

Moore had zich bijna verslikt in zijn bier.

'Denk je dat ik een slet ben?'

'Nee.'

'Nou, dat ben ik wel.'

Hij had gegrijnsd. 'Nee, je weet alleen hoe je mannen moet manipuleren.'

'En, lukt dat?'

'Heel goed, maar je hoeft niet zo hard je best te doen.'

'Hé, man, kijk eens waar we zijn. Niet een van de tien beste plekken om plezier te maken, toch? Niet de gelukkigste plek ter wereld. Het hangt dus van ons af. Wij moeten zelf zorgen voor onze pleziertjes.'

Door die positieve levensinstelling en haar gevoel voor humor was Moore haar veel volwassener en veel aantrekkelijker gaan vinden. Maar de aftiteling liep al. De zak met popcorn was leeg. De lichten gingen aan en hun leuke avond was voorbij. Zou hij haar dat maar vertellen in een e-mail, net zoals hij dat al eerder bij twee andere vrouwen had gedaan? Hij wist het niet zeker. Hij had het gevoel dat hij haar meer verschuldigd was. Soms was het niet meer dan een korte affaire, en dan was een kort briefje genoeg. Hij nam altijd zelf de schuld op zich. Hij zei altijd dat het niet eerlijk was naar hen toe. Dan had hij een jaar lang geen relatie en betaalde zelfs voor seks omdat de efficiency en het gemak precies waren waar een man als hij behoefte aan had. En dan, heel af en toe, kwam hij een Leslie tegen zodat hij aan het twijfelen werd gebracht.

Hij belde haar op haar werk en hield zijn adem in terwijl de telefoon overging.

'Hé, stuk,' zei ze. 'Je had geen bereik zeker? Je ziet, ik probeer je eronderuit te laten komen. Je een smoesje aan de hand te doen...'

'Ik heb je e-mails gelezen. Sorry dat ik niet reageerde.'

'Waar ben je?'

'Op het vliegveld, stap zo meteen in een vliegtuig.'

'Waar naartoe? Of kun je me dat niet vertellen?'

'Leslie, ze halen me hier weg. Ik weet echt niet wanneer ik terug ben.'

'Niet grappig.'

'Ik maak geen grapje.'

Stilte.

'Ben je er nog?'

'Ja,' zei ze. 'Dus eh... kwam dit heel plotseling? Wist je dit? We hadden elkaar kunnen zien. Je hebt me geen afscheid laten nemen.'

'Je weet dat ik in Islamabad was. Daar zou geen tijd voor zijn geweest. Het spijt me.'

'Nou, dit is balen.'

'Ik weet het.'

'Misschien moet ik maar gewoon ontslag nemen en achter je aan komen.'

Hij glimlachte bijna. 'Je bent geen stalker.'

'Echt niet? Misschien heb je wel gelijk. Wat moet ik nu doen, denk je?'

'We houden contact.'

Even hing er een ongemakkelijke stilte en was alleen het gezoem van de lijn te horen.

Moore trok zijn schouders op... en toen was het moeilijker om adem te halen.

Hij sloot zijn ogen en hoorde in zijn hoofd haar kreet: *Verlaat me niet! Verlaat me niet!*

'Volgens mij begon ik net verliefd op je te worden,' zei ze opeens met trillende stem.

'Nee, dat is niet zo. Luister, we waren gewoon... ik weet het niet... maatjes. Jij wilde dat zo. En ik heb je verteld dat dit een keer zou gebeuren. Maar je hebt gelijk. Dit is balen. Heel erg balen.' Vriendelijker zei hij: 'Ik wil contact met je houden. Maar jij moet het zeggen. Als je het te moeilijk vindt, dan oké, dan zal ik dat respecteren. Trouwens, je kunt wel een betere man krijgen. Zoek iemand die jonger is, en minder verplichtingen heeft.'

'Ja hoor! We hebben met vuur gespeeld en nu hebben we ons gebrand. Maar het voelde zo goed.'

'Weet je, ik weet niet of ik dit wel kan.'
'Wat bedoel je?'
'Afscheid nemen, denk ik.'
'Geen relaties meer voor je?'
'Ik weet het niet.'
'Hé, weet je nog dat je tegen me zei dat ik je hielp met je nachtmerries? Als ik je verhalen vertelde over mijn studietijd terwijl jij in slaap probeerde te vallen?'
'Ja.'
'Niet vergeten, hè?'
'Natuurlijk niet.'
'Ik hoop dat je kunt slapen,' zei ze.
'Dat hoop ik ook.'
'Ik wilde dat je me had verteld wat je dwarszit. Misschien had ik je nog beter kunnen helpen.'
'Het is al goed. Ik voel me nu veel beter. Bedankt daarvoor.'
'Bedankt voor de seks.'
Hij grinnikte zacht. 'Zo klinkt het heel smerig.'
Hijgend zei ze: 'Dat was het ook.'
'Je bent een geschifte trut.'
'Jij ook.'
Hij aarzelde. 'Ik bel je gauw weer. Pas goed op jezelf.' Hij deed zijn ogen dicht en verbrak de verbinding. Ik bel je gauw weer. Dat zou hij niet doen. Dat wist ze.
Moore klemde zijn kaken op elkaar. Hij zou hier weg moeten gaan en naar haar toe moeten gaan en haar ontslag laten nemen en zelf ontslag moeten nemen en dan zouden ze samen kunnen leven.
En over een halfjaar zou hij zich stierlijk vervelen.
En over acht maanden zouden ze scheiden en zou hij haar de schuld geven en weer een hekel aan zichzelf hebben.
Ze moesten instappen. Moore ging bij de andere passagiers staan en liep niet van harte naar de stewardess die de tickets controleerde.

8

Jorges schaduw

Casa de Rojas
Punta de Mita, Mexico

De ochtend na het liefdadigheidsetentje nam Miguel Sonia al voor het ontbijt mee naar de bibliotheek. Hij was niet van plan geweest haar dat vertrek al voor de maaltijd te laten zien, maar toen ze hier onderweg naar de grote keuken langsliepen, had ze de foto's aan de muur gezien en gevraagd of ze even naar binnen konden.

Ze was hevig onder de indruk van de gewelfde stenen open haard met de knoestige zwarthouten schoorsteenmantel en de van exotische houtsoorten gemaakte boekenkasten die doorliepen tot aan het plafond. Aan weerszijden van het vertrek stonden rolladders en Sonia beklom er een om de driehonderd vierkante meter grote ruimte helemaal te kunnen overzien.

'Je vader houdt van lezen!' riep ze uit toen ze de duizenden ingebonden boeken zag. Geen paperbacks. Zijn vader had erop gestaan dat alle boeken in de bibliotheek ingebonden waren, vele zelfs in leer.

'Kennis is macht, toch?' zei hij grijnzend.

Vlak bij de deur stond een barmeubel en hier serveerde Jorge vaak cognac van huizen als Courvoisier, Delamain, Hardy en Hennessy. Leren banken en vanuit Afrika geïmporteerde tijgervellen vormden een L-vormige zithoek in het midden, met daaromheen kleinere eilandjes van zware leren stoelen. Op een paar grote salontafels lag een vergrootglas om mee te lezen en stapels oude *Forbes*-tijdschriften, stukgelezen door zijn vader. Daarnaast stonden houders met onderzetters die met achttien karaat goud waren ingelegd.

Sonia klauterde de ladder weer af en liep naar een van de foto's. 'Hoe heette zij?'

'Sofia.'

'Wat is ze knap.'

'Dat was ze,' zei hij met trillende stem. Hij vroeg zich af hoe haar begrafenis was geweest, de begrafenis die hij niet had mogen bijwonen omdat dat 'te traumatisch voor hem' zou zijn geweest. Hij wilde dat zijn vader zich bewust was van zijn schuldgevoel doordat hij in een vliegtuig zat terwijl andere mensen afscheid van zijn moeder namen. Hij had de hele vlucht naar Zwitserland zitten huilen.

Deze foto van zijn moeder was gemaakt op het strand van Punta de Mita en Miguels moeder droeg een zwarte bikini en keek met een brede glimlach op haar gezicht en met de weidse turkooizen zee achter zich in de camera. Ze leek wel een betoverend mooie actrice uit een ander tijdperk.

'Mijn vader vond deze foto prachtig.'

'En deze dan?' vroeg Sonia en ze liep naar een kleinere foto van vader, moeder en baby in een linnen en zijden doek gewikkeld. Ze stonden voor tientallen kandelaars en glas in lood en iconen aan de muren.

'Dat is mijn doop. En op die foto zie je mijn eerste Heilige Communie. En die van mijn confirmatie.'

Sonia keek intens naar de foto's van zijn moeder. 'Ze lijkt... ik weet het niet... Ze lijkt een sterke vrouw.'

'Niemand kon mijn vader vertellen wat hij moest doen. Zij was de enige. Zij was de baas. Volgens mij heb ik je dit nog nooit verteld, maar we waren een keer in Cozumel op vakantie, en zij was aan het snorkelen. We keken naar een gezonken vliegtuig en zij dacht dat ze was gebeten en toen waren we haar kwijt en was ze bijna verdronken. We dachten dat ze haar hoofd had gestoten tegen het koraal of zo. Mijn vader dook het water in en haalde haar eruit en gaf haar mond-op-mondbeademing en toen kwam ze weer bij en spuugde water uit, net zoals je weleens op tv ziet.'

'Wauw, indrukwekkend. Hij heeft haar leven gered!'

'Toen ze dat tegen hem zei, zei hij alleen maar: "Nee, jij hebt mijn leven gered."'

'Je vader is een romanticus.'

'Dat is zo. Die avond zei hij tegen me dat hij niet had geweten wat we hadden moeten doen als ze was gestorven. Hij zei dat hij dan verloren zou zijn. Een paar maanden later ontdekten ze dat ze kanker had. Het was net alsof die vakantie een soort waarschuwing was of zo, alsof God ons wilde voorbereiden op wat er zou gebeuren. Maar dat was niet zo.'

'Dat is gewoon... Ik weet niet wat ik moet zeggen...'

Hij glimlachte zwakjes en zei: 'Kom, we gaan ontbijten.'

Hun omelet met salsa, Monterey Jack-kaas, komijn en knoflookpoeder werd klaargemaakt door de privékok van zijn vader, Juan Carlos (alias J.C.), die hun vertelde dat Jorge naar het strand was gegaan om te hardlopen en te zwemmen. Alexsi was bij het zwembad, zei J.C., met haar derde mimosa.

Toen ze klaar waren met eten, liet Miguel Sonia hun sportzaal zien die volgens haar beter geoutilleerd was dan die in de meeste vijfsterrenhotels. Hij vertelde haar dat zijn vader heel graag fitneste en dat vijf dagen per week twee uur per dag deed, met een personal trainer.

'En jij voetbalt alleen maar?' vroeg ze.

'Ja. Die metalen gewichten zijn heel zwaar.'

Ze grijnsde.

Vervolgens liepen ze naar de mediazaal, met een gigantisch projectiescherm en vierentwintig zitplaatsen. 'Lijkt wel een bioscoop,' zei ze.

Hij knikte. 'Nu neem ik je mee naar mijn meest favoriete plek in dit huis.' Hij liep voor haar uit, ging een deur door en daarna twee trappen af naar de kelder. Ze kwamen door een gang waarvan de muren voorzien waren van geluiddempend materiaal. Miguel moest een paar veiligheidscodes intoetsen op het elektronische slot van de volgende deur. De deur klikte open, en de lichten sprongen automatisch aan en weerkaatsten op een glanzend witte marmeren vloer. Het vertrek was zeker twintig meter lang en werd in tweeën gesplitst door een dik zwart vloerkleed. Aan weerszijden stonden metalen vitrines en uitstaltafels waarvan de lichten ook aansprongen.

'Wat is dit? Een soort museum?' vroeg ze. Ze liep naar binnen en haar hakjes klikten op het marmer.

'Dit is de wapenverzameling van mijn vader. Geweren, zwaarden, messen, dat vindt hij allemaal prachtig. Zie je die deur daar? Daarachter is een schietbaan. Heel leuk.'

'Wauw, kijk dit eens. Hij heeft zelfs bogen en pijlen. Is dat een kruisboog?' Ze wees naar een wapen dat aan een haak hing.

'Ja, die is wel honderd jaar oud of zo. Kom eens hier.'

Hij nam haar mee naar een tafel waarop nog meer moderne pistolen en andere wapens lagen uitgestald: AR-15 long guns, MP-5 lichte mitrailleurs, AK-47's die zijn vader 'geitenhorens' noemde en verder tientallen andere pistolen, sommige ingelegd met diamanten, verguld of verzilverd, en met de familienaam erin gegraveerd, verzamelobjecten die volgens zijn vader nooit afgevuurd mochten worden.

'Dit zijn de wapens waar we graag mee schieten,' zei hij en hij wees naar een rij Beretta's, Glocks en Sig Sauers. 'Kies er maar eentje uit.'

'Wat?'

Hij trok zijn wenkbrauwen op. 'Ik zei, kies er maar eentje uit.'

'Meen je dat?'
'Heb je weleens geschoten?'
'Natuurlijk niet. Ben je gek? Als mijn vader dit hoort...'
'Dan vertellen we hem niets.'
Ze rilde en beet op haar lip. Heel sexy. 'Miguel, ik weet het niet, hoor. Zal je vader dat niet erg vinden?'
'Echt niet. We komen hier heel vaak,' loog hij. Het was alweer een paar jaar geleden dat hij schietles had gehad, maar dat hoefde zij niet te weten.
'Kunnen we losse flodders gebruiken, zoals in de film?'
'Ben je bang?'
'Een beetje wel.'
Hij trok haar tegen zich aan. 'Je hoeft niet bang te zijn. Als je eenmaal dat gevoel van macht hebt ervaren, ben je verslaafd. Het is net een drug.'
'Ik kan wel iets bedenken wat ik liever in mijn hand neem.' Ze trok een gezicht.
Hij schudde zijn hoofd. 'Kom op. We doen alsof we de slechteriken zijn en gaan een beetje schieten.'
Zuchtend koos ze een van de Beretta's uit. Hij pakte eenzelfde soort pistool, liep naar een kast, maakte het hangslot los en haalde er een paar magazijnen uit. Hij nam haar mee naar de achterdeur en toetste de code in, waarna ze de schietbaan binnenliepen. Alweer sprongen de lichten automatisch aan. Hij nam haar mee naar een van de schietbanen, waar hij de beide pistolen laadde en haar de gehoorbeschermers en veiligheidsbril gaf.
'Moet ik die op?' vroeg ze en ze wees naar de gehoorbeschermers. 'Dan bederf ik mijn kapsel.'
Hij schoot in de lach. 'Wat is belangrijker? Je haar of je gehoor?'
'Goed dan...' Ze rilde en zette langzaam de gehoorbeschermers op.
Toen ze klaar waren om te gaan schieten, gebaarde hij dat hij zou beginnen en dat zij moest opletten. Hij liet haar zien hoe ze het wapen moest vasthouden, wees op de veiligheidspal en vuurde twee kogels af die niet precies in de roos terechtkwamen.
Hij was niet meer zo in vorm als hij had gedacht.
Daarna liepen ze naar haar schietcabine. Hij ging achter haar staan, snoof de geur van haar haren op en leerde haar hoe ze het pistool moest vasthouden. Daarna liet hij haar heel voorzichtig los, gaf een tikje op haar schouder en gebaarde dat ze moest schieten.
Ze vuurde twee schoten af. Hun doelwit bestond uit het silhouet van een man, zoals gebruikelijk bij het leger en de politie.
Ze schoot twee keer precies in hun hoofd.

'Wauw!' schreeuwde hij. 'Kijk toch eens!'

Ze keek hem verbijsterd aan. 'Het geluk is met de dommen! Laat het me nog een keer proberen.'

Dat deed ze, ze rilde en raakte het doel niet eens met haar derde schot.

'Probeer het nog eens,' drong hij aan.

Dat deed ze, maar deze keer schoot ze met haar ogen dicht en raakte zelfs zijn doelwit.

Kreunend legde ze het wapen op het tafeltje dat voor haar stond en wreef in haar handen. 'Dat pistool wordt heet! En dat doet pijn!'

Hij zette zijn gehoorbeschermer en bril af. Het rook doordringend naar buskruit. 'Laat me je hand eens zien.' Hij nam haar hand in de zijne en wreef met zijn duim over haar zachte huid. Ze deed een stap naar hem toe, sloeg haar armen om hem heen, drukte zich stevig tegen hem aan en wreef met haar dij tegen zijn kruis.

Ze wond hem om haar vinger. En nog geen drie minuten later lagen ze op de grond. Haar gekreun weerklonk door de schietbaan en hij legde steeds weer een vinger op zijn lippen, bang dat zijn vader klaar was met hardlopen en hen zou gaan zoeken. Castillo zou weten dat ze hierbeneden waren. Hij wist alles en zou dit aan Jorge doorgeven; aan de andere kant zou Castillo zijn mond wel houden vanwege de reden dat ze naar beneden waren gegaan.

Opeens maakte hij zich van haar los.

Ze trok een pruilmondje en ging rechtop zitten. 'Heb ik iets verkeerd gedaan?'

'Nee hoor, het ligt aan mij.'

'Moeten we erover praten?'

'Ik weet het niet... het is gewoon... dat liefdadigheidsetentje, al die mensen... Weet je, iedereen die mijn vader inhuurt is bang ontslagen te worden en dus smeren ze ons stroop om de mond. Maar vinden ze ons echt aardig? Misschien vinden ze ons wel een stelletje sukkels. Doen ze net alsof ze respect voor ons hebben, terwijl ze ons achter onze rug om vervloeken.'

'Dat is niet zo. Denk maar aan wat je vader gisteravond zei. Hij is een goede man.'

'Maar de meeste mannen zijn toch bang voor hem.'

'Misschien verwar je angst met respect.'

'Misschien wel, maar de soort macht die mijn vader heeft is griezelig, zelfs voor mij. Ik bedoel, we kunnen nooit echt alleen zijn.'

'Je vader gebruikt zijn positie om iets goeds te doen voor de wereld. Waarom denk je hier trouwens nú aan?'

Hij haalde diep adem en knikte. Hij voelde zich behoorlijk schuldig toen hij zich aankleedde. Hij had haar niets verteld over de verborgen bewakingscamera's. Hun hele uitspatting was opgenomen, want als hij de camera's zou hebben uitgezet zou Castillo meteen in actie zijn gekomen. Er was geen enkele privacy op Casa de Rojas, omdat de prijs daarvoor veel te hoog was.

Ze brachten de dag door op het strand, ze zwommen, maakten foto's en dronken drankjes. Ook al droeg Sonia een blauwe bikini, ze deed hem een paar keer aan zijn moeder denken, doordat de foto in de bibliotheek op ditzelfde strand was genomen. Zelfs hun namen leken op elkaar – Sofia/Sonia – en hij begon het gevoel te krijgen dat hij meespeelde in een Griekse tragedie.

Hoewel ze zich discreet probeerden te gedragen, zaten twee bewakers van zijn vader een meter of tien verderop op een stoel, terwijl Castillo hen niet ver van het zwembad door een verrekijker in de gaten hield.

'Die mannen werken ook voor je vader,' zei Sonia terwijl ze over de rand van haar zonnebril naar hen keek.

'Hoe weet jij dat?' vroeg hij sarcastisch.

'Jij bent daar zeker wel aan gewend, hè?'

'Het was fijn toen we in Spanje waren. Volgens mij had mijn vader daar ook een paar mensen, maar ik wist niet wie ze waren en dus zijn ze me nooit echt opgevallen.'

Ze haalde haar schouders op. 'Als je rijk bent, zijn er altijd mensen die een hekel aan je hebben.'

'Natuurlijk. Mijn vader houdt altijd rekening met kidnapping. Vrienden van hem hebben een vreselijke tijd doorgemaakt toen hun geliefden waren ontvoerd. De politie is nutteloos en het losgeld is idioot hoog. Of je betaalt of je ziet je familie nooit meer terug.'

'De bendes van die kartels doen dat heel vaak.'

'Ik ben ervan overtuigd dat ze mijn vader heel graag zouden willen kidnappen en heel veel losgeld zouden eisen.'

'Ik weet het niet, hij is zo goed beschermd. Ik vraag me af of dat ooit zal gebeuren. Bovendien reist hij heel veel. Het is moeilijk te voorspellen waar hij zal zijn. Zei hij niet dat hij moest pakken?'

'Ja, hij gaat weer weg.'

'Waar naartoe? Het International Space Station?'

Hij schoot in de lach. 'Colombia, denk ik. Ik hoorde hem praten over een afspraak met de president en nog een paar andere vrienden daar. We bezitten een paar bedrijven in Bogotá. Hij heeft een vriend die voor hem pakken op maat maakt.'

'Mijn vader heeft de Franse president een keer ontmoet, tijdens de

Tour de France, maar het is niet zo dat hij bevriend is met allerlei presidenten, zoals jouw vader.'

'Weet je wat?' vroeg hij toen hem iets leuks te binnen schoot. 'Misschien kunnen we zelf ook wel een reisje maken...'

Het diner werd precies om zes uur geserveerd. Miguel en Sonia hadden zich gedoucht en omgekleed. Miguel had Sonia verteld dat zijn vader sterk hechtte aan eten met het hele gezin, omdat dat zo zelden gebeurde. Een avondmaaltijd thuis was een bijzondere ervaring en daar moest je respectvol mee omgaan.

Omdat ze maar met z'n vieren waren, dineerden ze aan een van de kleinere tafels vlak bij de grote keuken. J.C. bereidde een viergangendiner met rundvlees en kip, een van de beroemde maaltijden in elke Sofia ter wereld.

De familie bezat zestien van die exclusieve restaurants, allemaal genoemd naar zijn moeder, en die serveerden zowel traditionele als Mexicaanse fusiongerechten uit alle zes regio's van het land. Hun wereldberoemde gerechten werden opgediend in een sfeer die, zoals Jorge had gezegd, de belangrijke beschavingen van Mexico moest oproepen, van de Olmecs tot de Azteken. Enorme beeldhouwwerken van hoofden, vissersboten en antieke maskers waren maar een paar van de kunststukken die in elke eetzaal aan de muren hingen. Een diner voor twee personen in het Sofia in Dallas, Texas, kostte de meeste klanten bijna tweehonderd dollar, en dat nog voor ze de wijn hadden besteld.

'Sonia, geniet je van je bezoek hier?' vroeg Jorge nadat hij een grote slok mineraalwater had genomen.

'Nou, het is verschrikkelijk. Ik heb het gevoel dat ik afschuwelijk word behandeld en ik ga straks naar huis. Jullie zijn onhebbelijke, afschuwelijke gastheren en het eten is gewoon walgelijk!'

Miguel liet zijn vork bijna vallen en keek haar verbijsterd aan.

Ze barstte in lachen uit en zei: 'Nee, natuurlijk niet. Ik maak maar een grapje. Natuurlijk is het geweldig.'

Jorge glimlachte en vroeg aan Alexsi: 'Zie je? Dát is pas gevoel voor humor. Dat bedoel ik dus. Jij bent veel te knap en veel te serieus.'

Alexsi glimlachte en pakte haar wijnglas. 'Knap zijn is een serieuze inspanning.'

'Aha, en slim zijn ook,' voegde Jorge eraan toe. Hij boog zich naar haar toe en gaf haar een kus.

Miguel zuchtte en wendde zijn blik af.

Het gesprek tijdens het diner ging vooral over Sonia, haar ervaringen op school, wat ze vond van de Spaanse regering en van de Europese economie in het algemeen. Ze hield stand terwijl zijn vader haar bleef ondervragen. Toen de maaltijd afgelopen was en ze achteroverleunden, boog Jorge zich over de tafel heen en keek Miguel strak aan.

'Zoon, ik heb geweldig nieuws voor je. Ik heb even gewacht, maar ik kan het je net zo goed nu vertellen. Je bent aangenomen voor een zomerstage bij Banorte.'

Miguel wilde fronsen, maar beheerste zich. Zijn vader straalde, zo vrolijk had Miguel hem al jaren niet zien kijken.

Een stage bij Banorte? Wat wilden ze hem laten doen? Financiële stukken archiveren? Zou hij in een bijkantoor of in het hoofdkantoor moeten werken? Wat wilde zijn vader hiermee bereiken? Zijn zomer verpesten?

'Miguel... wat is er aan de hand?'

Hij slikte.

'Je bent niet blij. Dit zal een waardevolle ervaring zijn. Je kunt alles wat je tijdens je studie hebt geleerd in de praktijk brengen. Theorie is maar tot op zekere hoogte nuttig. Je moet het veld in om te leren hoe dit soort dingen werken. En daarna ga je weer naar school voor je MBA terwijl je precies weet wat er bij de bank gebeurt. Een dergelijke ervaring kun je op geen enkele andere manier krijgen.'

'Ja, meneer.'

'Ben je het er niet mee eens?'

'Eh, ik wilde...'

'Wilt u me even excuseren?' vroeg Sonia en ze stond op.

Miguel stond meteen op om haar stoel naar achteren te schuiven. 'Ik moet even naar het toilet,' voegde ze eraan toe.

'Ik ook,' zei Alexsi met een meelevende blik naar Miguel.

Jorge wachtte tot de vrouwen vertrokken waren en de bedienden hun borden hadden weggehaald. Daarna gebaarde hij dat ze naar het terras gingen om naar de door de maan beschenen oceaan te kijken. Ze stonden bij een balustrade, zijn vader nog met een drankje in zijn hand. Miguel probeerde moed te verzamelen om zijn vaders aanbod af te wijzen.

'Miguel, dacht je nou echt dat je de hele zomer niets kon doen?'

'Nee, dat niet.'

'Dit is een geweldige kans.'

'Dat begrijp ik.'

'Maar je wilt het niet.'

Hij zuchtte en zei: 'Ik wilde Sonia meenemen op vakantie.'

'Maar jullie zijn net terug uit Spanje.'

'Dat weet ik, maar ik wilde haar ons land laten zien. Ik dacht aan San Cristóbal de las Casas.'

Jorges blik verzachtte en gleed langs Miguel en naar de oceaan.

San Cristóbal was een plaats die zijn ouders vaak hadden bezocht, het was een van de meest favoriete Mexicaanse steden van zijn moeder geweest. Ze had gehouden van de hooglanden van Chiapas en had het vaak gehad over de kronkelstraatjes, de felgekleurde huizen met hun rode daken en de groene bergen eromheen. De stad was rijk aan cultuur en Mayageschiedenis.

'Ik kan me de eerste keer dat ik je moeder daar mee naartoe nam nog goed herinneren...' Hij haalde diep adem en kon niet doorpraten.

'Ik denk dat Sonia het daar ook heerlijk zou vinden.'

Hij knikte. 'Ik bel de bank wel. Ga maar met de helikopter en blijf daar een week. Daarna ga je aan het werk. Als je wilt dat Sonia hier blijft, is dat prima, maar je moet wel werken.'

Miguel deinsde verbaasd achteruit. 'Dank u wel.'

'Je krijgt wel een escorte mee,' zei zijn vader.

'Dat begrijp ik. Maar kunnen ze discreet zijn, net als in Spanje?'

'Daar zal ik voor zorgen. Zeg eens, wat vind je van dit meisje?'

'Ze is... geweldig.'

'Dat vind ik ook.'

'Natuurlijk. Jij hebt haar voor me gevonden.'

'Nee, dat is het niet alleen. Ze is heel elegant. Ze zou een schitterende aanvulling zijn op onze familie.'

'Ja, maar ik wil niets overhaasten.'

'Natuurlijk niet.'

'Hallo, we komen even langs voor het dessert,' riep Miguels tante vanuit de deuropening met Arturo naast zich. 'Zijn we te laat?'

'Nooit te laat,' zei Jorge. Hij gaf haar een zoen en Arturo een hand.

Terwijl ze stonden te praten, kwam Castillo achter Miguel staan en wenkte hem. 'Is er iets, Fernando?'

'Ja, ik heb geprobeerd met mijn slechte oog naar het beeldscherm te kijken... als je begrijpt wat ik bedoel.'

'Heel erg bedankt.'

'Ik zou dat niet nog eens doen,' zei hij. 'Dat zou je vader niet op prijs stellen. Hij zou zeggen dat je haar niet als een dame behandelt.'

'Begrepen. Bedankt, Fernando. Het was dom van me.'

'Ik ben ook jong geweest. Dat soort dingen heb ik ook gedaan.'

Miguel legde een hand op Fernando's schouder. 'Je bent een goede vriend.' Daarna liep hij weer naar het terras, waar hij zijn vader tegen Arturo hoorde zeggen dat hij echt iets belangrijks kon bewerkstelligen en dat ze moesten samenwerken om het geweld in Juárez te stoppen.

'Ik ben de gouverneur maar, Jorge. Zo heel veel kan ik niet doen. Het beleid van de president heeft geen effect, dat veroorzaakt juist meer geweld. Vandaag kreeg ik een rapport over meer moorden in de stad en gisteren ben ik weer met de dood bedreigd.'

'Jij bent de beste en de slimste die we hebben. Jij weet wat je moet doen. Maar laat je alsjeblieft niet ontmoedigen. Er zál een einde komen aan dit geweld en ik zal alles doen om te helpen.'

'Jorge, dit heb je misschien al eens eerder gehoord, maar nog niet van mij. Ik moet me bij de anderen aansluiten.'

'Waar heb je het over?'

'Jij zou de volgende president van Mexico moeten worden.'

Jorge deinsde achteruit. 'Ik?'

'Jij hebt de connecties en het geld. Je zou een geweldige campagne kunnen voeren.'

Jorge schoot in de lach. 'Nee, nee, nee. Ik ben een zakenman, meer niet.'

Miguel keek naar zijn vader, naar de ongelovige blik op zijn gezicht, ietwat schuldbewust, alsof hij iedereen teleur zou stellen als hij zich niet kandidaat stelde.

'Heb je me gemist?' vroeg Sonia en ze stak haar arm door die van Miguel.

Hij draaide zich naar haar om en fluisterde: 'Inderdaad, en ik heb een verrassing voor je.'

9

Confianza

Bonita Real Hotel
Juárez, Mexico

Hij wilde haar wurgen terwijl ze seks hadden, omdat hij een keer iets had gelezen over wurgseks en zij hem had verteld dat het haar opwond als ze door hem werd gedomineerd.

Maar toen Dante Corrales zijn handen om Maria's hals sloeg en zij haar hakken tegen zijn schouders drukte, liet hij zich een beetje meeslepen zodat Maria, tegen de tijd dat hij klaarkwam, niet meer bewoog.

'Maria! Maria!'

Hij liet haar benen langs zijn lichaam glijden, legde zijn oor bij haar mond en luisterde. Hij hijgde en zijn hart ging nog tekeer, maar dat begon onmiddellijk sneller te slaan toen hij in gedachten Maria's begrafenis zag. Hij rilde van paniek. 'O mijn god, o mijn god!'

Opeens deed ze haar ogen open. 'Klootzak die je bent! Je had me wel kunnen vermoorden!'

'Wat? Je deed net alsof!'

'Wat dacht jíj dan? Dacht je dat ik zo stom zou zijn me door jou te laten vermoorden? Dante, je moet wél voorzichtig zijn, hoor!'

Hij gaf haar een klap in het gezicht. 'Stomme trut! Ik ben me doodgeschrokken!'

Nu gaf ze hém een klap in het gezicht. Zijn ogen werden groot, hij balde zijn vuisten en klemde zijn kaken op elkaar.

Maar toen keek ze hem aan. En begon te schateren. Hij greep haar, trok haar op zijn schoot met haar strakke, glanzende kontje omhoog. Hij sloeg haar tot haar billen rood waren. 'Dat mag je nooit weer doen! Nooit!'

'Ja, pappie. Ja...'

Een kwartier later had hij het hotel verlaten, nadat hij had gecontroleerd of Ignacio bij de receptie alles onder controle had. Er zouden een paar kleine dealers langskomen om wat spullen op te halen en hij nam de details van de verkoop even met hem door.

Corrales had het hotel een paar maanden geleden gekocht en liet het nu renoveren: verf, vloerbedekking, meubels, alles. Hij wilde dat zijn ouders hem nu konden zien. 'Ik werk hier niet,' zou hij dan tegen hen zeggen. 'Ik ben de eigenaar.'

Het was maar een gebouw van vier verdiepingen en het hotel had hoogstens veertig kamers. Hij was van plan minstens tien kamers te veranderen in een 'luxe' suite, waar hij belangrijkere gasten wilde amuseren.

Het had hem enige moeite gekost technici te vinden, omdat de besten aan het werk waren bij de aanleg van tunnels langs de grens. Dat vond hij ironisch. De loodgieters en metselaars waren al aan het werk, en hij had een binnenhuisarchitect uit San Diego ingehuurd. Maria had hem zelfs overgehaald er een vriend en makelaar bij te halen die aan feng shui deed, zodat hij de 'energie' in elke kamer kon beïnvloeden. Om Maria een plezier te doen, had hij daar met rollende ogen mee ingestemd.

Hij reed over de Manuel Gómez Morín, de brede weg langs de grens, tot hij in een kleine buurt kwam waar herenhuizen stonden met hoge gietijzeren hekken voor de oprit en gietijzeren tralies voor de ramen.

Dit waren nieuwere huizen, met dakpannen op het dak en kogelvrije wagens op de oprit. De meeste bewoners waren leden van het kartel of familieleden van hen. Corrales kwam bij een doodlopende straat, keerde zijn auto en wachtte. Na een tijdje kwamen Raul en Pablo uit een van de huizen en stapten in de Escalade. Ze waren allebei gekleed in een getailleerde lange broek, een overhemd en een leren jasje.

'We zullen ze vanavond eens even wat laten zien,' zei Corrales. 'Zijn die andere vier klootzakken er klaar voor?'

'Ja,' antwoordde Pablo. 'Geen probleem.'

'Dat zei je de vorige keer ook,' zei Corrales. Hij had het over het hotel in Nogales, om de tweede spion van Zuniga te pakken te nemen, maar die man was ontsnapt. Ze hadden het lijk van de eerste achtergelaten voor de deur van een huis van Zuniga in Nogales, maar sinds die tijd hadden ze niets meer van de man vernomen. Ernesto Zuniga, alias El Matador, bezat huizen in allerlei steden in Mexico, en onlangs had hij een bungalow laten bouwen in de heuvels van Juárez. Het stond op een terrein van vijftienhonderd vierkante meter, had een oprit van keitjes, beveiligde hekken en camera's, maar ook bewakers buiten het terrein en in de heuvels.

Je kon er op geen enkele manier onopvallend komen, maar daar trok Corrales zich niets van aan. Hij wílde juist dat hun tegenstander wist dat ze er waren, en was van plan hem een onvergetelijke boodschap te sturen.

De afgelopen twee jaar had Corrales Zuniga goed bestudeerd: zijn mannen, zijn operatie en zijn verleden. Je moest je vijanden beter kennen dan je vrienden, uiteraard, en Corrales vertelde nieuwe sicarios altijd hoe slim en dodelijk het Sinaloa Cartel was en zou blijven.

Zuniga zelf was de tweeënvijftigjarige zoon van een veeboer, geboren in La Tuna in de buurt van Badiraguato, Mexico. Als kind had hij citrusvruchten verkocht en het gerucht ging dat hij op zijn achttiende papaver verbouwde op het land van zijn vader. Zuniga's vader en oom hielpen hem aan een baantje als vrachtwagenchauffeur bij het Sinaloa Cartel, en tussen zijn twintigste en dertigste transporteerde hij marihuana en cocaïne naar allerlei bestemmingen in Mexico.

Toen hij dertig was, had hij zijn bazen al zo geïmponeerd dat ze hem de leiding gaven over de zendingen vanuit de Sierra naar de steden en de grens. Hij was een van de eerste mannen die vliegtuigen gebruikte om cocaïne rechtstreeks naar de Verenigde Staten te vervoeren, en hij coördineerde de ontvangst van elke scheepslading coke. In het hele land zette hij controleposten op en organiseerde vaak overvallen op transporten van andere drugskartels. Het Juárez Cartel was al minstens twaalf keer door zijn mannen overvallen.

Na een gigantische undercoveroperatie in de jaren negentig, onder leiding van de federale politie, had het Sinaloa Cartel geen leider meer en Zuniga had die vacature probleemloos opgevuld. Hij trouwde met een soapsterretje van negentien die twee kinderen van hem kreeg, maar de jongens en zijn vrouw werden geëxecuteerd nadat hij van het Juárez Cartel cocaïne had gestolen met een waarde van twee miljoen dollar.

Zuniga stuurde duizend rode rozen naar hun begrafenis, maar verscheen niet zelf – een verstandig besluit. Hij zou ter plekke zijn geëxecuteerd door Juárez-leden die vlak bij het rouwcentrum en de kerk op wacht stonden.

Corrales droomde van een soort militaire aanval op Zuniga's huis met antitankgranaten, machinegeweren en een Javelin-raket die als een lichtbaken de lucht in schoot, een bocht maakte en vervolgens met de neus naar beneden het dak van Zuniga's huis zou doorboren en hem en zijn paleisje in één klap zou vernietigen, als een ontploffende ster. Dat wapen had hij een keer op Discovery Channel zien gebruiken.

Maar zijn bazen hadden Corrales duidelijk gemaakt dat zijn aanvallen heel kleinschalig moesten blijven, net groot genoeg om Zuniga aan het denken te zetten, tot ze toestemming kregen voor een zware aanval en de man rechtstreeks te pakken konden nemen. Daarbij konden ze, als ze Zuniga levend in handen kregen, zijn bezittingen gemakkelijker confisqueren en zijn complete smokkeloperatie overnemen door de details door marteling aan hem te ontfutselen. Toen Corrales vroeg waarom ze de man nog niet konden aanvallen, hadden ze iets gemompeld over timing en strategie. Daarom had hij besloten een paar van zijn eigen plannetjes uit te voeren.

Corrales reed met zijn mannen naar de gesloopte kant van een oud flatgebouw, nu grote stapels stenen en stuc, en houten balken die als giftanden tegen de nachtelijke hemel afstaken. Ze parkeerden, slopen langs de eerste twee stapels puin en zagen dat hun vier nieuwe rekruten twee mannen onder schot hielden. De nieuwelingen waren nog geen twintig, droegen een wijde broek en een wijd T-shirt, en twee van hen zaten onder de tatoeages. De beide mannen die ze onder schot hielden, waren net zo gekleed als zij, en hadden bovendien een dikke pluk haar onder hun lippen.

'Goed werk,' zei Corrales tegen de mannen. 'Ik dacht echt dat jullie dit zouden verknallen.'

Een slungelig joch met een giraffenhals keek Corrales vuil aan. 'Deze klojo's waren geen probleem. Je moet meer vertrouwen in ons hebben, weet je wel.'

'Is dat zo?'

'Ja,' snauwde het joch. 'Dat is zo.'

Corrales liep naar de jongen toe, keek hem strak aan en vroeg toen: 'Laat me je pistool zien.'

De jongen fronste, maar gaf zijn pistool aan Corrales die meteen een stap achteruit zette en de knul in zijn voet schoot. Deze slaakte een bloedstollende kreet, en de drie andere knapen begonnen zichtbaar te trillen. Eentje pieste in zijn broek.

De beide jongens die ze hadden opgepakt, begonnen te janken toen Corrales zich naar hen omdraaide en gromde: 'Kop dicht.' Daarna schoot hij beide mannen in het hoofd.

Door het schot klapten ze achterover en vielen levenloos op de stoffige bodem.

Corrales zuchtte. 'Goed dan, aan het werk.'

Hij keek naar de knaap die hij in zijn voet had geschoten. 'Jammer dat je zo'n grote bek hebt. We hadden je goed kunnen gebruiken.'

Corrales hief zijn pistool, waardoor de jongen opkeek en begon te gillen. Het schot maakte een einde aan dat afschuwelijke geluid.

Corrales haalde nog eens diep adem en keek de anderen met opgetrokken wenkbrauwen aan. 'Vijf minuten.'

Ze reden meteen naar Zuniga's huis en stopten bij het hek aan de voorzijde. Meteen kwamen er twee bewakers naar hen toe. Corrales' overgebleven rekruten sleepten de beide lijken van de gevangenen uit de wagen en dumpten ze bij het hek. Daarna trapte Corrales het gaspedaal in en reed terug over de onverharde weg. Hij stopte even toen de bewakers er een paar collega's bij haalden, met z'n vieren het hek openden en naar buiten liepen om de lijken te bekijken.

Corrales hield hen via de achteruitkijkspiegel in de gaten en toen ze allemaal bij elkaar stonden, pakte hij de afstandsontsteking en drukte op het knopje.

Zijn eigen mannen schreeuwden toen de explosie de grond deed schudden, de hekken wegblies en de bewakers verzwolg in een vuurbal die als een paddenstoelwolk opsteeg.

'We hebben hem laten weten dat hij zijn mannen bij de grens vandaan moest houden omdat het anders erger zou worden,' zei Corrales tegen zijn mannen. 'Zie je wat er gebeurt? Hij trekt zich er niets van aan. Misschien dat hij nu wakker wordt...'

Onder aan de heuvel kwam een donkere personenauto hun kant op. Corrales nam gas terug, stopte naast de auto en liet zijn donkergetinte raampje omlaag glijden. De andere chauffeur deed hetzelfde en Corrales glimlachte tegen de leeuwachtige man met zijn grijze haar en dikke snor die een walkietalkie liet zakken.

'Dante, ik dacht dat we een afspraak hadden.'

'Het spijt me, Alberto, maar jij hebt je belofte ook gebroken.'

Corrales knikte met zijn hoofd naar de opstijgende rook bij de heuvel. 'We hebben nog twee mannen opgepakt die een van onze tunnels wilden opblazen en daar moesten we mee afrekenen. Jij hebt me toch beloofd dat je me zou helpen ze weg te houden?'

'Dit wist ik niet.'

'Nou, dat is een probleem. Zijn je mannen nu te bang om te helpen? Nou?'

'Nee. Ik zal het regelen.'

'Dat hoop ik.'

Alberto slaakte een gefrustreerde zucht. 'Luister, als je dit soort dingen doet, maak je het me ontzettend moeilijk.'

'Dat weet ik, maar dit is iets wat wel overwaait.'

'Dat zeg je altijd.'

'Het is ook altijd waar.'

'Goed dan. Ga nu maar weg, voor de andere eenheden eraan komen. Hoeveel deze keer?'

'Maar twee.'

'Oké...'

Corrales knikte en trapte het gaspedaal diep in, zodat er een grote stofwolk opdwarrelde.

Alberto Gomez was een inspecteur van de Mexicaanse nationale politie met meer dan vijfentwintig dienstjaren. Hij stond al twintig jaar op de loonlijst van het een of andere kartel. Nu hij tegen zijn pensioen liep, merkte Corrales dat hij chagrijniger en irritant voorzichtig werd. De man zou niet lang meer nuttig zijn, maar voorlopig wilde Corrales hem blijven gebruiken omdat hij nog steeds andere agenten rekruteerde. De federale politie zou hen helpen om het Sinaloa Cartel eindelijk te vermorzelen. Dat zou goede pr zijn voor hen en een goede zaak voor het kartel betekenen.

'Wat doen we nu?' vroeg Pablo.

Corrales keek hem aan. 'We gaan het vieren met een drankje.'

'Mag ik je iets vragen?' vroeg Raul die achterin zat en zenuwachtig aan zijn dunne baardje trok.

'Wat nu weer?' gromde Corrales.

'Je schoot die vent dood. Misschien was hij wel een goede man. Hij had een grote bek. Maar dat hadden we allemaal, vooral in het begin. Zit je iets dwars of zo?'

'Hoe bedoel je?'

'Ik bedoel, ben je, ik weet het niet... ergens kwaad over?'

'Denk je dat ik mijn woede op die klojo's afreageer of zo?'

'Misschien.'

'Ik zal je eens iets vertellen, Raul. Ik ben nog maar vierentwintig, maar zelfs ik kan het zien. Die knapen van tegenwoordig hebben niet het respect dat onze vaders hadden, het respect dat we nog altijd zouden moeten hebben.'

'Maar je zei tegen ons dat er geen beperkingen meer waren, dat we op iedereen mochten jagen: moeders, kinderen, iedereen. Je zei dat we ze even hard moest raken als zij ons.'

'Dat is zo.'

'Nou dan, ik denk dat ik het niet snap.'

'Hou je bek, Raul!' zei Pablo. 'Je bent gek. Hij zegt dat we ouderen en elkaar moeten respecteren, maar niet onze vijanden. Ja toch, Dante?'

'We moeten respecteren hoe dodelijk onze vijanden kunnen zijn.'

'En dat betekent dat we hun hart uit hun lijf moeten trekken en ze in hun keel moeten proppen,' zei Pablo. 'Begrijp je?'

'Die vent had nuttig kunnen zijn,' zei Raul. 'Dat wilde ik gewoon even zeggen. We hadden best een knaap met een grote mond kunnen gebruiken.'

'Een knaap zoals jij?' vroeg Corrales aan Raul.

'Nee, meneer.'

Corrales bekeek Raul aandachtig via de achteruitkijkspiegel. Hij had een onverzettelijke blik in zijn ogen en bleef naar buiten kijken, alsof hij wilde ontsnappen.

Nu zei Corrales: 'Raul, ik zal je eens wat vertellen... zo iemand kun je niet vertrouwen. Als hij zijn baas een grote bek geeft, weet je dat hij altijd eerst aan zichzelf denkt.'

Raul knikte.

Corrales liet zijn woorden in de lucht hangen. De knaap die hij had doodgeschoten, leek inderdaad heel veel op hem...

Want hij was ook niet te vertrouwen. Hij zou nooit vergeten dat hij weliswaar voor het kartel werkte, maar dat het bloed van zijn ouders nog altijd aan hun handen kleefde.

10

INDOC en BUD/S

Naval Special Warfare Center
Coronado, Californië

Het was een koude nacht in oktober 1994 en Maxwell Steven Moore lag op zijn bed in de barak van het Naval Special Warfare Center. Hij stond op het punt het op te geven op een plek waar een man nooit zei dat hij het opgaf. Sterker nog, zodra dat woord zich in je geest nestelde, wás je helemaal geen Navy SEAL! Dat hij was geslaagd voor de BUD/S-training (Basic Underwater Demolition/SEAL-training) zou zijn achttienjarige leventje voor altijd veranderen. Het was ongelooflijk belangrijk voor hem geweest.

Maar hij kon er niet mee doorgaan.

De reis was bijna twee maanden geleden begonnen toen hij voor de INDOC-cursus in het Naval Special Warfare Center was gearriveerd. De surveillant van de klas, Jack Killian met zijn verweerde gezicht, met te smalle ogen om te kunnen lezen en met schouders die uit één stuk gehouwen leken, had Moores klas begroet met een vraag die op Coronado vaak werd gesteld: 'Klopt het jongens, dat jullie *Frogmen*, duikers, willen worden?'

'*Hooyah*!' riepen ze allemaal.

'Nou, dan moeten jullie eerst langs mij zien te komen. Op je buik!'

Moore en de rest van klas 198, in totaal 123 kandidaten, lieten zich op het strand vallen en begonnen met hun push-ups. Omdat ze nog maar kandidaten waren, mochten ze niet trainen op het uitgeholde zwarte plein van de *grinder* van de BUD/S. Dat mochten alleen diegenen die de INDOC hadden doorstaan: gymnastiekoefeningen en andere vormen van fysieke marteling die onderdeel waren van de Eerste Fase van de BUD/S. Die Eerste Fase hield in dat er gedurende zeven weken allerlei zaken werden getest: fysieke conditie, bedrevenheid in het water, vermogen in een team te werken en mentale kracht. Niemand kon aan de Eerste Fase beginnen als hij de tweeweekse INDOC-cursus niet had doorstaan. De eerste uithoudingsproef omvatte het volgende:

Vijfhonderd meter borststlag en/of zijslag in minder dan twaalf minuten en dertig seconden
Minimaal tweeënveertig push-ups in twee minuten
Minimaal vijftig sit-ups in twee minuten
Minimaal zes dead-hang pull-ups (zonder tijdslimiet)
Anderhalve mijl (2.400 meter) hardlopen in een lange broek en laarzen in minder dan elf minuten

Hoewel Moore nog aan de spieren van zijn bovenlichaam moest werken, stak hij bij het zwemmen en hardlopen met kop en schouders boven zijn klasgenoten uit. In deze periode maakte Moore kennis met het concept van een 'zwembuddy' en het grondbeginsel dat je je zwembuddy nooit alleen laat en dat niemand, dood of levend, wordt achtergelaten. 'Je zult nooit alleen zijn. Nooit,' had Killian hun verteld. 'Als je je zwembuddy ooit alleen laat, zal je straf verschrikkelijk zijn. Verschrikkelijk!'

Moores zwembuddy was Frank Carmichael, een blonde vent met blauwe ogen die heel goed voor een surfer kon doorgaan. Hij glimlachte gemakkelijk en praatte in een ontspannen ritme waardoor Moore betwijfelde of deze vent ooit een SEAL zou worden. Carmichael was opgegroeid in San Diego en had dezelfde weg afgelegd naar INDOC als Moore: hij ging naar *boot camp*, het opleidingskamp voor mariniers, waar hij werd voorgedragen voor het SEAL-programma. Zei dat hij wilde dat hij naar Annapolis was gegaan en lid was geworden van de Canoe Club, de bijnaam van de Naval Academy. Maar op Morse High School had hij de kantjes eraf gelopen en zijn cijfers waren niet hoog genoeg om toegelaten te worden. Hij had niet eens de moeite genomen zich in te schrijven voor de JROTC, de opleiding waar je wordt klaargestoomd voor toelating bij de marine. Enkele kandidaten waren officier, afgestudeerd aan Annapolis, jongens die als O-1 van de Officer Candidate School waren gekomen en zelfs jongens die al een tijdje bij de marine hadden gezeten. Maar BUD/S trok zich daar niets van aan, alle kandidaten moesten dezelfde tests doen, officier of niet.

Moore en Carmichael konden het meteen goed met elkaar vinden, ze kwamen allebei uit een middenklassengezin en wilden allebei iets bijzonders doen met hun leven. Ze leden samen tijdens de vier mijl hardlopen langs het strand, wat ze in minder dan tweeëndertig minuten moesten doen. Killian leek elk commando af te sluiten met de kreet:

‘*Get wet and sandy*, word nat en zanderig!’ Dan moest de hele klas een ijskoude golf in rennen, eruit rennen, door het zand rollen en opstaan als een mummie, als een ondode, waarna ze naar hun volgende exercitie werden gestuurd. Ze leerden onmiddellijk dat je overál hard naartoe liep, ook de anderhalve kilometer naar de mess.

Dat was in 1994, het jaar waarin *Time Magazine* internet beschreef als een ‘vreemde nieuwe wereld’. Moore ergerde zich over het feit dat de huidige kandidaten op internet tien keer meer informatie konden vinden over de training die hen te wachten stond dan Moore in zijn tijd. De huidige lichting kon websites bekijken die helemaal aan BUD/S waren gewijd en kon kijken naar video’s en slim geproduceerde specials van Discovery Channel. Het enige wat Moore en zijn buddy’s hadden gehad waren de sterke verhalen van eerdere klassen en geruchten en waarschuwingen over gruwelijke taferelen op een paar nieuwsgroepen. Overdreven? In bepaalde gevallen wel, maar Moore en Carmichael werden zonder de voorinformatie van de huidige lichting aan deze beproevingen onderworpen.

Van alle trainingsexercities tijdens INDOC genoot Moore vooral van het zwemmen. Ze leerden te trappen, te slaan en te glijden, vooral om zich thuis te voelen in het water. Hier staken de SEAL’s boven alle andere takken van de dienst uit. De informatie die zij verkregen doordat ze zich onopvallend in het water konden bewegen, was nuttig voor mariniers en veel andere soldaten. Hij leerde onder water ingewikkelde knopen maken en raakte niet in paniek als zijn handen achter zijn rug gebonden waren tijdens de verdrinkingstest. Hij ontspande zich, zwom naar het oppervlak, haalde adem, liet zich weer zakken en herhaalde dit, terwijl verschillende leden van de Canoe Club vlak bij hem doodsbang werden en het bijltje erbij neerlegden. Moore reageerde hierop door een tegengestelde reactie te laten zien, zodat zijn instructeurs die in hun duikpak om hen heen dobberden in paniek op hem wachtten. Hij liet zich op de bodem van het zwembad zakken en hield zijn adem in...

Bijna vijf minuten.

Een van de instructeurs kwam naar hem toe met ogen die vergroot werden door zijn duikbril en gebaarde dat Moore terug moest naar het wateroppervlak. Moore glimlachte, wachtte nog een paar seconden, zwom naar boven en haalde adem. Hij had zijn zuurstoftolerantie vergroot door sprintjes te trekken tijdens het hardlopen en het zwemmen, en hij wist zeker dat hij zijn adem nóg langer had kunnen inhouden.

Killian hoorde van deze ‘stunt’ en zei tegen Moore dat hij dit niet nog een keer mocht doen. Maar hij knipoogde toen hij dit zei.

De vijftig meter onder water zwemmen bleek voor veel jongens te zwaar. Killian sloot zijn beschrijving van deze test af met de woorden: 'Maak je maar geen zorgen, hoor: als je het bewustzijn verliest, brengen we je wel weer bij.' Maar Moore zwom de vijftig meter en meer, terwijl hij door het water gleed alsof hij daar hoorde, door en door een Frogman. Carmichael vertelde hem dat zelfs een paar instructeurs bewonderend hadden gevloekt.

Moores natuurlijke gaven waren ontdekt door meester Loengard toen Moore nog maar net zestien was. Loengard was niet alleen gymleraar op een highschool, maar ook enthousiast wielrenner. Hij vroeg of Moore een fiets-ergometertest wilde doen en ontdekte dat Moore een VO_2max (maximale zuurstofopnamevermogen) had van 88,0 – vergelijkbaar met dat van veel topsporters. Moores hartslag in rust was amper 40; zijn lichaam ging veel efficiënter met zuurstof om dan een gemiddeld mens. Volgens Loengard was dit een genetisch cadeautje waardoor hij een bijzonder bevoorrecht mens was. Toen begon Loengard met Moore over het leger, vooral over de SEAL's. Vreemd genoeg had de man nooit zelf bij de Navy gezeten, noch een van zijn familieleden. Hij had gewoon bewondering en respect voor militairen en voor hun betrokkenheid bij het land.

Als Moore en de andere INDOC-cursisten niet in het zwembad waren, waren ze op het strand of in de branding. In elke lichaamsopening van hem zat zand; zelfs de ijskoude douches in de barak konden al het zand niet wegspoelen. De Navy wilde dat hij en de anderen letterlijk één werden met het strand en de Stille Oceaan.

Carmichael en hij waren altijd bij elkaar. Ze lagen op hun rug op het strand, met hun benen uitgestrekt en hun tenen naar voren, en oefenden tientallen snelle beenslagen zonder dat hun voeten het zand raakten. Het doel was hun benen twee tot drie centimeter op te tillen. Voor alles wat ze als SEAL zouden doen, hadden ze sterke buikspieren nodig en Killian, maar ook de andere instructeurs, hadden een bezeten fascinatie voor oefeningen zoals deze om te zorgen dat hun buikspieren stalen kabels werden. Moore bleef ook aan zijn bovenlichaam werken omdat Killian hem waarschuwde voor week twee, maar niet wilde vertellen wat hen dan te wachten stond.

Aan het einde van de eerste week waren er al zestien jongens mee gestopt. Kennelijk hadden ze midden in de nacht hun rugzak ingepakt en waren vertrokken. Moore en Carmichael hadden hen niet gezien en spraken amper over deze DOR's (*Drop On Request*) om zelf sterk en positief te kunnen blijven.

Op de eerste dag van de tweede week om 05.00 uur begon klas 198 gelaten aan de *O-course* (de hiba of hindernisbaan), een vuurproef door de hel, ontworpen door kwaadaardige mannen om anderen in hun meest besloten en elitaire club toe te laten.

Op het strand stonden twintig hindernissen met aanwijzingen erop en elk geval leek ingewikkelder en uitdagender dan de andere. Killian liep naar Moore en Carmichael en zei: 'Jullie hebben twaalf minuten om mijn hiba te nemen.'

'Hooyah!' riepen ze. Moore begon en rende naar de eerste hindernis, de brug, twee evenwijdig aan elkaar lopende stangen. Hij trok zich eraan op en liep op zijn handen over het staal. Zijn schouders en triceps brandden toen hij aan de andere kant op het zand sprong. Buiten adem maakte hij een snelle bocht naar rechts, hief zijn armen en sprong door de stapels vrachtwagenbanden naar de lage muur waar twee schuine palen tegenaan stonden. Daar liep hij overheen naar boven – voetje voor voetje – tot hij zich grommend over de bovenrand zwaaide en naar beneden sprong. Hij kwam veel harder op de grond terecht dan hij had verwacht. Met een stekende pijn in zijn enkel rende hij naar de hoge muur, die misschien drieënhalve meter hoog was, maar voor zijn gevoel wel vijftien meter hoog. Hij greep een van de touwen en trok zichzelf omhoog, waarbij het touw pijnlijk in zijn handpalmen sneed.

Aan het begin van de baan stond Killian opdrachten en/of corrigerende aanwijzingen te brullen, maar Moore hoorde hem amper. Hijgend en met bonkend hart rende hij naar de rol prikkeldraad die op een aantal boomstammen lag met twee lange greppels eronder. Hij dook in de linkergreppel en kroop op handen en knieën onder het prikkeldraad door. Heel even dacht hij dat zijn shirt aan het prikkeldraad was blijven hangen, maar het zat vast aan het hout. Met een zucht van opluchting kroop hij door, stond op en mompelde: 'O, shit!'

Het vrachtnet was tussen twee minstens twaalf meter hoge palen gespannen. Moore concludeerde meteen dat het net vlak bij de paal het meest stabiel zou zijn, en niet in het midden; daarom klom hij vlak bij de paal tegen het net omhoog.

'Jij snapt het, buddy,' zei Carmichael die vlak achter hem was.

Hij begreep dat het niet verstandig was om naar beneden te kijken, omdat hij zag dat er geen veiligheidsmaatregelen waren. Zodra hij bovenaan was, werd hij duizelig, en wilde zo snel mogelijk naar beneden. Terwijl hij over het net omlaag liep, miste hij een dwarstouw, gleed uit en viel anderhalve meter naar beneden tot hij op miraculeuze wijze houvast vond en zijn val brak. De hele groep had geschrokken toegekeken en juichte toen hij zich herstelde en de grond bereikte.

Carmichael en hij liepen doelbewust naar de volgende fijne uitdaging, de evenwichtsbalken. De naam zei het al. Als ze eraf vielen, zou

Killian hen daarvoor laten boeten door push-ups. Gespannen gleed Moore over de eerste balk, maakte een korte bocht naar links en liep terug over de volgende balk; het verbaasde hem dat hij niet viel. Carmichael was vlak achter hem toen ze bij de Hooyah Logs kwamen, een hindernis van zes boomstammen die als een piramide tegen elkaar aan stonden. Met hun handen achter hun hoofd gevouwen, renden ze de piramide op en eroverheen. Daarna renden ze naar de touwen. Op dit moment was Moores hartslag nog prima, maar Carmichael kreeg bijna geen adem meer, zijn hartslag bevond zich in de rode zone.

'We kunnen dit, kom op!' zei Moore tegen zijn buddy. Hij greep het eerste touw, klauterde ongeveer anderhalve meter omhoog, zwaaide eroverheen, greep met één hand een metalen balk vast, liet het eerste touw los en draaide zich om om het tweede touw te grijpen en liet zich zakken. Carmichael moest een keer extra draaien om de balk te kunnen grijpen, maar slaagde daar uiteindelijk wel in.

Volgens het bordje heette de volgende uitdaging Dirty Name (De Vloek), en na één blik erop begreep Moore waarom: hij bestond uit drie N-vormige houten constructies, twee kortere N's naast elkaar zodat twee paren kandidaten de hindernis tegelijk konden nemen. De langere N-vormige hindernis stond iets naar achteren. Moore rende naar de balk voor de N, sprong op de eerste balk, trok zichzelf omhoog en ging staan. Hij sprong over de hogere N heen om zijn actie te kunnen herhalen en draaide zich om met zijn benen om de balk geklemd. Hij vloekte toen hij tegen de tweede balk klapte en nog eens toen hij op de grond viel.

Daarna kwam er een tweede piramide, deze was gemaakt van tien in plaats van zes boomstammen en was steiler en hoger. Toen hij bovenaan was, gleed hij uit en viel met zijn gezicht in de modder. Voordat hij wist wat hem overkwam, werd hij overeind gesleurd door Carmichael. Hij schreeuwde: 'Kom op!' en draaide zich om en rende weg.

Moore rende achter hem aan.

Ze kwamen bij een hindernis die leek op een paar enorme ladders die in een hoek van vijfenveertig graden stonden opgesteld. Killian riep tegen hen: 'Dit is de Weaver! Jullie moeten je tussen de sporten door weven!' Moore hield zich aan de eerste sport vast, slingerde zijn lichaam eromheen, greep de volgende sport, enzovoort, als een naald en draad naaide hij zichzelf door de sporten heen. Hij werd er duizelig van. Carmichael naast hem deed hetzelfde en was een paar seconden voor hem bij de tweede ladder die erachter stond, ook in een hoek van vijfenveertig graden.

De V-vormige touwbrug, beter bekend als de Burma Brug, bestond uit één dik touw onderaan voor je voeten, met twee steuntouwen eraan vast voor je handen. Carmichael was al naar de bovenkant van de brug geklommen en stond op het touw. Toen Moore zijn eerste stap op het onderste touw zette, realiseerde hij zich dat hij zijn voeten het best kon plaatsen op de plek waar de steuntouwen vastgemaakt waren. Hij liep van knoop naar knoop over de slingerende brug. Carmichael was als eerste klaar, met Moore vlak achter zich aan. Tegen de tijd dat Moore bij het einde van de brug was, had hij een soort ritme ontwikkeld en hij prentte zichzelf in dat hij dit niet mocht vergeten voor de volgende keer dat hij deze hindernis moest nemen.

Carmichael en hij beklommen nog een piramide van tien boomstammen. Daarna kwamen ze bij de Slide for Life, een vier verdiepingen hoge hindernis. Ze moesten zich omhoog zwaaien naar elk platform (zonder een touw of een ladder) tot ze bovenaan waren. Deze hindernis kon je op twee manieren nemen: naar boven gaan en je dan aan de touwen die in een hoek van vijfenveertig graden waren gespannen naar beneden laten glijden, of gewoon naar het eerste platform gaan en je aan de lage touwen optrekken; volgens Killian was dat minder gevaarlijk, maar zou dat ontzettend veel pijn doen in je onderarmen. De eerste keer moesten ze van hem helemaal naar boven gaan. Toen ze daar waren, greep Carmichael het linkertouw en Moore het rechter. Hij boog naar voren, klemde zijn rechterbeen om het touw en gleed met het touw tussen zijn benen naar beneden, met zijn gezicht naar voren en met beide handen om het touw. Hij was nog niet eens halverwege toen het touw op elke plek waar zijn lichaam contact had met het touw begon te branden. Moore was iets eerder beneden dan Carmichael, viel op de grond en won ongeveer twee seconden op zijn buddy. Daarna sprong hij via het springtouw naar achtereenvolgens een paar gekruiste boomstammen, een klimrek en een balk. Hij greep het touw, sprong naar voren en miste de balk. Carmichael rende langs het touw, greep het beet en slingerde zichzelf probleemloos op de balk zodat hij weer vooraan was.

Nadat ze weer over een 'bed' vrachtwagenbanden waren gesprongen, kwamen ze bij een schuine, anderhalve meter hoge muur. Ze klommen er aan de achterkant op en gleden er over de voorkant vanaf. Daarna was de Spider Wall aan de beurt, ongeveer vijfenhalve meter hoog, met stukken hout aan de zijkant geschroefd die een soort smalle ladder vormden. Je moest je met je vingertoppen en tenen naar boven werken en vervolgens naar beneden; de hele tijd moest je je tegen de muur drukken, als een spin. Moores handen brandden nog van het touw van de vorige hindernis en hij verloor op de laatste tree zijn houvast, maar kon net op tijd op de grond springen.

Ondertussen gleed Carmichaels laars van een van de houten treden, zodat hij viel en opnieuw moest beginnen. Hierdoor verloor hij kostbare tijd.

Nog één hindernis en een sprintje te gaan. Moore rende naar de vijf balken die ongeveer op heuphoogte hingen, met een meter tachtig tussenruimte: de Vault, het Gewelf.

'Je mag hem niet met je benen aanraken!' waarschuwde Killian. 'Alleen met je handen!'

Moore vloekte zachtjes, greep de eerste balk vast en sloeg zijn been eroverheen. En nog eens. En nog eens. Carmichael was vlak achter hem. Moore gleed uit op de allerlaatste balk en klapte met zijn kin op het hout. Hij viel en kreunde van de pijn. Carmichael kwam bij hem, trok hem overeind, greep Moores arm en sloeg hem over zijn schouder. Samen renden ze (meer een snelle strompelgang) naar het einde.

'Jij hebt het juiste gedaan, Carmichael,' zei Killian. 'Ik zag jullie rennen, maar je hebt je zwembuddy niet achtergelaten. Niet slecht voor de eerste keer.' Fronsend keek hij naar Moore. 'Hoe gaat het met je been?'

Zijn been begon op te zwellen, maar Moore negeerde de pijn en riep: 'Mijn been is in orde, instructeur Killian!'

'Goed, ga nu naar het strand en word nat!'

De O-course was maar een van de vele exercities die ze moesten doen. Zelfs als ze niet aan het trainen waren en gewoon hun barak aan het opruimen waren voor inspectie, kwamen de instructeurs binnen en maakten er weer een puinhoop van alleen maar om te zien hoe ze met tegenslagen omgingen. Moore onderging alles, tot en met het laatste onderdeel van INDOC, trainen met hun IBS (Inflatable Boat, Small). De boten waren bijna vier meter lang en wogen ruim tachtig kilo. Elk team bestond uit zeven man en ze leerden hoe ze moesten peddelen, hoe ze de boot moesten 'dumpen' door hem om te draaien en hoe ze het loodzware ding op hun hoofd moesten dragen. Ze kregen te horen dat ze, zodra ze in BUD/S waren, nergens zonder boot naartoe gingen. Ze deden een paar wedstrijden en deden zelfs push-ups met hun boot op de rubber dolboorden.

Carmichael was weliswaar wat slungelig, maar toch een uitmuntende roeier. Vaak won zijn team vooral dankzij hem. De winnaars mochten uitrusten, terwijl de verliezers op het strand push-ups moesten doen. Ze leerden allemaal hoe ze de golven moesten inschatten en wanneer ze er precies in moesten duiken zodat ze hun boot voorbij de brekers konden krijgen voor ze kapseisden.

Aan het einde van de tweede week waren zevenentwintig mannen van Moores klas ermee opgehouden. Het waren goede mannen, maar ze hadden een andere keuze gemaakt. Dat vertelde Killian hen in elk geval op een waarschuwende toon die betekende dat ze de uitvallers niet belachelijk mochten maken.

Maar feit bleef dat deze mannen nooit hun Naval Special Warfare Classification (NEC) Code zouden ontvangen, een hele eer, maar het bewijs dat een cursist de ultieme test van zijn fysieke en mentale motivatie had overleefd. Een bord bij het centrum herinnerde hen aan het motto van de SEAL'S: DE ENIGE GEMAKKELIJKE DAG WAS DE VORIGE DAG.

Tijdens hun laatste INDOC-briefing gaf Killian Moore een stevige hand en zei: 'Je hebt heel veel talent. Ik wil dat je naam maakt, maar je mag één ding niet vergeten: je bent een van míjn rekruten. Zorg dat ik trots op je kan zijn.'

'Hooyah!'

Moore en Carmichael zongen zachtjes terwijl ze hun spullen naar de Naval Special Warfare-barak verhuisden. Ze waren geen bezoekers meer. Ze waren echte kandidaten.

Hun jubelstemming duurde echter niet lang.

Eenendertig jongens hielden er in het eerste BUD/S-uur mee op. Ze drukten op de bel van het kantoor van de Commanding Officer en legden hun groene helm met wit klasnummer keurig naast elkaar voor zijn deur.

In dat eerste uur hadden de instructeurs een totale chaos binnen de groep veroorzaakt door herhaalde *wet and sandy*-exercities, gevolgd door zware workouts op de grinder, waarna de mannen in een rubberboot moesten stappen die met ijskoud water was gevuld. De jongens trilden, huilden, raakten onderkoeld en bewusteloos.

En de instructeurs waren nog maar net begonnen.

Ze moesten regelmatig vier mijl over het strand rennen. Teams van zeven man maakten kennis met de nieuwe exercitie, de Log PT. De balk was tweeënhalve meter lang en woog ongeveer zeventig kilo, soms iets lichter, soms veel zwaarder. Een team zat opgescheept met de balk die ze als eerste te pakken konden krijgen. Ze sleepten de balk in de branding, maakten hem wet and sandy, sleepten hem eruit en sjouwden er kilometers mee rond, terwijl ze continu werden gecontroleerd, uitgescholden en lastiggevallen door hun instructeurs. Dat overkwam vooral de kleinere jongens, die hun last gemakkelijker aan de langere jongens konden overlaten. Moore en Carmichael hielden vol en hielden hun balk zelfs in de lucht toen de achterste man van hun team zijn evenwicht verloor en in de branding viel.

Aan het einde van die eerste week hielden er nog eens negen man mee op. Klas 198 had sinds INDOC 77 man verloren. Van de oorspronkelijke 123 waren er nu nog 46 over. De rij helmen voor de deur van de CO was griezelig snel lang geworden en Moore keek er elke dag weer naar met vastberadenheid en een gevoel van naderend onheil.

Tijdens het ontbijt aan het einde van de eerste week zei Carmichael iets wat Moore erg aangreep: 'Die jongens die ermee zijn gestopt... Ik denk dat ik wel weet wat voor hen de druppel was.'

'Wat bedoel je?'

'Ik bedoel, het ene moment doen ze mee, keihard, en het volgende houden ze ermee op. McAllen bijvoorbeeld. Goeie vent. Zou er nooit mee ophouden. Was helemaal niet van plan ermee te stoppen, maar even later rent hij over het strand en drukt op de bel.'

'Jij weet dus waarom hij ermee is gestopt?' vroeg Moore vol twijfel.

Carmichael knikte. 'Ik weet waarom al die jongens ermee zijn opgehouden, omdat ze niet aan één uur of één exercitie tegelijk dachten. Ze begonnen te veel over de toekomst na te denken en zich af te vragen hoeveel dagen ze nog moesten lijden, en dat was voor hen de druppel.'

Moore slaakte een zucht. 'Misschien heb je wel gelijk.'

In week drie maakte de klas kennis met Rock Portage, een exercitie waarbij ze hun zodiac aan een rotsformatie moesten aanleggen. De branding sloeg tegen de stenen als een heavy-metaldrummer en het schuim spatte in zijn ogen toen Carmichael uit de boot stapte met het meertouw om zijn middel gebonden. Hij klom op de rotsen, zocht goed houvast voor zijn laarzen en boog zich naar voren om te voorkomen dat de boot teruggleed in de oceaan. Moore moest de peddels van het team pakken, uit de boot springen, naar de rotsen zwemmen, uit de branding klauteren en hun peddels op het droge brengen. Nadat hij eruit was geklommen, volgden de anderen; iedere man probeerde zichzelf uit het deinende water te hijsen terwijl de golven hen in het gezicht sloegen.

Daarna schreeuwde Carmichael dat hij hogerop wilde gaan en Moore rende terug om hem te helpen de boot omhoog en over de rotsen te trekken, waarna de anderen eindelijk de branding uit kwamen en kwamen helpen.

Toen ze eindelijk klaar waren, stonden ze met z'n allen op de rotsen, buiten adem, terwijl de wind het zeewater van hun gezicht blies en hun instructeur hoofdschuddend schreeuwde: 'Veel te langzaam!'

De vierde week was ontzettend zwaar, niet alleen voor de mannen, maar ook voor hun instructeurs. Jongens die het hadden volgehouden, hun uiterste best deden, er niet mee wilden ophouden, nooit, moesten het opgeven, domweg doordat het hen ontbrak aan de noodzakelijke fysieke kwalificaties: het uithoudingsvermogen, het doorzettingsvermogen, de exercities op de O-course, enzovoort. Dit waren mannen die een echte Navy SEAL hadden kunnen zijn als hun lichaam het had aangekund.

Moore en zijn zwembuddy Carmichael overleefden de testen in die vierde week en bereidden zich voor op de beruchte, de legendarische, de angstaanjagende *Hell Week*, vijfenhalve dag continue trainingsexercities, waarin ze in totaal maar vier uur mochten slapen. Niet vier uur slaap per dag, maar vier uur slaap gedurende die vijfenhalve dag! Moore betwijfelde zelfs of het menselijk lichaam zo lang wakker kon blijven, maar zijn surveillant en zijn instructeurs hadden hem verzekerd dat 'de meesten' van hen dat zouden kunnen.

Moore was gekozen als teamleider vanwege zijn aanhoudende en voorbeeldige kundigheid in het water en tijdens het hardlopen. Hij had al laten zien dat hij langer dan alle anderen van zijn klas zijn adem kon inhouden, vlugger kon zwemmen en sneller kon hardlopen. Op de zondagmiddag voordat Hell Week begon, zaten ze allemaal in een van de klaslokalen te wachten, achter slot en grendel. Ze kregen pizza en pasta, hamburgers en hotdogs, en cola. Ze keken naar een paar oude films van Steven Segal en probeerden zich te ontspannen.

Om ongeveer 23.00 uur trapte iemand de deur van het lokaal open, ging het licht uit en werd overal geschoten. De *breakout* was begonnen, een gesimuleerd chaotisch gevecht. Moore liet zich op de grond vallen en probeerde zichzelf ervan te overtuigen dat de mannen met losse flodders schoten, ondanks alle herrie. Een van de instructeurs had een .50-machinegeweer en het wapen maakte zoveel lawaai dat Moore een tweede instructeur amper kon verstaan. De man riep: 'Hoor je het fluitje? Hoor je het fluitje? Kruip naar het fluitje!' Dat deden Carmichael en hij, ze kropen het lokaal uit naar de grinder, waar ze een kwartier lang met brandweerslangen werden bespoten en geen instructies kregen. Het enige wat ze konden doen, was hun ogen met hun handen beschermen en proberen uit de straal te kruipen. Ten slotte kregen ze opdracht de branding in te gaan. De instructeurs bleven schieten en Moore zag dat er minstens vierentwintig instructeurs waren opgetrommeld om hen tijdens Hell Week uit te dagen.

Je moet nooit opgeven, zei hij tegen zichzelf. *Nooit opgeven.*

De zware exercities volgden elkaar snel op: work-outs in de branding gevolgd door Log PT, en ze kregen zelfs opdracht om als team de O-course te doen terwijl ze hun boot bij zich hadden. Ze moesten de Rock Portage een paar keer herhalen, waarna ze hun boot naar de mess moesten dragen nadat ze op dag één bijna tien uur lang keihard hadden gewerkt.

Omdat ze de dag daarvoor te uitgeput waren geweest om te slapen en ze de hele nacht hadden getraind, eiste het slaapgebrek op de ochtend van de eerste dag al zijn tol. Moores hersens raakten in de war en hij riep om instructeur Killian; Carmichael moest hem eraan herinneren dat ze niet meer in INDOC waren, maar dat dit het echte werk was, Hell Week. Ze hadden allemaal zware oogleden van de slaap, zeiden dingen die nergens op sloegen en hielden rare gesprekken met geesten in hun hoofd.

Dit was een groot probleem, vooral voor de teamleiders die goed op hun instructeurs moesten letten. Deze vergaten met opzet bepaalde instructies voor een opdracht te geven om te zien of de teamleiders nog steeds alert waren. Als een teamleider de vergissing merkte en daar de aandacht op vestigde, kreeg het team een taak die veel eenvoudiger was en soms hoefden ze de opdracht helemaal niet te doen.

Maar Moore was te uitgeput geweest, verloor bijna het bewustzijn, en was absoluut niet in staat om samen met de rest van zijn team een zware balk te verslepen.

'Pak je balk en maak je klaar!' riep de instructeur.

De meeste mannen renden terug naar hun balk, maar een paar teamleiders bleven achter. Moore was niet een van hen. Achter zich hoorde hij een van de andere teamleiders vragen: 'Instructeur, bedoelt u soms dat u wilt dat we onze balk oppakken en hem wet and sandy maken?'

'Ja, dát bedoel ik! Jouw team mag deze taak overslaan.'

Moore baalde ontzettend. Hij had het verknald en zijn hele team zou daarvoor moeten boeten.

Die avond, toen ze bij uitzondering één uur en drie kwartier mochten rusten, legde Moore zijn arm op zijn ogen. Carmichael had gelijk gehad. Moore bleef maar denken aan alle pijn en ellende die hem te wachten stond en aan de druk omdat hij verantwoordelijk was voor de anderen. Ze hadden hem een leiderspositie gegeven en hij had gefaald.

'*Hey, bro*,' kwam een stem uit het donker.

Hij haalde zijn arm weg en zag dat Carmichael over hem heen gebogen stond.

'Je hebt het verknald. Nou en?'

'Je had gelijk. Ik wil ermee stoppen.'

'Nee hoor, echt niet.'

'Ik heb gefaald. Laat me er maar mee stoppen, dan sleep ik de rest van het team niet met me mee. Ik maak het voor ons allemaal een stuk zwaarder.'

'Misschien móésten we die balk wel verslepen.'

'Ja hoor, tuurlijk.'

Carmichael zei met grote ogen: 'Luister. Onze training moet zelfs nog zwaarder zijn dan die van de anderen. Als we dit achter de rug hebben, hebben we alle recht om trots te vertellen dat we elke uitdaging zijn aangegaan en dat we die op de zwaarst mogelijke manier hebben uitgevoerd. We hebben niet geprobeerd er zo gemakkelijk mogelijk van af te komen. Wij waren het beste team.'

'Ze hebben niets gezegd, maar ik weet zeker dat de andere jongens mij hier de schuld van geven.'

'Ik heb met ze gepraat. Dat doen ze niet. Ze zijn even kapot als jij. We zijn allemaal zombies, man, vergeet het dus maar.'

Moore bleef even liggen en zei toen: 'Ik weet het niet.'

'Luister. Je blijft opletten, maar zelfs als de instructeur een opdracht weglaat, moet je je mond houden.'

Moore rilde. 'Je bent gek, man. Dat overleven we niet.'

Moore overdreef niet. Dit was het einde van de eerste trainingsdag en er waren nog maar vierenveertig jongens over.

Carmichael zei, nog grimmiger: 'We zullen een krachtig statement afgeven. Een paar weken geleden hebben ze ons gevraagd ons te committeren aan het soldatenleven. Weet je nog?'

'Ja.'

'We zijn gekomen om te vechten. En we zullen ze laten zien hoe hard we kunnen vechten. Begrijp je?'

Moore beet op zijn lip.

'Herinner je je dat citaat dan niet meer? We kunnen maar op twee manieren worden verslagen: of we gaan dood of we geven het op. En we geven het niet op.'

'Oké.'

'Dan doen we het dus!'

Moore balde zijn handen tot vuisten en ging rechtop in zijn bed zitten. Hij keek naar Carmichael, die net als hijzelf bloeddoorlopen ogen, een gehavend en zonverbrand gezicht, handen vol blaren en een schedel vol korsten had. Maar toch zag hij nog steeds een vuur in Carmichaels ogen en op dat moment besloot Moore dat zijn zwembuddy gelijk had, steeds gelijk had gehad. Eén exercitie tegelijk. Geen gemakkelijke uitweg. Geen gemakkelijke dag.

Moore haalde diep adem. 'Ik heb het verknald. Maar dat geeft niet. We houden er niet mee op. We zullen ze eens wat laten zien, serieus! We gaan ervoor!'

En dat deden ze! Ze kropen op de hiba onder prikkeldraad door terwijl ze onder gesimuleerd vuur lagen en overal om hen heen rook vandaan kwam.

Onder de modder en doodsbang praatte Moore zichzelf moed in. Hij zou niet opgeven.

Toen kwam het moment, voordat ze vier mijl moesten hardlopen, dat de instructeur een opdracht wegliet. De andere teamleiders reageerden.

'Heb je het alweer gemist, Moore?' riep de instructeur.

'Nee, dat niet!'

'Waarom zei je dan niets?'

'Omdat dit team geen gratis ritje wil! Dit team is hier gekomen om harder te vechten dan alle andere teams. Dit team heeft daar het lef voor!'

'Lieve god, knaap, dat is indrukwekkend. Daar heb je moed voor nodig. Je hebt zojuist je hele team in het verderf gestort.'

'Nee, master chief, dat heb ik niet!'

'Laat dan maar zien!'

Het hele team begon te rennen. Het was de vijfde dag van Hell Week, de laatste, en zij renden op vier uur slaap, ze renden alleen op de wilskracht waarvan tot dan toe niemand had geweten dat hij die bezat.

Maar het lef van Moore en zijn mannen wekte bewondering op, hoorde hij later. Ze moesten nog vaker de vier mijl hardlopen, 's nachts de Rock Portage uitvoeren, een 'rondom de wereld'-peddeltocht langs de noordpunt van het eiland en daarna terug naar San Diego Bay en de amfibiebasis. Ze stortten zich in het schuimachtige slijk van de dertig meter lange *demo pits* (diepe met modder gevulde greppels met daarin een laag zeewater, en in de omgeving rook, explosies en vuur, waar de militairen doorheen moeten, terwijl ze aan alle kanten worden 'beschoten') en klauterden er weer uit, als zwarte mannequins met flikkerende ogen.

'In het onwaarschijnlijke geval dat jullie de volgende twee dagen echt doorkomen, staat er een heerlijke maaltijd op jullie te wachten,' riep een van de instructeurs.

'We hoeven nog maar één dag!' schreeuwde Moore.

'Nee, jullie moeten er nog twee.'

De instructeurs logen hen voor, probeerden hen in verwarring te brengen, maar Moore trok zich er niets van aan.

Ze moesten in de ijskoude branding blijven tot ze bijna onderkoeld waren. Ze werden eruit getrokken, kregen warme soep, en werden er weer in gegooid. Jongens verloren het bewustzijn, werden gereanimeerd en het water weer in gestuurd. Moore en Carmichael verloren de moed niet.

Toen het laatste uur gekomen was, toen Moore en Carmichael en hun klasgenoten dachten dat ze doodgingen, kregen ze opdracht de Stille Oceaan uit te komen en in het zand te gaan rollen. Daarna brulde hun surveillant dat ze zich moesten verzamelen.

En zodra ze bij elkaar stonden, knikte hij langzaam.

'Kijk allemaal om je heen! Kijk naar links. Kijk naar rechts. Jullie zijn klas 198. Jullie zijn de soldaten die het hebben overleefd dankzij jullie teamwork. Klas 198 heeft Hell Week afgesloten!'

Moore en Carmichael lieten zich op hun knieën vallen, met tranen in de ogen. Moore had zich nooit eerder zo uitgeput gevoeld, zo emotioneel overweldigd. Het gejuich, gefluit en geschreeuw van slechts negenendertig mannen klonk als het geluid van honderdduizend Romeinen voordat ze in de aanval gingen.

'Frank, buddy, ontzettend bedankt!'

Carmichael snauwde: 'Je hoeft me niet te bedanken.'

Ze schoten in de lach en Moore voelde vreugde, pure onvervalste vreugde omdat hij het echt had gered. De rillingen liepen hem over de rug. Hij dacht dat hij viel toen de wereld begon te schudden, maar het was Carmichael maar die hem overeind hielp.

Later werd Moore *Honor Man* van klas 198, omdat hij zijn klasgenoten had geïnspireerd om door te gaan toen zij het wilden opgeven. Carmichael had hem geleerd hoe hij dat moest doen en toen Moore tegen zijn zwembuddy zei dat híj Honor Man had moeten worden, glimlachte Carmichael alleen maar. 'Jij bent de meest onverzettelijke man van ons beiden. Alleen door naar jou te kijken, heb ik het kunnen volhouden.'

11

Joint taskforce Juárez

DEA Office of Diversion Control
San Diego, California
Vandaag

Moore verliet de 15 en reed in de richting van Balboa, San Diego, Californië. Tegen de tijd dat hij bij het kantoor van de DEA (Drug Enforcement Administration) aan Viewridge Avenue aankwam, was hij al twintig minuten te laat voor de vergadering. Zijn haar hing voor zijn ogen en zijn baard kwam tot voorbij zijn sleutelbeen; die was twee jaar niet geknipt, maar dat zou nu gauw gebeuren – goddank, want op zijn kin had hij een paar grijze haren ontdekt. Terwijl hij door de lange gang naar de vergaderzaal liep, keek hij even naar zijn verkreukelde sportbroek en baalde een beetje van het feit dat hij koffie op zijn overhemd had gemorst. Volgens hem was dat de schuld van de vrouw met drie kinderen die niet op tijd had gezien dat de enorme cementwagen voor haar snel gas terugnam. Ze was hard op de rem gaan staan, net als Moore, waarna zijn koffie aan de wetten van de natuurkunde had gehoorzaamd. Hoewel hij niet blij was met zijn uiterlijk, maakte hij zich daar niet echt druk om. Een nieuwe e-mail van Leslie Hollander bevatte een foto met haar prachtige glimlach en Moore kon dat beeld maar met moeite van zich afzetten. Toch duwde hij de deur open en beende de zaal in. Iedereen draaide zich naar hem om.

Hij slaakte een zucht en zei: 'Sorry dat ik te laat ben. Ik zat vast in het verkeer. Ik was vergeten hoe druk het hier kon zijn.'

Er zaten vijf mensen aan de vergadertafel die zo lang was als een vliegdekschip met een dek dat groot genoeg leek voor een feest, voor doorstartlandingen en voor misschien een paar Harriers. Een man met stekeltjeshaar – zijn haar glansde als staalvijzel onder het neonlicht –

wendde zich af van het whiteboard waar hij zijn naam op had geschreven: Henry Towers.

'Wat hebben we hier?' vroeg Towers en hij wees met zijn marker naar een lege stoel. 'Ben je een mens? Of een beest?'

Moore grijnsde. Zijn haar en baard leken erop te wijzen dat hij de nacht in een koelbox had doorgebracht, maar met een beetje moeite had hij zijn oude ik weer terug. Hij zou het zelfs wel prettig vinden als hij zijn wangen weer kon voelen.

'Waar is Polk? Ze hebben me verteld dat de NCS deze taskforce zou leiden.'

'Polk is uit, ik ben in,' snauwde Towers. 'Jullie hebben gewoon mazzel, volgens mij.'

'En wie ben jij?' vroeg Moore en hij liep met een map in zijn ene en zijn koffie in zijn andere hand om de tafel heen.

Towers keek hem met een scheve grijns aan. 'Kun je niet lezen?'

Een slanke Latijns-Amerikaanse man – waarschijnlijk Ansara (gebaseerd op de en-profilfoto die Moore had gezien) – wendde zich tot Moore en begon te lachen. 'Relax, bro, zo heeft hij ons allemaal begroet. Hij is cool. Probeert gewoon de boel een beetje op te vrolijken.'

'Dat is zo, ik ben cool,' zei Towers. 'We moeten hier een beetje ontspannen, want wát we zullen gaan doen zal spannend zijn. Heel spannend.'

'Voor welke agency werk je?' vroeg Moore.

'BORTAC. Weet je wat dat is?'

Moore knikte. De U.S. Border Patrol Tactical Unit (BORTAC) was het mondiale speciale responsteam van het Bureau of Customs and Border Protection (CBP) van het Department of Homeland Security's (DHS). Agenten van BORTAC werden in meer dan achtentwintig landen ingezet om te reageren op allerlei soorten terroristische bedreigingen. Hun wapens en uitrusting waren vergelijkbaar met die van SEAL's, Army Special Forces, Marine Corps Force Recon, en andere Special Operations Units. BORTAC-teams werkten samen met militaire eenheden in Irak en Afghanistan en hielpen mee met het zoeken, confisqueren en vernietigen van opium en andere drugs die over de grens waren gesmokkeld. Ze hadden een uitstekende reputatie verworven in de wereld van de special operations, en Moore had al verschillende keren informatie uitgewisseld met BORTAC-operators die uiterst professioneel te werk gingen.

De unit was in 1984 opgericht en drie jaar later – tussen 1987 en 1994 – al betrokken bij antidrugsoperaties in Zuid-Amerika tijdens Operatie Snowcap.

Agenten van BORTAC hadden de opdracht mee te helpen met het verstoren van de teelt, de productie en de smokkel van cocaïne in een lange lijst landen, zoals Guatemala, Panama, Colombia, Ecuador en Peru. Agenten werkten samen met de DEA en het U.S. Coast Guard's Interdiction Assist Team.

In meer recente jaren kregen BORTAC-teams een breder scala aan verantwoordelijkheden, zoals Tactical Relief Operations (TRO) tijdens orkanen, overstromingen en andere natuurrampen. Ze zorgden voor extra personeel en materieel, en trainden lokale politieagenten.

Moore zou later horen dat Towers al meer dan vijfentwintig jaar voor BORTAC werkte. Hij was ingezet in Los Angeles tijdens de rellen die waren uitgebroken na afloop van de Rodney King-rechtszaak. Hij had ook deelgenomen aan Operatie Reunion, waarbij BORTAC een huis in Miami, Florida, was binnengevallen om vluchteling Elián González veilig te kunnen terugbrengen naar zijn ouders in Cuba.

Na de aanval op het World Trade Center werd Towers naar Afghanistan gestuurd om Army Special Forces-personeel te steunen tijdens de eerste paar aanvallen in dat land. In 2002 werkte hij samen met de U.S. Secret Service om de sportterreinen van de Olympische Winterspelen in Salt Lake City te beveiligen.

'Ik ben hoofd van de San Diego-sector,' zei Towers. 'Maar de plaatsvervangend directeur wilde dat ik voor deze operatie met jullie zou samenwerken. Naar mijn bescheiden mening ben ik uitstekend geschikt voor deze klus, want het doel van onze missie is het ontmaskeren en het ontmantelen van het Juárez Drug Cartel en het blootleggen van hun relatie met terroristen uit het Midden-Oosten, wat zoals we allemaal weten het terrein van meneer Moore is.'

'Soldaat Moore meldt zich, sir,' zei Moore quasichagrijnig.

'Nú doe je pas echt mee,' zei Towers met een welgemeende glimlach. 'Welkom bij Joint Task Force Juárez. En trouwens, mij is gevraagd jou te benoemen als veldteamleider.'

Moore grinnikte en vroeg: 'Welke geschifte zuiplap heeft dat voorgesteld?'

'Je baas.'

Daarop schoten een paar aanwezigen in de lach.

'Oké, team, nu even serieus. We moeten nog heel veel bespreken. Ik heb gehoord dat jullie gek zijn op PowerPoint-presentaties en daarom heb ik er een paar bij me. Wacht even tot ik ze klaar heb gezet.'

Ansara kreunde en zei tegen Moore: 'Fijn je te ontmoeten. Ze hebben niet veel in je dossier gezet.'

'Dat doen ze nooit. Meer dan het aardige buurtspookje ben ik niet.'

'En je was een Navy SEAL.'

'Met een beetje hulp van mijn vrienden.'

'Je hebt heel goed werk verricht in Afghanistan en Pakistan. Ik vraag me af of ik het daar vijf minuten zou volhouden.'

Moore grinnikte. 'Tien misschien.'

Ansara was een verdomd goede FBI-agent met talloze geslaagde operaties op zijn naam. Onlangs had hij meegedaan aan RECON-operaties (verkenningsoperaties) in het Sequoia National Park, waar de kartels marihuana teelden en waar hij de sicario had gevonden die een van zijn kameraden had vermoord. Moore vond hem iets te knap, maar door zijn hartelijke glimlach en toon dacht hij dat ze wel vrienden konden worden.

Naast hem zat Gloria Vega, tweeëndertig, net als Moore CIA-agent; ze zou worden gestationeerd bij de Mexicaanse federale politie. Ze was een breedgeschouderde, zakelijke Latijns-Amerikaanse vrouw die haar zwarte haar in een strak knotje droeg. Volgens een paar collega's van Moore werd ze gewaardeerd en gevreesd vanwege haar veeleisendheid en haar toewijding aan haar werk. Ze was single en enig kind van haar overleden ouders. De Agency was haar leven. Punt uit. Haar onderzoekende blik toen Moore binnenkwam, was waarschijnlijk slechts het begin van haar onderzoek naar hem. Dat de federale politie de kartels in Mexico hielp en bijstond was oud nieuws; dat een Amerikaanse CIA-agente met hen zou samenwerken, was even gevaarlijk als misschien veelzeggend.

De NCS had samengewerkt met autoriteiten van de federale politie om een relatie op te bouwen die Vega volledige toegang zou verschaffen en tegelijkertijd haar identiteit zou beschermen. In theorie klonk dat mooi, maar mevrouw Vega zou in een slangenkuil worden geworpen, en Moore was blij dat hij haar baan niet had.

De man die tegenover haar zat, was David Whittaker, een special agent van het Bureau of Alcohol, Tobacco, Firearms and Explosives (ATF). Hij had zijn dunne grijze haar achterovergekamd, droeg een grijs sikje en een draadmonturen bril. Hij droeg een blauw poloshirt met het insigne van zijn agency op het borstzakje en een ketting met zijn badge eraan. Hij stond op om Towers een USB-stick te geven, waar kennelijk zijn eigen presentatie op stond. Volgens zijn dossier had Whittaker zich een aantal jaar beziggehouden met wapensmokkeloperaties van de kartels en had hij onlangs meegeholpen met het opzetten van teams van tien man die in zeven grenssteden werden gestationeerd om dit probleem aan te pakken. De kartels rekruteerden *straw buyers* in de Verenigde Staten, die vuurwapens voor hen kochten en daarna mensen betaalden om de wapens de grens over te brengen. In een van zijn verslagen had Whittaker geschreven dat het Juárez Cartel een uitgebreid netwerk had opgezet in Minnesota (nota bene) vanwaaruit de wapens naar Mexico werden gesmokkeld. Doordat de inspanningen in staten als Californië, Texas en Arizona waren verdubbeld en uiteindelijk verviervoudigd, hadden de kartels hun toevlucht gezocht tot extremere maatregelen en meer afgelegen locaties die als transportcentra fungeerden. Whittakers contacten hadden hem verteld dat militaire wapens uit Rusland via Zuid-Amerika het land in werden gesmokkeld. De jacht op de wapensmokkeloperaties van de kartels was minstens zo moeilijk, gevaarlijk en frustrerend als proberen een eind te maken aan hun drugsoperaties, en Whittakers verslag werd afgesloten met een onheilspellende opmerking: Hij betwijfelde of de kartels ooit konden worden tegengehouden, volgens hem hooguit uitgesteld, vertraagd of tijdelijk ontmanteld...

Moore keek naar de laatste man, Thomas Fitzpatrick, die ondanks zijn achternaam gemakkelijk voor een Mexicaanse sicario kon doorgaan. Zijn vader was half Iers, half Guatemalaans, en zijn moeder was Mexicaanse. Hij was in de Verenigde Staten geboren en getogen, en was al op college gerekruteerd door de DEA. Anderhalf jaar geleden was hij naar Mexico gestuurd om te infiltreren in het Juárez Cartel, maar het toeval had gewild dat het veel gemakkelijker voor hem was geweest om bij de Sinaloa's te infiltreren en daar was hij een vertrouwd lid van geworden. Hij werkte voor ene Luis Torres, Zuniga's rechterhand en hoofd van zijn *enforcer gang* (bende huurmoordenaars).

Fitzpatrick, met gespierde armen vol getatoeëerde katholieke afbeeldingen en een kaalgeschoren schedel, kneep zijn ogen halfdicht en begon in rap Spaans: 'Hoe is het, Moore? Ik hoop dat je Spaans goed is, want deze jongens schakelen je in no time uit als je niet eerlijk overkomt. En eerlijk gezegd is mijn cover nu veel belangrijker dan jij bent, dus zorg maar dat je je kennis snel opfrist en vergeet al dat terroristische jargon dat je tot nu toe hebt gesproken. Je hebt nu met de grote jongens te maken.'

Moores Spaans was uitstekend, hoewel hij vrijwel geen bende- en kartelslang kende. Hij zou zijn Spaans dus inderdaad moeten oppoetsen. Hij antwoordde in het Spaans: 'Geen probleem, *vato*. Ik weet wat ik moet doen.'

Fitzpatrick, wiens bijnaam Flexxx was, reikte over de tafel heen naar Moore, maakte een vuist – aan drie vingers droeg hij een grote ring – en stootte ermee tegen Moores vuist. Daarna leunde hij weer achterover in zijn stoel.

Gloria Vega keek naar Moore en vroeg in het Spaans: 'Heb je je onlangs nog gedoucht?'

'Ja, maar... ja... Ik heb nog steeds last van een jetlag.'

Ze rolde met haar ogen en keek naar het projectiescherm dat Towers liet zakken.

Moore tuurde naar de foto die de inlichtingendienst van twee jonge Latijns-Amerikaanse mannen had gemaakt.

'Ik neem aan dat jullie dit allemaal hebben gezien?' vroeg Towers.

'Ja,' zei Moore in de hoop dat de anderen daardoor zouden begrijpen dat hij heus weleens zijn werk deed. 'De man links is Dante Corrales. Hij is de leider van de enforcer gang van het kartel. Ze noemen zichzelf The Gentlemen, als ik het me goed herinner. De man rechts is Pablo Gutierrez. Hij heeft in Calexico een FBI-agent vermoord. Meneer Ansara zou hem dolgraag te pakken krijgen.'

'Je moest eens weten,' zei Ansara, sissend van woede.

Towers knikte. 'Onze Corrales is een bijzonder slimme jongeman, maar hij blijft de Sinaloa's openlijk aanvallen. Wij denken dat zijn superieuren dat niet goedkeuren.'

'Waarom niet?' vroeg Moore.

Towers keek naar Fitzpatrick die zijn keel schraapte en zei: 'Vanwege Escuadron de la Muerte, de Guatemalaanse doodseskaders. Ze zijn weer in actie gekomen na een pauze van twee jaar. Ze hebben zichzelf gereorganiseerd, en vermoorden leden van methlabs van Guatemala City en van maritieme exportoperaties vanuit Puerto Barrios en Santo Tomas de Castilla naar de Cariben. Ze hebben ook kartelleden vermoord in de Port of San José en Port of Champerico aan de Stille Oceaan.'

'En laat me raden, ze moorden alleen de andere kartels uit en laten het Juárez Cartel met rust.'

'Inderdaad,' zei Towers. 'Dus als ze de Sinaloa's willen terroriseren, waarom maken ze dan geen gebruik van Los Buitres Justicieros? Zo noemen hun succesvolste huurmoordenaars zichzelf... de Avenging Vultures.'

'En volgens ons zijn minstens twaalf van hun leden nu in Juárez,' zei Fitzpatrick. 'Als je de gewone sicarios al keihard vindt... deze jongens zijn krankzinnig!'

'Klinkt explosief,' zei Moore.

'Torres en Zuniga weten dat deze jongens in de stad zijn en maken zich zorgen,' zei Fitzpatrick. 'Het gerucht gaat dat Zuniga het belangrijker vindt een tunnel te bemachtigen en hij is niet bereid het Juárez Cartel te betalen voor het recht een van hen te gebruiken.'

'Waarom graaft hij er zelf niet eentje?' vroeg Vega.

Fitzpatrick snoof. 'Heeft hij geprobeerd. En elke keer komen Corrales en zijn jongens langs en vermoorden iedereen. Zij hebben veel meer geld dan wij. Ze hebben overal spionnen. En een gigantisch netwerk. Corrales heeft ook de meeste werklui in de stad omgekocht, zodat ze nooit voor Zuniga zullen gaan werken. Die kleine klootzak heeft de hele zaak dichtgespijkerd.'

Towers wees naar de foto. 'Oké, dit is ons probleem. Corrales is op dit moment het hoogste kartellid dat we hebben geïdentificeerd, en in dit geval geldt het ouderwetse gezegde: als we de leider kunnen identificeren en uitschakelen, zal het kartel in de meeste gevallen uiteenvallen. Dit zijn complexe en lastige operaties, en de bazen zijn niet dom. Ik durf te stellen dat er een verdomd genie voor nodig is om een paar van de dingen op te zetten die zij doen. Wie onze man ook is, hij heeft zichzelf ongelooflijk goed afgeschermd, en zijn organisatie is het agressiefste kartel van Mexico geworden.'

'Hooggeplaatste personen?' vroeg Moore.

'Niet veel,' zei Towers. 'We hebben onderzoek gedaan naar de burgemeester, de commissaris van politie, zelfs de gouverneur. Minder hoogopgeleide mannen als Zuniga houden zich minder gedeisd omdat ze daarop kicken, maar deze man schermt zichzelf bijzonder goed af.'

Towers liet een stroomschema zien met kleurcodes die de verschillende facetten van de operaties van het Juárez Cartel aangaven en zei: 'Waar het om gaat is dit: we moeten op zoek naar eventuele links van het Juárez Cartel met terroristen in Afghanistan en Pakistan, en met meth- en cokelabs in Colombia en Guatemala, en we moeten ze onweerlegbaar in verband kunnen brengen met hun wapensmokkeloperaties in de Verenigde Staten. Ook moeten we de contacten van het kartel binnen de lokale en federale politie identificeren en aan de kaak stellen. Dat is fase één. Fase twee is eenvoudig: ze uitschakelen.'

Hoofdschuddend zei Ansara: 'We moeten nog heel veel huiswerk doen. En ik heb de pest aan huiswerk.'

'Vraagje,' zei Moore. 'Is ooit openlijk aan Zuniga gevraagd om mee te helpen het Juárez Cartel op te rollen? Misschien weet hij wie de baas is.'

'Ho ho, makker, wacht eens even,' zei Towers en hij hief zijn hand. 'Jij zegt dus dat de Amerikaanse overheid een partnerschap met een Mexicaans drugskartel moet sluiten.'

Moore zei stralend: 'Inderdaad.'

'Klinkt me bekend in de oren,' zei Vega. 'We werken samen met de ene duivel om de andere uit te schakelen.'

'Ben je nou sarcastisch?' vroeg Moore aan haar.

'Wat slim dat je dat ziet. Je hebt gelijk. Dat spreekt me niet bepaald aan.'

'Nou, het is niet leuk, maar het werkt wel.'

'Ik neem aan dat we daar geen toestemming voor zullen krijgen,' zei Towers. 'Je kunt misschien wel informanten uit beide kartels ronselen, maar ik waarschuw je, die mensen leven meestal niet lang.'

Moore knikte. 'Ik heb wel een paar ideetjes. En Fitzpatrick, daarvoor moet jij de boel goed in de gaten houden. Elk teken van activiteiten in het Midden-Oosten, Arabieren, wat dan ook, wil ik horen.'

'Tot nu toe niets, maar ik zal ervoor zorgen. En als je mijn verslag hebt gelezen, weet je dat ik Zuniga nog niet heb ontmoet, dus ik kan je niet vertellen of hij weet wie het kartel leidt. Dat heb ik Luis gevraagd, maar die weet het niet.'

'Oké,' antwoordde Moore.

Omdat Fitzpatrick al uitstekend werk had verricht door het penetreren en verkennen van het Sinaloa Cartel, nam hij het een paar minuten over. Hij beschreef de activiteiten en bezittingen van het kartel en de wens om het Juárez Cartel in te lijven en de macht te grijpen in de interessantere grensoversteekgebieden. Maar deze informatie stond ook al in zijn verslag, en al pratend stelde hij alles nog mooier voor.

'Meneer Moore, we weten niet veel van uw operaties in Pakistan,' zei Towers, nadat Fitzpatrick weer was gaan zitten. 'Ze hebben ons het dossier gegeven over Tito Llamas, de man die in een grote koffer in Pakistan is opgedoken.'

'Dat heb ik gezien,' antwoordde Moore. 'Hij was onze eerste link. De kartels kopen meer opium uit Afghanistan, maar we weten niet zeker waarom Llamas daarnaartoe is gestuurd. Zijn dood kan een deuk in hun relatie hebben veroorzaakt.'

'Dat mogen we hopen.'

'Ik kan me niet voorstellen dat welk kartel dan ook terroristen de grens naar de VS laat oversteken,' zei Vega. 'Waarom zou je het goedvinden dat ze je beste klanten vermoorden en daardoor enorme vergeldingsacties van de VS riskeren?'

'En Zuniga?' vroeg Moore aan Fitzpatrick. 'Denk je dat hij talibanstrijders zal doorlaten, alleen maar om het Juárez Cartel schade toe te brengen?'

'Zeker weten van niet. Luis zei dat dit uitgebreid is besproken. Ik denk niet dat een lid van welk kartel dan ook terroristen zou helpen of bijstaan. Het zou een onafhankelijke coyotegroepering moeten zijn, jongens die gewoon snel willen scoren. Zoiets. Maar de kartels hebben een goede greep op die mannen. Die zetten meestal geen stap zonder dat het kartel daarvan op de hoogte is.'

'Nou, dan kan ik wel naar huis gaan,' zei Moore met een lichte grijns. 'Want de kartels beschermen onze grenzen tegen terroristische dreigingen, zodat wij hun drugs kunnen blijven kopen.'

'Ho ho, rustig aan, man,' zei Towers die Moores ironische opmerking wel kon waarderen. 'De kartels willen dan misschien niet helpen, maar de taliban of Al Qaida zouden ook met geweld binnen kunnen komen.'

Fitzpatrick slaakte een gefrustreerde zucht. 'Ik kan alleen maar zeggen dat ze dan maar beter heel goede wapens mee kunnen nemen, want elke keer dat de Sinaloa's in de slag gaan met de Juárez, verliezen wij.'

'Hou jezelf maar niet voor de gek. De terroristen zijn hier al. Overal om ons heen. Slapercellen wachten gewoon tot ze moeten toeslaan,' zei Vega.

'Ze heeft gelijk,' zei Fitzpatrick.

'Halleluja,' zei Moore kreunend.

'Goed mensen, we doen één ding tegelijk. Ik heb flink wat geld achter de hand, voor het geval we dat nodig hebben, maar verder werkt het alleen maar in ons voordeel dat we kleinschalig werken. Ansara, jij begint in Calexico. Kijk maar eens of we een paar *mules* bij ons team kunnen krijgen. Agenten bij de controlepost daar hebben vorige week coke en marihuana in beslag genomen met een waarde van bijna een miljoen dollar. Het kartel had dat spul verstopt in een geheim compartiment in het dashboard van een auto, misschien wel op de meest geraffineerde manier die we tot nu toe hebben gezien. Je had een afstandsbediening nodig om het geheime paneel te kunnen openen. Behoorlijk indrukwekkend. Ze hadden zelfs een laag pikante saus om de drugs gedaan om de honden op een dwaalspoor te brengen. Zo geraffineerd gaan ze hier te werk. Vega, je moet er diep in gaan. Je weet wat je moet doen. Flexxx, ga terug naar Zuniga. Whittaker, jij gaat terug naar huis naar Minnesota. En dus blijf alleen jij nog over, Moore.'

Moore grijnsde. 'Kom maar op. Volgende halte: Mexico.'

12

Bondgenoten en vijanden

Aéroport Paris-Charles de Gaulle
Terminal 1

Amhad Leghari was lid van de Punjabi taliban en hij had een afspraak met Mullah Abdul Samad in Colombia. Leghari was zesentwintig en droeg een nette broek, een zijden overhemd en een licht colbertje. Hij had een rugzak bij zich en had zijn koffer ingecheckt. Er zat niets verdachts in zijn bagage, zijn paspoort was in orde en tot nu toe had niemand hem een strobreed in de weg gelegd. De vrouw bij de incheckbalie was zelfs vriendelijk tegen hem geweest en had zijn basale Frans geaccepteerd, ook al hadden ze hem nog gewaarschuwd voor de overwerkte en onvriendelijke medewerkers van het vliegveld. Er was geen enkele reden om te denken dat hij op de Amerikaanse *no-fly list* stond en zijn vertrouwen in dit opzicht was terecht gebleken. Deze lijst met ongeveer negenduizend namen was sterk bekritiseerd, bleek talloze verkeerde namen te bevatten en kon gemakkelijk worden omzeild. Op de lijst stonden heel veel kinderen, vaak jonger dan vijf en soms zelfs jonger dan één. Daarentegen hadden de volgende namen niet op tijd op deze lijst gestaan: Umar Farouk Abdulmutallab, terrorist en pleger van de bomaanslag op NWA-vlucht 253, en Faisal Shahzad van de autobom op Times Square. De opvallendste foutieve naam die wél op de lijst stond, was die van wijlen senator Edward 'Ted' Kennedy. De vermelding 'T. Kennedy' had de politicus elke keer dat hij wilde vliegen ontzettend veel ongemak en irritatie opgeleverd. Het feit dat 'Ted' de bijnaam en niet de echte naam van de senator was, leek niets uit te maken. Kennedy had eindelijk rust gekregen nadat hij rechtstreeks contact had opgenomen met de directeur van Homeland Security, iets wat een gewone burger niet kon doen, zoals de senator zelf in het openbaar had opgemerkt.

Hoe mensen op de lijst terechtkwamen, zou een goed bewaard geheim moeten zijn, terwijl hooguit een beetje informatie tijdens hoorzittingen van het Congres zou worden onthuld. Toch hadden de taliban een redelijk juiste analyse kunnen maken van de manier waarop enkelen van hun leden op die lijst waren beland. Een eerste stap kon zijn dat een politieagent of een spion verkregen informatie doorgaf aan het nationale Counter Terrorism Center in Virginia, oftewel Liberty Crossing, waar het werd ingevoerd in een geheime database, de Terrorist Identities Datamart Environment (TIDE). Die informatie werd vervolgens op een geavanceerde manier doorgespit op zoek naar namen en identiteiten. Als deze datamining meer resultaten opleverde, werd de informatie doorgegeven aan het Terrorist Screening Center, ook in Virginia, waar het verder werd geanalyseerd. Elke dag werden meer dan driehonderd namen naar dat centrum doorgestuurd. Als de informatie van een verdachte 'redelijke verdenking' opleverde, kon hij worden opgenomen op de *terrorist watchlist* van de FBI. Security-personeel van vliegvelden gebruikte deze lijst om bepaalde reizigers extra te screenen, maar liet ze wel vliegen. De taliban hadden ontdekt dat iemand pas op de no-fly list kwam te staan als de autoriteiten beschikten over diens volle naam en geboortedatum, en bovendien zeker wisten dat hij een bedreiging vormde voor de luchtvaart of de nationale veiligheid. Hoewel de taliban dat niet bevestigd konden krijgen, hadden ze gehoord dat de definitieve beslissing om een naam aan de lijst toe te voegen werd genomen door zes administrateurs van de Transportation Safety Administration (TSA). Bepaalde verdachten op de no-fly list mochten soms toch nog reizen, onder begeleiding, en tenzij ze voor een bepaalde misdaad werden gezocht, werden ze alleen maar aangehouden, opgesloten, verhoord en ten slotte vrijgelaten.

Een verdachte kon ook op de *selectee list* terechtkomen; hij werd dan automatisch extra gescreend als hij aan bepaalde criteria voldeed, zoals een enkele reis boeken bij een luchtvaartmaatschappij, contant betalen voor een ticket, een vlucht boeken op de dag van vertrek of vliegen met een identiteitskaart.

Leghari had bijna negen maanden getraind voor deze reis, de plattegrond van de terminal in zijn hoofd geprent en zich afgevraagd wat mensen tegen hem konden zeggen en hoe hij daarop zou reageren. Hij had het grootste deel van zijn leven doorgebracht in Dera Ghazi Khan, een arm grensstadje in de provincie Punjab met een groeiende schare fanatieke gelovigen.

Zijn ouders waren veteranen van de door de overheid gesteunde Pakistaanse opstand tegen Indiase eenheden in Kashmir totdat president

Pervez Musharraf onder Amerikaanse druk niet anders kon dan zijn steun aan de Punjabi-groepering intrekken. Zijn ouders waren gedwongen geweest naar de tribale gebieden te vluchten, waar ze hun banden met de taliban en Al Qaida aanhaalden. Leghari werd bij familie achtergelaten.

Vooral dit laatste feit dreef de verbitterde jongen naar de lokale *madrassa* onder leiding van Muhammad Ismail Gul, een opleidingscentrum voor de verbannen Punjabi Lashkar-i-Jhangvi talibangroepering.

Leghari haalde diep adem en stapte in de zeshoekige *millimeter wave scan*, een lichaamsscanner. Het vliegveld had deze controversiële technologie maandenlang getest op alle passagiers van vluchten naar de Verenigde Staten, maar had de doelgroep onlangs vergroot. Leghari kreeg opdracht zijn armen in de lucht te steken, waarna de voor- en achterkant van zijn lichaam werd bestraald door extreem hoogfrequente (EHF) radiogolven. Het beeld dat hierdoor ontstond, werd door de security beoordeeld. Hij droeg natuurlijk geen vloeistoffen, scherpe voorwerpen of iets anders wat alarmbellen liet rinkelen op zijn lichaam.

Maar terwijl hij door een gang van gepolijst staal en glas liep en de grote gele borden volgde, werd hij aangesproken door twee mannen in een donkerblauw uniform, en door de vriendelijke vrouw van de incheckbalie.

'Is dat hem?' vroegen ze haar in het Engels.

'*Oui*.'

De langere man zei iets tegen Amhad wat hij niet helemaal verstond, maar een paar woorden zorgden ervoor dat de koude rillingen hem over de rug liepen: U.S. Customs and Border Protection Immigration Advisory. Op een van de insignes op het uniform van de man stond de Amerikaanse vlag.

Hij stapte achteruit en slikte. De Amerikaanse douane, hier? Dat hadden zijn trainers niet voorzien.

Opeens kreeg hij geen lucht meer.

Weer zeiden ze iets tegen hem, langzamer nu, en de vrouw zei in het Frans tegen hem dat hij met die mannen moest meegaan.

Amhad schrok. En toen, zonder dat hij erbij nadacht, begon hij te rennen. Rechtuit. Door de gang.

De mannen riepen iets tegen hem. Hij keek niet achterom.

Terwijl hij tussen de reizigers door rende die rolkoffers achter zich aan trokken of een beker koffie bij zich hadden, deed hij zijn rugzak af omdat die hem vertraagde. Hij liet hem vallen en begon nog harder te rennen.

De mannen riepen weer iets.

Hij bleef niet staan. Geen sprake van. Hij kwam bij een kruising en sloeg rechts af. Het alarm in de terminal ging af en uit de luidsprekers kwam een stem.

Een mannenstem zei in het Frans dat alle passagiers bij hun gate moesten blijven.

Voor zich zag hij een paar glazen deuren met daarachter een onderhoudsruimte waar bagagewagens in keurige rijen stonden opgesteld. Op het bord stond iets over beperkte toegang, maar daar trok hij zich niets van aan.

Naar buiten. Hij moest naar buiten!

Maar toen rende hij bijna in de armen van een bewaker van het vliegveld. Hij probeerde om de stevige man heen te lopen, maar deze tackelde hem en Amhad viel op de grond terwijl hij probeerde het pistool van de man te pakken te krijgen. Dat lukte en hij worstelde zich los en schoot de man twee kogels in de borst. Hij sprong overeind en de mensen om hem heen gilden en renden weg, de schoten echoden na, de Amerikanen achter hem schreeuwden en toen opeens hoorde hij een geknetter, als vuurwerk...

Hij voelde een scherpe, stekende pijn in zijn rug waardoor hij weer op de stenen vloer viel. Opeens stikte hij, in zijn eigen bloed, dat wist hij. Hij rolde op zijn rug en zag zichzelf in de geopende armen van duizenden maagden vallen. *Allahu Akbar!*

Ze waren nu bij hem en bleven schreeuwen, de Amerikaanse gezichten vertrokken in lelijke maskers, met hun wapen op hem gericht, terwijl de wereld aan de randen donker werd.

Jungle House
Het noordwesten van Bogotá, Colombia

Samad veegde het zweet van zijn voorhoofd en keek op van zijn laptop. Hij had zojuist naar een videoreportage gekeken van de schietpartij op vliegveld Parijs-Charles de Gaulle. Van de vijftien taliban die naar Colombia zouden komen, ieder via een andere route, was er maar eentje betrapt; natuurlijk de jongste en minst ervaren van allemaal. Amhad Leghari had niet begrepen dat de Amerikanen hem niet eens hadden mógen arresteren in Parijs. Ze hadden daar alleen maar een adviserende rol. Er was niets aan te merken op zijn documenten en paspoort. Hij zou zijn aangehouden, worden verhoord en zeer waarschijnlijk daarna weer zijn vrijgelaten. In plaats daarvan was hij in paniek geraakt. De vraag bleef hoe het mogelijk was dat hij geïdentificeerd was. Maar de Amerikanen betaalden goudgeld aan de stamleden om de operaties van de taliban te bespioneren, en Samad ging ervan uit dat dit inderdaad was gebeurd. Hij slaakte een diepe zucht en keek hoofdschuddend naar Niazi en Talwar, die tegenover hem zaten en allebei een slok uit hun flesje Pepsi namen, omdat hun barbaarse gastheer geen thee had.

Terwijl hij een slokje van zijn eigen frisdrank nam, hoorde Samad in gedachten weer de woorden van Mullah Omar Rahmani: 'Jij zult hen leiden. Jij zult de jihad weer naar de Verenigde Staten brengen, en daarvoor moet je de contacten gebruiken die je met de Mexicanen hebt opgebouwd. Begrijp je dat?'

Samad keek naar het dikke varken dat met een onaangestoken sigaar tussen zijn lippen het huis binnenliep. Als Juan Ramón Matta Ballasteros vorige week in bad was geweest, dan had hij een advocaat nodig om dat te bewijzen. De man haalde de sigaar uit zijn mond, streek door zijn zilverkleurige baard en zei in het Spaans: 'Ik zal je helpen Mexico binnen te komen, maar de onderzeeër zal niet beschikbaar zijn.'

'Wat?' riep Samad uit, ook in het Spaans, om te oefenen. 'Dat is ons beloofd en bovendien zijn jullie daar goed voor betaald.'

'Het spijt me, maar we zullen andere afspraken moeten maken. De sub zal te zwaarbeladen zijn met mijn product en dat van jou, en de beide andere krijgen nu een onderhoudsbeurt. Toen we deze afspraak maakten, heb ik Rahmani heel duidelijk gemaakt dat zodra de opium Colombia bereikt, ik de leiding over het transport heb. Op deze manier is de kans veel groter dat je slaagt. Begrijp je wel?'

Samad klemde zijn kaken op elkaar. Hun samenwerking was uniek, maar het werk van een genie, volgens de leden van het Juárez Cartel. In plaats dat Ballasteros en zijn cocaïne de concurrentie aangingen met de opium die het land werd binnengesmokkeld, kon je toch net zo goed samenwerken om het transport te stroomlijnen en te bespoedigen? Het Juárez Cartel zou aan beide organisaties een bonus uitkeren omdat ze zo goed hadden meegewerkt. Het was een unieke relatie en ze hoopten dat de Amerikanen dit niet hadden zien aankomen. Ballasteros had al twaalf verschillende smokkelroutes over land, zee en lucht opgezet, en Rahmani had daar de wijsheid van ingezien en was bereid geweest te betalen voor toegang tot die routes en voor koeriers.

'De rest van mijn groep zal hier al snel zijn,' zei Samad tegen Ballasteros. 'Hoe moeten we Mexico nu binnenkomen, denk je? Lopend?'

'Ik zorg voor een vliegtuig dat jullie naar Costa Rica zal brengen. Maar maak je daar nu maar niet druk om. We moeten nu snel naar Bogotá. Misschien morgen. Luister, we kunnen afspreken dat we elkaar niet mogen, maar onze werkgever heeft hier goed voor betaald en dus zullen we ons tolerant opstellen.'

'Mee eens.'

'Je moet me ook beloven dat je nooit tegen wie dan ook zult vertellen hoe ik je heb geholpen met, wat zal ik zeggen, je reisplannen. Niet tegen onze werkgever. Tegen niemand.'

'Ik heb geen enkele reden om dit met wie dan ook behalve met jou te bespreken,' loog Samad. Hij wist al dat het hoofd van het Juárez Cartel hem en zijn mannen kon helpen om veilig de Verenigde Staten binnen te komen en hij was absoluut van plan daar gebruik van te maken. Natuurlijk kon Ballasteros het varken hem helpen Mexico binnen te komen, maar zodra hij daar was zou het moeilijk zijn zonder hulp de grens over te steken.

Ballasteros liep naar de deur en vervloekte de hitte. Opeens vlogen er kogels dwars door de muren en de ramen en versplinterden de ruiten. Buiten schreeuwden mannen en er volgde een nieuwe kogelregen.

Samad liet zich op de grond vallen, samen met zijn luitenants. Ballasteros lag daar ook, niet gewond maar hij vertrok zijn gezicht toen een nieuw salvo door de muren naar binnen kwam, hout versplinterde en stofwolken naar het plafond deed opdwarrelen.

'Wat ís dit?' riep Samad.

'We hebben allemaal vijanden,' zei Ballasteros grijnzend.

Islamabad Serena Hotel
Islamabad, Pakistan

Israr Rana had niet staan springen om door de CIA te worden gerekruteerd. Het had Moore bijna drie maanden gekost om Rana duidelijk te maken dat dit werk niet alleen opwindend en lucratief kon zijn, maar dat Rana het ook voor het algemeen belang kon doen en zijn eigen land veilig kon maken. Naar college gaan zou zijn prioriteit moeten zijn, maar nadat Rana door Moore was opgeleid en eropuit werd gestuurd om informatie te verzamelen, had hij het werk bijzonder opwindend gevonden. Hij had elke James Bond-film gezien en zelfs een paar dialogen uit het hoofd geleerd die hij uit de kast haalde tijdens gesprekken met Moore, tot groot chagrijn van de laatste. Rana had zijn Engels geperfectioneerd dankzij Amerikaanse films. Helaas zouden zijn rijke ouders het nooit, maar dan ook nooit goedvinden dat hij dit soort werk deed. Daarom besloot hij dat hij een beetje plezier zou maken – in elk geval een tijdje – tot hij er genoeg van had. Het was inderdaad zo dat Moore een andere manier had kunnen bedenken om hem te rekruteren – minder ethische manieren, zoals chantage, en Moore had hem zelfs verteld hoe dat in zijn werk ging – maar hij had gezegd dat hij een echte meester-leerlingrelatie wilde, gebaseerd op vertrouwen. Rana had dat zo gewaardeerd dat hij nog meer zijn best had gedaan om informatie voor zijn vriend en mentor te verzamelen.

Op dit moment had hij zich in een greppel verstopt in de heuvels die uitzicht boden op het hotel, en zijn hartslag versnelde toen hij deze sms aan Moore intoetste:

GALLAGHER GEVONDEN. SERENA HOTEL. ISLAMABAD.

Rana stond op het punt hem te vertellen dat hun geachte collega een smerig spelletje met hen speelde. Gallagher werkte nu samen met bekende talibanluitenants en had in het hotel met enkelen van hen gesproken. Rana dacht dat Gallagher Khodais familie misschien had vermoord, terwijl hij opdracht had gehad hen te beschermen. Iedere man had een prijs, en de taliban hadden Gallaghers prijs betaald.

Rana hoorde de mannen achter zich niet aankomen. Opeens trok iemand zijn mobieltje uit zijn handen en toen hij zich omdraaide, zag hij een knuppel op zich af komen die hem bewusteloos sloeg.

Rana's hoofd hing tegen zijn borst, en zijn hals en de zijkant van zijn gezicht bonsden.

Toen hij zijn ogen opende, zag hij korrelig blauwe en grijze gordijnen, en daarna scheen er opeens een fel licht in zijn ogen.

'Jij bent de verrader die voor de Amerikanen werkt. Of niet dan?'

De man die hem die vraag stelde, stond vlakbij, ook al kon Rana hem niet zien. Hij zag nog steeds wazig en zijn hoofd was niet helemaal helder.

Aan de klank van de stem te horen was de man jong, niet ouder dan dertig, en misschien een van de luitenants die Rana al had gezien.

'Het spijt me, arme jongen,' zei een andere stem; deze stem kende hij. Gallagher. Zijn accent was onmiskenbaar.

Nu kon Rana zich niet inhouden en vroeg, met vreemd dove lippen: 'Waarom ben je bij hen?'

'Moore heeft je achter me aan gestuurd, hè? Hij had me met rust moeten laten. Je bent een goeie jongen.'

'Alsjeblieft, laat me gaan.'

Hij voelde een hand in zijn nek en eindelijk vond hij de kracht om zijn hoofd op te tillen en op te kijken. Rana zag Gallaghers verweerde gezicht afwisselend wazig en helder. Daarna zag hij dat ze helemaal niet in een hotelkamer waren, maar ergens in een grot, misschien in de tribale regio Bajaur ten noordwesten van het hotel, en het blauw en groen dat hij eerder had gezien, maakten deel uit van Gallaghers hemd en broek.

'Goed dan, we zullen je laten gaan, maar eerst gaan we je een paar vragen stellen over wat je hebt gedaan en wat jij en Moore hier in Pakistan hebben ontdekt. Begrijp je? Als je met ons samenwerkt, kun je gaan. Dan doen we je niets.'

Rana's hele wezen wilde dat geloven, maar Moore had hem verteld dat dit precies was wat ze zouden zeggen als hij gevangen werd genomen. Ze zouden beloven hem vrij te laten, hem laten praten, maar hem vermoorden zodra ze wisten wat ze wilden weten.

Rana rilde toen hij zich realiseerde dat hij in feite al dood wás.

En zo jong nog. Nog niet eens van school. Nooit getrouwd. Geen kinderen. Er lag nog zo'n groot deel van zijn leven voor hem, maar dat zou hij nooit meemaken.

Zijn ouders zouden diepbedroefd zijn.

Bij die gedachte klemde hij zijn kaken op elkaar en begon hij angstig te hijgen.

'Rana, laten we dit gemakkelijk maken,' zei Gallagher.

Hij haalde diep adem en sprak in het Engels de woorden uit die Moore hem had geleerd: '*Fuck you*, Gallagher, verdomde verrader die je bent. Je gaat me toch wel vermoorden, dus doe dat dan maar, klootzak!'

'Wat een grote mond, maar we zullen je lang en afschuwelijk martelen. Terwijl je vriend, jouw held meneer Moore, je hier heeft laten rotten. Ben je echt van plan trouw te blijven aan iemand die je in de steek heeft gelaten? Ik wil dat je daar eens goed over nadenkt, Rana. Denk daar maar eens goed over na.'

Rana wist dat Moore Pakistan niet vrijwillig had verlaten. Hij was weggeroepen en dat hoorde bij zijn werk als spion; dat had hij al een paar keer gezegd. Ook had hij uitgelegd dat andere agenten misschien contact met hem zouden opnemen en dat Rana's relatie met de Agency heel belangrijk voor hen was.

Maar Rana wist niet zeker of hij de marteling wel aankon. Hij stelde zich voor dat ze zijn vingers en tenen afhakten, elektriciteitssnoeren aan zijn genitaliën vastmaakten en zijn tanden en kiezen uittrokken. Hij stelde zich voor dat ze hem zouden snijden, verbranden, een van zijn ogen zouden uittrekken en hem door slangen zouden laten bijten. Hij zag zichzelf al in de modder liggen, in stukken gesneden als een lam, en bloedend tot hij van de kou was gestorven.

Hij rukte aan de boeien om zijn polsen en enkels.

Eindelijk zag hij weer helder. Gallagher stond daar en de twee talibanluitenants achter hem. Een van de mannen had een groot mes in de hand en de andere leunde op een grote metalen pijp die hij als een soort stok gebruikte.

'Kijk me aan, Rana,' zei Gallagher. 'Ik beloof je dat we je zullen laten gaan als je ons vertelt wat we moeten weten.'

'Denk je soms dat ik achterlijk ben?'

Gallagher deinsde achteruit. 'Denk je dat ik meedogenloos ben?'

'Fuck you.'

'Goed dan. Het spijt me.' Hij keek naar de mannen. 'Je gaat huilen als een baby en je gaat ons alles vertellen wat we willen weten.' Gallagher wees naar de man met het mes. 'Snijd zijn boeien los. En dan beginnen we met zijn voeten.'

Rana trilde. Hield zijn adem in en ja, hij huilde als een klein kind.

Hij rilde van paniek, het golfde door zijn borst en ingewanden. Misschien lieten ze hem gaan als hij zou praten, als hij hun alles zou vertellen. Nee, dat zouden ze nooit doen. Of misschien toch? Hij durfde niets meer te geloven. Nu rilde hij zo hevig dat hij bijna begon te braken.

'Oké, oké, ik zal jullie helpen!' gilde hij.

Met een duistere glimlach zei Gallagher: 'Dat wisten we wel...'

13

Waar we thuishoren

Bonita Real Hotel
Juárez, Mexico

Alle hightechapparatuur in de wereld was geen vervanging voor ouderwetse laarzen om Human Intelligence (HUMINT) te verzamelen en dat, dacht Moore vaak, had hem al deze jaren lucratief beziggehouden. Zodra techneuten een robot hadden uitgevonden die alles kon doen wat hij deed, was hij misschien gedwongen zijn bivakmuts aan de wilgen te hangen en zijn spionnenkaart in te leveren, omdat de wereld naar zijn bescheiden mening algauw ten onder zou gaan zodra machines het overnamen. Dan werd een eeuwenoud sf-onderwerp realiteit en zou Moore dat allemaal vanaf de zijlijn gadeslaan, hopelijk met een hotdog in de ene en een biertje in de andere hand.

Toch verbaasde hij zich nog altijd over de extreem gecodeerde data die hij op zijn smartphone kon bekijken. Op dit moment keek hij naar realtime-streaming satellietbeelden van het hotel, zodat hij het komen en gaan van iedereen kon observeren, zelfs nu hij lekker op zijn bed zat, met zijn voeten omhoog en het ochtendnieuws op de tv zachtjes op de achtergrond. De spionagesatellieten die werden gebruikt om hem informatie te verschaffen, werden bediend door het nationale Reconnaissance Office (bemand door personeel van het DoD, Department of Defence, en de CIA) en maakten een lage baan om de aarde om een paar minuten lang een optimale resolutie te verkrijgen voordat ze hun taak overdroegen aan de volgende satelliet in de rij, in een complexe vorm van gegevensoverdracht.

Hij kreeg ook sms-alerts van de analisten thuis die dezelfde beelden bekeken en zijn aandacht konden vestigen op alles wat hen opviel. Andere schermen toonden de gps-positie van alle andere JTF-leden, en op alweer een ander scherm zag hij foto's van andere doelen in de stad, zoals de ranch van kartelbaas Zuniga. Het was inderdaad een complexe en ambitieuze observatieactie door nerds die aan de andere kant van de aardbol aan hun caffè latte zaten.

Moore had een kamer genomen in het hotel van Dante Corrales (volgens Towers de hoogste baas van het kartel dat de autoriteiten tot nu toe hadden geïdentificeerd). Zoals alle goede drugsdealers had Corrales legitieme bedrijven opgericht, maar toch zouden er fouten worden gemaakt, zou er geld worden witgewassen en zouden de arme, eerlijke mensen die hij in dienst had óf bij zijn misdaden worden betrokken óf domweg hun baan verliezen als zijn operaties werden stilgelegd en hij werd gearresteerd. Toch zou hij niet op korte termijn worden opgepakt. Ze hadden hem buiten nodig om hen te helpen de hoogste baas van de operatie te vinden en Corrales leek precies de juiste *loose canon* om dat te doen.

De informatie die ze over hem hadden was fragmentarisch, verkregen van straatinformanten en persoonlijke documenten die ze in handen hadden kunnen krijgen. Dat zijn ouders tijdens een hotelbrand waren omgekomen en dat hij een hotel had gekocht, was interessant. De Agency vond het prettig dat hij zo overmoedig was, dat zouden ze goed kunnen gebruiken. Dankzij zijn voorliefde voor opvallende auto's en kleren was hij belachelijk gemakkelijk te vinden in de stad. De man had waarschijnlijk een *Scarface*-poster boven zijn bed hangen en op een bepaalde manier had hij wel iets van Moore toen hij zeventien was: vechtlustig, vol bravoure en met weinig inzicht in hoe de keuzes die hij nu maakte zijn toekomst zouden beïnvloeden.

Moore stond op, legde zijn telefoon neer en trok een poloshirt en een dure broek aan. Zijn haar was geknipt en in een paardenstaart gebonden, en zijn keurig getrimde baard leek niet op de brede baard die hij in Afghanistan en Pakistan had gekweekt. Hij droeg een nepdiamanten oorring, pakte een leren aktetas en liep naar de deur. Zijn Breitling Chronomat stond op 09.21 uur.

Hij verliet zijn kamer op de derde verdieping en stapte in de lift naar de begane grond. De man bij de receptie, Ignacio volgens zijn naambordje, knikte hem beleefd toe.

Achter hem stond een ontzettend knappe jonge vrouw met lang, donker haar en een verleidelijke blik. Ze droeg een zilverkleurige met bruine jurk en in haar decolleté hing een gouden kruisje. Haar stevige borsten puilden er bijna uit, maar waren nou ook weer niet de waterballonnen van een pornoster.

Moore haalde zijn smartphone tevoorschijn, bleef staan, deed net of hij een e-mail las en maakte op goed geluk stiekem een foto van de vrouw.

Hij fronste nog eens, ging naar een andere pagina en keek op. De vrouw schonk hem een plichtmatige glimlach, hij glimlachte terug en beende naar buiten naar zijn huurauto. Zodra hij in de auto zat, stuurde hij de foto van de vrouw naar de jongens in Langley.

Een kwartier later had Moore aan de andere kant van de stad afgesproken met de makelaar. Onderweg reed hij langs een kroegje waar verschillende politiewagens voor stonden en agenten een paar geboeide mannen mee naar buiten namen. Stel je voor, zo vroeg in de ochtend een inval in een bar in Juárez.

De makelaar was een dikke vrouw met felblauwe oogschaduw en een snor. Ze kwam met moeite uit een roestende en stoffige Kia-coupé en gaf hem een stevige hand. 'Ik moet hier eerlijk over zijn, meneer Howard: deze panden zijn al meer dan twee jaar op de markt en er heeft nog nooit iemand interesse voor getoond.'

Moore, alias meneer Scott Howard, keek naar twee oude fabrieken die naast elkaar op acht hectare kaal, stoffig land stonden. De gebouwen zagen eruit alsof ze verschillende tornado's hadden doorstaan: de muren die onder de graffiti zaten stonden nog maar net overeind, maar daar hield het ook wel mee op. Moore keek naar het vele gebroken glas en de grijze damp die permanent rondom de gebouwen hing en vertrok zijn gezicht. Hij maakte een paar foto's met zijn telefoon en zei met een gemaakte glimlach: 'Mevrouw García, ik waardeer het erg dat u me dit laat zien. Zoals ik u telefonisch al heb verteld, zijn we in heel Mexico aan het kijken naar geschikte locaties voor de bouw van fabrieken voor onze zonnepanelen. Onze productie zal hier plaatsvinden, terwijl onze administratieve, technische en verkoopactiviteiten in San Diego en El Paso zullen blijven. Ik ben op zoek naar terreinen zoals dit, met prima toegang tot de snelwegen.'

Moore had het over een operatie die bekendstond als een *maquiladora*, genoemd naar een Amerikaans-Mexicaans programma dat een lage belasting mogelijk maakte op producten die in Mexico in elkaar werden gezet. Aan weerszijden van de grens waren letterlijk duizenden maquiladoras te vinden.

Maar Moore was uit eten geweest met een oude SEAL-vriend die nu bij GI (General Instruments) werkte, een telecombedrijf. Zijn vriend was algemeen directeur geworden van GI's maquiladoras, en toen het zover was dat ze de ruwe grondstoffen vanuit de Verenigde Staten naar Mexico wilden vervoeren, was hij op een probleem gestuit: alle goederen voor de fabricage moesten in Mexico zijn gemaakt en mochten op dat moment geen eigendom zijn van GI. Moores vriend had een slimme oplossing bedacht. Hij verkocht de goederen aan een Mexicaans transportbedrijf die ze naar Mexico bracht en zodra ze daar waren, kocht hij ze weer terug als goederen die in Mexico waren gemaakt tegen de kostprijs plus een *mordita* (omkoopsom). Zijn vriend had gezegd: 'Mexico drijft op mordita.' Door dat etentje was Moore op het idee gebracht van deze dekmantel in Juárez.

De makelaar glimlachte, maar Moore keek langs haar heen naar twee boeven die in een auto zaten die aan de overkant geparkeerd stond. Ze schaduwden hem, en dat was prima. Hij had niets anders verwacht. Hij vroeg zich alleen af of ze van het Juárez of het Sinaloa Cartel waren.

Of erger... het zouden ook Guatemalanen kunnen zijn. Avenging Vultures...

Moore trok zijn wenkbrauwen op. 'Volgens mij is dit terrein zeer geschikt. Ik zou graag met de eigenaar willen spreken om over de prijs te onderhandelen.'

De vrouw deinsde achteruit. 'Ik ben bang dat dit niet mogelijk is.'

'O, sorry, maar waarom niet?' Moore deed niet al te nieuwsgierig, want hij wist heel goed waarom: dit terrein was eigendom van Zuniga, baas van het Sinaloa Cartel.

'De eigenaar is iemand die erg op zichzelf is, en bovendien is hij vaak op reis. Al zijn zaken worden door zijn advocaten afgehandeld.'

Moore trok een gezicht. 'Dat is niet de manier waarop ik graag zakendoe.'

'Dat begrijp ik,' zei ze. 'Maar de man heeft het heel druk. Ik kan hem ook maar zelden aan de telefoon krijgen.'

'Nou, ik hoop dat u het wilt proberen en dat hij voor mij een uitzondering wil maken. Zeg maar tegen hem dat het de moeite waard is. Kijk eens...' Moore haalde een map uit zijn aktetas met marketinginformatie over zijn fictieve bedrijf. In deze map zat een heel dun gps-zendertje. Moore hoopte dat ze dit materiaal aan Zuniga zou geven en dat deze zijn bedrijf inderdaad zou natrekken, waarna hij tot de ontdekking zou komen dat het niet bestond.

Je liep natuurlijk niet gewoon naar de voordeur van de hoogste baas van een kartel, om aan te bellen en te vragen of hij een deal met je wilde sluiten. Zo ver zou je niet komen. Eerst moest je zijn nieuwsgierigheid opwekken en hem zo nieuwsgierig maken dat hij je *wilde* zien. Dat spelletje had Moore al verschillende malen gespeeld met warlords in Afghanistan.

'Alstublieft, geef dit maar aan de eigenaar.'

'Meneer Howard, ik doe mijn best, maar ik kan u niets beloven. Ik hoop dat u ondanks alles serieus overweegt dit terrein te kopen. Zoals u zei, is het een perfecte locatie voor uw nieuwe operatie.'

Ze was nog niet klaar met haar verkooppraatje toen ze in de verte automatische wapens hoorden. Daarna werd de ochtendstilte nog een keer verscheurd door een salvo, gevolgd door een politiesirene.

Met een schuldige glimlach zei de makelaar: 'Dit is eh... oké, dit is, weet u, misschien het gewelddadige deel van de stad.'

'Ja, geen probleem,' zei Moore en hij gebaarde dat hij de schoten niet van belang vond. 'Mijn nieuwe operatie zal goed beveiligd moeten worden, dat weet ik. Ik zal ook behoefte hebben aan veel hulp en goede informatie; daarom wil ik ook persoonlijk met de eigenaar praten. Laat hem dat alstublieft weten.'

'Zal ik doen. Bedankt dat u deze terreinen hebt bezichtigd, meneer Howard. Ik hou u op de hoogte.'

Hij gaf haar een hand en liep terug naar zijn auto zonder naar de mannen te kijken die hem in de gaten hielden. Hij stapte in, draaide het raampje naar beneden en bleef staan wachten. Hij controleerde de recente foto's van het hotel en de auto's die daar geparkeerd stonden. De mannen bleven wachten. Hij keek achterom, zag dat hij het nummerbord niet kon zien, startte de auto en reed rechtstreeks naar zijn hotel. Een billboard maakte in het Spaans reclame voor windhondenrennen op een baan in de stad, waar legaal kon worden gewed.

Jaren geleden was Moore met zijn ouders naar Las Vegas gereden; daar had zijn vader al heel lang van gedroomd. De tienjarige Moore had het gevoel gehad dat er maar geen einde aan de rit kwam en had het grootste deel van de tijd achterin zitten spelen met zijn G.I. Joe's en zijn honkbalkaartjes. Zijn moeder had constant geklaagd dat de reis te lang duurde en te veel geld kostte, terwijl zijn vader volhield dat het de rit echt waard was en dat hij een systeem had waarmee hij kon winnen en dat cijfers zijn werk waren. Als zij voor de verandering maar eens in hem zou geloven, zouden ze misschien geluk hebben.

Ze hadden geen geluk gehad. Zijn vader had dik verloren en ze hadden niet eens geld voor de lunch omdat ze moesten tanken voor de terugreis. Moore had nog nooit zo'n honger gehad en tijdens die urenlange rit in de hete auto waarvan de airco het niet meer deed, was het moment waarop hij de pest had gekregen aan cijfers, aan gokken en aan alles wat zijn vader leuk vond. Natuurlijk waren cijfers later in zijn leven goed van pas gekomen, maar toen hij jong was, vertegenwoordigden geld en rekenen nare obsessies die zijn moeder aan het huilen maakten en Moore pijn in zijn maag bezorgden.

En elke keer dat Moore als tiener naar de verfilming van Dickens' *A Christmas Carol* had gekeken, beeldde hij zich in dat zijn vader de rol van Scrooge speelde, die zijn centen zat te tellen. Zijn drugsgebruik, dat wist hij nu, was gewoon zijn manier geweest om wraak te nemen op zijn vader omdat die niet de supervader was geweest die Moore had willen hebben. Zijn vader was een bijzonder imponerende en vooringenomen man geweest voordat de kanker hem had veranderd in een fragiel skelet en daarna dankzij de medicijnen in een opgezwollen slachtoffer dat op kerstavond was overleden, een laatste plaagstoot naar zijn gezin dat hem niet serieus had genomen.

Moore wilde dat hij een vader had gehad die hem had geleerd hoe hij een man moest zijn, die genoot van jagen en vissen en sport, in plaats van een pennenlikkende middenmanager met dun over zijn schedel gekamd haar en een slappe maag. Hij wilde van zijn vader houden, maar daarvoor moest hij hem kunnen respecteren, en hoe meer hij over zijn vaders leven nadacht, hoe moeilijker dat werd.

Dus had Moore in het leger geen vaderfiguur gevonden, maar een soort broederschap. Hij was deel gaan uitmaken van een historische organisatie waarvan de naam bewondering en angst opwekte.

'O, wat deed je toen je in het leger zat?'

'Ik was een Navy SEAL.'

'Verdomme, echt waar?'

De rechter die Moore een trap tegen zijn kont had gegeven, de edelachtbare Francis Llewellyn, had Moores leven op meer manieren gered dan hij ooit had kunnen denken. Moore had na al deze jaren nog altijd contact met de man. Llewellyn was na zijn pensioen vertrokken naar Boynton Beach, Florida, en Moore had hem vaak foto's laten zien van zijn prestaties.

Na BUD/S was Moore, samen met Frank Carmichael, geselecteerd voor SEAL Team 8 en naar Little Creek, Virginia, gestuurd voor hun *platoon training*, wat de cursisten the *real deal-training* voor de oorlog noemden. Hij had zich in twee jaar omhooggewerkt van de *work-up* fase naar feitelijke plaatsing en vervolgens naar de *stand-down* fase. Hij werd bevorderd tot E-5 onderofficier tweede klas. In 1996 had hij drie Letters of Commendation, aanbevelingsbrieven, waarna zijn CO hem aanbeval voor plaatsing op de OCS, de Officer Candidate School. Hij bracht twaalf lange weken door in OCS en slaagde als O-1 *ensign*. In 1998 was hij luitenant (jg) O-2 met alweer een Letter of Commendation en een Secretary of the Navy Commendation Medal. Dankzij zijn uitzonderlijke prestaties werd hij uitverkoren voor een vroege promotie en werd in maart 2000 luitenant O-3.

En in september 2001 brak de hel los. Moores SEAL-team werd naar Afghanistan gestuurd, waar ze op talloze speciale verkenningsmissies werden gestuurd en een Presidential Unit Citation en de Navy Unit Commendation ontvingen voor operaties tegen talibanrebellen. In maart 2002 deed hij mee aan Operatie Anaconda, een uitermate succesvolle operatie om Al Qaida- en talibanstrijders te verjagen uit de Shahi-Kot Valley en de Arma Mountains in Afghanistan.

Zelfs Moore vond het moeilijk te geloven dat hij sinds zijn middelbareschooltijd zo volwassen was geworden. In die tijd had hij zichzelf zeker niet de kansen gegeven die de rechter hem had gegeven...

'Soms kan ik een goede kerel wel herkennen,' had Llewellyn tegen hem gezegd.

Er waren in dit deel van de stad helemaal geen goede kerels, niet hier in Juárez, dacht Moore. Hij stopte op de parkeerplaats van het hotel en maakte foto's van de nummerborden van alle andere auto's op de parkeerplaats. Hij stuurde ze door naar Langley, liep naar binnen en haalde in de lobby een kop koffie terwijl Ignacio naar hem keek. Gehamer, gezaag en geroep van bouwvakkers drong van buiten door naar binnen. 'Hebt u goede zaken gedaan, señor?' vroeg de man in het Engels.

Moore antwoordde in het Spaans. 'Ja, uitstekend. Ik heb een paar goede terreinen in Juárez bezichtigd, om mijn zaken uit te breiden.'

'Señor, dat is geweldig. U kunt uw klanten hier brengen. We zorgen heel goed voor ze. Te veel mensen zijn bang naar Juárez te komen, maar we zijn nu een nieuwe plaats. Geen geweld meer.'

'Heel goed.' Moore liep naar zijn kamer, die volgens Ignacio 'goedkoop, goedkoop' zou zijn, omdat het hotel nog steeds gerenoveerd werd. Moore had zich niet gerealiseerd hoeveel herrie er was, omdat hij al weg was toen de bouwvakkers begonnen met hun gehamer en gezaag.

In zijn kamer ontving hij alle informatie die de Agency over de donkerharige vrouw had kunnen vinden. Ze heette Maria Puentes-Gonzalez, was tweeëntwintig, geboren in Mexico City en de vriendin van Dante Corrales. Verder wisten ze niet veel over haar, behalve dat ze ongeveer een jaar als stripper had gewerkt in Club Monarch, een van de weinige overgebleven pornotenten in de stad. De meeste andere waren óf gesloten door de federale politie óf in brand gestoken door het Sinaloa Cartel. Monarch was eigendom van het Juárez Cartel en werd goed beschermd door de politie, die daar volgens het rapport vaste klant waren. Moore nam aan dat Corrales de jonge beauty had leren kennen toen ze aan een metalen paal hing en beschenen werd door discolampen, en dat hun liefde tussen aangelengde sterkedrank en sigarettenrook was opgebloeid.

Nadat Moore dat rapport had gelezen, controleerde hij de status van zijn collega-taskforceleden.

Fitzpatrick was na zijn 'vakantie' in de VS teruggegaan naar de Sinaloa-ranch. Hij en zijn 'baas' Luis Torres bereidden een aanval voor op het Juárez Cartel als wraak voor de explosie in de ranch waarbij een paar mannen van Zuniga waren gedood en er voor meer dan tienduizend dollar schade was aangericht aan zijn toegangshek en het elektronische security- en bewakingssysteem.

Gloria Vega zou beginnen aan haar eerste werkdag als inspecteur van de federale politie in Juárez. Moore ging ervan uit dat ze haar handen vol zou krijgen.

Ansara liet weten dat hij al was gearriveerd in Calexico, Californië, dat grensde aan Mexcali in Mexico, en dat hij samen met agenten bij de belangrijkste controleposten werkte om *mules* te identificeren en een van hen te ronselen voor hun team.

ATF-agent Whittaker was terug in Minnesota en aan het werk; hij verkende verschillende opslagplaatsen die het kartel gebruikte om wapens te verbergen.

De makelaar was in haar kantoor en zat aan de telefoon, die de analisten in Langley afluisterden en interpreteerden.

Moore stond op het punt op bed te gaan liggen, koffie te drinken en even uit te rusten toen hij werd gestoord...

Toen hij met een vertrokken gezicht naar de koffieprut onder in zijn piepschuimen bekertje keek, kreeg hij een sms van een verrassende afzender: Nek Wazir, de oude man en informant uit Noord-Waziristan. Moore schrok van het bericht, het luidde: BEL ME ALSJEBLIEFT.

Moore had het nummer van zijn satelliettelefoon en belde hem meteen op zonder na te denken over het tijdsverschil, wat volgens hem meer dan tien uur was, zodat Wazir hem om elf uur 's avonds zijn tijd een sms had gestuurd.

'Hallo, Moore?' vroeg Wazir.

Er waren niet veel mensen die Moores echte naam kenden, maar gezien Wazirs aanzienlijke vaardigheden en contacten had Moore hem dat bijzonder geheime stukje informatie toevertrouwd. Deels als een manier om hun vertrouwensband te bezegelen en deels omdat hij wilde, echt wilde, dat de man zijn vriend was.

'Wazir, met mij. Ik kreeg je sms. Heb je iets voor me?'

De oude man aarzelde, en Moore hield zijn adem in.

Het volgende uur bracht Moore door aan de telefoon met Slater en O'Hara. Pas nadat hij zijn woede en frustratie tegenover zijn bazen had kunnen uiten en lange tijd uit het raam van zijn kamer had zitten staren, vulden zijn ogen zich eindelijk met brandende tranen.

De klootzakken hadden die arme Rana vermoord. Hij was maar... hij was niet meer dan een slim joch dat iets doms had gedaan: hij had zich bereid verklaard voor Moore te werken. En niet voor het geld, want de ouders van de jongen waren al rijk. Hij was een avonturier die meer van het leven verlangde en ergens, ergens leek hij wel op Moore, en nu werd zijn lichaam weggehaald uit de tribale regio Bajaur, in oude dekens gewikkeld. Ze hadden hem gesneden en verbrand, terwijl hij maar zo weinig wist. Wazir zei dat hij het hooguit tien, vijftien uur had volgehouden voordat hij was gestorven. Wazirs mannen hadden geruchten over de marteling gehoord, waarna hij naar de grotten was gegaan en zijn lichaam had gevonden. De taliban hadden Rana achtergelaten als een boodschap voor iedere andere Pakistani die het 'verkeerde' pad wilde kiezen.

Moore ging op het bed zitten en liet zijn tranen de vrije loop. Hij vloekte en vloekte nog eens. Daarna stond hij op, draaide zich snel om, haalde zijn Glock uit de schouderholster en richtte op het raam, zogenaamd op het hoofd van de taliban die Rana gevangen had genomen.

Toen stopte hij het pistool weer in de holster, beheerste zich en liep terug naar het bed. Verdomme, als hij medelijden met zichzelf wilde hebben, kon hij dat maar beter nu doen, voordat de mannen die hem achternazaten op zijn deur klopten.

Hij stuurde Leslie een sms, zei dat hij haar miste, dat ze hem nog een foto van zichzelf moest sturen, dat alles niet goed ging en hij graag opgevrolijkt wilde worden. Maar bij haar was het al laat en hij wachtte een paar minuten, zonder dat ze reageerde. Hij ging op het bed liggen en werd overweldigd door hetzelfde gevoel als tijdens BUD/S, het verstikkende verlangen om zich over te geven en zich neer te leggen bij de nederlaag. Hij wilde dat Frank Carmichael nu bij hem was, om hem te vertellen dat de dood van Khodai en van die jonge knul niet voor niets waren geweest en dat weglopen veel erger was dan wat dan ook. Toch zei een andere stem in zijn hoofd, een stem die veel redelijker overkwam, dat hij er niet jonger op werd, dat er veel minder gevaarlijke en veel lucratievere manieren waren om geld te verdienen, zoals een baan als security consultant voor een particulier bedrijf of als vertegenwoordiger van een van de grote fabrikanten van apparatuur voor leger en politie, en dat hij als hij dit werk bleef doen nooit een vrouw en kinderen zou krijgen. Dit werk was altijd leuk en opwindend tot iemand die je kende, iemand met wie je een diepe band had, een relatie gebaseerd op oprecht respect en vertrouwen, was gemarteld en vermoord. Elke keer dat Moore iemand echt in zijn leven toeliet, werd die relatie abrupt afgebroken. Wilde hij de rest van zijn leven op deze manier door blijven gaan?

Eind 1994 waren Moore en Carmichael in een bar in Little Creek, Virginia. Ze vierden dat ze met hun nieuwe SEAL-team antiterrorisme-specialist zouden worden. Ze zaten te kletsen met een andere SEAL, die Captain Nemo werd genoemd, een artillerist tweede klas die was toegewezen aan Task Unit Bravo als bestuurder van het SEAL *delivery vehicle*, SDV of bemande open duikboot, en hoofd Ordnance Engineering Department. Tijdens een *proof of concept*, een uitgebreide test, waarbij Nemo de SDV bestuurde, was een van zijn collega's verdronken. Hij had geweigerd de details van het ongeluk te bespreken, maar Moore en Carmichael hadden al over het ongeluk horen praten. De man vertelde dat hij op het punt stond de SEAL's te verlaten. Hij voelde zich verantwoordelijk voor wat er was gebeurd, ook al was uit het onderzoek gebleken dat hij niets verkeerds had gedaan.

Daar zaten ze dan, Moore en Carmichael. Zij vierden het feit dat ze net begonnen aan hun carrière als SEAL-operators, en Nemo zette een echte domper op hun feestje.

Maar de goeie ouwe Carmichael had weer eens wijze woorden gesproken. 'Je kunt er écht niet uit stappen,' zei hij tegen Nemo.

'O nee, waarom dan niet?'

'Wie moet je werk dan overnemen?'

Nemo antwoordde met een grijns: 'Jullie. De nieuwe jongens, de jongens die te naïef zijn om zich te realiseren dat het gewoon de moeite niet waard is.'

'Luister eens even, bro. Dat wij hier zijn is een buitenkansje. We zijn hier omdat we diep vanbinnen – en ik wil dat je hier goed over nadenkt – diep vanbinnen, zonder enige twijfel, weten dat we niet zijn geboren om een gewoon leven te leiden. Dat weten we al sinds we kleine jongens waren. En we weten het nog steeds. Dat gevoel kun je niet ontkennen. Dat gevoel zul je de rest van je leven houden, of je er nu uit stapt of niet. En als je eruit stapt, zul je daar spijt van krijgen. Dan kijk je om je heen en denk je: ik hoor hier niet! Ik hoor dáár!'

Moore stond op van het bed in zijn hotelkamer, draaide zich snel om en mompelde: 'Ik hoor hier, verdomme!'

Zijn telefoon piepte, een sms. Hij keek even.

Leslie. Hij zuchtte.

14

A sangre fría

Politiebureau Delicias
Juárez, Mexico

Gloria Vega sprong op de passagiersstoel van een F-150 4x4 met de woorden POLICIA FEDERAL op de portieren. Ze droeg een volledige gevechtsuitrusting: een kogelvrij vest, een bivakmuts en een helm met de keelband stevig aangetrokken. Ze had twee Glocks in een heupholster en een Heckler & Koch 9 mm MP5 9-pistoolmitrailleur, met de trommel tegen haar schouder. Dat een politie-inspecteur zich zo moest kleden en zichzelf zo moest bewapenen, zou bepaalde rechercheurs thuis verbazen, dacht ze. Die luilakken konden in burgerkleding naar een plaats van misdrijf, met maar één pistool, zonder kogelvrij vest en met de restanten van een donut om hun mond.

De grijsharige man aan het stuur, Alberto Gomez, was net zo gekleed als Vega en had haar gewaarschuwd dat het bezoeken van een plaats van misdrijf 'na het feit' even gevaarlijk kon zijn als de gebeurtenissen zelf. Lijken werden maar al te vaak gebruikt als aas om de politie te lokken, zodat de sicarios ze konden opblazen met de politie erbij. Soms, als ze geen boobytraps in de lijken hadden gestopt, posteerden ze sluipschutters op de daken en werd de politie massaal afgeslacht.

Daarom konden zijn rechercheurs niet langer in burger werken, had Gomez haar schouderophalend verteld. Hij had haar met zo'n vermoeide blik aangekeken dat ze zich afvroeg waarom hij niet allang met pensioen was gegaan.

Maar ze wist natuurlijk wel waarom. Ze was niet toevallig aan hem gekoppeld. Hoewel de federale politie het niet kon bewijzen, stond Gomez boven aan de lijst van politiemensen die banden met de kartels hadden. Helaas werkte hij al zoveel jaren bij de politie en had hij al zoveel 'geslaagde' overvallen gepleegd, dat niemand de oude man wilde beschuldigen. Ze hadden stilzwijgend besloten dat hij de tijd tot zijn pensioen zou uitdienen, en dat niemand dat zou proberen te voorkomen. Hij was een echte familieman, had vier kinderen en elf kleinkinderen, en werkte als vrijwilliger bij de plaatselijke scholen waar hij de kinderen voorlichtte over misdaad en veiligheid. Hij was gastheer bij zijn plaatselijke katholieke kerk en een bekend lid van de Knights of Columbus, een kerkelijke broederschap, en was daar opgeklommen tot *district deputy*. Hij werkte als vrijwilliger in het plaatselijke ziekenhuis en als het maar even kon, hielp hij in het weekend oude dametjes oversteken...

Vega vermoedde dat dit allemaal een zorgvuldig samengestelde dekmantel was, een leugenachtig leven waardoor hij zich beter voelde over het feit dat hij op de loonlijst van het kartel stond.

Hooggeplaatste leden van de federale politie, vooral de nieuwere leidinggevenden, hadden een veel agressiever en een zerotolerancebeleid voor corruptie, terwijl de lokale districten meestal de andere kant op keken – uit respect, anciënniteit of, meestal, angst. Dat was dus de reden dat Vega naast misschien wel een van de meest verachtelijke mensen in heel Juárez zat.

'We hebben drie lijken. Als we daar zijn, moet je je mond houden,' zei Gomez tegen haar.

'Waarom?'

'Omdat het niet nodig is dat ze iets over je weten.'

'Wat bedoel je daarmee?'

'Daar bedoel ik mee dat het me niets kan schelen hoeveel jaar je al in Mexico City hebt gezeten. Dat het me niets kan schelen hoe lang en hoe indrukwekkend je staat van dienst is. Dat het me niets kan schelen dat je bevorderd bent of dat je collega's allemaal aardige dingen over je hebben geschreven. Het enige wat me nu wel iets kan schelen is dat je in leven blijft. Begrepen, jongedame?'

'Begrepen. Maar ik begrijp niet waarom ik niets mag zeggen. Ik weet niet of je het weet, maar in Mexico mogen vrouwen stemmen en een overheidsfunctie bekleden. Maar misschien heb je al een tijdje geen krant meer gelezen.'

'Zie je wel? Dát is jouw probleem. Je houding. Ik stel voor dat je die in je zak stopt en hem er niet uithaalt, niet zolang je hier bent, in Ciudad Juárez.'

'O, maar dan moet ik mijn zak even zoeken. O, het enige wat ik heb zijn allemaal grote pistolen en extra magazijnen.'

Hij grijnsde.

Ze schudde haar hoofd en klemde haar kaken op elkaar. Na acht jaar in Army Intelligence en vier jaar als geroutineerde CIA-field officer zat ze nu hier: in een auto waar ze machopraatjes moest aanhoren van een afgeleefde en corrupte inspecteur van de federale politie. Haar miskraam, haar scheiding, de vervreemding van haar broers en zussen... en waarvoor? Voor dit? Ze keek Gomez met een vuile blik aan.

Ze luisterden naar de andere units over de radio en reden tien minuten later door een straat met aan weerszijden roze, witte en paarse flatgebouwen. Een paar slungelige jongens van een jaar of tien, twaalf stonden in de deuropeningen naar hen te kijken en in hun mobieltjes te praten. Zij waren spotters van het kartel, en Gomez zag hen ook.

Aan het einde van de straat, vlak bij het volgende kruispunt, werd de straat geblokkeerd door drie lijken. Vega haalde een verrekijker uit de middenconsole en zoomde in.

Het waren jonge mannen, twee lagen op hun buik in een plas bloed en de derde op zijn rug met een hand op zijn hart gedrukt. Ze droegen een donkere spijkerbroek en een donker T-shirt, en als ze al sieraden hadden gedragen, dan waren die nu gestolen. Twee politiewagens stonden ongeveer twintig meter verderop, en de agenten zaten gehurkt achter de portieren. Gomez zette zijn auto achter een van de twee politiewagens en zei met grote ogen: 'Mondje dicht.'

Nadat ze waren uitgestapt, zag Vega op de daken minstens zes mannen die naar hen keken, een paar van hen praatten in hun mobieltje. Ze klemde haar pistool iets steviger vast en kreeg een droge mond.

Achter hen kwam een busje aanrijden waar twee agenten met een paar explosievenhonden uit stapten. Toen ze naar hen toe liepen, begon Gomez' mobieltje te rinkelen en hij ging achter de truck staan om het telefoontje aan te nemen. Vega zag dat de oude man twee telefoons bij zich had; dit was niet de telefoon die hij had gebruikt om haar mobieltje te bellen waardoor hij haar zijn nummer had gegeven. Dit was een andere telefoon. Interessant.

Boven het geschreeuw van de agenten voor hen uit, kon ze niet horen wat hij zei. De hondenbrigade liep langzaam rond en nadat ze het hele gebied en de lijken hadden onderzocht, zwaaide de man en riep dat alles veilig was.

Even later werd hij beschoten door een sluipschutter op het dak links van hem, waarbij het grootste deel van zijn hoofd eraf werd geschoten.

Zomaar. Zonder waarschuwing. Op klaarlichte dag. Met als getuigen de burgers op de balkons van de flatgebouwen.

Terwijl de andere agenten schreeuwden dat ze moesten gaan liggen, werd de tweede hondenman in zijn nek geschoten en kwamen de kogels er onder zijn kin weer uit.

De lijken die op straat lagen, werden opengereten door een nieuw salvo van een paar AK-47's, net als de honden. Vega kroop op haar buik naar voren en bleef vlak bij het voorwiel van de truck liggen. Ze richtte haar wapen op het dak en vuurde, haar kogels ketsten tegen de rand en sloegen het stucwerk weg.

'Stop met schieten!' schreeuwde Gomez. 'Stop met schieten!'

En toen... niets. Een paar kreten, de stank van buskruit en de warmte van het asfalt in Vega's gezicht.

Opeens hoorde ze piepende remmen. Op het volgende kruispunt stond een witte pick-up zonder achterklep en vanuit een van de achterafstraatjes kwamen drie mannen gewapend met geweren, AR-15's en één AK-47. Ze renden naar de truck en sprongen op de laadklep. Een paar agenten openden het vuur, maar de truck scheurde al weg. De kogels van de agenten leken haast plichtmatig, want geen enkele kogel raakte de truck.

Vega krabbelde overeind en rende naar de passagierskant, waar Gomez op zijn hurken zat en zijn hoofd schudde.

'Kom mee!' riep ze. 'Kom mee!'

'Ik zal om assistentie vragen. Andere units achtervolgen ze wel.'

'We moeten nu gaan!' riep ze.

Zijn ogen werden groot en hij zei op scherpe toon: 'Wat heb ik je gezegd?'

Ze haalde diep adem, slikte een vloek in, stond op en keek naar een van de daken, waar de sluipschutter die de beide mannen van de hondenbrigade had doodgeschoten haar onder schot hield.

'O, mijn god,' hijgde ze, een seconde voordat de moordenaar achter de dakrand verdween.

Ze knipperde met haar ogen. Hapte naar adem. 'Daar is hij!' riep ze. 'Daarboven!'

De andere agenten bleven achter hun portieren, schudden hun hoofd en gebaarden dat ze moest bukken, dekking moest zoeken.

Ze keek weer naar Gomez en hurkte naast hem neer. 'We laten hem ontsnappen.'

'De andere units vinden hen wel. Wacht maar. We zijn hier niet gekomen om met ze te vechten. We zijn hier gekomen om een plaats van misdrijf te onderzoeken. Hou nu je mond.'

Vega sloot haar ogen en toen drong het pas tot haar door: ze pakte dit helemaal verkeerd aan. Ze moest een band met deze man opbouwen, zijn vertrouwen winnen, hem niet behandelen als de vijand die hij volgens haar eigenlijk was. Ze moest zich gedragen alsof ze zijn dochter was, hem toestaan haar alles over de stad te leren en pas als hij haar aardig begon te vinden, misschien zelfs respect voor haar zou krijgen, zou hij niet meer zo alert zijn en kon ze toeslaan.

Maar haar ego had haar in de weg gezeten, haar veeleisende karakter, en ze moest zichzelf bekennen dat ze het had verknald.

Ze bleven daar nog twee, misschien drie minuten wachten. En toen, eindelijk, kroop een van de agenten langzaam naar de lijken toe, terwijl de bewoners van de flats weer op hun balkon gingen staan om te kijken.

'Is zij je nieuwe partner?' vroeg een van de agenten aan Gomez.

'Ja,' antwoordde hij kortaf.

'Voor het einde van de week is ze dood.'

Gomez keek naar Vega. 'Laten we hopen van niet.'

Ze slikte. 'Het spijt me. Ik had me niet gerealiseerd dat het zo zou zijn...'

Gomez trok een wenkbrauw op. 'Misschien moet je eens een krant kopen.'

Club Monarch
Juárez, Mexico

Dante Corrales had zin om iemand te vermoorden. Drie van zijn sicarios waren doodgeschoten in Delicias, en inspecteur Gomez had hem gebeld om te zeggen dat hij zich zorgen maakte. De federale politie hield hem nu beter in de gaten en hadden hem een vrouwelijke inspecteur toegewezen die waarschijnlijk voor de regering werkte. Ze was niet te vertrouwen en nu hij in de gaten werd gehouden, zou hij veel voorzichtiger moeten zijn.

Bovendien had een Amerikaan een kamer genomen in het hotel, ene Scott Howard, en Ignacio had gehoord dat de man gebouwen aan het bekijken was voor zijn bedrijf. Corrales geloofde dat niet echt en liet de man volgen, maar tot nu toe leek zijn verhaal juist.

Terwijl Raul en Pablo een grote som geld afleverden bij een connectie die ze 'de bankier' noemden, ging Corrales naar de Monarch om te lunchen en een biertje te drinken. Onderweg ging zijn telefoon: Ballasteros belde vanuit Bogotá. Wat wilde dat vette varken nu weer?

'Dante, weet je dat die jongens van de FARC me weer hebben aangevallen? Ik heb meer hulp nodig.'

'Oké, oké. Zodra ze er zijn, kun je met ze praten.'

'Wanneer?'

'Algauw.'

'Heb je het gehoord van Puerto Rico?'

'Wat nu weer?'

'Heb je niet naar het nieuws gekeken?'

'Ik heb het druk gehad.'

'De FBI heeft een nieuwe interne operatie uitgevoerd. Meer dan honderd politieagenten gearresteerd. Weet je wat dit voor mij betekent? We rekenden op hen. In één enkele dag ben ik een complete route kwijtgeraakt. Weet je wel wat dit betekent?'

'Hou verdomme je bek en hou op met janken, ouwe, vette klootzak die je bent! De baas zal hier algauw zijn. Hou verdomme op met dat gejank!'

Waarna Corrales de verbinding verbrak, vloekte en de parkeerplaats van de club op reed.

Er waren maar twee strippers op het podium; ze werkten alleen overdag omdat ze kinderen hadden en hadden er geen enkele moeite mee om het litteken van hun keizersnee te laten zien. Twee andere vaste klanten zaten aan de grote bar, oude mannen met een hoed met een brede rand, een dikke leren riem en cowboylaarzen.

Corrales liep naar een tafeltje achterin, naar zijn vriend Johnny Sanchez, een lange Latijns-Amerikaanse man met lang haar. Hij was scenarioschrijver en journalist met een klein brilletje en een ring van het UC-Berkley College. Johnny was de zoon van Corrales' peetmoeder en was naar de Verenigde Staten gegaan om te studeren. Bij terugkeer had hij contact opgenomen met Corrales omdat hij een artikel wilde schrijven over de drugskartels in Mexico. Hij had Corrales er nooit van beschuldigd dat hij voor de kartels zou werken. Hij had alleen maar gezegd dat hij dacht dat Corrales er veel van wist. En daar hadden ze het bij gelaten.

De afgelopen maanden had Corrales met de man gepraat, hem geholpen met het ontwikkelen van een script over Corrales' leven. Hun lunchafspraken waren vaak het mooiste moment van Corrales' dag – als hij geen seks had met Maria natuurlijk.

Met Corrales' toestemming had Johnny net een artikel gepubliceerd in de *Los Angeles Times* over het kartelgeweld langs de grens. Het artikel ging er vooral over dat de corruptie binnen het politieapparaat zo wijdverspreid was dat de autoriteiten niet meer wisten wie de goede en wie de slechte agenten waren. En dat was precies wat het Juárez Cartel wilde.

'Het artikel is heel goed ontvangen,' zei Johnny en hij nam een grote slok van zijn bier.

'Graag gedaan.'

'Dit is een heel opwindende tijd voor me,' zei hij.

Ze spraken natuurlijk Spaans, maar af en toe zei Johnny onbewust iets in het Engels, zoals net, en dan werd Corrales kwaad. Soms ergerde

Corrales zich er zo aan dat hij met zijn vuist op tafel sloeg en dan schrok Johnny en bood zijn excuses aan.

'Wat zei je?' vroeg Corrales.

'O, sorry. Ik heb meer dan honderd e-mails gekregen over dat artikel, en de redacteur wil er graag een serie van maken.'

Corrales schudde zijn hoofd. 'Volgens mij moet je je focussen op je filmscript.'

'Dat doe ik ook. Maak je geen zorgen.'

'Ik praat met je omdat je de zoon van mijn peetmoeder bent en omdat ik jou mijn levensverhaal wil vertellen waar een heel goede film van te maken is. Ik wil niet dat je nog meer artikelen over de kartels schrijft. Daar wordt iedereen maar onrustig van. En dan zou ik me zorgen om je moeten maken. Oké?'

Johnny probeerde niet te fronsen. 'Oké.'

Corrales glimlachte. 'Goed.'

'Is er iets?'

Corrales streek met zijn wijsvinger over de condens op zijn bierflesje. Daarna keek hij op en zei: 'Ik ben vandaag een paar goede mannen kwijtgeraakt.'

'Dat wist ik niet. Er was niets op het nieuws.'

'Ik heb de pest aan het nieuws.'

Hij keek naar het tafelblad. Het Juárez Cartel had de lokale media stevig onder de duim. Soms kwamen ze in opstand, maar de vrij recente moord op twee bekende journalisten die voor het gebouw van hun tv-zender waren onthoofd, hadden een paar belangrijke 'vertragingen' en omissies veroorzaakt. Veel journalisten bleven openlijk ongehoorzaam, maar anderen durfden niets meer te verslaan wat te maken had met de kartels en het kartelgeweld.

'Ik wil met je praten over de dag waarop die sicarios je bedreigden,' zei Johnny om Corrales op te beuren. 'Dat zou een geweldige scène in de film kunnen zijn. Dan zouden we je laten zien als je voor het hotel op je knieën valt, met geweervuur op de achtergrond, en jij... daar... huilend, wetend dat je ouders binnen zijn, dood, verbrand, omdat jij tegen het kartel in opstand kwam en weigerde toe te geven. Zie je dat al voor je? O mijn god! Wat een scène! Het publiek zal met je mee huilen! Jij, een arme jongen zonder toekomst, die niets te maken wil hebben met die wereld vol misdaad, en daar word je voor bestraft! Ze straffen je! En dan heb je niets meer. Helemaal niets meer. En je moet je leven vanuit het niets opbouwen. Je moet weer overeind krabbelen en wij steunen je allemaal! En dan heb je opeens geen keus meer. Je zit gevangen in een stad die je niets te bieden heeft, met maar één echte onderneming, en dus doe je wat je moet doen, omdat je moet overleven.'

Johnny wond zich altijd op als hij het over de film had, en Corrales liet zich altijd meeslepen door het enthousiasme van de schrijver. Hij wilde net reageren op Johnny's suggestie dat hij in feite in een kartel zat, toen Johnny opzij keek, naar iets vlak bij de grote bar.

'Bukken!' riep hij. Hij dook over de tafel heen en sloeg Corrales tegen de grond. Vanuit de richting van de hoofdbar weerklonk een schot, gevolgd door minstens zes nieuwe schoten die in de tafel sloegen en in de muur achter hen. De strippers begonnen te schreeuwen en de barkeepers riepen: 'Niet schieten, niet schieten!'

En terwijl Corrales op de vloer viel, schrok hij vooral van Johnny, want die schoot terug met een Beretta.

'Is dit wat je wilt?' schreeuwde Johnny in het Spaans. 'Is dit echt wat je van me wilt?'

De schutter bij de bar draaide zich om en rende weg, terwijl Johnny zijn pistool leegschoot.

Ze zaten daar, te hijgen, elkaar aan te kijken.

Toen zei Johnny: '*Motherfucker...*'

'Hoe kom je aan dat pistool?' vroeg Corrales.

Het duurde even voordat Johnny antwoordde. 'Van mijn neef in Nogales.'

'Waar heb je leren schieten?'

Johnny lachte. 'Ik heb er nog maar één keer eerder mee geschoten.'

'Nou, dat was voldoende. Je hebt mijn leven gered.'

'Ik zag ze toevallig als eerste.'

'En als dat niet zo was, was ik nu dood.'

'Dan waren we allebei dood.'

'Ja,' zei Corrales.

'Waarom willen ze je vermoorden?'

'Omdat ik niet in het kartel zit.'

Johnny zuchtte. 'Corrales, we zijn bijna familie. En ik geloof je niet.'

Hij knikte langzaam.

'Kun je me de waarheid niet vertellen?'

'Misschien ben ik je dat nu wel verschuldigd. Oké. Ik ben het hoofd van het Juárez Cartel,' loog hij. 'Ik heb de leiding over de hele operatie. En die jongens waren van het Sinaloa Cartel. We zijn in oorlog met ze vanwege de grenstunnels en hun interventie met onze transporten.'

'Ik dacht dat je misschien een sicario was. Maar jij bent dus de baas?'

Hij knikte.

'Dan zou je je niet in het openbaar moeten vertonen, zoals nu. Dat is dom.'

'Ik ga me niet verstoppen, dan zou ik net zo laf zijn als de andere leiders. Ik wil op straat zijn, zodat de mensen me kunnen zien. Zodat ze weten wie hun echte vriend is, niet de politie of de regering, maar wij...'

'Maar dat is ontzettend gevaarlijk!' zei Johnny.

Corrales schoot in de lach. 'Misschien kan dit ook in de film?'

Johnny fronste, maar keek hem toen met grote ogen aan, alsof hij al achter een filmcamera stond. 'Ja,' zei hij na een tijdje. 'Ja.'

15

De aannemer en de muilezel

Grenstunnel in aanbouw
Mexicali, Mexico

Pedro Romero dacht dat ze over een week klaar zouden zijn met graven. Het huis in Calexico, Californië, dat ze hadden uitgezocht stond in een dichtbevolkte woonwijk met middenklassengezinnen waarvan de kostwinners in de lokale winkels en industrieterreinen werkten. Het Juárez Cartel had het huis alvast gekocht op advies van Romero, die zijn plannen voor de tunnel uitgebreid had besproken met de jonge 'vertegenwoordiger' van het kartel, Dante Corrales. Deze had Romero weggekaapt bij een ander bouwproject in het grensgebied Silicon waar onlangs enkele van zijn collega's waren ontslagen. Door de economische crisis liep de economische bedrijvigheid en dus de werkgelegenheid terug.

Romero liep door de tunnel met twee van zijn gravers achter zich aan. De schacht was bijna een meter tachtig hoog en een krappe meter breed, en als hij klaar was, zou hij bijna zeshonderd meter lang zijn. Hij was gegraven op een diepte van slechts drie meter, omdat het grondwaterpeil in dit gebied frustrerend hoog was. Ze hadden de tunnel al twee keer moeten leegpompen, nadat ze per ongeluk te diep hadden gegraven.

De wanden en het plafond werden gestut met zware betonnen balken, en Romero had een tijdelijke rails laten aanleggen voor de afvoer van de aarde. Deze aarde werd op zware kiepkarren geladen en naar een andere plek getransporteerd, ongeveer vijftien kilometer zuidwaarts, en zou later voor een ander project worden gebruikt.

Omdat het graafwerk in alle stilte moest gebeuren, waren ze met de hand begonnen te graven en zouden dat ook blijven doen. Romero had dag en nacht teams van vijftien man aan het werk. Hoewel ze altijd bedacht waren op instortingen hadden ze toch al vier man verloren, en wel op een totaal onverwachte manier. Romero was rond halfdrie 's nachts gewekt door een telefoontje van zijn voorman: in de bodem van de tunnel was een groot verdwijngat van bijna twee meter breed ontstaan. Nadat het vier mannen had opgeslokt, waren de wanden ervan ingestort. Het gat was bijna drie meter diep en de bodem stond vol water. De mannen waren bedolven onder de instortende aarde en waren verdronken of gestikt voordat ze gered hadden kunnen worden. Hoewel de hele ploeg van slag was door dit ongeluk, was het werk natuurlijk wel doorgegaan.

De Mexicaanse kant van de tunnel begon in een klein pakhuis op een groot terrein waar een fabriek van fotovoltaïsche zonnecellen werd gebouwd. Er werden vijf fabrieksgebouwen neergezet en door de kiepauto's van de bouw die af en aan reden, vielen de kiepauto's die de aarde van de tunneloperatie afvoerden niet op. Dit briljante idee was niet afkomstig van Romero zelf, maar volgens Corrales van de hoogste baas van het kartel, een man wiens identiteit om veiligheidsredenen geheim bleef. De 'gewone' bouwvakkers op het fabrieksterrein stelden nooit vragen over de tunneloperatie, zodat Pedro aannam dat ze allemaal op de loonlijst van het kartel stonden, zelfs de CEO's van de fabriek. Iedereen wist wat er gebeurde, maar zolang ze werden betaald zou de muur van stilzwijgen niet omvallen. Volgens Romero's blauwdrukken zou deze tunnel de brutaalste en meest complexe graafactie van het kartel ooit zijn. Daarom kreeg Romero als beloning voor zijn diensten het equivalent van honderdduizend Amerikaanse dollars. Hij had geaarzeld om voor het kartel te gaan werken, maar hij had dat gigantische bedrag dat van tevoren en in contanten zou worden uitbetaald, niet kunnen afslaan. Dat kwam vooral doordat Romero bijna veertig was en de oudste van zijn beide dochters, Blanca die net zestien was geworden, een chronische leverkwaal had en nu dringend behoefte had aan een levertransplantatie. Ze was al behandeld tegen een bloed- en botziekte, en moest nu heel dure bloedtransfusies ondergaan. Het geld dat hij met deze klus verdiende, zou zeker helpen hun steeds hoger wordende ziektekosten te betalen. Nadat hij dit aan een paar medewerkers had verteld, wist algauw iedereen het en Romero's voorman had hem verteld dat alle mannen keihard werkten om te helpen het leven van zijn dochter te redden. Opeens was Romero niet langer een misdadiger die door het kartel werd omgekocht, maar een huisvader die het leven van zijn dochter probeerde te redden. De mannen waren zelfs met de pet rondgegaan en hadden hem aan het einde van de vorige werkweek het geld en een bedankkaart overhandigd. Romero was ontroerd geweest, had hen bedankt en samen met hen gebeden dat ze hun werk zouden kunnen afmaken en niet betrapt zouden worden.

Het feit dat ze alle aarde ongemerkt moesten afvoeren, was niet hun enige probleem. Er speelde nog iets: zowel de Mexicaanse als de Amerikaanse regering gebruikte GPR (*ground-penetrating radar* of bodemradar) om holtes te ontdekken die met een graafoperatie in verband konden staan. De belendende bouwplaats kon de meeste graafgeluiden maskeren die konden worden opgevangen door REMBASS-II-sensoren van de Border Patrol. Ze hadden de tunnel aangelegd in een aantal hoeken van vijfenveertig graden in plaats van in één lange noord-westlijn, zodat de tunnel op een kapotte rioolbuis leek. Romero wist dat alle seismische gegevens werden opgenomen, ook al keken de computers die hiervoor werden gebruikt maar naar één locatie. Agenten van de Border Patrol konden kaarten met seismische activiteiten in een gebied raadplegen om verplaatsingen en andere activiteiten in en rondom de plek te ontdekken. De tunnel zou het seismische veld beïnvloeden door de geluiden in de tunnel zelf en soms de doorvoer van die informatie vertragen, waardoor een echo ontstond die als een 'geest' zichtbaar werd op de detectieapparatuur. Om dat probleem te omzeilen, had Romero duizenden akoestische panelen besteld en daarmee de muren van de tunnel laten bekleden. Deze moesten de meeste graafgeluiden absorberen en de natuurlijke geluiden zo goed mogelijk nabootsen. Hij had er zelfs een deskundige op het gebied van seismisch onderzoek uit Mexico City bij gehaald die hem had geholpen het plan te bedenken en te implementeren. Maar de klus zou binnenkort zijn afgerond en dan zou Romero zijn allerlaatste betaling ontvangen. Met Gods hulp zou zijn dochter haar levertransplantatie krijgen.

Romero overlegde met een van zijn elektriciens die stroomkabels doortrok naar het nieuwste deel van de tunnel. Twee andere mannen hingen een paar airco's op. Zijn gravers hadden gevraagd of ze een klein altaar mochten plaatsen voor het geval er een ongeluk plaatsvond, want dan hadden ze tenminste een plek waar ze konden bidden. Romero had hun toestemming gegeven een kleine zijtunnel uit te graven waar de mannen kaarsen en foto's van hun familieleden hadden neergezet, en waar ze altijd voor hun werk naartoe gingen om te bidden. Het waren zware tijden en zij moesten een zware klus klaren waarvoor ze zelfs gearresteerd konden worden. Bidden, wist Romero, gaf hun de kracht om door te gaan.

Romero sloeg zijn arm om de schouder van de elektricien. 'Hoe gaat het met je, Ernesto?'

'Heel goed, heel goed! De nieuwe kabels zijn vanavond klaar.'

'Je bent geweldig.'

'Dank u wel, meneer. Dank u wel.'

Romero grijnsde en liep verder de tunnel in, waarbij hij oplette dat hij niet over de rails struikelde. Hij deed zijn zaklamp aan en rook de koele, vochtige aarde die zijn mannen alleen maar met behulp van schoppen, houwelen en hun rug- en schouderspieren verwijderden.

Hij probeerde niet te denken aan de reden dat deze tunnel werd aangelegd, aan de contanten, drugs en wapens ter waarde van miljoenen dollars die door deze tunnel zouden worden getransporteerd, dankzij hem en zijn team, en aan de vele levens die op ongelooflijke en tragische manieren zouden worden beïnvloed. Hij zei tegen zichzelf dat hij een man was met een opdracht, meer niet. Zijn dochter had hem nodig. Maar zijn schuldgevoel bezorgde hem slapeloze nachten, en hij rilde bij de gedachte dat hij kon worden gearresteerd en de rest van zijn leven misschien in de gevangenis zou moeten doorbrengen.

'Wat gaat u doen als dit achter de rug is?' vroeg een van de gravers die achter hem aan liep.

'Ander werk zoeken.'

'Bij hen?'

Romero aarzelde. 'Eerlijk gezegd hoop ik van niet.'

'Ik ook niet.'

'God zal ons beschermen.'

'Dat weet ik. Dat heeft Hij al gedaan door u onze baas te maken.'

'Oké, zo is het wel genoeg,' zei Romero met een grijns. 'Hup mannen, weer aan het werk!'

Grensovergang Calexico-Mexicali
East Station, noordgrens

Het was heel druk bij de belangrijkste grensovergang van Calexico-Mexicali; de vertraging was al opgelopen tot ruim een uur om de grens naar de Verenigde Staten over te steken. De zeventienjarige highschoolstudent Rueben Everson had het advies gekregen om de alternatieve grensovergang te gebruiken die tien kilometer verder naar het oosten lag. Deze werd gebruikt als het heel druk was en was vooral bekend bij de plaatselijke bevolking en niet bij de toeristen.

Rueben werkte al bijna een jaar voor het Juárez Cartel als *mule*, muilezel of drugssmokkelaar. Hij had al ruim twintig keer als mule gefungeerd en meer dan tachtigduizend dollar in contanten de grens over gesmokkeld; hiermee had hij vier jaar collegegeld aan de staatsuniversiteit verdiend. Tot nu toe had hij nog maar vijftienhonderd dollar van dit geld uitgegeven en de rest op de bank gezet. Zijn ouders wisten niet wat hij deed en ook niet dat hij zoveel geld op de bank had staan. Zijn zus Georgina, die net twintig was geworden, vermoedde wel dat er iets speelde en had hem al vaak gewaarschuwd, maar hij had haar waarschuwingen weggewuifd.

Rueben had tijdens een feestje voor het eerst iets over mules gehoord van een vriend die had gereageerd op een advertentie in een Mexicaanse krant waarin een goedbetaalde baan met allerlei voordelen werd aangeboden. Rueben had gesproken met ene Pablo, die het 'sollicitatiegesprek' met hem had gevoerd en hem hasj ter waarde van ongeveer tweeduizend dollar had gegeven om te voet de grens over te brengen. Nadat hij die klus had geklaard, gaven ze hem een SUV waarvan het dashboard en de benzinetank zo waren aangepast dat er grote hoeveelheden cocaïne en marihuana in konden worden verstopt. Het dashboard kon worden geopend door op de afstandsbediening een geheime code in te toetsen, en de middenconsole waar de knoppen van de radio en de airco in zaten, kon worden geopend en omhoog gebracht waarna je toegang had tot een geheim vak dat helemaal doorliep tot de brandwerende constructie van de auto. Rueben was onder de indruk van de complexiteit van de hele operatie; daarom durfde hij steeds grotere hoeveelheden mee te nemen. De benzinetank van de auto was doormidden gezaagd, zodat er in de bovenkant pakjes drugs pasten en de benzine in de onderkant de geur van de drugs maskeerde. De buitenkant van de tank was vervolgens met modder bespoten, zodat de grenswachten, als ze de onderkant van een auto met spiegels controleerden, niet argwanend zouden worden. Rueben was twee keer uit de rij gehaald, waarna zijn auto was gecontroleerd, maar beide keren had hij geen drugs bij zich gehad. Dat hoorde ook bij de operatie: een frequent verkeerspatroon dat door bepaalde grenswachten zou worden herkend plus een goed alibi, zoals een baan in Mexico terwijl je in Californië woonde.

Dat deel had het kartel voor hem geregeld, en veel agenten van de Border Patrol herkenden hem en zijn auto nu, zodat hij vaker wel dan niet mocht doorrijden: gewoon een jonge vent met een parttimebaantje in Mexicali.

Maar vandaag ging het anders. Ze haalden hem uit de rij en hij moest naar de inspectieplaats rijden. Daar zag hij een lange, slanke Latijns-Amerikaanse man die op een filmster leek en wiens blik hem niet losliet. Rueben parkeerde de auto en stapte uit om met een van de agenten van de Border Patrol te praten. De man controleerde zijn rijbewijs en zei: 'Rueben, dit is meneer Ansara van de FBI. Hij wil even een paar minuutjes met je praten, terwijl wij je auto onderzoeken. Maak je maar geen zorgen, oké?'

Rueben deed wat hij altijd deed: hij dacht aan fijne momenten met zijn vriendinnetje, dat ze uit eten gingen, dat hij haar zoende, dat hij kleren kocht van het geld dat hij verdiende. Ontspannen zei hij: 'Natuurlijk, man, geen probleem.'

Ansara kneep zijn ogen halfdicht en zei alleen maar: 'Loop even mee.'

Ze liepen het drukke grensstation binnen, waar minstens vijftien mensen met een lang gezicht en in stoffige kleren zaten te wachten.

Rueben concludeerde onmiddellijk dat ze allemaal hadden geprobeerd door de controlepost te glippen en waarschijnlijk allemaal tegelijk waren betrapt. Misschien hadden ze zich verstopt tussen de lading van een vrachtwagen met oplegger of zo. Hij zag een moeder met twee kleine meisjes, en de vrouw zat te snikken. Zes of zeven medewerkers van de Border Patrol zaten achter een lange balie en één agent probeerde een oude man duidelijk te maken dat iedereen die zoveel contant geld bij zich had als hij moest worden gefouilleerd en aangehouden, en dat het geld moest worden aangegeven.

Rueben vermande zich en liep snel achter Ansara aan door een lange, steriel uitziende gang. Rueben was hier nog nooit binnen geweest en zijn hartslag versnelde toen Ansara de deur van een kleine verhoorkamer opende. Daar zat een jongen, ongeveer even oud als Rueben, met een bezorgde blik op zijn gezicht. Hij was blank, had bruin haar en sproeten. Hij had tatoeages op zijn armen en een gouden skeletje in zijn oor.

Ansara deed de deur dicht. 'Ga zitten.'

Rueben gehoorzaamde, en de andere jongen bleef voor zich uit zitten staren.

'Rueben, dit is Billy.'

'Wat is er aan de hand?' vroeg Rueben.

'*Dude*, je hebt verdomme geen idee,' kreunde de andere jongen, zonder op te kijken.

Rueben keek vragend naar Ansara. 'Wat is er aan de hand? Zit ik soms in de problemen? Wat heb ik gedaan?'

'Ik zal meteen ter zake komen. Jullie worden gerekruteerd op school zodat we daar altijd beginnen. Een paar van je vrienden hebben ons getipt, omdat ze zich zorgen om je maken. Ik heb je zus ook iets beloofd en je hoeft je geen zorgen te maken, want zij zal niets aan je ouders vertellen. Oké, ik heb Billy hiernaartoe gebracht om je iets te laten zien. Laat het hem maar zien, Billy.'

De jongen schoof abrupt zijn stoel naar achteren en legde zijn blote voeten op tafel.

Hij had geen tenen.

Ze waren er allemaal afgehakt, de littekens waren nog vers en roze, en het zag er zo walgelijk uit dat Rueben een vieze smaak in zijn mond kreeg.

'Ik ben een vrachtje van vijftigduizend kwijtgeraakt. Omdat ik nog maar zeventien ben, kwam ik voorwaardelijk vrij. Maar dat is niet belangrijk. Ze kwamen de grens over om me te halen, een keer na schooltijd. Smeten me in een busje. Kijk eens wat die klootzakken met me hebben gedaan!'

'Wie?'

'Je vriendje Pablo en zijn baas Corrales. Ze hebben mijn tenen afgehakt en dat zullen ze ook bij jou doen, als je het een keer verknalt. Kap ermee, bro. Nú, kap er verdomme mee!'

Er werd op de deur geklopt. Ansara liep ernaartoe en ging op de gang staan om met een agent te praten.

'Hebben zij dit écht gedaan?'

'Wat denk jij dan? Verdomme man, denk je dat ik ooit nog een meisje kan versieren? Denk je soms dat een vrouw een man zonder verdomde tenen aantrekkelijk vindt?' Hij begon te huilen en daarna schreeuwde hij: 'Ansara! Ik wil hier weg! Laat me hier verdomme weg! Ik heb het helemaal gehad!'

De deur ging open, waarna Ansara gebaarde dat Billy naar de gang moest komen. De jongen stond op en strompelde naar de deur met een paar vreemd uitziende laarzen onder de arm.

De deur ging weer dicht.

En Rueben zat daar alleen, vijf, tien, vijftien minuten. Zijn fantasie sloeg op hol. Hij zag zichzelf al in de gevangenis zitten, in de douche omsingeld door veertien bendeleden met een bierbuik die hem als hun teef beschouwden. Alleen maar omdat hij naar de universiteit wilde en wat extra geld wilde verdienen. Hij was niet superslim en zou dus geen hoge beurs krijgen. Hij had dat geld nodig.

Opeens was Ansara terug en zei: 'Je auto heeft een heel bijzonder dashboard en benzinetank.'

'Verdomme,' zei Rueben geschrokken.

'Denk je soms dat je voorwaardelijk vrijkomt omdat je nog geen achttien bent?'

Rueben kon er niets aan doen. Hij begon te huilen.

'Luister eens even, knul. We weten dat de spotters van het kartel hier zijn en alles zien wat er gebeurt. We hebben net gedaan alsof we niets hebben ontdekt. Jij levert de drugs gewoon af. Maar vanaf nu werk je voor mij. En we hebben heel veel te bespreken...'

16

De man op de achterbank

Bonita Real Hotel
Juárez, Mexico

Moore wilde niet meer aan de moord op Rana denken en dat kon hij alleen door zich te richten op het heden, op de beide mannen die hem schaduwden. Ze zaten nu in hun auto die aan de overkant van het hotel geparkeerd stond. Ze verveelden zich waarschijnlijk dood, dacht hij. Ze zaten er nu al twee uur, speelden met hun mobieltje en hielden de hoofdingang en de parkeerplaats in de gaten. Hoewel het kartel op bepaalde gebieden technische hoogstandjes leverde, waren ze op andere terreinen, zoals het schaduwen van mensen, primitief en rudimentair. De mannen stapten zelfs een paar keer uit hun Corolla (waarvan het voor-kwartpaneel rood was en de rest van de auto wit), leunden op de kofferbak, rookten een sigaret en keken regelmatig in de richting van het hotel. Deze jonge knapen waren allesbehalve briljant en Moore begreep heel goed waarom ze dit eenvoudige klusje hadden gekregen. Een sicario die een beetje slim was, zou nooit zijn geld, wapens of drugs toevertrouwen aan dit stelletje sukkels. Toen hij terugkwam, had Moore op het dak van het hotel twee spotters ontdekt. Ze waren gekleed als bouwvakkers, maar werkten in feite voor Corrales en zijn mannen; ze moesten hem waarschuwen als het hotel werd aangevallen. Hij had geen idee of ze in contact stonden met de mannen die hem schaduwden.

Moore had al een paar keer foto's gemaakt van de beide mannen en naar huis gestuurd, waar analisten hen hadden geïdentificeerd en de Mexicaanse politiedossiers hadden doorgespit op zoek naar meer gegevens. Beide mannen hadden een strafblad, vooral kleine misdrijven – inbraken en drugsbezit – dus geen van beiden had lang gezeten. In hun politiedossiers stond dat ze 'waarschijnlijk kartellid' waren. Ergens liep een briljante Mexicaanse politieagent rond.

Moore stuurde een sms naar Fitzpatrick, die antwoordde en zei dat ze geen lid van het Sinaloa Cartel waren en zeer waarschijnlijk voor Corrales werkten.

Dat was een teleurstelling en een probleem; hij probeerde immers via zijn makelaar een ontmoeting met de Sinaloa's te regelen, maar Fitzpatrick zei dat hij noch Luis Torres opdracht had gekregen de Amerikaan bij zijn hotel op te pikken.

Toen Moore daarover nadacht, werd hij gebeld door Gloria Vega.

'Ik zal het kort houden,' zei ze. 'We hebben met een paar kartelleden gevochten. Fitzpatrick heeft bevestigd dat het jongens van Zuniga waren. Drie mannen van Juárez zijn gedood. De politie is bang en Gomez zit er diep in. Hij zou weleens de sleutelfiguur kunnen zijn en de beste link naar het kartel. Hij heeft twee telefoons en ik krijg de indruk dat hij op zijn bureau als een god wordt beschouwd. Het beste wat ik volgens mij kan doen, is voldoende bewijzen tegen hem verzamelen, hem oppakken en dan kijken hoeveel hij ons zal vertellen. Daar kunnen we niet omheen, denk ik. We zullen een deal met hem moeten sluiten.'

'Trek je daar maar niets van aan.'

'Dat doe ik ook niet. Ik baal er alleen van dat hij ons niet alle namen zal geven en dat dit hen alleen maar een beetje zal ophouden. Dat is alles.'

'We zullen doen wat we kunnen. Zonder uitzondering.'

'Ja, dat snap ik. Of dat probeer ik in elk geval.'

Haar cynisme was begrijpelijk maar lastig, en daarom begon hij over iets anders. 'Hé, heb je al gehoord over die grote flop in Puerto Rico?'

'Ja, alweer een geweldig succes voor het Bureau.'

'Ach, onze tijd komt nog wel, geloof me maar. Gewoon volhouden.'

'Dat is niet zo eenvoudig. Gomez is een vuile seksist. Mijn tong is helemaal beurs, zo vaak heb ik erop moeten bijten.'

Moore zei vriendelijk: 'Nou, als iemand dat voor elkaar kan krijgen, dan ben jij het.'

Ze snoof. 'Hoe moet jij dat verdomme weten?'

'Geloof me, lieve schat, je reputatie is je voorgegaan.'

'Oké, tot gauw.' Ze hing op.

Hun telefoongesprek werd natuurlijk gecodeerd en zou niet op haar telefoon, haar telefoonrekening of waar dan ook verschijnen. Als de Agency niet wilde dat een gesprek werd vastgelegd, dan gebeurde dat ook niet. Punt uit.

Moore kreeg een sms-alert van Towers over een schietpartij in Club Monarch, waar hun goede vriend Dante Corrales graag kwam. De lokale politie was ernaartoe. Niemand gewond, alleen schoten afgevuurd en de schutters gevlucht. Hij zei dat de televisiezender in de stad Juárez maar eens moest beginnen om de dagelijkse schietpartijen net zo te verslaan als de temperatuur en de luchtvochtigheid.

Nadat Moore nog eens naar buiten had gekeken om te zien of zijn twee briljante misdadigers er nog waren, trok hij een wijd vest met capuchon aan om zijn Glock en schouderholster te verbergen en verliet zijn kamer. Hij wilde naar de V Bar, omdat Fitzpatrick had gezegd dat de Sinaloa-sicarios daar vaak kwamen.

Terwijl hij naar de parkeerplaats liep, dacht hij weer aan Rana en zijn slechte Batman-grapje. Hij had Rana aan de jongens van de Special Forces voorgesteld als zijn sidekick 'Robin'. Rana's frons had een verklaring gerechtvaardigd, maar Moore had daar nooit meer aan gedacht.

Hij verstijfde en balde zijn vuisten, en dacht weer aan de manier waarop zijn jonge vriend was vermoord. Daardoor merkte hij niet eens dat er iemand achter hem liep, tot hij iets kouds en hards in zijn nek voelde, waarschijnlijk de loop van een pistool.

'Rustig aan,' zei de man in het Engels, met een lage, schorre stem alsof hij zijn hele leven al rookte. 'Handen omhoog.'

Moore vergat vrijwel nooit om zijn directe omgeving in de gaten te houden; zo'n foutje kon hem zijn baan kosten bij de Special Activities Division, misschien zelfs bij de Agency. Maar nu Rana dood was, had hij het gevoel alsof hij een jongere broer had verloren. En door toe te geven aan zijn frustratie en woede, had hij zijn aandacht laten verslappen.

De man controleerde Moores heupen, reikte omhoog en voelde bijna meteen het schouderholster. Hij maakte de rits van het vest los, trok het klittenband van de holster los en haalde Moores Glock eruit.

'Nu instappen en de motor starten.'

Moore klemde zijn kaken op elkaar en vervloekte zichzelf om zijn blunder. Zijn polsslag versnelde nu hij niet wist wat hem te wachten stond. Hij had geen idee wat de man met zijn pistool had gedaan, maar hij kon het andere pistool nog steeds tegen zijn hoofd voelen. Te dichtbij. Te gevaarlijk om iets te doen. Het was heel goed mogelijk dat hij één pistool weg kon slaan, terwijl het andere op zijn borstkas gericht was. Boem. Doodgeschoten met zijn eigen Glock. 'Jij bent de baas,' zei hij. Langzaam stapte hij in de auto, waarna de man snel het achterportier opentrok, op de achterbank sprong en het pistool weer tegen Moores hoofd drukte.

'Wil je de auto?' vroeg Moore. 'Mijn geld?'

'Nee, *ese*. Gewoon doen wat ik zeg.'

Moore reed de parkeerplaats af en zag in de achteruitkijkspiegel dat de beide mannen in de Corolla sprongen om hen te achtervolgen.

Hij ving ook een glimp op van de man op de achterbank. Hij had een grijze baard en zijn krullerige haar was antracietkleurig. Hij droeg een blauw sweatshirt en een spijkerbroek, en een gouden ring in zijn linkeroor. Hij had zijn ogen permanent halfdicht geknepen. Hij leek absoluut niet op de boeven in de auto achter hen en hij sprak verrassend goed Engels. Die stomkoppen reden al achter hen aan, maar Moore wist niet zeker of ze konden zien dat hij was ontvoerd, en ook wist hij niet zeker of zijn ontvoerder hen al had gezien.

Hij reed nog een minuut door, sloeg op commando rechts af en zei toen: 'Er rijdt een auto achter ons aan, die Toyota met dat rode zijpaneel. Twee mannen. Horen ze bij jou?'

De man op de achterbank draaide zich snel om, zag de auto en uitte een Spaanse vloek.

'Wat doen we nu?' vroeg Moore.

'Doorrijden.'

'Geen vrienden van je dus?'

'Bek houden!'

'Luister, als het je niet om mijn auto of mijn geld te doen is, waar gaat het dan om?'

'Waar het om gaat, is dat jij doorrijdt.'

Moores mobieltje rinkelde. Shit. Hij zat nog in zijn borstzakje, want de man had hem niet ontdekt.

'Vergeet het maar,' zei de man waarschuwend.

De ringtone gaf aan dat Fitzpatrick hem een sms had gestuurd, en als die sms iets met Moores passagier te maken had, was Fitzpatrick een beetje te laat met zijn waarschuwing.

'Gooi die verdomde telefoon uit het raam.'

Moore stak zijn hand in zijn zak, zette de telefoon met het schuifje aan de zijkant op de trilstand en gooide het leren hoesje van de telefoon naar buiten voordat de man er goed naar had kunnen kijken.

'Waar gaan we naartoe?' vroeg hij en hij stopte de telefoon weer in zijn zak.

'Geen vragen meer.'

Moore keek nog eens in de spiegel, terwijl zijn ontvoerder achteromkeek naar de misdadigers die achter hen aan reden.

De auto achter hen gaf gas, zodat de ruimte tussen de beide auto's snel kleiner werd. De man op de achterbank werd onrustig, schoof naar voren en keek steeds vaker achterom. Hij zat nu te hijgen, maar zijn pistool was nog steeds op Moores nek gericht. Hij had Moores Glock achter zijn riem gestoken. Moore ging langzamer rijden toen het verkeerslicht op rood sprong. Hij keek om zich heen: Wendy's, Denny's, McDonald's, Popeyes en Starbucks. Even had hij het gevoel dat hij weer in San Diego was, met de smog en de stank van benzine en uitlaatgassen die via de airco de auto binnenkwamen. Slecht deel van de stad. Slechte man op de achterbank. Een gewone werkdag.

'Waarom stop je?' riep de man.

Moore wees en zei: 'Stoplicht!'

'Doorrijden, doorrijden!'

Maar het was al te laat. De auto achter hen stopte, de beide mannen sprongen eruit en begonnen te schieten.

'Nee, nee, nee!' riep Moore. Hij trapte het gaspedaal diep in en reed met veel lawaai de kruising op, waar hij maar net een pick-up kon ontwijken waarvan de achterklep bijna het wegdek raakte.

De twee stomkoppen achter hen waren van plan hun pistolen leeg te schieten; de kogels sloegen in de kofferbak, de ruiten versplinterden en Moores passagier slaakte een gesmoorde kreet.

Moore keek achterom, maar wenste dat hij dat niet had gedaan. De man lag op de achterbank en had schotwonden in hoofd en schouder. Hij bewoog zich niet en er vormde zich een plasje bloed op de bank. Moore vloekte.

Moore keek even in de achteruitkijkspiegel en zag dat de mannen terug naar hun auto renden, instapten en achter hem aan reden. Ze staken de kruising over waarbij ze maar net twee kleine personenauto's konden ontwijken.

Ze kwamen bij een andere kruising en daarachter lag het 'betere' deel van de *barrio*, met tinnen daken die met spijkers op hun plek werden gehouden in plaats van met oude vrachtwagenbanden. Moore wist niet zeker waar hij was en had met behulp van de gps op zijn smartphone naar de bar willen rijden. Nu had hij natuurlijk geen tijd het adres in te voeren...

Toch haalde hij zijn mobieltje uit zijn zak, zette hem op de speaker en toetste het directie nummer van Langley in. Een bekende mannenstem antwoordde: 'Drie-twee-zeven. Hoe kan ik u helpen?'

'Loods me naar de V Bar. Breng Fitzpatrick op de hoogte.'

'Oké. Blijf aan de lijn...'

Moore keek weer in zijn achteruitkijkspiegel en zag dat de beide stomkoppen die hem achtervolgden voor een grote bestelbus draaiden. De chauffeur racete op de volgende kruising af.

Op het moment dat Moores auto de kruising gepasseerd was, sprong het verkeerslicht op rood.

Een oude man op een fiets met manden voor- en achterop reed de straat op. De manden zaten boordevol dekens en plastic flessen en een paar rugzakken. Hij fietste over het zebrapad, waar net een paar mensen overstaken.

De sufkoppen die Moore achtervolgden, konden niet op tijd stoppen.

De man en de fiets vlogen als speelgoed door de lucht en de motorkap van hun auto vouwde dubbel als een taco, maar ze reden door. De voetgangers schreeuwden en renden achter hen aan, en de man en de fiets waren algauw niet meer te zien.

Er kwam een stem uit de speaker van Moores smartphone: 'Links afslaan. Nu. Daarna bij het derde verkeerslicht rechtsaf. Ik zal de lokale politie bellen en vragen of ze je kunnen helpen. Ik heb nu ogen in de lucht op jouw positie. Ik zie je achtervolgers.'

'Bedankt.' Moore trapte het gaspedaal dieper in toen het volgende verkeerslicht op oranje sprong. Hij had al gemerkt dat automobilisten in Juárez een rood, oranje en groen verkeerslicht meestal als niet meer dan een indicatie beschouwden. Velen namen hooguit gas terug voor een rood verkeerslicht en reden vervolgens gewoon door, zelfs als ze niet betrokken waren bij een achtervolging. Moore sloeg links af.

Volgens het bordje heette deze straat de Paseo Triunfo de la República, en dankzij de bushaltes, billboards en schone trottoirs in deze zakenwijk voelde Moore zich iets meer op zijn gemak. Er waren vrij veel voetgangers op straat en hij hoopte dat de slimmeriken achter hem zich wel twee keer zouden bedenken voordat ze in deze wijk stomme stunts uithaalden.

Hij scande de zijstraten waar hij langsreed en zag dat er aan beide kanten geparkeerde auto's stonden. De straten waren zo smal dat je maar één kant op kon, hoewel hij geen borden zag die aangaven dat het eenrichtingswegen waren.

De sukkels achter hem wonnen terrein en de passagier hing uit het raam en richtte zijn pistool.

Daar was het. Derde verkeerslicht. 'Drie-twee-zeven? Ik heb je niet meer nodig, bedankt.'

'Zeker weten?'

'Zeker weten. Ik neem later weer contact op.'

Moore hield zijn adem in, reed de eerstvolgende zijstraat in en gaf plankgas. Hij snakte naar adem toen hij door de steeg racete, maakte een scherpe bocht naar links, reed een vuilcontainer omver en bleef doorrijden. Hij reed nu aan de achterkant van de V Bar, die zich links van hem bevond.

Hij keek achterom, niemand te zien. Een auto kwam van de kruising voor hem en reed recht op hem af; geschrokken realiseerde hij zich dat dit de boeven waren die hem achtervolgden. Ze hadden zijn plan doorzien. Maar hij dacht dat het sufkoppen waren. Wat was er met hen aan de hand? Waarom waren ze nu opeens zo slim? Nu keken ze wie het eerst bang werd en Moore kon geen kant op.

Hij reikte naar de achterbank, probeerde een van de pistolen te pakken – die van de man op de grond of zijn eigen Glock die de man in zijn riem had gestoken – maar hij kon er niet bij.

Hij liet het gaspedaal los en wilde de auto net in zijn achteruit zetten toen een andere auto hem hard achterop reed. Een oudere Range Rover met een gigantische Latijns-Amerikaanse man achter het stuur – zo groot als een sumoworstelaar of een Samoaanse krijger – en Moores collega en mede-JTF-teamlid Fitzpatrick zat ernaast met zijn pistool in de aanslag. Was dit de cavalerie of het executieteam? Hoe dan ook, Moore zat klem tussen de leden van twee rivaliserende kartels en had een lijk op de achterbank liggen. Daarom deed hij wat zijn training hem had geleerd: hij maakte zich klaar om het schip te verlaten. Hij zette de auto in de parkeerstand, draaide zich vliegensvlug om en greep zijn Glock. Daarna sprong hij de auto uit, rolde over het trottoir en zocht dekking achter twee geparkeerde auto's. Het portier veranderde in een speldenkussen en werd doorzeefd met kogels.

God helpt hen die zichzelf helpen. Hoogste tijd dat Moore Moore ging helpen.

Hij kroop achter de auto langs, keek naar de straat en zag dat de twee mannen die hem hadden achtervolgd dood waren; hun ruggen zaten vol schotwonden.

Omdat Fitzpatrick bij de andere Sinaloa was, dacht Moore dat zijn collega, als hij zich overgaf, de situatie misschien wel beter in de hand kon houden, hen misschien wel kon overhalen om te praten in plaats van te schieten. Als Moore op de vlucht sloeg, zou hij niet alleen worden beschoten, maar ook weer terug zijn bij af: dan moest hij nog steeds proberen een ontmoeting met de hoogste baas te regelen. Hij was natuurlijk niet van plan geweest op deze manier de aandacht van het kartel te trekken.

Zijn naam was Scott Howard. Wat zou een zakenman die zonnepanelen maakte doen, een man wiens gevaarlijkste momenten op de golfbaan plaatsvonden in plaats van in het centrum van Juárez?

Hij dacht hier nog even over na en schreeuwde toen in het Spaans naar de mannen van de Range Rover. 'Ik ben een Amerikaan. Ik ben hier voor zaken! Ik was ontvoerd!'

'Ja, door ons,' antwoordde een man die duidelijk niet Fitzpatrick was. Moore keek even om de auto heen.

Een gangster in een leren jasje met een kromme neus bleef achter het portier van de Range Rover zitten en wipte een leeg magazijn uit zijn pistool.

'Die mannen hebben ons beschoten. Ze hebben de man die achter me zat vermoord,' zei Moore.

Een andere stem zei: 'Dat weten we. Kom hierheen!'

Terwijl Moore langzaam zijn handen omhoogstak, met het pistool in zijn rechterhand goed zichtbaar, maakten twee mannen met een kaalgeschoren schedel zich los van de groep bij de Range Rover. Ze tilden de lijken van de beide boeven van de Toyota weer in hun auto, waarna een van de mannen achter het stuur ging zitten en wegreed. Moore werd omsingeld door drie andere mannen, onder wie de getatoeëerde man met de neusring. Fitzpatrick was bij ze en ontweek zijn blik. Goed. Een andere man stapte in Moores auto, reed achteruit en verdween.

De dikke chauffeur van de SUV woog minstens honderdtachtig kilo, dacht Moore; de dikke vetlagen van zijn maag golfden, zelfs als hij alleen maar ademhaalde. Dit was de beruchte Luis Torres, leider van het moordteam van het Sinaloa Cartel en Fitzpatricks 'baas'. Hij droeg een zwart honkbalpetje met de klep naar achteren en een overdadige hoeveelheid getatoeëerde bliksemschichten leken over zijn enorme armen te knetteren. Op zijn biceps had hij een ingewikkelde tatoeage van een soort skelet in een golvend religieus gewaad. Dit was Santa Muerte, de heilige van de dood, aanbeden door drugshandelaren. Op zijn oogleden waren ogen getatoeëerd zodat het zelfs als hij knipperde leek alsof hij naar je keek. Dat was bijna even angstaanjagend als het gezicht van de man: zo dik, zo rond, zo vet, dat hij moeite moest doen om tussen de vetlagen rond zijn ogen door te kijken. En zijn gebit... Zijn rottende en vergeelde tanden, waarschijnlijk weggevreten door een dieet van junkfood, wekten Moores afkeer op en hij moest moeite doen dit niet te laten blijken.

Hij slaakte een zucht. In elk geval schoten ze niet meer.

Voorlopig.

Oké. Hij was gevangengenomen door het Sinaloa Cartel. Schaakmat. Laat je niet vermoorden, dacht hij. En zorg dat ze niet zien dat je staat te trillen op je benen.

Torres perste zijn lippen op elkaar en keek fronsend naar Moores pistool, waarbij de lange haren op zijn kin als een bezem heen en weer zwaaiden. 'Wat doe je daarmee?' Zijn neusvleugels trilden toen hij dit in het Engels vroeg.

'Dat zei ik toch, ik ben Amerikaan en ben hier voor zaken.'

'Ik ook.'

'Echt waar?'

Torres snoof. 'Ik ben geboren in het South-Central LA.'

'Ik kom uit Colorado,' zei Moore.

'Dus je bent hier voor zaken? Wat voor zaken?'

'Zonnepanelen.'

'En heb je altijd een pistool bij je?'

'Dat heb ik afgepakt van de man op de achterbank.'

Torres' blik werd harder en hij grinnikte. 'En je draagt altijd een schouderholster, gewoon voor het geval je ergens een pistool vindt?'

Toen realiseerde Moore zich pas dat de rits van zijn vest openstond.

'Je bent al dood, man. Weet je dat wel? Je bent al dood.'

'Luister, ik weet niet wie je bent, maar jullie hebben mijn leven gered. Daar wil ik jullie voor betalen.'

Torres schudde zijn hoofd. 'Je kraamt onzin uit.'

Een paar blokken verderop hoorden ze een politiesirene. Aha, de lokale politie die Moores mannetje in Langley had opgeroepen, maar Torres noch zijn mannen reageerden op dat geluid.

'Het spijt me dat je me niet gelooft. Kan ik misschien met iemand anders praten?'

Torres vloekte zacht. 'Neem deze lul mee.'

Moore werd naar een kantoor op de eerste verdieping gebracht, boven de dansvloer van de club. Daar zat hij op een metalen klapstoeltje, en keek somber naar de bruine jarenzeventigpanelen aan de muren en het zware stalen bureau naast het raam. De boekenplank achter het bureau zakte door onder het gewicht van tientallen mappen, en aan het plafond hingen zoemende neonlampen. Het enige moderne in de kamer was de iPad op het bureau. Fitzpatrick, twee andere misdadigers en Torres bleven in de kamer en Torres ging in de bureaustoel zitten als een oude walrus die het water testte voordat hij zich erin liet zakken. In zijn geval controleerde de man of de stoel het niet onder zijn enorme gewicht zou begeven.

'Wat doen we nu?' vroeg Moore, waarop alle andere mannen begonnen te grijnzen.

'Luister, klootzak. Begin maar te praten, want anders is het *el guiso* voor je. Begrijp je dat?'

Moore slikte en knikte.

El guiso, of 'de stoofpot', was een bekende executiemethode van de kartels. Ze stopten je in een grote ton, schonken benzine of diesel over je heen en staken je in brand, als een stoofpot van mensenvlees. Met die methode was het schoonmaken en wegwerken van je lichaam in een handomdraai voor elkaar.

Torres sloeg zijn armen over elkaar. 'Werk je bij de federale politie?'

'Nee.'

'De lokale politie?'

'Nee.'

'Waarom ben je al die oude gebouwen dan aan het bezichtigen?'

'Ik hoopte dat ik de eigenaar zou kunnen spreken. Dus jij hebt die vent gestuurd die me heeft ontvoerd?'

'Ja, inderdaad,' zei Torres. 'Knoeiwerk.'

'Niet echt, ik ben hier toch?'

'Wie ben je?'

'Oké, dit is het verhaal. Ik ben iemand die je baas kan helpen. Ik moet met hem praten, *mano a mano*.'

Torres grinnikte. 'Van je leven niet.'

'Luis, je moet even heel goed naar me luisteren.'

Torres keek hem strak aan. 'Hoe weet je mijn naam?'

'We weten veel meer dan dat, maar ik zal ter zake komen. Ik werk voor een groep internationale investeerders. We zijn gevestigd in Pakistan en we hebben bijzonder lucratieve opiumzaken met het Juárez Cartel gedaan tot we werden belazerd. Mijn bazen willen het Juárez Cartel ruïneren. Punt uit.'

'En waarom zou ons dat interesseren?'

'Omdat ik hiernaartoe ben gestuurd om de leiders van dat kartel te elimineren. En daar ga jij me bij helpen.'

Torres grijnsde en vroeg in het Spaans aan de andere mannen: 'Horen jullie wat deze *gringo* zegt? Dat geloven jullie toch niet?'

'Dat zouden ze wel moeten geloven. Geef me mijn telefoon. Dan zal ik jullie een paar foto's laten zien.'

Torres wendde zich tot Fitzpatrick, die Moores smartphone in beslag had genomen. Hij gooide hem naar Moore.

Torres liep naar hem toe en zei: 'Als je een telefoontje pleegt of een waarschuwing verstuurt of zo, dan schieten we je nu dood.'

'Je wilt me echt niet vermoorden. Ik word je nieuwe beste vriend.' Moore drukte op het beeldscherm van zijn telefoon tot hij bij zijn fotogalerij kwam en hij scrolde naar een foto van Dante Corrales.

'Is dit een van de klootzakken die jij dood zou willen hebben?'

'Corrales...' hijgde Torres.

'Ik moet met je baas praten. Ik betaal je vijftigduizend als ik die kans krijg.'

'Vijftigduizend?' vroeg Torres verbaasd. 'Je bent hier niet alleen, wel?'

Moore keek bijna naar Fitzpatrick. Bijna.

'We zijn niet in jullie geïnteresseerd. We willen misschien zelfs wel een nieuwe deal met jullie sluiten. Maar eerst wordt het el guiso voor Corrales en al zijn vrienden...'

Torres leunde achterover, waardoor de bureaustoel luid begon te kraken. En toen knikte hij. 'Waar heb je dat geld? In je hotel?'

'Elektronisch bankieren.'

'Het spijt me, gringo. Alleen contant geld.'

'Dat begrijp ik. Ik zorg dat je je geld krijgt. Jij zorgt dat ik met je baas kan praten. En je hebt gelijk. Ik ben hier niet alleen.'

17

Sommige mensen hebben geld en wapens

Rojas' Boeing 777
Onderweg naar Bogotá, Colombia

Jorge Rojas staarde afwezig door het ovalen raampje naar buiten en slaakte een zucht. Ze vlogen nu op een hoogte van twaalfduizend meter en het lawaai van de Rolls-Royce Trent 800-motoren van zijn Boeing 777 was in de goed geïsoleerde cabine gereduceerd tot een zacht gebrom. Dat was opvallend, omdat de 777 de grootste turbofanmotoren had die een vliegtuig maar kon hebben; dat kon ook haast niet anders, gezien de kosten. Hij had bijna driehonderd miljoen dollar betaald voor dit vipvliegtuig, het grootste tweemotorige straalvliegtuig ter wereld dat vaak de 'drie maal zeven' werd genoemd. Hij kon bijna de halve wereld rondvliegen voordat hij moest landen om te tanken. Als hij haast had, konden zijn piloot en copiloot, ervaren en gerenommeerde piloten van de Mexican Air Force, hem met een snelheid van 950 km/u van A naar B vliegen. Het vliegtuig was, net als Rojas' vele huizen, een bewijs van zijn succes en bovendien een fantastisch toevluchtsoord. Nadat hij het vliegtuig in ontvangst had genomen, was hij ermee van de Boeing-fabriek in Seattle naar de Lufthansa-basis in Hamburg gevlogen waar het was voorzien van een compleet op maat gemaakte cabine volgens zijn specifieke en ambitieuze wensen. Hoewel hij vijftig eersteklaspassagiers kon vervoeren, was het grootste deel van het vliegtuig veranderd in zijn huis en kantoor in de lucht, inclusief een grote slaapkamer. De travertijnen badkamer had een zeskoppige douche, een vierpersoonssauna en een bubbelbad. Het kantoor was ingericht met antieke Franse meubels die aan de vloer waren vastgeschroefd. Zelfs zijn boekenplanken hadden rekjes die voorkwamen dat de boeken eraf konden glijden. Hoewel de meubels oud waren, was de apparatuur modern:

printers, scanners, computers, een wifi-netwerk, webcams en alle andere apparatuur die hij dacht nodig te hebben. Tegenover zijn bureau stond een vergadertafel met een breedbeeldtelevisie en een projectiescherm. Eromheen stonden met leer beklede, luxe stoelen die door zijn gasten werden bewonderd. Naast het kantoor was een mediaruimte met nog een breedbeeldtelevisie, een grote bank en relaxfauteuils, maar ook een grote bar bemand door Hans DeVaughn, winnaar van de World Class Bartender Competition die Rojas had gerekruteerd toen hij in Spanje was. De World Class Bartender Competition werd beschouwd als de Oscar van de barkeepers en Hans had met zijn kennis, vaardigheden en creatieve flair meer dan zesduizend barkeepers uit vierentwintig verschillende landen achter zich gelaten. In feite had Rojas al zijn zeven barkeepers tijdens zakenreizen in Europa gevonden en ze hadden allemaal hun eigen relatief kleine, maar functionele verblijf met een douche en een couchetteachtig bed voor langere reizen. Ten slotte bevatte het vliegtuig nog een keuken met convectieoven en fornuis, een bijzondere ruimte die zijn chef-kok J.C., die al jarenlang voor hem werkte, had helpen ontwerpen. De man had erop gestaan dat zijn keuken volledig werd ingericht, waar ze maar naartoe gingen. Een paar van Rojas' zeer speciale vips hadden opgemerkt dat ze de Amerikaanse Air Force One maar armoedig vonden vergeleken met Rojas' vliegende paleis. De koning van Jordanië had schertsend gezegd dat hij het een teleurstelling vond dat er geen zwembad aan boord was.

'Lach maar niet,' zei Rojas. 'De Russen hadden een zoutwaterzwembad aan boord van hun Typhoon-klasse onderzeeërs. Maar ik kan u verzekeren dat mijn volgende vliegtuig groter zal zijn, en dan zorg ik voor uw zwembad.'

'Niet nodig, hoor. Alles wat er wel is, is al spectaculair genoeg.'

Rojas bevond zich inderdaad in een cocon van duur leer en glanzend gewreven houten accenten, J.C. maakte een uitgebreid diner voor hem klaar en bovendien had hij meer geld dan hij in duizend levens kon opmaken. Ja, zelfs de Noord- en Zuid-Amerikaanse beurzen stonden hoger dan de afgelopen vijf maanden het geval was geweest. Het leven was geweldig. Hij zou dus niet zo somber moeten zijn.

Helaas werd Miguel te snel volwassen. Hoewel Rojas had meegeholpen een leuke vriendin voor de jongen te vinden, had hij daar nu wel een beetje spijt van, want dit meisje – dat hem zo erg aan zijn geliefde Sofia deed denken – zou nu het middelpunt van Miguels leven worden. Rojas glimlachte. Hij voelde gewoon de pijn die elke vader voelde als hij zich realiseerde dat zijn zoon onafhankelijk van hem werd. Dat was alles. Dat was logisch en daar zou hij zich niets van moeten aantrekken.

Maar dat was gemakkelijker gezegd dan gedaan. Als hij hen samen zag, zo jong en levendig en knap, zag hij in gedachten zichzelf en Sofia. Hij was jaloers, natuurlijk, jaloers op zijn zoons jeugd en het feit dat hij iemand had gevonden om van te houden, terwijl Rojas de liefde van zijn leven was kwijtgeraakt. Was het verkeerd om dit te voelen? Was het verkeerd om jaloers te zijn op je eigen zoon?

Tegenover hem zat Jeffery Campbell, een oude vriend van de USC en oprichter van Appstarr, een bedrijf dat zich bezighield met applicaties voor verschillende platforms voor mobiele telefoons. Campbell had miljoenen verdiend en breidde met behulp van Rojas zijn zaken uit naar Zuid-Amerika. Ze hadden samen gevoetbald en waren ooit uit geweest met een stel tweelingzusjes, wat op de campus opschudding had veroorzaakt omdat bijna alle studenten verliefd op hen waren.

'Volgens mij ben je diep in gedachten,' zei Campbell.

Met een zwakke glimlach zei Rojas: 'Niet zo diep. Hoe gaat het?'

'Redelijk. Ik heb altijd gedacht dat ik eerder zou sterven dan hij. Het is niet gemakkelijk je broertje te begraven.'

Die laatste zin raakte Rojas. 'Natuurlijk niet.'

Campbells broer, die op de universiteit had gesport en nog nooit een sigaret had gerookt, had longkanker gekregen en was plotseling overleden. Hij was achtendertig geworden. Zijn artsen vermoedden dat hij was blootgesteld aan verrijkt uranium toen zijn M1A1 Abrams-tank in Irak op een bermbom was gereden, maar het zou moeilijk zijn dat te bewijzen, en een schadeloosstelling van het leger krijgen zou nog moeilijker zijn.

Rojas' oudere broer was overleden toen hij nog maar zeventien was en Rojas vijftien. Ze waren opgegroeid in Apatzingán, in die tijd een veel kleiner stadje in de staat Michoacán in Zuidwest-Mexico. Hun vader was boer en rancher geweest die in het weekend voor een bedrijf werkte met vestigingen in enkele steden, en waarvoor hij landbouwwerktuigen en taxi's repareerde. Hij was een breedgeschouderde man met een dikke snor en een geelbruine vilten hoed, waarvan sommige mensen weleens voor de grap zeiden dat hij die waarschijnlijk zelfs in bed droeg. Hun moeder, die met haar grote bruine ogen en dikke wenkbrauwen zo kon kijken dat Rojas er de rillingen van kreeg, ploeterde eindeloos op de boerderij en hield hun huis perfect schoon. Zijn ouders hadden hem een arbeidsethos meegegeven waardoor hij zich nergens door liet afleiden, maar waardoor hij ook weinig geduld kon opbrengen voor mensen die nonchalant in het leven stonden.

Het was een koele en heldere nacht geweest, er kwam een stevige wind vanaf de bergen en het hek zwaaide heen en weer, doordat het slot doorgeroest was. De drie gangsters stonden, van achteren beschenen door de afnemende maan, te wachten op Rojas' broer Esteban. Ze droegen donkere kleren als de wrede man met de seis. De langste stond iets achteraf, als een wachtpost die het tafereel moest opnemen met een blik die machtiger was dan die van hem.

Rojas stapte de veranda op en greep zijn broer bij de pols. 'Geef het toch gewoon terug!'

'Dat kan niet,' zei Esteban. 'Ik heb het al uitgegeven.'

'Waaraan dan?'

'Aan de reparatie van de trekker en de waterleiding.'

'Ben je zo aan dat geld gekomen?'

'Ja.'

'Waarom heb je dat gedaan?' vroeg Rojas schor.

'Kijk toch eens naar ons! We zijn keuterboertjes! We werken dag en nacht, en waarvoor? Voor bijna niets! Zij werken voor het kartel en verdienen in vijf minuten wat wij in een hele maand verdienen. Het is niet eerlijk.'

'Dat is zo, maar toch had je het niet moeten doen!'

'Je hebt gelijk, ik had hun geld niet moeten stelen, maar dat heb ik wel gedaan. En nu is het te laat. Dus nu moet ik met hen praten. Misschien kan ik een klusje voor hen doen.'

'Blijf hier.'

'Ik moet dit afhandelen. Ik kan niet meer slapen. Ik moet een deal met ze sluiten.'

Esteban trok zijn arm los en liep de trap van de veranda af, over het zandpad naar het hek.

Rojas zou hem in zijn nachtmerries dat stukje keer op keer zien lopen. Hij onthield elke stap, elke beweging en elke schaduw op het corduroy jasje van zijn broer. Esteban trok zenuwachtig aan de manchetten van zijn jasje, hield de stof stevig vast. Rojas had altijd tegen zijn oudere broer opgekeken, en had hem nooit eerder bang gezien.

Maar zijn handen die aan zijn mouwen plukten en zijn loopje, zorgvuldig afgemeten, en zijn laarzen drukten dieper in de aarde dan anders... Daardoor wist hij dat zijn held, zijn beschermer, de jongen die hem had leren vissen, over rotsen springen en trekker rijden heel erg bang was.

'Esteban!' riep Rojas.

Zijn broer draaide zich snel om en hief zijn wijsvinger. 'Blijf op de veranda!'

Rojas wilde niets liever dan met zijn broer meelopen of naar binnen rennen om hun ouders te alarmeren, maar zij waren naar de stad gegaan om hun trouwdag te vieren, en Rojas' vader had trots verkondigd dat hij genoeg geld had gespaard om zijn vrouw op een duur etentje te kunnen trakteren.

Een van de gangsters zei iets tegen Esteban, die kortaf antwoordde, met overslaande stem. Esteban was vlak bij het hek en vreemd genoeg weigerden de gangsters zelf de tuin in te komen, alsof een of andere kracht hen tegenhield.

Pas toen Esteban het hek openduwde en op het zandpad stapte, gingen ze om hem heen staan. Rojas dacht aan het geweer dat zijn vader onder zijn bed had liggen. Hij overwoog ernaartoe te rennen en al die gemene jongens in het gezicht te schieten. Hij kon het niet langer aanzien dat zijn broer door deze *cabrones* werd lastiggevallen.

Hij dacht aan het snoep dat Esteban de week ervoor mee naar huis had genomen, een echte luxe voor hen, en hij realiseerde zich dat zelfs dat snoep met het gestolen geld was betaald.

'Hier,' had Esteban gezegd. 'Ik weet hoe gek je bent op chocolade.'

'Bedankt! Ik kan gewoon niet geloven dat je dit hebt gekocht!'

'Ik weet het, ik ook niet!' Toen alle chocolade op was en ze op hun stapelbed naar het plafond lagen te kijken, had Esteban gezegd: 'Je mag nooit bang zijn, voor niemand, Jorge. Mensen zullen proberen je te intimideren, maar niemand is beter dan een ander. Sommige mensen hebben geld en wapens. Dat is het enige verschil. Niet bang zijn. In dit leven moet je een vechter zijn.'

'Ik weet niet of *el padre* het daarmee eens is,' had Rojas gezegd. 'Hij heeft gezegd dat we bang moesten zijn voor de bendes.'

'Nee! Je mag nooit bang zijn.'

Maar Rojas was wel bang, banger dan ooit, nu hij de gangster tegen zijn broer hoorde schreeuwen.

De kleinste gaf Esteban een duw, maar hij duwde terug en schreeuwde: 'Ik betaal het geld wel terug!'

Daarna had de langste, de wachtpost die iets achteraf was blijven staan en geen woord had gezegd, een pistool uit zijn zak gehaald.

Rojas snakte naar adem, verstijfde, stak zijn hand uit...

Hij deinsde achteruit toen hij het schot hoorde en zag dat Estebans hoofd opzij klapte en dat hij op de grond viel.

Zonder een woord te zeggen rende Rojas het huis in, naar de slaapkamer van zijn vader. Hij greep het geweer en rende weer naar buiten.

De drie gangsters renden al over de akker, naar de maan die laag aan de horizon stond. Rojas rende langs het hek en schreeuwde hen iets achterna. Hij vuurde het geweer twee keer af, het geluid weerkaatste tegen het huis en de heuvels. De gangsters waren al ver buiten bereik. Rojas vloekte en bleef hijgend staan.

Daarna liep hij terug naar zijn broer die roerloos in de modder lag. Hij bukte zich en liet het geweer op de grond vallen. Hij rilde toen hij het gapende gat in Estebans hoofd zag. Zijn broer keek terug met een vreemde blik in zijn ogen en later, in zijn dromen en nachtmerries, zag Rojas de maan in die ogen en afstekend tegen die maan het silhouet van de wachtpost, met getrokken pistool. Rojas probeerde het gezicht van de jongen te zien, maar slaagde daar nooit in.

Hij legde zijn hoofd op de borstkas van zijn broer en begon te huilen. Een paar minuten later werd hij gevonden door een paar buren en na een tijdje kwamen zijn ouders thuis. Zijn moeder bleef de hele nacht jammeren.

Dat was in een ander leven, dacht Rojas. Hij streek met zijn vinger over de houten leuning van zijn stoel. Het verhaal van het dubbeltje dat een kwartje werd was een cliché, was hem verteld, maar toch daagde hij iedereen uit om zijn huidige leven een cliché te noemen. Ook al voelde hij nog steeds liefde en bewondering voor zijn broer, Rojas begreep nu wel dat Esteban een fatale en domme fout had gemaakt en Rojas had bijna zijn halve leven gezocht naar de jongen die Esteban had vermoord, maar tot nu toe had niemand hem hierbij willen helpen.

'Nou, Jorge, ik kan je hier niet genoeg voor bedanken. Voor alles. Ik bedoel, ik heb nooit eerder de president van een land ontmoet.'

'Ik wel, een heleboel,' zei Rojas. 'En weet je, het zijn gewoon mensen. Mensen zullen proberen je te intimideren, maar niemand is beter dan een ander. Sommige mensen hebben geld en wapens. Dat is het enige verschil.'

'Sommige mensen hebben ook een privévliegtuig,' zei Campbell met een grijns.

Rojas knikte. 'Ik reis graag.'

'Ik heb je dit vast al eens gevraagd, maar mensen zoals jij intrigeren me. Wat heeft volgens jou het meest aan je succes bijgedragen? Was het discipline of gewoon hersens? Geluk? Een beetje van alles? Ik bedoel, je hebt me verteld over dat stadje waar je bent opgegroeid. En nu ben je letterlijk een van de rijkste mensen ter wereld. In dat artikel in *Newsweek* stond dat je geschatte bezit minstens acht procent bedraagt van het bruto binnenlands product van Mexico. Dat is gewoon... verbijsterend. Wie had dit ooit gedacht, hè?'

'Je hebt het zelf ook heel goed gedaan. Doe jezelf niet tekort.'

Hij knikte. 'Maar dat is niets vergeleken met dit. Als ik zo rondkijk in dit prachtige vliegtuig van je, vraag ik je: hoe bereik je dit?'

'Bedrijven opkopen, verstandige investeringen doen... Ik weet het eigenlijk niet. Vooral dankzij de hulp van vrienden.'

'Doe niet zo gek.'

'Echt waar. De vriendschappen die ik heb gesloten zijn het belangrijkst, en in Colombia zul je dat ook zien.'

Campbell dacht hier even over na en knikte; het zag ernaar uit dat Rojas de vraag handig had omzeild. Maar toen vroeg Campbell: 'Denk je dat het de school was? Dat je het goed deed op school?'

'Tuurlijk, dat is zo. Vrienden en school.'

'Maar dat is niet de hele oplossing van het raadsel.'

Rojas vroeg fronsend: 'O, hoe bedoel je?'

'Dat zoveel van jouw bedrijven deze economische recessie hebben overleefd. Als ik het me goed herinner, is niet een van jouw bedrijven failliet gegaan. Gezien deze volatiele markt is dat ongelooflijk.'

Grijnzend zei Rojas: 'Ik heb goede mensen in dienst en een leger advocaten die mij en mijn investeringen beschermen.'

'De Subways die jij in Mexico bezit, maken meer winst dan die in de Verenigde Staten, ondanks het feit dat de mensen in Mexico minder geld tot hun beschikking hebben. Hoe krijg je dat voor elkaar?'

Hij schoot in de lach. 'We verkopen heel veel sandwiches.' Hij dacht aan de vergadering van de raad van bestuur van de vorige maand waar zijn team de jaarcijfers had gepresenteerd van de keten autobedrijven die hij in Mexico bezat. Maar weinig mensen wisten dat dit land van alle landen in de wereld de meeste auto's produceerde en verkocht. De cijfers waren teleurstellend geweest, maar toch was Rojas erin geslaagd zijn mensen ervan te overtuigen dat de verkoopcijfers van de dealers niet gelijk zouden blijven maar zelfs zouden vertienvoudigen.

'Maar hoe moeten ze dat doen met deze gigantische daling van het aantal verkochte auto's?' vroeg zijn CEO. Dat was een terechte vraag en de ongeveer tien mensen aan de lange vergadertafel hadden naar Rojas gekeken die aan het hoofd stond en zei: 'Ik heb direct contact gehad met de fabrikanten en ik beloof u dat uw verkoopcijfers zullen stijgen.'

Ze hadden ongelovig hun schouders opgehaald. Maar Rojas had ervoor gezorgd, en de telefoontjes en e-mails stroomden binnen: 'Dank u wel! Dank u wel!'

Eén manager had zelfs opgemerkt dat señor Rojas 'een magische kluis vol magisch geld bezat dat levens redde en gezinnen en scholen beschermde'.

De waarheid werd inderdaad vaak als grapje gebracht, maar de kluis in het herenhuis in Cuernavaca iets buiten Mexico City zat inderdaad boordevol dollars en peso's. Stapels contant geld. Miljoenen en miljoenen, geld dat handig zou worden witgewassen via de netwerken en lege vennootschappen, en gedeponeerd op rekeningen overzee als aanvulling op Rojas' legale zaken, zijn dealerships en restaurants en sigarettenfabrieken en telecombedrijven.

Want de enige onderneming die de slechte economische tijden niet alleen doorstond, maar daar zelfs profijt van had, was de drugshandel. Af en toe wenste Rojas dat hij zich kon losmaken van het bedrijf waarmee hij zijn imperium had kunnen opbouwen. Het was een grote uitdaging geweest zijn identiteit en betrokkenheid bij het kartel geheim te houden. Zijn vrouw en zoon waren niet op de hoogte van het Juárez Cartel en hoe Rojas als ouderejaarsstudent bij deze handel betrokken was geraakt.

Rojas had de afgestudeerde Enrique Juárez leren kennen. Zijn collega's en hoogleraren zeiden dat deze een genie was op het gebied van recombinant-DNA-gentechnologie en het productieproces van insuline. Juárez wilde een farmaceutisch bedrijf in Mexico opzetten om gebruik te kunnen maken van de goedkope arbeidskrachten daar. Rojas was zo onder de indruk van dit zakelijke voorstel dat hij een groot deel van zijn spaargeld investeerde (bijna twintigduizend dollar) in een partnerschap in het bedrijf. GA Lab (Genetics Acuña) was gevestigd in Ciudad Acuña (209.000 inwoners) aan de oevers van de Rio Grande, ten zuiden van Del Rio, Texas. Juárez had de opeenvolgende stappen van hun operatie uitgelegd: stap 1 was het vormen van de A-keten met 21 aminozuren en de B-keten met 30 aminozuren als de precursor van de synthetische humane insuline. Na vorming van de A- en B-ketens zou GA het materiaal terugsturen naar de Verenigde Staten, waar het zou worden gehecht aan plasmiden, spiraalvormige DNA-strengen. Voor de volgende stap in het insulineproductieproces zouden speciale enzymen worden gebruikt.

De contracten kwamen binnen. De zaken liepen goed en in de daaropvolgende vijf jaar verdienden Rojas en Juárez een salaris van zes cijfers. Rojas zag heel duidelijk het voordeel van het bezit van een farmaceutisch bedrijf met een legale façade en begon achter Juárez' rug om met de productie van zwarte-marktversies van medicijnen als Dilaudid, Vicodin, Percocet en Oxycontin, die allemaal meer geld opleverden dan de insuline.

Op een vrijdagavond, tijdens een uitgebreid etentje en een verhitte discussie keek Juárez Rojas door zijn dikke brillenglazen aan en zei: 'Jorge, ik kan de richting die je met ons bedrijf inslaat niet waarderen. Er staat nu te veel op het spel. We hebben te veel te verliezen. Het kan me niets schelen hoeveel geld we met die zwarte-marktmedicijnen verdienen. Als we worden betrapt, zijn we alles kwijt.'

'Ik begrijp het. Daarom zou ik je wel willen uitkopen. Met dat geld kun je dan een nieuw bedrijf oprichten. Ik zal een goed bod doen, want ik wil niet dat je ongelukkig bent. We zijn hieraan begonnen met geweldige ideeën en heel veel gebeden. Als ik je uitkoop, kun je iets anders gaan doen.'

'Ik heb dit bedrijf bedacht. Dit bedrijf is vanaf het begin mijn idee geweest. Dat weet je heel goed. Ik ga het echt niet aan jou verkopen! We waren partners, maar je hebt hierover nooit met mij overlegd. Je hebt het achter mijn rug om gedaan en nu kan ik je niet meer vertrouwen.'

Rojas verstijfde. 'Je zou niets betekenen, zonder mijn geld.'

'Ik ga je dit bedrijf niet verkopen. Ik vraag je om niet meer alles op het spel te zetten.'

'Je moet mijn aanbod wel accepteren.'

'Nee, dat doe ik niet.' Juárez stond op, veegde zijn mond af en stormde weg.

De volgende ochtend probeerde hij alle wetenschappers en laboranten te ontslaan die Rojas had aangenomen. Rojas zei dat hij maar beter weg kon gaan, een week vakantie moest opnemen, gaan skiën in Zwitserland; hij kon immers niet helder nadenken. Juárez bezweek ten slotte onder deze druk en ging op vakantie. Helaas overleed hij tijdens een afschuwelijk 'ongeluk' tijdens het skiën en liet al zijn geld en bezittingen na aan zijn bejaarde moeder die meteen een bijzonder aantrekkelijke deal met Rojas sloot.

Het Juárez Cartel was onofficieel vernoemd naar de stad waar het bedrijf de meeste zaken deed, maar de ironie wilde dat het ook de naam was van de man die de onderneming had opgericht. Rojas was begonnen met een klein farmaceutisch bedrijf dat hij uitbreidde tot veel meer bedrijven die hem weer in staat stelden bedrijven op te richten die geld konden witwassen door de aankoop van terreinen met onroerend goed in een paar van de dichtstbevolkte delen van Mexico. Hij kwam tot de ontdekking dat hij op de snelste manier expertise in nieuwe ondernemingen kon verwerven door het tijdrovende leerproces te omzeilen en al bestaande succesvolle bedrijven op te kopen. Zijn kennis van financiën en hoe hij producten moest verplaatsen en verkopen leidde tot de snelle – zelfs extreme – groei van zijn imperium. Toch kampte ook zijn organisatie met problemen. Drie van de hoogste bazen van het kartel putten de drugssmokkeloperaties uit, gebaseerd op hun ego en overmoed, zodat hij gedwongen was hen hun macht 'af te nemen'. Die beslissing – net als die met betrekking tot Juárez – kwelde hem nog steeds, maar hij wist dat de operatie ter ziele zou gaan, en hij erbij, als hij niets deed.

In de afgelopen jaren had hij stukken land in New York City gekocht en miljoenen verdiend door deze percelen weer door te verkopen. Hij kocht bijna failliete boeken- en tijdschriftenuitgevers uit en kocht aandelen. Hij overwoog regelmatig om het hele kartel en alle zaken erbij over te doen aan Fernando Castillo, die waarschijnlijk een stabiele en slimme leider zou blijken te zijn. Rojas had op het punt gestaan ermee te stoppen, maar toen was de wereldeconomie ingestort en was hij gedwongen geweest zijn bedrijven sterker te maken en zijn verdiensten op te krikken en aan te blijven als de geheime leider van wat inmiddels het winstgevendste en machtigste drugskartel van Mexico was geworden.

Hoe hij dat had gedaan? Heel even overwoog hij Campbell de waarheid te vertellen: *Jeffrey, de wereld is niet fair. De wereld heeft me mijn lieve vrouw ontnomen. Daarom kan ik me niet aan de regels houden. Ik moet risico's nemen, net als mijn broer heeft gedaan. Daarom doe ik wat ik moet doen. Ik doe wat ik goed kan doen in de wereld, maar ik weet dat andere levens worden geruïneerd, dat goede mensen doodgaan, maar ook dat veel andere levens gespaard worden. Dit is mijn afschuwelijke geheim. Mijn vreselijke geheim. Maar daar hoef jij niet mee te leven... Alleen ik.*

J.C. bracht hun diner: verse *fajitas*, waardoor de cabine werd gevuld met een verrukkelijk aroma. Rojas dacht aan Miguel die algauw met zijn jonge vriendin op vakantie zou gaan.

Wat voor dag zou het zijn? De dag waarop zijn enige zoon de waarheid hoorde?

18

De slapende hond

Casa de Nariño
Bogotá, Colombia

Het presidentieel paleis van Colombia was vernoemd naar Antonio Nariño, geboren in 1765 en een van de politieke en militaire leiders van de Colombiaanse onafhankelijkheidsbeweging. Hij had zijn eigen huis op diezelfde plek gebouwd: vier paar ronde zuilen vormden een prachtige zuilengang naar de entree van het paleis. Toen Rojas in de schaduwen van dit indrukwekkende kunstwerk liep, dacht hij dat het geweldig moest zijn om in een huis te wonen met zoveel traditie. Jeff Campbell liep achter hem aan.

President Tomas Rodriguez was er al en keek hen stralend aan. Hij had dik donkerbruin haar en droeg een zwart pak, een wit overhemd en een goudkleurige zijden das. Rojas had nog nooit een stof gezien die zo glad was en zo glansde, en hij nam zich voor de president ernaar te vragen.

Tijdens hun korte begroeting keek de president hen recht aan en gaf Rojas en Campbell een stevige hand, gevolgd door een *abrazo* en een stevige schouderklop voor Rojas. 'Het is al veel te lang geleden, mijn vriend.'

'Sorry dat we zo laat zijn,' zei Rojas. 'Maar na die toestand in Parijs heeft het ons bijna drie uur gekost om door de douane te komen.'

'Ik begrijp waarom jullie laat zijn,' zei Rodriguez. 'Ik heb alles klaargezet in de bibliotheek. Ik zal vanavond niet voor tienen naar bed gaan, zodat we alle tijd hebben. Als het niet te koud is, kunnen we ook wel naar het observatorium gaan. Ik ben ervan overtuigd dat jullie me de oren van het hoofd zullen kletsen met de verslagen over jullie holdings, meer dan ik ooit had willen weten over petroleum, koffie en kolen... Ik kan jullie nu alvast vertellen dat we er veel beter voorstaan dan de vorige keer dat we elkaar hebben gesproken.'

'Ja, dat is zo,' zei Rojas opgewekt.

De president draaide zich om en liep voor hen uit naar binnen.

Campbell keek grijnzend naar Rojas. 'Dit is ongelooflijk.'

'Inderdaad,' zei Rojas. Toen voegde hij er fluisterend aan toe: 'En als we klaar zijn, heb je een overheidscontract, geloof me.'

'Fantastisch,' zei Campbell onder de indruk.

Ze liepen langs de grote hal waar fraaie ingelijste kunstwerken hingen, waaronder enkele schilderijen van Antonio Nariño zelf, maar er stonden ook eeuwenoude sierlijke meubels. Rojas liet allang niet meer blijken dat hij onder de indruk was van de geschiedenis en de rijkdom van dit gebouw, maar hij vond het leuk om te zien dat Campbell, terwijl ze door het paleis liepen, met grote ogen om zich heen keek.

Zijn telefoon trilde. Een sms van Fernando Castillo: IK BEN NU HIER MET BALLASTEROS. IK HEB DE USB-STICK.

Rojas knikte inwendig. Ballasteros had een bijzonder zware tijd achter de rug en Rojas was blij dat ze nu in het land waren om zijn trouwe leverancier te helpen. Ballasteros' vijanden zouden binnenkort de woede van het Juárez Cartel over zich heen krijgen.

Basiskamp FARC
Ergens in het oerwoud
Vlak bij Bogotá, Colombia

Kolonel Julio Dios van de Revolutionary Armed Forces of Colombia (FARC), de grootste en oudste rebellenbeweging van de beide Amerika's, ging in zijn tent op zijn veldbed liggen. Hij was vandaag vijftig geworden en hij had de hele dag samen met zijn mannen gedronken en feestgevierd. Maar het woord 'mannen' was eigenlijk overdreven. Zijn leger bestond voornamelijk uit jongens, amper achttien, sommigen maar veertien of vijftien. Maar hij had ze goed getraind en ze waren bijzonder loyaal aan hem en aan zijn missie om de cocaïneproducenten geld af te persen om hun leger beter te kunnen bewapenen. Ze waren nog lang niet klaar voor een militaire coup tegen de regering van Colombia, maar Dios dacht dat de FARC over een paar jaar wel in de aanval kon gaan en zou winnen. Dan zouden ze eindelijk de corrupte president en zijn onacceptabele regime ten val brengen. Maar voorlopig zouden ze hun kapitaal vergroten door de drugsproducenten zwaarder te belasten. Zijn relatie met één bepaalde producent, Juan Ramón Matta Ballasteros, was een ad-hocbondgenootschap tot wederzijds voordeel, omdat Ballasteros vaak cocaïne voor wapens ruilde. De FARC waakte voor rechtstreekse betrokkenheid bij de feitelijke productie en het transport van de drugs, en hij leverde Ballasteros de extra security die hij nodig had zodat de lokale en federale politie hem met rust lieten. Maar terwijl Ballasteros zijn zaken uitbreidde, werden Dios en zijn kameraden fanatiek achtervolgd. Hierdoor nam het aantal rebellen af en leek het alsof hun lot afhing van de generositeit van Ballasteros en andere drugshandelaren. Daar moest verandering in komen, had Dios besloten en daarom had hij de drugshandelaar – wiens koppigheid binnenkort zijn dood zou betekenen – iets meer onder druk gezet.

Dios vouwde zijn handen onder zijn hoofd. Hij wilde van een lange en rustige nacht genieten.

Hij zag noch hoorde de man zijn tent binnenkomen; het enige wat hij voelde, was de hand op zijn mond en de felle pijnscheut in zijn borst. Toen hij in de duisternis eindelijk iets kon zien, zag hij een in het zwart geklede man met een bivakmuts op die alleen de ogen vrijliet, of had hij een lapje voor een van zijn ogen?

'Ballasteros doet je de groeten. Je belazert ons niet. Nooit. Dat zullen je jongens weten... Ga naar God...'

De man stak hem nog een keer in de borst, weer een felle pijnscheut, en opeens had Dios geen controle meer over zijn armen en benen. Hij wilde hoesten. Kon niet. Hij wilde ademhalen. Kon niet. En toen...

Toen hij met bebloede handschoenen de tent verliet, dacht Fernando aan de andere mannen die op datzelfde moment werden vermoord, zes hoge FARC-leiders die allemaal werden gedood en een briefje op hun borst geprikt kregen waarin werd 'gevraagd' om hernieuwde samenwerking en 'geduld'.

Het Juárez Cartel had gesproken.

Herenhuis
Bogotá, Colombia

'Jij moet ze leiden. Jullie zullen de jihad terugbrengen naar de Verenigde Staten, en je moet de contacten die je met de Mexicanen hebt gelegd gebruiken om dat te doen. Begrijp je dat?'

Dat was de opdracht van Mullah Abdul Samad en elke beslissing die hij nam werd genomen om die missie af te ronden. Hoe afschuwelijk hij het ook vond wat hij zou gaan doen, toch zou hij Mullah Omar Rahmani's woorden niet vergeten.

Samad was alleen teruggereden in de zwarte Mercedes-limousine. Niazi en Talwar keken naar Spaanse soaps in het Charleston Hotel, waar Ballasteros suites voor hen had geregeld, voor alle zeventien strijders. Veertien van Samads vijftien strijders waren in de stad aangekomen en het was Allahs wil dat Niazi, Talwar en hij uit dat huis in het oerwoud waren ontsnapt na de aanval door de paramilitaire troepen van de FARC. Tot nu toe was er maar één tegenvaller geweest: de dood van Amhad Leghari in Parijs. Dat Ballasteros de onderzeeër niet kon gebruiken om hen naar Mexico te brengen was iets wat opgelost kon worden, maar het belangrijkst was de grenspost naar de Verenigde Staten. Als Samad nu een deal met het Juárez Cartel kon sluiten, zou het lastigste deel van zijn opdracht geregeld zijn. Zo niet, dan zou hij andere plannen in werking moeten zetten en Rahmani had gezegd dat hij al contact had met ten minste één ander kartel. Hij was bang geweest dat Rojas het zou merken als hij contact met andere kartels opnam, en daarom zouden ze langzaam en heel subtiel te werk gaan.

De chauffeur van de limousine, een jonge man die niet ouder leek dan eenentwintig, reed over de brede bestrate oprit naar de entree van een spectaculair herenhuis in koloniale stijl. Het stond aan de voet van de bergen en had uitzicht over de hele stad. Dit was volgens Ballasteros maar een van de vakantiehuizen van zijn baas, en het pand was miljoenen waard. Samad, die een eenvoudig leven leidde en niet steenrijk was, walgde van de overdaad van dit alles, van de tientallen raampjes in de dakkapellen en de zes verschillende fonteinen op de ronde oprit tot de marmeren beelden die de indruk wekten dat hij naar een museum werd gebracht in plaats van naar een privéwoning. Ze stopten voor de dubbele walnotenhouten deuren met daarop handgesneden en vergulde bladpatronen. De chauffeur stapte uit en opende het portier, waarna Samad uitstapte. Zelfs zijn meest vertrouwde luitenants zouden hem niet herkennen als ze hem van een afstandje zouden zien: zijn baard en haren waren kortgeknipt en hij had een bijzonder westers pak gekocht en een leren attachékoffertje. In de ogen van een willekeurige Colombiaan was hij een succesvolle buitenlandse zakenman die de weekenden graag buitenshuis doorbracht, te zien aan zijn warrige baard en slanke lichaam.

Een ietwat gebogen man met een grijze snor en gekleed in het uniform van een butler deed de voordeur voor hem open en ging hem voor naar een terras aan de achterkant van het huis. Daar zat de man met wie Samad een afspraak had in zijn eentje aan een gietijzeren tafel de krant te lezen, *La República Bogotá*, met een glas jus d'orange onder handbereik.

'Señor Rojas? Uw gast is gearriveerd,' zei de butler in het Spaans.

De man liet de krant zakken en Samad zag een onthutsend jonge man, gezien zijn positie, maar Samad probeerde zijn verrassing niet te laten blijken. De man stond op, streek met zijn vingers door zijn dikke zwarte haar waar een beetje grijs doorheen schemerde en gaf Samad een stevige hand.

'*Buenos días*. Alstublieft, neem plaats.'

'*Gracias*,' zei Samad, ervan uitgaande dat ze Spaans zouden praten. 'Het is een hele eer u eindelijk te ontmoeten. Mullah Rahmani heeft veel goede dingen over u verteld.'

'Nou, dat waardeer ik bijzonder. Uw ontbijt zal zo worden opgediend.'

'Uitstekend.'

'Señor Ballasteros heeft me verteld dat u vrij veel mensen bij u hebt.'

'Dat is waar.'

Rojas vertrok zijn gezicht. 'Dat baart me zorgen. En dat heb ik Mullah Rahmani al laten weten.'

'Dan begrijpt u ons dilemma,' zei Samad.

'Ik ben bang van niet. Hij heeft me de reden van uw bezoek niet verteld, alleen dát u kwam en dat het bijzonder belangrijk was dat we een onderhoud hadden.'

'Nou, voordat we daarover gaan praten, wil ik u ervan verzekeren dat de fouten die in Pakistan zijn gemaakt, niet herhaald zullen worden. De CIA heeft ons heel erg onder druk gezet, maar we hebben iemand vanbinnen gerekruteerd. Hij heeft ons een paar namen gegeven en met zijn hulp zullen de transporten weer zoals gebruikelijk hervat worden.'

Rojas trok een wenkbrauw op. 'Daar ben ik van overtuigd, want anders zal ik gedwongen zijn een andere leverancier te zoeken. Veel warlords in het noorden hebben zich al bij me gemeld. En zoals ik Rahmani heel duidelijk heb gemaakt, zijn wij het enige kartel waarmee jullie zaken zullen doen.'

'Natuurlijk.'

'Let op mijn woorden. Als ik hoor dat jullie niet gelukkig met ons zijn en jullie product bijvoorbeeld aan het Sinaloa Cartel of aan een van mijn andere concurrenten verkopen, zal dat ernstige gevolgen hebben.'

Hoewel Samad zijn afkeer van het feit dat hij werd bedreigd niet kon verhullen, bleef hij zich er goed van bewust dat hij dit huis niet levend zou verlaten als hij deze man kwaad maakte. 'We begrijpen heel goed dat onze afspraak exclusief is. En we vinden het heel prettig om voor u te werken en dat u zoveel moeite doet om het bereik van ons product te vergroten; dat is een facet dat in het verleden door de kartels is verwaarloosd. We zijn u zelfs zo dankbaar voor uw hulp dat ik een paar cadeaus voor u heb.'

Samad zag dat Rojas naar zijn koffertje keek. 'O nee,' zei Samad grijnzend. 'Daar zitten ze niet in. Ze zijn veel groter, zal ik maar zeggen.'

'Ik denk dat ik wel weet wat u in gedachten hebt.'

'Ja. Iets voor uw vijanden.'

Op dat moment werden bij Ballasteros' huis in het oerwoud twee trucks volgeladen met geïmproviseerde explosieven (IED's), gemaakt in Samads fabriek in Zahedan. De lading bestond niet alleen uit honderden bommen, maar ook uit tweeëntwintig kratten met Belgische FN 5.7-pistolen. Samad wist dat deze wapens geliefd waren bij de Mexicaanse drugskartels die de mata policía gebruikte tegen politieagenten die kogelvrije vesten droegen. De kogels uit dit pistool gingen daar vaak dwars doorheen en Samad dacht dat een dergelijk cadeau Rojas en zijn sicarios zeker zou bekoren.

Samad haalde een lijst uit zijn koffertje en liet hem aan Rojas zien die er met grote ogen naar keek.

'Uitstekend.'

'Ik zal ze vanmiddag laten afleveren.'

'Niet hier. Ik zal zorgen dat Fernando u belt om hierover afspraken te maken. Maar ik neem aan dat u hier niet helemaal naartoe bent gekomen om wapens af te leveren of om uw excuses aan te bieden voor wat er in Pakistan is gebeurd?'

'Nee.'

'U wilt een gunst.'

Samad slaakte een diepe zucht. 'Een van onze goede vrienden, een gerespecteerde imam, heeft longkanker gekregen en moet voor een gecompliceerde medische behandeling naar de Verenigde Staten. Hij reist met ons mee, samen met zijn twee zoons, twee neven en een groep helpers. Ik verzeker u dat hij geen terrorist is, maar een arme stervende man die de beste medische hulp nodig heeft die wij hem kunnen bieden. De universiteit in Houston heeft het allerbeste kankercentrum. We willen de imam daarnaartoe brengen. Maar daarvoor hebben we uw hulp nodig. Weet u, vanwege zijn religieuze overtuigingen en de twijfelachtige financiering vanuit Arabische landen staat zijn naam op de Amerikaanse terroristenlijst en bovendien op de internationale no-fly list. Als u ons zou helpen hem en zijn mensen naar Houston te krijgen, zouden we u ontzettend dankbaar zijn.'

Een andere bediende liep naar de tafel en zette voor Samad een dienblad neer met wat toast, jam, muesli en koffie. Hij baalde van deze interruptie, omdat hij Rojas' reactie wilde zien.

Samad bedankte de vrouw en keek toen naar Rojas die naar zijn glas sap zat te kijken. Hij boog zich naar Samad toe en zei: 'Ik kan u niet helpen.'

'Maar señor, dit is een zaak van leven en dood.'

'Inderdaad.'

Rojas schoof zijn stoel naar achteren, stond op, liep bij de tafel vandaan, kwam terug en krabde peinzend aan zijn kin. Toen hij eindelijk iets zei, was het met een veel lagere stem: 'Kunt u zich voorstellen wat er zou gebeuren als uw mensen worden betrapt? Kunt u zich dat voorstellen?'

'Maar we worden niet betrapt, omdat we ons op uw expertise zouden verlaten om de grens over te komen.'

Rojas schudde zijn hoofd. 'De VS zijn een slapende hond. En zoals ze zeggen, moet je slapende honden niet wakker maken. Als we die hond wakker maken, zullen u en wij daar grote problemen mee krijgen. We zouden gearresteerd kunnen worden en onze zaken zouden ten onder gaan. Dit heb ik Rahmani al duidelijk gemaakt. U kunt ons niet gebruiken om uw jihad uit te vechten. U zult ons nooit kunnen gebruiken om veilig de VS binnen te komen. Ik zal nooit iets doen wat de vraag naar ons product in gevaar kan brengen, en zowel u als ik begrijpen dat de Amerikanen de grootste gebruikers van ons product zijn. U zult zonder onze hulp de grens moeten zien over te steken.'

'Dat is veel te gevaarlijk. De Verenigde Staten stoppen al vele miljoenen meer in de bescherming van hun grens. De drones die zoveel problemen veroorzaken in Waziristan? Nu, daarmee vliegen ze nu ook al langs deze grens. U hebt geen idee hoe moeilijk het nu voor ons is, hoeveel moeite we moeten doen om hen te ontwijken. En dat allemaal terwijl de hond nog steeds ligt te slapen.'

Samad zag dat Rojas hem met een ondoorgrondelijke blik aankeek; hij zou de man nooit kunnen ompraten. Samad begreep dat het geen zin had hierop door te gaan. 'Ik begrijp uw zorgen. Uw beslissing stelt me teleur, en we zullen de imam moeten vertellen dat we op zoek moeten naar een andere plek om te worden behandeld.'

'Daar kan ik u wel mee helpen. Ik zal mijn kantoor een paar telefoontjes laten plegen en dan zoeken we een kankercentrum waar de imam een uitstekende behandeling zal kunnen krijgen.'

'Heel erg bedankt, señor.'

Rojas verontschuldigde zich om een telefoontje te plegen en Samad begon aan zijn ontbijt. Toen de man terugkwam, nam hij een grote slok van zijn jus d'orange en zei toen: 'Samad, ik maak me nog steeds grote zorgen over dit bezoek. Ik ben bang dat u en uw groep iets overhaast zouden kunnen doen. Ik zal Mullah Rahmani bellen en hem hetzelfde vertellen als ik u heb verteld: als jullie proberen de Verenigde Staten binnen te komen, betekent dat het einde van onze deal. Dan zal niemand in Mexico nog opium van jullie kopen. Niemand! Dan zal ik onze zaken opheffen. Sterker nog, als ik daarmee klaar ben, zal er op de hele wereld niemand meer zijn die nog iets van jullie koopt! Ik wil dat jullie hier heel goed over nadenken. Op dit moment hebben we een heel bijzondere relatie en het zou dom zijn die te ruïneren. Ik wil niet ongevoelig overkomen, maar dit zijn de feiten.'

'Vertrouwen moet verdiend worden,' zei Samad. 'En ik heb uw vertrouwen nog niet verdiend. Maar dat zal gebeuren. Wacht maar af, maakt u zich hier dus alstublieft geen zorgen meer over.'

'Goed. Oké, hebt u een vrouw? Kinderen?'

'Nee.'

'Het spijt me dat te horen, want het telefoontje dat ik net kreeg, was van mijn zoon. Hij is op vakantie met zijn vriendin en sinds kort geeft hij me het gevoel dat ik heel oud ben.' Rojas grijnsde en nam nog een slok van zijn jus d'orange.

Toen Samad terug was in het Charleston Hotel deed hij verslag van zijn gesprek aan Talwar en Niazi. Ze keken even somber als hij toen hij uitgesproken was.

'Ballasteros is trouw aan Rojas. Ik denk niet dat we hem kunnen omkopen. We kunnen onze plannen om met zijn hulp naar Mexico te reizen dus wel vergeten.'

Talwar zei: 'Maar Mullah Rahmani heeft ons opdracht gegeven...'

'Dat weet ik,' zei Samad snel. 'We gaan nog steeds naar Mexico, maar dat moeten we doen zonder dat Ballasteros of iemand anders die iets met het kartel te maken heeft weet wat we doen. Ik had echt gedacht dat Rojas ons zou willen helpen, maar ik heb me vergist.'

'Je zei dat hij ermee dreigde om onze deal te beëindigen.'

'Dat is zo, maar op de terugweg sprak ik met Rahmani en hij vertelde me dat hij zich niet meer druk maakt over Rojas of de Mexicanen. Er zullen altijd nieuwe kopers zijn. Als de Mexicanen ons niet met de jihad kunnen helpen, zullen we hen ook als vervangbaar beschouwen.'

Zijn luitenants knikten en toen zei Niazi: 'Volgens mij hebben we een vriend die ons naar Costa Rica kan vliegen. Kun je je hem nog herinneren?'

Samad grijnsde. 'Heel goed zelfs. Ja, ik kan me hem nog herinneren. Bel hem maar.'

Ze gingen naar de Verenigde Staten. En Rojas had gelijk gehad: ze moesten de hond laten slapen...

Zodat ze een mes in zijn hart konden steken.

19

Nieuwe allianties

Sacred Heart Catholic Church
Juárez, Mexico

Moore zat op de achterste bank rechts van het middenpad en keek naar de gebrandschilderde ramen met beeltenissen van Jezus en de Maagd Maria. In de lichtstralen die het twee meter hoge koperen kruis op een marmeren voetstuk beschenen dansten stofdeeltjes. Sacred Heart was een kleine kerk in een verwaarloosde wijk aan de rand van de stad; hij stond als een oase van hoop te midden van een ongelooflijke puinhoop vol verroeste auto's en graffiti. Het rode tapijt voor het altaar zat onder de donkere vlekken; Moore dacht dat het bloed was dat de schoonmakers niet hadden kunnen verwijderen. Er was geen heilige grond en er was geen grens die niet kon worden overschreden. Het was geen geheim dat de kartels de lokale kerken hadden gechanteerd en geld hadden afgeperst, en priesters en pastoors hadden gebruikt als overbrenger van berichten aan hun gemeente: 'Deze zondagavond wordt alle inwoners dringend verzocht thuis te blijven. Ga niet de straat op.' Als er een moord was gepland, bijvoorbeeld. Twee weken geleden had een grootmoeder, die nog geen drie blokken bij de kerk vandaan woonde, een verjaardagsfeestje georganiseerd voor haar kleinzoon die zestien was geworden. Ze had vanwege de veiligheid besloten het feestje bij haar thuis te geven en niet in de kerk of het buurthuis. Wat ze niet wist, was dat haar kleinzoon banden had met het Sinaloa Cartel en dat hij op de dodenlijst stond. Vier leden van het Juárez Cartel waren naar het feestje gekomen en gaan schieten. Dertien mensen waren gedood, onder wie een jongetje van acht.

Moore begon zich steeds minder op zijn gemak te voelen en de iconen waarmee de achterwand van de kerk was versierd veranderden in duivels. Nu verbeeldde hij zich dat er twee mannen bij het altaar stonden: een bebaarde man met een zwarte tulband en een AK-47, en een kleinere Mexicaan die de pin uit een handgranaat trok. Hij sloot zijn ogen, zei tegen zichzelf dat hij moest kalmeren, dat de Agency precies wist waar hij was, dat Fitzpatrick hem dekte en dat die Sinaloa-moordenaars zich evengoed bewust waren van hem als hij van hen. Hij kreeg kramp in zijn maag.

Eerder die dag was de dikke Luis Torres met hem meegegaan naar de bank waar hij nog eens vijftigduizend dollar had opgehaald en ter plekke had overhandigd. De man was erg onder de indruk geweest en het was verbazingwekkend hoe zijn houding bij het zien van al dat geld was veranderd. De ontmoeting met Sinaloa Cartel-leider Zuniga was geregeld en Moore had te horen gekregen dat hij naar de kerk moest rijden en binnen op de man moest wachten.

Hoeveel van dit soort ontmoetingen had hij al meegemaakt? In Saoedi-Arabië had hij een keer dertien uur op een informant gewacht. Hij had meer dan een week in een greppel in de provincie Helmand gebivakkeerd om vijf minuten met een Afghaanse warlord te kunnen praten. Hij had negen dagen in het oerwoud van Somalië gewacht tot een islamitische militant terugkeerde naar zijn schuilplaats in de jungle. Hij had te veel tijd doorgebracht met wachten. Hij had te veel tijd gehad om na te denken. Hij dacht na over God en het hiernamaals en kolonel Khodai en zijn jonge leerling-spion Rana en alle andere vrienden die hij was kwijtgeraakt. Hij overwoog te bidden voor vergiffenis. Het versleten vloerkleed veranderde in tegels, en het kaarslicht loste op in het felle licht van de oude instructieruimte op het vliegdekschip de *Carl Vinson*. Achter hun commandant hingen Amerikaanse vlaggen en vaandels van de Amerikaanse marine.

'We zullen een hydrografische verkenningsoperatie uitvoeren op de Al Basrah Oil Terminal. De informatie die we verzamelen, zal van cruciaal belang zijn voor de planning van de aanval van morgen.'

Moore was benoemd tot de Officer in Charge (OIC) van een SEAL-peloton en Carmichael als zijn assistent-OIC, ondanks Carmichaels identieke rang van O-3, superieure kennis en formidabele geheugen. Het voordeel dat Moore had door zijn betere fysieke vaardigheden maakte Carmichael goed door zijn tactische vaardigheden. Hij kon alles onthouden, plattegronden, missieplannen, alles wat hij ooit had gezien of gelezen. Hij kon je overal in en uit krijgen, snel en veilig, zonder daar ooit een gps bij nodig te hebben. Ze waren een fantastisch koppel geworden, en hun reputatie was hen vooruitgesneld.

'Geen heldendaden deze keer,' zei Carmichael. 'We gaan naar binnen en maken foto's van een Iraaks boorplatform. Jippie.'

'Frank, ik reken op je, oké?'

Fronsend vroeg hij: 'Hé, man, dat hoef je toch niet te vragen? Ik dek je al sinds BUD/S. Wat is er aan de hand?'

De knoop in Moores maag werd strakker. 'Niets.'

'Meneer Howard?'

Snel opende Moore zijn ogen en keek naar het middenpad van de kerk.

Ernesto Zuniga was veel kleiner en ranker dan hij op de foto's leek. Zijn dunner wordende haar was met gel strak achterovergekamd en zijn bakkebaarden begonnen grijs te worden. Hij had een pokdalig gezicht door acne en vanaf zijn linkerwang liep een diepe lijn van een oude wond naar zijn kaak. Hij miste een oorlelletje. In het dossier stond dat hij tweeënvijftig was, maar Moore had hem eerder op zestig geschat. Of hij had zich eenvoudig gekleed om niet op te vallen of hij droeg altijd een poloshirt met spijkerbroek, maar Moore moest eigenlijk wel lachen om het scherpe contrast tussen deze man en een narcist als Dante Corrales van het Juárez Cartel. Je zou Zuniga kunnen aanzien voor een man die op een straathoek zakken sinaasappels verkocht, wat misschien wel precies was wat hij wilde.

'Señor Zuniga, dank u wel voor uw komst.'

'Blijf maar zitten.' Zuniga sloeg een kruisje, knielde en gleed in de bank naast die van Moore. 'De mensen bidden elke zondag dat er een einde komt aan het geweld.'

Moore knikte. 'Daarom ben ik hier.'

'Kunt u hun gebeden verhoren?'

'Wij allebei.'

Hij grinnikte. 'Sommige mensen zeggen dat ik de oorzaak van het probleem ben.'

'U niet alleen.'

Hij haalde zijn schouders op. 'Ik heb begrepen dat u een deal wilt sluiten.'

'We hebben hetzelfde doel.'

'U hebt heel veel geld betaald voor deze ontmoeting, dus ik denk dat ik maar eens naar u zal luisteren... een paar minuten.'

Moore knikte. 'Het Juárez Cartel vernietigt uw zaken. Ik weet wat ze u hebben aangedaan.'

'U weet niets.'

'Ze hebben uw vrouw en zonen vermoord. Ik weet dat u dat nooit hebt kunnen wreken.'

Zuniga greep Moores pols en kneep erin. 'Praat niet over wraak in het huis van God.'

'Dan zal ik over rechtvaardigheid praten.'

'Wat weet u daarvan? Hebt u ooit iemand verloren die u na stond? U bent nog zo jong. Weet u hoe het is om echt verdriet te voelen?'

Moore vermande zich en zei toen: 'Zo jong ben ik nou ook weer niet. En u moet me geloven als ik u vertel dat ik wéét hoe u zich voelt.'

Zuniga vertrok zijn gezicht en snoof. 'U komt hier met uw onzinverhaal dat u onroerend goed van me wilt kopen voor uw zonnepanelenbedrijf en daarna vertelt u Luis dat u een huurmoordenaar bent. Toch bent u niet meer dan weer zo'n rottige DEA-man uit Californië of Texas die me kapot probeert te maken. Ik doe dit al mijn hele leven en u probeert me een beetje voor de gek te houden? We zullen ze uw hoofd sturen en dan zijn we hier klaar mee.'

'U vergist zich in mij. Als we samenwerken, beloof ik u dat u en niemand van uw mensen daar nadeel van zal ondervinden. Mijn groep is veel machtiger dan al uw vijanden bij elkaar.'

'U kunt niets zeggen, meneer de DEA-man, waardoor ik u zal willen helpen. En als u deze kerk levend wilt verlaten, zult u me nog eens vijftigduizend dollar moeten betalen.'

Glimlachend zei Moore: 'Ik werk niet voor de DEA, maar u hebt gelijk. Ik ben niet geïnteresseerd in uw onroerend goed, alleen in uw vijanden, en ik kan u beloven dat de groep waar ik voor werk u niet alleen goed zal betalen. We kunnen ook een nieuwe joint venture oprichten voor het transport van opium, net zoals het Juárez Cartel nu aan het doen is. Laten we eerlijk zijn, de mensen stromen deze kerk niet binnen om u te helpen, en wij zien heel goed dat u wel hulp nodig hebt.'

'Uw leugens zijn verleidelijk, echt waar, maar ik ben bang dat u uw tijd verspilt, omdat uw groep noch ik het Juárez Cartel ooit zal kunnen vernietigen.'

Met een diepe frons vroeg Moore: 'Waarom zegt u dat?'

'Ik dacht dat uw mensen alles wisten.'

'Als dat zo was, zat ik hier niet.'

'Goed dan.' Zuniga haalde diep adem en wat hij daarna zei, klonk alsof hij het had geoefend, alsof hij zijn mannen ook zo had toegesproken om hun acties uit te leggen.

'Ik zal u een verhaal vertellen over een man die een heel arme jeugd heeft gehad, een man die zijn broer vermoord heeft zien worden, een man die genoeg geld had gespaard om in Amerika te kunnen studeren en daarna is teruggekeerd naar Mexico en vele bedrijven heeft opgericht. Dit is een man die de drugshandel heeft gebruikt om die bedrijven te steunen en te financieren, een man die in de loop der jaren de rijkste man ter wereld is geworden. Dit is de man die u wilt vernietigen, de Caesar die u ten val wilt brengen, maar zijn rijkdom is onmetelijk en het enige wat we nu kunnen doen is kleine gevechten leveren in een oorlog die we toch verliezen.'

'Hoe heet hij?'

Zuniga begon te grinniken. 'Meent u dat nou? Als uw groep zo machtig is, dan zouden jullie dat allang moeten weten.'

'Het spijt me, maar dat is niet zo.'

Zuniga vertrok zijn gezicht. 'Jorge Rojas.'

Moore viel bijna van zijn bank. Die naam kende hij heel goed. 'Is Rojas de leider van het Juárez Cartel? We hebben ons altijd al voor hem geïnteresseerd, maar we hebben nooit echte bewijzen tegen hem gehad. Hoe weet u dat zo zeker?'

'O, ik weet het heel zeker. Hij heeft me persoonlijk bedreigd. En hij heeft zichzelf begraven achter een muur van schitterende leugens zodat niemand hem ooit kan raken. Hij is even dapper als Pablo Escobar en even rijk als Bill Gates. Hij is de slimste en machtigste drugshandelaar ooit.'

'Weten uw mannen dit? Weten zij hoe machtig hun vijand is?'

Zuniga schudde zijn hoofd. 'Dat hoeven ze niet te weten. Het is veel te deprimerend om dit met hen te bespreken en daarom praten we er niet over...'

Moore knikte langzaam. Daarom had Fitzpatrick de joint taskforce niet eerder verteld dat Rojas de kartelleider was. 'Als hij zoveel geld heeft, waarom zou hij dan doorgaan met het leiden van een drugskartel?'

Met grote ogen vroeg Zuniga: 'Waarom niet? De mensen vragen zich af waarom zijn ondernemingen het goed bleven doen ondanks de economische crisis. Dat komt doordat ze worden geholpen door drugsgeld, dat helpt altijd. Dat is het enige wat Rojas kan, maar tegenwoordig houdt hij zich verre van de dagelijkse gang van zaken en doen zijn luitenants al het werk. Ik denk dat hij zijn betrokkenheid nu voor zichzelf ontkent. Echt waar. Hij laat scholen naar hem vernoemen en noemt zichzelf een heilige, terwijl hij duivels in dienst heeft die al zijn vuile werk opknappen.'

'Dante Corrales.'

Zuniga schrok toen hij die naam noemde. 'Ja. Waar kent u die naam van?'

'Ik zei toch al dat we veel weten, maar niet alles.'

'Wat weet u nog meer?'

'We weten dat ze de grenstunnels in handen hebben en dat ze uw mannen bestelen. We weten dat ze uw transporten verstoren en stelen, en dat ze de federale politie gebruiken om uw mannen te vermoorden, terwijl hun eigen mensen met rust worden gelaten. We weten dat de Guatemalanen jullie nu opjagen. Ik kan ervoor zorgen dat jullie de tunnels weer kunnen gebruiken en dat de politie en de Guatemalanen jullie met rust laten. We kunnen samenwerken en een manier bedenken om Rojas op de knieën te krijgen.'

Zuniga's lippen krulden zich tot een weifelende glimlach. 'Een belachelijke droom. Het spijt me, meneer Howard. Luis gaat met u mee naar de bank. En daar geeft u hem nog eens vijftigduizend dollar. Daarna zullen we besluiten of we u in leven laten of doden.'

Moore zei met een zachtere, meer meelevende stem: 'Ernesto, ik ben hier niet alleen gekomen. U kunt echt niet nog meer vijanden gebruiken. Daar hebt u er al genoeg van. Laat me gaan, zodat ik uw vertrouwen kan winnen. Dat beloof ik. Geef me een nummer waarop u en ik rechtstreeks met elkaar kunnen praten.'

'Nee.'

'U hebt niets te verliezen. Eerlijk gezegd hebt u meer te verliezen dan ik, als u niet snel iets doet. Zelfs als u niet gelooft dat ik ben wie ik zeg en u nog steeds denkt dat ik voor de DEA werk, wat maakt het dan uit? Ik zeg toch dat we jullie met rust laten. Wij willen het Juárez Cartel. Wij willen Rojas.'

'U bent een bijzonder overredende man, meneer Howard. U lijkt bijna te zeer op uw gemak, alsof u dit al veel vaker hebt gedaan.'

Zuniga was heel opmerkzaam en had zeker gelijk, hoewel Moore de laatste keer dat hij in een kerk was, hij in een kapel was waar hij de aalmoezenier van de marine met een handgebaar had weggestuurd.

'Je kunt je lot niet ontlopen,' had de aalmoezenier gezegd. 'Niet in tijden als deze, als het lot het enige is wat je erdoorheen sleept. Je zult zegevieren.'

'Dat wil ik graag geloven, vader. Echt waar...'

Moore keek Zuniga strak aan. 'Ik zal u het geld geven. U laat me gaan en terwijl u over mijn aanbod nadenkt, zal ik kijken wat ik kan doen om u te helpen met uw zaken. Ik denk dat u dat zal verbazen.'

'Ze zullen me voor gek verklaren omdat ik u vertrouw.'

'Er is geen enkele reden voor dat u me nu al vertrouwt. Ik heb u toch verteld dat ik uw vertrouwen zal verdienen? Wilt u me die kans geven?'

Zuniga fronste. 'Ik ben niet op deze positie terechtgekomen door de gemakkelijke of de veilige weg te kiezen. Ik heb mijn lieve vrouw gezegd dat ze de gok met mij maar moest wagen en dat heeft ze gedaan. En nu weet ik hoe ze zich voelt.'

'Dank u, señor.' Moore stak zijn hand uit en na enige aarzeling nam

Zuniga hem aan... En toen greep hij Moores hand stevig beet en trok hem naar zich toe. 'Doe het juiste.'
Moores stem trilde niet. 'Dat zal ik doen.'

Consulado Inn
Juárez, Mexico

Het was bijna tien uur 's avonds en Johnny Sanchez was alleen in zijn hotelkamer. Hij zat fanatiek op zijn notebook te typen en had net twee cheeseburgers en een grote portie friet verorberd. Het vetvrije papier en de doosjes lagen nog naast zijn muis op zijn bureau. Als hij naar buiten keek, zag hij de lichtjes van de stad fonkelen en hij kon het Amerikaanse consulaat, dat vijfhonderd meter verderop stond, duidelijk zien. Hij schoof zijn stoel naar achteren en las nog eens door wat hij zojuist had getypt:

BUITENZIJDE BRANDEND HOTEL – NACHT
Terwijl Corrales op straat door zijn knieën zakt, schieten de vlammen omhoog: een inferno van een oud leven verworden tot as. De jongen kijkt omhoog, de vlammen weerspiegelen in zijn betraande ogen en hij kijkt vloekend naar de hemel. Wij huilen met hem mee...

'Dit is verdomme prachtig,' riep Johnny tegen zijn beeldscherm. 'Verdomde goed! *Who's the man? You're the man, Johnny!* Deze tekst wordt een verdomd kassucces!'
Johnny hoorde een klikje in de gang en toen hij opkeek, ging de deur open. Johnny sprong op en zag tot zijn verbazing een man binnenkomen. Hij was gekleed in een donkere lange broek, een zwart overhemd en een leren jasje, was minstens een meter tachtig lang, had een kort baardje, een oorring en een paardenstaart in zijn lange haar. Hij leek een Arabier of een Latijns-Amerikaan, dat wist Johnny niet zeker, maar wat hij wel zeker wist, was dat de man een pistool in de hand had. Het was een Glock, inderdaad, zeer waarschijnlijk geladen, en de loop wees naar Johnny's hoofd. Geluiddemper. Johnny's pistool lag in de la van zijn nachtkastje, buiten bereik, verdomme.
'Wat is dit verdomme?' vroeg Johnny in het Spaans.
De man antwoordde in het Engels: 'Dit ben ik en ik zeg: "Hallo, Johnny. Ik heb je artikel gelezen. Heel goed. Je bent een goede schrijver."'
'Wie ben je verdomme?'
De man zei met een totaal andere blik: 'Heeft je moeder je niet geleerd dat je respect moet hebben voor een man die zijn pistool op je

hoofd gericht houdt? Dat zijn van die kleine levenslessen die ze je had moeten leren.'

'Ben je klaar met die alfamannetjesonzin? Wat doe je hier verdomme?'

'Hoe lang dacht je dat het zou duren? Dacht je nou echt dat je hier naar Mexico kon komen en contact kon hebben met een drugskartel zonder dat het iemand zou opvallen?'

'Ik weet niet waar je het over hebt. Ik ben onderzoeksjournalist en ik doe verslag van een criminele activiteit. Je hebt mijn verdomde artikel gelezen. En toch denk je dat ik medeplichtig ben? Je bent verdomme hartstikke gek en ik ga de politie bellen.'

De man liep naar hem toe, hield zijn pistool nog hoger. Zijn speelse toon was verdwenen. 'Ga zitten, klootzak.'

Johnny liep terug naar zijn stoel. 'Jezus christus...'

'Beginnen de radertjes te draaien? Nu denk je: *holy shit*, waar ben ik aan begonnen? Nou, daar had je aan moeten denken voordat je met Corrales ging samenwerken. Bloed kruipt waar het niet gaan kan, maar zoals ik vaak zeg: lood zorgt altijd voor je dood.'

'Luister, klootzak, het enige wat ik doe is schrijven. Daar doe ik niemand kwaad mee.'

'Nee, maar je helpt er ook niemand mee.'

'Natuurlijk wel. Ik breng het Amerikaanse publiek op de hoogte van de drugsoorlog hier. Dit is een "achter de schermen"-rondleiding door de hel, dit laat zien hoe geschift onze samenleving is geworden.'

'Dat klinkt behoorlijk dramatisch en dat is misschien ook wel zo omdat er nu een pistool op je hoofd is gericht. Ga je mij ook in je artikel opnemen?'

'Wie ben je verdomme?'

Met grote ogen vroeg de man: 'Ik ben je allerlaatste vriend in de hele wereld. Oké, geef me je hand.'

'Wat?'

'Geef me je hand.'

Johnny stak een hand uit en de man gebruikte zijn vrije hand om Johnny's hand te pakken en om te draaien.

'Hier, hou vast,' zei de man en hij gaf Johnny het pistool.

'Wat is dit verdomme?' schreeuwde Johnny.

'Ach, maak je maar geen zorgen. Hij is niet geladen.'

De man drukte het pistool in Johnny's vrije hand, haalde een grote injectienaald uit zijn borstzakje en prikte de naald in het zachte weefsel tussen Johnny's duim en wijsvinger.

Even voelde hij een felle pijnscheut. Johnny schreeuwde en vroeg wat er gebeurde. De man liet zijn hand los en zei: 'Pistool?'

'Voel je je wel lekker?'

De man vertrok zijn gezicht. 'Pistool?'

'Wat dééd je? Heb je me vergiftigd?'

'Rustig aan, Shakespeare. Het is maar een implantaat. Gps. Zodat we je in veiligheid kunnen houden.'

'Wie zijn "we"?'

'Het alfabet heeft heel veel letters, Johnny, en ik durf te wedden dat jij dat als schrijver zelf wel kunt bedenken.'

'DEA?' vroeg Johnny. 'O mijn god.'

'Sorry,' zei de man. 'Ik ben bang dat het erger is. Je bent zojuist bij de regering van de Verenigde Staten in bed gestapt.'

Johnny liet zijn schouders zakken. 'Dit kan niet waar zijn.'

'Luister, je kunt niet praten. Daar is het al te laat voor. Als je naar Corrales gaat en hem vertelt dat wij hier zijn, betekent dat je dood. Wij zullen je niet vermoorden, maar hij. Zoals ik al zei, ik ben je allerlaatste vriend. Zonder mij kun je Mexico niet levend verlaten.'

Johnny's ogen begonnen te branden en hij kreeg moeite met ademhalen. 'Wat wil je? Wat wil je dat ik doe?'

'Het Juárez Cartel wordt geleid door Jorge Rojas.'

Johnny schoot in de lach. 'Is dat wat jullie van de Fed denken? O mijn god... de stomheid ten top!'

'Dat heb ik van Zuniga gehoord.'

'Hou je me voor de gek?'

'Dan weet je wie hij is en ik ben ervan overtuigd dat Corrales kan bevestigen dat Rojas zijn baas is. Ik wil dat je Corrales uithoort over Rojas.'

'Moet ik een microfoontje dragen?'

'Nog niet. Dat zien we nog wel.'

Johnny verstijfde. 'Ik doe dit niet. Vanavond vertrek ik uit Mexico en jullie Feds kunnen de pot op.'

'Ja, en zodra je in Californië uit het vliegtuig stapt, zullen we je arresteren.'

'Waarvoor?'

De man keek naar de fastfoodverpakking op het bureau. 'Voor het nuttigen van ongezond voedsel.'

'Man, je kunt nu maar beter vertrekken.'

'Jij bent de zoon van Corrales' peetmoeder. Hij vertrouwt je alsof je familie van hem bent. En je paait zijn ego. Dat is heel belangrijk voor ons, en het is heel goed dat je dat doet. Je bent nu misschien wel bang, maar je moet je realiseren hoeveel mensenlevens je redt. Het zou me een week kosten om je te vertellen hoeveel gezinnen kapot zijn gemaakt door drugs.'

‘Bespaar me die zielige onzin. Mensen kiezen er zelf voor om drugs te kopen en te gebruiken. Corrales en het kartel zijn niet meer dan de leveranciers. Als je over politiek wilt praten, laten we het dan maar eens over de Mexicaanse economie hebben.’

De man gebaarde dat Johnny zijn mond moest houden, haalde een visitekaartje uit zijn zak en gaf dat aan Johnny. De man heette Scott Howard en hij was de directeur van een zonne-energie-onderneming.

‘Dus jij bent meneer Howard? Echt?’

‘Dat is mijn nummer. Laat me weten wanneer je weer contact opneemt met Corrales.’

Howard, of hoe hij ook maar heette, stopte zijn ‘lege’ wapen in zijn zak en liep snel naar de deur.

Johnny ging zitten. Er trok een rilling door hem heen.

Wat moest hij doen?

20

Schijnbewegingen

Grenstunnel in aanbouw
Mexicali, Mexico

Het was zeven uur 's ochtends en Dante Corrales was absoluut niet in de stemming om te wachten op een man die voor hem zou moeten werken, een man die hem zou moeten gehoorzamen, een man die niet zo stom zou moeten zijn hem zo tegen de haren in te strijken. Corrales had zijn eerste kop koffie van de dag nog niet gehad en hij wilde dit gesprek binnen vijf minuten achter de rug hebben, maar de arbeiders in de tunnel hadden hem verteld dat Romero er nog niet was en meestal niet voor acht uur 's ochtends arriveerde. Wat wás dat voor onzin? De man kreeg dik betaald om deze klus te klaren en toch vond hij dat hij elke ochtend pas tegen acht uur hoefde te verschijnen? Dacht hij soms dat hij bankier was of zo? Daar zou hij hem voor laten betalen – met rente – en het feit dat hij zijn mobiele telefoon niet opnam, was zout in de wond.

Dus zat Corrales in het pakhuis op Romero te wachten en luisterde naar het gebons en gebrul van de zware machines vlakbij. De vibraties trilden helemaal door tot in zijn benen en zijn rug. Die jongens begonnen zeker met zonsopgang en werkten door tot het donker was. Zij kwamen niet pas om acht uur binnenkakken. Zij hadden het gevoel dat ze moesten opschieten, iets wat Romero nog moest leren.

'Haal verdomme wat koffie voor me,' riep Corrales na een tijdje tegen Raul die samen met Pablo bij de metalen roldeur stond te lanterfanten.

Raul schudde zijn hoofd, mompelde iets en liep toen naar buiten, waar de lucht roze werd door de opkomende zon. Pablo liep naar Corrales en vroeg: 'Gaat het wel?'

'Die verdomde vent is hier niet voor achten, dat gelóóf je toch niet! En waarom neemt hij zijn telefoon niet op?'

'Er zit u iets anders dwars,' zei Pablo. 'Wilt u erover praten?'

'Denk je soms dat je mijn psychiater bent of zo?'

'Bent u nog steeds van slag doordat we die twee jongens bij de V Bar zijn kwijtgeraakt? Dat is niet nodig. Die klojo's hadden er een puinhoop van gemaakt. Ik zei toch meteen al dat het een stelletje *cabrones* waren?'

'Die kerels kunnen me geen zak schelen. Ik maak me druk om die Amerikaan. Kan hem nu niet vinden. Hij werkt misschien wel voor de federale politie, wie weet...'

'Ach, die domme schijtlijster is waarschijnlijk bang weggerend. Hij leek absoluut niet op een Fed. Gewoon de een of andere zakenman die dacht dat hij hier even naartoe kon komen en een paar Mexicaanse slaven voor zijn bedrijf kon krijgen, de klootzak...'

'Nee, er speelt iets en als we onze ogen niet wijd open houden, dan loopt het... dit alles... in het honderd en zal de baas ervoor zorgen dat je hier ter plekke wordt begraven.'

Corrales slaakte een zucht en wachtte nog eens vijf minuten op zijn koffie. Pablo bleef staan kletsen, maar Corrales negeerde hem. Toen Raul eindelijk terugkwam, sleurde Corrales de beker letterlijk uit Rauls hand en nam een grote slok. Hij vertrok zijn gezicht. Dit was lang niet zo goed als de Starbucks die hij aan de andere kant van de grens kreeg, maar hij dronk het toch op. Tegen de tijd dat hij zijn beker leeg had, precies om 07.39 uur, slenterde Pedro Romero het pakhuis binnen. Hij duwde zijn bril verder op zijn neus en trok aan zijn spijkerbroek die tot onder zijn bierbuik was afgezakt. Hij fronste toen hij Corrales en de anderen zag, en zei met een hoge stem: '*Buenos días*.'

'Waar wás je verdomme?' vroeg Corrales, en hij liep met grote passen naar de man toe.

Geschrokken antwoordde Romero: 'Ik was thuis en daarna ben ik hiernaartoe gekomen.'

'Weet je soms niet hoe je je telefoon moet opnemen?'

'Mijn batterij was leeg. Ik heb hem in de auto opgeladen. Hebt u geprobeerd me te bellen?'

'Ja! Ze zeiden dat je altijd om acht uur begint? Is dat waar?'

'Ja.'

Corrales gaf de man een harde klap in zijn gezicht. Romero deinsde achteruit en greep naar zijn wang.

'Weet je waarom ik dat deed, ouwe? Weet je dat? Omdat je een graver bent! Geen verdomde bankier! Jij bent hier als de zon opkomt en je gaat pas weg als die onder is. Begrijp je me verdomme?'

'Ja, meneer.'

'Wil je je dochter redden?'

'Ja, meneer.'

'Wil je je geld krijgen?'

'Ja, meneer.'

'Dan ben je hier als ik dat zeg! Goed, vertel me nu dat we de andere kant al hebben bereikt en vanavond met het transport kunnen beginnen.'

'Ik heb nog een paar dagen nodig.'

'Wat? Nóg een paar dagen? Waar héb je het over?'

'Ik zal u laten zien hoe ver we zijn, maar we hebben een paar problemen gehad. Zoals ik u in het begin al vertelde, is het waterpeil hier heel hoog. Daarom hebben we al een paar keer water uit de tunnel moeten pompen. Dit is een ingewikkelde operatie.'

'Misschien zou het geen probleem zijn als je 's ochtends eerder begon te werken.'

'Señor Corrales, ik kan u verzekeren dat het weinig uit zou maken als ik hier een uur eerder kwam. Het duurt een nacht om al het water eruit te pompen en terwijl we daarmee bezig zijn kunnen we niet graven.'

'Daag me niet uit, ouwe. Overtuig me maar, laat eens zien.'

'Goed, maar u moet weten dat mijn mannen zo hard mogelijk werken. Ik heb twee ploegen, zoals u had opgedragen, maar ik kan hier niet dag en nacht blijven. Ik moet voor mijn gezin zorgen en mijn vrouw heeft hulp nodig.'

'Dan moet je maar snel hulp voor haar zoeken, want ik wil dat deze tunnel vanavond helemaal klaar is voor gebruik.'

'Vanavond? We moeten nog veel te veel aarde en stenen weghalen. Dat is fysiek onmogelijk.'

'Nee hoor, echt niet. Jij gaat daarvoor zorgen, geloof me maar.'

Corrales' smartphone rinkelde. Fernando Castillo was aan de lijn. 'Hallo?'

'Dante, de baas heeft een andere klus voor je. Je moet meteen terugkomen.'

Bell 430-helikopter
Onderweg naar San Cristóbal de las Casas
Chiapas, Mexico

Miguel Rojas en Sonia Batista zaten in twee van de drie stoelen achter in de tweemotorige bedrijfshelikopter. In de cabine was plaats voor zeven passagiers plus de piloot en copiloot. Deze helikopter was een van de verschillende helikopters die Jorge voor korte zakenreizen gebruikte. Ook al werd deze helikopter alleen voor zakenreizen en niet voor militair transport gebruikt, toch waren zijn piloten altijd gewapend. Zoals bij alle andere transportmiddelen van Jorge waren kosten noch moeite gespaard op het gebied van accenten en luxe: duur Italiaans leer en tropisch hardhout, kleine flatscreen-tv's en koptelefoons om naar bedrijfspresentaties en/of films te kijken. Miguel en Sonia hadden besloten het uitzicht te bewonderden in plaats van naar een film te kijken. Ze hadden hun headsets opgezet zodat ze boven het geluid van de sterke Rolls-Royce-motoren met elkaar konden praten.

Voor hen zaten de stug kijkende bodyguards/chaperons die ze gedwongen waren mee te nemen: Corrales, Raul en Pablo. Nou, het had erger kunnen zijn, dacht Miguel. Jorge had gezegd dat hij een team van twaalf man met hen mee zou sturen, en dat een paar van deze mannen al vóór hen zouden arriveren. Ze zouden vier SUV's huren om voor en achter hen te rijden, overal waar ze naartoe gingen. Miguel had daar bezwaar tegen gemaakt. Hij wilde een leuke, intieme vakantie met Sonia en geen bodyguardparade. Bovendien had hij zich op aandringen van zijn vader zijn hele leven al onopvallend gedragen, en de gemiddelde inwoner van Mexico zou hem niet herkennen – in tegenstelling tot Jorge zelf. Er was geen enkele reden om aan te nemen dat ze zo'n groot team nodig hadden; sterker nog, dat zou juist de aandacht op hen vestigen en misschien zelfs criminelen op een idee brengen als men hen zag en zei: 'Kijk eens, dat is een rijke vent met al die bodyguards.' Jorge was er ten slotte akkoord mee gegaan om maar drie man mee te sturen en Miguel had zijn vader uitbundig bedankt voor dit compromis. Waar Miguel niet op had gerekend, was Corrales' houding. Miguel had deze man – de meest arrogante van het stel – duidelijk gemaakt dat hij afstand moest houden en niet de hele tijd naar Sonia moest staren. Zelfs Corrales' eenvoudige 'Ja, señor' had sarcastisch geklonken. Miguel was ervan overtuigd dat de man ervan baalde dat hij alles op een zilveren dienblaadje aangereikt kreeg, terwijl Corrales zelf waarschijnlijk een straatjoch was geweest die zich gelukkig mocht prijzen dát hij een baan bij Rojas had gekregen.

'Hoe lang duurt het nog voor we er zijn?' vroeg Sonia, terwijl ze naar buiten keek.

'Een uur of drie,' antwoordde Miguel. 'Maar we moeten een tussenlanding maken om te tanken. Heb je weleens eerder in een helikopter gezeten?'

'Een paar keer, met mijn vader. Er was eens een beroemde wielrenner, ik kan me zijn naam niet meer herinneren want ik was toen nog maar tien of elf, maar hij is een levende legende en had zijn eigen helikopter. Hij nam ons mee op vakantie.'

'Zal ik je eens wat grappigs vertellen? Boven op de rotor zit een grote moer, en weet je hoe de piloot die noemt?'

Ze schudde haar hoofd.

'Hij noemt hem de Jezus-moer, omdat als die moer valt, je maar beter kunt beginnen te bidden tot Jezus...'

'Wauw, nu voel ik me een stuk beter,' zei ze met rollende ogen.

'Ben je bang?'

Ze schudde haar hoofd en haar haar glansde in het licht dat door het raampje naar binnen scheen.

'Het is de vlucht waard, geloof me,' zei hij. 'En als we er zijn, is er een bijzonder festival, speciaal voor toeristen. Je zult het er heel leuk vinden.'

Ze pakte zijn hand en kneep er even in. 'Dat weet ik.'

Consulado Inn
Juárez, Mexico

Het lag voor de hand dat Moore, alias Scott Howard, niet terug kon naar het hotel dat eigendom was van Dante Corrales. Dan zou hij moeten uitleggen waarom de mannen die hem hadden achtervolgd nu waren vermoord. Hij glimlachte toen hij zich voorstelde dat hij er toch naartoe ging en nonchalant langs Ignacio liep en dat die hem dan zou vragen: 'Hoe was uw dag, señor?'

'O, geweldig. Ik ben ontvoerd door een sicario van het Sinaloa Cartel, maar goddank werden we achtervolgd door die twee jongens van Corrales, want die hebben mijn ontvoerder vermoord, maar toen werden zij vermoord door een paar andere mannen, dus misschien was mijn dag toch niet zo geweldig, omdat ik eigenlijk had gehoopt dat ik zou worden ontvoerd door de Sinaloa's. Om een lang verhaal kort te maken, het is allemaal goed gekomen. Zijn er pakjes voor me gekomen? O ja, kunt u het kamermeisje vragen een paar extra handdoeken te brengen?'

In plaats daarvan koos Moore voor de veiliger optie, een ander hotel. Maar ach, waarom zou hij eigenlijk zelf op zoek gaan naar een leuk hotelletje, terwijl Johnny Sanchez al een heerlijk plekje had gevonden vlak bij het Amerikaanse consulaat? Dus nam Moore een kamer drie deuren van Johnny vandaan en huurde een andere auto. Johnny was niet erg gelukkig met deze oplossing en dreigde te vertrekken. Moore waarschuwde hem dat hij dat beter niet kon doen.

JTF-leider Towers stuurde een sms: Rojas' zoon Miguel was zojuist vertrokken met zijn vriendin, in een helikopter naar het westen. Dante Corrales en twee anderen waren bij hen.

Dat Rojas' zoon zich in gezelschap bevond van een bekend kartellid léék Rojas met het kartel in verband te brengen, maar dat was, op dit moment, hooguit indirect bewijs.

Toch zat het Moore dwars. Heel erg. Hun joint taskforce had al informatie binnen dat Dante Corrales identificeerde als een kartellid. Deze informatie was al bekend lang voordat de JTF was gevormd. Het was redelijk om aan te nemen dat de Agency hun elektronische en menselijke ogen op Corrales hadden gericht vanaf het moment dat ze hem als een speler hadden geïdentificeerd.

Moore zou in het dossier moeten kijken om te zien wanneer dat was geweest, want als Rojas erbij betrokken was, konden ze gevoeglijk aannemen dat dit niet de eerste keer was dat Corrales in de buurt van dit gezin was geweest, in welk geval de Agency Rojas heel duidelijk als een *person of interest* zou hebben aangemerkt.

Maar misschien was dit wél de eerste keer dat Corrales in gezelschap van dit gezin was gesignaleerd... Moore vond het nog steeds moeilijk dat te geloven.

Wat gebeurde er nu? Waar gingen ze naartoe? Moore vertrouwde op Sanchez, en de schrijver had Corrales gebeld, die had gezegd dat hij een week niet aan het script kon werken, omdat hij in San Cristóbal de las Casas moest babysitten.

Bingo!

Moore belde Towers met een voorstel. Rojas verscheen zelden in de openbaarheid en werd verder nooit gezien. Moore had een plan om hem naar buiten te lokken en nadat hij Torres alles had uitgelegd, gaf deze hem zijn zegen.

Een uur later zat Moore achter in Luis Torres' Range Rover. De dikke man zat achter het stuur met DEA-agent Fitzpatrick naast zich.

Moore zei: 'Jullie moeten ernaartoe vliegen en die zoon en zijn vriendinnetje ontvoeren. Jullie hebben de macht in handen als je dat voor elkaar krijgt. Dan lokken we Rojas naar buiten en zorg ik voor de rest. Ga maar met dit plan naar Zuniga en wacht even af wat hij ervan vindt. En zeg hem dat hij eindelijk eens mijn telefoontjes moet beantwoorden.'

'Hij vertrouwt u niet, meneer Howard. En ik betwijfel of hij u nu vertrouwt.'

'Ik heb foto's van ze terwijl ze uit de helikopter stappen. Ik heb een informant die persoonlijk met Corrales heeft gesproken en heeft bevestigd dat ze daar een week zullen blijven. Jullie gaan ernaartoe, doden Corrales en die andere bodyguards, ontvoeren dat joch, en dan heb je Rojas bij zijn kloten. Welk deel van dit verhaal snap je niet? Ik ga jullie helpen jullie belangrijkste rivaal uit te schakelen. Jullie vijand is mijn vijand. Op hoeveel andere manieren moet ik je dit nog vertellen?'

'Je zou ons kunnen belazeren, ons daarnaartoe kunnen lokken zodat jij en die overzeese groep van je ons kunnen uitschakelen. Misschien werk je wel voor Rojas.'

'Man, als we je dood hadden gewild, groeide er allang gras op je graf. Doe niet zo stom. Dit moet je doen. Vertel Zuniga dat dit het plan is.'

'Volgens mij heeft hij gelijk,' zei Fitzpatrick, en hij probeerde zijn goedkeuring niet te overdrijven. 'Laten we maar eens kijken wat hij heeft en dan kan señor Zuniga een beslissing nemen.'

'Wacht niet te lang.' Moore deed het portier open en stapte uit. 'Je moet er vandaag naartoe vliegen.'

Moore liep naar zijn huurauto, stapte in en reed weg.

De korte vakantie van Miguel Rojas met zijn vriendin was een uitstekende aanleiding en een geweldige kans. Moore had dit nieuws al doorgespeeld aan FBI-agent Ansara, die al met zijn nieuwe muilezel/informant bezig was een van de belangrijkste smokkelroutes van het Juárez Cartel te infiltreren.

Collega-CIA-spion Vega hield inspecteur Alberto Gomez nog steeds in de gaten, de legendarische veteraan van de federale politie die al vanaf zijn eerste dienstjaar corrupt was. Maar Vega had onrustbarend nieuws: Gomez was bezig om samen met een paar inspecteurs een andere inspecteur te beschuldigen van corruptie, zodat de schijnwerpers een andere kant op wezen. Vega had het idee dat hij doorhad dat hij in de gaten werd gehouden en dat deze manoeuvre zijn reactie hierop was.

ATF-agent Whittaker had gemeld dat er binnenkort vanuit Minnesota een partij wapens zou worden verzonden. Het kartel was daar op dit moment de grootste partij ooit aan het verzamelen.

Fitzpatrick belde later die dag om te bevestigen dat Zuniga nog steeds twijfelde, maar hij zei ook dat het Sinaloa Cartel zojuist informatie van een spotter had ontvangen over een grote zending vanuit het zuiden. Hun spotter dacht dat deze groep mules gebruik wilde maken van een van de kleinere tunnels van het kartel, die ongeveer veertig meter onder een met beton verhard deel van de Rio Grande liep, vlak bij Juárez en de Bridge of the Americas.

Moore stuurde een sms naar Fitzpatrick: ZEG TEGEN DE JONGENS VAN SINALOA DAT ZE UIT DE BUURT VAN DE TUNNEL MOETEN BLIJVEN EN ACHTER MIGUEL ROJAS MOETEN AANGAAN. Moore zou die zending persoonlijk onderscheppen en bij Zuniga afleveren als teken van zijn bereidheid om te helpen. Dat Moore één stel drugssmokkelaars kon uitschakelen om een ander stel te helpen, was de prijs die ze moesten betalen om de allergrootste vis te vangen. Iets dergelijks had hij al in minstens vier andere landen gedaan en hij stond niet meer stil bij de morele of ethische implicaties van zijn daden. Dit was de enige manier om een vijand die zich aan geen enkele regel hield te bevechten. Hij nam contact op met Ansara en zei dat hij ervoor moest zorgen dat er een Border Patrol-team klaarstond bij de *storm drain*, het afwateringssysteem voor de afvoer van oppervlaktewater, in El Paso. Ansara zou klaarstaan met het net.

Moore was wel een beetje verbaasd toen JTF-leider Towers hem persoonlijk opving, ongeveer drie blokken van de afwateringsput vandaan. Moores horloge stond op 01.08 uur en volgens Towers zouden de mules er binnen een kwartier aankomen in een wit bestelbusje.

'Ze vervoeren niet alleen drugs,' zei Towers, 'maar ook vrouwen en kinderen. Belangrijke *coyotes* in dienst van het kartel. Deze jongens hebben misschien wel een deal met een bende *snakeheads* in China, want de jonge meisjes die wij hebben gezien, kwamen allemaal uit Azië. Die brengen ze hiernaartoe als seksslaven.'

'Verdomme, het wordt steeds erger! Drugs, mensensmokkel...'

'Hou je maar gewoon aan het plan.'

Moore zei: 'Zal ik doen. Maar vertel eens, wat brengt jou naar dit prachtige deel van de stad?'

Moore vond dat hij die vraag toch maar moest stellen, omdat hij had verwacht dat Towers gewoon in San Diego zou blijven.

'Ik ben een field officer en dat wisten ze toen ze me inhuurden. Ze dachten toch zeker niet dat ik de hele tijd achter een bureau zou blijven zitten? Verdomme, nee...'

'Ik begrijp het.'

'Goed dan, buddy, laten we je klaarmaken.'

Moore grijnsde en kleedde zich om: onopvallende zwarte kleren, kogelvrij vest en bivakmuts. Hij droeg bijna dezelfde kleren als de twee bewakers die het Juárez Cartel bij de ingang van de tunnel had geposteerd.

Hij pakte twee Glock 21 .45-kaliber pistolen met een nat-droogsuppressor, waarvan de kamers al waren ingevet om een ultieme geluiddemping te bereiken, een paar rookbommen en flashbangs, voor het geval de groep niet zo 'coöperatief' was. Vervolgens deed hij een oortje in met een microfoontje eraan en rende over de parkeerplaats. Towers zei in zijn oor: 'Volgende links en dan heb je de put recht voor je. Goede dekking langs de zuidelijke muur. Zodra je voorbij het grote rooster bent, zie je je beide buddy's binnen.'

Aan de linkerkant van de straat zag hij het harmonicagazen hek van een autosloperij en rechts een rij vervallen gebouwen die op instorten stonden en allemaal leeg waren: verlaten machine- en gereedschapswinkels, volgens de verbleekte borden boven de deuren. Zelfs de graffiti op een paar van de verbrokkelende muren leek verbleekt. Het was moeilijk om nog meer details te zien, doordat de lantaarnpalen allemaal uit waren, de lampen waren óf kapot geschoten óf doorgebrand. In het blok ernaast flikkerde een lamp, maar Moore wist niet goed wat het was.

Hij bereikte de één meter hoge betonnen muur langs de zuidkant van de storm drain, klom eroverheen tot hij ongeveer tien meter verderop aan de overkant twee grote roosters zag liggen: de hoofdingang van de storm drain en de kleinere tunnel daarbinnen. Ze hadden een bijzonder droog seizoen gehad en Moore zag maar een paar plassen op de grond en een dikke laag onkruid onder de roosters. Hij trok zijn neus op toen hij een vage rioollucht rook en hoopte dat de stank niet erger werd als hij doorliep.

'Geschatte aankomsttijd van de truck: vijf minuten,' zei Towers.

Dan had hij niet veel tijd. Moore haalde uit zijn achterzak een draagbare nachtmonocle, hield hem voor zijn rechteroog en zoomde in op de roosters. In de put zag hij een van de twee bewakers naast een rond gat in de zijwand zitten; de schaduwen erachter bewogen als lichtgroene hittegolven. De bewaker was ongeveer een meter zestig lang en droeg geen masker; hij had een kaalgeschoren hoofd met een getatoeëerde klauw in zijn nek. Moore kon zich voorstellen dat een perfect geplaatste sluipschutter zijn kogels precies door een van de gaten in het rooster kon schieten en de man ter plekke kon doden. Moore was een goede schutter, maar zo goed was hij nou ook weer niet...

Hij haalde diep adem en stopte de monocle in zijn zak. Daarna rende hij naar de rioolpijp en kwam bij het rooster. Als hij die open zou maken, zou dat commotie veroorzaken. Het was onmogelijk om deze mannen ongemerkt te besluipen. In het rooster zat een soort hek van een meter bij een meter. Moore rukte eraan. Op slot. Shit. Hij vertelde dit aan Towers, die zei: 'Verdomme, zorg dan maar dat zij hem voor je openmaken.'

'Hé,' riep een van de bewakers. 'Ben je er al? Je bent vroeg.'

'Schiet op!' riep Moore in het Spaans. 'We hebben hier een grote zending!'

Moore trok een van zijn Glocks en wachtte tot de man het hek in het rooster had geopend. Ondanks de geluiddemper zou zijn schot niet geluidloos zijn. Ook al zou zijn kogel de loop met supersonische snelheid verlaten – wat zou helpen om het geluid te dempen – zou de slede van de Glock toch een klikje laten horen die iemand die vlakbij was, de andere bewaker bijvoorbeeld, niet kon ontgaan. Het woord geluiddemper suggereerde een plofje als van een blaaspijp, maar dat was een verkeerde benaming. Sterker nog, als je een man met één hand een pistool met geluiddemper zag afvuren, zou de kinetische energie van de slede doortrekken naar zijn pols, waardoor niet alleen het schot niet raak zou zijn maar de man zelfs kon verwonden. Daarom moest je het pistool altijd stevig met twee handen vasthouden, wat Moore nu ook deed.

Iemand zou kunnen aanvoeren dat een mes een stillere manier zou zijn geweest om de bewaker te doden, maar het was ongelooflijk moeilijk om iemand met één messteek te doden. Meestal was je er nog niet na de eerste steek, en moest je nog verschillende keren toeslaan om de man te doden. Dat was een smerige zaak, en veel gevaarlijker bovendien. Moore wist dat van zijn SEAL-training en doordat hij een aantal Somalische piraten had uitgeschakeld die allemaal een stuk of zes messteken nodig hadden gehad om netjes dood te gaan. Moore gaf de voorkeur aan het risico van het klikje van zijn slede en de zekerheid dat één kogel de klus zou klaren zonder dat hij met de man moest vechten.

Hij hoorde een slot klikken, gevolgd door het geratel van een ketting. Het rooster ging piepend omhoog, waarna de man zijn hoofd eruit stak en Moore ontdekte.

Eerst keek hij met grote ogen naar Moore en daarna naar de geluiddemper op Moores Glock. Hij opende zijn mond om te gillen.

Moore vuurde en de kogel raakte de bewaker precies boven zijn linkeroog, waarna hij naar beneden viel.

Voordat de koperen huls van Moores kogel op de grond terechtkwam, was hij al in beweging. Hij liet zich door het hek zakken en stapte in de bredere afvoerput, een rechthoekige betonnen put van ruim twee meter hoog en bijna vijf meter breed. Hij stapte over het lichaam van de eerste bewaker heen en tuurde het donker in, op zoek naar de tweede bewaker.

Waar was die klootzak? Hij had die kogel vast en zeker gehoord, en verdomme, hij had niet veel tijd om hem te zoeken.

'Ik heb een van de mules moeten doden!' riep Moore. Zijn stem echode door de ruimte, terwijl hij zijn nachtmonocle voor zijn oog hield. 'Hij wilde onze spullen jatten.'

Beweging voor hem...

Moore dook naar voren, in een grote plas op de grond. Hij hoorde een schot en het water vlak bij zijn elleboog spoot omhoog. Hij rolde opzij en realiseerde zich dat hij, als hij niet snel rechtop ging zitten en terugschoot, dood zou zijn.

21

Kogelbestendig

Al Basrah Oil Terminal
Perzische Golf, Irak
19 maart 2003

Terwijl Moore op zijn rug in die plas lag en omhoogkeek in het donker, dacht hij heel even aan het jaar 2003. Toen lag hij ook op zijn rug, maar dan wel op zeven meter diepte, en zag het silhouet van twee gigantische betonnen pijlers die naar boven toe dikker werden, als de gespierde benen van een reus die in kniediep water stond. De veiligheidslichten van het olieplatform veranderden het wateroppervlak in een rimpelende spiegel van geelgerande flitsen die in de verte vervaagden tot een diepblauwe kleur. Binnen die grote oppervlakte zweefden nog vier schaduwen, als een groep walvissen die zacht met de golven meedeinden. Terwijl hij in het water zweefde werd hij overmand door een griezelige kalmte; uit zijn LAR V Dräger gesloten-circuit duikuitrusting kwam niet één luchtbelletje. Hij haalde gecontroleerd en ritmisch adem, en verdrong elke gedachte zodat hij zich op de komende taak kon concentreren. Met zijn digitale camera maakte hij perfecte foto's waarmee hij de positie kon aangeven van de onderwatercamera's van het platform zelf, die hij en zijn team zorgvuldig hadden ontweken.

Moore, Carmichael en de andere SEAL's, verdeeld over twee teams van vier man, waren met een paar Mark 8 mod 1 SEAL Delivery Vehicles – kleine bemande duikboten – naar het zuidelijke platform van de olieterminal gekomen. Het gevaarte deed denken aan een trampoline die aan tientallen krabachtige poten hoog boven het wateroppervlak was opgehangen. Boven op het gevaarte zaten grote ronddraaiende schotelantennes, plus een geodetisch gewelf en zitjes voor uitkijkposten. Bewakers patrouilleerden aan alle vier de kanten van de boortoren.

‘Geen eer aan te behalen. We gaan ernaartoe en maken foto’s van een Iraaks olieplatform. Jippie.’

Dit was inderdaad een verkenningsoperatie waarbij ze binnen een paar minuten alle benodigde foto’s konden maken, waarna ze een paar flesjes bier konden openen. Terwijl Moore de onderwateropnamen maakte, maakten de drie andere mannen boven water foto’s van alles waar ze maar dichtbij konden komen, en markeerden de positie en routes van de Iraakse patrouilleboten en geschutemplacements op het platform.

Op dat moment lagen er bij het platform vier tankers voor anker die werden volgepompt met olie. Tijdens de briefing had Moore gehoord dat tachtig procent van het Iraakse bruto nationaal product via deze terminal liep, ongeveer anderhalf miljoen vaten per dag. Hierdoor vormde Al Basrah een belangrijke poot van de economie van het land, wat de oorzaak was van een ongebruikelijke aanwezigheid, zoals Carmichael via de radio verkondigde: ‘Team Twee, dit is Mako Twee, luister. De gebruikelijke bewaking is weg. De Revolutionaire Garde bemant de uitkijkposten. Ze hebben grote wapens meegenomen waar ze een beer mee kunnen vellen.’

‘Begrepen,’ antwoordde Moore. ‘Iedereen uitkijken.’

‘Doen we, Mako Eén,’ antwoordde Carmichael.

Moore had Carmichaels team en zijn eigen net opdracht gegeven uit te kijken naar tekenen van onderwaterexplosieven en bewijzen van bommen boven water langs de hele zijkant van het platform. De Iraki’s zouden hun olieterminal liever vernietigen dan in vijandelijke handen laten vallen. Omdat Moore hen kende, dacht hij dat ze C-4 zouden gebruiken, maar misschien waren ze niet zo slim om ervoor te zorgen dat het naar binnen blies, of waren ze misschien niet op de hoogte van het bestaan van expansieproducten als Dexpan waarmee ze op een veel veiliger en beheerstere manier de pijlers van het platform konden breken. Als ze C-4-ladingen onder het wateroppervlak hadden aangebracht, was de kans groot dat ze de paniekknop zouden indrukken en niet alleen het gevaarte zouden vernietigen, maar ook de SEAL’s die zich in het water bevonden doordat die explosieven naar buiten zouden blazen.

‘Team Twee, dit is Mako Twee weer. Zie tekenen bovenop! Herhaal! Zie tekenen, ladingen aangebracht onder de reling aan de zuid- en oostzijde...’

Maar nu hoorde Moore niet Carmichaels stem, maar die van JTF-leider Towers: ‘Het busje stopt voor de deur! Moore, heb je dit gehoord? Het busje is er!’

Put vlak bij de Bridge of the Americas
Juárez, Mexico
Vandaag

Moore lag nog steeds op zijn rug omhoog te kijken. Towers riep hem nog een keer op en opeens drong de realiteit weer tot Moore door. Hij ging rechtop zitten en rolde naar rechts, en op datzelfde moment scheen iemand met een lamp in zijn ogen en ketste een kogel tegen de wand achter hem waarop stukjes beton onder de bivakmuts tegen zijn nek sloegen. Hij keek door zijn nachtkijker, zag de tweede bewaker ongeveer drie meter vanaf het ronde gat in de wand op zijn hurken zitten, en schoot zonder een moment te aarzelen terug. Hij schoot vier kogels af tot hij een zachte kreet hoorde en een zaklamp over de vloer rolde. Na een blik door zijn kijker wist hij dat de man op zijn buik lag en dat er bloed uit zijn mond kwam. Vloekend draaide Moore zich om en rende naar de ingang. Hij pakte het lichaam van de eerste bewaker en sleepte hem zo snel mogelijk weg, hij hijgde toen hij eindelijk bij de tweede bewaker was en keek om zich heen.

Nee, dit was niet goed: de leiding liep nog ongeveer tien meter door en eindigde bij een dikke stenen muur. Zelfs als hij de beide bewakers helemaal naar het eind zou slepen, zou je ze bij het licht van een zaklamp kunnen zien. Een goede hinderlaag omvatte altijd een plan om het lijk van de bewakers die je had vermoord te verstoppen, en dus besloot Moore dat het op dit moment geen goed plan was.

Toen hij buiten stemmen hoorde, rende hij terug naar het hek in het rooster. Ze waren met het busje naar de put gereden en waren vlak bij het rooster gestopt. Deze mannen waren zelfs nog dommer dan de beide klojo's die hem vanaf Corrales' hotel hadden achtervolgd. Of misschien voelden ze zich veilig genoeg om zich zo opvallend te gedragen? Want wie zou hen moeten tegenhouden? De lokale politie? De Feds? Dat ze zo openlijk te werk gingen was verwarrend, maar om zichzelf beter te voelen besloot Moore dat het een stel stommelingen was, en ook al was zijn plan niet bijzonder goed, zou het toch goed genoeg zijn om die stomkoppen hier naar beneden te krijgen.

Hij klom via het hek in het rooster naar buiten en richtte zijn Glock met geluiddemper op de groep. Hij telde zes jonge vrouwen, allemaal Aziatisch, zoals Towers al had gezegd, plus vier jongens die zeker niet ouder waren dan zestien of zeventien. Ze droegen allemaal een zware rugzak, waarschijnlijk boordevol pakjes marihuana en cocaïne.

Twee mannen van halverwege tot eind dertig in een New York Yankees-jasje, hadden een AK-47 bij zich en hielden de groep onder schot.

De meisjes en jongens hadden moeite om rechtop te blijven staan op de grasachtige helling. De mannen waren natuurlijk sicarios, hadden dikke wenkbrauwen, allerlei piercings en een permanente chagrijnige blik op hun pokdalige gezicht. Ze hadden de magerste kinderen geselecteerd om door de smalle tunnel te kruipen terwijl ze hun rugzak vol drugs voor zich uit moesten schuiven. Ze konden hun rugzak niet gewoon dragen, dan konden ze er niet doorheen; er was hen een moeilijke doorgang bespaard gebleven, dankzij Moores ingrijpen. Hij had de dossiers van andere tunneloperaties gelezen waarbij gebruik was gemaakt van karretjes op rails (als mijnwagentjes) met touwen eraan waarmee de drugs door de tunnel werden getrokken; hierdoor hoefden er niet eens mules door de smalle doorgang.

'Wie ben jíj verdomme?' vroeg de langste van de beide sicarios.

'Een fan van de Boston Red Sox,' antwoordde Moore en hij schoot de man in zijn gezicht. Hij voelde zich niet schuldig, aarzelde niet; het was gewoon actie en reactie. Als Moore al iets voelde, was het walging voor deze klojo's die zo diep waren gezonken. Als je een organisatie hielp die betrokken was bij de onderwerping van andere mensen, boekte je een speciale hotelkamer voor jezelf in de diepste krochten van de hel.

De langere vent had zijn sleutelkaart al door het elektronische slot gehaald en schrok van het schot. De vrouwen begonnen te gillen en de jongens renden terug naar het busje.

Moore richtte zijn Glock op de tweede man die een kamer naast die van zijn makker had gereserveerd.

De man hief zijn pistool.

Moore haalde zijn trekker over.

En de sicario een halve seconde later.

Maar Moore was al weggedoken toen de tweede man opzij viel en in de greppel rolde in de richting van het busje. Hij had een kogel in zijn hoofd gekregen. Towers, die alles kennelijk vanaf de overkant van de greppel kon zien, zei snel via de radio: 'Zorg ervoor dat de vrouwen de tunnel in gaan. We kunnen ze niet helpen voor ze aan de andere kant zijn. Ik regel alles hier wel en zorg dat die lijken verdwijnen.'

'Oké,' kreunde Moore.

'Leg die rugzakken weer in de bus,' zei hij tegen de jongens. 'Nu meteen! Daarna wil ik dat jullie hier terugkomen! Ik ben een goede vent en stuur jullie door de tunnel. Ik ben een goede man. Opschieten!'

Toen de jongens snel naar de bus liepen, pakte Moore de wapens van de twee sicarios, voordat een van zijn gevangenen op datzelfde idee zou komen. De meisjes sprongen snel door het gat in het rooster en klauterden in de storm drain. Ze droegen allemaal dezelfde goedkope tennisschoenen die je bij de supermarkt kon kopen en die ze waarschijnlijk van de sicarios hadden gekregen.

Nadat de rugzakken in het busje waren gelegd, riep Moore tegen de jongens dat ze de meisjes moesten volgen. Hij liep achter ze aan, zwaar bepakt met twee AK's, extra pistolen en zijn eigen wapens. Zodra iedereen binnen was, pakte Moore een zaklamp van de sicarios en scheen in de tunnel.

Hij keek achterom naar de groep en zei één woord in het Engels: 'Amerika.'

De meisjes, van wie er nu een paar aan het huilen waren, schudden angstig hun hoofd, maar eentje, de langste en waarschijnlijk de oudste, liep om het groepje heen en kroop de tunnel in. Ze riep iets naar de andere meisjes en haar Chinees klonk als het geratel van een machinegeweer. Toen ze zagen hoe dapper ze was en haar aanmoedigende kreten hoorden, kwamen de anderen ook naar voren, een voor een, en kropen in de krappe tunnel.

'Als jullie aan de andere kant zijn, worden jullie geholpen. Ik wil niet dat jullie ooit nog eens voor de kartels werken,' zei Moore tegen de jongens. 'Wát ze ook zeggen. Wát ze ook doen. Nooit meer voor ze werken. Oké?'

'Oké, señor,' zei een jongen. 'Oké.'

Een minuut later waren ze allemaal in de tunnel verdwenen en had Moore Ansara aan de telefoon. 'Ze komen jouw kant op, bro. Veel plezier ermee.'

'Begrepen. We zullen ze rustig aanpakken zodat ze niet terugkrabbelen.'

De meisjes zouden worden vervolgd en teruggestuurd naar China, tenzij een humanitaire organisatie voor hen zou bemiddelen. De jongens zouden zeker worden vervolgd en, als er geen arrestatiebevel voor hen was uitgevaardigd, worden teruggestuurd naar Mexico. Daarom had Moore tegen hen gezegd dat ze niet voor de kartels moesten gaan werken. Het sneue was dat de meesten zijn woorden zouden negeren, vooral zodra ze begrepen hoe alles werkte. Ze zouden het risico weer nemen.

Daarna belde Moore Luis Torres. 'Ik heb een vroeg verjaardagscadeautje voor je baas.'

'Hoeveel?'

'Een bijzonder leuke partij.'

Wat Torres, Zuniga en de rest van het Sinaloa Cartel niet wisten, was dat Moore en Towers elk pakje drugs zouden injecteren met een gps-tracker, zodat wanneer ze de grens over werden gesmokkeld de autoriteiten ze meteen konden lokaliseren en confisqueren. Moores bazen zouden nooit toestaan dat de drugs de VS binnenkwamen zonder dat ze teruggevonden konden worden, wat natuurlijk heel begrijpelijk was. Maar hoe klein de gaatjes van de injectienaald ook waren, Moore wist zeker dat Zuniga en zijn makkers elk pakje aandachtig zouden controleren. Moore en Towers zouden goed moeten kijken waar ze de zenders injecteerden, bijvoorbeeld langs de randen van de tape waarmee de pakjes waren dichtgeplakt.

'Oké, we kunnen hier weg,' zei Towers.

Moores telefoon ging weer: Ansara. 'De eerste meisjes zijn erdoor. Hebben ze vriendelijk opgevangen. Goed werk, baas. Een punt voor het team.'

'Kerel,' zei Moore met een vermoeide zucht. 'We zijn nog maar net begonnen. Het wordt een bijzonder lange nacht.'

'Maken we ooit een korte nacht mee dan, in onze business?' vroeg Ansara.

Moore grijnsde en liep snel naar de bus.

Somoza Designs International
Bogotá, Colombia

Voordat Jorge Rojas Bogotá verliet, had hij nog een laatste bezoek ingepland aan zijn oude vriend Felipe Somoza, die had gebeld met de mededeling dat hij een bijzonder cadeau voor Rojas had. Om tien uur 's ochtends kwam Rojas bij het pand aan, samen met zijn oude studiemaatje Jeff Campbell, die een lucratieve mobiele-telefoniedeal had gesloten met de Colombiaanse regering. Het pand was een blok lang, omvatte een winkel van twee verdiepingen en een inpandig pakhuis. Ze werden begroet door Lucille, een donkerharige vrouw van in de vijftig die al tien jaar als receptioniste bij Somoza werkte. Ze was, net als alle andere werknemers van de man, zeer loyaal en behandelde Somoza meer als een familielid dan als haar baas; ze bracht zijn kleren naar de stomerij, zorgde dat de olie van zijn auto werd ververst en hield zelfs bij wanneer het universiteitsteam van een van zijn drie zoons een voetbalwedstrijd speelde waar hij naartoe moest.

Ze liep voor Rojas en Campbell uit door de winkel en het atelier, waar tientallen vrouwen van achttien tot bijna tachtig in blauwe bedrijfskleding achter een naaimachine zaten en winter-, zomer-, regen-, formele en vrijetijdskleding maakten voor zowel mannen als vrouwen.

Toch maakten ze geen 'gewone' kleren.

Somoza stond bekend als de 'Armored Armani' en zijn kogelvrije kleding was wereldberoemd. Zijn bedrijf was na 9/11 tot bloei gekomen, doordat hij zich na deze datum had gespecialiseerd in particuliere beveiliging en bodyguardbedrijven. Hij breidde zijn klantenkring uit tot diplomaten, ambassadeurs, prinsen en presidenten van meer dan vijftig landen en was nu de leverancier van individuen en meer dan tweehonderd particuliere beveiligingsbedrijven, maar ook van de lokale politie in heel Amerika. Wat hem onderscheidde van andere fabrikanten van kogelvrije kleding, was zijn aandacht voor comfort en modeontwerp. Hij maakte geen lelijke legerachtige vesten, maar kogelvrije pakken en jurken en zelfs sokken en stropdassen. Hij bezat een boetiek in Mexico City in dezelfde straat als Hugo Boss, Ferrari, BMW en Calvin Klein. Hij was van plan een nieuwe winkel te openen op Rodeo Drive in Beverly Hills, Californië, zodat hij zowel celebrity's als hun bodyguards kon voorzien van zo ongeveer de stijlvolste 'veilige' kleding ter wereld.

De kogelvrije inzetstukken werden zorgvuldig in de kledingstukken verborgen. Elk inzetstuk was gemaakt van vele laagjes polymeren. Ze gebruikten kevlar, Spectra Shield, soms twaron (bijna hetzelfde als kevlar) en Bynema (hetzelfde als Spectra), afhankelijk van het lichaamsgewicht van de drager en de beschikbare materialen. Kevlardraad werd gebruikt voor het aan elkaar naaien van lagen geweven kevlar, terwijl Spectra Shield werd gevoerd en gekoppeld aan kunsthars zoals Kraton voordat het tussen dunne laagjes polyethyleen werd geseald.

'Oké, Jeff,' fluisterde Rojas toen ze bij Somoza's kantoor, achter in de winkel, kwamen. 'Hij wil een spelletje met ons spelen, en jij moet een beetje meespelen.'

'Wat bedoel je?'

'Ik bedoel dat je hem niet mag beledigen. Gewoon doen wat hij zegt, oké?'

'Jij bent de baas, Jorge.'

Campbell had geen idee wat er zou gebeuren en dat vond Rojas wel grappig.

Somoza stond al bij de deur toen ze eraan kwamen. Hij was net vijftig, zijn dikke bos zwart haar begon een beetje grijs te worden en hij had een indrukwekkend lichaam: bijna een meter negentig lang, brede schouders en een dikke buik die zijn snoepverslaving verraadde. Op zijn brede mahoniehouten bureau stonden dan ook vier grote glazen potten met snoep. Achter hem hing een grote poster met het logo van zijn bedrijf: twee gekruiste zwaarden achter een zwart schild met daarop een zilveren kogel die een combinatie suggereerde van middeleeuwse wapenrusting en moderne technologie.

Somoza droeg een strakke designerjeans en een overhemd met lange mouwen dat flink wat bescherming bood tegen een langeafstandswapen. Hij droeg altijd zijn eigen producten: niets anders...

'*Buenos días*, Felipe,' riep Rojas en hij omhelsde hem. 'Dit is mijn vriend, Jeff Campbell.'

'*Hola*, Jeff. Heel prettig kennis te maken.'

Jeff gaf Somoza een hand. 'Het is een eer om de beroemde kogelvrije kleermaker te ontmoeten.'

'Beroemd? Nee,' zei Somoza. 'Druk? Jazeker! Kom binnen, heren. Kom binnen.'

Rojas en Campbell gingen zitten in de chique leren stoelen tegenover Somoza's bureau, terwijl hijzelf even de kamer uitglipte en Lucille opdracht gaf hem het cadeau te brengen. Links van hen hingen tientallen foto's van Somoza met filmsterren en hoogwaardigheidsbekleders, die allemaal zijn kleding droegen. Toen Rojas naar de foto's wees, viel Campbells mond open. 'Wat een bedrijf heeft hij, zeg. Kijk eens naar die sterren!'

Rojas knikte. 'Voor we vertrekken, zal ik je het pakhuis wel even laten zien. Dit is een bijzonder ambitieus bedrijf. Ik ben ontzettend trots op hem, ik weet nog dat hij hier net mee begon.'

'Nou, de wereld is veel onveiliger geworden.'

'Ja, de wereld die we onze kinderen nalaten.' Rojas slaakte een diepe zucht en draaide zich om toen Somoza de kamer binnenkwam met een zwartleren regenjas.

'Voor jou, Jorge!'

Rojas stond op en nam de jas aan. 'Je maakt zeker een grapje? Deze is niet kogelvrij.' Hij streek over het materiaal en voelde de flexibele inzetstukken. 'Dit is veel te licht en te dun.'

'Dat lijkt inderdaad zo, hè?' beaamde Somoza. 'Dit is ons nieuwste ontwerp en ik wil dat jij hem krijgt. Het is natuurlijk jouw maat.'

'Heel erg bedankt.'

'We hebben hem net laten zien tijdens onze jaarlijkse modeshow in New York.'

'Wauw, een modeshow in New York voor kogelvrije kleren?' vroeg Campbell.

'Dat is heel erg in,' zei Somoza.

Jorge keek naar Campbell en gaf Somoza een knipoog.

'Weet je zeker dat het een kogel tegenhoudt?'

Somoza trok een bureaula open, haalde er een .45 kaliber revolver uit en legde hem op zijn bureau.

'Ho,' riep Campbell. 'Wat gaan we nu doen?'

'We moeten hem uittesten,' zei Somoza met een duivelse blik in zijn ogen. 'Jeff, je moet weten dat ik al mijn werknemers deze test laat ondergaan. Je kunt hier niet werken tenzij je bereid bent een van onze producten aan te trekken en een kogel op te vangen. Je moet weten hoe het voelt en je moet vertrouwen hebben in het product en in je werk. Daarom is mijn kwaliteitscontrole ook zo goed: ik schiet op al mijn werknemers.'

Somoza zei dit heel nonchalant en zo cool dat Rojas in de lach schoot. Daarna gaf Rojas de jas aan Campbell. 'Aantrekken.'

'Meen je dat?'

'Het stelt niets voor,' zei Somoza. 'Alsjeblieft...'

Campbells blik verstrakte; hij voelde zich klem zitten tussen zijn instinct om Somoza te beledigen en toe te geven aan Rojas' waarschuwing dat hij het spelletje mee moest spelen. Rojas kende Campbell al heel lang, wist dat hij graag risico's nam en daarom verbaasde het hem toen hij hem hoorde zeggen: 'Het spijt me, ik eh... ik verwachtte dit gewoon niet.'

'Lucille?' riep Somoza.

Een paar seconden later stond de vrouw al in de deuropening.

'Heb ik op je geschoten?' vroeg Somoza.

'Ja, señor. Twee keer.'

Somoza keek naar Campbell en vroeg: 'Zie je wel? Deze dame heeft op zich laten schieten. Ben jij daar te bang voor?'

'Goed dan,' zei Campbell. Hij stond op en trok de jas uit Rojas' handen. 'Ik kan gewoon niet geloven dat ik dit zeg, maar oké dan, schiet maar op me.'

'Uitstekend!' riep Somoza. Hij draaide rond met zijn stoel en haalde drie oorbeschermers uit een kast. Zodra Campbell de jas had aangetrokken, knoopte Somoza hem zorgvuldig dicht en plakte een sticker op de linkerkant van de jas, vlak bij de buik.

'Dus dat is je doel,' zei Campbell.

'Ja, dit heb ik nodig, omdat ik niet zo'n goede schutter ben,' zei Somoza met een stalen gezicht. Rojas grinnikte weer.

'Ja, lach maar,' zei Campbell. 'Jij wordt niet beschoten!'

'Hij laat heel vaak op zich schieten,' zei Somoza. 'Jorge? Hoe vaak heb ik al op jou geschoten?'

'Vijf keer, volgens mij.'

'Kijk toch eens. Vijf keer,' zei Somoza. 'Dan kun jij heus wel één kogel aan.'

Campbell knikte. 'Mijn handen trillen. Kijk maar.' Hij stak zijn handen naar voren, die inderdaad hevig trilden.

'Het is oké, hoor. Het komt wel goed,' zei Somoza en hij deed Campbell zijn oorbeschermer op.

Rojas zette zijn eigen op, net als Somoza die vervolgens een kogel uit een la haalde en het wapen laadde. Hij duwde Campbell iets van het bureau af en richtte vervolgens het pistool op Campbells borst.

'Zo dichtbij? Ben je gek geworden?' vroeg Campbell.

'Oké, luister, we doen het als volgt: houd je adem in, dan tel je één, twee, drie, en ik schiet. Snap je? Eén, twee, drie, boem! Oké?' Somoza praatte nu luider zodat ze hem ondanks hun oorbeschermers toch konden horen.

Campbell slikte en keek met een smekende blik naar Rojas.

'Kijk me aan,' zei Somoza. 'Diep inademen. Klaar?'

'Eén, twee...'

Boem!

Somoza haalde de trekker over bij twee; dat deed hij altijd bij nieuwelingen omdat die te gespannen zouden raken op het moment waarop ze het schot verwachtten. Hij schoot te vroeg, als de man of vrouw nog ontspannen was.

Campbell boog zich iets naar voren en trok zijn oorbeschermer af, net als de andere mannen. 'Wauw,' zei hij hijgend. 'Je hield me voor de gek! Maar het is oké. Ik heb niets gevoeld, alleen een beetje druk.'

Somoza maakte de knopen van de jas los en trok Campbells overhemd omhoog om te laten zien dat hij niet gewond was. Vervolgens pakte hij de jas en haalde er de geplette loden kogel uit. 'Kijk eens, een souvenir!'

Campbell pakte het loden kogeltje aan en zei glimlachend: 'Wat bijzonder.'

En daarna hield hij zijn mond, rende naar de wasbak en kokhalsde.

Op dat moment gooide Somoza zijn hoofd naar achteren en begon te schateren.

Later, tijdens de koffie, sprak Rojas alleen met zijn oude vriend, terwijl Campbell een uitgebreide rondleiding kreeg van Lucille. Rojas vertelde over zijn gevoelens ten opzichte van zijn zoon. Somoza praatte over zijn eigen zonen, die ook te snel opgroeiden en voorbestemd waren om bij hem in de zaak te komen werken.

'Onze jongens hebben veel met elkaar gemeen,' zei Rojas. 'Bevoorrechte kinderen. Hoe moeten we ervoor zorgen dat ze... ik weet niet... normaal blijven?'

'Dat is heel moeilijk in deze geschifte wereld. We willen ze beschermen, maar er is niets wat jij en ik kunnen doen, behalve hun leren de juiste keuzes te maken. Ik wil dat mijn zonen een kogelvrij pak dragen.

Ja, ik kan ze tegen de kogels beschermen, maar niet tegen alle ellende die het leven hen zal aandoen.'

Rojas knikte. 'Je bent een wijze man, mijn vriend.'

'En ook knap!'

Ze lachten.

Toen werd Rojas ernstig. 'Oké, Ballasteros heeft alweer wat problemen gehad en ik wil dat je voor hem en zijn mensen zorgt. Stuur me de rekening maar. Wat ze maar nodig hebben.'

'Natuurlijk. Prettig zaken met je te doen, zoals altijd. En ik wil de maten van je vriend, señor Campbell. We zullen net zo'n regenjas voor hem maken als jij hebt, omdat hij zo sportief was.'

'Ik weet zeker dat hij dat heel fijn zal vinden.'

'Dan nog iets, Jorge.' Nu werd Somoza ernstig. Gespannen zei hij: 'Ik heb hier al heel lang over nagedacht. We bevinden ons allebei in een fase van ons leven waarin we ons niet langer met ons bedrijf hoeven te associëren. Mijn bedrijf is legaal en bloeit nu. Natuurlijk zal ik onze vriend Ballasteros helpen, maar voor mij is dit de laatste deal, de laatste connectie. Ik maak me grote zorgen. De puinhoop in Puerto Rico heeft ons allemaal geraakt. Ik wil dat je begrijpt dat ik nog steeds voor je werk, maar ik moet de connecties hier afbreken. Eerlijk gezegd vind ik dat jij je ook zou moeten terugtrekken, Jorge. Draag de boel aan iemand anders over. Het is tijd. Zoals je al zei, is je zoon zich aan het ontwikkelen. Zou jij ook moeten doen.'

Rojas dacht hier even over na. Somoza praatte inderdaad als een oude vriend met hem, en wat hij zei was verstandig. Maar zijn woorden kwamen voort uit angst, Rojas zag die angst weerspiegeld in Somoza's ogen.

'Mijn vriend, je mag nooit bang zijn voor iemand. Mensen zullen proberen je te intimideren, maar niemand is beter dan een ander. In dit leven moet je een vechter zijn.'

'Ja, Jorge, ja. Maar een man moet ook verstandig genoeg zijn om te weten met wie hij gaat vechten. We zijn niet meer jong. Laten de jongens deze strijd maar uitvechten, wij niet. Wij hebben veel te veel te verliezen.'

Rojas stond op. 'Ik zal er eens over nadenken. Je bent een goede vriend, en ik begrijp wat je bedoelt.'

22

De afrekening

Boerderij van Zuniga
Juárez, Mexico

De volgende ochtend om een uur of elf kwamen Moore, Zuniga en een stuk of zes andere kartelleden bij elkaar in Zuniga's grote garage waarvan de deuren halfopen stonden. Moore overhandigde hem de drugs die hij had onderschept. Zuniga's mannen controleerden de pakjes zorgvuldig, maar ontdekten niets verdachts, ook niet de minuscule gaatjes die Moore en Towers hadden gemaakt toen ze de trackers injecteerden. Het Sinaloa Cartel was machtig, maar niet zo geperfectioneerd als het Juárez Cartel. Moore dacht dat zij de pakjes misschien zouden hebben geröntgend zodat zij de trackers wél hadden gevonden.

Precies zoals Moore had gehoopt, was Zuniga heel blij met het 'cadeau' en was zeer zeker van plan de drugs voor de avond te transporteren. Hij keek goedkeurend naar de pakjes en toen naar Moore: 'Jullie vijand is mijn vijand, schijnt.'

'Als één kartel te machtig wordt, is hij de vijand van iedereen.'

'Mee eens.'

'Goed dan. Ik wil je graag blijven helpen. Als ik een paar van je mannen mee mag nemen, wil ik Rojas' zoon ontvoeren. Zoals ik al zei, hebben we dezelfde belangen,' zei Moore.

'Meneer Howard, misschien ben ik wel zo gek om u nu te geloven. Misschien ga ik zelfs wel ja zeggen.'

'We zullen een groot deel van de dag nodig hebben om er met een van uw vliegtuigen naartoe te vliegen. Misschien kunnen we nu maar beter vertrekken?'

'Misschien heb ik nog geen definitief besluit genomen.'

Moore werd kwaad en dat had hij misschien beter niet kunnen doen, maar hij had niet veel geslapen. Hij schreeuwde bijna: 'Señor Zuniga, wat wilt u nog meer van me? U hebt honderdvijftigduizend in contanten en een grote hoeveelheid drugs die ik van Rojas heb gestolen! Wat wilt u nog meer? Mijn bazen beginnen ongeduldig te worden.'

Torres, die vlakbij stond, waggelde naar hem toe en schreeuwde. 'Sla niet zo'n toon aan tegen señor Zuniga! Anders draai ik je kop eraf!'

Moore keek even naar Torres en zei toen tegen Zuniga: 'Ik ben die spelletjes beu. Ik heb u een goed aanbod gedaan. Laten we nu spijkers met koppen slaan.'

Zuniga keek Moore nog eens goedkeurend aan en stak vervolgens zijn hand uit. 'Ik wil dat u Rojas vermoordt.'

Twee uur later zaten Moore, Torres en Fitzpatrick, samen met een piloot en copiloot, op elkaar gepropt in een tweemotorige Piper PA-31 Navajo. Ze vlogen naar het zuiden, in de richting van San Cristóbal de las Casas. Het was helder weer, het uitzicht spectaculair en het gezelschap ellendig, want Torres was luchtziek geworden en had twee keer in zijn witte zakje gekotst. Als het al een lange nacht was geweest, zou het een zelfs nog langere dag worden. Moore keek naar Fitzpatrick die met zijn ogen rolde omdat de dikzak niet tegen vliegen kon. Torres had kennelijk een enorme, maar gevoelige maag, en Fitzpatrick had hem voordat ze aan boord gingen minachtend aangekeken en gezegd dat ze vast niet zouden kunnen opstijgen door de 'extra lading'. Torres' wraak voor die opmerking was overtuigend, en op dit moment in de vorm van een smerig ruikend zakje braaksel tussen zijn voeten.

Moore sloot zijn ogen; hij wilde een paar uurtjes slapen en liet zich meevoeren door het gezoem van de propellers.

De lampen van het olieplatform gingen uit en opeens riep Carmichael: 'Ze hebben ons gezien!'

Moore schudde zijn hoofd en ging rechtop zitten. Torres keek achterom naar hem. 'Nare droom?'

'Ja, en jij kwam er ook in voor.'

De dikzak wilde iets zeggen, maar sloeg snel zijn hand voor zijn mond.

Grenstunnel in aanbouw
Mexicali, Mexico

Highschoolstudent Rueben Everson had het een griezelig idee gevonden om voor het Juárez Cartel te werken en drugs over de grens te smokkelen. Maar toen hadden ze hem al het geld laten zien dat hij daarmee kon verdienen en na verloop van tijd was hij de operatie gewoon gaan vinden. Hij bleef nu zelfs heel rustig als hij een grote hoeveelheid bij zich had. Hij was slim geweest en had niet de domme fouten gemaakt die andere mules hun vrijheid had gekost. Hij kletste altijd heel relaxed met de douaniers en had nooit een beeldje of een afbeelding bij zich van een van de heiligen tot wie de andere mules baden om hen een veilige oversteek te garanderen. La Santa Muerte was de populairste heilige onder de criminelen die zelfs kapelletjes voor haar bouwden. Hij vond het maar stom als je de skeletachtige Maagd van Guadalupe beschouwde als een redder terwijl ze er in zijn ogen supergemeen uitzag. Dan had je Saint Jude, beschermheilige van hopeloze zaken. Eén idioot had zelfs dertig pond hasj in een beeldje van Jude gestopt en geprobeerd hiermee de grens over te steken. Wat een stomkop! Een minder bekende heilige was Ramón Nonato. Volgens de legende was zijn mond afgesloten met een hangslot om te voorkomen dat hij nieuwe aanhangers rekruteerde. De criminelen vonden dit wel een leuke gedachte en baden tot hem zodat anderen hun mond hielden over hun misdaden.

Een paar collega's van Rueben zochten steun bij andere amuletten: een sieraad, horloge, hanger of konijnenpoot met een sentimentele waarde en andere talismans, maar ook filmposters van *Scarface*. De talisman waar Rueben echt om moest lachen, was het gele vogeltje Tweety van de *Looney Tunes*-tekenfilm. Eerst had hij niet begrepen waarom dat vogeltje zo populair was bij zoveel mules en andere drugshandelaren, maar toen had hij zich gerealiseerd dat Tweety nooit gepakt wordt door Sylvester de kat; daarom was het vogeltje een held onder deze criminelen. Het was natuurlijk wel maf dat zij zichzelf mules, muilezels, noemden terwijl een vogeltje hun mascotte was.

Maar op dit moment kon geen enkele vorm van magie of religie Rueben redden. Hij was opgepakt door de FBI, had een jongen ontmoet wiens tenen afgehakt waren omdat hij een zending had verspeeld, en was nu gedwongen voor de regering te werken om te voorkomen dat hij in de gevangenis terechtkwam. Er was voorgoed een einde gekomen aan deze 'gemakkelijke manier om geld te verdienen' zodat hij naar de universiteit kon. Daar waren ze heel duidelijk over geweest. Ze hadden hem geïnjecteerd met een gps-tracker en zijn mobiele telefoon omgebouwd tot een afluisterapparaatje via het bluetooth-oortje. Hij was een aangelijnde hond.

Eerder die dag was hij opgebeld door zijn contactpersoon van het kartel: hij moest naar Mexicali, waar een auto voor hem werd klaargemaakt. Terwijl hij in het pakhuis stond te bellen, kwam er een bebrilde man van middelbare leeftijd naar hem toe wiens haar vol stof zat. Hij vroeg Rueben in het Spaans: 'Ben jij de nieuwe?'

'Dat denk ik wel. Maar ik ben niet nieuw, alleen heb ik hier nog niet eerder gewerkt. Meestal halen ze me ergens anders op. Wat zijn jullie hier aan het doen? Nog een tunnel aan het graven?'

'Gaat je niets aan, jongeman.'

Rueben stak zijn handen in zijn zak. 'Oké.'

'Hoe oud ben je?'

'Wat kan jou dat schelen?'

'Je zit nog op highschool zeker?'

'Ben je mijn nieuwe baas?'

'Dat is niet belangrijk.'

Rueben fronste. 'Wat kan het jou dan schelen?'

'Hoe zijn je cijfers?'

Rueben snoof. 'Méén je dat nou?'

'Geef antwoord.'

'Best wel goed. Vooral negens en achten.'

'Dan moet je hiermee ophouden. Je gaat dood of je wordt gearresteerd, en dan is je leven voorbij. Begrijp je me?'

Ruebens ogen brandden. Hij dacht: ik begrijp het beter dan je denkt, ouwe man. Maar het is verdomme al te laat. Hij zei: 'Ik wil studeren en zo wil ik het collegegeld verdienen. Zodra ik genoeg geld heb, hou ik ermee op.'

'Dat zeggen ze allemaal. Ik heb geld nodig voor dit of dat, maar volgende week hou ik ermee op.'

'Oké, ik wil nu weg.'

'Hoe heet je?'

'Rueben.'

De man stak zijn hand uit en met tegenzin gaf Rueben hem een hand. 'Ik heet Pedro Romero. Ik hoop je hier niet terug te zien, oké?'

'Ik wilde dat ik je kon helpen, maar je ziet me hier wél terug. Zo is het nu eenmaal.'

'Denk maar eens na over wat ik heb gezegd.'

Rueben haalde zijn schouders op en draaide zich om toen een van de laders naar hem toekwam en zei: 'Hij staat klaar.'

'Denk erover na,' drong Romero aan, waardoor hij Rueben aan zijn vader deed denken. *Ik wilde dat ik dat had gedaan, oude man. Ik wilde dat ik dat had gedaan.*

Rueben reed de auto over de grens en gaf de auto vervolgens zonder problemen af aan een team van Ansara's mannen. Ze zetten hem af bij een autoverhuurbedrijf en de man daar gaf hem een lift naar huis in de bus van het vliegveld. Tegenover zijn huis stond een zwarte Escalade geparkeerd en Rueben stapte achterin zodra de bus zijn straat uit was. FBI-agent Ansara zat achter het stuur.

'Goed werk vandaag, Rueben.'

'Ja hoor.'

'De oude man had gelijk hè, ja toch?'

'Ja, oké, dat is zo. Ik had ermee moeten stoppen voordat jullie me arresteerden. Maar nu ben ik de lul.'

'Nee hoor, je hebt het geweldig gedaan. Je hebt me een paar mooie foto's en geluidsopnamen van die man bezorgd. Nu kunnen we hem identificeren en kijken wat er in dat pakhuis gebeurt.'

Rueben sloot zijn ogen. Hij kon wel janken. Hij sliep weinig. Hij droomde dat ze hem 's nachts kwamen halen, gekleed als een skelet en gewapend met een mes om zijn hart uit zijn lijf te snijden. Hij zag dat zijn ouders zijn begrafenis bijwoonden en toen ze vertrokken, racete er een auto vol sicarios voorbij die met machinegeweren de begrafenisgasten beschoten. Zijn beide ouders werden vermoord, in het hoofd geschoten. Ze lagen op hun rug en fluisterden: 'Je was zo'n goede jongen. Wat is er toch met je gebeurd?'

Politiebureau Delicias
Juárez, Mexico

Als CIA-agent had Gloria Vega in meer dan zesentwintig landen gewerkt – korte en lange opdrachten, van acht uur tot zestien maanden – en ze had veel bloedvergieten en corruptie meegemaakt. Ze had verwacht hier nog veel meer van te zien toen ze lid werd van de JTF Juárez en realiseerde zich dat ze naar een stad werd gestuurd die de moordhoofdstad van de wereld werd genoemd. Maar ze had niet verwacht dat het bloed van de leden van haar eigen taskforce zou worden vergoten.

Vijf minuten geleden zat ze nog achter haar bureau en was het geschreeuw begonnen. Ze hadden allemaal hun kogelvrije vest aangetrokken, hadden hun wapen gegrepen en waren naar buiten gegaan. Inspecteur Alberto Gomez had een bivakmuts opgezet om zijn identiteit te verhullen en stond naast haar. De straat was links en rechts afgezet door auto's van de federale politie. Vega schatte dat minstens tweehonderd politieagenten met een zwart uniform aan en een bivakmuts op zich hier hadden verzameld. Ze schreeuwden: 'Breng het varken naar buiten!'

En toen, voordat Vega, Gomez of iemand anders hen kon tegenhouden, waren zes agenten het politiebureau binnengerend. De agenten begonnen weer te roepen en deze keer hoorde Vega een naam: 'Lopez, Lopez, Lopez!'

Die naam kende ze, heel goed, en ze verstijfde. Lopez was een van Gomez' collega's, een inspecteur met bijna evenveel dienstjaren. Uit Vega's eigen onderzoek was gebleken dat Lopez clean was en probeerde de juiste dingen te doen; hij was de man die Alberto Gomez had moeten zijn. Want nadat Gomez' telefoons waren afgetapt en hij was achtervolgd door twee spotters die JTF-leider Towers aan Vega had toegewezen, had ze genoeg bewijzen verzameld waarmee de hoogste bazen van de federale politie Gomez wegens corruptie en bewijsbare banden met het Juárez Cartel zouden kunnen arresteren. Maar Towers was nog niet bereid deze operatie door te zetten, omdat het kartel gewaarschuwd zou worden door de arrestatie van Gomez en omdat alle dominostenen tegelijk moesten worden omgeduwd.

Dankzij dit uitstel had Gomez de situatie omgebogen voordat Vega iets kon doen. Toen ze naar de hoofdingang liep, sleurden zes mannen Lopez naar buiten, een van hen trok de oude man aan zijn dunner wordende grijze haar achter zich aan. Zodra de menigte Lopez' gladgeschoren gezicht zag, werd het geschreeuw luider en sommigen gilden: 'Vermoord dat varken!' De agenten omsingelden Lopez en minstens twee mannen begonnen hem met hun vuisten te bewerken.

'Ze leren hem een lesje voordat ze hem arresteren,' schreeuwde Gomez in haar oor. 'Hij heeft geld van de kartels aangepakt en als informant voor ze gewerkt. Er zijn kinderen gestorven dankzij hem. En nu moet hij daarvoor boeten.'

Smerige hypocriet, dacht Vega. 'Dit mogen ze niet doen. Ze mogen hem niet mishandelen!'

De groep scandeerde: 'Lopez is de duivel en moet dood! Lopez is de duivel...'

Het scanderen ging door en Vega schrok toen een andere agent met enorm gespierde bovenarmen Lopez keihard tegen zijn kaak stompte.

Zo was het genoeg. Gloria Vega, voormalig agent van de Army Intelligence en CIA-spion die nu geïnfiltreerd was bij de Mexicaanse federale politie, had genoeg gezien.

Ze hief haar pistool en vuurde een salvo af. Opeens was de menigte stil. Voordat ze wist wat er gebeurde, voelde ze een hand om haar keel, andere handen trokken haar pistool uit haar greep en nog meer handen sleepten haar terug, het politiebureau in. Ze gilde en probeerde zich los te wringen, maar dat was zinloos. Ze sleepten haar naar binnen en daar lieten ze haar onmiddellijk los toen Gomez voor haar kwam staan en zijn bivakmuts af trok. 'Wat ben je verdomme aan het doen?'

'Dit is niet goed. Hebben ze wel bewijzen? Ze kunnen die oude man niet zomaar verrot slaan!'

‘Hij speelt onder één hoedje met tuig. En dus is hij ook tuig!’

Ze beet op haar tong. O mijn god, ze móést wel op haar tong bijten.

‘Ik heb je gezegd dat ik zou proberen je in leven te houden,’ voegde Gomez eraan toe. ‘Maar je maakt het me heel moeilijk als je dit soort dingen doet! Nu moet je eens goed naar me luisteren. Lopez is niet de enige. Er zijn ook anderen die een vies spelletje spelen en vandaag gaan we de boel hier opschonen. En jij gaat me helpen, want anders zet ik je in een cel, voor je eigen veiligheid.’

Ze trok haar eigen bivakmuts af toen het geschreeuw buiten een hoogtepunt bereikte. ‘Sluit me dan maar op, want ik kan dit niet meer aanzien.’

Vega wreef in haar ogen, ze was zo gefrustreerd dat ze dacht dat ze moest kotsen. Ze kon niet veel meer hebben. Hoe lang moest ze nog wachten tot ze Gomez in de boeien kon slaan? Hij was de spreekwoordelijke wolf in schaapskleren die nodig ontmaskerd moest worden. In gedachten schoot ze hem neer, waardoor ze één corruptie-ader doorsneed, maar ze realiseerde zich heel goed dat het netwerk zo complex was dat zijn dood niet uit zou maken. Helemaal niets. Het hart zonk haar in de schoenen.

‘Gloria, kom mee,’ zei hij.

Ze liep achter hem aan naar zijn kleine kantoor. Hij deed de deur achter hen dicht, zodat de andere agenten hen niet konden horen. ‘Ik snap heel goed hoe je je voelt,’ zei hij.

‘Echt waar?’

‘Ik ben ook jong geweest. Ik wilde de wereld redden, maar er zijn veel te veel verleidingen.’

‘Je meent het! Ze betalen ons niet goed en daarom kunnen we niets doen. Het is gewoon een idioot spelletje en we zijn hier allemaal onze tijd aan het verspillen. Wat moeten we doen?’

‘Het juiste,’ zei hij. ‘Altijd het juiste. Dat is wat God wil.’

‘God?’

‘Ja, ik bid elke dag en dan vraag ik God of Hij ons land wil redden en onze federale politiemacht. Dat zal Hij ook doen. We moeten vertrouwen in Hem hebben.’

‘Er móét een betere manier zijn. Ik moet meer geld verdienen dan ik nu doe. En ik moet samenwerken met mensen die ik kan vertrouwen. Kun jij me daarbij helpen?’

Hij kneep zijn ogen tot spleetjes. ‘Míj kun je vertrouwen...’

Montana Restaurant en Bar
Juárez, Mexico

Johnny Sanchez parkeerde zijn huurauto op Avenida Abraham Lincoln, nog geen vijf minuten van de Cordova Bridge. Hij wilde zijn vriendin Juanita meenemen naar zijn favoriete restaurant in Ciudad Juárez, Montana, dat uit twee verdiepingen bestond. Het interieur was rijkelijk voorzien van houten accenten en deed denken aan het zuidwesten van de VS. De linnen tafelkleden en de geurkaarsen bleven niet onopgemerkt door zijn date, en Johnny regelde dat ze een tafeltje in de buurt van de open gashaard kregen. *El capitán de meseros* (de baas van de obers) was een jonge man die Billy heette. Johnny had een goede relatie met hem opgebouwd en hij gaf Billy's mensen altijd een ruime fooi. In ruil daarvoor gaf Billy Johnny altijd onopvallend mixdrankjes en extra grote porties. Johnny vroeg om zijn favoriete gerecht, de New York clubsteak, terwijl Juanita, die kortgeleden haar haar had geblondeerd en haar borsten behoorlijk had laten vergroten, een tacosalade bestelde.

Terwijl ze op hun voorgerecht wachtten, trok Juanita zenuwachtig aan de bandjes van haar rode jurk en vroeg: 'Wat is er aan de hand?'

'Hoe bedoel je?'

'Je bent afwezig. Je zit ergens anders met je gedachten.' Ze wees met haar kin naar het raam en de brug in de verte.

'Het spijt me.' Hij wilde haar niet vertellen dat zijn moeders peetzoon een sicario was en dat hij nu voor de FBI werkte. Dat zou hun etentje waarschijnlijk bederven.

Ze fronste en zei opeens: 'Ik vind dat we weg moeten uit Mexico.'

'Waarom?'

'Omdat ik het hier niet meer leuk vind.'

'Je bent er nog maar net.'

'Dat weet ik... Ik ben hier voor jou gekomen. Het draait altijd om jou en je schrijven. Maar hoe zit het met mij?'

'Je zei dat je wilde dansen.'

'Wil je dat ik mijn lichaam aan andere mannen laat zien?'

'Je hebt er genoeg voor betaald.'

'Dat is geen reden.'

'Nee, maar als je daar gelukkig van wordt...'

Ze boog zich naar voren en greep zijn hand. 'Begrijp je het dan niet? Ik wil dat je nee zegt. Ik wil dat je jaloers bent. Wat is er met je aan de hand?'

'Ik kan niet meer goed nadenken. En je hebt gelijk. We moeten weg uit Mexico.' Zijn stem begaf het. 'Maar dat kan niet.'

'Waarom niet?'

'Señor Sanchez?'

Johnny draaide zich om en zag twee mannen staan. Ze waren gekleed in een duur pak en een zijden overhemd. Ze waren allebei midden twintig, niet veel langer dan een meter vijfenvijftig en als Johnny moest raden, zou hij zeggen dat ze uit Colombia of Guatemala kwamen.

'Wie zijn jullie?' vroeg Johnny.

Een van de mannen zei zacht, terwijl hij Johnny strak aankeek: 'Señor, u moet met ons meekomen. Het is een kwestie van leven en dood.' Dat was geen Mexicaans accent. Deze mannen kwamen vast en zeker uit Zuid-Amerika, of zo...

'Ik vroeg jullie iets,' zei Johnny.

'Señor, kom alstublieft mee, dan overkomt u niets. U niet en haar niet. Alstublieft.'

'Johnny, wat is dit verdomme?' vroeg Juanita met een schrille stem, terwijl ze haar borsten naar voren duwde; iets wat de beide mannen niet ontging.

'Voor wie werken jullie?' vroeg Johnny. Zijn hartslag versnelde.

De man keek hem aan en zei: 'Kom mee, señor.'

O nee, dacht Johnny. Dante weet dus al dat de CIA me een zender heeft gegeven. Ze zijn hier om me te vermoorden.

Johnny's pistool lag in zijn hotelkamer. Hij keek naar Juanita, boog zich naar haar toe en gaf haar een hartstochtelijke kus.

Ze duwde hem van zich af. 'Wat is er aan de hand?'

'Kom op, babe. We moeten met hen mee.' Hij stond op, trillend. Op dat moment kwam de ober zijn biefstuk brengen. 'Die neem ik mee,' zei hij.

De beide mannen knikten naar hem.

Op dat moment greep Johnny Juanita's hand en rende samen met haar naar de uitgang.

Hij verwachtte achter zich geschreeuw en/of het geluid van schoten te horen; de mannen die hen wilden ontvoeren, zouden hen nu vast willen vermoorden.

Maar hij en Juanita renden naar buiten en naar de parkeerplaats en toen hij snel achteromkeek, zag hij dat ze niet werden gevolgd.

'Johnny!' riep Juanita. 'Wat willen ze?'

Voordat hij zijn mond open kon doen, schoten twee personenauto's naar voren en sneden hen de pas af. Nog meer mannen, minstens zes, stapten uit, allemaal identiek gekleed, allemaal ongeveer even lang en even oud.

Johnny gaf zich over. Het was afgelopen. *Het spijt me, Dante.*

Ze grepen Juanita bij de keel en duwden haar in een van de auto's. Daarna grepen ze hem en smeten hem in de andere. Johnny's hoofd klapte tegen de achterbank toen de chauffeur wegscheurde. En terwijl ze van de parkeerplaats reden, misschien een minuut of twee later, was hij zo zenuwachtig geworden dat hij gewoon flauwviel.

Johnny werd even later wakker, zijn armen en benen waren vastgebonden aan een soort stang van een autolift. Hij bevond zich in een autowerkplaats, te midden van een stuk of zes auto's in verschillende stadia van montage en reparatie. Door een paar ramen rechts van hem scheen gefilterd licht naar binnen en voor zich zag hij twee grote stalen garagedeuren.

De beide mannen die in het restaurant waren geweest, stonden voor hem. De iets slankere man had een videocamera in de hand. Johnny slaakte een zucht. Ze hadden hem ontvoerd en wilden losgeld. Ze zouden een video van hem maken. Corrales zou betalen. Alles zou goed komen.

'Oké, oké, oké,' zei hij en hij zuchtte nog eens. 'Ik zal alles vertellen wat jullie willen weten. Waar is Juanita? Waar is mijn vriendin?'

De man met de camera keek op van het beeldschermpje en riep: 'Ben je klaar?'

'Ja!' riep iemand.

En toen zag Johnny hen: twee andere mannen in een zwarte overall, zoals autospuiters dragen, hoewel ze hun hoofd niet bedekt hadden. Op de armen en heupen van hun pakken zaten donkere vlekken. Een man had een geel elektrisch apparaat bij zich, een soort snijbrander. Een paar jaar geleden, toen Johnny voor de plaatselijke krant werkte, was hij vaak genoeg op de plaats van een ongeluk geweest om te weten dat dit soort apparaten werden gebruikt om mensen na een auto-ongeluk uit hun auto te bevrijden.

De man met de zaag voerde het toerental op en toen hij dichterbij kwam, zag Johnny dat de zaag donker was van het... bloed.

'Luister, jullie hoeven niet te dreigen. Ik zal alles doen wat jullie zeggen.'

De man met de zaag snoof, rolde met zijn ogen en kwam dichterbij.

'Wacht!' schreeuwde Johnny. 'Wat willen jullie van me? Alsjeblieft!'

'Señor,' zei de man met de camera. 'We willen alleen maar dat je doodgaat.'

23

Buitres Justicieros

Villas Casa Morada
San Cristóbal de las Casas
Chiapas, Mexico

Miguel Rojas werd om 06.41 uur wakker met een pijnlijk verlangen. Hij rolde op zijn zij en liet zijn hand langzaam over Sonia's been naar boven glijden. Ze bewoog zich en fluisterde: 'Altijd 's ochtends. Was gisteravond niet genoeg?'

'Het is de natuur,' zei hij.

'Nee, jij bent het.'

'Ik kan er niets aan doen. Eigenlijk is het jouw schuld. Ik blijf maar aan je denken, weet je...'

'Nou, er is meer in het leven dan dat.'

'Ik weet het.'

'Goed. Ik weet wel hoe mannen zijn en dat is oké, maar ik ben bang dat je straks geen respect meer voor me zult hebben.'

'Dat zal nooit gebeuren.'

'Dat zeg je nu.' Ze legde een arm boven haar hoofd.

'Soms wilde ik...'

Fronsend vroeg hij: 'Wat?'

'Soms wilde ik dat alles in mijn leven anders was geweest.'

'Dat kun je niet menen.'

'Jij bent misschien wel de perfecte man voor me. Maar het leven is ingewikkeld en ik maak me zorgen om ons. Ik wilde dat alles anders was geweest voordat ik jou leerde kennen.'

'Wat was er dan mis met je leven tot dan toe? Je hebt geweldige ouders die heel veel van je houden. Je hebt het heel goed gedaan.'

'Eigenlijk weet ik niet wat ik precies bedoel.'

'Gaat het om het geld? Want...'

'Nee, daar heeft het niets mee te maken.'

Gespannen vroeg hij: 'Wat is het dan? Een andere man? Dát is het! Je houdt nog steeds van een andere man!'

Ze begon te lachen. 'Nee.'

Zachtjes pakte hij haar kin vast. 'Hou je van me?'

'Veel te veel.'

'Wat bedoel je daarmee?'

Ze sloot haar ogen en zei: 'Dat betekent dat het soms pijn doet.'

'Nou, dat zou niet moeten. Wat kan ik daaraan doen?'

'Geef me maar een kus.'

Dat deed hij en van het een kwam het ander. Hij vroeg zich af of Corrales en de anderen in de kamer ernaast hen konden horen. Ze kreunde zachtjes, maar ze probeerden zo zacht mogelijk te doen.

Ze hadden niet veel gedaan tijdens hun eerste dag in de oude stad, ze waren het grootste deel van de tijd in de buurt van de villa gebleven en hadden de nabije omgeving verkend. Miguel had ervoor gekozen op een nieuwe plek te logeren en als een toerist te leven in plaats van zijn vaders relaties te gebruiken en in dezelfde oude, saaie herenhuizen te logeren. Hij had een schilderachtig klein, maar luxe hotel gevonden. Hun villa op de begane grond had een eetkeuken, woonkamer, slaapkamer en badkamer. De wanden waren bedekt met muurschilderingen en Mayawandkleden en tegenover hun bed was een open haard. De kamer had geen airco, maar die hadden ze ook niet nodig. Buiten was een veranda met stoelen, zodat ze op de luxueuze, prachtig aangelegde binnenplaats naar mensen konden kijken, en er hing een hangmat aan de lange tak van een schaduwboom. Een paar uur na hun aankomst hadden ze een jong stelletje in de hangmat zien liggen zoenen en dat beeld was genoeg geweest voor Sonia en hem om terug te gaan naar hun slaapkamer voor een snelle vrijpartij.

Terwijl Miguel van Sonia af rolde, begonnen de hanen al te kraaien. De zon kwam inderdaad al op. Het was net alsof ze op een boerderij waren, maar Miguel genoot van alle drukte. Dit was het semilandelijke Mexico, en hij en Sonia konden dit prachtige stadje verkennen. De conciërge had hun verteld dat vele schrijvers, kunstenaars, geleerden en archeologen in dit hotel logeerden om de stad te verkennen. Maar soms reden ze ook in een halfuur naar de oude Mayastad Palenque, waar de oude tempels en paleizen met hun brede trappen en gedeeltelijk vervallen muren elk jaar duizenden toeristen trokken. Miguel was nog maar één keer naar de ruïnes geweest, als kleine jongen, en daarom wilde hij er graag nog eens naartoe.

Maar eerst zouden ze gaan shoppen, want hij wist dat Sonia dit heel leuk zou vinden. Ze hoefden maar tien minuten de heuvel af te wandelen naar de drukkere straten van het centrum. Miguel stond op en liep naar het raam. Hij keek over de binnenplaats naar de hooglanden die in lange schaduwen waren gehuld en naar de groene bergen aan de horizon die nog steeds donker waren en aan een maanlandschap deden denken.

Verder weg kronkelden de straatjes langs de heuvels en de vrolijk gekleurde huizen – groene, paarse en gele, maar allemaal met rode dakpannen – stonden in groepjes langs die smalle straatjes. Erachter, boven op een groot rotsblok, stonden een sierlijke goudkleurig geverfde kathedraal en een aantal herenhuizen met gietijzeren hekken eromheen die soms wel vier meter hoog waren. Sonia had gezegd dat de stad meer op een pretpark dan op een echte stad leek, omdat hij zo kleurrijk en ongelooflijk schoon was. Miguel had haar verteld dat de inwoners bijzonder trots waren op hun Maya-erfenis, en dat je in de hele stad Maya-invloeden kon zien: van de architectuur en het eten tot de binnenhuisarchitectuur. Miguels vader zei vaak dat San Cristóbal hem meer aan Guatemala deed denken dan aan Mexico.

'Wanneer begint het carnaval?' vroeg Sonia, die nu rechtop in bed zat.

Glimlachend antwoordde hij: 'Ze beginnen vanavond. Maar eerst moeten we naar de stad San Juan Chamula. Ik wil dat je de kerk daar ziet. En morgen gaan we naar de ruïnes.'

Er werd op de deur geklopt.

Sonia fronste en Miguel liep naar de deur en vroeg voordat hij hem opende: 'Wie is daar?'

'Ik ben het, meneer, Corrales. Is alles in orde?'

Hij draaide zich snel om, keek naar Sonia en schoot bijna in de lach. 'Ja, Corrales, alles is in orde. Ga maar weer naar bed. We willen graag om acht uur ontbijten, bedankt.'

'Oké, meneer. Ik wilde het gewoon even weten.'

Miguel liep vlug terug naar het bed en sprong erin waarbij hij Sonia er bijna uit duwde. Ze begon te giechelen toen hij haar omdraaide en hartstochtelijk begon te kussen.

Moore stond op het balkon van een hotelkamer op de hoek en zag dat Rojas' zoon zijn vriendin kuste. De jongen had de gordijnen geopend zodat ze goed zicht hadden op hun naakte lichamen op het bed.

Moore liet zijn verrekijker zakken en draaide zich om naar Fitzpatrick en Torres. De dikke man lag in zijn bed, in diepe slaap. Fitzpatrick zat fanatiek op zijn laptop te typen; hij stuurde een e-mail naar Zuniga.

'Moet heerlijk zijn om jong te zijn,' zei Moore en hij dacht zuchtend aan zijn eigen verloren jaren.

'Ze zijn behoorlijk hitsig, hè?' zei Fitzpatrick. 'Maar hoe zit het met de beveiliging? Corrales en zijn twee lakeien? Meer niet?'

'Verder zie ik niemand. Hij zal wel in de buurt blijven en het aan de anderen overlaten om ze te volgen. Die moeten we eerst uitschakelen. Ik wil Corrales levend, daar valt niet over te praten. We moeten hem levend in handen krijgen.'

'Akkoord.' Daarna wees Fitzpatrick met zijn duim over zijn schouder naar Torres. 'Wat doen we met hem?' fluisterde hij.

'Rustig maar, over hem hoeven we ons amper zorgen te maken...'

Moores smartphone trilde, een sms van Gloria Vega: WE HEBBEN SANCHEZ EN ZIJN VRIENDIN GEVONDEN, VOOR CLUB MONARCH. AFGESLACHT. GOMEZ DENKT DAT DE SINALOA'S HIER VERANTWOORDELIJK VOOR ZIJN, VANWEGE DE PLEK WAAR WE DE LIJKEN VONDEN. KUN JIJ DIT AFHANDELEN?

Hij toetste een antwoord in: DOE IK.

Daarna vertelde hij dit nieuws aan Fitzpatrick die hoofdschuddend zei: 'Echt niet. Dat zouden we hebben geweten.'

'Laat me Zuniga bellen.'

Torres bewoog zich en keek naar hen. 'Waarom zijn jullie al zo vroeg op?'

Moore grinnikte. 'Omdat, dikzak, we meer moeten doen dan in een zak kotsen.'

Torres vertrok zijn gezicht. 'Mijn maag doet nog steeds pijn. Maar zodra ik me beter voel, ga ik boven op je zitten.'

'Hé, dude,' riep Fitzpatrick tegen Torres. 'We moeten vandaag onze slag slaan. Laat ze even wennen, wachten tot ze zich thuis voelen en dan, boem! Je kunt dus maar beter aan het werk gaan.'

'Inderdaad,' zei Moore. 'Volgens mij moeten we het in hun villa doen. Prettige, gecontroleerde omgeving. We achtervolgen ze vandaag en als ze terugkomen, moe en hitsig, pakken we Miguel en het meisje. Maar eerst moeten we Corrales en zijn jongens te pakken nemen.'

'Luister eens even, gringo,' zei Torres. 'Ik heb hier de leiding. Maar je plan bevalt me wel. En zodra we de jongen en zijn meisje te pakken hebben, doden we haar waar hij bij is. Dan begrijpt hij dat we het echt menen.'

Moore keek naar Fitzpatrick die zei: 'We krijgen waarschijnlijk meer geld als we hen allebei hebben. Dan kunnen we met Rojas onderhandelen over het openen van de tunnels.'

'We zijn hier om Rojas en iedereen om hem heen te vermoorden. Dat heeft señor Zuniga me heel duidelijk verteld, en ik vertel het jullie heel duidelijk...'

Fitzpatrick knikte.

'Oké,' zei Moore. 'Het meisje sterft als jij denkt dat dat het beste is. Maar wat doen we met die andere mannen? Komen zij ook?'

Torres schraapte zijn keel. 'Ze zouden vanmiddag al in Guadalajara moeten zijn.'

'Goed.' Moore belde Zuniga, maar werd doorgeschakeld naar zijn voicemail. 'Bel me terug, señor.'

'Hé, laten we opruimen en naar buiten gaan,' zei Fitzpatrick. 'Ze vertrekken misschien algauw.'

Corrales zat aan de ontbijttafel met Raul, Pablo, Miguel en Sonia. Hij kon zijn blik niet van de vrouw af houden, zij was de meest sexy vrouw die hij ooit had gezien, veel sexyer dan zijn Maria. En hoewel hij wist dat zijn gestaar hem weer in de problemen zou brengen, kon het hem niets meer schelen. Het was wel duidelijk dat die twee zoveel lawaai hadden gemaakt om hem te pesten, en daarom zou hij het niet gemakkelijk voor ze maken.

'Bedankt dat je vanochtend even langskwam,' zei Miguel, tussen een paar happen muesli door. 'Het is fijn om te weten dat je zo goed oplet.'

'*Gracias*. Dat is ons werk.'

'Maar is het ook je werk om naar de tieten van mijn vriendin te staren?'

'Miguel!' zei Sonia geschrokken.

'Nou, kijk hem dan! Hij zit gewoon te kwijlen.' Miguel stond op, liep om de tafel heen, ging achter Corrales staan en gromde in zijn oor: 'Blijf vandaag maar even uit de buurt. Ik wil je niet één keer zien. Niet één keer. Je beschermt ons, dat is goed. Maar ik wil niet wéten dat je er bent. Begrijp je me, verdomde klootzak?'

Corrales verstijfde. Hij moest zich beheersen om zijn pistool niet te trekken en deze verwende lul neer te leggen. Maar hij bleef zitten en liet het over zich heen gaan. 'Ja, señor. U zult me niet zien, maar ik zal er wel zijn...'

'Je houdt toch van je werk, of niet dan?'

'Ja.'

'Doe dan maar wat ik zeg, dan kun je blijven.'

Miguel liep terug naar zijn stoel. 'Het spijt me, Sonia. Ik vind het heel erg dat je dit moest zien.'

'Het is oké. Corrales,' zei Sonia en ze perste haar lippen op elkaar, 'ik weet dat je je werk probeert te doen. Het spijt me van dit alles.'

Hij glimlachte naar haar: de glimlach van een wolf.

Nog geen uur later liepen ze door de straten van San Cristóbal. Corrales had Raul en Pablo opdracht gegeven zich te verspreiden en een half blok afstand te houden. Pablo belde hem op zijn mobieltje en zei: 'Dit is niet goed. Als er iets gebeurt, zijn we veel te ver bij hen vandaan.'

'Weet je, Pablo? Op dit moment...'

Corrales maakte zijn zin niet af. Hij kreeg een ander telefoontje, van zijn oude vriend Hernando Chase, de manager van Club Monarch. 'Dante, ik heb heel slecht nieuws. Johnny is vermoord. Zijn vriendin ook. Ze hebben de lijken voor de club gedumpt. Ze hebben ze waarschijnlijk gemarteld en daarna met een zaag in stukken gezaagd. Ze hebben een briefje achtergelaten, dat heb ik gepakt voordat ik de politie belde.'

'Verdomde Zuniga,' zei Corrales met opeengeklemde kaken.

'Nee, ik denk niet dat het de Sinaloa's waren,' zei Hernando. 'Ik heb wat rondgevraagd.'

'Wat stond er op het briefje?'

'Maar twee woorden: *Buitres Justicieros*.'

Corrales verstijfde. Avenging Vultures. Verdomde Guatemalanen, zij werden geacht voor het Juárez Cartel te werken en geen bondgenoten te executeren. Maar Corrales wist heel goed waarom ze Johnny hadden vermoord.

En dat was allemaal zijn schuld.

Schuilplaats van de taliban
In de buurt van San José
Costa Rica

Volgens de instructies van Rahmani had Samad enkele Anza MK III (QW-2) besteld; ze werden beschouwd als het Chinese equivalent van de Amerikaanse FIM-92E Stinger luchtdoelraket. Dankzij Allah hoefde hij ook geen verzendkosten te betalen; zelfs zonder een onlinekortingsbon! Zijn luitenants hadden dat grapje wel kunnen waarderen, en in werkelijkheid was het ook niet ver bezijden de waarheid. Hun wapendeal was afgerond via een gecodeerde website en met een elektronische betaling. Bovendien hadden hun Chinese bondgenoten de wapens probleemloos met een containerschip naar Costa Rica gesmokkeld.

Samad en zijn mannen hadden Colombia aan boord van een klein vrachtvliegtuig verlaten en waren naar Costa Rica gevlogen door een bondgenoot die hen naar een schuilplaats van de taliban had gebracht in het kanton Uruca in de buitenwijken van de hoofdstad van het land. Daar, in de kleine driekamerwoning die naar mottenballen en bleekmiddel rook, namen ze de draagbare luchtdoelraketten in ontvangst, zes in totaal, verpakt in metalen kisten met een rugzakachtig frame zodat ze gemakkelijker te vervoeren waren. En daar vroegen Talwar en Niazi weer naar de details van hun missie.

'Wanneer kun je ons vertellen wat er gaat gebeuren?' vroeg Niazi.

'Zodra we in de Verenigde Staten zijn.'

'Hoe gaan we het doen zonder de hulp van de Mexicanen?' vroeg Talwar.

'Als je een plan bedenkt, moet je nog drie plannen bedenken, zodat je – als het ene plan mislukt – een ander plan achter de hand hebt.'

'En als al je plannen op zijn?' vroeg Talwar.

Samad trok zijn wenkbrauwen op. 'Je slaagt of je sterft.'

'Wat is dan je plan om ons in de Verenigde Staten te krijgen?'

'Geduld,' zei Samad tegen Talwar. 'We moeten eerst naar Mexico en zodra we daar zijn, hoor je meer. We hebben vrienden die de grens goed in de gaten houden. We zijn niet alleen. Mullah Rahmani heeft heel goed voor ons gezorgd.'

'Samad, ik maak me zorgen om een paar van de anderen. Ze zijn heel jong en beïnvloedbaar. Ik ben bang dat sommigen, zodra we Amerika bereiken, zullen vertrekken als ze zien wat voor leven ze daar kunnen leiden – met McDonald's en Burger King en Walmart.'

'Hoe komt het dat je nu opeens twijfelt aan hun geloof?'

Talwar haalde zijn schouders op. 'Het is één ding om te geloven als je in de vallei bent, maar het is iets anders om te geloven als je in het paleis bent. Ik ben hier als een strijder, maar ik maak me zorgen.'

Samad legde een hand op de schouder van zijn luitenant. 'We zullen iedere man die ons wil verlaten doden. Begrepen?'

Talwar en Niazi knikten.

'Dan hoeven we niets meer te bespreken. We hebben de raketten, dus nu kunnen we ze in de trucks laden en teruggaan naar het vliegveld.'

Ze zouden vanaf Costa Rica naar een particulier vliegveld met een onverharde strip vliegen, ongeveer vijftienhonderd kilometer ten zuiden van Mexicali en letterlijk in *the middle of nowhere*. De vrachtwagens en chauffeurs stonden al op hen te wachten voor de laatste etappe van hun reis naar het noorden, naar de grens.

Samad werd steeds opgewondener. Als ze de grens overkwamen, zou de rest van zijn missie precies zo verlopen als Mullah Rahmani hem had verteld.

Jaren van voorbereiding en de toewijding van vele strijders van Allah zouden in vervulling gaan.

Samad had zich niet trotser kunnen voelen. Hij droeg de wil van Allah in zijn hart en het vuur van de jihad in zijn handen. Meer had hij niet nodig.

San Cristóbal de las Casas
Chiapas, Mexico

Nu kon Moore pas een paar digitale foto's maken van de drie 'bodyguards' die Miguel en zijn vriendin achter zich aan hadden. Nadat hij deze foto's naar Towers had gestuurd, waren de resultaten indrukwekkend. Niet alleen Corrales was een HVT (*high-value target*), maar datzelfde gold voor Pablo Gutierrez die in Calexico een FBI-agent had gedood. Agent Ansara van Moores eigen taskforce had een paar tips over Pablo uitgezocht en die hadden hem naar het Sequoia National Forest geleid. Daardoor konden ze nu, zoals Towers het noemde, twee belangrijke klootzakken met één steen uitschakelen.

'Drie,' had Moore gezegd. 'Vergeet de grote hond niet, Rojas...'

'Geloof me, hém ben ik echt niet vergeten,' had Towers gezegd. 'Maar laten we geduldig zijn.'

Het achtervolgen van Miguel, zijn vriendin en hun drie bodyguards was lastiger dan Moore had verwacht. Ze hadden natuurlijk kleren meegenomen waardoor ze op toeristen leken, met fotocamera's om hun nek, maar Torres had een lichaam en een gezicht dat je niet snel vergat. Moore had hem ernstig gevraagd: 'Als Corrales je ziet, herkent hij je dan?'

'Nee, echt niet,' zei de dikke man. Hij noch Fitzpatrick had ooit rechtstreeks contact met de man gehad, maar dat betekende niet dat Corrales geen foto's van hen had gezien. Corrales' spotters schenen overal in Juárez rond te lopen.

Met dat in gedachten vond Moore dat Fitzpatrick en Torres een grotere afstand moesten bewaren en geen risico's mochten nemen. Torres had geprotesteerd en gezegd dat Corrales misschien wel foto's van Moore had gezien, omdat hij in het hotel had gelogeerd. Hoewel dat misschien waar was, was het voor Moore veel gemakkelijker niet op te vallen dan voor de anderen. Hij droeg een gebloemd shirt, een fotografenvest en een bewonderende grijns op zijn gezicht, als een gewone domme toerist. Het vest was handig, omdat hij hierin zijn beide Glocks met geluiddemper kon opbergen. Fitzpatrick en Torres zouden Corrales' twee puppy's uitschakelen, maar Moore wilde Corrales pakken. Zodra ze klaar waren met deze drie mannen zouden ze achter Rojas' zoon en diens vriendin aan gaan, en vervolgens met z'n allen naar een schuilplaats in Guadalajara vliegen. Van daaruit zou Zuniga de onderhandelingen met Rojas overnemen. Omdat Torres had gezegd dat hij het meisje wilde doden, had Moore hem duidelijk gemaakt dat onschuldigen erbuiten zouden blijven. Punt uit. Torres had daarover nagedacht en besloten dat een extra gijzelaar geen slecht idee was.

Met zijn eigen twee medeplichtigen een eindje verderop in de drukke straat schaduwde Moore Miguel en Sonia. Zij waren blijven staan bij een van de tientallen kraampjes waar inheemse vrouwen allerlei waren verkochten: felgekleurde riemen en jurken, en houten kinderpoppen. Moore verbaasde zich toen hij sommige poppen beter bekeek; ze leken op soldaten en hadden een geweer en droegen een bivakmuts. Dat was een interessante boodschap voor de kinderen in deze stad: jullie helden dragen een masker en hebben wapens bij zich...

Verderop in de straat stonden de drukkere marktkramen, waar allerlei soorten vers fruit en groenten waren opgestapeld of in gevlochten manden tentoon werden gesteld. Er waren nog meer kraampjes die rijst en vis verkochten, andere verkochten rundvlees en kip, en er was er zelfs eentje met een groot spandoek waarop stond dat ze plaatselijk geteelde koffiebonen verkochten – deze vallei was een van Mexico's belangrijkste gebieden voor dit product.

Moore ging vlak bij Miguels vriendin staan die een jurkje omhooghield met geel en rode bloemen erop. Ze was slank en atletisch, en droeg een heel grote zwarte zonnebril.

'Wat vind je ervan?' vroeg ze.

Miguel keek op van zijn smartphone. 'O, maar Sonia, dat is veel te opzichtig voor jou. Waarom zoek je niet even verder?'

Ze haalde haar schouders op en gaf de jurk terug aan de oude marktvrouw.

'Mannen hebben geen idee hoe ze een vrouw moeten kleden,' zei de oude vrouw. 'Deze is perfect voor jou. Hij weet gewoon niet waar hij het over heeft.'

Sonia (mooie naam, vond Moore) glimlachte. 'Dat ben ik met u eens, maar hij is heel eigenwijs.'

Moore fronste. Hij wilde tegen Sonia zeggen dat het een prachtige jurk was en dat ze heerlijk zoet rook en dat ze zo fris en jong en sexy was dat hij gemakkelijk kon vergeten dat zijn vrienden haar wilden vermoorden.

Nou ja, zoiets...

'Kom mee, Sonia, doorlopen,' zei Miguel.

Moore deed net of hij naar een portefeuille op een tafeltje vlakbij keek. Toen ze wilden doorlopen, keek hij op, over de rand van zijn zonnebril. En toen zag hij hem, de klootzak, Dante Corrales. Hij stond aan de overkant van de straat in de nis van een klein gebouw met zijn armen over elkaar naar hen te kijken.

De zoon van de baas in de gaten houden, hè, buddy? Ik kan niet wachten tot jij en ik samen een kop koffie kunnen drinken... Ik hoop dat je heel veel te vertellen hebt.

Moore had dit nog niet gedacht of hij zag dat iemand een hand voor Corrales' mond sloeg en hij opeens werd besprongen door twee mannen die hem het gebouw in sleepten. Moore pakte meteen zijn mobieltje en belde Fitzpatrick: 'Een paar mannen hebben Corrales net gepakt.'

'*No shit*. Wij zijn die andere twee net kwijtgeraakt. Wat is er verdomme aan de hand?'

'Kom hiernaartoe. Ze sleepten hem het roze gebouw in, links van mij. Ik blijf hier bij Miguel en het meisje.'

Maar toen Moore zich omdraaide, was zowel de jonge man als zijn vriendin verdwenen.

24

Hij die sterft, moet overal voor boeten

San Cristóbal de las Casas
Chiapas, Mexico

Moore keek om zich heen, zijn blik dwaalde van links naar rechts, naar de vele toeristen en naar de drukke markt met de kleurrijk geklede marktkooplieden. Er liepen zoveel mensen rond dat Moore zich realiseerde dat hij ze wel had moeten kwijtraken nadat hij even naar Corrales had gekeken. Even, een paar seconden maar. Ze waren waarschijnlijk door gewapende mannen gevangengenomen en stilletjes weggeleid. Hij voelde geen echte paniek, maar er ging wel een lichte schok door hem heen en zijn hart sloeg op hol.

Hij hoorde een automotor loeien; bij de hoek, dacht hij. Moore rende zigzaggend tussen de menigte winkelende mensen door en zag dat Miguel en Sonia door een straat aan de voet van een steile heuvel naar een steeg erachter renden. Ze werden achternagezeten door twee kleine mannen, gekleed als lokale boeren die toevallig een pistool in de hand hadden. Misschien hadden de mannen hen gedwongen mee te lopen, maar waren ze ontsnapt.

De voorste man schoot twee keer op hen, maar het bleken waarschuwingsschoten, omdat de kogels in de witgeverfde huismuren achter hen sloegen. Miguel en Sonia renden de steeg in, maar de man had hen gemakkelijk allebei kunnen doden. Zij wilden het stel dus gevangennemen.

Het waren geen leden van het Sinaloa Cartel. Hoeveel bendes hadden Corrales en zijn makkers nog meer kwaad gemaakt? Verdomme, het leek wel alsof ze in de rij stonden om deze man van het machtige Juárez Cartel te grazen te nemen. Moore vloekte, zijn opdracht was al moeilijk genoeg zónder concurrentie.

Hij raakte verder achterop, maar hij probeerde een veilige afstand te bewaren om te voorkomen dat hij werd ontdekt. Toen Moore de smalle steeg in rende, hoorde de achterste man hem kennelijk, want hij keek achterom, vertraagde zijn pas en draaide zich om om te schieten.

Moore drukte zich stijf tegen de muur en greep zijn pistool. Gelukkig kwamen de eerste kogels ongeveer een meter naast hem terecht. Toen Moore zijn pistool uit de holster had gehaald, kon hij terugschieten. Zijn gedempte schoten weerkaatsten tegen de muren en de man dook naar een muur voor dekking.

Moores eerste schot sloeg een paar centimeter van het hoofd van de man in, maar de tweede raakte hem in de schouder, zodat hij met een gesmoorde kreet hard tegen de grond sloeg.

Moore wenste dat hij genoeg tijd had om Fitzpatrick en Torres te bellen, maar helaas. Daarom rende hij naar de gevallen man toe, schopte diens wapen weg, rende door en sloeg aan het einde van de steeg rechts af. Het bleek een gewone straat waar aan weerszijden geparkeerde auto's stonden.

Miguel en Sonia renden moeizaam de heuvel op en de ene man rende nog steeds achter hen aan. Hun achtervolger vuurde nog een waarschuwingsschot af, maar die verbrijzelde het achterraam van een kleine pick-up vlak bij hen. Daarna schreeuwde hij in het Spaans dat ze moesten blijven staan.

Moore rende nog harder toen hij achter zich een automotor hoorde loeien. Hij keek achterom en zag een donkerblauwe auto door de straat scheuren, ongetwijfeld een huurwagen, met de raampjes naar beneden. Voorin zaten twee mannen en de bijrijder hing uit het raampje met een pistool in zijn hand. Jezus, hoeveel wáren er eigenlijk? Moore dook achter de auto's weg toen de man op hem begon te schieten. Dit waren géén waarschuwingsschoten.

Terwijl de auto de heuvel op reed, sprong Moore overeind en vuurde een paar kogels op de auto af. De eerste ging dwars door het achterraam en schampte het hoofd van de bijrijder, de tweede ging naast doordat de chauffeur een ruk aan het stuur gaf.

Miguel en Sonia doken in een nis en verdwenen voor de zoveelste keer uit het zicht. De man die hen te voet achtervolgde, rende dezelfde nis in, terwijl de auto stopte.

Niet slim, jongens, dacht Moore: de jongen en zijn vriendinnetje waren een hotel van drie verdiepingen in gerend en hier zouden ze waarschijnlijk in de val zitten.

Miguel vloekte en probeerde Sonia bij te houden die langs de receptiebalie van het hotel rende. De oudere vrouw die daar werkte, keek verbaasd naar hen. Ze riep iets, maar zij negeerden haar en renden naar de trap.

'Waar gaan we naartoe?' riep hij.

'Gewoon doorlopen!'

Hoe kwam het dat zíj zo moedig was? Híj was de man en hij zou haar dus moeten beschermen. Maar toen ze had gezien dat Corrales werd ontvoerd en de twee andere mannen naar hen toe zag komen, had ze haar schoenen met hakjes uitgeschopt en was gaan rennen, voordat die twee idioten hen konden kidnappen. Maar nu zat er nog minstens één vent achter hen aan (wie weet wat er met die andere was gebeurd), maar toch leek Sonia een plan te hebben.

'We kunnen niet naar het dak,' riep hij terug. 'Dan zitten we klem!'

'We gaan niet naar het dak,' zei ze toen ze op de volgende verdieping kwamen. Ze deed de deur naar de eerste verdieping open en gebaarde dat hij moest opschieten. Daar bleven ze hijgend staan wachten op de voetstappen van de man die hen achtervolgde. Hij kwam inderdaad op hun verdieping, maar rende door naar boven, naar de tweede verdieping.

Miguel slaakte de diepste zucht van zijn hele leven. Hij keek naar Sonia, hij was nog steeds buiten adem, en zag dat ze een klein mes met een krom lemmet dat in een punt eindigde in de hand had.

'Waar heb je dat vandaan?'

'Uit mijn tas. Van mijn vader gekregen. Het is maar een geluksamulet, maar mijn vader heeft me geleerd hoe ik hem moet gebruiken.'

'Fernando is heel streng; hij wil niet dat wij een wapen hebben.'

'Dat weet ik. Ik wilde het je niet vertellen, maar dit mocht ik van hem houden. Ik moet mezelf kunnen beschermen.'

Miguel fronste.

Maar toen zwaaide de deur open.

'Blijf staan!' zei de man die hen had achtervolgd. Hij had zijn pistool op Miguel gericht. 'Kom maar gewoon mee. Buiten staat een auto.'

Miguel dacht dat hij droomde toen Sonia gilde, naar voren sprong en de keel van de man doorsneed. Het bloed spoot tegen de muur.

'Pak zijn pistool!' schreeuwde ze.

Hij bleef stokstijf staan, hij was verbijsterd. Waar was het meisje gebleven op wie hij verliefd was geworden? Dit was ongelooflijk!

Moores telefoon begon te vibreren toen er nog een auto voor het hotel stopte en er nog drie mannen het hotel in renden. Hij dacht dat hij, als hij nu naar binnen ging, zou worden gevangengenomen of doodgeschoten alleen omdat hij toevallig op het verkeerde moment op de verkeerde plek was. Hij kroop achter een auto en haalde zijn telefoon tevoorschijn: Fitzpatricks nummer lichtte op én hij had net een oproep van Towers gemist. Moore beantwoordde Fitzpatricks telefoontje.

'Waar ben je? We hebben die andere twee mannen nog steeds niet gevonden en Corrales is ook niet te vinden.'

'Verdomme, we móéten ze vinden,' zei Moore. 'Maar weet je, ik zit vlak bij een hotel, een paar blokken heuvelafwaarts. Het is een steile straat. De jongen en zijn meisje zijn binnen, maar er zijn nog meer mannen het hotel in gegaan om ze gevangen te nemen.'

'Wie zijn het, verdomme?'

'Weet ik nog niet, maar daar komen we nog wel achter. Haal de auto op en kom hiernaartoe!'

'Man, hoe is dit verdomme zo snel zo uit de hand gelopen?'

'Geen idee. Kom hiernaartoe!'

Corrales baalde van zichzelf. Dat ze hem van achteren hadden kunnen besluipen en erin waren geslaagd hem naar het gebouw te sleuren! Hij was altijd trots geweest op het feit dat hij goed naar zijn zintuigen luisterde, goed op zijn omgeving lette, zich altijd bewust was van welk gevaar dan ook en een buitenzintuiglijk waarnemingsvermogen had – alsof hij de gedachten van zijn aanvallers kon lezen voordat ze dichtbij waren, dat hij hun lichaamswarmte op grote afstand kon voelen en dat hij van tevoren wist welke duistere plannen ze hadden.

Maar dat was onzin en hij had er een puinhoop van gemaakt, omdat hij niet alert was geweest en omdat hij was vergeten dat er in deze business elke dag mensen waren die je wilden vermoorden.

Deze klootzakken waren er dus in geslaagd hem deze winkel binnen te sleuren. Het was een oude kledingwinkel die net gerestaureerd werd; overal lag bouwmateriaal.

Ze hadden Corrales wel kunnen ontwapenen, maar kregen niet echt vat op hem; hij wriemelde zich als een slang uit de greep van de eerste man, pakte zijn eigen wapen van hem af en schoot de man in zijn schouder. Voordat een van de andere mannen iets kon doen, schoot Corrales hen een kogel in het hart.

Daarna viel hij op de grond, terwijl het bloed uit zijn schouder stroomde. Hij vloekte en vloekte nog eens. Hij was weleens eerder beschoten, maar had toen alleen maar vleeswonden gehad, niets wat hierop leek.

Moeizaam pakte hij zijn mobieltje, toetste Miguels nummer in en wachtte. Geen reactie. Hij belde Pablo. Niets. Hij zat daar maar, te bloeden. Hij belde Raul. Voicemail. In de verte hoorde hij politiesirenes en door de stoffige etalageruiten van de winkel zag hij dat de toeristen omkeken toen er een politiewagen langs hen heen reed.

Die klootzakken zouden Miguel en Sonia natuurlijk gevangennemen. Hoe moest hij dat uitleggen aan zijn baas, Castillo? Die eenogige stomkop zou woedend zijn en Corrales zou worden geëxecuteerd voor zijn misser, tenzij hij de zoon van zijn baas en het meisje terugvond.

Castillo zou hem vragen: 'Waarom vielen die Guatemalanen jou aan? Ik heb je toch gezegd dat je hen moest inhuren om de Sinaloa's aan te vallen!'

Corrales zou daar geen antwoord op hebben. Hij kon Castillo niet vertellen dat hij het geld dat hij had gekregen om Guatemalaanse huurmoordenaars te betalen, had gebruikt om de herbouw van zijn eigen hotel te financieren en dat hij tegen de Guatemalanen had gelogen over hun betaling. Hij had hun twintig procent vooruit gegeven, zij hadden zes moorden gepleegd, maar daarna had Corrales hun niet betaald. Ze waren dus, om het maar zachtjes uit te drukken, verdomde kwaad. Ze hadden Johnny vermoord en waren Corrales hiernaartoe achtervolgd. Hij had zich niet gerealiseerd hoe meedogenloos die klootzakken waren en nu viel alles in duigen.

Verdomme, hij moest zien dat hij in een ziekenhuis kwam.

Miguel klemde het pistool stevig vast en keek Sonia hoofdschuddend en ongelovig aan. Haar arm zat onder het bloed, maar zelfs daar was ze niet van onder de indruk. De man die hen had willen ontvoeren, lag op de grond terwijl het bloed nog steeds uit zijn hals spoot.

Ze trok de deur naar het trappenhuis open, maar deinsde achteruit toen ze mannen de trap op hoorde rennen. Ze stapte de gang weer op en riep: 'Deze kant op!'

Ze maakten een scherpe bocht naar links en ontdekten een ander trappenhuis. Deze keer trok hij de deur open.

Ook hier kwamen mannen naar boven rennen.

'Hoeveel zijn er wel niet?' vroeg hij verbaasd.

'Te veel,' antwoordde ze.

'Ze zullen ons insluiten,' zei hij.

Ze beet op haar lip, draaide zich om en rende naar de dichtstbijzijnde hotelkamer. Met de zool van haar blote voet trapte ze tegen de deur en vloekte van de pijn. De deur ging niet open.

'Achteruit!' riep hij en hij schoot twee kogels in de deurpost, zodat het hout versplinterde. Ze renden naar binnen.

De kleine hotelkamer rook naar schoonmaakmiddel en het bed was perfect opgemaakt. Geen koffers. *Lege kamer. Uitstekend.*

'Ze zullen de deur zien,' zei ze en ze liep snel naar het raam.

'Sonia, je bent geweldig. Helemaal niet hysterisch.'

'Dat ben ik wel, ik laat het alleen niet merken,' zei ze en ze probeerde rustig te ademen. 'Kom op, we moeten naar buiten.'

'Je hebt zonet een man vermoord,' zei hij.

'O mijn god, dat weet ik!' Ze trok de lange gordijnen open, ontgrendelde het raam en sneed met haar mes de hor open. Onder hen zagen ze de steeg, een val van ongeveer vijf meter.

'Knoop de lakens aan elkaar!' riep ze. 'Schiet op! Knoop de lakens aan elkaar.'

'Aan die kant gaan we er niet uit,' zei hij. 'Ik heb een pistool, kom mee.'

'Vergeet het maar. Er zijn er veel te veel. We moeten hier weg,' zei ze.

Hij schudde zijn hoofd.

Net toen ze naar het bed liep om de beddensprei opzij te trekken, klapte de deur open.

Miguel vuurde op de eerste man die binnenkwam, schoot hem in de maag, maar de tweede man rende naar binnen en richtte zijn pistool op Sonia. 'Schiet nog eens, señor, en zij sterft.'

De schoten kwamen vanuit het hotel en de sirene van niet één, niet twee, maar minstens drie politiewagens dwongen Moore nog verder bij het hotel vandaan te lopen, naar de hoek, waar hij zich achter een oude Volkswagen Beetle verstopte en Towers terugbelde.

Nadat Moore hem in tien seconden had verteld wat er was gebeurd, vloekte Towers en zei: 'Ik heb slecht nieuws voor je, buddy. Heel slecht nieuws...'

Dat waren precies dezelfde woorden die Moores Navy SEAL-buddy Carmichael had gebruikt nadat de lichten van het olieplatform waren gedoofd. Hij had geroepen: 'We zijn ontdekt!' En had eraan toegevoegd: 'Heel slecht nieuws. We zijn ontdekt!'

Carmichael had zijn drie andere SEAL's mee naar boven genomen, het platform op, om te proberen de explosieven die de Revolutionaire Garde daar misschien had aangebracht onschadelijk te maken. Moores mannen hingen onder de pijlers en hij wist dat hij de mannen die al in het water waren moest wegsturen. Hij had hun opdracht gegeven er met de SDV vandoor te gaan, wat ze met tegenzin hadden gedaan. Daarna had hij zijn commandant gebeld om een RHIB (Rigid-Hull Inflatable Boat, een opblaasboot met een stevige romp) van de Irakese patrouilleboot te sturen, die in werkelijkheid door de SEAL's werd gebruikt. De Zodiac zou hen daar veel sneller weg kunnen krijgen dan de SDV. Het enige probleem was dat ze een afleidingsmanoeuvre moesten uitvoeren om de troepen op het olieplatform bezig te houden terwijl ze ervandoor gingen.

'Mako Two, stuur je team het water in! Vallen!'

'Roger!' brulde Carmichael met het geluid van schoten op de achtergrond.

Moore keek en zag dat één man in de golven sprong, en daarna een tweede.

Waar waren de anderen? 'Mako Two, zie maar twee mannen?'

'Klopt! Klopt! Zes zijn geraakt. Ik moet ze eruit krijgen!'

Via de radio hoorde hij allerlei stemmen en nog meer schoten die de angst van zijn mannen leken te accentueren. Tijdens een moment dat voelde als alle jaren waarin hij had getreurd, was het enige geluid Moores ademhaling. En toen...

Towers praatte nog steeds tegen hem. 'Moore, ben je daar?'

'Ik ben hier.'

'Luister naar me, en luister goed. Het ziet ernaar uit dat jouw Agency altijd veel belangstelling voor meneer Jorge Rojas heeft gehad. Zoveel belangstelling dat ze daar al ruim een jaar een undercoveragent aan het werk hebben. Dit is een klassiek voorbeeld van de rechterhand die niet weet wat de linkerhand doet...'

'Wacht eens even... Wát zeg je, verdomme?'

'Ik zeg je dat het de vriendin is van de zoon, bro. Zij is CIA. Al heel lang geleden gerekruteerd in Europa. Heeft net als hij een blauwe badge. En nu vertel je me dat je haar aan een paar andere mannen bent kwijtgeraakt?'

Moore klemde zijn kaken op elkaar. '*Holy shit*. Maar nee, nee, nee! We zijn haar nog niet kwijt. Ik bel je terug.'

Verbaasd? Nee, dat niet. Geïrriteerd? Ongelooflijk gefrustreerd? Bereid iemand te vermoorden die achter een bureau zat en zijn bazen niet even op de hoogte had gebracht? Natuurlijk, dat wel. Het dossier van de missie van JTF Juárez was óf genegeerd óf niet op het juiste bureau gelegd zodat alle agenten die aan deze zaak werkten dat onder een goede coördinatie en regie konden doen. Dit was niet de eerste keer dat vertraagde of onvolledige informatie tijdens een van Moores operaties een communicatiestoring veroorzaakte, en het zou ook zeker niet de laatste keer zijn. Communicatiestoringen tussen agency's als de FBI en de CIA kwamen veel vaker voor, en dat maakte deze onthulling des te erger.

Hij hing op toen Fitzpatrick en Torres in hun kleine witte huurauto de hoek om kwamen. Hij stapte achterin. 'Zie je die blauwe auto daar? Wachten. Als ze niet dood zijn, komen ze zo meteen naar buiten.'

En ja hoor, dat deden ze: Miguel en Sonia, geëscorteerd door een paar mannen die hen onder schot hielden. Ze stapten in de auto, die meteen wegscheurde.

'Ik wacht een paar seconden en dan ga ik erachteraan,' zei Fitzpatrick.

'Afstand houden,' zei Moore waarschuwend.

'Corrales heeft heel veel vijanden,' zei Torres. 'Zijn vijanden zouden onze vrienden moeten zijn, maar dat zijn ze niet. Ze hebben net onze geldkoe gestolen!'

'Jammer, hè?' zei Moore.

'We hebben niets,' snauwde Torres. 'Wat moet ik de baas verdomme vertellen?'

'Rustig aan, grote man. Ik heb je toch verteld dat de groep waar ik voor werk heel machtig is, veel machtiger dan een stelletje mannen met pistolen.'

Moore keek naar Fitzpatrick, die bijna glimlachte.

'Als we ze kwijtraken, zal iemand daarvoor moeten boeten,' zei Torres waarschuwend. 'En dat ben ik niet.'

Moore snoof. 'Als jij je mond niet houdt, trap ik je vette lijf uit de auto en dan kun je lopen... stoere vent die je bent.'

Torres grijnsde en boog zich naar voren. 'Raak ze niet kwijt,' zei hij tegen Fitzpatrick.

'Hoor eens even, ik eis dat jullie me vertellen waar jullie ons naartoe brengen,' zei Miguel. 'Als dit gewoon een ontvoering is, betaalt mijn vader het geld wel en dan is dit alles voordat de dag om is voorbij, oké?'

De chauffeur, een man met een sombere en ondoorgrondelijke blik, keek achterom en zei glimlachend: 'Oké, baas, jij zegt het.'

'Wie zijn jullie en waar gaan we naartoe?'

'Als jij je mond niet houdt, stoppen we een prop in je mond,' zei de chauffeur.

Sonia legde een hand op die van Miguel, terwijl de man naast de chauffeur zijn pistool op haar gericht hield. Achter hen reed nog een auto vol mannen.

'Miguel, het is oké,' zei Sonia. 'Ze vertellen ons toch niets, verspil je energie dus maar niet. Laten we proberen rustig te blijven. Alles komt wel goed.'

'Hoe weet jij dat?' zei hij, terwijl de tranen in zijn ogen sprongen. 'Ze gaan ons martelen en vermoorden. Wat een verdomde klerezooi. Verdomme! We moeten uit de auto zien te komen!'

'Nee,' zei ze en ze gaf een kneepje in zijn hand. 'Doe geen domme dingen. Het komt wel goed. Dit is dus waar je vader bang voor was. Ik wilde alleen dat Corrales zijn werk beter had gedaan.'

'Ik vermoord hem als ik hem weer zie.'

Ze haalde haar schouders op. 'Hij is waarschijnlijk al dood.'

Corrales was erin geslaagd het hotel te bellen en kreeg Ignacio aan de lijn. Deze had de receptiebalie in de steek gelaten en Maria opgehaald. Corrales vertelde haar een onsamenhangend verhaal en zei dat zij en een paar jongens hem moesten ophalen. En dat hij naar een ziekenhuis moest, omdat hij beschoten was.

Hij wankelde het gebouw uit, liep ongeveer een blok, en daarna wist hij niets meer.

'Rustig maar, Dante. Rustig maar,' zei Pablo.

Toen Corrales zijn ogen even opendeed, zag hij dat ze weer in hun hotelkamer waren. Naast Pablo stond een man die hij niet kende; de man had lang, grijs haar, een dunne baard en een bril met dikke glazen.

'Dit gaat heel duur worden,' zei de man.

'Dante, deze man is arts en hij gaat de kogel uit je schouder halen, zonder vragen te stellen.'

'Hoe ben je ontsnapt?'

Pablo haalde diep adem. 'Ik heb een van hen te pakken gekregen, maar ik weet niet wat er met Raul is gebeurd. Toen vond ik jou, je lag op straat, het was maar net op tijd... maar daar hoef jij je nu niet druk over te maken. De dokter gaat je iets geven om je onder zeil te brengen. Dan zul je je beter voelen. Ik heb het met Maria en een paar jongens besproken. Zij komen ons halen met het vliegtuig, zoals je vroeg.'

'We kunnen niet weggaan. We zijn de zoon van de baas kwijtgeraakt!'

'Rustig maar, we vinden ze wel.'

'Nee, echt niet. Die verdomde Guatemalanen hebben hen!'

Pablo vroeg: 'Waarom?'

'Omdat ik hun niet heb betaald en nu moet ik Castillo vertellen wat er is gebeurd. En hij zal me laten vermoorden.'

'Nee, vertel hem niets. Ik regel het wel. Rustig nu maar, mijn vriend. Het zal allemaal wel goed komen.'

Maar dat zou het niet en terwijl de oude man een masker op Corrales' gezicht drukte, voelde Corrales het vuur van zijn jeugdige woede weer, hij zag zijn ouders – met een brandend gezicht, terwijl hun huid van hen af bladderde – die het hotel uit kwamen en zijn vader die met opgeheven vinger tegen hem zei: 'Ik zei je toch dat je nooit bij het kartel mocht gaan. Zij hebben ons vermoord. En nu gaan ze jou vermoorden.'

25

Als ik vlucht, dood me

San Juan Chamula
Chiapas, Mexico

Moore, Fitzpatrick en Torres achtervolgden de blauwe auto en een groen-met-witte bestelbus die de eerste leek te leiden. Ze reden San Cristóbal de las Casas uit, naar de voet van de bergen en het stadje San Juan Chamula, ongeveer tien kilometer verderop. Moore had gelezen dat de inheemse Tzotzil Maya's zich daar voorbereidden op een vroeg zomercarnaval waar toeristen op afkwamen. Het gedans, het gezang, de livemuziek, het vuurwerk en de lange optocht door het dorp zouden niet alleen bezoekers aantrekken, maar ook de inkomsten genereren waar dit arme stadje zo dringend om verlegen zat.

Torres zei een paar keer tegen Fitzpatrick dat hij dichterbij moest gaan rijden, maar Moore maakte daar bezwaar tegen. Hij zei dat de ontvoerders hun gevangenen misschien zouden vermoorden als ze wisten dat ze werden gevolgd. Dan zou er geen geldkoe meer zijn voor señor Zuniga en zouden er ook geen onderhandelingen meer plaatsvinden over het openstellen van grenstunnels voor de Sinaloa's.

Wat Torres en Fitzpatrick niet wisten was dat Miguels vriendin, ene Sonia Batista (die in het echte leven Olivia Montello heette), een chip in haar schouder had waardoor de Agency haar positie altijd kon traceren. Moore moest wachten tot Torres uit de buurt was tot hij Fitzpatrick kon vertellen wat er aan de hand was. Voorlopig hoefden deze twee mannen alleen maar te weten dat ze afstand moesten houden. Ondertussen deden Towers en de anderen van de Agency al het mogelijke om de mannen te identificeren, hoewel Moore en Towers allebei dachten dat ze zeer waarschijnlijk leden van de Avenging Vultures waren, het Guatemalaanse doodseskader dat om de een of andere reden het Juárez Cartel achternazat. Moore en de anderen bevonden zich immers slechts op een paar honderd kilometer afstand van de Guatemalaanse grens, en de relatie tussen de Guatemalanen en het Juárez Cartel was goed gedocumenteerd. Moore wist niet wat er tussen de twee bendes was gebeurd, maar dit waren geen jonge onbezonnen domkoppen. Tijdens de eerste briefing had Towers verteld dat de sicarios vergeleken met deze mannen een stelletje koorknapen leken. Velen van hen waren voormalige soldaten en/of leden van een Guatemalaanse Special Forces-groepering die bekendstond als de Kaibiles. Hun motto was: *Als ik leid, volg me. Als ik stop, spoor me aan. Als ik vlucht, dood me.*

Nog opvallender was dat ze zich zo gereserveerd opstelden. Ze droegen burgerkleren, hadden alleen pistolen bij zich en hadden hun operatie tot nu toe simpel gehouden. Maar dat zou niet zo blijven, dacht Moore. Niet nu, nu ze konden onderhandelen en wraak verwachtten. Moore rilde toen hij eraan dacht dat ze Sonia zouden aanraken, verkrachten en martelen. Hij rilde weer.

Moore haalde zijn smartphone tevoorschijn en even later bekeek hij een satellietbeeld van de stad waar Sonia's gps-tracker zich als een blauw stipje over de plattegrond bewoog.

'Zit je naar een plattegrond te kijken?' vroeg Torres.

'Nee, naar porno.'

'Móét je zo stom doen?'

Moore snoof. 'Daar kan ik maar beter geen antwoord op geven.' De dikzak stelde zijn geduld wel heel erg op de proef.

Op een andere webpagina van de stad zag hij dat Chamula zijn eigen politiemacht had en dat geen enkele militaire of andere groepering de stad in mocht; sterker nog, toeristen mochten tijdens hun bezoek niet eens foto's maken. De regels waren dus heel streng. Maar stel dat de Vultures een deal met de lokale politie hadden gesloten? Stel dat deze ontvoering al lang geleden was gepland en dat ze nu een perfecte schuilplaats hadden van waaruit ze konden onderhandelen? Doordat ze niet terugreden naar Guatemala was dat zelfs heel waarschijnlijk.

Fitzpatrick reed over een slecht geplaveide weg die omhoog kronkelde in de richting van de kerk van San Juan, een eenvoudig gebouw met witte muren. Ernaast stonden auto's van toeristen en taxi's geparkeerd tegenover het marktplein met een stuk of vijftig kraampjes onder kleurrijke parasols. Erboven hingen lange rijen vlaggetjes, vanaf de torenspits van de kerk. Er liepen honderden mensen tussen de kraampjes door. Op het met gras begroeide terrein lagen kleden met vruchten en groenten erop uitgespreid, maar ook piramidevormige stapels citrusvruchten.

'We kunnen de auto nu niet parkeren,' brulde Torres en hij wees naar de auto's die wegreden. 'We raken ze nog kwijt!'

'Ik kan ze volgen, klojo,' zei Moore en hij liet hem zijn smartphone zien. 'Ik heb een gps-tracker op hun auto geplakt.'

'Wanneer dan?'

'Voordat jij me te pakken kreeg,' loog Moore. 'Hou nu even je mond. Laten we uitstappen. Achter de kerk is een begraafplaats en daarvandaan komen we in de heuvels.' Moore zoomde met zijn duim en wijsvinger in op het touchscreen. De kidnappers stopten bij een groepje huizen, iets ten westen van het kerkhof, en de heuvels vormden een perfecte observatieplek.

'Hé, waarom ben jij het steeds met hem eens?' vroeg Torres aan Fitzpatrick.

'Omdat hij goed is. Hij heeft ze getrackt, niet jij. Zonder hem zouden we ze allang kwijt zijn.'

Torres uitte een paar scheldwoorden, sleepte zichzelf de auto uit en hield zijn camera omhoog, omdat hij dacht dat hij zich als een toerist moest gedragen, maar Moore sloeg zijn handen naar beneden.

'Wat doe je nou, verdomme?'

'Geen foto's hier, dat heb ik toch gezegd. Dat willen ze hier niet. Kom, we gaan.'

Uit de kofferbak haalden ze drie zware rugzakken, waar onder andere drie gedemonteerde snipergeweren in zaten en liepen via een smal rotspad met diepe voren van de zomerregens erin naar boven. Torres struikelde twee keer over deze diepe geulen voordat ze het kerkhof konden zien. De witte, blauwe en zwarte houten kruisen stonden te midden van slanke pijnbomen en T-vormige elektriciteits- en telefoonpalen. Beneden stonden de ruïnes van de San Sebastián, de kerktrappen waren allang geleden verdwenen, de vergeelde en verbrokkelde muren waren doortrokken met diepe scheuren, als aderen, en de dakranden waren begroeid met mos en schimmel.

Zodra ze op de top van de hoogste heuvel waren, leidde Moore hen naar een groepje pijnbomen waar ze op hun hurken gingen zitten. Op de camera van zijn smartphone activeerde Moore de ARS-app (*augmented reality system*) die de telefoon in een soort zakcomputer veranderde. Deze applicatie kon een raster leggen over de beelden die de camera maakte en in een kader de afmetingen laten zien van de gebouwen en doelen waarop de camera is gericht. Bovendien legde het systeem contact met de realtime streaming data van het huis waar ze Sonia en Miguel naartoe hadden gebracht. Moore wist dat de nerds thuis zich ook op dat huis richtten, zodat hij die beelden binnen dertig seconden zou ontvangen. Hij deed de bluetooth-headset in zijn oor en zette hem aan.

'Torres, zie je dat blauwe huis daar, naast dat grote crèmekleurige huis?' vroeg Moore.

'Ja.'

'Daar hebben ze Miguel en zijn vriendin Sonia naartoe gebracht. Het lijkt erop dat ze hetzelfde doen wat wij van plan waren. We hebben dus niet veel tijd, want misschien hebben ze Rojas nu al aan de telefoon.'

'Dan is het afgelopen. We kunnen toch niet zeggen dat we zijn zoon gegijzeld hebben als deze jongens dat al hebben gedaan?'

Moore zei met een scheve grijns: 'Laten we ons daar maar niet druk over maken voordat we de gijzelaars hebben bevrijd en ze zelf kunnen kidnappen.'

'Waarom wachten we niet gewoon tot Rojas hiernaartoe komt?' vroeg Fitzpatrick.

'Omdat we niet zeker weten óf hij wel komt. Wij gingen ervan uit dat hij persoonlijk langskwam, maar wie weet wat deze mannen willen?' zei Moore. 'Misschien gaat het hen alleen maar om het geld en kan het hen niets schelen wie het komt brengen.' Hij keek naar Torres. 'Heb je een verrekijker in je rugzak? Hou jij dat huis maar even in de gaten. Flexxx?'

Fitzpatrick trok zijn wenkbrauwen op toen hij zijn bijnaam hoorde. 'Ik wil dat jij de oostkant in de gaten houdt, zodat je een oogje op dat kleine politiebureau kunt houden. Ik laat je wel een goed plekje zien.'

Moore gebaarde dat de man naar hem toe moest komen, waarna ze tussen de bomen door liepen tot Torres ze niet meer kon horen. Snel bracht Moore de DEA-agent van alles op de hoogte.

'Holy shit,' zei Fitzpatrick verbijsterd.

'Dat zei ik ook.'

'Dit is dus feitelijk een reddingsoperatie.'

Moore knikte. 'En nu weet ik eigenlijk niet wat we met Torres moeten doen.'

'Hij zou nog weleens een groot probleem kunnen worden. En dat is niet grappig bedoeld,' zei Fitzpatrick.

Moore grijnsde even om het grapje. 'Tja, ik denk dat we hem nu nodig hebben. Ik ben wel bang dat hij Sonia vermoordt. Zoiets heeft hij al gezegd. Hij denkt dat de jongen dan meegaander wordt. Hij zou haar weleens kunnen doodschieten als we naar binnen gaan.'

Fitzpatrick haalde zijn schouders op. 'Laten we het nog maar eens tegen hem zeggen. Tenzij je wilt dat hij in een vuurgevecht verzeild raakt...'

'Of we sturen hem op een soort zelfmoordmissie.'

'Ja,' zei Fitzpatrick, die wel blij leek met dat idee. 'We regelen het gewoon zo dat die dikzak denkt dat hij een held is.'

'We zitten op één lijn, bro.'

Fitzpatrick knikte. 'Geen probleem. Ik heb al heel vaak overwogen om die klootzak dood te schieten, we verzinnen dus wel wat.'

Moore bleef staan en keek naar het marktplein dat gedeeltelijk aan het oog onttrokken werd door de ruïne. 'Het carnaval begint bij zonsondergang. Schoten, vuurwerk, dat klinkt allemaal hetzelfde. En dat is zo ongeveer het enige meevallertje dat we tot nu toe hebben gehad.'

'Dat is zo. Dus als we erin slagen Miguel en het meisje in handen te krijgen, wat doen we dan met hen?'

Moore schoot in de lach. 'Weet je? Dat heb ik niet eens gevraagd...'

'Ik bedoel, als we een undercoveragent bij Rojas en zijn familie hebben zitten, is het dan nog steeds nodig dat we ze ontvoeren? Misschien is het oorspronkelijke plan nu niet meer zo slim. Het undercoverteam dat met haar samenwerkt, moet ons hoognodig bijpraten.'

Deze vraag bleef in de lucht hangen toen Moore Towers weer belde en hem op de hoogte bracht. De officiële opdracht die hij van de Agency kreeg, luidde: red Sonia Batista zonder haar missie op welke manier dan ook te verstoren, wat Moore en Towers interpreteerden als: laat ze lopen.

Daar zou de dikke Torres niets van willen weten. Absoluut niet. Als je het over de duivel hebt... Torres riep iets tegen Moore.

'Wat is er?' vroeg Moore.

'Er is net een auto gestopt. Ze hebben een van Corrales' jongens te pakken. Ze brengen hem nu naar binnen.'

'Welke?' vroeg Moore. 'Raul of Pablo?'

'Volgens mij is het Raul.'

'Weet je zeker dat ze er maar eentje hebben?'

'Zeker weten.'

'Ik kom eraan.'

Miguel huiverde door de waslijn waarmee ze zijn handen achter zijn rug hadden vastgebonden. Met datzelfde verweerde touw hadden ze zijn enkels vastgebonden en hem vervolgens gedwongen op de oude houten vloer in een hoek vlak bij het achterraam te gaan zitten. Sonia, die ook geboeid was, zat voorovergebogen tegenover hem op de grond en keek zonder iets te zien voor zich uit.

Ze waren met z'n zessen en geen van de mannen wilde zijn vragen beantwoorden. Hij en Sonia waren ongeveer tien minuten geleden opgehouden met praten. Nu luisterden ze naar de langste man, een man met grijs stekeltjeshaar en kleine oogjes die door de andere mannen Captain Salou werd genoemd, die iets in zijn mobieltje mompelde.

Maar door zijn accent en doordat hij heel snel praatte, konden ze er amper iets van verstaan.

Miguel had moeite met ademhalen en hij had een knoop in zijn maag. Hij had zijn vriendin en zijn vader in de steek gelaten, en de herinnering aan zijn geliefde overleden moeder te schande gemaakt. Hij had toegelaten dat hij als onderpand werd gebruikt en het was heel duidelijk dat deze mannen, als ze niet kregen wat ze wilden, hem en Sonia zouden vermoorden. Het enige waar ze op mochten hopen, was een snelle dood.

Maar aan de wrede blik op hun gezicht te zien, zouden deze mannen hun dat niet gunnen. Sonia was verloren. Hoe was het verdomme mogelijk dat dit was gebeurd? Omdat zijn vader een stelletje minkukels had ingehuurd om hen te beschermen. Moest hij zijn vader hier dus de schuld van geven? Misschien had Fernando deze mannen ingehuurd, misschien was het zijn schuld. Zijn incompetentie had hiertoe geleid... Sonia keek naar hem op, haar gezicht vertrokken van de pijn. 'Maak je maar geen zorgen,' zei hij, amper in staat te praten, zo droog was zijn mond. 'Mijn vader rekent wel af met deze honden. Heel snel.'

Ze keek naar hem, naar het raam, naar de kleine houten tafel en de stoelen, waar twee van de mannen cola zaten te drinken. Een derde man kwam de kamer binnen met een paar vaalgroene rugzakken met een logo van een brandend zwaard erop. Hij liet de rugzakken op de grond vallen en zei: 'Iedereen draagt nu een radio. Bevel van de Captain.'

Toen de voordeur openging, kwamen drie mannen binnen. Miguel zag tot zijn verbazing dat een van hen een man van Corrales was. Raul had zichzelf dus ook gevangen laten nemen. Hij was al geboeid en gekneveld. Salou wendde zich tot Miguel en vroeg: 'Een van jouw mensen?'

'Ja,' antwoordde Miguel. 'Mijn bodyguard. Hij heeft bijzonder goed werk geleverd, nietwaar...'

Salou en de anderen schoten in de lach en terwijl ze Raul de woonkamer in duwden, keek Salou weer ernstig. Hij zei tegen Miguel: 'Het enige wat we willen is je geld.'

'Ik begrijp je niet. Wie ben je?'

Salou keek naar de anderen, alsof hij hun goedkeuring wilde. Hij trok zijn neus op, alsof hij de stank die Raul verspreidde niet kon verdragen en zei toen: 'Wij zijn soldaten in dienst van de gerechtigheid. En we willen dat jij en je aardige vriendinnetje dat begrijpen. We willen dat je weet dat wij mannen van ons woord zijn. Dat zullen we je laten zien.'

Twee mannen duwden Raul naar het midden van de kamer, met zijn gezicht op de grond, tussen Miguel en Sonia in. Eén man ging op Raul zitten, een andere drukte zijn benen tegen de grond en een derde pakte Raul bij zijn haar vast.

Miguel schrok toen een van de mannen die aan de tafel had gezeten opstond, de keuken in liep en met een lang hakmes terugkwam.

'Nee, wacht even! Dit is echt niet nodig,' zei Miguel. 'Mijn vader heeft geld. Willen jullie geld? Dan krijgen jullie geld. Dit is echt niet nodig!'

Salou pakte het hakmes aan en testte de scherpe rand met zijn duim.

'We geloven je wel,' zei Sonia. 'We geloven wel dat jullie ons zullen vermoorden. Dat hoef je niet te laten zien. Dat weten we.'

'Dit is niet alleen voor jullie,' zei Salou. 'Dit is voor alle mannen die ons hebben bedrogen en ons hebben misbruikt.' Hij keek achterom naar een andere man die een kleine HD-videocamera uit een van de rugzakken had gehaald. Het ledlampje knipperde al.

Raul schreeuwde, ondanks de prop in zijn mond, en probeerde zich los te worstelen. Maar het had geen zin. De drie mannen drukten hem tegen de grond, terwijl Salou om hen heen liep, zwaaiend met het hakmes.

'Niet kijken,' zei Sonia. 'Gewoon niet kijken.'

Miguel sloot zijn ogen, maar hield dat maar even vol. En toen hij ze weer opende, bracht Salou het hakmes met één grote zwaai naar beneden.

'O verdomme, ze hebben hem vermoord,' zei Torres en hij liet zijn verrekijker zakken.

Moore greep de verrekijker en keek door het raam. Hij zag dat de man met het hakmes, de leider en de oudste, zich bukte en iets van de grond opraapte. Toen Moore zag wat het was, deinsde hij achteruit.

Een collega-agent was maar één zwaai met een hakmes van de dood af en hij en deze twee mannen waren de enigen die dit konden voorkomen. Het gewicht van die verantwoordelijkheid was verstikkend, en hij kon gewoon niet geloven dat de geschiedenis zich herhaalde. Maar het was wel zo en het zou zelfs nog vaker gebeuren, omdat het universum een heel duister gevoel voor humor had, en hij het altijd het zwaarst te verduren kreeg.

Hij sloot zijn ogen en luisterde naar de lichaamloze stemmen in zijn hoofd: 'Zodiac is al op weg! Dertig seconden. Mako One, jullie moeten erop, nu!'

'Onderweg. Mako Two, laten we gaan!'

'Nee, nee! Kan nog niet bij Six komen.'

'Mako One, dit is Raptor. Ik word beschoten. Kan dit niet veel langer volhouden. Zorg dat je mensen uit het water gaan en op het boorplatform klimmen, nú.'

Een andere stem, een vrouw, zei zacht en rustig: 'Je begrijpt toch wel dat wat er is gebeurd niet kan worden veranderd, hoe vaak je er ook aan terugdenkt? Je moet begrijpen dat je geheugen de uitkomst niet kan veranderen. Je kunt je dat wat er is gebeurd niet anders herinneren.'

'Dat weet ik.'

'Maar dat is wel wat er gebeurt. Je speelt het in gedachten steeds weer af, omdat je diep vanbinnen denkt dat je iets kunt veranderen. Maar dat kun je niet.'

'Niemand wordt achtergelaten.'

'Weet je wie is achtergelaten? Jij. De wereld gaat langs je heen, omdat je je hier niet bij neer kunt leggen. Daarom leid je een ellendig leven en denk je dat je niet gelukkig mag zijn om wat er is gebeurd.'

'Hoe kan ik gelukkig zijn? Hoe kan ik van dit leven genieten? Jij bent de psychiater. Jij hebt alle antwoorden. Vertel me dan maar eens hoe ik verdomme gelukkig moet zijn na wat ik heb gedaan! Na wat ik verdomme heb gedaan!' Moore opende zijn ogen toen Torres de verrekijker uit zijn handen trok en weer door het raam naar binnen keek. 'Ik zie een paar legerrugzakken binnen. Dit is veel erger dan ik dacht.'

Moore haalde diep adem en klemde zijn kaken op elkaar. 'We gaan die jongen en zijn vriendin daar weghalen. We gaan ze niet kwijtraken.'

'Ze zijn met z'n zevenen. Zag net twee anderen vertrekken. Wie weet hoeveel er nog in San Cristóbal zijn.'

Moore dacht hier over na. 'Ik heb ze Corrales gevangen zien nemen. Misschien is hij al dood, anders hadden ze hem hier wel naartoe gebracht.'

'Misschien is hij ontsnapt. Hij is een heel gladde aal.'

Moore stond op en liep bij Torres vandaan. Hij belde Towers, zei dat hij vanuit de lucht in de stad op zoek moest naar Corrales en Pablo. Daarna vertelde hij Towers over de executie en de legerrugzakken.

'Zie je wel! De Avenging Vultures bedriegen het Juárez Cartel, en wij zitten er middenin.'

'Luister, ik heb heel veel van je nodig, en snel ook,' zei Moore.

'Zeg het maar.'

'Ziet ernaar uit dat ze via de radio met elkaar gaan communiceren. Ik heb een tap nodig en iemand die het voor me vertaalt.'

'Niet eenvoudig.'

'Dat meen je.'

'Nog meer?'

'Kunnen we Rojas' communicatie afluisteren?'

'Undercoverteam zegt dat ze dat al maanden proberen, maar hij heeft elektronische tegenmaatregelen genomen en hij heeft hackers in dienst die niets anders doen dan zoeken naar lekken, zodat ze tot nu toe geen geluk hebben gehad.'

'En Corrales' telefoons?'

'Als we dat in orde hadden, had ik je dat allang verteld. Eerlijk gezegd hebben we zijn telefoontjes al vanaf het begin onderschept, maar hij denkt heel goed na met wie hij belt en wat hij zegt... Hij weet dat we meeluisteren.'

'Nou, kijk dan maar eens of je kunt bevestigen dat hij nog leeft... en Pablo.'

'Nog iets anders?'

'Ja,' zei Moore en hij kreunde. 'Een SEAL-team zou wel fijn zijn.'

'Ik zal ze bellen.'

Moore verbrak de verbinding en liep weer naar Torres. 'Wat gebeurt er nu?'

'Het was walgelijk, man. Ze hebben het gezicht van dat meisje onder het bloed gesmeerd.'

'Maar ze hebben haar niets aangedaan?'

'Nog niet.'

'Met hoeveel man zijn ze?'

'Zes of zeven. Zo te zien staan buiten vier man op wacht. Een vijfde zit beneden op straat. Geen idee hoeveel er nog binnen zijn.'

'Oké, Luis. Als we dit gaan doen, moet jij de lastigste klus opknappen.'

'Kijk eens naar me,' zei Torres dapper. 'Je denkt toch niet dat ik me bang laat maken door die kleine mannetjes?'

Moore grijnsde. 'Goed dan. Luister.'

26

Aanvallen

Appartementengebouw La Estancia
Juárez, Mexico

Gloria Vega had van Towers gehoord dat de Sinaloa's niet verantwoordelijk waren voor de moord op Johnny Sanchez en zijn vriendin. Towers zei tegen haar dat Moore, die nu in het zuidoosten van Mexico was, had verteld dat leden van het Guatemalaanse doodseskader, de Avenging Vultures, de journalist hadden vermoord.

Toen Vega tegen Gomez zei dat zij dacht dat de Guatemalanen misschien verantwoordelijk waren voor de moord, had inspecteur Gomez dat met een achteloos gebaar terzijde geschoven. 'Johnny schreef over de kartels en daar heeft hij voor moeten boeten. De Sinaloa's hebben dit gedaan. Zo is het en niet anders.'

Maar de oude man was bleek geworden en had haar een tijdje met een bezorgde blik aangekeken. Daarna had hij gezegd dat hij naar huis ging en dat zij dat ook zou moeten doen.

Na de rel voor het politiebureau had Vega tegen Gomez gezegd dat ze hem vertrouwde, dat ze bang was dat iedereen om haar heen corrupt was en dat ze alleen maar het juiste wilde doen.

'En als het nou juist is om de andere kant op te kijken?' had hij haar gevraagd. 'Stel dat je je realiseert dat we niets kunnen doen om dat te veranderen en dat we soms vuur met vuur moeten bevechten?'

Ze had hem alleen maar aangekeken.

Hij had haar handen gepakt. 'Jij hebt gezien wat ik heb gezien. En nu weet je wat ik weet.' En daarna deed hij iets waar ze ontzettend van was geschrokken. Hij liet haar handen los en omhelsde haar stevig. Daarna liet hij haar los en zei met tranen in zijn ogen: 'Het spijt me dat je de waarheid hebt moeten zien. Het is een bittere waarheid, maar die moeten we accepteren.'

Toen ze de sleutel in het slot van haar appartement stak, voelde ze dat er iets niet in orde was. De sleutel gleed niet zo soepel in het slot als anders. Ieder ander had dit misschien beschouwd als een irritant voorval, maar Vega was zich heel goed bewust van haar omgeving, vooral nu ze in Juárez was waar het haar dood kon betekenen als ze kleine dingen niet opmerkte. Ze haalde diep adem en vroeg zich af of iemand had geprobeerd het slot open te breken.

Ze trok haar wapen, opende de deur en stapte naar binnen.

Geschuifel van voeten, en toen...

De man viel haar van achteren aan, en probeerde een draad om haar hals te slaan. Hij kreunde. Maar daar was haar hand al, instinctief, voordat de draad haar keel zelfs maar had geraakt, maar hij sneed in de palm van haar hand toen ze zich vliegensvlug omdraaide en hem met zich mee sleurde.

De hal was nog steeds donker en ze kon niet achteromkijken om te zien wie het was. Het enige wat ze kon doen, was haar arm om haar middel buigen en schieten, twee keer, tot de draad slap werd en zij gilde en naar voren dook, zich omdraaide en nog een keer schoot.

Door het raam in de woonkamer scheen wat licht naar binnen, en daardoor kon ze hem zien: hij was ongeveer even lang als zij en droeg een spijkerbroek, een grijs sweatshirt en een bivakmuts. Hij lag op de grond, met een schotwond in zijn borst.

Ondanks haar zware ademhaling, de geur van buskruit en het speeksel in haar mond, hoorde ze toch nóg een geluid, uit de slaapkamer. Een tweede man? Daar was het weer, het was het slot van het slaapkamerraam. Iemand probeerde naar buiten te klimmen.

'Blijf staan!' schreeuwde ze. Ze rende de slaapkamer in en zag nog net dat een man, net zo gekleed als de eerste, door het raam probeerde te ontsnappen. Hij had zijn maatje moeten helpen, maar was bang geworden, en Vega zat zo vol adrenaline en was zo bang dat hij zich zou omdraaien met een wapen in de hand, dat ze de resterende kogels in haar magazijn op de man afvuurde. Hij viel achterover, terug in de slaapkamer. Instinctief haalde ze het lege magazijn uit haar pistool en stopte er een nieuwe in, allemaal binnen een paar seconden.

Daarna rende ze naar het lichtknopje, deed het licht aan en onderzocht de rest van haar appartement, de inloopkast, de badkamer. *Leeg.* Ze hadden twee man gestuurd, in de verwachting dat het een eenvoudig klusje zou zijn om één agente te doden. Ze stond even stil en haalde rustig adem.

En toen begon ze te vloeken. Want op het moment dat ze haar ademhaling onder controle had, begon ze te huilen.

Ze pakte haar mobiele telefoon en belde Towers. 'Ik wil van deze verdomde zaak worden gehaald. Ik wil hier weg. Nu meteen.'

'Ho eens even, rustig aan. Vertel het maar.'

Ze verbrak de verbinding, wachtte even en belde toen de politie. *Ik geef het niet op*, zei ze tegen zichzelf. *Maakt niet uit wat ik zeg, maar ik geef het niet op.*

Terwijl ze vertelde wat er was gebeurd, werd er op de voordeur geklopt, waarschijnlijk de huisbaas of een bezorgde buur.

De telefoon ging: Towers belde terug. Ze antwoordde: 'Twee mannen hebben me net in mijn appartement overvallen. Ik heb ze allebei gedood.'

'Dan halen we je daar weg.'

'Nee.'

'Maar zonet zei je...'

'Ik weet wat ik zei. Ik ga dit afmaken. Ik wil Gomez zelf arresteren.'

'Goed dan, hou vol. Ik zal een paar sensoren in je appartement laten aanbrengen. Dit zal niet nog een keer gebeuren.'

'Dat weet ik niet zo zeker. Gomez heeft die klootzakken op me af gestuurd om me te vermoorden. Hij weet het...'

'Je moet het nog even volhouden, want als we hem te pakken nemen, kunnen we de rest ook te pakken krijgen. Grote arrestatiegolf, net als in Puerto Rico, maar we kunnen het niet overhaasten, nog niet...'

'Ik hoop maar dat ik lang genoeg leef,' snauwde ze. 'Goed, ik moet ophangen. Ze staan op mijn deur te bonzen, en er zijn een paar units op weg hiernaartoe...'

San Cristóbal de las Casas
Chiapas, Mexico

Dante Corrales werd nog steeds gekweld door het beeld van zijn vader, met het brandende hotel op de achtergrond. Hij lag in bed, met zijn schouder dik in het verband, zijn linkerarm in een mitella. Hij toetste een nummer in, maar er werd niet opgenomen. Er kwam ook geen voicemail, dus hij liet de telefoon eindeloos overgaan.

'Neemt hij nog steeds niet op?' vroeg Pablo die op een stoel zat vlak bij de deuren naar de veranda.

'Stel dat ze proberen Miguel te bellen? Stel dat ze al weten dat er iets aan de hand is?'

'Als je Castillo belt en hem de waarheid vertelt, weet je wat hij gaat zeggen...'

'Hij zal ervan uitgaan dat ik op de vlucht sla. Dan zullen ze achter me aan komen en me doden. Dat kan ik niet.'

'Dante, waarom ben je zo bang? Zo heb ik je nog nooit meegemaakt. Kom op. We kunnen dit wel oplossen.'

'Waarom ik zo bang ben? Heb je verdomme enig idee wat er nu gaat gebeuren?'

'Nee.'

Hij vloekte, eerst zwijgend, maar toen hardop. 'Shit. Ik had die klootzak van een Salou moeten betalen, maar hij is een ongelooflijke lul en hij mag blij zijn dat hij al een aanbetaling heeft gekregen.'

'Heb je het geld?'

Corrales schudde zijn hoofd. 'Allang op.'

'Had je dan niet verwacht dat ze je achterna zouden komen om de rest te halen?'

Corrales glimlachte bijna. 'Ik wist wel dat ze dat zouden doen, maar ik dacht dat ik tegen die tijd dankzij die transporten wel wat extra geld zou hebben. Maar daar zijn we ook belazerd...'

Corrales' telefoon ging, een nummer dat hij niet kende.

'Hallo?'

'Corrales, mijn vriend, ik zag dat je hebt geprobeerd me te bellen. Ik ben zo blij dat we eindelijk je aandacht hebben kunnen trekken.'

Hij verstijfde. Dit was Salou, en de klootzak klonk ongelooflijk overmoedig. 'Pas op je woorden,' zei Corrales tegen hem. 'Een verstandige raad.'

'Ik ben teleurgesteld.'

'Dat weet ik. Ik zal het goedmaken.'

'Drie keer mijn oorspronkelijke schatting.'

'Oké. En je weet wat ik wil.'

'Natuurlijk.'

'Waar ben je?'

'O, Corrales, je weet toch dat ik je dat niet kan vertellen. Vertel me maar waar jij bent, dan stuur ik een auto.'

'Dit kost even tijd. Vierentwintig uur, minstens.'

'Het spijt me, Corrales, maar je denkt toch niet dat ik je vertrouw, na wat je hebt gedaan? Dus nee, ik heb geen vierentwintig uur. Ik heb tot middernacht. Oké?'

'Dat red ik niet.'

'Natuurlijk wel. We kunnen dit wel elektronisch afhandelen. Ik heb alle informatie die je nodig hebt.'

Maar Corrales was niet van plan de man op die manier te betalen; hij wilde aan contanten zien te komen, zodat hij het geld kon begraven, het voor Castillo verborgen kon houden. Een dergelijk bedrag zou hij van een van de bankrekeningen van het kartel moeten halen, en door zo'n grote kasopname zou Castillo onraad ruiken.

'Ik kom het geld wel brengen,' zei Corrales. 'Tegen middernacht.'

'Nee, zoals ik al zei stuur ik een mannetje naar je toe zodra je klaar bent. Geen spelletjes meer, Corrales.'

'Ik begrijp het.'

'Dat hoop ik. Dit is je laatste kans. Ik weet dat je heel veel spijt hebt van je fout en ik zal je nog één keer helpen, omdat ik daar baat bij heb. Anders, moge God je bijstaan... Moge God je bijstaan...'

Corrales hing op en keek naar Pablo. 'We hebben hier zo snel mogelijk heel veel geld nodig. Neem contact op met Hector en zeg tegen La Familia dat we een lening nodig hebben.'

'Nu gaan we dus geld van een ander kartel lenen?' vroeg Pablo.

'Geen vragen! Gewoon doen!' Corrales vertrok zijn gezicht toen het geklop in zijn schouder veranderde in een doordringende pijn.

Medisch Centrum Jorge Rojas
Mexico City, Mexico

Op de parkeerplaats van een splinternieuw gebouw van vijf verdiepingen hadden zich ongeveer tweehonderd mensen verzameld. Jorge Rojas stond achter een lessenaar, rechtte zijn schouders en glimlachte nog eens naar de raad van bestuur, de directie en de tientallen kantoormedewerkers die waren ingehuurd om dit ambitieuze streven te leiden. Er was ook een handjevol lokale journalisten aanwezig om verslag te doen van deze historische openingsceremonie.

Rojas was onverwacht aanwezig bij deze ceremonie (in eerste instantie had hij afgezegd omdat hij op reis zou zijn), maar hij was eerder teruggekeerd uit Colombia en had op het laatste moment besloten dat hij het veiligheidsrisico wel wilde nemen en tijdens dit evenement een korte toespraak zou houden.

Hij was in een konvooi van zes kogelvrije SUV's gearriveerd en zijn team van twintig man, discreet gekleed in pakken van Somoza en goed bewapend, had de omgeving afgezet. Op dit moment rondde hij zijn toespraak af: 'Zoals ik al zei, is het huidige medische model gebrekkig. Wij hopen dat we ons dankzij voorlichting en een betere toegang tot medische behandeling vooral met preventieve geneeskunde kunnen bezighouden. Deze benadering is gericht op de patiënt in plaats van op het stelsel van gezondheidszorg. We willen alle inwoners van Mexico – en eigenlijk iedereen in Latijns-Amerika – aanmoedigen om een proactievere rol in hun eigen gezondheidszorg te spelen. Dat willen we doen door andere non-profitorganisaties te helpen en beurzen te verstrekken aan studenten, hoogleraren, onderzoekers en andere gezondheidszorgprofessionals. Ik heb dit instituut opgericht met maar één doel voor ogen: mensen helpen om beter en langer te leven. Goed, zal ik nu dit lintje maar eens doorknippen? Want volgens mij zie ik daar *churros* en koffie voor ons allemaal!'

Het publiek lachte.

Rojas stapte van het podium af, pakte een grote schaar en knipte onder luid applaus het lintje door. Hij wilde dat hij als hij zich nu omdraaide de stralende blik van zijn vrouw zou zien, maar in plaats daarvan stond Alexsi achter hem. Ze was zoals altijd een prachtige verschijning in haar designerjurk en juwelen, maar bovenal een mannequin en niet de goede gesprekspartner die zijn vrouw was geweest. Naast haar stond Castillo; hij legde een hand op zijn bluetooth-ontvanger en praatte zacht met de andere leden van hun bewakingsteam.

Voordat Rojas weg kon lopen zodat de directeur van de nieuwe instelling een paar woorden kon spreken, drong een verslaggeefster van XEW-TV, Ines Ortega, een vrouw van middelbare leeftijd die Rojas al verschillende keren had geïnterviewd en wier vragen hem heel vaak irriteerden, naar voren en drukte hem een microfoon onder de neus.

'Señor Rojas, u bent een van de rijkste mensen ter wereld en uw invloed is overal merkbaar. Ik kan met mijn door Rojas bestuurde mobieltje bellen terwijl ik boodschappen doe in een supermarkt die uw eigendom is en deze betalen met geld dat ik op een rekening bij een van uw banken heb staan. Als ik daarmee klaar ben, kan ik een kop koffie drinken in een restaurant dat van u is. U bent moeilijk te ontlopen.'

'Ik vind het fijn om mensen te helpen,' zei hij. 'Als u geen vragen meer hebt...'

'Maar die heb ik wel. Wat is uw reactie als mensen u hebzuchtig noemen? Veel mensen in het land lijden honger, terwijl u rijker wordt doordat uw bedrijven nooit failliet lijken te gaan...'

'Dit is mijn reactie,' zei hij met een gebaar naar het medische complex. 'We doen zoveel we kunnen om iets terug te geven aan de samenleving. Er zal altijd kritiek zijn, maar de feiten spreken voor zich. Als u het over rijkdom wilt hebben, dan geloof ik dat die beschermd moet worden om ten goede te komen aan toekomstige generaties. Daarom is het ook zo belangrijk dat mijn bedrijven floreren. Ik ben hier niet om mezelf nog rijker te maken. Ik ben hier om onze mensen en onze president te helpen aan de behoeften van dit land tegemoet te komen. En als de mensen dat hebzuchtig noemen, dan is dat een verkeerde interpretatie van mijn bedoelingen.'

Vanaf de achterste rij van de groep klonk een knal – niet luider dan een voetzoeker – en Rojas had vrijwel meteen het gevoel dat iemand hem een harde stomp tegen zijn borst gaf. Hij verloor zijn evenwicht, stak zijn hand uit naar de trapleuning achter hem, maar greep mis. Hij viel op de trap en zijn elleboog klapte hard tegen het beton.

Er brak een volstrekte chaos uit, sommige mensen begonnen te gillen, terwijl anderen naar de geparkeerde auto's renden en weer anderen zich op de grond lieten vallen. Iedereen zocht dekking, maar dat gold niet voor Fernando Castillo. Hij zag de man die had geschoten – die had helemaal achteraan gestaan – en hij achtervolgde de man, terwijl de rest van het bewakingsteam hem omsingelde.

Vanuit zijn ooghoek zag Rojas dat Castillo langs hem heen rende en even later op de man schoot die op de grond viel voordat hij bij een pick-up was die achteraan op de parkeerplaats stond, onder twee grote eiken. Castillo rende naar de gevallen schutter toe en schoot nog eens twee kogels in zijn hoofd. Rojas werd kwaad, want het had heel nuttig kunnen zijn als ze de man hadden kunnen ondervragen, want een publieke figuur zoals hij had veel vijanden. Misschien was dit wel een bezorgde inwoner van de stad die was doorgedraaid en had besloten iemand te vermoorden over wie hij iets had gelezen of die hij op tv had gezien.

Zowel Alexsi als de verslaggeefster Ines stond naast Rojas toen hij zijn hand in de binnenzak van zijn colbertje stak en de kogel eruithaalde die in het flexibele inzetstuk was geslagen. Hij liet hem aan de twee vrouwen zien. 'Goddank voor deze beschermende kleding,' zei hij.

'Je zult Felipe in Colombia moeten bellen en hem dit vertellen,' zei Alexsi.

Ze hielpen hem overeind, waarna een stuk of zes mensen, onder wie zijn raad van bestuur, naar hem toe kwamen en vroegen hoe het met hem ging.

Hij liep weer naar de lessenaar, toen in de verte het geluid van sirenes hoorbaar werd. 'Ik ben niet dood,' riep hij. 'Net zomin als de droom die we hier hebben gerealiseerd!'

Toen de menigte dat hoorde, begon iedereen te juichen.

Toen Rojas daarna op de achterbank van zijn kogelvrije Mercedes zat, keek hij naar de televisiebeelden die de nieuwsploeg had gemaakt. Het verhaal werd overgenomen door alle belangrijke nieuwszenders: Associated Press, BBC News World Edition, Reuters en United Press International. Elke nieuwszender in Mexico en de Verenigde Staten zond het verhaal uit of was van plan dit te doen, wist Rojas.

Hij belde Miguel nog eens. Geen reactie. Voicemail.

'Geen bericht van mijn zoon. Geen bericht van Sonia,' zei hij tegen Castillo.

'Ook geen bericht van Dante, maar we moeten hen wat tijd geven,' zei Castillo. 'Misschien hebben ze geen bereik; dat zou verklaren waarom niemand opneemt.'

'Je hebt gelijk. Ik zou me geen zorgen moeten maken, maar als Miguel op het nieuws ziet wat er is gebeurd, wordt hij natuurlijk ongerust.'

'Hij belt u wel,' zei Castillo. 'Oké, meneer, weet u zeker dat u niet naar het ziekenhuis wilt?'

'Breng ons maar gewoon naar huis.'

Alexsi legde haar hand op de zijne en zei: 'Alles is in orde, lieve schat. Wat fijn dat je altijd zo voorzichtig bent. En ik zal niet klagen als je weer een keer naar Colombia gaat.'

Hij grijnsde even en probeerde rustig te worden.

Fronsend vroeg ze: 'Waarom denk je dat die gek je wilde vermoorden? Gewoon uit jaloezie? Na alles wat je voor het land hebt gedaan? Ik kan gewoon niet geloven dat er zoveel haat is in de wereld.'

'Geloof het maar wel,' zei hij en hij keek door het getinte raampje naar buiten. Ze reden naar de snelweg, naar Cuernavaca en zijn herenhuis in de buitenwijken. Opeens riep hij: 'Ik wil weten wie die vent was!'

'Natuurlijk,' zei Castillo. 'Daar werk ik al aan. De detectives bellen me zodra ze iets weten.'

'Oké, uitstekend,' zei hij en hij dwong zichzelf tot kalmte. Hij slaakte een diepe zucht toen hij zag dat hij een sms van Miguel kreeg.

Hij tikte op het beeldscherm van zijn telefoon, omdat de sms geen tekst bevatte, maar alleen een bijlage. Het was een video. Hij dubbelklikte op het video-icoon, draaide zijn telefoon horizontaal en zag op het brede beeldscherm eerst Sonia... en daarna Miguel...

Rojas snakte naar adem. 'Fernando! Stop de auto! Stop!'

Er kwam een man in beeld met een hakmes.

'Niet kijken,' zei Sonia. 'Gewoon niet kijken.'

Rojas' handen begonnen te trillen. 'Nee!'

Particuliere landingsstrook
Ongeveer 1.600 km ten zuiden van Mexicali

Het was bijna donker tegen de tijd dat ze hun spullen en al hun mensen in de beide trucks hadden geladen. Volgens het logo op de zijkanten van een van de bussen, was de bestelbus van een loodgietersbedrijf, en de andere van een vistransportbedrijf – de laadruimte stonk naar vis en krabben. Samad en zijn mannen vertrokken hun gezicht toen ze instapten, maar ze hadden nu eenmaal niets anders. Samad was, ondanks de beperkingen ervan, Allah toch dankbaar.

Samad dacht dat ze ongeveer achttien uur moesten rijden met een gemiddelde van negentig kilometer per uur. Daarom waarschuwde hij zijn mannen dat de komende twee dagen in de bus lang en zwaar zouden zijn. Talwar en Niazi, die in de andere bus zaten, zeiden dat ze hun best zouden doen om de mannen rustig te houden en hun zouden vertellen dat ze alleen naar het toilet konden als ze stopten om te tanken. Met zo'n grote groep zou dat vrij veel tijd kosten.

Ze hadden echter nog maar dertig kilometer gereden toen de andere bus aan de kant van de weg stopte omdat ze een lekke band hadden. Gefrustreerd hief Samad zijn handen in de lucht. Ja, ze hadden een reserveband en ja, ze konden hem verwisselen, maar vele mannen wachtten al op hen in de Verenigde Staten; zijn maag verkrampte en hij balde zijn vuisten door de vertraging. De Mexicaanse chauffeurs schreeuwden in het Spaans tegen elkaar terwijl ze de lekke band verwisselden. Samad merkte dat een van de chauffeurs twijfels kreeg. Hij liep naar de man toe, ging op zijn hurken naast hem zitten en zei in het Spaans tegen hem: 'We vertrouwen erop dat je ons naar onze bestemming brengt. Dat is het enige wat je moet doen. Om je geld te krijgen. Om te blijven leven. Begrepen?'

De man slikte en knikte.

In de verte vloog een vliegtuig over.

Samad keek omhoog en zag dat hij in een grote roze wolk verdween.

27

Al rescate

San Juan Chamula
Chiapas, Mexico

Er lagen diepe schaduwen over het kerkhof en de rijen kruisen staken scherp af tegen de beschimmelde muren van de verlaten kerk. Iets lager, achter de kerk en het marktplein, lag Moore op zijn buik naar de grote groepen plaatselijke bewoners en toeristen te kijken. Ze stonden in groepjes en in lange rijen aan weerszijden van de hoofdstraat, waar de optocht en het vuurwerk van het carnaval algauw zouden beginnen. Dansers renden heen en weer over de bedden gloeiende kooltjes, terwijl de vonken om hen heen opspatten.

Moore keek door zijn nachtkijker naar rechts en achter zich naar het huis waar de kleine blauwe auto en de bus nog steeds stonden. Torres had hun huurauto opgehaald en deze achter een paar kleinere huizen beneden aan de weg geparkeerd. Daar had hij de auto laten staan en de sleutels onder de mat gelegd.

Moore haalde diep adem en verstevigde zijn greep op zijn wapen, een Mark 11 Model 0, die de bijnaam *Pirate Killer*, piratenmoordenaar, had gekregen doordat de Navy SEAL's dit wapen hadden gebruikt om Somalische piraten gevangen te nemen. Fitzpatrick had net gedaan alsof het hem verbaasde dat hij dit wapen bij zich had, en Torres had Moore doorgezaagd over hoe hij aan zo'n krachtig militair wapen kwam. 'Ik heb je toch verteld,' had Moore geantwoord, 'dat de mensen voor wie ik werk bijzonder goede relaties hebben?'

Inderdaad.

De Mark 11 was een semiautomatisch geweer met twintig kogels, voorzien van een tweepoot en het magazijn van dit wapen bevatte twintig 7.62x5-millimeter NATO-kogels. Moore zei weleens voor de grap dat je, als je twintig kogels nodig had om je doelwit te raken, maar beter in de politiek kon gaan en uit het leger. Als Moore met de Mark 11 schoot, verliet de kogel de loop sneller dan het geluid, met een supersone knal die wegebde als de kogel vertraagde tot een subsone snelheid. Vanaf een afstand van ongeveer zeshonderd meter, in gebieden zoals de bergen van Afghanistan, kon een sluipschutter zijn doelwit beschieten zonder dat deze iets hoorde. Maar in meer stedelijke omgevingen zoals San Juan Chamula moesten Moore en Fitzpatrick, die aan de andere kant van de heuvel ook op zijn buik lag, gebruikmaken van de KAC-geluiddemper. Als Moore zijn doelwit vanaf een afstand van meer dan achthonderd meter beschoot, zou hij kunnen vuren zonder dat zijn vijand wist waar hij zich bevond. Maar omdat de wet van Murphy nu van toepassing was, was dit rekensommetje niet in hun voordeel.

De afstand tot het huis en de vier bewakers was maar 527 meter. Er waaide een matige noordnoordoosten wind, kracht 3. Ze bevonden zich op een hoogte van 2.250 meter, ongeveer acht meter hoger dan hun doelwit, met een hoek van negen procent. Rekening houdend met de wind en hun huidige positie zou het moeilijk maar niet onmogelijk zijn het doelwit te raken. Ze zouden zeker worden gehoord, en het enige wat dat geluid zou helpen maskeren was het vuurwerk beneden in het stadje. Zoals Moore eerder had opgemerkt, was dat hun enige lichtpuntje. Maar ze hadden veel meer nodig dan geluk, want de echte test zou pas komen nadat ze de bewakers hadden uitgeschakeld...

Moore belde Towers die de radiozender van de Avenging Vultures in de gaten hield. 'Nog nieuws?'

'Gaan nog steeds hun gesprekken via de mobiele telefoons na. Kan nog wel even duren. Alleen maar kletspraatjes over de radio. Eén vent noemen ze Captain Salou, en ik heb opgezocht wat we van hem weten: Guatemalaanse Special Forces, twintig jaar veteraan tot hij met pensioen ging en huurling werd. In technische termen is hij een gemene hufter.'

'En handig met een hakmes,' voegde Moore eraan toe.

'Er speelt nog iets, in Cristóbal. De lokale politie is in de hoogste staat van paraatheid en voor zover wij weten zijn ze op zoek naar vermiste personen.'

'Verbaast me niets. Misschien heeft papa ontdekt dat zijn zoontje is ontvoerd en heeft hij een paar telefoontjes gepleegd.'

'Nou, als hij dat heeft gedaan, dan moet je ze daar weg zien te krijgen en verdwijnen voordat Rojas' team er is.'

'Dat begrijp ik. Ik wacht nog even tot het feest begint...'

Moore sloot zijn ogen en probeerde alle externe gedachten buiten te sluiten en zich te concentreren op de schoten, op het moment. Maar zijn hersens werkten niet mee doordat deze situatie precies leek op een situatie uit het verleden. Met tegenzin ging hij in gedachten terug naar het strand van Coronado, waar hij naar de golven stond te kijken, naar de donkere zee waar een hand boven de golven uit kwam... en een stem die in werkelijkheid van hemzelf was... *'Laat me niet alleen! Laat me niet alleen!'*

'We moeten terug!'

'Hij stijgt op! Dat kan niet!'

'Doe het niet, Max! Doe het niet!'

'Geen keus! Hou je bek, verdomme! We gaan!'

Moore rilde heftig toen hij die stemmen hoorde.

Daarna hoorde hij een andere stem: *'Jullie zijn klas 198. Jullie zijn de soldaten die het hebben overleefd dankzij jullie teamwork.'*

Niet meer. Hij had de Navy laten denken dat hij het waard was, maar hij was niet meer dan een schooljongen die nooit een SEAL had mogen worden. Hij was een jongen die de meest basale regel had overtreden, een jongen die gestraft had moeten worden voor zijn daden en omdat dit niet was gebeurd, dacht hij dat hij dat zelf maar moest doen. Na wat hij had gedaan, verdiende hij geen gewoon leven. Nee, dat verdiende hij niet.

Gedurende een periode in zijn leven waarin hij zwaar depressief was, had hij geprobeerd zichzelf op te vrolijken door zichzelf letterlijk de lucht in te schieten, maar niet met behulp van een parachute. Hij had met een paar jongens gepraat en in het Romsdal in Noorwegen iets ontdekt wat veel exotischer was. Twee dagen na aankomst droeg hij een *wingsuit* en vloog met een snelheid van 240 km/uur door de lucht. Hij dook het dal in en maakte gebruik van de wind tijdens de zomer zonnewende. Dankzij de wingsuit kon hij zweven als een vogel, met de stof gespreid tussen zijn armen en benen. Het was geen gewone vrije val, maar een ongelooflijk snelle, enorm gevaarlijke glijvlucht. Het enige wat Moore moest doen, was naar links of naar rechts leunen om nog geen meter van de hoge rotswanden vandaan te racen.

Hij scheurde de bocht om, zo dicht langs de rotswand dat hij hem had kunnen aanraken; daarna rolde hij naar links en liet zich als een baksteen naar beneden vallen, terwijl de wind langs hem heen suisde. De dood lag op de loer, fluisterde in zijn oor. Opeens had hij vrede met zichzelf, met de wind, met het dal, en heel even sloot hij zijn ogen en wist heel goed dat hij nu aan het touw moest trekken. Maar hij wachtte om te zien hoe lang hij zou wachten, hoe lang nog, een paar seconden nog, steeds euforischer bij de gedachte aan de rotsbodem onder zich.

Hij trok aan het touw. *Boem!* De parachute ontvouwde zich, de touwen spanden zich. Het was voorbij.

De groep achter hem brulde.

Van de vijftien mensen in zijn team die vanuit de hele wereld waren gekomen om extreme sporten te doen, was Moores vlucht de snelste, de langste en absoluut de gevaarlijkste geweest, als iets uit een actiefilm in plaats van een pleziertochtje. Hij had zich niet gerealiseerd wat hij eigenlijk had gedaan, tot hij zag dat de anderen vol bewondering naar hem keken, alsof zijn bakkebaarden grijs waren geworden en hij God had gezien.

Na afloop had hun Noorse gids Bjoernolf hen allemaal meegenomen om te lunchen. En terwijl ze genoten van het smørrebrød met gerookte zalm en vele koppen sterke koffie had hij Moore even apart genomen en met zijn zware Engelse accent aan hem gevraagd: 'Waarom wilt u dood?'

'Wát zegt u?' vroeg Moore en hij liet zijn koffiekopje zakken.

'Ik heb dit al honderden keren met heel veel klanten gedaan en niemand heeft ooit op die manier gevlogen. Zelfs ik niet. U hebt nog maar drie oefenvluchten gemaakt en nu doet u dit?'

'Ik heb u toch verteld dat ik bij de Navy was.'

De man schudde zijn hoofd. 'Dat maakt niet uit. U kwam veel te dicht bij de rotswand. U wachtte veel te lang voordat u aan het touw trok. Het spijt me, maar ik neem u niet meer mee naar boven.'

'Je maakt een grapje zeker? Ik heb de twee volgende dagen al vooruitbetaald.'

'Het spijt me, meneer Moore. Ik wil alleen maar werken met mensen die willen terugkomen. Ik weet niet wat úw probleem is, maar ik wil niet dat u míjn probleem wordt. Ik zal u uw geld teruggeven.'

'Dit is ongelooflijk!'

'Luister, u bent niet de eerste die hier is gekomen voor meer dan ik kan geven. Zorg dat u hulp krijgt. Wat u ook dwarszit, ik denk dat u het wel aankunt. Maar dit is niet de juiste manier. Het spijt me.'

Moore had zin om de arrogante, langharige klootzak een trap te geven, maar de man leek echt bezorgd. Bovendien was de man geen jongen, want hij was ongeveer even oud als Moore zelf, en hij had waarschijnlijk al meer dan genoeg emotioneel gestoorde en sensatiebeluste idioten gezien die zichzelf wilden straffen.

'Hoe leer je jezelf te vergeven?' vroeg Moore, die zich heel goed realiseerde dat hij dit vroeg aan een heuvel in San Juan Chamula en niet aan een Noorse lefgozer.

'Als u er klaar voor bent om te praten, moet u terugkomen. Ik wil uw verhaal horen. Ik ben een oude man, ik kan goed luisteren.'

Misschien had die oude man, Wazir, verborgen in zijn kamp in de tribale gebieden, wel een antwoord...

De eerste knallen van het vuurwerk werden met gejuich ontvangen en op dat moment rinkelde Moores mobiele telefoon.

'Als jij zover bent, ben ik het ook, baas,' zei Fitzpatrick.

'Ho, wacht even,' zei Moore en hij verschoof zijn geweer iets naar rechts. Hij zag de voordeur opengaan en de oudste man, van wie Moore aannam dat het Salou was, naar buiten komen.

'Misschien wil hij naar het vuurwerk kijken,' zei Fitzpatrick.

'Als hij die deur niet sluit, zijn we de lul.'

Salou bleef staan en haalde een pakje sigaretten uit zijn zak. Hij stak er een aan, nam een lange trek en bleef staan kijken naar de lichtjes van de optocht.

'Schiet op, schiet op,' zei Moore toen een nieuwe serie vuurpijlen werd afgeschoten. Een paar gedempte knallen uit snipergeweren zouden gemakkelijk worden overstemd door dit geluid, maar deze klojo zat de boel een beetje te verpesten.

'O, shit. Zie je hem? Zie je Torres? Wat is die verdomme aan het doen?' vroeg Fitzpatrick.

Torres had de auto's van explosieven voorzien en zou die tot ontploffing brengen, vlak nadat Moore en Fitzpatrick de bewakers met hun snipergeweer hadden uitgeschakeld. Maar nu liep die idioot naar de voordeur van het huis. Een nieuwsgierige Salou nam nog een laatste trekje van zijn sigaret en stapte toen van de veranda af.

'Wat gebeurt er in vredesnaam?' vroeg Moore.

'Wacht eens even,' zei Fitzpatrick, toen Torres Salou een hand gaf. 'De klootzak! Volgens mij kent Torres die vent! *Holy fucking shit.* Volgens mij is dit doorgestoken kaart!'

'Verdomme, schiet dan, schieten!' schreeuwde Moore terwijl Salou zijn arm over Torres' schouder sloeg en hem meenam naar het huis. Die dikke hufter had een spelletje met hen gespeeld en nu ging hij die Guatemalanen vertellen wat er aan de hand was. Misschien hadden hij, Zuniga en Salou een deal met elkaar gesloten en Moores groep buiten de onderhandelingen gehouden.

Maar zou Torres echt zo stom zijn om zich zo vriendschappelijk te gedragen terwijl hij wist dat Moore en Fitzpatrick toekeken?

Misschien kon het hem niets meer schelen.

Nou ja, Moore zou er nooit achter komen...

Want de dikke man was de eerste op wie hij schoot. De kogel sloeg de achterkant van Torres' hoofd weg, waarna de man rondtolde als een olievat van een vrachtschip. Hij viel op de grond en verdween in het duister.

Moore richtte zijn geweer nu op de eerste bewaker, die al in beweging was gekomen. Hij rende naar een boom aan de noordkant en keek onderzoekend naar de heuvels. Moore moest hem volgen, opnieuw richten en ten slotte vuren, in de hoop dat de vent letterlijk in de kogel zou lopen. *Bingo*. De kogel raakte hem precies in de borst, het bloed spoot eruit terwijl hij op zijn rug viel... en dat alles in een fractie van een seconde.

Ondertussen knalde Fitzpatricks geweer, ondanks de geluiddemper, en daarna nog een keer. Moore hoopte dat de DEA-agent een goede schutter was, want hij was niet van plan Sonia kwijt te raken. Absoluut niet!

Over mijn lijk, had Moore besloten.

Hij kende de vrouw natuurlijk niet, maar hij moest er niet aan denken wat haar verlies zou betekenen. Hij dacht, misschien wel onlogisch, dat hij als hij haar zou redden zichzelf ook zou redden. Als hij faalde, wist hij niet wat gered zou kunnen worden.

Hij hield zijn adem in, ontdekte de tweede bewaker en schoot twee kogels op hem af terwijl de man voor het huis langsrende, terug naar de voordeur.

Op dat moment, en zonder enige aanleiding omdat Torres de draadloze detonator voor de beide auto's op zak had, ontploften ze achter elkaar. De beide motorkappen vlogen minstens één meter de lucht in en er ontstonden paddenstoelachtige vuurballen die het huis in een flikkerende, buitenaardse gloed zetten.

Moore had geen idee of Torres lang genoeg was blijven leven om de auto's tot ontploffing te brengen of dat hij een timer had ingesteld. Hij had niet gedacht dat de dikke man slim genoeg was om met een timer overweg te kunnen en daarom had hij hem de meest basale instructie gegeven: hier C-4, draad en daar afstandsbediening. *Druk met je vette duim op dit knopje. Gesnopen, dikzak?*

Hoe dan ook, ze hadden gewild dat de auto's onbruikbaar werden en dat was nu geregeld.

'Kom, we gaan!' riep Moore. Hij haalde zijn beide Glocks uit hun holster en rende op volle snelheid de heuvel af. Fitzpatrick rende algauw naast hem.

Ze hadden donkere kleren aangetrokken – lange broek en shirt met lange mouwen – en droegen nu ook een bivakmuts en een kogelvrij vest. Torres had erover gezeurd, omdat hij zijn vest niet over zijn massieve mannenborst had kunnen trekken.

Toen Moore aan de voet van de heuvel kwam, zag hij dat Salou weer naar buiten rende met een geweer in zijn handen. Sonia en Miguel liepen achter hem aan; hun benen waren losgemaakt, maar hun armen waren nog steeds achter hun rug vastgebonden. Ze werden allebei meegesleurd door een paar mannen, allemaal gewapend met een pistool. Moore dacht dat de Guatemalanen, nu ze geen vervoermiddel meer hadden en doordat de brandende auto's de aandacht van alle toeschouwers trokken, maar één ontsnappingsroute hadden: het smalle straatje heuvelopwaarts, in oostelijke richting bij het marktplein vandaan.

De groep liep inderdaad die kant op, maar toen Salou achteromkeek, ontdekte hij Moore en riep iets tegen zijn mannen.

Maar Moore was al in de lucht, sprong op een hoop afval en schoot met beide pistolen; de stank van het buskruit was zowel vertrouwd als welkom en hij vertrok zijn gezicht. Salou had zich losgemaakt van de groep en dat was zijn laatste fout. Op het moment dat de oude Special Forces-veteraan zijn AK-47 op Moore richtte, kreeg hij twee kogels in de borst, een in zijn hals en een laatste in zijn bovenbeen waardoor hij door zijn knieën zakte, zijn geweer opzij viel en de kogels tien meter voor Moore in de grond sloegen.

Moore wist niet zeker of er nog meer mannen in het huis waren, maar ze moesten het wel weten. 'Schiet op het huis!' zei hij tegen Fitzpatrick, terwijl de twee mannen die Miguel vasthielden hem naar Sonia duwden, hem loslieten en zich op de veranda lieten vallen zodat ze konden terugschieten.

De kogels dwongen Moore dieper in de hoop afval, maar even later kon hij naar rechts rollen en hun schoten beantwoorden. Zijn eerste drie schoten waren allemaal mis. *Shit*. Dat kreeg je ervan als je met één hand vuurde, ook al was zijn eerste schot op Salou in de roos geweest. Hij ging iets rechterop zitten, richtte en raakte de rechterman, maar die schoot ook op Moore en zijn kogel sloeg een centimeter of tien onder Moore in de berg afval. Muziek van de optocht waaide vanuit het dal naar boven, zware trommels en gitaren en trompetten te midden van nog meer knallend vuurwerk, en heel even wist Moore niet zeker of de mannen voor hem nog steeds op hem schoten.

Hoe dan ook, hij stond snel op en rende naar het huis, haalde Fitzpatrick in; zijn laarzen stampten zwaar op de grond en hij ademde onregelmatig en hijgend.

Miguel, Sonia en de drie overgebleven mannen haastten zich naar het achterafstraatje, zoals Moore al had voorzien. Hij rende om het huis heen, terwijl Fitzpatrick naar binnen rende.

Geweervuur ratelde en glas versplinterde. *Verdomme*, Salou had een paar mannen in het huis achtergelaten. Fitzpatrick was nu alleen. Moore rende de weg op, waar de groep nu naar een ander huis op de heuvel liep. In de straat stonden twee oude auto's en terwijl Moore langs een oud vervallen hek rende, hoorde hij Sonia gillen en vloeken. Door de auto's kon Moore niets zien, maar dit was voldoende. Dit had hij willen horen. Hij kon niets veranderen aan wat er die nacht bij het olieplatform was gebeurd, maar misschien kon hij voorkomen dat hetzelfde nu weer gebeurde. Sonia zou niet worden achtergelaten om te sterven.

Gestrest door een woede die al sinds die afschuwelijke nacht in hem sudderde en kwaad omdat hij het zichzelf nog steeds niet had kunnen vergeven, arriveerde Moore in volle vaart boven op de heuvel, met de adem van een geest op zijn rug.

Toen hij om de auto's heen rende, zag hij dat Sonia zich had losgerukt van een van de mannen en nog maar door één man werd vastgehouden die, toen hij Moore zag, zijn pistool op Sonia's hoofd richtte.

De andere twee mannen hadden hun pistool op Moores borst gericht en de jonge man huilde nu en smeekte om zijn leven.

Er was geen sprake van een impasse, geen tijd voor onderhandelingen, geen tijd om de mannen over te halen zich over te geven omdat hun baas al dood was en ze niets meer te winnen hadden. Er werden geen deals meer gesloten en geen inzetten meer aangenomen.

Terwijl de adrenaline als gesmolten lava door zijn aderen stroomde nam Moore de hele situatie dankzij zijn jarenlange training en ervaring als Navy SEAL en als CIA-spion – dankzij de honderden uren waarin hij had geluisterd naar instructeurs die tegen hem schreeuwden, hem opdrachten gaven en hem beloonden – in een fractie van een seconde in zich op en reageerde als de man die hij was, als een soldaat met een spiergeheugen voor doden.

Hij klemde zijn kaken op elkaar en dacht aan alle ellende die deze drie mannen van het Guatemalaanse doodseskader hadden veroorzaakt. Hij keek naar de man die Sonia vasthield en riep: 'Hé!'

De man keek hem met grote ogen aan.

Boem! Moore schoot hem in zijn hoofd.

Dat de andere twee mannen Moore waarschijnlijk zouden doden, was niet belangrijk. Het ging nu alleen maar om Sonia.

Dat de Guatemalanen besloten zich op Moore te richten in plaats van de jongen te doden, was een geluk voor Miguel.

Moore schoot met zijn beide pistolen en raakte elke man in de borst. Ze wankelden en lieten de jongen los, terwijl Moore zelf bijna achterover viel.

Hij hervond zijn evenwicht, boog zich naar voren, liep naar de twee criminelen en schoot ze allebei dood. Toen zijn twee Glocks zwegen, hoorden ze het geluid van de politiesirenes boven de trompettisten van de optocht uit. Moore bleef even staan, zijn hoofd tolde en door de

adrenaline had hij het gevoel dat zijn borstkas op springen stond.
'Wie bent u?' riep Miguel.
Moore antwoordde hem in het Spaans: 'Ik werk voor je vader.'
Uit zijn heupzak haalde hij een karambit, een mes met een gebogen lemmet. Snel sneed hij eerst Sonia's boeien door en daarna die van Miguel; hij gebaarde dat ze moesten meekomen. 'Ik heb een auto beneden staan. Sleutels onder de mat. Die kant op. Neem hem maar. Pak hem maar. Zorg dat je hier wegkomt en kijk niet om. Ga naar het vliegveld. Verlaat het land. Nu!'
'Kom mee!' riep Sonia tegen Miguel en ze nam hem mee.
Moore bleef even staan om op adem te komen. Daarna stopte hij zijn pistolen in hun holster en rende terug naar het huis. Hij moest over de dode Torres springen om de woonkamer in te kunnen. Daar zag hij Fitzpatrick op de grond liggen met twee kogelwonden in zijn hoofd.
'O, verdomme... Kom op, makker, dit kan niet...'
Hij liet zich op zijn knieën vallen, maar het was verdomde duidelijk dat de DEA-agent dood was. Moore trok zijn bivakmuts af en bleef zitten waar hij zat.
Ergens buiten hoorde hij een telefoon rinkelen. Moore stond op, liep naar Torres en haalde het mobieltje uit de heupzak van de dikke man. Zuniga belde.
'Hallo?'
'Luis, ben jij dat?'
'Nee, señor Zuniga, dit is señor Howard. Ik heb heel slecht nieuws. Luis en Flexxx zijn dood. Rojas' zoon en zijn vriendin zijn ontsnapt...'
'Wat!?' riep Zuniga. 'U hebt me verteld dat uw groep heel machtig was!'
'Ik kom terug naar Juárez. Ik moet u spreken.'
'Als u slim bent, doet u dat niet, meneer Howard. Die ontmoeting zou u niet overleven.'
'Luister naar me. We zijn nog niet klaar. Ik bel u wel als ik terug ben.' Moore verbrak de verbinding, stopte Torres' telefoon in zijn zak, rende naar Salou en pakte ook diens telefoon. Terwijl hij het huis weer binnenliep, belde hij Towers en vertelde zijn baas wat er was gebeurd.
'Ik moet hier als de sodemieter vandaan met Fitzpatrick.'
'Ga de heuvels in, noordwaarts. Ik heb al een reddingsteam op weg gestuurd.'
Moore zuchtte. 'Dankjewel.'
Moore bukte zich en nam Fitzpatrick in de brandweergreep. Zijn ogen begonnen te branden. 'Volhouden,' fluisterde hij. 'Ik haal je hier wel weg.'

Hij liep naar buiten en om het huis heen, hij versnelde zijn pas toen die verdomde sirenes dichterbij kwamen. Er kwam een auto aan razen, twee tieners sprongen eruit en staarden naar de lijken.

'Ik heb hulp nodig!' riep Moore. Daarna trok hij zijn Glock uit de holster. 'En dat betekent dat ik jullie auto meeneem.'

Ze staken hun handen omhoog en liepen achteruit. Moore opende het achterportier van de auto en legde Fitzpatrick op de bank. Op dat moment hadden de jongens hem kunnen bespringen, maar ze waren slim genoeg om hun toekomst in zijn gezichtsuitdrukking weerspiegeld te zien. 'Maak je maar geen zorgen,' zei hij. 'Jullie krijgen je auto terug.' Hij sprong achter het stuur en gaf plankgas, de zwakke motor jammerde en bracht hem met moeite naar de weg heuvelopwaarts.

28

Insomnio

Villas Casa Morada
San Cristóbal de las Casas
Chiapas, Mexico

De lokale politie had het hotel grondig doorzocht op zoek naar Miguel en Sonia. Ze hadden digitale foto's van hen ontvangen, deze geprint en het personeel en de gasten van het hotel ondervraagd. Dante Corrales zat in een auto aan de overkant en had het allemaal gevolgd. Daarna stuurde hij een van de vier mannen die met Maria waren meegekomen naar binnen om meer te weten te komen.

'Heb je die vermiste toeristen ook gezien?' hadden ze hem gevraagd.

'Nee,' had Corrales' man gelogen.

Pablo zat rechts en Maria links van hem, en zijn arm en schouder bonsden toen hij de chauffeur opdracht gaf weg te rijden.

'Dante, als je niet met Fernando gaat praten, weet ik niet wat ik moet doen. Ze zullen me achtervolgen en vermoorden, net als die mannen.'

'Ik praat wel met hem,' loog Corrales. 'Maak je maar geen zorgen. Fernando heeft nooit contact met hen gehad, dus ik zal alles wel regelen.'

'Wat ga je doen?' vroeg Maria.

'Precies wat ik zei. We krijgen het geld van La Familia en dan bellen we Salou. Hij heeft ze. We krijgen ze terug en dan is alles weer goed.'

'Hoe ga je dit aan Castillo vertellen?'

'Daar denk ik nog over na, maar ik weet zeker dat hij zich afvraagt hoe hij het zo heeft kunnen verknallen dat een schutter zo dicht bij de baas heeft kunnen komen.'

De chauffeur, die naar een ochtendnieuwsprogramma luisterde, trapte abrupt op de rem, draaide zich om en zei: 'Grote schietpartij in San Juan Chamula. Heel stel lijken daar.'

'Denk je dat zij het waren?' vroeg Pablo.

Het hart zonk Corrales in de schoenen. Hij keek op zijn horloge. 'We hebben nog wel tijd om daarachter te komen.' Tegen de chauffeur zei hij: 'Breng ons daar naartoe. Nu!'

De situatie had niet verwarrender kunnen zijn. Toen Corrales en zijn mannen in het stadje arriveerden, stuurden ze er een van de mannen naartoe die later verslag kwam doen: er bleken militaire rebellen vermoord te zijn en de politie had het gebied afgezet.

'Ik heb Raul gezocht, zoals u zei,' vertelde zijn man. 'Ze haalden een onthoofd lijk tevoorschijn en de broek was kakikleurig, zoals u zei. Volgens mij was het Raul.'

Corrales klemde zijn kaken op elkaar en toetste een nummer in op zijn mobiele telefoon.

Salou nam niet op en kon net zo goed een van de doden zijn. Waren Castillo's mannen hier gekomen en hadden zij Salou aangevallen? Zo ja, waarom had hij Corrales dan niet gebeld?

Nu moest Corrales La Familia misschien terugbellen en hun vertellen dat hij de lening niet meer nodig had. Daar zouden ze nog meer van balen dan van zijn eerste telefoontje. Hij móést Castillo aan de telefoon zien te krijgen om in elk geval iets meer over deze toestand te weten te komen.

Maar nu niet. Nog niet. Hij had nog steeds niet bedacht wat hij moest zeggen...

'Ze verwachten dat we naar het vliegveld gaan,' zei hij ten slotte tegen zijn mannen. 'Laten we maken dat we hier wegkomen, ook al moeten we de hele nacht doorrijden. Rijd maar naar het noorden, naar Villahermosa. Daar is een vliegveld dat we in het verleden ook eens hebben gebruikt.'

'Ik ben bang, Dante,' zei Maria. 'Ik ben heel erg bang. Ik wil gewoon naar huis.'

Hij sloeg zijn goede arm om haar heen en fluisterde: 'Ik weet het, maar ik heb je toch gezegd dat dit allemaal voorbijgaat...'

Corrales' telefoon ging. Castillo. Hij zou het gesprek moeten aannemen, de waarheid zien te ontdekken en Castillo's vragen met leugens moeten beantwoorden: zij vielen aan en ik weet niet waarom. In plaats daarvan zorgde hij dat Maria het display niet kon zien en nam niet op.

Hij sloot zijn ogen en liet zijn hoofd tegen de rugleuning rusten.

Die autobranden voor het huis in Chamula deden hem aan iets denken, maar het enige wat Corrales nu wilde, was slapen, hij wilde al zijn problemen wegslapen.

De telefoon ging weer. Castillo. Hij zette hem uit.

Dus iedereen was hier, vanwege een grote vergissing: Corrales had aangenomen dat Salou te geïntimideerd zou zijn om in opstand te komen tegen het machtige Juárez Cartel. Salou zou zich laten bedonderen en geen wraak nemen uit angst voor een reactie. Maar Corrales was geen veteraan en had niet gerekend op de inzet van militairen, een oplossing waar hij nu maar al te zeer bekend mee was.

Tijdens de rit vanaf Chamula zei Miguel tegen Sonia dat ze meteen naar de politie moesten gaan. Maar zij was bang dat de agenten samenspanden met de mannen die hen hadden ontvoerd en ze zei dat ze moesten doen wat hun vaders mannetje had gezegd: naar het vliegveld gaan. Hun kidnappers hadden hun mobiele telefoons afgepakt en daarom vond hij dat ze ergens moesten stoppen om het aan zijn vader te vertellen.

Maar daar wilde Sonia niets van weten. Zij zat achter het stuur en reed op volle snelheid over de smalle weg, dankzij het licht van de koplampen kon ze net zien waar ze reed. Opeens zagen ze een geel bord waarop stond dat ze linksaf moesten naar vliegveld San Cristóbal de las Casas.

Pas toen ze bij de eenvoudige hoofdterminal waren en Sonia de auto geparkeerd had, zei ze weer iets: 'Oké, we bellen je vader. Volgens mij is het nu wel goed...'

Miguel streek met zijn vingers door zijn haar en wreef in zijn vermoeide ogen. Ze liepen de terminal in en vonden een telefoon, die echter alleen creditcards accepteerde. Ze vloekten en renden naar een winkeltje waar ze voor dertig peso's een telefoonkaart konden kopen.

Zijn handen trilden toen hij verbinding had met de persoonlijke voicemail van zijn vader. Natuurlijk zou de man niet opnemen, hij zou het nummer immers niet herkennen! Miguel sprak een boodschap in – geëmotioneerd, kort – voldoende om zijn vader te laten weten dat hij nog leefde, en dat hij en Sonia niet gewond waren. Dat hij geen idee had wat er met Corrales en de andere twee mannen was gebeurd, maar dat hij dankbaar was dat de andere mannen van zijn vader waren gekomen, hoewel hij niet begreep waarom ze in hun eentje en zonder begeleiding hadden moeten ontsnappen.

Nadat hij had opgehangen, keek hij Sonia aan en schudde ongelovig zijn hoofd. 'Jij bent de sterkste vrouw die ik ken. Sterker dan mijn moeder was, en dat wil heel veel zeggen.'

'Bedoel je te zeggen dat je niet kunt geloven hoe sterk ik ben, ook al ben ik een vrouw?' Ze trok een wenkbrauw op.

Hij grijnsde. 'Nee, wat ik bedoel te zeggen is... dankjewel.' Hij boog zich naar haar toe en kuste haar.

'Graag gedaan,' zei ze.

'Hoe kon je zó rustig blijven? Ik dacht dat ik zou flauwvallen.'

'Ik geloofde niet dat ze ons wilden vermoorden. We waren te waardevol voor ze, daarom besloot ik sterk te zijn... voor jou.'

'Maar toch...'

'Ach, soms ben ik gewoon kwader dan bang.'

'Ik hoop dat je me dat een keer kunt leren. Dat wil ik graag van je leren.'

Ze haalde diep adem en wendde haar blik af, terwijl haar lippen trilden alsof ze op het punt stond te gaan huilen.

'Wat is er?'

'Niets.'

Miguel keek omhoog naar het nieuws op een breedbeeld-tv: ze lieten een groep mensen zien met de tekst eronder:

MOORDAANSLAG OP JORGE ROJAS.

Hij hapte naar adem.

Rojas' herenhuis
Cuernavaca, Mexico
90 kilometer ten zuiden van Mexico City

Jorge Rojas had zijn huis laten bouwen in een stad die wereldberoemd was vanwege de taalcursussen Spaans. Cuernavaca was even beroemd om zijn groene parken en tuinen, zijn charmante *zocalo*, het stadscentrum, met zijn historische koloniale gebouwen en talloze restaurants en straatcafés, en zijn universiteit die vanuit de hele wereld kunstenaars en intellectuelen aantrok. Rojas' herenhuis – met een oppervlak van 2.500 vierkante meter en gebaseerd op zestiende-eeuwse architectuurontwerpen – keek uit over de stad en was zelfs nóg rijker versierd en nóg gewaagder dan zijn vakantieresidentie in Acapulco. Het bevatte een bibliotheek, huisbioscoop, spelkamer, sportzaal en alle andere voorzieningen die normaal waren in het huis van een man met zijn status. Zijn vrouw had het huis La Casa de la Eterna Primavera genoemd en het, samen met een groep ontwerpers, ingericht. Na haar dood had hij niets veranderd. Deze plek was zijn toevluchtsoord, zijn Shangri-La waar hij elke keer dat hij op reis was naar verlangde. In Cuernavaca was hij omringd door zijn familie en de herinneringen aan zijn geliefde echtgenote. In het verleden had hij weleens maandenlang vanuit dit huis gewerkt en het in die tijd zelden verlaten. Het vakantiehuis in Punta de Mita was een geweldige plek voor feesten en liefdadigheidsevenementen, maar daar voelde hij zich veel minder op zijn gemak.

Op dit moment stond hij in de bibliotheek, vlak bij een van de rolladders voor een wand met meer dan tweeduizend boeken. Hij droeg zijn zijden kamerjas en drukte zijn mobieltje tegen zijn oor; hij luisterde naar de boodschap van zijn zoon. Hij was al een uur aan het ijsberen en had een diep pad gesleten in het bordeauxrode tapijt, en hij was al bijna twee keer zo lang allerlei telefoontjes aan het plegen. Hij wendde zich tot Castillo en viel bijna flauw toen hij zijn voicemail afluisterde. Er was gebeld, door een nummer dat hij niet herkende, terwijl hij telefonisch in gesprek was met een van zijn piloten die had gebeld over een onderhoudsprobleem met een van zijn vliegtuigen. 'Ze zijn in orde, goddank. Ze zijn gered door onze mannen.'

'Dat kán niet,' zei de man. 'Ons team is daar nog maar net.'

Rojas fronste. 'Misschien is mijn zoon in de war, maar dat is niet belangrijk. Gelukkig is hij veilig. Stuur het team meteen naar het vliegveld. Ik bel hem nu meteen terug.'

'Ja, señor.'

Maar Castillo kwam niet in beweging. Hij fronste zijn voorhoofd en dacht ergens diep over na.

'Wat is er aan de hand, Fernando?'

'Ik heb geen contact meer met Dante en zijn team. Ik vraag me af of zij misschien hebben geholpen.'

'Nee, volgens mij zou mijn zoon dat wel hebben gezegd. Hij zei dat ze Dante en zijn team niet meer hadden gezien nadat ze in de stad waren aangekomen, toen het allemaal begon.'

'Dan klopt er iets niet, señor. Miguel is een slimme vent. Ik denk niet dat hij in de war was.'

'Nou, ik laat het aan jou over om uit te zoeken wat er is gebeurd. Zorg eerst maar dat je mijn zoon en zijn vriendin ophaalt.'

Rojas keek om toen Alexsi in de deuropening verscheen, buiten adem. 'Zijn ze gevonden?'

Hij knikte.

Ze rende naar hem toe en liet zich in zijn armen vallen. 'Goddank...'

DEA Office of Diversion Control
San Diego, Californië
Twee dagen later

Moore, Towers en FBI-agent Michael Ansara zaten aan de vergadertafel. Vega was nog steeds aan het werk en bleef in de buurt van inspecteur

Gomez, en ze wilden niet het risico lopen haar dekmantel te bederven. Fitzpatricks dood was zorgvuldig geheimgehouden voor de media, en hij werd op dat moment teruggevlogen naar Chicago voor zijn begrafenis. ATF-agent Whittaker was nog steeds in Minnesota, maar onderzocht nu een bijzonder verontrustend nieuwtje: een geheime voorraad Amerikaanse wapens was uit Afghanistan gesmokkeld en verkocht aan kartelkopers buiten Minneapolis. De eerste tips leken erop te wijzen dat de voorraad was weggehaald en verkocht door een Amerikaanse Navy SEAL, en Moore was verbijsterd geweest door dit bericht. Hij wilde het gewoon niet geloven, hij weigerde te erkennen dat een van zijn eigen broeders zo gecorrumpeerd kon zijn. Ansara had alleen maar zijn schouders opgehaald en gezegd: 'Als ze die jongens zouden betalen voor wat ze waard zijn, zouden ze niet in de verleiding komen om zoiets te doen.'

'Het gaat niet om het geld,' zei Moore.

Ansara knikte. 'Dat zeg ik.'

'Zeg maar niets. Ik kan het gewoon niet geloven.'

Towers haalde zijn schouders op.

'Dus wat gaan we doen, baas?' vroeg Moore, die het graag over iets anders wilde hebben.

Towers keek op van zijn laptop. 'Onze jongen Corrales is nog steeds niet boven water. En nadat hij bijna was doodgeschoten is Rojas teruggegaan naar zijn herenhuis in Cuernavaca. We hebben laarzen op de grond en ogen in de lucht die deze plek in de gaten houden.'

'Al nieuws over de schutter?' vroeg Moore.

'Nog niet, maar zoals het was uitgevoerd... Ik betwijfel of deze aanslag door een concurrerend kartel is gepleegd. Volgens mij was het gewoon een willekeurige klootzak die een rijke vent wilde vermoorden.'

'Hoe zit het met de zoon en ons meisje?'

'Sonia en Miguel zijn hiernaartoe gevlogen door een paar van Rojas' securityjongens, en ze zijn er allemaal nog steeds, geen verandering.'

'Al iets van haar gehoord?'

'Nog niet. De Guatemalanen hebben haar surveillancehorloge en haar telefoon afgepakt, maar ze weet waar de *dead drops*, de uitwisselplaatsen, zijn en hoe ze ons onopvallend berichten kan sturen. Ze zal nog wel iets van zich laten horen.'

'Wachten we dus op haar?' vroeg Moore. 'Of niet?'

Towers schudde zijn hoofd. 'We hebben een paar spotters in Sequoia. Het kartel staat op het punt de grootste oogst ooit binnen te halen. Jij gaat daar naartoe en volgt de distributie- en geldsporen, zodat je dus meteen weer teruggaat naar Mexico. Ik wil dat spoor volgen, helemaal tot aan hun sicarios die het geld op bankrekeningen storten en/of het geld via Rojas' bedrijven witwassen. Dit is een perfecte kans voor ons om dat te doen.'

'Ik zou ondertussen graag een paar geloofwaardige getuigen oppikken die deze hele zaak zonder dat er maar enige twijfel mogelijk is aan Rojas kunnen ophangen.'

Towers grijnsde. 'Droom lekker verder, buddy. Ondertussen moeten we deze klootzak vanuit elke mogelijke hoek aanvallen, met Sonia, met de Sinaloa's, met zijn banden met de federale politie en met het volgen van het geld. En over de Sinaloa's gesproken...'

Moore snoof en viel hem in de rede. 'Ik heb Zuniga beloofd dat we iets zouden doen, maar hij begon alleen maar hard te gillen, maakte me duidelijk dat ik zou moeten boeten voor de dood van zijn mannen en dat hij me zolang hij leeft zal achtervolgen.'

'Dat klinkt goed,' zei Towers grijnzend. 'Maar we moeten wel contact met hem houden.'

'Ik denk dat hij mijn telefoontjes wel zal blijven aannemen, waarschijnlijk vooral uit nieuwsgierigheid.' Moores stem begon het te begeven; hij had al twee nachten niet kunnen slapen omdat er steeds weer een vertrouwd gezicht in zijn dromen verscheen. 'Jullie moeten weten dat Fitzpatrick het geweldig heeft gedaan. Echt fantastisch. Zonder hem zou ik hier nu niet zitten.'

Even bleef het stil, zowel Towers als Ansara dacht hier even over na.

Ze gaan altijd dood. Altijd. Er was geen eenvoudige manier om dat te verwerken. Moore hoorde dat gewoon te erkennen en moest daarna doorgaan. Voor de missie. Voor zijn land. Hij had die gelofte gedaan, die eed afgelegd.

'Zijn gezin wist hoe gevaarlijk zijn werk was,' zei Towers. 'Ze zijn er kapot van, maar het verbaasde hen niet.' Hij klapte zijn laptop dicht en stond op. 'Goed dan, heren. Jullie moeten naar het noorden, zo snel mogelijk.'

'Dit ga je leuk vinden, Moore,' zei Ansara. 'Ze hebben alles opgetuigd met boobytraps en elektronische surveillance. Volgens mij wordt het een leuk feestje.' Hij knipoogde.

Moore slaakte een zucht. 'Kunnen we niet gewoon wat wijn proeven en dan naar huis gaan?'

'Omweg via Napa, hè?' vroeg Ansara. 'Ik denk het niet.'

Schuilplaats van de taliban
De La Fortuna
Mexicali, Mexico

'Het enige wat we tot nu toe hebben gevonden, is deze flashdrive,' zei de man tegen Samad. Hij gaf hem de USB-stick met de sleutelring eraan.

Hij heette Felipe. Hij was vijftig jaar en was volgens eigen zeggen twee jaar geleden ingehuurd als spotter voor Mullah Omar Rahmani. Felipe werd bijzonder goed betaald, had een schuilplaats in Mexicali ingericht en te horen gekregen dat Samad en zijn mensen eraan kwamen. Hij werkte met een ploeg van vijf andere mannen, die allemaal trouw waren en geheimhouding hadden gezworen; hij zei dat de informatie die ze hadden verzameld heel nuttig zou zijn.

Doordat ze zo goed betaald kregen, hadden ze de verleidingen van deelname aan een kartel kunnen weerstaan. Als ze sicarios tegenkwamen, namen die meestal aan dat ze bij een andere groep hoorden en niet, zoals Felipe tegen zijn mannen zei 'onafhankelijke contractanten' waren.

'Bedankt hiervoor en voor al je andere hulp,' zei Samad. Hij nam de USB-stick van hem aan en stopte hem in de laptop die op de kleine bar in de keuken stond. Hij klauterde op de kruk en klikte door de bestanden die honderden foto's bevatten.

Felipe knikte en zei: 'Señor, we weten wat u van plan bent te doen.'

'Echt?'

'Ik ben in mijn leven drie keer naar de Verenigde Staten geweest. Ik ben nu voor vijf jaar verbannen omdat ik heb geprobeerd geld het land uit te smokkelen. Ik heb mijn vrouw en dochters al die tijd niet gezien. Ik weet dat u de grens gaat oversteken. Ik zal u betalen als u me meeneemt.'

Samad dacht hierover na. Het zou heel nuttig kunnen zijn als ze een lokale gids hadden, die ook vervangbaar was. 'Je hebt al genoeg gedaan. Ik neem je mee. Maar jou alleen.'

'Wilt u ook voor mij met Mullah Rahmani praten?'

'Natuurlijk.'

Hij hapte naar adem en riep: 'Dank u wel, señor! Dank u wel!'

Samad knikte en wijdde zijn aandacht weer aan het beeldscherm. Ze waren eindelijk in Mexicali gearriveerd, ondanks de lekke band en de verschrikkelijk slechte chauffeurs. Zijn mannen hadden zich verbaasd over hoe dichtbevolkt de stad was en ze hadden het vreemd gevonden dat er zelfs een kleine, maar bedrijvige Chinatown-wijk was. Een van Felipes mannen, Zhen, was in Mexicali geboren en getogen, en was de afstammeling van Chinese immigranten die voor de Colorado River Land Company waren gaan werken. Dit bedrijf was in het begin van de twintigste eeuw naar het gebied gekomen om in het dal een uitgebreid irrigatiesysteem aan te leggen. Samad wist dit omdat Felipe iemand was die graag praatte, tot vervelens aan toe.

Samad bleef de foto's en verslagen bekijken, terwijl zijn mannen in de kleine vierkamerwoning gingen eten, andere kleren aantrokken en zaten te kletsen. Ja, ze zaten als haringen in een ton in dit huis, zodat Samad niet wilde dat ze hier langer dan een paar dagen bleven. Felipe had hem al verteld wat zijn groep had ontdekt: ze waren er zeker van dat het Juárez Cartel betrokken was bij een gigantische tunneloperatie op een bouwplaats voor een nieuwe fabriek voor zonnecellen. Op de foto's waren vijf gebouwen te zien in verschillende stadia van afbouw en een klein pakhuis op hetzelfde terrein dat al klaar was. Wat interessant was, was dat er grote hoeveelheden aarde uit het pakhuis kwamen die in kiepkarren werd afgevoerd. Bovendien zag Samad dat ploegen arbeiders op geregelde tijdstippen kwamen en gingen, vierentwintig uur per dag, zeven dagen per week. Samad wist dat er bij een grote tunneloperatie altijd een voorman en/of technicus was die de leiding had. Van alle mannen die gefotografeerd waren, viel deze man vooral op doordat hij ouder en beter gekleed was dan de anderen en omdat hij, volgens Felipe, 's ochtends kwam en 's avonds vertrok, hoewel zijn rooster kortgeleden was veranderd, waardoor hij 's ochtends al heel vroeg arriveerde. Maar ze hadden hem nooit achtervolgd als hij naar huis ging en daarom besloot Samad dat dit nu een prioriteit was.

Nog geen uur later zaten Samad, Talwar en Felipe in een gedeukte Honda Civic met Felipe achter het stuur. Ze wachtten tot de eerste ploeg het pakhuis verliet. Hun man vertrok nog niet. Pas toen de zon onderging, zag Samad hem – eindelijk! Hij stapte in een zwarte KIA die even oud en gedeukt was als hun eigen auto. Ze volgden hem toen hij bij de bouwplaats vandaan en naar het zuiden reed, naar de buitenwijken in het zuidoosten van de stad.

Twintig minuten later was de man thuis en parkeerde zijn auto. Daarna, nadat Felipe iemand had gebeld, zetten ze een mannetje bij het huis neer die hen moest waarschuwen als hij dacht dat iedereen 's ochtends vroeg was vertrokken.

'Hij zal ons helpen de grens over te steken. Hij weet het nog niet, maar hij is een dienaar van Allah,' zei Samad.

Talwar keek op van zijn smartphone en zei: 'Als deze informatie nog steeds klopt, is dit huis van Pedro Romero. Ik heb hem gegoogeld: hij werkte als bouwkundige, maar het bedrijf waar hij voor werkte is failliet gegaan.'

'De bouw heeft het hier heel zwaar te verduren gehad,' zei Felipe. 'Ik ken heel veel goede mannen die geen werk hebben.'

'Nou, hij heeft nu een goede baan gevonden, hè?' zei Samad. 'Hij is onze man. Maar we moeten erg voorzichtig zijn. We moeten ervoor zorgen dat hij heel bereidwillig is, dus we moeten alles over señor Pedro Romero te weten komen.'

Rojas' herenhuis
Cuernavaca, Mexico
90 kilometer ten zuiden van Mexico City

Rojas lag in zijn bed naar de plafondlijsten te kijken, lange lijnen van duur hardhout die in het donker verdwenen. De plafondventilator zoemde, de bladen draaiden langzaam rond, het maanlicht dat door het raam naar binnen viel bescheen de bladen en wierp een flikkerende schaduw over de beddensprei en over Alexsi's wang. Ze lag stilletjes naast hem te slapen en Rojas deed zijn ogen weer dicht, maar toen vlogen ze weer open en keek hij naar de klok: 02.07 uur.

De gebeurtenissen van de afgelopen vierentwintig uur hadden zijn emoties overhoop gehaald: een moordaanslag op hemzelf, een poging tot ontvoering van zijn zoon en diens vriendin... hij besloot dat hij meteen vakantie nodig had van zijn echte leven.

Rillend stond hij op, trok zijn kamerjas aan en met zijn mobieltje als zaklamp liep hij de trap af, de koele duisternis in. Hij stapte de keuken in, deed het licht aan en liep naar een van de drie roestvrijstalen koelkasten om melk te pakken. Die wilde hij opwarmen en langzaam opdrinken, iets waardoor hij vaak kon slapen.

Tegen de tijd dat hij de pan op het gasstel had gezet en de melk erin had geschonken, hoorde hij achter zich een zachte stem vragen: 'Señor Rojas?'

Toen hij zich omdraaide, zag hij Sonia staan, haar zwarte negligé grotendeels bedekt door haar eigen zijden kamerjas. Hij knipperde even omdat hij dacht dat hij zich haar verbeeldde.

'Señor Rojas, gaat het wel goed met u?'

'O, het spijt me, Sonia. Ik loop half te slapen, denk ik. Waarom ben jij uit bed?'

'Ik hoorde iemand beneden. Miguel heeft een paar pillen ingenomen, zoals u zei, en hij ligt lekker te slapen. Ik hou er niet van om iets te slikken en nu kan ik niet slapen. Ik blijf maar zien wat die man heeft gedaan, steeds weer.'

'Wat spijt me dat. Morgen zal ik een paar telefoontjes plegen en dan kunnen we je helpen met wat therapie.'

'Dank u wel, señor. Ik weet niet of er een manier is om dat te vergeten. Ze hebben zijn bloed over mijn gezicht gesmeerd.'

Hij knikte, perste zijn lippen op elkaar en vroeg toen: 'Wil je wat melk? Ik ben net wat melk aan het opwarmen.'

'Dat lijkt me lekker. Bedankt.' Ze stapte de keuken in en gleed moeiteloos op een van de krukken. 'U kon zeker ook niet slapen, na wat u is overkomen?'

'Ik verwacht al jaren dat er zoiets gebeurt. Daarom neem ik ook zoveel voorzorgsmaatregelen, maar je weet nooit hoe je reageert als het dan echt gebeurt. Je kunt niet alles voorzien.'

'Dat is zo.'

'Sonia, ik hou heel veel van mijn zoon. Hij is het enige wat ik nog heb in deze wereld en ik kan je niet genoeg bedanken. Hij heeft me verteld hoe flink je was. Hij kon het niet geloven. Maar weet je? Ik wel. Toen ik je voor het eerst ontmoette, zag ik je kracht in je ogen, hetzelfde licht dat ik ook bij mijn vrouw zag. Je bent heel dapper geweest.'

Ze boog haar hoofd en bloosde.

Hij was te ver gegaan, dat wist hij, en zijn toon was een beetje te charmant. 'Ik wil je gewoon bedanken,' voegde hij er opeens aan toe.

'Volgens mij kookt de melk,' zei ze en ze wees met haar kin naar het gasstel.

Hij draaide zich snel om en zette het gas laag, maar de melk kookte al over. Hij vloekte en zette de pan van het vuur, terwijl de melk siste en spatte.

'Señor Rojas, mag ik u een persoonlijke vraag stellen?' vroeg ze, nadat hij de melk onder controle had en twee bekers uit een kast had gehaald.

'Natuurlijk, waarom niet?'

'Bent u wel helemaal eerlijk tegen uw zoon?'

'Wat bedoel je?'

'Weet hij alles van u en uw bedrijven? Ik bedoel, zou hij in uw voetsporen kunnen treden als u iets zou overkomen?'

'Dat is een behoorlijk morbide vraag.'

'Als we bij elkaar blijven en we met elkaar trouwen, zou hij alles moeten weten.'

'Natuurlijk.'

Ze vond het moeilijk hem aan te kijken. 'Hij lijkt nu gewoon zo naïef over bepaalde dingen.'

'En terecht,' zei Rojas die een beetje argwanend werd door haar woorden. 'Sommige bedrijven van mij zijn niet belangrijk genoeg om zijn aandacht te hebben. Ik heb mensen aangesteld om ze te leiden en zij rapporteren wekelijks of maandelijks aan mij. Als hij er klaar voor is, zal ik hem alles leren.'

'Zou u mij dan ook alles leren?'

Hij aarzelde. Ze was inderdaad een sterke vrouw, misschien wel te sterk, en hij had zijn lieve vrouw nooit ook maar vijf procent verteld van wat hij precies deed. 'Natuurlijk,' loog hij en hij gaf haar een beker dampende melk. 'Ik denk dat jij en Miguel mijn erfgenamen zullen zijn, als jullie gaan trouwen.'

'Ik wil niet overkomen als een op geld beluste vrouw, señor. Ik maak me gewoon zorgen om Miguel. Ik weet dat u wilt dat hij deze zomer bij de bank gaat werken, maar ik ben bang dat hij dat verschrikkelijk zal vinden. En als hij ongelukkig is, zijn we allebei ongelukkig.'

'Wat stel je dan voor?'

'Vertel hem hoe u uw bedrijven leidt. Maak hem uw rechterhand. Hij is immers uw zoon.'

Rojas dacht hierover na. Ze had gelijk. Miguel was de erfgenaam van zijn imperium en de jongen wist er maar heel weinig van. Hij had wel vermoord kunnen worden en Miguel zou de enorme omvang van zijn vaders wereld niet kunnen bevatten. Maar Rojas zou hem nooit de lelijke waarheid over het kartel vertellen, niet aan Miguel, niet aan iemand anders, nooit...

Opeens verscheen Alexsi in de deuropening. 'Wat is hier aan de hand?' vroeg ze met een beschuldigende blik op Sonia.

'Wil je ook wat warme melk?' vroeg Rojas die haar vraag negeerde. 'Er is nog wat.'

'Graag.'

'Ik kon niet slapen. Niet na alles wat er is gebeurd,' zei Sonia. 'Toen hoorde ik señor Rojas naar beneden gaan en vond dat ik hem maar even gezelschap moest houden.'

Alexsi's blik verzachtte. 'Dat kan ik wel begrijpen.'

Rojas keek naar Alexsi. Als ze zijn gedachten kon lezen, zouden haar koffers binnen een uur gepakt zijn.

En als Sonia zijn gedachten kon lezen, zou zij straks samen met Alexsi in een taxi zitten die hen heel ver bij zijn wereld vandaan zou brengen.

29

De enige gemakkelijke dag

Al Basrah Oil Terminal (MABOT)
Perzische Golf, Irak
19 maart 2003

Moore hees zichzelf omhoog en klom in de zwarte Zodiac waar de beide andere SEAL's die van het platform waren gesprongen al in zaten. Ze wachtten nog steeds op Carmichael en een van zijn mannen, Mako Six, die geraakt was. Moore trok zijn duikbril af en ademde de zoute zeelucht diep in. Vanuit het westen, boven de zwarte golven en onder een dikke laag wolken, vloog de CH-47 Chinook-helikopter; zijn achterkant helde naar beneden. De piloot scheerde voorzichtig over het wateroppervlak. De beide schroeven creëerden een enorm hoge deining en trokken een lichte witte werveling door het water, en de gasturbinemotoren van de helikopter brulden. De piloot, wist Moore, leverde een harde strijd tegen de wind.

Vanaf het platform werd fel geschoten en de meeste kogels werden op de helikopter afgevuurd. Moore probeerde via de radio de assistentie van de patrouilleboot in te roepen, maar het verzoek werd afgewezen en hij kreeg opdracht onmiddellijk te verdwijnen.

De helikopterpiloot herhaalde deze opdracht: 'Mako One, dit is Seabird, worden beschoten, worden beschoten! Jullie moeten hier nú weg, over!'

'Begrepen, Seabird. Begrepen!'

De romp van de Chinook lichtte op door de flitsen van afketsende kogels die algauw in de nevel verdwenen. Moore keek achterom naar het platform en zag Carmichael bij de reling staan, samen met elektronicatechnicus eerste klasse Billy Hartogg, Mako Six.

'Frank, we hebben bijna geen tijd meer, buddy!' riep Moore tegen zijn vriend.

Maar Frank Carmichael wist dat niemand werd achtergelaten, levend of dood. Hij en Moore hadden geleerd dat dit niet zomaar een chauvinistisch cliché was zoals in oorlogsfilms werd gebruikt. Het was de waarheid en Carmichaels gedrag kenmerkte zijn mentale kracht en zijn karakter. Hij tilde het levenloze lichaam van Billy Hartogg op, was vastbesloten de SEAL naar huis te brengen.

SEAL's zoals Carmichael kozen nooit voor de gemakkelijkste weg, niet tijdens INDOC, niet tijdens BUD/S, nooit. De Enige Gemakkelijke Dag Was De Vorige Dag. Maar voordat Carmichael over de rand van het platform kon klimmen werd hij beschoten, naar achteren gedwongen en uit het zicht.

Daarna kwamen nog meer salvo's in het water terecht tussen de Zodiac en het platform. Opeens keek Moore in de ogen van twee bewakers die hun geweren nu op hem richtten. Hij hoorde geweervuur achter zich toen zijn mannen hun eigen geweer richtten en de beide Irakezen doodschoten, die achterovervielen, op het platform.

Moores aandacht werd getrokken door een luide plons. Carmichael en hun dode collega dreven nu in de golven... Maar zij bevonden zich aan de andere kant, vlak bij een van de grootste pijlers, een meter of twintig bij hen vandaan.

Er kwam een hand boven het water uit... en een stem die alleen in Moores hoofd te horen was echode: *Laat me niet alleen! Laat me niet alleen!*

'We moeten terug!' schreeuwde Gary Brand, de leidinggevende onderofficier van het peloton die naast Moore in de Zodiac zat.

Moore keek naar Carmichael en daarna weer naar de helikopter.

'Mako One, dit is Seabird! Ik kan niet langer op jullie wachten!'

Moore vloekte en schudde zijn hoofd. 'Jullie wachten op me! Jullie moeten wachten!'

'Verdomme, Mako One!' schreeuwde de piloot. 'Dertig seconden!'

De buitenboordmotor die stationair had gedraaid, jankte toen Moore naar Carmichael scheurde en zijn mannen opdracht gaf het touw klaar te houden.

Moore haalde diep adem en nam gas terug.

Het enige wat Carmichael moest doen, was het touw vangen en de lus om zijn arm slaan. Dan zouden ze hem in de Zodiac sleuren, ook al was dat het laatste wat Moore deed.

Hij stuurde de boot dichter naar Carmichael, die Hartogg vasthield. Ze gingen naast hem varen...

Het touw werd uitgegooid.

Carmichael had maar één goede arm om hem op te vangen.

Hij miste. Shit!

Moore draaide de boot zo vlug dat het net was alsof het vaartuig over rails reed. Hij dacht dat hij tijd genoeg had voor een nieuwe poging.

Maar toen keek hij weer naar de Chinook.

Seabird begon weg te vliegen.

En opeens veranderden seconden in jaren. Er was geen enkel geluid behalve Moores hartslag, geen enkel gevoel behalve het zoute water in zijn mond.

Carmichael deinde op en neer naast de pijler.

De helikopter creëerde een waterval op de golven toen de piloot gas gaf.

'Herinner je je dat citaat nog?' vroeg Carmichael. 'We kunnen maar op twee manieren worden verslagen: of we gaan dood of we geven het op. En we geven het niet op.'

Een nieuwe kogelregen wekte Moore uit zijn verdoving en hij keek omhoog naar de helikopter. 'Hij vliegt weg! We moeten gaan!'

Hij wist niet zeker wie er antwoordde, want de stem werd vervormd door de wind, de schoten, het lawaai van de rotorbladen, maar hij hoorde genoeg: 'Max, niet doen! Niet doen!'

Maar op dat moment besefte hij dat hij hen niet allemaal kon redden. Niet allemaal. Niet Carmichael. 'Geen keus. We vertrekken!'

Toen hij achteromkeek naar het platform, was Carmichael daar nog steeds, niet om hulp zwaaiend, maar gebarend dat ze moesten vertrekken.

Red jezelf.

Schoten weerklonken langs de zijkant van de Zodiac, en dat was dat. Moore liet de boot nog een rondje maken en stuurde in de richting van de helikopter. 'Seabird, dit is Mako One. We zijn onderweg!'

'Begrepen, Mako One. Schiet op!'

De Chinook daalde, raakte het water.

'Laat me niet alleen!'

Maar dat riep Carmichael niet. Hij had met gebaren te kennen gegeven dat ze moesten vertrekken. Hij wist dat hij achter moest blijven.

Moore voer plankgas naar de Chinook. De piloot liet de helikopter nog een meter zakken, tot de buik in het water hing en de kogels hen nog steeds om de oren vlogen, tot... de Zodiac, dankzij Moores stuurmanskunst, precies de ramp in voer en piepend in de helikopter tot stilstand kwam.

Voordat Moore het gas kon loslaten, had de piloot de Chinook al laten opstijgen. Ze vlogen snel bij het platform vandaan en lieten de golven en de kogelregen achter zich.

Nadat hij de motor had uitgeschakeld, bleef Moore zitten. Toen hij opkeek, zag hij dat de andere SEAL's hem aankeken, iedereen keek hem aan. Alsof ze wachtten op een excuus, op iets waaraan ze zich konden vastklampen, een rechtvaardiging voor wat er zojuist was gebeurd: we hebben een man in het water achtergelaten om te sterven.

Maar het enige wat Moore kon doen, was zijn ogen sluiten en zijn best doen niet in te storten. Daarna gingen zijn mannen weer aan het werk en trokken hun spullen uit, alsof er niets was gebeurd.

Hun training nam het over, de ontelbare trainingsuren, de routine, waardoor ze zich niet eens bewust waren van het feit dat ze de missie hadden afgerond, hun spullen hadden gepakt en op de een of andere manier in de bar waren beland en nu al met hun derde rondje bezig waren. De vage beelden. De nevel. De verblindende intensiteit van de strijd die zintuigen had verdoofd die uiteindelijk weer tot leven zouden komen.

Binnen twee uur was de allergrootste operatie in de geschiedenis van de U.S. Navy SEAL's begonnen. Tot Moores ergernis werd zijn team in reserve gehouden.

De SEAL's hadden samen met de Royal Marines een aanval uitgevoerd op de pompsloten van elke terminal en elk platform. Helaas hadden ze niets geweten van de harmonicadraad rondom elk slot, zodat de SEAL's daarin verstrikt waren geraakt en door de bewakers van het platform werden beschoten tot ze het gebied in bezit hadden genomen. Kort daarna werden ze beschoten door een Irakese tank, maar hun Air Force Combat Controller was erin geslaagd een Air Force A-10 Warthog op te roepen waarvan de schutter de tank algauw had geïdentificeerd en vervolgens met een AGM-65 Maverick lucht-grondraket had vernietigd.

De SEAL's voerden nog meer aanvallen uit op de raffinaderij en de haven van het schiereiland Al-Faw, terwijl Amerikaanse mariniers van het 5th Regimental Combat Team van de 1st Marine Expeditionary Force verder naar het noorden in de Rumaila-olievelden aanvallen uitvoerden. Moore had zijn commandant horen klagen dat de grond daar onstabiel leek, te onstabiel voor hun standaard Desert Patrol Vehicles (DPV's) met achterwielaandrijving. Zodra ze daar aankwamen, bleek deze vrees gegrond: hun DPV's kwamen vast te zitten in het met olie verzadigde woestijnzand. Ze moesten zich te voet terugtrekken, maar kwamen tegenover meer dan driehonderd verschanste Irakese soldaten en tanks te staan. Met de assistentie van *close air support* die door hun *combat controllers* was opgeroepen, vochten de SEAL's zich voor zonsondergang uit de vijandelijke linies. Ze doodden een paar honderd Irakezen, namen ongeveer honderd anderen gevangen en vernietigden al hun tanks. Daarna werden ze bevrijd door het 42ste Commando van de British Royal Marines.

Na afloop van deze operatie werd Carmichaels lichaam opgehaald. Hij was beschoten door de Irakezen op het platform en gebeten door zwart-gele zeeslangen die door het opspattende water van de buitenboordmotor waren opgewoeld. Deze soort zeeslang kwam hier veel voor; hun gif was veel giftiger dan dat van de cobra of de Indiase krait, en verlamde het ademhalingsstelsel van het slachtoffer. Hartoggs lichaam was ook gevonden, hoewel hij een paar kilometer bij het olieplatform vandaan was gedreven.

Bij Carmichaels begrafenis in San Diego hadden Moore en meer dan dertig andere SEAL's die met Carmichael hadden gediend zich aan weerszijden van de route van de kistdragers opgesteld. Op het moment dat de kist langs een van de SEAL's kwam, trok hij de goudkleurige SEAL Trident, ook wel 'The Budweiser' genoemd, van zijn uniform en sloeg de scherpe pin van deze drietand in de zijkant van de houten kist. De andere SEAL's volgden een voor een zijn voorbeeld, zodat tegen de tijd dat Carmichaels kist bij de grafkuil kwam er aan elke kant een goudkleurig inlegwerk op zat. Dit was het minste wat Moore en zijn collega's konden doen, een laatste eerbetoon aan een van hun broeders.

Moore, als Carmichaels beste vriend, was de laatste die zijn pin in zijn kist sloeg, en dat was hem te veel geworden. Hij was heel even ingestort, maar de stoïcijnse gezichten van zijn gedisciplineerde collega's motiveerden hem zich te beheersen. Hij keek naar Franks jonge vrouw Laney, nu weduwe. Ze stond te huilen en depte met een zakdoekje haar tranen; haar uitgelopen mascara was even zwart als haar jurk. Als hij tegen haar zou zeggen dat het hem speet, zou dat een grap zijn, een bijzonder slechte grap. Dankzij hem was ze haar man kwijt. Het frustreerde hem ontzettend dat hij haar niet kon helpen en hij balde zijn handen tot vuisten.

Een paar uur later tijdens de wake in een groot Italiaans restaurant dat Anthony's heette, nam Moore Laney apart en probeerde haar uit te leggen wat er was gebeurd. Ze had alleen maar een heel vage versie van het gebeuren te horen gekregen en nergens in het verslag stond dat Moore het besluit had genomen Carmichael achter te laten en de rest van het team mee naar de helikopter te nemen; alleen maar dat de SEAL's zwaar onder vuur hadden gelegen en dat Carmichael was gedood.

'Eerlijk gezegd, Laney, is het allemaal mijn schuld.'

Hoofdschuddend duwde ze hem weg. 'Ik wil het niet horen. Ik wil het niet weten. Dat verandert niets. Ik ben niet gek, Max. Ik wist dat dit kon gebeuren, dus je moet niet denken dat ik de een of andere arme en gechoqueerde weduwe ben die iemand anders de schuld probeert te geven. Je mag best je verontschuldigingen aanbieden als jij je daardoor beter voelt, maar dat hoeft niet. Ik heb besloten met een Navy SEAL te trouwen en ik zou wel heel stom zijn als ik niet had verwacht dat deze dag ooit zou komen. Weet je wat gek is? Toen jullie de laatste keer werden ingezet, had ik zo'n gevoel... Ik wist het gewoon...'

'Ik weet niet wat ik moet zeggen.'

'Frank is gestorven terwijl hij iets deed waar hij van hield. En hij hield van jullie. Het was zijn leven. Op die manier zal ik me hem herinneren.'

'Maar hij had niet hoeven sterven. Ik zou hier niet eens zijn als...'

'Wat zei ik je? Geen verontschuldigingen.'

'Dat weet ik, maar...'

'Vergeet het dus maar.'

'Laney, ik verwacht niet dat je het me vergeeft.' Moore slikte. 'Ik heb gewoon... Er was geen... Hij probeerde me te zeggen dat ik weg moest gaan...'

'Hou je mond. Zeg niets meer.'

'Maar dat móét.'

Ze legde een vinger op zijn lippen. 'Nee, dat is niet waar.'

Moore wendde zich abrupt af en beende het restaurant uit, terwijl hij de blikken van de andere SEAL's op zijn achterhoofd voelde.

Omgeving Crystal Cave
Sequoia National Park
Californië

'Maar vijf,' fluisterde Ansara toen hij door zijn verrekijker keek. Hij lag op zijn buik, schouder aan schouder met Moore die ook door een verrekijker keek en hetzelfde zag.

Op een open plek, ongeveer vijftien meter onder hen, laadden vijf Latijns-Amerikaanse mannen een ruim vier meter lange, onopvallende truck vol met pakjes gedroogde marihuana. Ansara had Moore alles al verteld over een plek die hij de 'tuin' noemde en waar het kartel, onder dekking van suikerdennen, een enorme kwekerij had opgezet. Moore had zich verbaasd over het uitgebreide en slimme irrigatiesysteem. Hij had de tenten van de telers gezien en de veel grotere en langere tenten waar de geoogste planten een dag of drie, vier te drogen hingen, terwijl de kwekers elke plant zorgvuldig controleerden op eventuele schimmel. Na droging werden de planten overgebracht naar een andere tent, waar een team van zestien vrouwen (Moore had hen geteld en sommigen leken hooguit vijftien of zestien jaar) de planten wogen, samenbonden en elk pakje dichtplakten. Ze lieten de flappen van de tent open en door die openingen had Moore foto's kunnen maken van de hele operatie die werd uitgevoerd onder bewaking van een aantal op batterij werkende camera's in en rondom de tenten. Ansara, die de operatie al uitstekend had verkend, kende elke bewakingspost en elke zwakke plek in de verdediging van de kwekerij.

'Ik wilde deze mannen de vorige keer dat ik hier was arresteren, maar dat wilde het Bureau niet,' had hij Moore verteld. 'Misschien wel de juiste beslissing.'

'Ja, want een week later zouden ze ergens anders doorgaan. We moeten ze in Mexico tegenhouden en de hiërarchische structuur doorbreken.'

'Hoe komt het toch dat jullie ex-militairen het altijd over strategieën, technieken en procedures hebben, en net doen alsof er bij een stelletje drugsdealers sprake is van een hiërarchische structuur?'

'Omdat we geen ex-militairen zijn. We zijn en blijven altijd militairen. En omdat het gewoon zo is.'

'Ik zit je gewoon op te naaien.'

Moore glimlachte toen hij terugdacht aan dat gesprek. Hij keek naar de *laser tripwire*, de struikeldraad, die ze met een stukje tape op elke boom hadden aangegeven. Op die stukken terrein mochten ze niet komen en Ansara had al twee keer voorkomen dat Moore uitgleed en een laserstraal onderbrak. Hij had een beetje babypoeder tussen zijn vingers genomen en Moore precies laten zien waar de laserstraal liep door wat poeder op de straal te laten vallen.

Een camera boven op de tent waar de mannen de pakjes uit haalden, draaide in de richting van de heuvel en maakte een schuine hoek omhoog, naar waar Moore en Ansara lagen. Ze doken dieper weg achter de boomstam waar ze zich achter verscholen. Op datzelfde moment hoorden ze voetstappen en het geritsel van bladeren achter zich, ten zuidoosten. Bewakers op patrouille. Stemmen. Spaans. Iets over een berenspoor.

Beren? *Niet goed.*

Ansara gebaarde naar Moore. *Wacht. Ze lopen wel door.* De mannen onder hen waren klaar met het inladen. Drie van de mannen klommen in de cabine van de truck en de chauffeur startte de motor.

Moore en Ansara moesten terug naar het dal waar zij hun full-suspension mountainbikes konden pakken en geluidloos over de hoofdwegen naar hun 4x4 pick-up konden rijden. De vrachtwagen van het kartel zou een grote voorsprong op hen hebben, maar hij zou per satelliet worden gevolgd en de feeds zouden rechtstreeks naar Moores smartphone worden doorgeseind. Onderweg zou Moore nog wel een keer dichterbij moeten komen om een gps-tracker op het voertuig aan te brengen, die meer accurate gegevens over de locatie van de truck zou opleveren. De signalen van de satelliet werden vaak gestoord door het weer en het terrein, en juist deze ene vrachtwagen wilden ze onder geen beding kwijtraken.

Zodra de stemmen van de bewakers wegstierven, liep Ansara voor Moore uit tussen de groepjes suikerdennen door en over de dennennaalden die kraakten onder hun laarzen. Het was 11.35 uur.

Toen ze bij hun fietsen kwamen, hoorden ze dat de truck langzaam over de onverharde weg reed. Het was een smal pad dat de arbeiders van het kartel hadden schoongemaakt en dat ongeveer twintig meter ten oosten van hun locatie liep. Ansara stapte op zijn fiets en vertrok. Hij was een ervaren mountainbiker, dankzij het vele trainen samen met zijn buddy Dave Ameno, die samen met hem een paar van Central Florida's meest technische paden had gefietst. Ansara's bedrevenheid irriteerde Moore, die zijn fiets maar met moeite in bedwang kon houden als hij over wortels stuiterde en kleine sprongetjes maakte. Ansara wist precies wanneer hij uit het zadel moest komen en zijn gewicht naar achteren moest verplaatsen, terwijl Moore heen en weer werd geslingerd als een lappenpop waarvan de polsen met tape aan de handgrepen waren vastgeplakt.

Het was pure mazzel dat Moore maar twee keer was gevallen toen ze bij hun truck kwamen. Dat hij niets gebroken had en nergens bloedde, was het wonder dat ze nodig hadden. Ze gooiden hun fietsen achter in de pick-up en reden in zuidwestelijke richting over de Sierra Drive. Moore bestudeerde de kaart en hield het felle blauwe piepje van de truck in de gaten.

'Hoe groot is hun voorsprong?' vroeg Ansara.

'Zes kilometer.'

De FBI-agent knikte. 'Als dit allemaal voorbij is, moet je me eraan herinneren dat ik je leer hoe je moet mountainbiken. Ik kon wel zien dat dit geen onderdeel van je training is geweest.'

'Hé, ik heb het gered.'

'Ja, maar tijdens die sprongetjes leek je heel gespannen. Ik had je toch gezegd dat je je moest ontspannen en de fiets moest laten bepalen waar je naartoe ging?'

'Ik versta geen fietstaal.'

'Dat is wel duidelijk.'

'De fiets wilde de bomen in.'
'Je moet één worden met die fiets.'
'Ja hoor.'
Ansara lachte. 'Zeg, heb je een vriendin?'
Moore keek hem met een scheve grijns aan. 'Praat je altijd zoveel?'
'Hé, we achtervolgen een truck.'
'Dat is zo. Laten we ons daar dan op concentreren. Het signaal is nog steeds goed. Enig idee waar ze het eerst zullen stoppen?'
'Nou, als ze de 196 op gaan, dan denk ik aan Porterville. Daar is al eerder smokkelwaar naartoe gegaan. De DEA heeft daar een paar jaar geleden flink gescoord, volgens mij.'
Moore wilde net weer naar de kaart kijken, maar zei toen tegen Ansara: 'En om je vraag te beantwoorden, nee, ik heb geen vriendin. In Afghanistan had ik een relatie met een bijzonder leuke vrouw, maar ik weet niet of ik ooit weer terugga.'
'Een Afghaanse?'
'O, dat zou je wel leuk vinden zeker? Ze zouden me opknopen aan mijn je-weet-wel, dus nee, ze is een Amerikaanse. Ze werkt voor de Amerikaanse ambassade.'
'Een stuk?'
Moore grijnsde. 'Nee.'
'Jammer.' Ansara's mobieltje ging. 'O, dit telefoontje moet ik even aannemen.'
'Wie is het?'
'Rueben. Die jongen die ik heb gerekruteerd. Wat heb je voor me, jongeman?'
Moore verstond flarden van wat de jongen zei, maar Ansara's reactie vulde de gaten: het kartel was klaar met de aanleg van een gigantische tunnel tussen Mexicali en Calexico. Rueben was een van de ongeveer tien jonge mannen die zouden beginnen met het transport van grote zendingen door de tunnels, waarschijnlijk cocaïne uit Colombia en opium uit Afghanistan. Dit was een splinternieuwe benadering voor het kartel, en na het telefoontje zei Ansara dat de mules al verschillende oefentochten hadden gemaakt. Nu ze zeker wisten dat de doorgang schoon en onopgemerkt was, zouden ze het echte product naar het noorden brengen, terwijl het geld en de wapens naar het zuiden zouden worden gebracht.

De vrachtwagen van het kartel reed niet harder dan negentig kilometer per uur over de kronkelige wegen, en Ansara's inschatting bleek juist. Ze reden rechtstreeks naar het Californische stadje Porterville, met ongeveer vijftigduizend inwoners, gingen meteen door naar de Holiday Inn Express en parkeerden de truck achter het drie verdiepingen hoge gebouw.

Moore en Ansara stonden aan de overkant, op de parkeerplaats van de Burger King. De drie mannen bleven in de cabine zitten, zodat Moore zijn plan om zijn gps-tracker onder de truck te bevestigen in rook zag opgaan. Ze durfden niet dichterbij te komen.

'Wil je een cheeseburger?' vroeg Ansara.

Moore keek hem zogenaamd vol afkeer aan. 'Weet je, naar mijn bescheiden mening is de In-N-Out Burger de beste burger van de westkust, omdat die voor honderd procent uit puur rundvlees bestaat. En hun friet wordt gebakken in honderd procent cholesterolvrije plantaardige olie.'

'Is dat zo... Wil je nou een burger of niet?'

'Twee graag.'

Tegen de tijd dat Ansara terugkwam met hun eten, was een ander voertuig naast de karteltruck gestopt. Het was een witte bestelbus met donkere ramen.

Moore keek door de lange lenzen van zijn digitale surveillancecamera en verslikte zich bijna in zijn cheeseburger toen hij zag dat de mannen minstens veertig pakketten zo groot als een betonnen bouwsteen van de karteltruck in de bestelbus laadden – op klaarlichte dag!

De chauffeur van de bestelbus, ook een Latijns-Amerikaanse man, met een spijkerjasje aan en een zonnebril op, gaf de mannen van het kartel een rugzak die waarschijnlijk boordevol contant geld zat.

'Ik kan gewoon niet geloven dat ze zo brutaal zijn.'

'Geloof het maar wel,' antwoordde Ansara. 'Hallo, jongens. Hier zijn jullie drugs. Bedankt voor het geld, hoor. Fijne dag nog.'

Het busje vertrok en hoewel de Agency hem met de satelliet zou volgen en Moore foto's maakte van het nummerbord, was het niet slim hen te onderscheppen. Dan zouden de karteljongens in de truck worden gebeld, dan zouden zij in paniek raken en hun logistieke operatie niet afronden. De bestelbus zou dus met rust worden gelaten. De truck verliet de parkeerplaats en reed in westelijke richting, naar de 65. Ansara hield vrij veel afstand en toen ze op de highway kwamen en naar het zuiden reden, had de karteltruck al een voorsprong van ruim drie kilometer.

'Zeg, die vriendin van je,' zei Ansara opeens. 'Heb je nog steeds contact met haar?'

'Waarom vraag je dat?'

'Ik heb niet zoveel geluk met vrouwen.'

'Hierdoor.'

'Door het werk? Verdomme, ja...'

'Nou, ik ben de laatste aan wie je advies moet vragen.'

Ansara grijnsde. 'Misschien kom ik ooit nog een vent tegen die wél weet hoe het moet. Ik vergat even dat je een SEAL bent geweest. Daardoor ben je immers min of meer verdoemd.'

'Hé, ik ken een paar jongens met een gezin.'

'Maar zij zijn de uitzondering en niet de regel. De vrouwen van tegenwoordig willen te veel. Volgens mij denken sommige vrouwen dat we egoïstisch zijn omdat we zo vaak zo lang weg zijn. Toen ik in Pakistan was, kende ik niemand van de ODA-teams die niet single was, gescheiden of bezig te scheiden. Best triest.'

'Ik was vergeten dat je bij de Special Forces zat. Ik dacht dat je gewoon weer zo'n ex-mountainbiker was op zoek naar geld en roem.'

'Ja, daarom ben ik bij de FBI gegaan, zodat ik belachelijke uren kon maken en te weinig betaald kreeg terwijl ze me proberen te vermoorden...'

'Je houdt van je werk.'

'Ja, van elke minuut.'

Moore keek naar de kaart. 'Hé, bro. Ze zijn gestopt. Benzinestation. Vlak bij Delano.'

'Misschien alleen om te tanken. Maar als het weer een uitwisseling is, moeten we opschieten, anders zijn we nog te laat.'

Moore wilde net inzoomen toen de satellietfeed stilstond. 'Shit. Ben het signaal kwijt.'

30

Lieve dame

Bonita Real Hotel
Juárez, Mexico

Gloria Vega zat in een ongemerkte auto tegenover het hotel. Inspecteur Gomez zat achter het stuur. Op verzoek van Gomez droegen ze burgerkleding, maar ook een kogelvrij vest. De receptionist van het hotel, ene Ignacio Hernandez, was de vorige avond dood gevonden. Het leek een executie: één kogel in het voorhoofd.

De eigenaar van het hotel, de heer Dante Corrales, was niet te vinden en datzelfde gold voor zijn vriendin. Gomez had contact opgenomen met verschillende andere werknemers van het hotel én met de bouwvakkers die bezig waren met de renovatie, en hij en Vega zouden hen vandaag verhoren.

'Zie je die mannen daar?' vroeg Gomez. Hij bedoelde de beide mannen op het dak van het hotel. 'Dat zijn spotters, maar geen gewone. Deze mannen heb ik nog niet eerder gezien.'

'Misschien heeft Corrales zijn receptionist vermoord en is hij er vervolgens vandoor gegaan,' zei Vega.

'Waarom zou hij dat doen?'

Ze haalde haar schouders op. 'Omdat hij stal.'

'Nee, het ligt veel ingewikkelder.'

'Hoe weet je dat?'

Hij keek haar aan en snauwde: 'Omdat ik dit werk al het grootste deel van mijn leven doe. Wacht hier tot ik je kom halen.'

De oude man snoof even en stapte uit, sloeg het portier dicht en stak de straat over, naar de hoofdingang van het hotel. Vega zag dat de spotters hem goed in de gaten hielden.

Wanneer zou de val dichtklappen? Towers bleef maar zeggen dat alles zorgvuldig moest worden getimed en gepland. Ze had het gevoel dat er bijna geen tijd meer was en het was inmiddels een stuk moeilijker om voorzichtig te zijn. Zou ze nóg een aanslag op haar leven overleven? Was dit alles eigenlijk nog wel de moeite waard?

Zij keek naar het hotel.

De spotters keken ergens anders naar.

Eerste hoorde ze de motor. Daarna zag ze een donkerblauwe auto de hoek om scheuren. Twee mannen hingen uit de zijraampjes. Ze droegen een T-shirt, een spijkerbroek en een bivakmuts.

Vega sprong de auto uit toen ze hun geweer op haar richtten. Ze schoot al terug toen zij op haar begonnen te schieten, hun geweren brulden, de grove hagel sloeg in het portier.

Ze hoorde niet alleen hun schoten, maar ze keek ook omhoog naar het dak van het hotel, waar de beide spotters nu ook een geweer in de hand hadden en ook op haar schoten.

Even later voelde ze een speldenprik in haar hals en twee speldenprikken in haar schouders; haar bloed stroomde de straat op. Instinctief ging haar hand naar haar hals die nu onder het bloed zat. Ze rilde, wilde gillen, opende haar mond, maar haar stembanden functioneerden niet meer. Ze viel achter de auto op de grond toen er een andere auto aankwam die met piepende remmen tot stilstand kwam. Vega probeerde die kant op te kijken en zag dat een van de mannen naar haar toe liep, zijn geweer hief en haar pardoes in haar gezicht schoot, dat toch al gevoelloos was geworden.

Een minuut of twee later, of misschien maar een paar seconden, dat wist ze niet zeker, keek ze met één goed oog op en door een gordijn van bloed zag ze dat Gomez over haar heen gebogen stond.

Ze zou al dood moeten zijn. Dat wist ze. Maar haar lichaam was even koppig als haar geest.

'Het spijt me, lieve dame,' zei Gomez. 'Het spijt me heel erg...' Hij haalde haar mobieltje uit haar zak. 'Ik doe dit al veel te lang om me te laten pakken. Dat weet je. En ik weet dat ze jou hiernaartoe hebben gestuurd om een verrader te zoeken. Het is een afschuwelijke business. Afschuwelijk!'

Hij stond op en draaide zich om. 'Pablo? Wat doe jij hier? Waar is Dante?'

'Hij is veilig. We hebben wat problemen gehad met de Guatemalanen.'

'Kan ik iets doen?'

'Dante heeft me gestuurd om je een boodschap over te brengen. Je moet Zuniga met rust laten.'

'Zuniga? Ben je gek? We moeten hem juist vermoorden!'

Vega probeerde te luisteren, wenste dat ze contact kon opnemen met

Towers, maar toen braken haar gedachten af en dwaalden naar haar overleden ouders. Ze wilde hen zien, ze wilde het licht zien, maar voorlopig zag ze alleen een verdovende duisternis. En vanuit die ruimte kwam een laatste woordenwisseling.

'Dante maakt een afschuwelijke fout. Zeg tegen hem dat ik hem wil spreken voordat hij iets doet.'

'Zal ik doen, señor. Zal ik doen.'

Toen werd het koud en de kou duwde de verdoving weg. Ze rilde hevig. Dáár was het, eerst een speldenprikje en daarna een fantastische lichtstraal die even heet en warm was als de zomerzon.

Dit was God niet, zeiden sommige mensen, alleen maar een reactie van de hersens. Maar Vega wist wel beter. Zij wist...

Chevron-benzinestation
Delano, Californië

Hoewel ze het satellietsignaal kwijt waren, reden Moore en Ansara naar de laatst bekende locatie van de truck bij het benzinestation en tegen de tijd dat ze daar aankwamen, had Moore de satelliet weer aan de praat gekregen en bevestigd dat de vrachtwagen zich niet had verplaatst. Soms hadden ze een beetje geluk tijdens een klus, maar meestal niet.

Moore schrok toen ze vlak voor het benzinestation onverwacht een telefoontje kregen van ATF-agent Whittaker: 'Jullie moeten uitkijken naar een zilverkleurige Honda Odyssey, een bestelwagen,' zei de man. 'Moet binnenkort op jullie locatie aankomen. Parkeert waarschijnlijk achter de autowasstraat. Towers zegt dat we ze de uitwisseling moeten laten doen.'

'Begrepen,' zei Moore. 'En je weet zeker dat dit dezelfde wapens zijn die de SEAL's uit Afghanistan hebben gesmokkeld?'

'O, zeker weten.'

'Jezus...'

'Ja, hij is de lul. In die auto zit maar een deel van de lading. De rest is nog in Minnesota, en dat is het bewijs dat ik ga verzamelen. Blij dat ze niet zo stom waren om alles in één lading te willen smokkelen. Hun poging slim te zijn werkt in mijn voordeel. We zouden hem en de wapens vanavond in verzekerde bewaring kunnen hebben.'

'Nou, bedankt voor je alertheid,' zei Moore, terwijl Ansara de parkeerplaats op reed van een onderdelenwinkel naast het benzinestation. Nu hadden ze een duidelijk en onbelemmerd zicht op de truck, die al achter de autowasstraat geparkeerd stond.

Moore riep op zijn smartphone een van Whittakers rapporten op en bekeek de inventarislijst van de wapens die de Navy SEAL's Afghanistan uit hadden gesmokkeld:

14 M4A1 karabijnen met SOPMOD-set
11 M14 sluipschuttergeweren (7.62mm)
9 MK11 Mod 0 sniper wapensystemen
2 HK Mp5 submachinegeweren
6 Benelli M4 Super 90 geweren
14 M203 granaatwerpers

Moore gaf Ansara een beschrijving van de Honda. Hij was nog niet uitgesproken of de bestelwagen reed het terrein van het benzinestation op, een beetje slingerend door de zware lading.

'Weet je, in Afghanistan probeerden de slechte mannen zich in elk geval te gedragen als slechte mannen,' zei Moore. 'Zij smokkelden opium en wapens midden in de nacht, gebruikten de grotten, probeerden uit het zicht te blijven... maar deze mannen... verdomme!'

Ansara knikte en hief zijn camera. 'Als je je gedraagt alsof je niets verkeerd doet, denkt niemand dat je iets verkeerd doet. Maar zij weten dat we 's nachts naar ze op zoek zijn. Zij weten dat we vroeg in de ochtend hun huis binnenvallen, als de meeste mensen liggen te slapen. Daarom doen de meesten hun zaken nu vroeg in de ochtend, slapen 's middags en blijven de hele nacht op.'

Moore knikte. 'Heb je die inventarislijst gezien?'

'Ja.'

'Dan weet je ook dat we die wapens niet naar Mexico kunnen laten gaan.'

'Ho ho, wacht eens even, cowboy. Dat geldspoor is veel belangrijker dan die wapens, dat weet je best.'

'Dat weet ik wel, maar ik moet er niet aan denken dat een geweer dat ooit van een SEAL is geweest nu wordt aangeraakt door de een of andere klootzak van een kartel.'

'Misschien zijn het allemaal nieuwe wapens,' zei Ansara.

Moore snoof en begon zelf ook foto's te maken toen de mannen een paar zwarte Anvil-dozen vanuit de bestelwagen in de truck laadden. De chauffeur van de truck gaf een bruinpapieren boodschappentas aan de chauffeur van de bestelwagen, een lange, pezige man met sliertig zwart haar tot op zijn schouders. Hij leek meer indiaans dan Mexicaans.

De uitwisseling duurde nog geen vijf minuten; de mannen handelden alles soepeltjes af, routineus zelfs.

De bestelwagen reed weg. De mannen van de truck stapten in de cabine, maar reden nog niet weg. Moore zoomde in met zijn camera.

De chauffeur was aan het telefoneren.

Moores eigen telefoon vibreerde. Towers. Slechts drie woorden: 'Vega is dood.'

'Hoe?'

Towers vertelde het. Daarna voegde hij eraan toe: 'Ik heb net te horen gekregen dat ze nadat ze haar hadden doodgeschoten C-4 in haar lichaam hebben gestopt. Toen de ambulance en de lokale politie erbij kwamen, hebben ze de boel tot ontploffing gebracht. Dat geloof je toch niet?'

'Wie heeft dat gedaan? Gomez of het kartel?'

'Niet zeker. We hadden een feed op dat gebied, maar raakten het signaal kwijt toen we van de ene naar de andere satelliet overschakelden.'

Moore zei met opeengeklemde kaken: 'Ik durf te wedden dat het die klootzak van een Gomez was. Hij heeft haar laten vermoorden en ervoor gezorgd dat het leek alsof het kartel het heeft gedaan.'

'Zij was onze beste link met hem. Ik heb daar zelf een paar spotters zitten plus een paar bijzonder goede burgerinformanten, maar toch is dit een behoorlijke klap.'

Moore sloot zijn ogen. 'Ze is niet voor niets gestorven. Daar zullen we voor zorgen.'

Na dit telefoontje keken hij en Ansara zwijgend toe terwijl de karteltruck het benzinestation verliet en de snelweg weer op reed. Ze reden erachteraan, lieten een paar auto's voorgaan en kregen een uitstekend satellietsignaal. Langley stuurde een bericht dat ze het mobieltje van de chauffeur van de karteltruck hadden geïdentificeerd, het besturingssysteem hadden gehackt en het gps-signaal hadden aangezet. Nu achtervolgden ze de truck dus visueel via de satellietbeelden en bovendien via de gps-signalen van de mobiele telefoon van de chauffeur. Volgens Langleys bericht zou het signaal niet weer worden onderbroken. Moore geloofde er niets van en was vast van plan een ouderwetse gps-track op de truck aan te brengen, die ze ter plaatse konden traceren.

'En vijf zijn nu drie,' zei Moore na een lange stilte.

'Ja,' zei Ansara. 'In de loop der jaren heb ik maar twee goede buddy's verloren. Zelfs na al die tijd in Verweggistan. Twee maar. Allebei FBI-agenten. Al mijn goede buddy's in het leger hebben het overleefd, ten minste tot nu toe. En jij?'

'Dat wil je niet weten.'

'Zoveel?'

'Het gaat niet om aantallen.'

'Ik weet dat je daar samen met Fitzpatrick bent geweest. En ik ben het met je eens. Hij was een kei. Ik hoop niet dat jij jezelf de schuld geeft.'

Moore zuchtte. 'Je vraagt je af wat je anders had kunnen doen en of je buddy nog steeds zou kunnen leven. Ik heb hem ergens op afgestuurd. Hij liep in de val en ging dood. Ik kan mezelf vrijpleiten of de verantwoordelijkheid nemen voor het feit dat ik hem die opdracht heb gegeven.'

'Man, als je dat denkt, zul je je leven wel heel ellendig vinden.'

'Klopt. Ik weet het...'

Een paar seconden sloot Moore zijn ogen: hij ging aan een tafel zitten. Frank Carmichael zat aan het hoofd van de tafel, naast hem zaten Rana, kolonel Khodai en Fitzpatrick. Vega drentelde het restaurant binnen wat het Italiaanse restaurant bleek te zijn waar ze Carmichaels dodenwake hadden gehouden. De lichtgeraakte vrouw siste tegen hem, alsof ze wilde zeggen dat ze stomkoppen waren omdat ze zichzelf hadden laten doden. Daarna keek ze Moore aan en zei: 'Je weet wat je te doen staat.'

Hij knikte.

Ongeveer een uur later waren ze in Bakersfield. Nadat ze een paar minuten door de stad hadden gereden, stopte de truck in de smalle straat achter Jose Taco, volgens de recensies op internet een bekend Mexicaans restaurant. Aan één kant van de straat waren allerlei bedrijven, onder andere het restaurant, en aan de andere kant was een lange stenen muur die de zakenwijk scheidde van een zes verdiepingen hoog flatgebouw met goedkope appartementen.

'Shit, dit zal niet eenvoudig worden,' zei Ansara die de straat voorbijreed.

'We moeten uitstappen,' zei Moore en hij wees naar een paar lege parkeervakken rechts van hen.

Ansara was het met hem eens en parkeerde de auto in een van de vakken. Daarna stapten ze uit en renden naar het flatgebouw.

'Deze kant op,' zei Moore. Hij rende achter het eerste gebouw langs naar een rij lage struiken die langs de stenen muur waren geplant.

Ze liepen de hoek om en zagen de truck: hij stond vlak voor hen, nog geen dertig meter verderop. De achterklep was open en de mannen haalden de pakken marihuana eruit. Moore zag dat ze zich, als ze een klein stukje doorliepen, konden verstoppen achter twee vuilcontainers waarvan de plastic kleppen openhingen. Daarvandaan zouden ze de uitwisseling veel beter kunnen zien.

Gebukt renden ze naar de vuilcontainers toe en verstopten zich in de schaduw van een paar palmbomen achter hen. Moore keek om de hoek en begon foto's te maken, terwijl Ansara aan de andere kant hetzelfde deed. Moore vertrok zijn gezicht toen hij de zurige stank uit de vuilcontainer rook.

De andere auto was een zwarte tweedeurs BMW 650i coupé waarvan de kofferbak vol zat met pakjes. De chauffeur was een grijsharige Latijns-Amerikaanse man die een duur uitziend pak droeg en gouden manchetknopen had. Moore was van mening dat je, als je de wereld van gouden manchetknopen was binnengestapt, genoeg geld had voor heel dure kleren. Op het nummerbord van de BMW stond dat de auto afkomstig was van een autodealer in Santa Monica, Californië, en er was weinig twijfel aan de bestemming van zijn pas verworven kostbare lading. Ook deze chauffeur was niet met een grote vrachtwagen gekomen om zijn drugs op te halen. Nee, hij reed in een dure auto en zou ervoor zorgen dat hij de maximumsnelheid niet overschreed als hij terugreed naar La-la Land zodat zijn vrachtje probleemloos over de elite van Hollywood kon worden verdeeld, die het geld, de toegang en het verlangen hadden om higher te worden dan de heuvels waarop zij hun villa's hadden laten bouwen.

De chauffeur gaf de mannen van het kartel een hand, overhandigde de chauffeur twee dikke enveloppen, stapte in zijn auto en zoefde weg. Moore en Ansara wilden net weggaan toen een andere auto de smalle straat in reed, waardoor ze zich nog dichter tegen de container aan moesten drukken. Het was een Toyota Tacoma-pick-up, een ouder model, met een roldeur en getinte ruiten. De twee mannen die uitstapten, waren gekleed als Mexicaanse gangsters: ze droegen een wijde broek en hun portemonnee hing aan een ketting om hun heupen. Een van hen, de dikste en de chauffeur, gaf de mannen van het kartel een hand, waarna er nog meer pakjes werden uitgewisseld.

Toen ze klaar waren, stapten de mannen van het kartel in hun truck en reden weg. Moore en Ansara wachtten tot de twee mannen van de Toyota vertrokken, maar ze bleven gewoon zitten. Even later stapte een van de mannen uit, klopte op de achterdeur van het restaurant en schreeuwde dat het te lang duurde met hun eten. Moore schoot bijna in de lach. Ze hadden gewoon eten besteld tijdens hun drugsoperatie.

De man die de deur opende was geen Mexicaan, maar een Chinees, hoewel hij een schort droeg van Jose Taco. In gebroken Engels schreeuwde hij tegen de man dat hij geduld moest hebben en sloeg de deur voor zijn neus dicht.

Toen de man terugliep naar zijn auto, keek hij naar de vuilcontainers.

Moore verstijfde.

'O, shit,' fluisterde Ansara.

De man fronste en zette een stap in hun richting. Hij begon opeens te rennen en zag hen. Zijn ogen werden groot, hij draaide zich snel om en schreeuwde iets tegen de man in de Toyota.

Moore had zijn camera al in zijn zak gestopt en zijn Glock met geluiddemper getrokken.

Hij was al overeind gekomen toen de man achteromkeek en Moore achter hem aan zag rennen, met Ansara op de hielen. De man haalde zijn pistool uit zijn riem. Hij richtte het pistool op Moore, die twee kogels in zijn borst schoot voordat hij kon schieten. De man in de pick-up was toen hij zag wat er buiten gebeurde achter het stuur gaan zitten. De motor brulde en de truck begon weg te rijden.

Moore hoorde schoten achter zich. Ansara schoot op de achterbanden van de truck. De linkerband knalde en barstte, gevolgd door de rechter. Het rubber klapte luidruchtig over het asfalt. De truck begon iets langzamer te rijden, Moore kreeg de achterkant te pakken en sprong op de achterbumper. Met één hand greep hij de laadklep en hield zich stevig vast toen de chauffeur op twee lekke banden de smalle straat probeerde uit te rijden.

Moore leunde om de zijkant heen en schoot met twee kogels het raampje van de chauffeur kapot. De chauffeur zelf kreeg hij niet in het vizier, maar hij zag in de zijspiegel dat de man zijn mobiele telefoon tegen zijn oor drukte.

Moore vloekte en schoot een derde kogel door het achterraam, maar het schot was kennelijk niet raak, omdat de man zich even bukte maar gewoon doorreed.

Moore boog zelfs nog verder naar links zodat hij de hoek kreeg die hij nodig had. Hij schoot nog een keer, een direct schot in het hoofd, waarna de truck naar rechts zwenkte en tegen de stenen muur op reed. Moore sprong er net op tijd af, kwam op de grond terecht en kon zich slechts met moeite in evenwicht houden.

Buiten adem en met Ansara vlak achter zich, rende hij naar de cabine en wrikte het portier open. De chauffeur gleed opzij en viel naar buiten. Daar, op de middenconsole, lag een beetje cocaïne en een paar joints, eentje lag nog brandend in de asbak. En in het open handschoenenvakje lagen nog een paar zakjes coke.

Moore pakte het mobieltje van de man en controleerde of hij had kunnen bellen. Nee, dat had hij niet. *Goddank.*

Toen Moore de marihuana rook en al die coke zag, ging er een schok door hem heen. Hij inhaleerde diep via zijn neus en kon niet ontkennen dat er heerlijke herinneringen bovenkwamen, aan avonden waarop hij samen met zijn vriendin high was geworden, aan het verlangen daarna en aan het onweerstaanbare sirenegezang. Hij kon zich helemaal voorstellen dat zijn longen zich vulden met de rook en hij voelde bijna dat hij de rook langzaam en stevig uitblies, dat zijn lichaam lichter werd, zachter, en hij opeens kon vliegen.

Het enige wat hij hoefde te doen was die brandende joint oppakken en een trekje nemen. Dan zou hij weer terug zijn op die met gele keitjes bestrate weg, strompelend door Oz met een naakt meisje naast zich en een zak met cheeseburgers en friet in de hand.

Hij had niet door dat hij naar al die drugs stond te staren, tot Ansara hem even aanstootte en zei: 'Wauw, moet je dát zien. Maar hé, kom op! We moeten dit melden. Ik heb het mobieltje van die andere vent. Moore? Hoor je me wel?'

Hij keek naar Ansara, keek dwars door hem heen, maar knipperde toen en zei: 'Ja, kom op!'

Ze renden de steeg door en vlak voor ze de hoek om sloegen, keek Moore achterom en zag de Chinese man met de schort van Jose Taco naar buiten komen met twee afhaalmaaltijden in de hand.

Vijf minuten later zaten ze in de pick-up, weer op de weg, en weer op het spoor, achter de truck van het kartel aan die volgens Ansara naar Palmdale zou gaan. Moore vertelde Towers wat er was gebeurd. Towers was er niet blij mee, maar hij was wel opgelucht dat de mannen het kartel niet hadden kunnen waarschuwen. De lokale politie was al onderweg.

'Gaat het?' vroeg Ansara. 'Ik dacht even dat ik je kwijt was.'

Moore leunde naar voren en wreef in zijn ogen. Hij had even het gevoel dat de stoel van de pick-up een metalen klapstoel was...

Ik heet Max en ik denk dat ik mijn leven wil veranderen. Als dit achter de rug is, ga ik bij de Navy en ga ik iets doen waardoor mijn ouders trots op me zullen zijn...

31

Overgangsrite

Rojas' herenhuis
Cuernavaca, Mexico
90 kilometer ten zuiden van Mexico City

Miguel zwom naar het diepste gedeelte van het zwembad en bleef daar een tijdje. Hij vroeg zich af hoe het zou voelen als hij zijn adem inhield tot hij bewusteloos raakte. Dat hij zulke morbide gedachten had, kwam deels doordat hij zich tijdens hun ontvoering niet erg moedig had gedragen. Sonia was de sterkste van hen beiden geweest en ook al hield hij zielsveel van haar, toch had hij er steeds meer moeite mee te accepteren dat hij zo bang was geweest en dat hij zijn vriendin niet had kunnen beschermen, wat een goede man toch zou moeten kunnen. Op een bepaald moment was hij zelfs gaan huilen en had Sonia hem moeten opbeuren. Hij vervloekte zichzelf hierom.

Zijn vader was tijdens het ontbijt over dit onderwerp begonnen en had zelfs voorgesteld dat Miguel weer aan vechtsport zou gaan doen, zoals in het begin van zijn tienertijd. Hij had zelfs gezegd dat Fernando hem wel een paar nieuwe trucjes zou kunnen leren en hij wilde zelfs een reis naar Thailand betalen, zodat Miguel daar les kon krijgen van een paar Muay Thai-meesters. Miguel had dit aanbod beleefd afgeslagen, had zich verontschuldigd en was naar het zwembad gegaan. Daar was hij het grootste deel van de dag gebleven, samen met Sonia, die languit op een ligstoel in haar bikini een Spaans roddeltijdschrift zat te lezen.

Hij had nog niet met haar gepraat over wat Raul had gezegd en hij vroeg zich af of het haar wel was opgevallen. Eerlijk gezegd probeerde hij het ook weg te drukken, maar in gedachten hoorde hij steeds weer de laatste woorden van die arme man. Hij had de Guatemalanen gesmeekt en tegen hun gezegd: 'Het kartel zal jullie elk bedrag betalen,' en: 'Dante zal alles doen wat jullie vragen.'

In de loop der jaren had Miguel veel gesprekken opgevangen tussen zijn vader en diens compagnons, en de woorden 'kartel' en 'drugsdealers' en 'sicarios' vielen regelmatig. Zijn vader had altijd benadrukt dat hij ondanks de georganiseerde misdaad en de corrupte politiemacht probeerde om op legitieme wijze zaken te doen. De kartels waren de doodsvijanden van het Rojas-imperium, en in eerste instantie had Miguel aangenomen dat Raul misschien een voormalig kartellid was dat door zijn vader in dienst was genomen. Dat was ook niet ongebruikelijk. In de loop der jaren had Fernando veel jonge mannen uit de Mexicaanse sloppenwijken gered en gerekruteerd, en hun een baan als bewaker of bodyguard gegeven.

Dante Corrales was daar een lichtend voorbeeld van en hij was Fernando's rechterhand geworden. Dus waarom zou Raul – een man die direct onder Corrales viel – beweren dat 'het kartel' hem zou helpen en waarom zou Corrales 'alles doen wat jullie vragen'? Waarom zou het kartel bereid zijn losgeld te betalen voor Raul als hij niet een van hen was? En als hij dat wel was, wisten Fernando en Miguels vader dat dan? Was Corrales er ook bij betrokken? Hoe hadden de kidnappers geweten waar ze waren? Miguel had aangenomen dat hun vakantie alleen bekend was bij familieleden en hun bodyguards. Het was wel duidelijk dat er een verrader in de organisatie zat en Miguel ging ervan uit dat zijn vader en Fernando probeerden te ontdekken wie dat was.

Miguel wilde het niet geloven, maar hij had altijd – heel diep vanbinnen – het knagende gevoel gehad dat er iets niet helemaal in orde was met de zaken van zijn vader. Hij wilde niet meteen zeggen dat zijn vader banden had met een van de kartels, maar misschien betaalde hij wel steekpenningen, zodat de boeven zich rustig hielden en de zaken konden doorgaan. Dat was begrijpelijk en daardoor was zijn vader nog geen misdadiger. Zo deed je zaken in het moderne Mexico. Maar stel dat hij zich vergiste? Stel dat zijn vader met iedereen samenspande? Stel dat de man die had geprobeerd zijn vader te vermoorden, niet zomaar een gek was die iemand uit jaloezie wilde vermoorden? Stel dat hij een professionele huurmoordenaar was die door een drugskartel was ingehuurd?

Miguel zwom naar boven en schoot uit het water. Hij schudde zijn hoofd en zwom naar de rand van het zwembad.

'Wat was je lang onder water,' zei Sonia die hem over de rand van haar zonnebril aankeek.

'Er zijn plaatsen in dit huis waar we niet mogen komen,' zei hij.

'Wat?'

'Afgesloten deuren die naar de kelder leiden. Daar mag niemand komen.'

'Zat je daarover na te denken?'
'Mijn vader heeft geheimen.'
'Dat geldt voor alle mannen.'
'Niet voor vrouwen?'
Met een quasi-onschuldig gezicht zei ze: 'Natuurlijk niet.'
'Hij zegt dat er beneden alleen maar kluizen zijn. Hij zegt dat hij kunst bezit en andere verzamelobjecten en dat hij niet wil dat iemand die beschadigt.'
'Zo klinkt het net alsof je hem niet gelooft.'
'Dat is ook zo.'
'Waarom niet? Wat verbergt hij dan volgens jou?'
Miguel antwoordde ontmoedigd: 'Ik weet het niet.'
'Waarom vragen we hem dan niet om samen met ons mee naar beneden te gaan, zodat we die spullen kunnen bekijken? Hij kan met ons meegaan...'
'Dat zal hij niet goedvinden.'
'Waarom niet?'
'Dat weet ik niet.'
'Wil je dat ik het aan hem vraag?' vroeg ze met een ondeugende glimlach. 'Ik weet zeker dat hij me aardig vindt.'
Miguel zuchtte. 'Natuurlijk vindt hij je aardig, maar dat maakt hiervoor niets uit.'
Ze trok haar wenkbrauwen op en vroeg: 'Wil je er stiekem naartoe?'
Miguel grinnikte. 'Er staat vierentwintig uur per dag een bewaker voor de deur.'
'Misschien bewaart hij daar sieraden. Kostbaarheden waar hij zich echt zorgen over maakt en zet hij er daarom een bewaker neer. Ik begrijp niet waarom je dat zo vreemd vindt. Het zijn gevaarlijke tijden en je moet je eigendommen beschermen.'
'Ik wil je iets vertellen, maar ik ben bang.'
Ze stond op en liep naar hem toe, ging op de rand zitten met haar benen in het water. Hij trok zichzelf omhoog en ging naast haar zitten. Ze legde een hand op zijn wang. 'Je kunt me alles vertellen.'
'Weet je nog wat Raul zei voordat ze hem doodden?'
Ze vertrok haar gezicht. 'Moeten we het daarover hebben?'
'Alsjeblieft...'
Ze slaakte een diepe zucht. 'Ik weet niet meer wat hij zei. Ik herinner me alleen het gegil en... al dat bloed.' Ze ging met haar hand naar haar wang, herinnerde zich heel goed dat ze Rauls bloed over haar gezicht hadden gesmeerd.
'Hij zei dat het kartel alles zou betalen. Ik zal het nog eens zeggen: hij

zei dat het kartel zou betalen. Waarom zou hij dat zeggen?'

'Misschien werkte hij wel voor een kartel, zonder dat Fernando dat wist. Wie weet? Misschien zijn we daardoor wel in de problemen gekomen. Waarom maak je je daar druk over?'

'Het is gewoon... ach, het is niets.'

'Je zei dat er een bewaker voor de deur naar de kelder staat. Die heb ik niet gezien.'

'Aan die kant van het huis zijn we niet geweest.'

'Misschien kunnen we hem omkopen.'

'Vast niet.'

'Dat weten we niet als we het niet proberen. Kom mee. Dat is leuk. Dan denk je niet meer aan al die andere dingen.'

Ze stond op en toen ze zich omdraaide, zag ze Fernando die naar het zwembad liep en zijn mobieltje liet zakken. 'Jullie kunnen je maar beter douchen en klaarmaken,' zei hij. 'We gaan zo dineren met señor Rojas...'

'We willen eerst even naar de kelder.'

Hij keek haar fronsend aan en keek naar Miguel. 'Het spijt me, maar alleen señor Rojas mag daar komen.'

Sonia zei op zachte toon en met haar borsten vooruit: 'Kom op, Fernando. Geef ons een kleine rondleiding.'

'Dat is onmogelijk.'

Ze pruilde als een schoolmeisje. 'Oké, dan maken we ons wel klaar voor het diner. Kom mee, Miguel. Ik begon toch al te verbranden...'

Ze trok hem uit het zwembad en hij nam een handdoek van haar aan en bleef staan, terwijl Castillo hem onderzoekend aankeek. 'Fernando, is er iets mis?'

'Nee, señor.'

De argwaan droop van Fernando's stem.

Woning aan 121 South-Broad Street
Palmdale, Californië

De karteltruck reed achteruit de oprit op van een twee verdiepingen hoge woning in een buitenwijk van Zuidwest-Palmdale. De truck bleef op de oprit staan, terwijl Ansara en Moore hun auto ongeveer vijftien huizen verderop tussen twee andere auto's hadden geparkeerd. Palmdale was een stad in de woestijn, van Los Angeles gescheiden door de San Gabriel Mountains en 's zomers was het er ontzettend heet. Het was een goed ontworpen groep buitenwijken waar de huizen met rode dakpannen terracottakleurige linten tussen de verder kleurloze bergen vormden. In Palmdale woonden meer dan honderdvijftigduizend mensen. Jonge gezinnen, die de stad geen geweldige plek vonden om kinderen op te voeden, werden aangetrokken door de fietspaden, de parken, de bioscopen en het nieuw regionale medisch centrum. Moore was er een keer geweest toen hij op bezoek was bij de ouders van een SEAL-buddy die voor de grootste werkgever in het gebied werkte, Lockheed Martin. De verwaarloosde onderbuik van Palmdale en zijn buurstad Lancaster viel vooral op door de hotels en motels langs de snelweg, waar de prostitutie en drugshandel welig tierden.

Terwijl ze zaten te wachten nam Moore contact op met Towers, die alweer een nieuwtje had. Sonia had opnieuw contact gelegd. Ze had naar een van de vele dead drops kunnen gaan die de Agency voor haar in de buurt van Rojas' huis had ingesteld voor het geval ze in de problemen zou komen. In elke uitwisselplaats lagen een pistool en een satelliettelefoon. Zij had de dead drop in een restaurant niet ver van Rojas' huis gebruikt. Terwijl Miguel op haar wachtte, was zij naar de damestoiletten gegaan en zodra iedereen daar weg was, had zij de telefoon uit een doosje gehaald dat onder de rechterwastafel was verstopt en een gecodeerd bericht aan haar contactpersoon doorgegeven. Ze had gevraagd wie haar hadden gered en wilde weten waarom een joint taskforce zich zonder haar medeweten met haar zaak bemoeide.

'Heb je haar verteld dat wij dat ook graag willen weten?' vroeg Moore sarcastisch.

'Ben je mal? Ik kan niet zelf met haar praten. Dit hoor ik via jouw bazen.'

'O, nou, zeg dan maar tegen hen dat zij me een kop koffie schuldig is.'

'Tuurlijk, zal ik doen. Ze heeft wel een nieuwtje. Dante Corrales is verdwenen. Spoorloos. Zijn vriendin ook. Vega had dat ook al gemeld, voordat ze werd vermoord. Ze hebben de receptionist van Corrales' hotel ook vermoord. Daaruit leid ik af dat ze op zoek zijn naar Corrales.'

'Misschien heeft hij die Guatemalanen belazerd en is hij nu op de vlucht, voor hen en voor zijn eigen kartel.'

'Dat dacht ik ook.'

'Hé, ik weet waar hij naartoe kan zijn.'

'Meen je dat nou?'

'Ja, maar je moet even wachten. Bel je zo terug.' Moore pakte zijn camera en zoomde in.

Twee motoren stopten aan de kant van de weg, tegenover de vrachtwagen. Op de ene motor zat een lange man en op de andere een iets kleinere; ze stapten allebei af. Ze droegen een spijkerbroek, een leren jasje en dure basketbalschoenen. Ze waren atletisch gebouwd en nadat ze hun helm hadden afgezet, bleek geen van beiden ouder dan vijfendertig. Moore kon een paar goede foto's van hun gezicht maken en uploadde ze meteen naar de satelliet, zodat Langley uit kon gaan zoeken wie ze waren.

Ze staken de straat over en praatten even met de chauffeur van de vrachtwagen. De drie mannen bleven in de vrachtwagen zitten. Nadat ze twee minuten met elkaar hadden gepraat, opende een van de mannen met een afstandsbediening de garagedeur, waarna de mannen uit de truck stapten en aan het werk gingen. Ze brachten de naar het leek laatste pakjes marihuana naar de garage en stopten ze daar in kartonnen verhuisdozen. De wapens bleven in de truck.

Toen de mannen van het kartel klaar waren met het uitladen en de beide mannen weer op hun motoren wilden stappen, belde Towers. Hij bevestigde dat de beide motorrijders inderdaad plaatselijke hulpsheriffs waren. Moore hoorde dit hoofdschuddend aan. Amerikaanse agenten waren kennelijk even gevoelig voor omkoping als de Mexicaanse lokale en federale autoriteiten. Als er zoveel geld mee gemoeid was, vonden mannen met een jaarsalaris van maximaal vijftigduizend dollar – mannen die dat in een weekend konden verdienen als ze deden wat het kartel wilde – het moeilijk eerlijk te blijven. Hoewel Moore het niet kon goedkeuren, begreep hij het wel. En had hij er een afschuwelijke hekel aan.

'Laten we die rotzakken nu meteen arresteren,' mompelde hij. 'Ze hebben een eed afgelegd... en er vervolgens op gespuugd.'

'Dat zou ik heel graag doen,' zei Ansara, 'maar het is nog niet voorbij. Kijk, ze vertrekken.'

Terwijl de vrachtwagen de oprit af reed, stuurde Towers meer informatie over het voertuig. De vrachtwagen stond op naam van Roberto Guzman, 14818 Archwood Avenue, Van Nuys, Californië. Guzman was eigenaar van een transportonderneming in Los Angeles. Hij was al opgehaald om te worden verhoord en beweerde dat hij niet wist dat zijn truck werd gebruikt voor het ophalen, vervoeren en afleveren van marihuana. Volgens hem werkte de chauffeur van het voertuig voor hem en had de man de truck dit weekend mee naar huis genomen om een paar kleine reparaties uit te voeren om 'de baas wat geld te besparen'. Dat was natuurlijk dikke onzin. Guzman was omgekocht, hij had zijn truck uitgeleend en nu was hij de klos voor hulp aan het kartel.

Ze hadden een uur in zuidelijke richting gereden, waarna de vrachtwagen van de snelweg af ging en bij een benzinestation stopte. Alle drie de mannen stapten uit. Ze liepen naar de winkel, waar twee van hen een donkere gang in liepen, waarschijnlijk naar de toiletten, en de derde, de chauffeur, naar de koelkast met frisdrank en bier liep.

Moore zei tegen Ansara dat hij de auto vlak achter de vrachtwagen moest zetten en nog geen twee minuten later had hij de gps-tracker onder hun bumper geplaatst en begon te tanken. Hij trok het honkbalpetje dat hij voordat hij uitstapte had opgezet naar beneden en boog zijn hoofd toen de mannen in de truck stapten en wegreden.

Nu hadden ze verschillende systemen om de truck te volgen en Moore was ervan overtuigd dat ze de truck niet weer zouden kwijtraken. Ze kregen videobeelden van de satelliet, ze kregen informatie van de mobiele telefoon van de chauffeur en nu ook van Moores gps-tracker. Als deze mannen nu nog ontsnapten, ging Moore meteen met pensioen. Maar ach, die belofte kon hij maar beter niet hardop uitspreken. Er gebeurden wel vreemdere dingen.

'Ze hebben bier en frisdrank gekocht,' zei Ansara. 'Ze zijn het al aan het vieren.'

Voordat Moore antwoord kon geven, pakte Ansara zijn trillende mobieltje. 'Ja? Echt? Oké. We gaan eropaf. Bedankt, knul...'

Hij keek naar Moore. 'Mijn mule zegt dat hij vannacht een tochtje door de nieuwe tunnel gaat maken en hij heeft opdracht gekregen om daarna te wachten op een zwaardere klus.'

'Nou zeg, dát komt goed uit,' zei Moore.

'Die jongens gaan naar Calexico. Daar durf ik alles onder te verwedden.'

'Als je gelijk hebt, is het donker tegen de tijd dat we daar zijn. Het zal wel heel druk zijn als we door San Bernardino rijden.'

'Alleen daar?' vroeg Ansara. 'Dat zal het grootste deel van de rit zo zijn.'

Moore zuchtte en keek naar buiten naar de auto's die hen passeerden, naar een andere pick-up met een paar mountainbikes achterin. Hij grijnsde. Als hij daarop zou stappen, zou dat zijn dood betekenen. Zeker weten.

Romero's huis
Mexicali, Mexico

Pedro Romero had twee keer geprobeerd zijn vrouw Cecilia te bellen, maar ze had haar mobieltje niet opgenomen. Daarna had hij Blanca's nummer geprobeerd, maar ook zijn zestien jaar oude dochter had haar mobieltje niet opgenomen. Maria, zijn dochter van twaalf, had geen telefoon maar deed altijd net alsof de vaste telefoon van haar was. En nee, ook zij nam niet op en ook het antwoordapparaat sprong niet aan. Misschien waren ze gaan shoppen? Lag het mobiele netwerk eruit? Romero had hen alleen willen bellen om te zeggen dat hij later thuiskwam, maar nu begon hij zich toch wel zorgen te maken. Toen hij zijn auto op de oprit zette, zag hij dat de Corolla van zijn vrouw op straat geparkeerd stond en dat er binnen wel licht brandde. Dit was bijzonder vreemd.

Hij deed de voordeur open en liep naar binnen. In de hal riep hij zijn vrouw. Geen reactie. Daarna liep hij vanuit de hal de woonkamer in.

Wat hij daar zag, joeg felle pijnscheuten door zijn ruggengraat, alsof iemand er een mes in stak. Hij kon niets zeggen. Hij kon niet ademen. Hij kon alleen maar stilstaan, geschrokken, bang, en daarna begon hij te rillen.

Blanca en Maria zaten op de bank, met hun handen op de rug, hun mond bedekt met zilverkleurige tape. Ze hadden rode ogen en verwarde haren. Naast hen zat zijn vrouw, ook geboeid en gekneveld. Aan de andere kant zaten twee mannen met een olijfkleurige huid en gekleed in een spijkerbroek en een flanellen overhemd. Zo leken ze op seizoenarbeiders, wat ze overduidelijk niet waren. Ze hadden een lange, dichte baard en hielden zijn gezin onder schot.

Uit de keuken kwam een andere man, hij nam een slokje thee uit een beker waar het theezakje nog in zat. Hij was net zo gekleed als de beide andere mannen, had ook een baard, maar was iets ouder. Hij keek Pedro aandachtig aan en zei in het Spaans met een accent: 'We hebben lang op u gewacht, señor Romero. Was u dat die probeerde door te geven dat u later thuis zou komen?'

Romero begon te hijgen, bang en woedend. Vooral bang. 'Wie zijn jullie?'

'We begrijpen dat u iets aan het bouwen bent, een tunnel misschien?'

Hij was bouwkundige, hij had het grootste deel van zijn leven besteed aan het bouwen en slopen van allerlei zaken, en wist meteen wat er aan de hand was. Dit waren Arabieren. Waarschijnlijk terroristen. Ze wilden een veilige oversteek naar de Verenigde Staten en ze zouden zijn gezin vermoorden als hij niet meewerkte. Ze hoefden niets te zeggen.

'Ik begrijp het,' zei Romero.

De langste man vroeg met grote ogen: 'Echt waar?'

'Natuurlijk. Ik kan wel iemand bellen en zeggen dat we eraan komen. Dan laat ik u door en dan laat u mijn gezin gaan.'

'Señor Romero, u bent een bijzonder moedige en slimme man. Als u doet wat we vragen, komt alles in orde.'

'Gaat het alleen om jullie drieën?'

De man zei hoofdschuddend: 'Nee, er zijn nog veertien anderen. In totaal zijn we met zeventien man.'

'Zeventien?' vroeg Romero verbaasd.

'Waarom bent u zo bang? We zullen uw gezin niets aandoen.'

'Maar de mannen voor wie ik werk, als zij horen dat ik zoveel mensen de tunnel heb laten gebruiken...'

'Dat zullen ze niet te weten komen.'

'Dat zal moeilijk worden. Ik zal de tunnel moeten evacueren voordat jullie komen en ik moet de camera's uitschakelen. Is er aan de andere kant iemand die jullie ophaalt?'

'Daar zal ik voor zorgen. Daarvoor moet ik de precieze locatie weten.'

Het toilet werd doorgetrokken en daarna kwam een Mexicaanse man de kamer binnen, ongeveer even oud als Romero. Hij keek Romero fronsend aan en haalde zijn schouders op, alsof hij wilde zeggen dat het hem speet.

'Dit is Felipe. Hij blijft hier wachten tot we aan de andere kant zijn. Als ik hem bel en hem dat vertel, zal hij uw gezin vrijlaten. Als hij dat telefoontje niet krijgt, heeft hij opdracht hen te doden.'

Romero begon tegen Felipe te praten, heel snel in de hoop dat de Arabieren het niet allemaal konden volgen. Terwijl hij praatte zag hij dat ze moeite hadden alles te verstaan. 'Señor, waarom spant u samen met deze terroristen? Ze willen de Amerikanen vermoorden en dat zijn juist de beste klanten van het kartel. Als dat gebeurt, worden we allebei gedood. U speelt met vuur, mijn vriend.'

Felipe vertrok zijn gezicht. 'Ze betalen beter dan het kartel.'

De rugzak stak boven zijn hoofd uit en bedekte zijn hele rug. Het ding woog een ton en eigenlijk zou Rueben Everson thuis moeten zijn, met zijn wiskunde bezig. In plaats daarvan stond hij op het punt een drie kilometer lange tunnel in te gaan met ongeveer vijfentwintig kilo cocaine op zijn rug. Hij was samen met tien andere jongens van verschillende leeftijden, Mexicanen en Amerikanen, naar het pakhuis gegaan, waar ze van een teamlid van het kartel een rugzak hadden gekregen.

Ze moesten hun rugzakken afleveren in een kamer in het huis aan de andere kant. Daarna moesten ze wachten op een andere lading die ze op de terugweg door de tunnel moesten meenemen. Dit was het zware gedeelte van de tocht waar de sicarios het over hadden gehad. Daarna zouden hij en de andere mules bij het pakhuis in een bestelbus stappen en worden weggebracht. Rueben betwijfelde of hij echt een lift naar huis zou krijgen, maar met de duizend dollar die hij hiermee verdiende, zou hij wel een taxi naar huis kunnen betalen.

De ingang van de tunnel in het pakhuis was zorgvuldig verborgen in een kleine technische ruimte. In het beton zat een gat van 120 x 120 cm, met een houten trap naar beneden. Voorzichtig liep Rueben de trap af, achter de dikke man voor hem aan. Beneden zag hij rechts een eindeloos lijkende tunnel. De tunnel was ongeveer een meter tachtig hoog en negentig centimeter breed zodat zijn rugzak niet eens langs de wanden schampte. Aan het plafond hingen ledlampjes, zodat het leek alsof het kartel de tunnel feestelijk had willen verlichten. Rueben zag ook ventilatiepijpen en elektrische leidingen, en onder aan de rechtermuur een pvc-buis. Toen ze dieper in de tunnel kwamen, waren de muren en het plafond bekleed met vreemde, witte panelen die volgens een van de mannen die achter hem liep geluiden zouden moeten absorberen.

De bluetooth in Ruebens oor begon te kriebelen. De mannen van de FBI die al zijn bewegingen volgden, raakten het signaal nu kwijt en hij wist dat zelfs zijn gps-zender het nu niet deed.

Hij kreeg last van claustrofobie en probeerde om zich heen te kijken toen hij het gevoel kreeg dat die panelen aan de muren hem begonnen in te sluiten. Achter hem liep een lange rij mannen en het gat tussen hem en de dikke man voor hem werd steeds groter.

'Kom op, doorlopen!' riep de man achter hem.

Rueben ging sneller lopen, tot hij vlak achter de dikke man liep. Hij haalde diep adem, probeerde zichzelf te kalmeren. Zelfs als de politie hen aan de andere kant allemaal zou arresteren, zou het hem niets kunnen schelen. Hij zou doorlopen. Hij had een pact met de duivel gesloten en kon nu niet meer terug. Hij was nu een man, verantwoordelijk voor zijn eigen daden, en hij vond het vreselijk.

De man achter hem gromde en zei: 'Welkom in Amerika,' omdat iemand een streep op het plafond had geschilderd met aan de ene kant VS en aan de andere MEXICO, om aan te geven waar de grens liep. Rueben haalde zijn schouders op en liep door. De tunnel splitste zich, rechts was een tweede tunnel met daarin een kapelletje met brandende kaarsen. Hij wilde dat hij genoeg tijd had om te bidden, voor zichzelf en voor zijn familie. Hij wilde dat alles anders was gelopen. Hij dacht aan de jongen zonder tenen... en rilde.

32

Pionnen in het koninkrijk Gods

Onderweg naar de pas aangelegde grenstunnel
Mexicali, Mexico

Pedro Romero hoorde dat een van de Arabieren de lange man Samad noemde en daarom sprak hij de man ook met die naam aan, alleen maar om hem zenuwachtig te maken. *Ik weet hoe je heet.* Dat was geen echte macht, maar wel de enige die Romero voorlopig bezat. Hij wachtte af, hij had zich nog niet helemaal bij de situatie neergelegd, nog niet.

Hij had nog een sprankje hoop.

Hij had de sicario gebeld die de leiding had over het cocaïnetransport en de nieuwste luitenant, José, een jongen die voor Corrales had gewerkt en nu El Jefe genoemd wilde worden, hoewel hij amper tweeëntwintig was. Hij schreeuwde tegen Romero dat hij niet iedereen uit de tunnel kon krijgen.

'Deze opdracht is afkomstig van Corrales zelf.'

'Waar is Corrales? Waar heeft hij gezeten? Niemand heeft hem gezien of iets van hem gehoord. Daarom heb ik nu de leiding over deze zending. Dit is míjn operatie.'

'Hou je mond en luister. Ik wil dat al die mannen binnen tien minuten de tunnel en het pakhuis hebben verlaten. Als je dat niet voor elkaar krijgt, zal Corrales je weten te vinden.'

'Ik geloof je niet.'

'Als je dat risico wilt nemen, moet je het zelf weten. Maar dat betekent je dood, jongeman. Dat betekent echt je dood.'

De jongen vloekte, aarzelde en ging ten slotte akkoord.

Ze gebruikten drie voertuigen om Romero, Samad, zijn beide mannen en de veertien Arabieren naar de ingang van de tunnel te brengen.

Romero reed in zijn eigen auto met Samad naast zich en de beide luitenants achterin. Achter hen, in de auto van zijn vrouw, zaten vijf andere mannen. Daar weer achter, op elkaar gepropt in een oude Tropic Traveler-bestelbus zaten de andere negen mannen, met zes vrij grote weekendtassen. Romero dacht aan de langwerpige vorm ervan en schudde zijn hoofd. Wat zat erin? Geweren? Raketten? Raketwerpers? Hij kon gevoeglijk aannemen dat het geen kampeerspullen waren.

Toen ze vlak bij de ingang waren, vroeg Romero zich af wat er zou gebeuren zodra de Arabieren het einde van de tunnel hadden bereikt. Hij vroeg God om verlossing en of Hij zijn gezin wilde sparen. Deze mannen wilden geen getuigen en zouden hem vermoorden zodra hij ze had gegeven wat ze wilden. Dat kon hij nu niet meer ontkennen. Hij had lang genoeg met slechte mensen opgetrokken om te weten hoe ze dachten.

Hij vroeg zich ook af wat ze zouden doen zodra ze in de Verenigde Staten waren, hoeveel mensen ze zouden vermoorden, hoeveel gebouwen ze zouden vernietigen. Hij had net zo'n afschuwelijke hekel aan ze als de Amerikanen een hekel aan hen hadden, en ze dachten dat hij niets tegen hen kon beginnen.

Maar zoals hij had gemerkt, was er nog hoop.

Wat Samad en zijn fanatieke volgelingen niet wisten, was dat er in de tunnel ladingen C-4 waren aangebracht zodat de tunnel van het ene op het andere moment kon worden vernietigd, zelfs zo precies getimed dat iedereen die zich erin bevond begraven werd. Die opdracht had Romero aan het begin van de bouw gekregen. Corrales had tegen Romero gezegd dat zijn bazen bang waren dat de tunnel ooit door hun vijanden of zelfs door terroristen zou worden gebruikt en dat ze daarom een garantie wilden inbouwen. In een bouwkeet aan de andere kant van de bouwplaats zaten drie sicarios wier werk het was de bewakingscamera's in de tunnel te monitoren. In totaal waren er negen mannen die in drie ploegen werkten. Ze waren ook in het bezit van een van de twee draadloze elektronische detonators, hoewel ze de explosieven niet zonder persoonlijke opdracht van Corrales of een van de andere bazen tot ontploffing zouden brengen. De andere detonator lag op de bovenste plank van een kluisje in de technische ruimte. Romero hoefde maar een van die twee detonators in handen te krijgen voordat hij de Arabieren meenam de tunnel in, en dan zou hij in actie komen.

Rueben deed zijn zware rugzak af en liet hem op de grond vallen, net als de andere mannen. Voordat ze konden gaan zitten om op de zending te wachten die naar Mexico moest, kwam de sicario eraan die eiste dat ze hem El Jefe noemden. Hij zei dat ze meteen moesten vertrekken, dat de bevelen waren veranderd.

'En die andere zending dan?' vroeg Rueben. 'Ik dacht dat ze onze hulp nodig hadden. Ze zeiden dat we een bonus zouden krijgen.'

'Vergeet het maar. Opschieten.'

Rueben vroeg fronsend: 'En onze rugzakken dan? Wie haalt die dan op?'

'Dat weet ik niet.'

'Is er iets aan de hand?'

'Luister, ik moet de boel hier nú evacueren! Dat is mijn opdracht. Dat is wat er gebeurt.'

'Dan ga ik samen met jou terug door de tunnel,' zei Rueben. 'Daar word ik opgehaald.'

El Jefe schudde zijn hoofd. 'Rot op en snel een beetje. Je moet zelf maar uitzoeken hoe je thuiskomt.'

Een van de andere mules, waarschijnlijk de oudste met een lok grijs haar langs zijn linkerslaap, verhief nu ook zijn stem: 'We kunnen niet allemaal tegelijk vertrekken. Dat zou te veel aandacht trekken. Dat hebben ze ons verteld.'

'Oprotten jullie! Nú!'

De andere mannen liepen langs Rueben heen naar de voordeur. De oudste mule hield hen tegen.

El Jefe rende naar hem toe en drukte de loop van zijn pistool tegen diens voorhoofd. '*Váyanse!*'

De man keek de jonge knaap even vuil aan, knikte toen en draaide zich om naar de deur. De andere mules liepen achter hem aan.

'Nou, ik ga eerst even pissen,' zei Rueben en hij liep naar het toilet. Hij ging naar binnen, deed de deur op slot en wachtte. Het werd stil in het huis. Hij draaide de kraan open en belde Towers, die al op de hoogte was en wist wat er gebeurde.

'Wat moet ik nu doen?'

'Terug de tunnel in. Kijk of je kunt ontdekken wat er aan de hand is.'

'Ben je gek geworden?'

'Zeg dat je je telefoon kwijt bent. Ga maar gewoon terug. Ze hebben de tunnel niet voor niets geëvacueerd. Die grote zending komt al over een halfuur. Doe wat ik je zeg. Vergeet niet wat ik je heb verteld.'

Toen Rueben het toilet uitkwam, stond El Jefe op hem te wachten.

'Tegen wie was je aan het praten?'

'Mijn lift.'

'Ga.'

Rueben haalde zijn schouders op, liep naar buiten, sloeg links af en rende terug naar de struiken naast het huis. Daar wachtte hij een paar minuten en liep daarna voorzichtig naar een van de ramen. *Verdomme, de luxaflex was naar beneden.* Hij liep om het huis heen naar de voordeur en drukte zijn oor ertegenaan. Niets. Hij greep de deurkruk vast, duwde de deur open en liep naar een van de slaapkamers aan de achterkant. In een van de kasten bevond zich de ingang van de tunnel. El Jefe en zijn makkers waren alweer naar beneden, op weg naar het pakhuis. Rueben liep handenwringend voor het donkere gat in de vloer te ijsberen. Hij zou moeten weglopen, dit was veel te gevaarlijk. Maar zouden ze hem echt iets aandoen omdat hij terug was gegaan om zijn telefoon te zoeken?

Wacht eens even? Met die smoes kon hij nu niet meer aankomen! El Jefe had hem horen telefoneren. Shit. Hij moest iets anders verzinnen. Hij kon zeggen dat hij dacht dat de politie buiten stond en dat hij zo bang was geworden dat hij de tunnel weer in was gerend. Dát was het! Dat zou de aandacht van hem afleiden. Hij liep de ladder af, draaide zich om, liep snel over de vochtige aarde en volgde de rij ledlampjes. En nu moest hij echt plassen.

In de auto, onderweg naar de tunnel, had Romero aan Samad verteld dat de drie sicarios in de bouwkeet de bewakingscamera's in het pakhuis en de tunnel in de gaten hielden. De camera's werkten op batterijen; ze hadden draadloze camera's uitgetest, maar de signalen daarvan waren te zwak geweest om boven de grond te kunnen worden opgevangen. Hij vertelde Samad dat er meteen twee dingen moesten gebeuren: hij moest de elektriciteit van de monitoren afsluiten en ze zouden 'afscheid moeten nemen van hun telefoons', zoals Romero het noemde.

Romero had de sleutels én hij had toegang tot de technische ruimte. Dus kon hij de stroom afsluiten, terwijl Samads mannen de sicarios voor hun rekening namen. Ze parkeerden hun auto's aan de zuidkant van de bouwplaats, afgeschermd door grondverzetmachines en bulldozers, en stapten snel uit. Samad stuurde zes van zijn mannen weg met de opdracht de bewakers uit te schakelen, terwijl hij en zijn twee luitenants met Romero meeliepen naar de technische ruimte achter het pakhuis. Hoewel Romero bouwkundige was, had hij vaak nauw samengewerkt met de elektriciens op de bouwplaats die hem hadden laten zien hoe hij in geval van nood de stroom moest uitschakelen.

Terwijl ze naar de terminal liepen, moesten ze zich achter een paar rioolbuizen verstoppen toen drie jonge sicarios uit de hoofdingang van het pakhuis kwamen en in een SUV stapten. Romero zag dat een van hen de jonge El Jefe was. *Goed gedaan, jongen!* Hij wist het nog niet, maar hij had zojuist zijn leven gered door de instructies op te volgen.

Toen beide groepen in positie waren, opende Romero de toegangspanelen met zijn sleutel en zette de hoofdschakelaar om, waarna een paar lichten op de parkeerplaats uitgingen. Tegelijkertijd gaf Samad opdracht de mannen in de bouwkeet uit te schakelen. Daarna zei hij tegen Romero: 'Laten we gaan.'

Romero liep voor de Arabieren uit naar binnen, met behulp van het licht van hun mobiele telefoons. Daarna bleef hij voor de deur van de technische ruimte staan en zei tegen de mannen: 'Wacht hier.'

'Waarom?' vroeg Samad.

'Ik moet de afstandsbediening even ophalen.'

'Waarvoor?'

'Om de batterijen uit te schakelen van de camera's en de recorders van de bewakingscamera's; anders kunnen ze alsnog de beelden bekijken en weten ze dat we door de tunnel zijn gegaan.'

'Heel goed,' zei Samad. 'Maar ik ga met je mee.'

Romero haalde zijn schouders op. 'Oké.'

Hij nam de man mee naar binnen en liep voor hem uit naar de kluisjes. Ze kwamen langs de zware pompen die ze hadden gebruikt om het water uit de tunnel te pompen. Ondertussen ging Samads telefoon en hij zei snel iets tegen zijn mannen. Daarna zei hij: 'Uitstekend, de mannen in de bouwkeet zijn dood. Er zijn geen telefoontjes gepleegd.' Romero opende het kluisje met een sleutel van zijn zware sleutelring en haalde de draadloze detonator er snel uit voordat Samad hem goed kon bekijken. De detonator was ongeveer zo groot als een walkietalkie en had een kleine antenne van rubber. Heel eenvoudig, ouderwets en effectief. Romero deed net alsof hij op een paar knoppen drukte en stopte de detonator vervolgens in zijn zak. Hij haalde een paar zaklampen uit het kluisje, gaf er een aan Samad en hield er zelf ook een. 'Oké, nu kunnen we erdoor. Ik hoop dat je je belofte houdt: als we aan de andere kant zijn, bel je Felipe en zeg je tegen hem dat hij mijn gezin moet vrijlaten.'

Samad grijnsde. 'Natuurlijk.'

De andere Arabieren waren er nu ook en Romero liep voor hen uit de trap af; het multiplex kraakte en zat onder het stof. Samad liep vlak achter hem, met zijn pistool in de hand. Ze liepen ongeveer honderdvijftig meter, passeerden de eerste twee bochten van negentig graden – een scherpe bocht naar links gevolgd door een scherpe bocht naar rechts – en toen zagen ze, heel in de verte, een klein lichtje. Toen het licht feller werd, zagen ze erachter de silhouet van een mens. Hij liep recht op hen af.

'Stop. Wie is dat?' riep Samad en hij bracht zijn groep tot staan.

'Geen idee,' zei Romero. 'De tunnel zou leeg moeten zijn. Misschien een van de mules.' Hij riep: 'Wie ben je?'

'Eh... sorry, ja, ik ben het, Rueben! Volgens mij staat de politie voor de deur. Daarom moest ik wel terug.'

Romero liep naar hem toe en vroeg: 'Weet je zeker dat de politie er is?'

'Niet helemaal.'

'Waarom sta je zo te trillen?'

Reuben scheen met het licht van zijn mobieltje op de mannen achter Romero. Ze hadden een donkere huid en een baard, maar het waren in elk geval geen Mexicanen. Een van de mannen brulde iets tegen de man achter hem. Dat was geen Spaans en Rueben had genoeg 'digitale terroristen' vermoord om te weten dat deze mannen uit het Midden-Oosten kwamen, misschien waren het zelf wel terroristen.

'*Yella*, laten we gaan,' zei de man achteraan.

Rueben kende dat woord, *yella*. Dat was Arabisch.

Met een diepe zucht beet Romero op zijn lip en zei tegen Samad: 'Hij is een van de mules van het kartel. Hij is bang geworden, dacht dat hij buiten iets zag. Misschien de politie, maar hij weet het niet zeker...'

'Volgens mij heeft hij geen politie gezien,' zei Samad, vreemd zelfverzekerd. 'Laat mij even met hem praten.'

Romero drukte zich tegen de wand zodat Samad langs hem heen kon lopen. Het ene moment praatte Samad zachtjes tegen de jongen, bijna onhoorbaar, en het volgende stapte de man achter Rueben en duwde een mes in zijn borst. Rueben viel op de grond, met een van angst vertrokken gezicht, terwijl het bloed uit zijn borst spoot. Hij hoestte en probeerde de wond dicht te drukken.

'Hij is nog maar een jongen!' schreeuwde Romero.

'En jij bent nog maar een man die hem gezelschap gaat houden.'

'Het spijt me,' zei Rueben naar adem happend. 'Ik wilde niets verkeerds doen. Ik wil niet doodgaan. Laat me hier niet achter. O mijn god... O mijn god...' Hij begon te snikken.

Romero kon zich niet inhouden. Hij knielde naast de jongen en pakte zijn hand. 'Here Jezus, neem hem tot U en bescherm hem tegen alle kwaad.'

'Doorlopen,' zei Samad met opeengeklemde kaken en hij gaf het mobieltje van de jongen aan een van zijn mannen. 'Pedro, jij gaat voorop.' Hij perste zich langs Romero, ging achter hem staan en drukte de loop van zijn pistool tegen Romero's nek.

Romero slikte moeizaam, liet Ruebens hand los, stond op en stapte met brandende ogen over de stervende jongen heen. Hij had tegen de jongen gezegd dat hij naar buiten moest gaan. Hij had het geprobeerd.

Ze kwamen bij het kapelletje; Samad liep hoofdschuddend langs de brandende kaarsen en kruisbeelden en foto's van de familieleden van de mules en de gravers.

Romero keek even achterom. Samad en zijn Arabieren waren monsters, en Romero wist nu dat de tijd gekomen was. Hij bleef staan en haalde de detonator uit zijn zak. En hield zijn adem in.

Terwijl Rueben op zijn zij lag dood te bloeden, zag hij op de grond vlak bij zijn hand iets glinsteren. Hij dacht dat het misschien een engel was, tot leven gekomen vanuit de aarde om hem te redden. Hij stak zijn hand uit naar het kleine lichtje en klemde het tussen zijn vingers. Het was te donker om te kunnen zien wat het was, maar het voelde als een hangertje, met gladde rondingen en een grote ring. Hij herinnerde zich dat hij een ketting had voelen knappen toen hij zich verzette tegen de Arabier. Hij kneep de hanger stevig vast, sloot zijn ogen en vroeg of God hem wilde redden.

Onderweg naar het huis bij de grenstunnel
Calexico, Mexico

De vrachtwagen van het kartel reed ongeveer vijf auto's voor hen en volgens Moores schatting was het nog een minuut of twintig tot ze bij het huis waren. Towers had net gebeld om te zeggen dat hij het contact met Ansara's mule kwijt was nadat hij via zijn bluetooth-ontvanger een schot had gehoord. Het was mogelijk dat de jongen dood was. Towers had vijf spotters die het huis vanuit elke hoek in de gaten hielden, en tot nu toe hadden ze gemeld dat een team mules naar buiten was gekomen, maar geen schot hadden gehoord. De Mexicaanse federale politie zou het pakhuis in Mexicali door nog meer spotters in de gaten laten houden, maar tot nu toe had geen van hen Towers' telefoontjes beantwoord; er leek opeens een einde aan de samenwerking te zijn gekomen. Towers had in dat gebied verschillende burgerspotters die de komst hadden gemeld van een paar auto's en van mannen die eruitzagen als mules, en dat het leek alsof de elektriciteit op de bouwplaats was uitgevallen. Helaas waren de burgerspotters niet dicht genoeg bij om een of meer van de mules te kunnen identificeren.

Maar goed, er was nog een andere groep in de tunnel en Moore nam aan dat dit de extra mules waren die moesten helpen de wapens te vervoeren.

Ansara was zichtbaar van slag door dit nieuws, hij klemde zijn kaken op elkaar en vloekte zacht. 'Ik had niet gedacht dat het zover zou komen,' zei hij ten slotte schor. 'Ik hoopte dat ik hem schoon schip kon laten maken, zodat hij weer op het rechte pad kwam. Hij leek heel veelbelovend.'

'We weten nog niet wat er gebeurd is.'

'Hij moet gestikt zijn.'

'Hij had geen zendertje, toch?'

'Alleen zijn bluetooth. Niets wat ze daar zouden kunnen ontdekken. Misschien is hij in paniek geraakt, heeft hij iets gezegd. Ik weet het nog niet. Towers was met iemand anders aan het telefoneren toen het gebeurde.'

'Zet het alsjeblieft uit je hoofd, buddy, oké?' vroeg Moore. 'Nog even en dan is het menens.'

Bouwplaats grenstunnel
Mexicali, Mexico

'Ik wil dat je Felipe belt, nu meteen, en tegen hem zegt dat we veilig aan de overkant zijn gekomen. Zeg tegen hem dat hij mijn gezin moet vrijlaten.'

Romero begon te hyperventileren en hij moest zijn uiterste best doen om te voorkomen dat zijn handen trilden. Zijn duim rustte op de hoofdschakelaar van de detonator, waarop een groen stand-bylampje brandde. Het rode lampje zou aangaan als hij op het knopje drukte. En ongeveer twee seconden later zou hij wraak kunnen nemen.

'Pedro, wat ben je aan het doen?' vroeg Samad met zijn blik op de detonator.

'Mijn gezin aan het redden.'

'En denk je dat dit de juiste manier is?'

'Ik weet dat dit de juiste manier is.'

'Ik geloof je niet.'

'Denk je dat het kartel een tunnel zou aanleggen zonder ervoor te zorgen dat hij vernietigd kan worden? Ze willen niet dat hun vijanden misbruik van hun harde werk kunnen maken. Wacht, ik zal het je laten zien.' Romero liep naar de muur en maakte een van de geluidsisolerende panelen los zodat een paar ladingen C-4 zichtbaar werden. 'Er zijn veertien ladingen. Ik heb zelf toezicht op de montage gehouden. Ze ontploffen na elkaar, zodat de hele tunnel wordt afgesloten. Als we niet door de ontploffing doodgaan, worden we levend begraven en stikken we voordat we gered kunnen worden.'

Met grote ogen vroeg Samad: 'Wil je echt sterven? Ben je er klaar voor om je God te ontmoeten?'

Romero zei vastberaden: 'Ik ben er klaar voor, maar ik weet dat dit niet voor jou geldt. Daarom zul je mijn gezin vrijlaten.'

'Ik dacht dat je slimmer zou zijn. Je bent een slimme man, een bouwkundige.'

'Bel Felipe.'

'Ik had jullie allemaal laten gaan. Wist je dat?'

Romero hield de detonator omhoog. 'Ik ben er klaar voor.'

Samad slaakte een diepe zucht. 'Je had ons moeten vertrouwen. We wilden alleen maar een veilige overtocht naar de Verenigde Staten.' Hij liet zijn pistool zakken en haalde zijn mobieltje uit zijn zak. Hij koos een nummer. 'Hallo, Felipe? Ja, wacht even. Ik wil dat je met señor Romero praat en hem vertelt dat je zijn gezin vrijlaat. Laat hem maar met hen praten als hij dat wil...'

Samad bood Romero zijn telefoon aan en Romero nam hem voorzichtig van hem aan. 'Felipe, laat mijn gezin alsjeblieft vrij.'

'Oké, señor. Oké. Dat is mijn opdracht.' Romero haalde een paar keer diep adem, hoorde vervolgens de stem van zijn vrouw en ontspande opgelucht zijn schouders. Hij drukte de telefoon tegen zijn oor.

Samad wees naar de detonator en gebaarde dat Romero hem aan hem moest geven.

Romero keek hem aan. 'Wat gaan jullie doen als jullie in de Verenigde Staten zijn?'

Samad begon te grinniken. 'Cheeseburgers en friet eten.'

'Misschien zou ik jullie niet moeten laten gaan.'

'Denk je soms dat Felipe de enige is die ik bij je huis heb achtergelaten? Nogmaals, je had moeten begrijpen hoe complex mijn klus is. Oké, je staat mijn tijd te verspillen. Geef me dat ding.'

Romero dacht nog even na en gehoorzaamde toen.

Samad schakelde de detonator uit en stopte hem in zijn zak. Daarna gebaarde hij dat Romero zijn gesprek moest afmaken. Romero hoorde de stemmen van zijn dochters. Ze waren allemaal in orde, maar ze huilden en smeekten hem om thuis te komen.

Zijn vrouw kwam aan de telefoon. 'Pedro? Ben jij dat?'

'Ik kom gauw thuis. Geef me nu Felipe.'

Toen hij de man aan de telefoon had, zei Romero tegen hem: 'Nu moet je mijn huis verlaten. Je gaat naar buiten en neemt al je makkers met je mee.'

'Als Samad het goedvindt.'

'Het is oké,' zei Romero, harder nu. 'Je moet nú weggaan!'

'Goed.'

Samad richtte zijn pistool op Romero's hoofd. 'Mijn telefoon.'

Romero gaf de telefoon terug en liep door.

Toen ze het einde van de tunnel hadden bereikt, beklom Romero de ladder en kwam uit in de kast van een van de slaapkamers. Daar bleef hij staan en wachtte toen tot de Arabieren een voor een de slaapkamer binnenkwamen.

Romero wilde net tegen Samad zeggen dat hij vertrok, toen er een hand voor zijn mond werd geslagen en een lage stem vlak bij zijn oor zei: 'Shhh, shhh, shhh...'

Hij realiseerde zich pas dat er een mes in zijn hart werd gedreven toen het te laat was: in zijn borstkas voelde hij een felle tik en een scherpe pijnscheut.

'Shhh, shhh, shhh...'

Hij werd op de grond gelegd en losgelaten. Hij keek omhoog naar het donkere plafond tot Samad zich over hem heen boog. 'Je hebt Allahs werk gedaan en daarvoor zul je worden beloond. *Allahu Akbar!*'

Romero sloot zijn ogen. Hij wilde niet dat het laatste wat hij zag het gezicht van een monster was. Hij dacht aan zijn prachtige vrouw en dochters, hij wist dat zijn zieke dochter alles zou krijgen wat ze nodig had, dat er genoeg geld was en dat hij ervoor had gezorgd dat ze een beter leven konden leiden. Inwendig huilde hij omdat hij hen moest verlaten en omdat zijn dood zoveel verdriet zou veroorzaken. Ze waren sterk en ze zouden zich door het leven vechten, net als hij had gedaan. Nu zou hij een nieuw huis voor zichzelf bouwen, gebouwd met de lichtstralen van het koninkrijk Gods. En daar zou hij op hen wachten.

Samad wendde zich af van de stervende Mexicaan, keek naar zijn groep mannen en toen zijn telefoon rinkelde, wees hij naar de grond: 'Deze rugzakken gaan met ons mee, maar laat ze nu nog even bij de raketten op de grond liggen.'

Niazi en Talwar hielpen de mannen om hun rugzakken met de raketten af te doen. De man aan de andere kant van de lijn was een bondgenoot uit Afghanistan. Hij zei slechts twee woorden in het Pashtoe: 'Twee minuten.'

'Wij zijn er klaar voor.'

Samad had een van zijn mannen in de tunnel achtergelaten om te controleren of ze niet werden gevolgd. De man belde hem om te zeggen dat de kust nog steeds veilig was.

Zijn groep stond in een rij, met hun handen op de rug. Ze waren zenuwachtig, maar Samad had vertrouwen in hun training en in hun standvastigheid.

Het geluid van de sirenes kwam dichterbij. Samad liep naar het raam en zag ten slotte twee auto's van de politie van Calexico, gevolgd door een paar politiebusjes met zwaailichten. Er stapten acht agenten uit die met hun pistool in de aanslag het huis bestormden.

'Oké, allemaal,' zei hij rustig. 'We worden allemaal gearresteerd, in naam van Allah.'

De voordeur zwaaide open en twee agenten stormden naar binnen; ze droegen een korte baard en hadden dezelfde donkere huid als Samad. 'Oké, mannen, luister naar me,' zei de agent, alweer in het Pashtoe. 'We wachten nog een minuut. Daarna lopen we naar buiten terwijl jullie je handen op je rug gevouwen houden, alsof jullie geboeid zijn. Wij nemen de rugzakken mee.'

'Uitstekend,' zei Samad. Ze zouden een goede show weggeven voor de spotters van het kartel die het huis hoogstwaarschijnlijk in de gaten hielden. Er konden natuurlijk ook anderen zijn: vijanden van het kartel, onder wie concurrenten en de federale autoriteiten van beide landen.

'Nu naar buiten en naar de busjes,' zei de agent nadat nog twee collega's door de achterdeur waren binnengekomen.

Samad knikte, seinde zijn man die nog in de tunnel was in en daarna verlieten hij en de anderen het huis, met hun handen op de rug. Terwijl ze onder schot werden gehouden, staken ze de straat over en werden in de wachtende busjes geholpen. Samad scande de daken en struiken van de huizen in de omgeving. Verschillende mensen stonden hoofdschuddend bij hun voordeur te kijken naar de 'grote arrestatie' in hun straat.

Daarna kwamen de rugzakken boordevol drugs en daarna de zes tassen met raketten. Nog geen drie minuten later scheurden ze weg. Samad sloot zijn ogen en balde zijn vuisten. Ze hadden het gered. De jihad was teruggekeerd naar Amerika.

33

Hij mocht het nooit weten, van het kartel

Tunnelhuis
Calexico, Californië

Moore en Ansara reden het tunnelhuis voorbij en parkeerden hun pick-up om de hoek. Voordat ze uitstapten, werd Moore gebeld door Towers. 'Grote arrestatie bij het huis door politie van Calexico. Mules naar buiten gebracht, samen met volgens de spotters een enorme hoeveelheid drugs. Dit bevestigt Ruebens berichten. We proberen meer te weten te komen, maar de lokale politie ontkent elke betrokkenheid. Proberen de voertuigen op te sporen, maar ze zijn allemaal verdwenen. Of de politie van Calexico werkt samen met het kartel of dit is een verdomd ingewikkelde manier om die drugs te stelen.'

'Ik weet niet wat ik moet zeggen,' zei Moore, 'maar we gaan op zoek naar die mannen. Hou iedereen maar bij dat huis vandaan. Ik bel je terug.'

Hij en Ansara slopen om een rij struiken heen en bleven staan naast het huis tegenover het tunnelhuis. Ze verstopten zich achter de palmen. De vrachtwagen van het kartel was achteruit de oprit op gereden en een van de mannen zat in de cabine. De beide andere waren kennelijk naar binnen gegaan.

Ze zouden het huis aan de achterkant in moeten gaan om te voorkomen dat de man in de vrachtwagen hen zag. Moore gebaarde naar Ansara dat ze moesten wachten. Hij bleef zichzelf eraan herinneren dat ze de opdracht hadden deze mannen en het geldspoor te volgen, en hen niet te onderscheppen, ook al konden hij en Ansara niet wachten dat wel te doen. Dat gold vooral voor Ansara omdat hij geen contact meer had met zijn informant.

Ze wachtten nog vijf minuten. Toen ging de garagedeur eindelijk open en zagen ze de twee mannen, in het licht van een gloeilamp. Moore zag dat de chauffeur van de karteltruck de achterklep opende. De man in de cabine stapte uit en liep naar de beide andere mannen die de Anvil-dozen in de garage zetten. Zodra de truck helemaal leeg was, trokken ze de klep naar beneden.

Hoe lang moesten ze blijven wachten? Deze mannen konden niet in één keer al die wapens vervoeren. Vijf minuten? Tien? Het leek alsof de jaloezieën voor alle ramen dicht waren.

Ansara gebaarde naar Moore: *Laten we naar binnen gaan*. Moore aarzelde, maar even later knikte hij.

Rojas' herenhuis
Cuernavaca, Mexico
90 kilometer ten zuiden van Mexico City

Fernando Castillo liep de werkkamer van señor Rojas binnen. De werkkamer was een intimiderend bewijs van de macht van de man, die evenveel invloed op Mexico had als het weer. Op de mensen... de regering... Het enige wat ze konden doen, was zich aanpassen aan hem en aan zijn beslissingen, net als Castillo, hoewel de laatste bijzonder trouw was aan de man die hem van de armoede had gered, hem een ongelooflijk welvarend leven had geschonken en hem met meer waardigheid en respect had behandeld dan zijn eigen familie ooit had gedaan.

Castillo keek even naar de boekenkasten die minstens zeven meter hoog waren en de hele twaalf meter lange achterwand bedekten. In de schaduw hiervan stond het gigantische mahoniehouten bureau waarop niet minder dan vier flatscreencomputers in een halve cirkel stonden opgesteld. Dit bureau was in feite een cockpit vol informatie voor de man die achterovergeleund in zijn pluchen stoel zat die hij in Parijs had gekocht en een slokje nam van een glas Le Montrachet. Aan de linkerwand van het vertrek hingen verschillende ledtelevisies die permanent waren afgestemd op financiële programma's vanuit de hele wereld. Castillo had onlangs zelf voor de montage van deze schermen gezorgd en hoewel dat natuurlijk niet bij zijn werk als hoofd beveiliging hoorde, had Rojas hem in de afgelopen jaren dit soort persoonlijke taken en beslissingen heel vaak toevertrouwd, vooral als het om Miguel ging.

Rojas streek door zijn haar en keek ten slotte op van een van de schermen.

'Wat kan ik voor je doen, Fernando?'

'Sorry dat ik u stoor, señor, maar ik wilde dit graag persoonlijk met u bespreken. Dantes lichaam is nog steeds niet gevonden en zoals u weet, is Pablo ook verdwenen, net als Dantes vriendin, Maria.'

'Ja, dat weet ik. Waar maak je je zo druk over? En waarom val je me lastig met dit soort onbelangrijke zaken? Ik betaal je uitstekend om dit soort dingen te regelen. Zoek hem. Hij weet dat hij mijn zoon niet heeft kunnen beschermen. Hij weet wat de consequenties daarvan zijn.'

'Ja, señor, maar dit is belangrijk en u moet dit weten. We hebben problemen gehad bij de nieuwe tunnel. Er is alweer een zending gestolen.'

Rojas keek verbaasd op en vroeg fronsend: 'Zijn we alweer een zending kwijt? Zit je me voor de gek te houden?'

'We zijn alles kwijt. De mules, de politieauto's, de hele zending.'

'Wacht eens even. Politieauto's? Waar heb je het over?'

'Onze spotters hebben me verteld dat het leek op een inval in het huis door de lokale politie van Calexico, maar niemand heeft die politiebusjes bij het politiebureau zien aankomen. Die zijn onderweg verdwenen.'

'Dat is belachelijk. Ze hebben de auto's dus omgewisseld. Wie had opdracht ze te volgen? Ik wil dat hij wordt gedood.'

Castillo zuchtte. 'Het wordt nog erger. Pedro Romero, de bouwkundige van ons project... Zijn gezin is vermoord. We vonden hem in het huis en een van de mules in de tunnel. Daar kwam de wapenzending uit Minnesota aan en dat team heeft ze gevonden. Op dit moment vervoeren ze de wapens door de tunnel, maar iemand had de stroom uitgeschakeld.'

Rojas wreef in zijn ogen, vloekte zacht en vroeg toen: 'Wat denk jij?'

Castillo deed zijn ogen dicht en haalde diep adem. 'Toen u terugkwam vanuit Colombia hebt u me verteld over uw ontmoeting met Samad en wat hij wilde.'

'Nee, dat is onmogelijk,' zei Rojas snel. 'Ik heb hem gewaarschuwd. Ze zouden wel heel dom zijn om ons uit te dagen. Dante of Zuniga heeft deze keer van ons gestolen.'

'Señor, het is heel goed mogelijk dat Samad onze tunnel heeft gebruikt om de Verenigde Staten binnen te komen.'

'Dat geloof ik niet.'

Castillo zei met nadruk: 'Toen de politie de rugzakken naar buiten bracht, telden de spotters zes extra tassen. De spotters weten zeker dat het niet de gebruikelijke tassen waren en ik weet zeker dat niemand anders die tassen in het huis heeft opgeslagen. Ze moeten door de tunnel zijn gekomen.'

'Ik zal Samad meteen bellen.'

'Als hij het heeft gedaan, zal hij niet opnemen.'

'Dan moet Rahmani dit maar eens uitleggen.'

'En als hij alles ontkent?'

Rojas stond op en brulde: 'Dan is alles wat we samen hebben opgebouwd in gevaar!'

Castillo deinsde achteruit.

Rojas schrok. 'Fernando, sorry dat ik tegen je schreeuwde. Het is gewoon... je weet dat ik heb overwogen om een einde aan dit alles te maken. Dat ik hier niets meer mee te maken wilde hebben... en als wat jij nu zegt waar is...'

'Ik begrijp het, señor. Ik zou Rahmani toch maar bellen en hem vertellen dat hij ervoor moet boeten als Samad de Verenigde Staten binnen is gekomen. Elke bedreiging voor het kartel moet teniet worden gedaan.'

Rojas stond bij zijn bureau, met een lege blik, alsof hij in gedachten boven elke grote Amerikaanse stad een paddenstoelenwolk zag hangen. 'Onze informanten in Calexico krijgen goed betaald. Schakel ze in. Zoek de chauffeurs van die politieauto's. Ik wil het heel zeker weten voordat we iets doen. Ben ik duidelijk?'

'Zoals altijd, señor.'

Castillo verliet de werkkamer. Hij was ook van plan geweest Rojas iets anders te vertellen, maar de man had nu al genoeg aan zijn hoofd. Miguel was aan het rondsnuffelen, in het huis en op internet. Het was natuurlijk niet de eerste keer dat hij zijn vader probeerde te bespioneren. Een enkele keer probeerde een journalist señor Rojas in verband te brengen met investeringsfraude of malafide onroerendgoedtransacties of tijdens de verkiezingen zelfs te beschuldigen van geknoei met de uitslag, en hoewel Miguel altijd vierkant achter zijn vader stond, wist Castillo dat de jongeman nog altijd twijfels had. De recente aanslag op zijn vaders leven had zijn nieuwsgierigheid waarschijnlijk weer opgewekt. Castillo zou weer eens een lang gesprek met Miguel voeren om zijn verdenkingen de kop in te drukken. Wat dit betreft was señor Rojas heel duidelijk geweest: *Hij mocht het nooit weten, van het kartel.*

Tunnelhuis
Calexico, Californië

Moores zintuigen waren al binnen toen hij de achterdeur zo geluidloos mogelijk opende en een klein washok binnenstapte. Daarachter was een smalle gang met twee slaapkamerdeuren en een derde deur verderop. Ansara liep voorop met getrokken pistool en liep linksaf een andere gang in, in de richting van de garagedeur. Ondertussen zocht Moore in de eerste twee slaapkamers naar de ingang van de tunnel. Er stonden alleen wat bij elkaar geraapt goedkoop meubilair en rechtop staande matrassen op de smerige vloerbedekking. Toen hij weer in de gang stond, zag hij Ansara die zei: 'Tot nu toe hebben ze de helft van de dozen verplaatst. Ze komen dus terug voor de rest.'

Hij was nog niet uitgesproken toen ze in een van de slaapkamers voetstappen hoorden.

Ze gingen snel naar een andere slaapkamer en bleven achter de deur staan. Ze durfden amper adem te halen, terwijl de mannen door de hal naar de garagedeur liepen. Moore voelde zich heel rustig, hij stond achter de deur naar Ansara te kijken die niet langer zijn adem inhield. Hij zag Ansara's borstkas op en neer gaan, hoorde zijn ademhaling luider worden. Moore hief zijn hand, als om te zeggen: *Stil zijn.*

Ansara knikte snel.

De mannen kwamen uit de garage met de rest van de dozen en liepen weer terug naar de slaapkamer. Moore fronste toen ze schuifelende voetstappen en het metaal van metalen gespen hoorden.

Hij hief zijn wijsvinger. *Wacht... wacht...* Hij pakte zijn smartphone en stuurde een sms naar Towers: IN HUIS, GAAN ZO TUNNEL IN. WAPENS GAAN ERDOOR. STAND-BY...

Met een kort knikje naar Ansara liet hij weten dat het tijd was om te gaan. Ze liepen voorzichtig de slaapkamer uit naar de andere slaapkamer, waar ze vlak bij de kastdeur een jonge man op zijn rug zagen liggen, zijn overhemd doorweekt van het bloed. Ansara boog zich over hem heen, keek op en fluisterde: 'Ik ken deze man. Ik bedoel, ik weet wie hij is. Pedro Romero. Hij was de bouwkundige van dit project. Hij had contact met mijn mule.' Ansara's gezicht betrok. 'Man, hier is echt stront aan de knikker. Sinaloa's... wie weet...'

Waarom ze de bouwkundige hadden vermoord, wisten ze niet. Terwijl Ansara foto's van de dode man maakte en die doorstuurde naar Towers, inspecteerde Moore de ingang van de tunnel die zich in de kast bevond. Ze moesten naar binnen via een aluminium ladder die iemand bij de plaatselijke bouwmarkt had gekocht voor 89,99 dollar plus btw (het prijskaartje zat er nog op).

Ansara gebaarde dat hij eerst zou gaan. De ladder protesteerde; Moore schrok ervan. Ansara bereikte ongeveer tweeënhalve meter lager de bodem. Moore volgde en samen liepen ze de tunnel in. Ondanks de nogal ruwe ingang, was de tunnel zelf een bouwkundig meesterwerk. Met de penlights die ze in hun borstzakjes hadden gestoken en met hun pistool in de aanslag liepen ze snel door. Moore klopte tegen een van de geluiddempende panelen, waarna hij nóg meer onder de indruk was. Ze hadden ledlampjes opgehangen, die nu niet brandden, hadden ventilatiebuizen en elektrische bedrading aangebracht, en een soort rioolpijp lag op de grond die niet verhard was maar geveegd en zeer nauwkeurig vlak was gemaakt. Moore kwam tot de conclusie dat deze tunnel een van de meest knappe en complexe smokkelroutes was die ooit door een kartel was gemaakt.

Voor zich zagen ze opeens een lichtje flikkeren. Ansara bleef heel even staan, omdat hij dacht dat het licht hun kant op kwam. Maar toen ze doorliepen en links afsloegen, zagen ze iets wat volgens Moore een geïmproviseerd kapelletje was in een ondiepe zijtunnel die eindigde bij een muur van houten draagbalken die met aluminium banden aan elkaar waren vastgemaakt. De kaarsen, de kruisen en de foto's leidden zijn aandacht af van de grond, waar Ansara als eerste het lichaam zag liggen.

'Dit is de jongen,' zei hij geschrokken, net toen Moore een paar sporen in de aarden vloer zag die waren gemaakt door de hakken van de schoenen van iemand die hem achter zich aan sleepte.

Ansara knielde en scheen met zijn zaklampje in de ogen van de jongen. Verdomme, wat was deze mule jong! Steekwonden. Op slag dood.

Opeens legde Ansara zijn oor bij de mond van de jongen. 'Shit, hij ademt nog!'

'Ja, maar buddy, we kunnen hier niet blijven,' zei Moore. 'Ze zijn misschien al weg. En het enige wat we hebben is het mobieltje van die ene vent. Als hij hem uitzet, zijn we de klos.'

Ansara knikte, keek toen naar Rueben. 'Ik weet het, ik weet het, maar luister, hij probeert iets te zeggen. Wie heeft dit gedaan, Rueben? Wie heeft dit gedaan?'

Moore ging achter Ansara staan en zag dat de jongen, met zijn ogen half dichtgeknepen, zijn mond bewoog maar de woorden niet kon uitspreken.

'Volhouden, knul,' zei Moore. 'We komen je later halen, dat beloof ik je.'

De jongen stak zijn hand uit en greep Moores pols.

'Rustig maar, span je niet in,' zei Ansara. 'Maak je geen zorgen.'

Moore trok zijn pols los en liep weg. Toen hij achteromkeek, zag hij dat Ansara vlak achter hem liep, maar zijn blik was glazig, zijn ademhaling ging nu zelfs nog moeizamer. Ansara voelde zich schuldig, dat was hem aan te zien, en Moore wist precies hoe hij zich voelde.

Inwendig schreeuwde Rueben, maar hij had niet genoeg kracht om die gedachten om te zetten in geluiden die de FBI-agent kon begrijpen: *Pedro werd gechanteerd. Er kwamen Arabieren door de tunnel! Terroristen! Zij hebben me gestoken! Zij hebben me gestoken! Nu zijn ze in de Verenigde Staten. Ze hebben het gered. Laat me hier niet achter. Ik ga dood.*

Die gedachten waren te snel, te chaotisch, te veranderlijk, zodat hij zijn aandacht er niet bij kon houden. Hij hoorde Ansara tegen zijn moeder zeggen dat hij was vermoord.

'Ik vind het zo erg van uw zoon.'

Zijn dood op zich zou al een schok zijn, maar als ze ook hoorden dat hij betrokken was bij een drugskartel en bij de FBI? Hij betwijfelde of zijn moeder die informatie wel aankon. En dat was het enige waar hij nu aan kon denken, hij merkte niet eens dat hij niet meer ademde en dat de kaarsen nu uit waren.

De man die hem belde, had zijn naam niet genoemd, maar Jose begreep heel goed wat er gebeurde en uit de plotselinge komst van vier extra auto's en minstens twaalf sicarios leidde hij af dat deze vent, wie hij ook was, connecties had en dat Jose maar beter kon doen wat hij zei.

'Maar vergeet niet,' zei Jose tegen hem. 'Ik ben El Jefe. Corrales is nu weg.'

'Ja, oké, knul, prima. Nu doe je precies wat ik zeg. Jij zit in de bouwkeet, nietwaar? Zie je de brandkast onder het bureau?'

'Ja, ik zie hem.'

'Loop ernaartoe. Zet hem aan. Typ 43678009 en sluit af met een hekje. Begrepen?'

Jose deed wat hem werd gezegd, typte een verkeerd cijfer in, moest de juiste getallen weer vragen, deed het eindelijk goed en hoorde een klikje. De kluis ging open en hij keek verbijsterd naar de inhoud in het licht van zijn mobieltje. De bovenste plank lag boordevol stapels Amerikaanse dollars in briefjes van twintig en vijftig. Hij begon ze in de zakken van zijn leren regenjas te proppen, de jas die hij had gekocht nadat hij had gezien hoe cool Corrales er in zijn regenjas uitzag.

'Ben je het geld al aan het stelen?'

Jose rilde. 'Ik heb het geld niet aangeraakt.'

'Oké, ik geloof je,' zei de man snuivend. 'Zie je de walkietalkie liggen?'

'Ja.'

'Dat is geen walkietalkie. Zodra de wapenteams de wapens door de tunnel hebben gebracht, stuur je ze terug de tunnel in. Daarna breng je de boel tot ontploffing als zij nog binnen zijn. Je hoeft hem alleen maar aan te zetten en op de rode knop te drukken. Wil je dat voor me doen, Jose? Ben je daar slim genoeg voor? Want als dat zo is, mag je al dat geld houden.'

'Ik regel het. Maar wie ben je?'

'Ik ben Fernando. Ik ben je baas. Ik werk voor Los Caballeros. En jij bent een heer, net als ik. Dat is alles.'

Aan het einde van de tunnel was een houten trap gemaakt van regels met een doorsnede van een halve bij een centimeter en multiplex; daar hielden ook de geluidsisolerende panelen op en liep de vloer ongeveer zestig centimeter omhoog. Van boven kwam een zwak licht, van zaklampen of van iets anders. Moore dacht dat hij stemmen hoorde, vaag maar toch, en het geluid van een metalen roldeur die geopend werd.

Moore hield zijn adem weer in en liep, met Ansara op zijn hielen, langzaam de trap op. Hij keek over de rand, die de vloer bleek te zijn, en zag dat de ingang van de tunnel zich bevond in een soort technische ruimte, met pompen, bouwmaterialen en gereedschap. Door de geopende deur zag hij een groot pakhuis dat minstens zes meter hoog was. Aan weerszijden stonden pallets met bouwmaterialen – betonnen bouwblokken, zakken cement, stapels betonijzer – maar recht voor hem stond een groepje mannen rondom de Anvil-dozen met de wapens. Ze waren de dozen in de laadbak van een Ford Explorer aan het laden.

Moore draaide zich om naar Ansara en gebaarde dat hij moest blijven waar hij was. Maar toen hij zich weer omdraaide en zijn hoofd wat hoger hield om de boel iets beter te kunnen zien, draaide een vent met een sikje en brede bakkebaarden zich ineens om...

'Hé, verdomme!' riep hij toen hij Moore zag. 'Wie bén jij?'

'We horen bij die mannen,' zei Moore snel.

'Onzin!' De man draaide zich om naar de anderen. 'Jose!'

Op dat moment begon Moores telefoon te vibreren en Ansara riep: 'Towers belde. Buiten staat een grote groep!'

Moore vuurde twee kogels in de rug van de man die Jose had geroepen en draaide zich toen om naar Ansara. 'Rennen!'

Jose rende bij de groep mannen vandaan toen zijn man Tito tegen zijn buik aan viel. Hij kon niet zien wie op zijn man had geschoten, maar hij dacht dat het iemand was die uit de tunnel was gekomen.

Hij begon te rennen en schreeuwde naar de drie mannen die de wapens hadden gebracht, daarna rende hij de technische ruimte in en liep achter de pompen langs naar de ingang van de tunnel. De anderen kwamen hijgend achter hem aan.

Jose gebaarde met zijn pistool. 'Ga naar beneden. Doorzoek de boel. Ik wil die klootzak hebben die dit heeft gedaan.'

Alle drie de mannen waren gewapend met een mata policía en stommelden de trap af.

Met bonzend hart rende Jose terug naar de anderen en schreeuwde dat ze moesten opschieten met het inladen van de wapens en dat hij binnen een minuutje bij hen was.

Rustig ademhalen, zei hij tegen zichzelf, toen hij een eindje bij de SUV vandaan met zijn rug naar zijn mannen ging staan. Hij haalde de detonator uit zijn zak en zette hem aan. Het groene lampje verlichtte zijn gezicht en een paar seconden keek hij ernaar, gehypnotiseerd door het licht.

En toen het wapenteam volgens hem ongeveer driehonderd meter de tunnel in was, grinnikte hij, dronken van de gedachte dat hij nu de macht in handen had.

Rojas' herenhuis
Cuernavaca, Mexico
90 kilometer ten zuiden van Mexico City

Sonia bleef bij de deur staan, terwijl Miguel de werkkamer binnenliep en zijn keel schraapte. Zijn vader zat aan zijn bureau, keek op en zei: 'Miguel, het spijt me, ik moet nog even doorwerken vanavond en heb het nu even heel erg druk. Is er iets mis?'

'Ik wil de kluizen in de kelder zien,' zei hij abrupt.

'Wat?'

'Neem me nu meteen mee naar de kelder. Laat me zien wat u daar in die kluizen hebt verstopt.'

Na een tijdje keek zijn vader weer op van zijn computerschermen en vroeg fronsend: 'Waarom?'

Miguel kon het niet opbrengen hem de waarheid te vertellen. 'Ik wil gewoon... Ik ben daar nog nooit geweest. Ik wilde het Sonia laten zien. Maar u hebt daar bewakers, altijd.'

'Goed dan. Laten we nu maar gaan.'

'Meent u dat? U zegt altijd nee. Hoe vaak heb ik het u al niet gevraagd? Al minstens twintig keer?'

'Oké, ik laat het je nu wel zien.' Hij stond op, liep met grote passen langs Miguel, trok de deur open en maakte Sonia aan het schrikken die net een sms naar haar vader stuurde.

'Wil jij soms ook een rondleiding?' snauwde Miguels vader.

'Het spijt me, señor. We wilden u niet storen.'

Zijn vader hief zijn hand en stormde de gang door.

Miguel keek Sonia bezorgd aan en rende toen achter zijn vader aan.

Bij de dubbele deuren voor de brede trap gaf zijn vader de bewaker opdracht de deuren te openen en hen erdoor te laten. 'Schakel het alarm ook uit,' zei hij.

Hij keek even achterom naar Miguel. 'Ik weet waarom je dit wilt. En je stelt me teleur.'

Miguel beet op zijn lip en ontweek zijn blik. Zijn vader marcheerde door de deur die de bewaker voor hem openhield, op de voet gevolgd door Miguel en Sonia.

Er lag een dikke donkerrode loper op de trap die zich bij twee tussenportalen splitste voor ze bij de kelder waren.

Dankzij de bewegingsmelders sprongen de plafondlampen automatisch aan toen ze over een sierlijk betegelde vloer liepen. Achter hen bevond zich een garage die Miguel ook nog nooit had gezien. Er stonden minstens tien auto's in en er was een lift om ze naar een oprit te tillen die naar buiten leidde. Miguel vond het grappig en helemaal niet vreemd dat de kelder van hun huis even mooi was ingericht als de rest van het herenhuis.

Helemaal achterin waren twee kluizen, zoals je ook in een bank wel ziet, naast elkaar. Beide deuren waren gesloten. Zijn vader liep naar een paneel rechts van een van de kluizen. Hij toetste een code in en legde zijn hand op een stukje donker glas. Er scheen een lichtje in zijn oog, daarna bracht hij zijn hand naar een ander apparaat en stak zijn wijsvinger erin. Een computerstem zei: 'Test.' Hij trok zijn vinger terug, waar nu bloeddruppeltjes op zaten, en likte hem af.

De deur van de kluis klikte een paar keer en ging vervolgens sissend open, alsof hij naar buiten werd geblazen.

'Ga maar naar binnen. Kijk maar rond, terwijl ik de andere openmaak,' zei zijn vader.

Miguel knikte naar Sonia en ze stapten door de enorme deur de kluis in die minstens twintig meter lang was en even breed. Honderden kunststukken stonden in rijen op de vloer en op ezels, terwijl er in de achterste hoek minstens twintig, misschien wel dertig handgemaakte meubelstukken stonden: bureaus en ladekasten en kledingkasten, waarvan Miguel zich nu wel herinnerde dat hij die zijn vader ooit had zien kopen, maar ze helemaal was vergeten. Op twee lange tafels lagen geweren, dezelfde als hij verzamelde in het vakantiehuis; andere wapens stonden er nog in hun verpakking naast. Links van hen hingen twintig of meer tapijten die zijn vader ongetwijfeld in Azië had gekocht, de documentatie van elk tapijt was aan een van de hoeken gehecht. In een aantal glazen bakken waarvan de luchtvochtigheid werd gecontroleerd, zagen ze een verzameling van zijn vaders meest zeldzame literatuur uit de periode vóór 1900, eerste edities waarvan Miguel wist dat die een fortuin waard waren.

Sonia keek verbijsterd naar dit alles, terwijl Miguel zich omdraaide naar de deuropening waar zijn vader nu stond te wachten.

Zijn vader vroeg op beschuldigende toon: 'Wat had je verwacht?'

'Ik weet het niet.'

'Je vertrouwt me niet meer, is het wel?'

'Eh... wil je dat ik wegga, zal ik naar de andere kluis gaan?' vroeg Sonia, die ongemakkelijk van haar ene been op het andere wipte.

'Nee, het is wel goed, blijf maar,' zei Miguel, iets zelfverzekerder. 'Ik denk dat het andersom is, dat u mij niet vertrouwt. Als u niets te verbergen had, waarom hebt u me deze kelder dan niet al jaren geleden laten zien?'

'Omdat ik wilde dat je me vertrouwde. Je hebt geen idee hoe belangrijk dat is. Dat moet je niet onderschatten. Wil je de andere kluis ook zien?'

'Is dat meer van hetzelfde?'

'Ik heb nog een huis nodig als ik dit alles wil uitstallen. Je moeder zei altijd dat mijn oog groter was dan mijn maag, en dat geldt dus ook voor mijn aankopen.'

Miguel realiseerde zich op dat moment dat dit tijdverspilling was. Als zijn vader echt iets voor hem wilde verbergen, zou hij dat openlijk doen. Dan zou hij hebben gezegd: *Nee, je mag niet zien wat er in de kluis zit*. Toch had hij nog twijfels. 'Het spijt me.'

'Miguel, ik wil alleen maar het beste voor je. Er is niets illegaals aan wat ik doe. De kranten schrijven alles om de verkoop te stimuleren en advertenties te verkopen. Ze roepen al jaren dat ik een crimineel ben, maar je hebt gezien wat ik in ons land probeer te doen, hoeveel ik terug probeer te geven. Dat is iets waar ik heel erg in geloof. Je moeder heeft me meer dan jij beseft geleerd om mijn hart open te stellen.'

Miguel keek naar Sonia die haar lippen op elkaar perste en knikte.

'Dan moet ik u iets vragen. Voordat ze Raul vermoordden, smeekte hij hun en zei dat het kartel alles zou willen betalen. Als hij voor ons werkte, waarom zou hij het kartel dan vragen voor hem te betalen?'

Zijn vader haalde zijn schouders op. 'Dat weet ik niet. Fernando neemt veel van die mensen zelf aan. Ik twijfel er niet aan dat sommige vroeger voor het kartel werkten, maar wij hebben hen gered van dat soort leven.'

Miguel haalde diep adem. 'Als ik u iets vraag, wilt u me dan beloven dat u me de waarheid vertelt?'

Zijn vader knikte.

'Doet u zaken met de drugskartels?'

Zijn vader grijnsde een beetje en ontweek zijn blik. 'Nee, natuurlijk niet.'

'Goed dan. Het spijt me.'

Zijn vader liep opeens naar Miguel toe en omhelsde hem stevig. 'Je bent mijn enige zoon. Je bent alles wat ik heb. Je móét in me geloven.'

De leugen veroorzaakte een diepe en afschuwelijke pijn in Rojas' hart en die pijn bracht hem naar een plaats waar zijn vermoorde broer hem met een vreemde blik aankeek en zijn vrouw roerloos in haar kist lag, haar prachtige huid nu nog bleker en levenlozer. De leugen was de dood.

Toen hij zijn zoon omhelsde, wilde hij daar weg; hij probeerde zichzelf ervan te overtuigen dat hij hen beiden, bij wijze van spreken, niet vermoordde door het geheim te bewaren, dat het alleen maar voor Miguels eigen bestwil was.

Maar de pijn was zo heftig dat hij wilde dat hij Miguel en Sonia nog een keer mee kon nemen naar de kluis, om de goed verborgen paneeldeuren daar te openen en zijn zoon de tweede kluis te laten zien – de kluis in de kluis – waar miljoenen Amerikaanse dollars lagen te wachten om te worden witgewassen...

Hij zou zijn zonden moeten opbiechten. Miguel zou het niet van iemand anders mogen horen.

Maar een ander deel van Rojas pleitte hiertegen. Alles moest blijven zoals het was. Zijn vrouw had de lelijke waarheid nooit te horen gekregen en zijn zoon mocht die ook nooit te horen krijgen.

Rojas liet zijn zoon los en keek hem diep in zijn ogen, terwijl er een rilling door hem heen ging.

Ja, de leugen was de dood.

34

De hand van Fatima

Grenstunnel
Calexico, Mexicali

Moore had niet echt spijt van zijn besluit om de tunnel weer in te vluchten. Hij had immers tegelijkertijd twee verschillende indrukken gekregen en daar had hij meteen op gereageerd: 1) ze waren ontdekt, en 2) er was een grote groep mensen in het pakhuis.

Vechten of vluchten.

Wat hem het meest frustreerde, was dat hun missie om het geld te volgen afgelopen was. Dat spoor was geëindigd op het moment dat die vent hen had gezien. Hij probeerde zichzelf ervan te overtuigen dat ze geen andere keus hadden gehad. Het was gewoon een kwestie van slechte timing (flashback naar Somalië en dat fiasco, waar ze hem een paar dagen te laat en met te weinig mogelijkheden naartoe hadden gestuurd). Natuurlijk zouden hij en Ansara Towers informeren over de Ford Explorer; dan konden zij dat voertuig traceren met hun ogen in de lucht en met Towers' burgerinformanten. Misschien kregen ze zelfs toestemming het voertuig aan te houden en de wapens te confisqueren, en misschien zelfs het geld in beslag te nemen. Maar Moore had erop gerekend dat ze een veel duidelijker link zouden vinden naar het kartel en Jorge Rojas, in elk geval via een van Rojas' bedrijven.

Ansara rende door de tunnel, zijn voorsprong werd groter, maar Moore begon langzamer te lopen toen hij het gedreun van de laarzen hoorde van de mannen die achter hem de trap af kwamen. Hij bleef staan, draaide zich om en liet zich op zijn buik vallen. Verlicht door de flakkerende lamp bij de ingang van de tunnel zag hij iemand zijn kant op komen, met zijn ene arm voor zich uit gestrekt. Heel even zag Moore het gezicht van zijn achtervolger: de chauffeur van de truck van het kartel.

Moore steunde op zijn ellebogen en schoot de man een kogel in de borst. Daardoor viel hij opzij tegen de panelen en daarna op zijn rug.

Na hem kwamen er nog twee mannen aan, de beide andere mannen van het wapentransport. Ze schoten op Moore met hun Belgische copkiller pistolen. De schoten bulderden door de tunnel en een van de 5.7x28-millimeter kogels raakte de leiding naast Moores elleboog.

De flitsen uit de loop van hun geweren verrieden hun positie. Moore – aangemoedigd door zijn tientallen jaren ervaring en zijn woede – vuurde op de eerste man en schoot hem een paar kogels in de borst. Daarna richtte hij zijn pistool iets naar rechts en schoot zijn magazijn leeg op de tweede man, die achteruit strompelde alsof hij werd geëlektrocuteerd.

Toen Moore zijn magazijn uit zijn pistool haalde, overeind krabbelde en achter Ansara aan wilde gaan, verdween het einde van de tunnel.

Van de ene seconde op de andere.

De vage lichtstraal die op de houten trap viel verdween in een fractie van een seconde en werd vervangen door een gigantische muur van aarde en stof. Tegelijkertijd vond er aan beide kanten van de muur een explosie plaats die een vloedgolf van aarde en rotsblokken en versplinterde houten steunbalken door de tunnel blies.

Moore was goed bekend met het geluid van C-4 (cyclotrimethyleentrinitramine, een plastic explosief). Toen het puin op hem viel, hoorde hij achter zich een tweede explosie, veel dichterbij deze keer, de aarde trilde heftiger, en daarna overstemde een derde explosie de eerste twee, nog dichterbij nu. Hij draaide zich vliegensvlug om, rende terug en riep voor de tweede keer tegen Ansara: 'Rennen!' Die kreet was een reflex en een reactie; Ansara had geen enkele aansporing nodig.

Zelfs toen hij de bochten om rende, in de overtuiging dat de hoek van negentig graden hem beter zou beschermen, werd de tunnel verscheurd door nog meer explosies, met identieke tussenpozen, steeds dichterbij. Rechts van hem zag hij het kapelletje, flikkerend in het kaarslicht. Toen hij erlangs rende, zag hij dat Ansara probeerde Rueben in een brandweergreep vast te pakken.

Moore vloekte, maar rende door. 'Vergeet hem! We moeten hier weg!'

'Hij is nog niet dood!'

De volgende explosie was zo dichtbij dat Moore dacht dat zijn trommelvliezen het hadden begeven. De tunnel was nu gevuld met stofwolken en brokken puin, waardoor hij de kaarsen en Ansara die om nog één ogenblik smeekte niet meer kon zien.

Naar adem happend en verblind rende Moore naar voren, niet zeker of zijn partner achter hem aan kwam. Hij klapte tegen de ladder aan toen een explosie, vlak bij het punt waar de geluidsisolerende palen ophielden, een muur van aarde losmaakte – de vochtige aarde siste als tientallen slangen – die hem tot aan zijn middel begroef, terwijl er een grote stofwolk in zijn gezicht werd geblazen.

Hij ademde in, proefde de zanderige aarde, hoestte, probeerde weer te ademen en knipperde heftig omdat zijn ogen zo brandden. Hij probeerde zich om te draaien, maar zijn benen zaten gevangen in de modder. Hij riep Ansara's naam, maar hij was bang dat er tussen hem en zijn collega wel duizenden kilo's puin lagen. Hij riep weer, roffelde met zijn vuisten in de hopen verse aarde, in de wetenschap dat Ansara en de jongen stikten en dat hij daar verdomme niets aan kon doen. Hij stak zijn hand in de modder en in zijn zak en merkte amper dat er bloed van zijn arm druppelde. Hij kreeg zijn smartphone te pakken, maar zijn hand trilde zo erg dat hij hem liet vallen. Moeizaam ademhalend en hoestend pakte hij zijn telefoon op en belde Towers.

'Ze hebben de hele verdomde tunnel opgeblazen. Ansara is erin begraven. Ik zit hier ook klem. Hoor je me? Ze hebben de tunnel...'

'Ik hoor je. Er komt een team aan.'

'Verdomme. Ze hebben ons gezien.'

'Zijn ze ervandoor met de wapens?'

'Volgens mij wel. Zwarte Ford Explorer. Waarschijnlijk verlaat hij het pakhuis. Vraag maar na bij je spotters.'

'Begrepen. Oké, Moore, hou je rustig. Er is hulp onderweg. En ik kom zelf ook.'

Moore was nog zeker vijf minuten bezig om een van zijn benen te bevrijden. Tegen de tijd dat hij dat been kon optillen en probeerde hem uit het gat te wriemelen, hoorde hij een groep mannen de slaapkamer binnenkomen en een stem die hij niet kende zijn naam roepen.

'Hierbeneden!' riep hij.

Even werd hij verblind door een zaklamp, tot de man die hem vasthield hem uitdeed.

Moore keek op en zag een man met een zwarte helm op en gekleed in de zwarte kleren van de speciale eenheid van de FBI. De man schouderde zijn geweer. 'Holy shit!'

Moore keek hem aan en zei: 'Schiet op. Mijn buddy is nog beneden met een jonge vent. Hij is begraven. Ze krijgen geen zuurstof.'

'Jezus christus...'

Nog geen tien minuten later was Moore bevrijd en kon hij de ladder op klimmen. Hij kreunde van de pijn in zijn arm toen hij de sporten wilde vastpakken. Metaalsplinters van de steunberen waren door zijn overhemd heen in zijn bovenarm gedrongen. Maar hij trok zich niet veel aan van zijn verwonding. Hij bleef maar aan Ansara denken en terwijl hij in de slaapkamer liep te ijsberen, was hij het liefst weer naar beneden gegaan om desnoods met zijn blote handen te graven. Maar toen kwam een man van de speciale eenheid van de FBI de ladder op en zei: 'We hebben een verdomde Bobcat nodig om ze eruit te krijgen.'

Moore leunde met zijn rug tegen de muur, hij vloekte en vertrok zijn gezicht toen hij zich weer bewust werd van de modder in zijn mond. Hij hield zijn adem in en ging in gedachten terug naar het zwembad waar hij bewusteloos was geraakt, toen weer naar de tunnel, door alle puin heen en lichtelijk depressief naar de plek waar Ansara lag, zijn laatste adem uit te blazen. Moore rilde. Hij wilde schreeuwen. Daarna strompelde hij naar buiten en sloeg de voordeur achter zich dicht.

Misschien was hij gewoon vervloekt. Dát was het! Als je lang genoeg bij hem in de buurt bleef, ging je dood. Hij kon er niet meer tegen. Hoeveel spoken konden er in zijn hoofd ronddolen?

Hij zag Towers die uit een onopvallende auto aan de overkant van de straat stapte en zei: 'Kom mee, ik haal je hier vandaan.'

Met een blik achterom naar het huis zei Moore: 'Niet voor ze hem eruit hebben.'

'Goed hoor, rustig maar.'

Moore draaide zich om en liep terug naar het huis. Er kwamen nog meer units aan, en de hele straat zou worden afgezet. Welkom bij het circus: een politie- en brandweereenheid in een circustent, aangestaard door spotters van de FBI en van de drugskartels, plus nieuwsgierige buren, rondrennende kinderen met een luier om, en een hele groep zwerfkatten en -honden.

Moore en Towers liepen naar de slaapkamer. Beneden in de tunnel haalden verschillende agenten met hun blote handen en met de kolf van hun geweer het puin weg, in afwachting van het reddingsteam.

'Hij wilde me leren mountainbiken, wist je dat?' vroeg Moore aan Towers. 'Hij zei dat ik dat écht niet kon.'

Towers schudde zijn hoofd. 'Niet doen, buddy. Kwel jezelf niet zo.'

'Hij is nu aan het doodgaan.'

Op strengere toon vroeg Towers: 'Hoor je wel wat ik zeg?'

Het reddingsteam bereikte Ansara en Rueben pas rond één uur de volgende middag. Towers had Moore weggestuurd naar een hotel om te douchen en schone kleren aan te trekken. Daarna was Moore teruggekomen en had gewacht tot zijn collega en de jonge mule uit de tunnel werden gehaald en op de grond van de slaapkamer werden gelegd. Ansara's gezicht en het grootste deel van de linkerkant van zijn lichaam zaten vol granaatscherven, zodat de kans groot was dat hij door de explosie was gedood. Maar het leek alsof Ansara Rueben had afgeschermd die alleen maar zijn grote steekwond had.

De jongen had een van zijn handen tot een vuist gebald, terwijl de andere slap hing. Dat vond Moore bijzonder vreemd. Hij knielde naast hem neer, maakte voorzichtig zijn hand open en ontdekte een gouden hangertje dat onder de modder zat.

Moore vloekte nog eens, omdat hij precies wist waar hij naar keek: een gouden Hamsa, een symbool uit het Midden-Oosten dat ook wel de Hand van Fatima werd genoemd, naar de dochter van de profeet Mohammed. Het hangertje had de vorm van de bovenkant van een hand en was zo fijn bewerkt dat het wel kantwerk leek. Moslims droegen hem om het boze oog af te weren.

Het was donker geweest in de tunnel. Moore en Ansara hadden Ruebens andere hand niet kunnen zien. Hij had Moore vastgepakt en wanhopig geprobeerd hem iets te vertellen, geprobeerd hem wel iets te geven.

Moore sloot zijn ogen en klemde het hangertje stevig tussen zijn vingertoppen.

Farmacias Nacional
Av. Juárez vlak bij de Santa Fe Bridge
Juárez, Mexico Tunnel

Pablo Gutierrez had in Calexico een FBI-agent vermoord toen hij samen met Pedro Romero huizen aan het bekijken was voor het nieuwe tunnelproject van het Juárez Cartel. De agent had hem aangesproken en net gedaan alsof hij een sicario was, maar wist niet dat zijn cover al opgeblazen was en Pablo dus precies wist wie hij was. Terwijl Romero toekeek, had Pablo de man met tape aan een stoel gebonden in een van de huizen van het kartel in de buurt van de grens.

De agent had veel lef gehad en net gedaan alsof hij niet voor de Amerikaanse regering werkte, zelfs nog nadat Pablo zijn beide pinken had afgeknipt met een heggenschaar die hij in de garage had gevonden. De bladen zaten onder de roest en viezigheid. Nadat Pablo ook nog twee vingers van de rechterhand van de agent had afgeknipt, begon de man te kletsen als een kleine jongen. Hij vertelde alles wat hij wist over de operaties van het kartel in het gebied, of in elk geval klonk zijn verhaal goed genoeg. Maar dat kon Pablo niets schelen. Volgens Corrales was het zijn werk om de man te doden en niet te verhoren, maar hij had zin om eerst een beetje plezier te maken. Pablo bedankte de agent, legde een bijl tegen de hals van de man en maakte een paar oefenzwaaien, terwijl Romero zich afwendde en een hand voor zijn gezicht sloeg.

De agent slaakte een bloedstollende kreet toen Pablo de bijl optilde en hem zei dat hij stil moest zijn.

Hij had vijf slagen nodig om het hoofd van de man eraf te hakken. Pedro had nog nooit zoveel bloed gezien en er kwam een vreemde geur van het lichaam, een beetje visachtig.

Hij zei tegen Romero dat hij hem moest helpen de stoel en het lichaam op de stoep te zetten, alsof ze het vuilnis buitenzetten. Hij speldde een briefje op het lichaam zonder hoofd: FBI-AGENTEN MOETEN CALEXICO NU VERLATEN.

Ze stuurden het hoofd naar het J. Edgar Hoover-gebouw in Washington D.C., het hoofdkwartier van de FBI, maar dat pakje zou pas drie tot vijf dagen later worden afgeleverd. Nog geen uur later zagen buren die thuiskwamen van hun werk het gruwelijke tafereel op de stoep en een paar minuten nadat Pedro was vertrokken, was de politie al ter plaatse.

Pablo had zich die avond ziek gelachen toen hij naar de reportage op CNN keek, waar belachelijke teksten onder in beeld verschenen, zoals: Mexicaanse drugsoorlog steekt de grens over naar de Verenigde Staten. Dachten ze soms dat dit nooit zou gebeuren? In wat voor sprookjeswereld leefden die Amerikanen eigenlijk? *Stomme klootzakken.*

Diezelfde avond werd Pablo een gezochte man in de Verenigde Staten, want een tienerjongen had hem in de buurt van het huis gefotografeerd en die foto aan de Amerikaanse autoriteiten overhandigd (Pablo had die jongen ook vermoord). Nu besefte hij dat dit de goede oude tijd was geweest en dat zijn betrokkenheid bij Corrales en Los Caballeros en het kartel aan twee kanten aan hem trok.

Hij vroeg zich af waar zijn loyaliteit moest liggen. Bij Corrales, zijn directe baas, de man die hem alles had geleerd en hem tot zijn vertrouwde rechterhand had gemaakt, hem had gered van een leven waarin hij als een achttienjarige illegale immigrant in Las Vegas misschien gazons mocht maaien? Of bij Fernando Castillo, de man wiens identiteit Pablo pas onlangs had ontdekt en die Pablo steeds weer had opgebeld? Dat hij ten slotte een van die telefoontjes had aangenomen, was een goed bewaard geheim voor Corrales, die hen allemaal had opgesloten in een paar appartementen boven de Farmacias Nacional.

Corrales had gezegd dat het kartel hen niet zou kunnen vinden, omdat ze niet wisten dat hij bevriend was met de eigenaar van het appartement, en Pablo geloofde hem. De eigenaar van de apotheek, ook een vriend van Corrales, runde een speciale smokkeloperatie van medicijnen die alleen op recept verkrijgbaar waren. Volgens de Amerikaanse wet mocht je alleen medicijnen voor eigen gebruik mee naar de VS nemen en hiervoor moest je een kopie van het doktersrecept kunnen laten zien. De apotheker werkte samen met een arts, en samen schreven ze recepten uit en verkochten ze medicijnen ter waarde van duizenden dollars die de grens over werden gesmokkeld. Ze waren maar kleine jongens, maar trots op hun werk, en tot nu toe was nog niet één van hun mules betrapt – een opmerkelijk record. Corrales had hen echter uitgelachen, want wat het kartel smokkelde, was miljoenen waard.

Het lachen zou Dante Corrales echter algauw vergaan.

'Waar ga je naartoe?' vroeg de man die op de bank zat. Hij droeg een hemd en een spijkerbroek, en had een flesje Pacifico-bier in de hand. Hij zat al een paar dagen op die bank naar soaps te kijken, kreeg af en toe een woedeaanval en kalmeerde dan weer. Hij had zijn linkerarm nog steeds in een mitella en het verband om zijn schouder moest dagelijks worden verschoond.

'Ik wil lunchen, ik ga wat ophalen,' zei Pablo tegen hem.

'Neem genoeg mee voor ons allemaal, oké?'

'Oké.'

Pablo haalde zijn schouders op en liep naar de gang. Hij liep de trap op naar de begane grond. Toen hij de achterdeur opendeed die naar het steegje achter de apotheek leidde, stonden Fernando Castillo's mannen al te wachten. Alle drie. Ze droegen een lange jas om hun wapen te verbergen.

'Is hij boven?' vroeg een van hen, een jonge vent die Jose heette en die Corrales een keer een grote bek had gegeven tijdens een smokkelrun in Nogales en die volgens Castillo de bende nu overnam.

Pablo knikte. 'Er zijn twee camera's. Daar moet je op letten. En moge God me vergeven.'

'God heeft hier niets mee te maken,' zei Jose. 'Helemaal niets...'

Pablo liep weg en belde een nummer. 'Met mij.'

'Gaan ze naar boven?' vroeg Castillo.

'Ja.'

'Goed. Vergeet niet dat ik een foto van het lijk wil zien.'

'Wil je niet eens met hem praten?'

'Wat heeft dat nou voor zin?'

'Misschien heeft hij er spijt van. Misschien wil hij je het wel terugbetalen.'

'O, maar hij betaalt het ook wel terug. Met rente. Zo dadelijk.'

Corrales stond op en liep naar de slaapkamer waar Maria nog steeds in haar negligé op haar zij op het bed een van haar modetijdschriften lag te lezen. Haar slipje was omhoog gegleden en even overwoog Corrales haar te bespringen, maar ze zou hem van zich af duwen en gaan liggen zeuren en zeiken, zoals ze tegenwoordig altijd deed. Dan zou hij weer tegen haar moeten zeggen dat ze geduldig moest zijn, dat Zuniga wel om zou gaan, dat hij hen wel als bondgenoten zou accepteren en er eindelijk van overtuigd zou raken dat ze hem konden helpen. Ze hadden meer dan genoeg geld om van te leven, maar hij durfde niet naar het hotel te gaan om meer geld uit de kluis daar te halen. Die klojo's hadden Ignacio al vermoord, en Castillo hield het hotel vierentwintig uur per dag in de gaten tot Corrales terug zou komen.

Corrales had het idee dat hij alleen in leven zou kunnen blijven door zich bij het rivaliserende kartel aan te sluiten. Hij had bescherming nodig, omdat Fernando voldoende mankracht én geld had om hem te achtervolgen, waar ter wereld hij zich ook zou verstoppen. Vanbinnen wist hij dat hij het kartel dat zijn ouders had vermoord ooit de rug zou toekeren. Hij had ze doelbewust gebruikt. Zijn roekeloze beslissing om het geld van het kartel te gebruiken voor de renovatie van zijn hotel in plaats van het aan de Guatemalanen te betalen, was waarschijnlijk in zijn onderbewustzijn ontstaan. Hij wílde betrapt worden. Hij wílde dat de boel verkeerd liep zodat hij gedwongen zou zijn eruit te stappen. Daarom had hij zich op deze dag voorbereid door jarenlang belangrijke informatie te verzamelen: de identiteit van leveranciers en smokkelaars in de hele wereld, onder wie hun belangrijkste contactpersonen Ballasteros in Colombia en Rahmani in Waziristan; bankrekeningnummers en stortingsbewijzen; opnamen van telefoongesprekken en kopieën van e-mails die bezwarend waren voor zowel Castillo als Rojas zelf. Corrales zou Zuniga vertrouwelijke informatie geven over de werkwijze van het Juárez Cartel, zodat hij de man kon helpen die hij vroeger haatte om de operaties in de stad over te nemen.

Maar Zuniga had tot nu toe geen van zijn telefoontjes beantwoord. Corrales had zelfs Pablo naar zijn huis gestuurd. Zuniga had een van zijn mannen naar buiten gestuurd die tegen Pablo had gezegd dat hij moest oprotten of anders...

Corrales had twee draadloze, op batterijen werkende bewakingscamera's geïnstalleerd bij het appartement en de apotheek: één in de hal voor de deur van het appartement, de andere in het trappenhuis bij de achterdeur. De kleine monitor die op het aanrecht stond begon te storen; dat zag Corrales vanuit zijn ooghoek. Hij vloekte en stond moeizaam op van de bank om dit probleem te onderzoeken.

De enige reden dat ze hem niet meteen doodden, was dat zijn FN 5.7-pistool op het aanrecht naast de monitor lag. Hij hoorde opeens voetgeschuifel achter de voordeur en pakte zijn pistool.

Jose, de kleine rotzak die Corrales zelf had opgeleid, trapte de deur in en richtte zijn wapen op Corrales die zijn pistool al in de aanslag had.

Een halve seconde zag hij herkenning en bijna een schuldige blik in Joses ogen voordat hij Corrales' naam brulde.

Corrales vuurde één keer – een bliksemsnel hoofdschot – toen twee andere klootzakken achter Jose opdoken, maar Corrales was al weggedoken, achter de bar. Jose viel op de grond met een gapend gat boven zijn linkeroog.

Maria, die nog in de slaapkamer was, begon te gillen. Een van de mannen rende de gang in.

Corrales brulde haar naam, schoot op de andere man die naar de woonkamer holde en achter de bank dook. Corrales rende achter hem aan en slaakte een soort oerkreet, rende om de bank heen en stond oog in oog met de man die nadat hij één blik op hem had geworpen in overgave zijn wapen hief.

Hij was zestien, hoogstens. Corrales schoot hem twee kogels in zijn gezicht. Maria schreeuwde zijn naam.

Corrales hoorde twee schoten en spurtte de slaapkamer in net toen de laatste sicario, een zwaar getatoeëerde vent met een bierbuik die Corrales nooit eerder had gezien, zich naar hem omdraaide.

Een fractie van een seconde later zag Corrales Maria op het bed liggen, terwijl het bloed door haar negligé lekte. Ze mompelde zijn naam.

Toen gebeurden er twee dingen tegelijk.

De man schreeuwde: 'Krijg de klere, *vato*!' en hij hief zijn pistool.

Corrales opende zijn mond, geschrokken doordat hij zijn vriendin daar zo zag liggen, stervend, rende naar de man toe, drukte de loop van zijn pistool in de borst van de man alsof het een zwaard was en vuurde zijn laatste twee kogels in zijn vlees. Door de hitte verschroeide het shirt van de man die twee kogels in het plafond schoot. De man viel achteruit tegen de televisie die op de grond klapte, en lag uiteindelijk op zijn buik op het tapijt. Corrales kokhalsde door de stank van buskruit en verbrande stof.

Op de gang buiten werd geschreeuwd. Rosario, de apotheker, en zijn vrouw schreeuwden tegen hun twee zonen dat ze het appartement ernaast moesten verlaten.

Corrales bleef staan, hijgend, alleen ademhalen was al bijna te pijnlijk. Hij maakte gesmoorde geluiden en de tranen die hij al jaren had ingehouden, stroomden even later over zijn wangen terwijl hij op het bed klom en zijn hand op Maria's wang legde. Hij beefde, zijn lippen trilden, allerlei gedachten tolden door zijn hoofd, woedend keek hij naar de dode sicario en hij schoot nog drie keer, maar zijn pistool klikte alleen maar... *Wat nu? Een ander magazijn. Misschien waren er nog meer buiten.* Hij trok zijn mitella los en rende, met een doffe pijn in zijn schouder, terug naar de keuken, herlaadde zijn pistool en liep weer naar Maria. Hij nam haar in zijn armen en droeg haar het appartement uit, met een brandende pijn in zijn schouder en met zijn pistool in zijn hand geklemd.

De apotheker schreeuwde tegen hem toen hij naar buiten liep en nadat hij zich had omgedraaid naar de plek waar hij zijn auto meestal parkeerde, stond die daar... en leunde Pablo tegen de motorkap.

'We zijn net overvallen!' schreeuwde hij. 'Stap in de auto! We moeten hier weg!'

Maar Pablo keek hem alleen maar aan, verbijsterd, daarna trok hij zijn pistool. Nee, dit had Corrales niet zien aankomen en het verraad van Pablo benam hem de adem. Hij draaide zich om, terug naar de deur, terwijl hij probeerde zijn arm te heffen om op de jonge man te schieten die hij een vertrouwde vriend had genoemd.

Pablo schoot als eerste, maar hij raakte Maria. Daarna vuurde Corrales twee schoten af terwijl Pablo om de auto heen rende en zich achter de kofferbak probeerde te verschuilen. Eén kogel raakte hem in zijn onderbuik, een andere in zijn arm. Hij viel op de grond, kreunend, hief zijn pistool weer, en Corrales vuurde nog twee schoten af die in Pablo's borst sloegen. Corrales wankelde naar de auto, legde Maria op de grond, begon weer te huilen, opende het achterportier en sleurde zijn dode vriendin met veel moeite op de achterbank. Zodra hij haar in de auto had getild, stapte hij achter het stuur en startte de motor. Hij scheurde weg, terwijl de sirenes in de verte al hoorbaar waren en een grote wolk uitlaatgas Pablo's lichaam even aan het zicht onttrok.

Ranch van Zuniga
Juárez, Mexico

Corrales zag dat spotters van het Juárez Cartel hem de onverharde weg naar Zuniga's huis op zagen rijden en hij kon er niets aan doen. De beide mannen waren geposteerd op het dak van het kleine flatgebouw waar hij de grote weg verliet. De spotters zelf werden weer in de gaten gehouden door Zuniga's mannen die ongetwijfeld langs het hek geposteerd waren, op een onverharde parkeerplaats naast een vrijstaande schuur aan de noordkant van het huis.

Met een stofwolk achter zich aan scheurde Corrales naar Zuniga's onlangs gerepareerde en vervangen hekken, de hekken die hij had opgeblazen om zijn rivaal een boodschap te sturen. Hij rende de auto uit, tilde Maria op en droeg haar naar het hek, keek omhoog naar de bewakingscamera en riep: 'Zuniga! Ze hebben mijn vrouw vermoord! Ze hebben haar vermoord! Je móét met me praten. Alsjeblieft! Je móét met me praten!'

Hij liet zich op zijn knieën vallen en begon te snikken met zijn gezicht tegen Maria's bebloede borst.

Daarna hoorde hij het gedreun en gejank van motoren. Hij keek op en zag door zijn tranen heen dat de gietijzeren hekken uiteen weken. Daarna zag hij, nog heel ver bij hem vandaan, Zuniga zelf aan komen lopen, geflankeerd door twee bewakers.

35

Bekentenis en zelfbeheersing

DEA Office of Diversion Control
San Diego, Californië

Moore zat in het hokje dat hij had geleend van een undercoveragent die in een vergadering zat. Moore was nooit eerder in dit deel van het gebouw geweest, waar de special agents, scheikundigen, farmaceuten en programma-analisten waren ondergebracht. Hun opdracht was behoorlijk breed: het coördineren van operaties met Homeland Security en het El Paso Intelligence Center van de DEA zelf. Het doel van de computergestuurde controle en het monitoren van de distributie van illegale stoffen was het verstrekken van tactische informatie aan hun partners. Het was een indrukwekkende verzameling deskundigen in een kantoor dat vierentwintig uur per dag bruiste van activiteiten omdat, zoals Moore een analist had horen zeggen, 'de kartels nooit slapen'.

En de taliban ook niet.

Het hangertje dat Moore uit Ruebens hand had gehaald, was al overhandigd aan een van de mobiele laboratoria van de Agency dat een halfuur eerder was gearriveerd. De technici in de bestelbus maakten gebruik van een nieuw, volledig geautomatiseerd snel-DNA-analyseplatform, ontwikkeld door het Centrum voor Toegepaste NanoBiowetenschappen en Geneeskunde van de faculteit Geneeskunde van de Universiteit van Arizona. De technici legden de monsters naast verschillende nationale databases, onder andere van de DEA en de FBI, en naast internationale gegevens, onder andere van Interpol (met daarop de namen van leden in Pakistan en Afghanistan) zodat ze al binnen een paar uur resultaten zouden hebben – in plaats van binnen de weken of maanden die er in het verleden soms voor nodig waren. Een nieuw veiligheidsconsortium, benoemd door het Seventh Framework Program van de Europese Commissie (dat onder andere alle research met betrekking tot EU-initiatieven bundelde), hielp mee het project te financieren, dat op zijn beurt kon leiden tot de instelling van een zelfs nog accuratere en veelomvattender criminele database.

En daar lag het probleem dus. De DNA-analyse zou Ruebens vingerafdrukken opleveren, maar Moore betwijfelde of de vingerafdrukken van een van de terroristen die volgens hem door de tunnel waren gekomen in een database zaten. De technici zeiden dat ze een 'vooroudertest' konden doen, ontwikkeld door DNAPrint Genomics of Sarasota, Florida, die kleine genetische markers op de DNA-molecule onderzocht die vaak algemeen waren binnen individuen van bepaalde groepen. Ze zeiden dat ze aan de hand van een goed monster konden vaststellen waar (de voorouders van) een verdachte vandaan kwam(en): Zuidoost-Azië, Sub-Sahara Afrika, Europa, of zelfs een mix hiervan. Eigenschappen als huidpigmentatie, oogkleur, haarkleur, gezichtskenmerken en lengte konden worden voorspeld aan de hand van analyse van DNA-reeksen.

Moore had dit besproken met Towers, die vond dat het hangertje alleen niet voldoende bewijs was dat er terroristen door de tunnel waren gekomen. Misschien had Rueben het hangertje van iemand gekocht en hem gebruikt als een geluksamulet. Hij was beschoten en had het hangertje vastgehouden om de dood af te weren. Towers had gezegd dat heel veel jonge Mexicanen (en ook veel jonge Amerikanen langs de grens) bijzonder gefascineerd waren door terroristen en terrorisme. Sommige mules waren zelfs in de gevangenis gekomen met tatoeages in het Farsi op hun onderarm, hoewel onderzoek om hen in verband te brengen met terroristische organisaties zoals Hezbollah regelmatig op niets uitliep. Ze waren gewoon kinderen die van Scarface waren overgestapt op een zelfs nóg meedogenlozer 'held'.

Moore had tegen Towers gezegd dat als Ansara nog leefde, hij ook zou zeggen dat hij dacht dat er terroristen door de tunnel waren gekomen. Ansara had de jongen gekend en deze was absoluut niet gefascineerd door criminelen uit het Midden-Oosten. De jongen had het hangertje op de een of andere manier te pakken gekregen; misschien had het hangertje aan iemands halsketting gehangen; er zaten krassen op het ringetje alsof hij aan een ketting had gehangen die stuk was getrokken. Dát dacht Moore, en hij belde onderdirecteur O'Hara van de Special Activities Division om hem te vertellen wat hij dacht. O'Hara zei dat hij zelfs bereid was naar de president te stappen als Moore zo zeker van zijn zaak was, maar dat de vier megacentra van Homeland Security in Michigan, Colorado, Pennsylvania en Maryland (wier analisten de activiteiten van de joint taskforce monitorden) al op een mogelijke verklikker waren geattendeerd. Het bedreigingsniveau voor alle nationale en internationale vluchten was al oranje/hoog en O'Hara zei dat hij zou proberen het nationale bedreigingsniveau ook van verhoogd/geel te verhogen naar oranje/hoog.

Er waren al teams van de FBI en de CIA bezig met de zoektocht naar de politieauto's en politiebusjes. Ondertussen, zei Moore, zou hij zijn beste contact in de tribale gebieden bellen om te zien wat de oude man in Noord-Waziristan wist.

Hij wilde de man net bellen toen hij een sms van Leslie kreeg. Ze wilde weten waarom hij niet had gereageerd op verschillende sms'jes van haar. Hij zuchtte. Als hij nu met haar zou praten, zou zijn depressie erdoorheen schemeren en op dit moment had hij liever geen contact dan een slecht contact. Hij opende zijn adresboek om Nek Wazirs nummer te zoeken, dat hij onder de code nw33 had opgeslagen. De oude man nam op nadat de telefoon drie keer was overgegaan.

'Moore, wat fijn uw stem te horen. En dit is heel bijzonder, want ik was van plan u morgen te bellen.'

'Dan ben ik u dus voor. En ik ben blij dat u nog steeds wakker bent. Ik vind het ook fijn uw stem te horen.'

Dat meende hij echt. Er was een bepaalde klik tussen hen. Wazir was niet zomaar een betaalde informant die Moore via Rana kende; ze deelden nu iets: hun gemeenschappelijke verdriet om de moord op Rana, en een vraag die Moore nog steeds moest beantwoorden: 'Wat is het moeilijkste dat u ooit hebt gedaan in uw leven?'

Wazir aarzelde even en zei toen: 'Ik wilde dat ik goed nieuws had.'

Moore verstijfde. 'Wat is er?'

'Ik heb informatie gekregen over uw man Gallagher, de man die volgens u verdwenen was.'

'Is hij dood?'

'Nee.'

'Dan hebben ze hem te pakken gekregen. Hoeveel willen ze?'

'Nee, Moore, u begrijpt het niet.'

'Blijkbaar niet.'

'Ik zal u wat foto's sturen die ik gisteren heb ontvangen. Ze zijn ongeveer een week geleden gemaakt. Daarop staat uw vriend Gallagher vlak bij de grens. Hij heeft een ontmoeting met Rahmani.'

'Dat zou ik moeten navragen. Misschien werkt hij daar undercover.'

'Dat denk ik niet, Moore. Ik heb geen bewijzen, alleen het woord van de mannen die ik betaal, maar zij zeggen dat ze hebben gehoord dat de Amerikaan, Gallagher, degene is die Rana heeft vermoord. Nogmaals, ik heb geen bewijzen. Alleen geruchten. Maar als dit waar is, dan is hij niet uw vriend, en ik maak me zorgen over de schade die hij u kan toebrengen en de problemen die hij dit land kan berokkenen.'

'Ik begrijp het. Waar is Gallagher nu?'

'Dat weet ik niet.'

'Kunt u hem voor me zoeken?'

'Ik zal mijn mensen extra onder druk zetten.'

'Dank u. Ik wacht op de foto's.'

'Prima. Is er nog iets?'

'Eigenlijk wel. Ik bel u ook omdat ik denk dat we een verklikker hebben. De taliban zijn waarschijnlijk via een tunnel van Mexico naar de Verenigde Staten gegaan; vanuit Mexicali naar de Californische stad Calexico.'

'Die steden ken ik wel.'

'Volgens mij droeg een van hen een hangertje, de Hand van Fatima. Ik zal u een foto sturen. Ik weet dat het misschien niets betekent, maar zou u kunnen kijken of een van de taliban op de foto's die u in uw bezit hebt dezelfde hanger draagt?'

Wazir grinnikte. 'U bent erg bevooroordeeld, mijn vriend. Stel dat het een groep joden was die te laat waren voor een *bris*?'

'Ik begrijp u niet.'

'De Sefardische joodse gemeenschap noemt ditzelfde hangertje "De Hand van Miriam".'

'O, shit! Dan heb ik nu zeker een probleem?'

'Niet zolang een van uw vrienden een goed opgeleide moslim is. De kans is echter groot dat uw eerste gevoel klopt. Ik zal ernaar kijken. En ik stuur u meteen de foto's van Gallagher.'

'Dan zorg ik voor de compensatie.'

'Dank u wel, Moore. Pas goed op. Ik zal u bellen zodra ik iets weet.'

Moore verbrak de verbinding en uploadde daarna meteen de foto van het hangertje die hij met zijn smartphone had gemaakt. Hij zat nog een tijdje in zijn hokje na te denken over het nieuws over Gallagher. Hij wachtte op Wazirs bericht met de foto's van... een mogelijke verrader.

Towers kwam eraan. 'We hebben de politieauto's gevonden!'

Op datzelfde moment ging Moores telefoon.

Hij keek naar het nummer: Zuniga. Hij maakte Towers met een handgebaar duidelijk dat hij even moest wachten, liet het beeldscherm aan zijn baas zien die knikte en wachtte, met grote ogen.

Moore antwoordde in het Spaans. '*Hola, señor Zuniga.*'

'*Hola, señor Howard*,' antwoordde Zuniga. 'Ook al zou ik u het liefst vermoorden om wat u me hebt aangedaan, om de verliezen die ik dankzij u heb geleden, bel ik u met een bijzonder lucratief voorstel.'

Moores telefoon piepte, een inkomend bericht: Wazirs e-mail. Hij knipoogde en zei: 'Zeg het maar, señor.'

'Op dit moment zit bij mij in de woonkamer de heer Dante Corrales. Hij vertelt me dat het kartel zijn vrouw heeft vermoord en dat hij zich bij me wil aansluiten. Hij zegt dat hij geheimen over het kartel kent. Hij zegt dat hij me kan helpen hen te ondermijnen en Rojas ten val te brengen. Hij zegt dat hij kan bewijzen dat hij dat kan doen.'

'Dan is hij een bijzonder waardevolle aanwinst, voor ons beiden.'

'Ja, maar vooral voor u. U kunt hem onder twee voorwaarden van me krijgen. In deze economie is hij volgens mij ongeveer één miljoen dollar waard. En ik wil de verzekering dat ik noch mijn mensen of mijn organisatie hier last mee krijgt.'

Moore grijnsde bijna. De Amerikaanse regering zou natuurlijk nooit van z'n leven één miljoen dollar aan een Mexicaans drugskartel overhandigen. Op dit moment moest Moore beslissen of Corrales echt iets waard was en zo ja, dan zouden er andere afspraken gemaakt moeten worden om hem van Zuniga te krijgen, want die misdadiger was al meer dan goed betaald.

'Señor, dat is heel veel geld en we weten natuurlijk nog niet hoe waardevol Corrales zal zijn. Daarom stel ik dit voor: een bespreking met ons drieën. Corrales moet ons bewijzen hoe waardevol hij voor ons is en ik heb verschillende manieren om dit uit hem te persen. Als alles goed gaat, zal ik de betaling regelen en de man overnemen. Als we samen besluiten dat hij minder waardevol is dan we dachten, kunnen we hem misschien aan de autoriteiten overhandigen en nieuwe plannen smeden om het Juárez Cartel te vernietigen. Wat er in San Cristóbal is gebeurd, konden we niet voorzien. Dat moet u geloven.'

'Ik bepaal zelf wel wat ik moet geloven. En ik wil u eraan herinneren dat we Corrales niet aan de federale politie kunnen overdragen. Daar zitten veel te veel maatjes van hem.'

'Dan dragen we hem over aan de Mexicaanse marine. Ik heb gehoord dat zij de enigen zijn die te vertrouwen zijn.'

Zuniga grinnikte. 'Dat heb ik ook gehoord. Hoe snel kunt u hier zijn?'

'Vanavond, om een uur of acht. Dan zie ik u op de gebruikelijke plaats voor de transfer. Hun spotters zullen ons nog steeds in de gaten houden.'

'Heel goed, señor. Ik zal mijn mensen naar u toe sturen.'

Moore verbrak de verbinding. 'Corrales is naar Zuniga gegaan. We hebben misschien een deal, en een kroongetuige.'

'Uitstekend.'

'Mag ik dit even afmaken voordat je me over de auto's vertelt? Wacht, dan laat ik je iets zien.'

Moore opende de mail en vergrootte een van de foto's die met een telelens waren gemaakt: Gallagher zat voor een tent in de heuvels van Waziristan naast Rahmani. Wazirs mensen hadden inderdaad opzienbarende informatie verzameld. Moore kreeg het er koud van toen hij de foto zag. Hij kende Gallagher al jaren en had zelfs samen met hem een paar opdrachten uitgevoerd, onder andere de opdracht om kolonel Khodai onder hun bescherming te nemen. Wazir had gezegd dat Rahmani's mensen verantwoordelijk waren voor de moord op de kolonel; dus het was heel goed mogelijk dat Moore al vanaf het begin door zijn 'buddy' Gallagher was verraden.

'De man links is een collega van me. Ik moet deze foto doorsturen naar O'Hara. Deze man is misschien een verrader en als dat inderdaad zo is, heeft hij toegang gehad tot onze informatie. We weten niet hoeveel hij hun vertelt, maar dit is...' Moore hield zijn adem in toen het tot hem doordrong hóé erg het was. 'Dit is verdomme heel erg.'

Towers vloekte ongelovig. 'Stuur die foto's maar door, dan praten we daarna over jouw ontmoeting met Zuniga.'

'De auto's?'

'We denken dat ze uit elkaar zijn gegaan nadat ze het huis hadden verlaten, maar ze zijn allemaal naar het zuiden gereden en via Second Street naar het vliegveld. We hebben alle vier de voertuigen gevonden in een hangar aan de zuidoostkant. Ze zijn niet bekend bij de politie van Calexico. Ze zijn allemaal gestolen en professioneel in een andere kleur gespoten, zodat ze op politieauto's leken. De verf op een paar van de wagens was nog niet eens droog. Werknemers hebben geen idee hoe die auto's daar zijn gekomen en hebben niemand gezien. We controleren alle garages en autospuiterijen in de omgeving.'

'Gegevens over uitgaande vluchten?'

'Zijn we mee bezig, maar de FAA heeft maar van twee derde van alle kleine vliegtuigen documentatie. En je weet natuurlijk dat als onze jongens daarvandaan zijn vertrokken, ze dat hebben gedaan in een vliegtuig waarvan we geen registratie hebben.'

'Klopt...'

'Ik wil graag geloven dat je het mis hebt. Dit is een stelletje mules met een perfect vluchtplan. Ze hebben de drugs gestolen en proberen ze nu te verkopen. Meer dan dat is het niet.'

'We moeten afwachten wat het DNA zegt.'

'Ik hoop dat het negatief is.'

Moore snoof. 'Anders hebben we een groep terroristen door onze handen laten glippen en dan zijn ze nu in de Verenigde Staten, wat, naar mijn bescheiden mening, een iets groter probleem is dan het onderuithalen van Jorge Rojas.'

Towers boog zich dichter naar More toe. 'Ik hoef je er niet aan te herinneren dat jij de antiterrorisme-expert bent. Ik wil dus weten wie deze klootzakken zijn en wat ze op dit moment aan het doen zijn.'

'Ik ben er al mee bezig. Misschien weet onze jongen Corrales iets.'

Towers' telefoon rinkelde. Moore luisterde mee en hoorde genoeg: grote schietpartij in een apotheek in Juárez. Plaatselijke politie heeft een van de lijken geïdentificeerd als Pablo Gutierrez, de klootzak die de FBI-agent heeft vermoord die een vriend van Ansara was.

'Ze hebben Pablo dus te pakken gekregen,' zei Moore. 'Wie hebben het volgens jou gedaan?'

'Ik denk zijn eigen mensen. Ze zijn op jacht naar Corrales, en Pablo was bij die bende sicarios.'

'Weet je hoe je daarachter kunt komen?' vroeg Moore. 'Iedereen in Corrales' buurt sterft als ze hun doel in het vizier hebben.'

Nog geen halfuur later had Moore een videovergadering met Slater en onderdirecteur O'Hara over de foto's van Gallagher. Ze bevestigden dat hij niet aan een undercoveroperatie werkte en om welke reden dan ook een crimineel was geworden. Het viel nog te bezien of hij op de loonlijst stond van de taliban, van het kartel of zelfs van het Pakistaanse leger, maar spionnen daar hadden opdracht gekregen hem gevangen te nemen of te doden. Al zijn toegangscodes voor de databases van de Agency waren vierentwintig uur na zijn verdwijning ingetrokken, maar Gallagher was een knappe hacker die de weg wist in de computer- en communicatiesystemen van de Agency en die bovendien, zoals Slater speculeerde, waarschijnlijk niet alleen werkte.

De DNA-resultaten kwamen binnen. Ze hadden Moore en Rueben geïdentificeerd, maar bovendien was het DNA van een derde persoon gevonden, waarschijnlijk iemand uit het Midden-Oosten of de Sub-Sahara. Toen Moore nog in de bestelbus zat, liet hij een paar van de foto's die Wazir hem had gestuurd aan de technici zien.

'Waarschijnlijk is dit hem,' zei de technicus en hij wees naar de foto van Mullah Abdul Samad. 'Hij zou heel goed passen.' Moore keek of de man op de foto een halsketting droeg, maar die kon net zo goed onder zijn shirt zitten.

Hij vroeg aan Towers: 'Geloof je het nog steeds niet?'

'Oké, ik geloof het. En nu moet je me even verontschuldigen, want ik moet kotsen.'

Moore zuchtte en vroeg: 'Heb je er bezwaar tegen als ik met je meedoe?'

Ze stapten uit de bus en liepen terug naar het kantoorgebouw waar

ATF-agent Whittaker op hen zat te wachten.

'Ik kom uit Minnesota met goed nieuws,' begon hij. 'Het andere deel van de wapenzending is in beslag genomen.'

'Uitstekend,' zei Towers en hij keek op het beeldscherm van zijn smartphone. 'En ik krijg net wat informatie binnen. De politie van Juárez heeft de tweede lading uit de Ford Explorer in beslag genomen, drie sicarios gearresteerd en twee gedood.'

'Hebben ze het geld gevonden?' vroeg Whittaker.

'Weet ik niet zeker. Twee mannen zijn te voet ontsnapt. Misschien hadden zij het geld bij zich. Ze zijn nog steeds naar hen op zoek.'

'Denk je dat we het geld terugkrijgen als de politie van Juárez ze met het geld heeft gearresteerd?' vroeg Moore.

Whittaker zuchtte gelaten. 'Goede vraag. Dit is Kansas niet, of Minnesota.'

Politiebureau Delicias
Juárez, Mexico

Het was vijf uur 's middags. Inspecteur Alberto Gomez verliet het politiebureau en liep naar zijn auto op de onverharde parkeerplaats achter het bureau. Hij was net op zijn tweede telefoon gebeld door Dante Corrales die zei dat hij bij Zuniga op de ranch was, dat het kartel wist dat hij daar was en dat hij bang was voor een aanval. Hij wilde dat Gomez' federale agenten Zuniga's bewakingsteam kwamen helpen. Gomez had getwijfeld of hij dat zou doen, maar had ten slotte besloten er twee units naartoe te sturen, vier man in totaal.

De muur links van hem, die vorige week opnieuw was geverfd om de graffiti te bedekken, was alweer besmeurd door jonge rotjochies met hun spuitbussen. Vol afkeer schudde hij zijn hoofd, deed het portier open en stapte in.

Hij bukte zich om de sleutel in het contact te steken toen iemand hard tegen het zijraampje tikte. Hij keek op en zag een pistool, een Glock met een geluiddemper erop, op zijn gezicht gericht.

'Raampje openmaken,' zei de man die buiten stond. Hij was gekleed in een zwarte spijkerbroek, een zwart overhemd en een lange leren jas. Gomez kon zijn gezicht nog niet zien.

Hij stopte de sleutel in het contact, overwoog om de auto te starten en weg te scheuren, maar zijn nieuwsgierigheid weerhield hem. Dat, en de angst een kogel in zijn hoofd te krijgen. Hij drukte op het knopje en het raampje ging naar beneden, waardoor zijn aanvaller zijn pistool nog dichter bij zijn hoofd kon houden. 'Je weet toch dat dit een politiebureau is?'

'Dat weet ik. Maar wat er voor me zit, kun je amper een politieagent noemen. Amper. Je wapen.'

Gomez keek op. De man was in de veertig, had een iets getinte huid, was ongeschoren en droeg zijn dikke zwarte haar in een paardenstaart. Zijn Spaans was goed, maar hij was geen Mexicaan. Hij had een vreemd felle blik in zijn ogen.

'Zo,' zei de man. 'Haal hem heel langzaam uit je holster en geef hem aan mij.'

Gomez gehoorzaamde en de man stopte het pistool achter zijn riem.

'Doe het achterportier van het slot.'

Weer gehoorzaamde Gomez, waarna de man achterin stapte en het portier achter zich dichtdeed.

'Rijden.'

'Mag ik vragen waar we naartoe gaan?'

'Rijd de parkeerplaats af en de weg op.'

'En als ik weiger?'

De man zei dreigend: 'Dan schiet ik zonder problemen je hersens uit je kop. Begrepen?'

'Ja.'

Gomez verliet de parkeerplaats en reed de straat op, waar maar weinig verkeer was.

'Ik ga je een heel eenvoudige vraag stellen: heb jij opdracht gegeven haar te doden?'

'Wie?'

'Gloria.'

'Ik vertel je helemaal niets.'

'Jawel, hoor. Om je familie te redden.'

Gomez verstijfde. 'Wie ben je?'

'Vertel me maar gewoon dat jij opdracht hebt gegeven haar te doden, dan blijft je familie in leven. Zo eenvoudig is het. Voor jou is het te laat, maar dan zal ik hen sparen. Je hebt je hele leven net gedaan alsof je voor hen zorgde, alsof je hen beschermde en je hebt net gedaan alsof je een modelburger was, terwijl je vele jaren hebt samengewerkt met het Juárez Cartel.'

Gomez kon er niets aan doen. Hij schreeuwde: 'Wie bén je verdomme?'

'Heb je opdracht gegeven haar te doden?'

'Dat is niet belangrijk!'

De man schoot een kogel vlak over Gomez' schouder heen en er ontstond een keurig gaatje in de voorruit. De knal was luid genoeg om Gomez aan het schrikken te maken en zijn oor suisde pijnlijk.

'Heb je opdracht gegeven haar te doden?'

'Als ik dat toegeef, laat je mijn familie dan met rust?'
'Dat beloof ik.'
'Dan oké, ik heb opdracht gegeven haar te doden. Dat heb ik gedaan.' Gomez begon te kokhalzen.
'Stoppen.'
Toen hij dat deed, zag hij een witte flits in zijn achteruitkijkspiegel.
Een busje. Even later was de auto omsingeld door mannen met een zwart pak aan, een helm op en een geweer in hun handen, met hun wapens op hem gericht. Ze waren geen agenten van de federale politie. Zeker weten van niet.
'Wie bén je?' vroeg Gomez weer.
'Ik ben een vriend van de dame die je hebt laten vermoorden. Ze was een geheim agent van de Verenigde Staten van Amerika.'
Gomez sloot zijn ogen en kromde zijn schouders. Hij hief zijn handen in de lucht en riep: 'Dit is veel erger dan ik dacht.'
'O ja,' zei de man. 'Veel erger.'

Moore stapte uit de auto toen de mannen achter hen Gomez boeiden en naar de bus brachten. Towers zat op hem te wachten en scande de daken op zoek naar spotters. Moore haalde de digitale recorder uit zijn binnenzak en gaf hem aan zijn baas. 'Dit, samen met de bewijzen die Gloria had verzameld, zouden meer dan genoeg moeten zijn. Hoeveel kan hij ons vertellen, denk je?'
'Volgens mij is hij een prater,' zei Towers. 'Volgens mij gaat hij ons heel goed helpen. En mijn complimenten voor je zelfbeheersing. Ik had die klootzak doodgeschoten.'
'Kijk eens,' zei Moore en hij liet zijn trillende hand zien. 'Zo graag wil ik hem nog steeds doodschieten.'
Towers gaf een klap op zijn schouder. 'We konden vandaag wel wat goed nieuws gebruiken. Nu kun je nog even iets eten voor je belangrijke bespreking.' Hij keek op zijn horloge. 'Verdomme, we moeten gaan.'

Cereso gevangenis
Juárez, Mexico

Gevangenisdirecteur Salvador Quiñones miste het telefoontje van Fernando Castillo, doordat hij beneden op de binnenplaats was om zich ervan te vergewissen dat zijn bewakers de opstandige gevangenen daar niet doodschoten. Het was maar een kleine schermutseling geweest, er waren hoogstens een stuk of twaalf gevangenen bij betrokken, onder wie de man die Felix had vermoord, de ijsverkoper, de negenenvijftigjarige vader van drie kinderen die alleen maar gedesillusioneerde mannen blij had gemaakt met koude traktaties. Een van de nieuwste gevangenen had hem doodgestoken. *Verdomde jammer.*

Als je probeerde drieduizend mannen te huisvesten in een gevangenis die voor vijftienhonderd man was gebouwd, waren ruzies aan de orde van de dag. Om daar iets aan te doen – en aan het feit dat deze gevangenis bekendstond om de gewelddadige relletjes – had Quiñones zijn gevangenen toegestaan enig comfort te kopen. Ze konden een cel huren met een eigen toilet en douche, een kleine koelkast, gasstel, ventilator en tv kopen, en tegen een maandelijkse vergoeding zelfs kabel-tv krijgen. Een paar cellen waren voorzien van airco. Gevangenen mochten hun vrouw of vriendin ontvangen in speciale cellen die ze voor tien dollar per nacht konden huren. Quiñones had in feite een kleine gevangeniseconomie opgezet waarin particuliere winkeltjes floreerden en gevangenen zonder kapitaal geld konden verdienen door klusjes te doen of in de winkels te werken. Hij probeerde het leven in zijn gevangenis zo menselijk mogelijk te maken, maar wist ook heel goed dat zijn inspanningen vergeten werden of als vanzelfsprekend werden beschouwd. Bovendien was zijn salaris als directeur van de hele inrichting, die als een albasten monster oprees uit het door hekken en prikkeldraad omringde betonnen complex, amper genoeg om zijn twee zonen in de VS te laten studeren.

Dus toen Fernando Castillo een bepaalde 'afspraak' had aangeboden en een paar bedragen had genoemd waar Quiñones' mond van was opengevallen, had hij die kans met beide handen aangegrepen.

'Hallo, Fernando. Het spijt me dat ik je telefoontje niet kon aannemen.'

'Geen probleem. Ik heb zes mannen nodig om naar Zuniga's huis te gaan en Dante Corrales te vermoorden. Hij is daar nu.'

'Dat zal ik regelen.'

'Graag. Ik heb mijn eigen mannen ernaartoe gestuurd om die klus te klaren, maar Dante heeft ze allemaal vermoord. Misschien hebben jouw jongens meer geluk.'

'O, maak je daar maar niet druk om, Fernando, als Dante ziet wie er nu achter hem aan komen, doet hij het in zijn broek.'

De zes mannen aan wie Quiñones deze opdracht wilde geven, waren leden van de Aztecas-bende. Nog geen tien minuten later stonden ze in zijn kantoor: hun armen zaten vol tatoeages, hun hoofd was kaalgeschoren en ze keken zelfs nog kwader toen ze het vermoeden kregen dat hen iets naars te wachten stond.

'Dat is helemaal niet zo,' zei hij tegen hen. 'Ik heb een klus voor jullie.

De vergoeding is meer dan jullie in een heel jaar kunnen verdienen. Ik zorg voor de wapens en de auto's. Het enige wat jullie hoeven te doen is deze klus klaren en terugkomen naar de gevangenis.'

'Laat je ons gaan?' vroeg de kleinste, die de anderen gewoon Amigo noemden.

'Jullie zijn allemaal veroordeeld voor moord. Wat stelt een extra moord dan voor?'

'En als we niet terugkomen?' vroeg Amigo.

'Dan krijgen jullie je geld niet. En dan vertellen we jullie vrienden dat jullie de groep hierbinnen hebben verraden. Dan komen ze 's nachts achter jullie aan. En je weet wat er dan gebeurt. Alles in aanmerking genomen, hebben jullie hier een bijzonder leuke onderneming en uitstekende woonomstandigheden. Ik heb goed voor jullie gezorgd. Nu is het tijd om iets terug te doen.'

36

Zona de guerra

Onderweg naar de ranch van Zuniga
Juárez, Mexico

Het lage gebouw waar Border Plus in was gevestigd, een winkel waar je elektrotechnische onderdelen kon kopen die eigendom was van Zuniga, had aan de achterkant een laadplatform voor vrachtwagens met oplegger. Naast dit laadplatform was nog een tweede ingang met een betonnen helling waar een auto op kon rijden. Toen Moore de helling op reed, werd hij al opgewacht door een van Zuniga's sicarios. De roldeur stond open en de sicario, een jongen met een mager gezicht, een plukje haar onder zijn onderlip en een grijze capuchon op, gebaarde dat hij naar binnen kon rijden. Moore parkeerde zijn auto, werd door een andere sicario met de benodigde body-art en piercings gefouilleerd op wapens en stapte vervolgens achter in dezelfde Range Rover als waar de dikke Luis Torres in had gereden. Moore kreeg de rillingen toen hij terugdacht aan Torres' dood in San Cristóbal. De raampjes van de Rover waren onlangs getint, en in de auto zaten drie mannen die hij niet kende. De man die naast hem zat, richtte zijn pistool op Moore en zei: '*Hola*.' Hij glimlachte alsof dit zijn eerste grote klus was en hij het ongelooflijk leuk vond Moore onder schot te houden.

Zuniga gebruikte deze winkel graag als overlaadplek, zodat de spotters van het Juárez Cartel niet wisten wat er gebeurde. Zij zagen de Range Rover wel naar binnen rijden, maar wisten nooit precies hoeveel mensen in of uit de auto stapten. Soms werden er voor één transfer wel vier voertuigen gebruikt. Het was een eenvoudige maar effectieve manier om te verbergen wie echt naar Zuniga's ranch kwamen en hoeveel producten er in- en uitgingen.

Moore nam aan dat het Juárez Cartel de Rover goed kende. Deze wagen werd waarschijnlijk nog steeds gebruikt als het belangrijkste transportmiddel om de spotters te doen geloven dat Zuniga en zijn mensen zich niet van hun aanwezigheid bewust waren. Hoe dan ook, Moore leunde achterover om van de rit te genieten.

Ze hadden hem zijn smartphone laten houden, zodat Towers continu kon meeluisteren. Dat, in combinatie met de gps-zender in zijn schouder, moest hem een veiliger gevoel geven. Maar ook al liet je je in een slangenkuil zakken met een fles antigif, zou een beet toch nog steeds behoorlijk pijnlijk kunnen zijn.

Hij keek naar de sicario die hem onder schot hield: de jongen was hoogstens achttien en had een doodshoofd in zijn rechteroorlelletje. '*What's new, bro*?'

De jongen schoot in de lach. 'Ik mag je wel. Ik hoop dat hij je laat leven.'

Moore trok zijn wenkbrauwen op. 'Hij is best wel slim.'

'Hij is altijd verdrietig.'

Moore snoof. 'Dat zou jij ook zijn als je vijanden je vrouw en zoons hadden vermoord.'

'Is zijn gezin vermoord?'

'Ik kan wel merken dat je nieuw bent.'

'Vertel eens wat er is gebeurd,' vroeg de jongen.

Moore keek hem alleen maar met een scheve grijns aan.

Nog geen kwartier later waren ze bij het hek van Zuniga's ranch en reden via de oprit de garage binnen. Moore werd naar de woonkamer gebracht die Zuniga in een zuidwest-sfeer had laten inrichten: kruisen, pijlkokers, veelkleurige gekko's en kunstwerken van zandsteen hingen in de buurt van een indrukwekkende veldstenen open haard waarvan de vlammen de granieten schoorsteenmantel verlichtten. De kamer lag vol Navajo-tapijten en voor de haard stond een varkensleren bankstel.

Dante Corrales zat op een van de banken. Hij droeg een zwartzijden overhemd en had zijn arm in een mitella. Zijn ogen waren bloeddoorlopen en hij stond moeizaam op toen Moore binnenkwam.

Zuniga stond achter de bank, met een biertje in de hand. Hij slaakte een diepe zucht en zei: 'Señor Howard, ik heb net een copieuze maaltijd achter de rug en val al bijna in slaap. Laten we dus maar snel ter zake komen.'

'Wie is dit?' vroeg Corrales.

'Een zakenrelatie,' snauwde Zuniga.

Corrales' frons werd dieper. 'Nee, nee, nee. Ik heb u verteld waarom ik hier ben en wat we samen kunnen doen; alleen wij tweeën, verder niemand.'

'Dante, als je even waardevol bent als je zegt, dan verkoop ik je aan hem.' Zuniga begon te grinniken.

'Me verkopen? Wat ís dit?!'

Moore hief zijn hand. 'Rustig maar, we zijn hier om elkaar te helpen.'

Moores smartphone begon te trillen. Hij schrok en besloot de telefoon niet aan te nemen.

Maar voordat iemand nog iets kon zeggen, hoorden ze buiten schoten en keek iedereen door de ramen naar de voorkant van het huis.

Dollar Tree
Sherman Way
Noord-Hollywood, Californië

Samad, Talwar en Niazi liepen ieder met een boodschappenmandje door de winkel en probeerden hun verbazing niet te laten blijken. De andere klanten van de Dollar Tree letten niet op hen. Ze waren gekleed als Mexicaanse migrantenarbeiders: een spijkerbroek, een flanellen overhemd en een honkbalpetje, en ze praatten Spaans met elkaar.

Talwar keek Samad regelmatig met een ongelovige blik aan en vroeg dan: 'Eén dollar? Voor alles? Eén dollar maar?' Hij hield een potje jalapeño-kaasspread omhoog, en een zakje Burger King Uienringen.

Niazi snoof en zei met een begripvolle blik: 'Eén dollar.' Hij zwaaide met zijn zakje gedroogd vlees, met '50% gratis' en zei: 'Zie je? Eén dollar. En nog meer gratis.'

Talwar bleef met tranen in zijn ogen in het gangpad staan. 'Alles in Amerika is verbazingwekkend. Iedereen heeft zoveel. Je kunt al dit goedkope spul kopen. Ze hebben geen idee hoe het voor ons is. Zelfs water is een luxe. Ze weten het niet half. Waarom hebben zij dit alles wel en wij niet?'

Samad keek hem even aan en slaakte een diepe zucht. Hij had wel verwacht dat zijn mannen zo zouden reageren, omdat ze nog nooit over de grens waren geweest. Wat zij van Mexico hadden gezien, leek op de sloppenwijken in het Midden-Oosten. Maar dit deel van Amerika was totaal anders. Tijdens de rit door Los Angeles waren ze over Rodeo Drive gereden met zijn designerwinkels – Chanel, Christian Dior, Gucci, Jimmy Choo, Valentino en tientallen andere – en hadden ze een blik kunnen werpen op een hebzuchtige cultuur die verbijsterend moest zijn voor zijn mannen. Ze hadden met open mond naar de huizen gekeken – paleizen eigenlijk – en Samad had het ironisch gevonden dat de rijke mensen in de bergen wilden wonen, terwijl de minder rijken beneden in de vallei woonden. Zijn mannen vonden de auto's, de kleren, het fastfood en de reclame waanzinnig aantrekkelijk, terwijl hij het juist ontzettend afstotelijk vond. Hij had het namelijk allemaal al eens gezien, in Dubai, tijdens zijn studie. Hij wist dat onder het dunne laagje rijkdom vaak mensen zaten die in moreel opzicht vaker wel dan niet totaal bankroet waren.

Rijkdom was niet iets waar goede moslims van moesten houden; zij moesten van Allah houden en hun rijkdom gebruiken volgens de geboden van Allah en als een manier om Hem te vereren.

Samad zei streng: 'Talwar, je mag geen waarde hechten aan materiële dingen. Dat is niet wat Allah voor ons wil. We zijn hier met een doel. We zijn de instrumenten van Allahs wil. Dit alles leidt alleen maar af.'

Talwar dacht hier even over na en knikte toen. 'Ik kan er niets aan doen, maar ik benijd hen. Als je hier wordt geboren... als je hier wordt geboren en niet je hele leven hoeft te zwoegen...'

'Dit is de reden dat ze zwak zijn geworden, dat hun god is gedood en hun hart en ziel zijn vergiftigd, en hun maag. Maar oké, als je hun ongezonde eten en hun frisdrank wilt proeven, ga je je gang maar. Maar je mag je missie niet uit het oog verliezen én je mag niet jaloers zijn op deze mensen. Hun ziel is zwart.'

Zijn mannen knikten en liepen verder. Samad bleef even staan voor een paar zakken met plastic actiefiguurtjes: achtenveertig onderdelen, bruin-groen-zwarte soldaten in allerlei houdingen. Hij had bewondering voor de manier waarop de Amerikanen hun soldaten aan hun kinderen toonden, vereeuwigd in plastic. Eén soldaat had een raketwerper op zijn schouder; Samad grinnikte, zo ironisch vond hij dat. Hij besloot ze te kopen. Eén dollar.

Met hun winkelmandje vol ongezond eten, toiletartikelen en wat ze verder nog leuk vonden, liepen ze naar hun Hyundai Accent en reden terug naar Studio City. Ze woonden daar in een flatgebouw van twee verdiepingen aan Laurel Canyon Boulevard. Rahmani's team hier in Los Angeles – vier mannen die al vijf jaar in de Verenigde Staten waren – had hen met open armen verwelkomd. Tijdens hun eerste avond in de stad hadden ze samen gelachen en gegeten en gepraat over de ontsnapping van de groep uit Mexico. Rahmani's Amerikaanse vriend Gallagher, de CIA-man die hij had gerekruteerd, had de pick-up in Calexico georganiseerd en ervoor gezorgd dat de voertuigen werden gespoten, en hij had geregeld dat het team zich verkleedde als agenten van de plaatselijke politie. Het was een slimme actie waardoor ze veilig naar het vliegveld van Calexico konden komen. Daar hadden ze afscheid genomen van de rest van de groep, waarna Samad zijn luitenants het grotere plan had verteld. Hij dacht nu dat de kans klein was dat ze werden gearresteerd en verhoord. Rahmani had erop gestaan dat de teams pas op het allerlaatste moment hoorden wat er stond te gebeuren, voor het geval een van hen gevangen werd genomen. Ze kregen de opdracht zich niet levend te laten oppakken...

Het was de bedoeling geweest dat ze met achttien man waren, zes teams van drie man. Maar die stomme Ahmad Leghari was niet verder gekomen dan Parijs, waardoor ze één team met slechts twee man hadden. Leghari zou worden vervangen zodra de beide teamleden hun bestemming hadden bereikt: de stad San Antonio.

Zes teams. Zes raketlanceerders.

'Wat zijn de doelwitten?' had Talwar steeds gevraagd, want hij had een uitgebreide training gehad in het werken met en het afschieten van MPAD's (Man-Portable Air Defense Systems, oftewel draagbare luchtafweersystemen).

Het Pakistaanse leger had hem onder zijn hoede genomen, samen met vijf andere mannen, en hen naar het halfwoestijngebied in de buurt van Muzaffargarh gebracht, waar hij twee weken lang had geoefend met het afvuren van raketten op vaste doelwitten. Rahmani had het leger ruimschoots voor die opleiding betaald.

'Gaan we overheidsgebouwen beschieten? Scholen?' vroeg Talwar.

Toen ze in hun eenmotorige Cessna klommen om door een piloot die natuurlijk ook voor Rahmani werkte naar Palm Springs te vliegen, had Samad grijnzend gezegd: 'Maar Talwar, ons plan is wel íéts ambitieuzer.'

Nu ze terugreden naar het appartement in Studio City ging Samad in gedachten alle details nog eens na. Hij had het tijdschema in zijn geheugen gegrift, en zijn hartslag versnelde toen hij aan de komende dagen dacht...

Zuniga's ranch
Juárez, Mexico

Moore liep snel naar het raam en trok de jaloezieën open. Zuniga had sterke schijnwerpers met bewegingsmelders rondom het huis laten aanbrengen en in het felle licht zagen ze twee witte pick-ups naar het hek scheuren. Ze waren beschilderd in de kleuren en met het logo van de politie van Juárez, maar de mannen die achter in de laadbak zaten droegen burgerkleren. Eén man in elke truck had een wapen bij zich waar Moore van schrok: een M249 licht machinegeweer dat 750-1000 kogels per minuut kon afschieten. De M249's, die veel mensen nog altijd een Squad Automatic Weapon noemden, waren bedoeld voor militaire operaties. Hoe deze agenten aan deze wapens kwamen, was een vraag die Moore meteen opzijschoof, omdat ze het vuur openden op twee andere trucks die hen achtervolgden, voertuigen van de Mexicaanse federale politie. Waarom zou de lokale politie het vuur openen op de federale politie?

Het antwoord op die vraag kwam in de volgende paar seconden.

Moore durfde er zijn leven onder te verwedden dat die lokale agenten helemaal geen agenten waren en toen ze door het hek reden, was hij daar zelfs nog zekerder van. Ze hadden allemaal een kaalgeschoren schedel en zaten onder de tatoeages. Ze hadden de voertuigen gestolen of van corrupte agenten gekregen.

Zuniga's bewakingsteam, een man of zes die langs het hek stonden, en twee mannen op het dak, openden het vuur op de trucks. Moores hartslag versnelde toen hij al die wapens hoorde knallen en knetteren.

Corrales kwam naast Moore staan en riep: 'De Feds proberen me te beschermen!'

'Waarom zouden ze dat doen?' vroeg Moore sarcastisch. 'Heeft je vriendje inspecteur Gomez ze soms gestuurd?'

'Verdomme, waar ken je hem van?'

Moore greep Corrales bij zijn nekvel. 'Als je met mij meekomt, bied ik je volledige immuniteit aan. Geen gevangenisstraf. Niets. Jij wilt het Juárez Cartel vernietigen? Ik ook.'

Corrales was een jonge man die, nu hij oog in oog met de dood stond, niet over details zeurde. 'Oké, ik vind alles prima. Laten we maken dat we hier wegkomen!'

De truck reed stuiterend op het raam af en het leek er niet op dat de chauffeur van plan was te stoppen. Toen Moore en Corrales opzij sprongen, ploegde de truck het huis binnen; bouwstenen, kalkzandstenen en glas werden naar binnen geblazen. De motor van de truck brulde en de mannen in de laadbak schreeuwden en probeerden het vallende puin te ontwijken.

Een paar van Zuniga's mannen die in een ander deel van het huis waren geweest, renden naar de truck toe die nu in de woonkamer stond. Zuniga's verse troepen beschoten de mannen in de laadbak. Toen Moore even achteromkeek, zag hij dat de chauffeur van de truck zijn portier opende en met een AK-47 op Zuniga's mannen schoot. Hij raakte een van hen in de schouder.

Moore en Corrales renden naar Zuniga die al in de keuken was en een Beretta van het aanrecht pakte.

Buiten en zichtbaar door een gapend gat in de muur, sloeg de tweede politietruck links af, naar de zijkant van het huis, in de richting van de garage. De beide trucks van de federale politie reden erachteraan. 'Als ze de achterdeuren blokkeren, kunnen we niet naar buiten!' riep Moore; zijn telefoon trilde weer. Towers, waarschijnlijk, om hem voor deze aanval te waarschuwen, maar hij wist vrijwel zeker dat hij geen waarschuwing meer nodig had.

Zuniga's mannen in de woonkamer – eentje was in orde, de ander was geraakt maar had nog steeds een geweer in zijn handen – begonnen op de chauffeur van de pick-up te schieten. Deze schoot terug, net als de mannen in de laadbak.

Op het moment dat de man met het machinegeweer het vuur opende en de kogels in de open haard sloegen, renden Moore, Corrales en Zuniga een gang in, naar de achterkant van het huis. Moore vloekte. Meer motivatie had hij niet nodig.

Door de schietpartij in de woonkamer en buiten kreeg Moore een flashback naar Forward Operating Base Pharaoh in Afghanistan, waar de goden van de donder en de bliksem de hele nacht met elkaar hadden gestreden. De media noemden Juárez al jaren een oorlogsgebied, maar Moore had de betekenis daarvan tot nu toe nog niet echt begrepen.

'Geef me verdomme een wapen!' schreeuwde Corrales. 'Ik wil verdomme nú een wapen!'

Zuniga negeerde hem.

Ze renden naar de grootste slaapkamer, waar een hemelbed stond dat zo groot was als een zwembad. Aan de muren hingen ingelijste silhouetten van naakte vrouwen en bizarre art-decoschilderijen van Zuid-Amerikaanse landschappen die Zuniga een fortuin gekost moesten hebben. Moore had hooguit twee seconden om deze kunstwerken te bewonderen, voordat hij op een ladekast een ander pistool zag liggen: een Belgisch politierevolver. Hij greep het pistool, ontgrendelde het en draaide zich om toen hij in de gang zware voetstappen hoorde. Een van de mannen uit de pick-up was aan Zuniga's mannen ontsnapt en rende recht op hen af, met beide armen geheven en een pistool in elke hand.

Moore vuurde twee kogels af en raakte de man in zijn linkerborst en lies. Daarna rolde hij opzij omdat hijzelf werd beschoten, maar de kogels sloegen in het plafond van de slaapkamer zodat er stof in zijn ogen dwarrelde.

'Holy shit!' schreeuwde Corrales, vol bewondering voor Moores schietkunst.

'Schiet op!' riep Moore.

Zuniga gebaarde dat ze naar de badkamer moesten gaan. Links van hem was een kastdeur met erachter een gigantische, minstens drie meter brede kledingkast met een kaptafel in het midden. Hij stopte een sleutel in het slot van een paar hoge houten kastdeuren, zwaaide ze open en greep een geweer dat hij Corrales in de hand drukte. Daarna pakte hij er nog een dat hij aan Moore gaf, die verbaasd vloekte.

'Waar heb je dat in vredesnaam vandaan?' riep Moore.

'eBay, *gringo*. Nu opschieten!'

Hoofdschuddend en verbijsterd keek Moore naar de Colt M16A2 met een magazijn met dertig kogels, een standaardwapen van de Amerikaanse marine en in feite een grotere, zwaardere uitvoering van de M4A1-karabijn die hij als SEAL had gebruikt.

Wat zou Zuniga hun hierna laten zien? Had hij in een geheime ondergrondse garage misschien een M1A1 Abrams bepantserde tank staan?

De Colt M16A2 kan semiautomatisch of in salvo's van drie patronen schieten. Moore drukte op de schakelaar, koos semiautomatisch en zei tegen Corrales: 'Alsjeblieft, domkop, de veiligheidsgrendel zit hier.' Hij liet het hem zien en stak met een sarcastisch gebaar zijn duim omhoog.

De jongen stak zijn middelvinger op.

Op dat moment hief Moore zijn geweer, langs Corrales' gezicht, en schoot op de dikke man die in de deuropening verscheen en zijn pistool met beide handen vasthield.

Corrales schreeuwde, draaide zich vliegensvlug om en zag de man als een bloederige hoop neergaan.

'Wat ís dit verdomme?' vroeg Corrales geschrokken. Hij rende naar de man toe, bukte zich en bekeek de tatoeage op de bovenarm van de man: het was de ronde afbeelding van een Azteekse strijder met zijn gepiercete tong uitgestoken. 'Dit zijn niet Fernando's gewone jongens,' zei Corrales. 'Hij is een Azteek. Uit de gevangenis. Een moordcommando.'

'Ingehuurd door je oude baas?' vroeg Moore.

'Hier hebben we geen tijd voor!' riep Zuniga. 'Kom mee!'

Corrales stond op en liep naar Moore toe. 'We zijn verdomme dood, man. We zijn dood.'

'Dat denk ik niet.'

Ze liepen achter Zuniga aan naar de andere kant van de kast, waar hij zenuwachtig met een sleutel bezig was en na een tijdje een andere deur opende. In de kast draaide hij de lichtschakelaar om.

'Waar gaan we nu naartoe?' vroeg Corrales.

'Naar boven,' antwoordde Zuniga.

'Naar boven? Je maakt een grapje zeker? Je bent gek, ouwe vent! Hoe komen we er dan uit!'

'Kop dicht!' Zuniga zei tegen Moore: 'Nu, señor Howard? Doe de deur achter ons op slot!'

Dat deed Moore.

Zuniga liep voor hen uit door een gang die zo smal was dat hun schouders de muren raakten. Ze kwamen bij een metalen trap met ongeveer twaalf treden die naar weer een andere deur leidde. Nu begreep Moore het: ze gingen naar het platte dak van de garage en konden dekking zoeken achter de dakrand. *Slimme vent.* Zuniga was kennelijk op de hoogte van Sun Tzu's *De kunst van het oorlogvoeren*: 'Val nooit een vijand aan die een hoge positie heeft. Val nooit een vijand aan die de heuvels achter zich heeft. Achtervolg nooit een vijand die doet alsof hij op de vlucht slaat.'

Toen de deur naar het dak openzwaaide, zagen ze Zuniga's twee man sterke bewakingsteam in een vuurgevecht met de mannen beneden. De tweede witte pick-up stond voor de garagedeuren in een poging ten minste twee ervan te blokkeren, terwijl de twee trucks van de federale politie ongeveer tien meter terug waren blijven staan. De agenten zaten op hun hurken achter hun pick-ups en schoten op de anderen in een poging ze tegen te houden. Ergens in de verte hoorden ze het ritmische gedreun van een helikopter.

Corrales rende naar de dakrand en schoot met zijn M16 in één hand op de truck beneden, waar de man met het machinegeweer dekking had gezocht achter het achterwiel.

Moore sloeg zijn arm onder Corrales' kin en sleurde hem bij de dakrand vandaan toen de man terugschoot en de kogels insloegen op de plek waar Corrales zojuist nog had gestaan. 'Blijf verdomme uit het zicht!' schreeuwde Moore. De stomme idioot zou zichzelf nog laten doodschieten voordat hij de kans had gehad zijn mond open te doen. En dat, dacht Moore, kon hij nou net niet gebruiken.

Zuniga riep tegen zijn mannen dat ze hem moesten dekken, terwijl hij langs de dakrand naar de achterkant van het huis rende waar de regenpijp naar beneden liep. 'Hier!' riep hij. 'Hier kunnen we naar beneden klimmen!'

Moore knikte dat hij het ermee eens was, wilde zich omdraaien naar Corrales...

Toen de deur naar het dak openzwaaide en een van de Azteken, met zijn gezicht half in de schaduw, een AK-47 hief en een salvo afschoot dat Zuniga in de borst raakte en hem achteruit deed wankelen in de richting van de dakrand.

Moore was een halve seconde te laat, hij kon hem niet redden. Hij pompte ten minste tien kogels in de Azteek, zodat de man achterover tegen de deur aan viel en in elkaar zakte, waarbij hij een bloedspoor achterliet.

Tegen de tijd dat Moore zijn hoofd omdraaide, was Zuniga al verdwenen: hij was over de dakrand gestruikeld en naar beneden gevallen.

Moore rende naar de rand van het dak en keek naar beneden. Zuniga lag op zijn rug, terwijl het bloed zijn overhemd doorweekte.

Hebt u ooit iemand verloren die u na stond? U bent nog zo jong. Weet u hoe het is om echt verdriet te voelen?

In de Sacred Heart Church had Zuniga deze vraag aan Moore gesteld. Beiden hadden echt verdriet gekend en nu had een van hen eindelijk verlichting gevonden.

Corrales kwam naast Moore staan, keek even naar Zuniga, vervloekte de mannen beneden en rende naar de dakrand aan de voorkant van het huis. Daar begon hij te schieten voordat Moore hem kon tegenhouden. Hij had zijn mitella afgedaan, gebruikte zijn rechterarm en zwaaide woest met zijn wapen.

Moore klemde zijn kaken op elkaar en rende naar de idioot toe die nog steeds stond te schieten en als schietschijf diende voor iedereen beneden. Moore tackelde Corrales, trok het wapen uit zijn handen, rolde hem op zijn rug en gaf hem een keiharde kaakstoot. 'Daar kun je heel wat meer van krijgen als je dat nog eens doet! Hoor je me?'

Corrales knikte.

En Moore realiseerde zich dat hij in het Engels had geschreeuwd.

'Jij bent een verdomde gringo! Wie ben je?'

Het gedreun van de naderende helikopter en het zoeklicht ervan trok hun aandacht, en de aandacht van de schutters beneden die meteen op de heli begonnen te schieten zodra hij boven hun hoofd vloog en met zijn zoeklicht het huis bescheen. De piloot maakte een bocht en vloog naar de achtertuin, waar hij genoeg plek had om te landen. Er was geen vergissing mogelijk in de tekst op de helikopter: POLICIA FEDERAL; de woorden werden verlicht door de kogels die van de romp af ketsten.

Waren dit Corrales' bondgenoten die hem kwamen halen? Als dat zo was, wist Moore niet zeker of hij mee mocht. Hij viste zijn smartphone uit zijn zak en las het laatste bericht van Towers: IK ZIT IN DE HELIKOPTER. GA ERNAARTOE.

Dat zal wel lukken, dacht Moore.

'O, verdomme, kijk toch eens,' zei Corrales met een blik op de helikopter. 'Het is voorbij. We gaan allemaal naar de gevangenis.'

'Nee, dit zijn mijn mannen,' zei Moore.

'Ben je een gringo die voor de federale politie werkt?'

'Ze geven ons gewoon een lift. Sluit je bij mij aan. Mijn deal met jou is veel beter dan de deal die jij met hem had. Dat zul je zien.'

Moore stond op en riep tegen de mannen op het dak dat ze hem nog een keer moesten dekken, maar de mannen riepen terug dat hij de pot op kon en renden weg, het huis weer in.

Terwijl Moore Corrales overeind hielp en hem meenam naar de dakrand, hoorde hij gedempte schoten vanuit het huis. Zuniga's mannen waren natuurlijk nog meer Azteken tegengekomen en hij kon veilig aannemen dat ze het gevecht hadden verloren en dat de Azteken naar boven kwamen.

'Daarlangs kan ik niet naar beneden klimmen,' riep Corrales.

De wind van de rotorbladen sloeg hen nu al in het gezicht, de helikopter zou over een paar seconden op de grond staan.

'Klim langs die regenpijp naar beneden!' schreeuwde Moore, met een strenge stem uit het verleden, de stem van een van zijn eigen instructeurs van BUD/S. Hij herhaalde dit bevel nog twee keer.

Rillend klom Corrales over de dakrand en zette zijn schoen op de eerste beugel. De beugels fungeerden als de sporten van een ladder, maar Moore betwijfelde of Corrales dit met zijn slechte arm en schouder zou redden.

'Dit kan ik echt niet,' zei Corrales en hij zocht steun met zijn voet bij de volgende beugel.

Weer brulde Moore een bevel.

De deur op het dak zwaaide open.

'Schiet op!' brulde Moore en hij keek op naar de deur. Twee Azteken verschenen, een van hen gewapend met een geweer en de andere met een machinegeweer. In eerste instantie zagen ze Moore niet, omdat ze door de windvlaag die de helikopter veroorzaakte hun ogen moesten dichtknijpen en Moore zich op zijn buik had laten vallen en tegen de dakrand schoof. Hij bleef plat liggen, met zijn hoofd naar beneden en de loop van de M16 naast zich.

Het was echt een prachtig stuk staal en voelde perfect in zijn handen. Heel even was hij weer bij de SEAL's en leefde Frank Carmichael nog.

Daarna, van de zenuwen of louter instinctief, zette hij de schakelaar op salvo's van drie patronen en richtte de loop op de man met het machinegeweer.

Door de eerste drie kogels viel de klootzak opzij, bij zijn buddy vandaan die zich vliegensvlug omdraaide toen hij de schoten hoorde. De Azteek draaide zich om en dat was zijn allerlaatste vergissing, want nu had Moore hem prachtig in het vizier. Alle drie de kogels raakten de man in zijn linkerborst en als zijn hart nog klopte toen hij op de grond viel, was dat een wonder.

Toen Moore zich omdraaide om te kijken hoe het met Corrales ging, zette de man zijn voet op de volgende steun, verloor zijn greep en viel de resterende drie meter tot de grond. Zijn voeten kwamen hard neer, daarna viel hij achterover boven op Zuniga en slaakte een kreet. Hij jammerde van de pijn.

Mooi. De domkop leefde nog.

Twee federale politieagenten kwamen in vol gevechtstenue uit de helikopter gerend, met hun Heckler & Koch MP5 9-millimeter submachinegeweer in de aanslag. Moore schreeuwde tegen Corrales: 'Loop naar ze toe! Loop naar ze toe!'

Hij wist niet zeker of de jongen hem wel had gehoord of dat hij bewusteloos was, maar hij verroerde zich niet. De beide agenten lieten zich op de grond vallen toen er vanaf de hoek werd geschoten, er flitsten ten minste twee lopen. Moore stond op en rende langs de dakrand naar de hoek, waar hij precies neerkeek op de beide Azteken die de agenten hadden klemgezet. Ze hebben nooit geweten wat hen overkwam, tenminste... tot ze in een plas van hun eigen bloed lagen en omhoogkeken naar de bewaker die zich terugtrok van de dakrand. Het laatste wat ze ooit zouden zien. 'Jullie zijn veilig, doorlopen!' schreeuwde Moore tegen de agenten. Daarna rende hij langs de andere dakrand in de richting van de garagedeuren, waar hij nog eens drie auto's van de federale politie zag aankomen, met zwaailicht en sirene.

'Staan blijven! Verroer je niet!' zei een stem achter hem.

Hij overwoog om langzaam achterom te kijken, maar ach, hij wist het wel. De Azteken namen niemand gevangen, dus zij zouden hem nooit opdracht geven te blijven staan. En die stem... bekend?

'Señor, ik ben van de federale politie, net als u,' zei Moore tegen de man.

Het wapen werd uit Moores handen gepakt, net als het pistool achter zijn riem. Moore stak zijn handen niet omhoog. Hij draaide zich snel om, verraste de man omdat iemand die bij zijn verstand was zoiets nooit zou doen, niet als er een wapen op hem werd gericht. De man was niet van de federale politie en ook geen Azteek; het was de jonge vent uit de Range Rover, de jongen die had gezegd dat hij hoopte dat Zuniga hem in leven zou laten, de jongen met dat doodshoofd in zijn rechteroorlelletje.

'Jij hebt dit gedaan,' schreeuwde de jongen. 'Ik heb hem beneden zien liggen. Mijn baas is dood en dat is jouw schuld!'

Met één vloeiende beweging gaf Moore met de muis van zijn hand een klap tegen de neus van de jongen. Een oude mythe luidt dat je iemand op die manier kon doden, maar dat is onzin. Moore wilde de jongen alleen maar verdoven, en bovendien was hij veel te knap. Toen de jongen achteruitdeinsde en wilde gaan gillen, pakte Moore zijn geweer terug, drukte de loop tegen het hoofd van de jongen en sloeg hem neer. Eén sicario neer.

Moore rende terug naar de regenpijp, schouderde het geweer en klom over de rand. Hij was nog maar halverwege toen de beugels het onder zijn gewicht begaven en de hele regenpijp loskwam van de muur. Hoewel het maar een val was van anderhalve meter, deden zijn benen toch pijn toen hij op de grond terechtkwam. Maar er was geen tijd meer, want er kwamen meer Feds de oprit op. Hij rolde op zijn zij, stond op en met zijn nog steeds pijnlijke benen rende hij naar de helikopter, bereikte de deur en werd door Towers naar binnen getrokken. Corrales zat er al, met een van pijn vertrokken gezicht. Een van de agenten sloot de deur, waarna de helikopter opsteeg.

Towers legde zijn hand om Moores oor en zei: 'Ik kan alleen maar zeggen: ik hoop dat dit joch talloze geheimen kent.'

Moore knikte. Nu Zuniga dood was, zouden de operaties van het Sinaloa Cartel – voorlopig in elk geval – verstoord zijn, en waren ze kwetsbaar voor nieuwe aanvallen en voor een overname door het Juárez Cartel. Als dat gebeurde, was de missie van de joint taskforce om het Juárez Cartel te ontmantelen niet alleen mislukt, maar zou Rojas' criminele imperium zelfs ook nog sterker worden.

37

Twee bestemmingen

DEA Office of Diversion Control
San Diego, Californië

Het was bijna elf uur 's avonds toen ze weer in het Office of Diversion Control arriveerden en Corrales meenamen naar de vergaderzaal. Hij was aan boord van de helikopter al behandeld door een arts, die hem een paar keer had verteld dat hij echt niets had gebroken en dat zijn rechterenkel alleen maar verstuikt was. Hij kon zich gewoon bewegen. Moore en Towers zeiden tegen hem dat ze hem naar een ziekenhuis zouden brengen als hij dat per se wilde, maar dat hij eerst moest praten.

Corrales had geweigerd.

Daarom hadden ze besloten hem gewoon mee naar kantoor te nemen om daar een beetje druk op hem uit te oefenen. Tijdens de rit ernaartoe had Moore Corrales het slechte nieuws verteld. Hij en Towers waren inderdaad gringos, bijzonder slechte gringos van de regering van de Verenigde Staten. Corrales had willen weten van welke Agency ze waren.

Moore antwoordde met een grijns: 'Van allemaal.'

Nu nam Corrales een piepschuimen beker koffie van Towers aan, liet zijn onderarmen op het tafelblad rusten en wreef in zijn ogen. Nadat hij een paar keer had gevloekt, zei hij: 'Ik wil zwart op wit dat ik totale immuniteit heb. En ik wil een advocaat.'

'Je hebt geen advocaat nodig,' zei Moore.

'Ik ben toch gearresteerd?'

Moore schudde zijn hoofd en zei op sombere toon: 'Je bent hier om wat Maria is overkomen. We hebben haar lichaam in Zuniga's huis gevonden. Wat is er gebeurd? Heeft Pablo haar vermoord?'

'Nee, dat hebben die andere klootzakken gedaan. Ze hebben mijn vrouw vermoord! Dat overleven ze niet.'

'Wie is je baas?' vroeg Moore.

‘Fernando Castillo.’
Towers knikte meelevend. ‘Rojas’ bewaker. Hij heeft een ooglapje. Maar één oog.’
‘Ze doen allemaal graag alsof ze niet bij het kartel horen. Los Caballeros. Wat een onzin!’
‘Wat wilde je Zuniga geven?’
‘Ik heb namen en locaties van leveranciers en transporteurs in de hele wereld. Mensen in Colombia, Pakistan... Ik heb info die jullie federale stomkoppen niet zullen geloven. Ik heb bankrekeningnummers, stortingsbewijzen, opnamen van telefoongesprekken, e-mails; ik heb alles...’
‘Nou, wij hebben ook alles over jou, Corrales. We weten wat er met je ouders is gebeurd en wanneer je je bij de sicarios hebt aangesloten,’ zei Towers. ‘Het gaat dus niet alleen om Maria. Het gaat ook om wraak op hen, ja toch?’
Corrales nam nog een slok koffie, begon sneller te ademen, sloeg met zijn vuist op tafel en brulde: ‘Ze gaan er allemaal aan! Allemaal! Tot en met de laatste man!’
‘Ze hebben Ignacio in het hotel ook vermoord,’ zei Moore. ‘Hij was een aardige vent. Ik mocht hem wel.’
‘Wacht eens even. Jij bent het,’ zei Corrales met grote ogen. ‘Jij bent die vent die mijn mannen zijn kwijtgeraakt. Je heet Howard.’
Moore haalde zijn schouders op. ‘Kleine wereld.’
Corrales vloekte en zei: ‘Zonnepanelen, ja ja...’
‘Dus waar heb je al die informatie die je beweert te hebben?’ vroeg Towers.
‘Dat staat allemaal op een USB-stick. En ik heb nog twee kopieën in twee kluisjes. Ik ben niet stom, dus behandel me niet alsof ik dat wel ben.’
Moore probeerde niet te grijnzen. ‘Dan moeten we nu dus naar de bank, nietwaar?’
Corrales schudde zijn hoofd, stak zijn hand in zijn zwartzijden overhemd en haalde er een superdunne USB-stick aan een gouden kettinkje uit. De stick zelf was verguld, geproduceerd door Super Talent, 64 GB. ‘Hier staat het allemaal op.’

Los Angeles International Airport (LAX)
GSM Parkeerterrein
9011 Airport Boulevard

Samad en Niazi zaten in de Hyundai Accent en reden achter Talwar aan die in een satellietbusje van Direct TV reed die ze van Rahmani’s mannen in Los Angeles hadden gekregen. Ze volgden de blauwe borden en stopten op de parkeerplaats met negenenzeventig plaatsen, vijf minuten van de centrale terminal en bereikbaar vanuit het noorden en oosten via La Tijera, Sepulveda, Manchester en Century Boulevards. Ze hadden overwogen om gebruik te maken van Langparkeerplaats C aan de zuidzijde die nog steeds binnen hun lanceerradius lag, maar ze hadden gehoord dat minstens twee motoragenten van de LAPD, de Los Angeles Police Department, dagelijks controleerden of de auto's die daar stonden wel een nummerplaat aan de voorkant hadden in de hoop dat ze een bekeuring konden uitschrijven. De enige bewaking op het GSM Parkeerterrein was de *airport puppy patrol*, had een van Rahmani's mannen hun verteld. Op een GSM Parkeerterrein mag een afhaler gratis wachten tot hij wordt gebeld. De afhaler rijdt naar het vliegveld, laadt de passagier(s) en bagage in en is binnen enkele minuten weer weg bij de uitgang. Totdat de chauffeur wordt gebeld, moet hij bij zijn auto blijven. 'Die mannen controleren alleen of er ook auto's staan die leeg zijn. Daar hoeven jullie je dus geen zorgen over te maken.'

Ze hadden ook overwogen om te parkeren in Inglewood, Huntington Park, ten noordoosten van het vliegveld, om risico's met bewakers te voorkomen, maar Samad was voor het GSM Parkeerterrein geweest. Daar zou het team meer tijd hebben hun doelwit te zien, want het vliegtuig zou opstijgen, over de Stille Oceaan heen vliegen, een bocht maken als onderdeel van de geluidsbeperkende procedures van het vliegveld, terugkeren en over hun hoofd heen naar Inglewood en Huntington Park vliegen. Rahmani en zelfs de Amerikaanse autoriteiten realiseerden zich dat het absoluut onmogelijk was om de grond onder de vliegroutes te beveiligen, zodat de teams de beste positie konden uitkiezen.

De rillingen liepen Samad over de rug, elke keer als hij hieraan dacht. De absolute genialiteit en brutaliteit van de jihad van 11 september 2001 zou zoals beloofd terugkeren op Amerikaans grondgebied, alleen zou Allahs wraak deze keer Los Angeles, San Diego, Phoenix, Tucson, El Paso en San Antonio treffen.

Zes vliegtuigen, zes vliegvelden, 6 juni.

Hoewel enkele islamitische collega's van Samad het hier niet mee eens waren, was Samad er heilig van overtuigd dat 666 in de Koran stond. Het was Allah, niet de duivel of een ongeluksgetal, zoals veel christenen geloofden. Het was het perfecte getal.

En zo zou de missie ook moeten zijn: perfect uitgevoerd, precies getimed, de vliegtuigen zorgvuldig uitgezocht na maanden van onderzoek en observatie door 'slapende spionnen' van de taliban en Al Qaida die binnen en buiten elk vliegveld werkten, allemaal gecoördineerd door Rahmani zelf, die honderden uren bezig was geweest met het downloaden van documenten van internet, allemaal gewoon toegankelijk voor hem: FAA-plattegronden van de vliegvelden, de vertrekroutes van vliegtuigen, alles vrijelijk en gemakkelijk toegankelijk voor iedereen met een internetverbinding. Hij had de hulp ingeroepen van verschillende programmeurs, die driedimensionale modellen hadden ontwikkeld om elk van de zes aanvallen te simuleren, modellen waardoor hij in staat was geweest verschillende lanceercoördinaten en lanceerradii in te voeren.

Met die gegevens, en met de macht van Allah die hun hart en ziel voedde, zou de verwoesting die ze zouden aanrichten simultaan plaatsvinden en compleet zijn.

Het doelwit in Los Angeles was vlucht 2965 van Delta Airlines. Vertrek: zondag 6 juni om 17.40 uur naar het JFK Airport in New York. Toestel: Boeing 757 passagiersvliegtuig, twee motoren, een op elke vleugel; vliegtuig met extra brede romp; 202 passagiers, plus piloot, copiloot en stewardessen. De vlucht van die zondagmiddag zou vol zitten, met veel zakenlieden en vakantiegangers die teruggingen naar het oosten om de maandagochtend daarna weer naar hun werk te gaan.

De capaciteit van het wapen was het eerste punt van afweging geweest en had zowel de keuze van hun doelwit als de locatie bepaald. De MK III-geleideraket was een infrarood geleidewapen, een 'vuur en vergeet'-systeem waarmee de schutter de lancering kon uitvoeren zelfs zonder dat hij op het doelwit was gericht. De MK III deed meer dan alleen maar het doelwit achtervolgen, want het was een slimme raket die met een snelheid van zeshonderd meter per seconde de kortste route uitzocht. De kop van de raket bevatte 1.420 gram HE-fragmentatie die de motor van het vliegtuig – die onder de vleugel was gemonteerd maar toch vrij dicht bij de brandstof zat – compleet zou vernietigen. Er zou ook schade worden aangericht aan de hydraulische leidingen, elektrische systemen, controlepanelen en brandstoftanks, en dat alles bij elkaar zou een ramp veroorzaken.

In november 2003 was een DHL A300 in de vleugel geraakt door een raket die vanuit Bagdad was afgevuurd. De piloot was erin geslaagd het getroffen vliegtuig veilig terug te brengen naar het vliegveld omdat alleen de vleugel geraakt was. Samad was ervan overtuigd dat geen van zijn teams op die manier zou falen, omdat de MK III vrijwel zeker de heetste hittebron zou vinden als de 757 langzaam op volle kracht en met volle tanks opsteeg. Commerciële vliegtuigen waren op dat moment niet alleen het meest kwetsbaar, maar vlogen zodra ze geraakt waren ook over dichtbevolkte gebieden heen, terwijl duizenden liters kerosine in brand stonden die een maximale schade en een maximaal aantal doden zou veroorzaken.

Het bereik van de MK III was vijfduizend meter en ze wilden ergens zijn waar ze de raket konden lanceren als het doelwit nog steeds onder de drieduizend meter vloog. Dat verhoogde niet alleen de kans op een goed schot, maar verminderde de tijd die de bemanning had om het vliegtuig te redden, dat van de onbeschadigde kant op zijn beschadigde kant zou kantelen. Het was het beste als de motor zou ontploffen en de hele vleugel eraf zou scheuren, omdat in dat geval het vliegtuig en de bemanning vanaf het allereerste moment verdoemd waren. Maar bij al deze scenario's werd ervan uitgegaan dat er maar één raket werd gelanceerd, terwijl Samad en zijn teams twee MK III's hadden en de teams beide raketten wilden lanceren.

Eén chauffeur. Eén schutter. Eén assistent om te helpen het wapen te herladen. Totale tijd om beide raketten te lanceren en zelf te verdwijnen: dertig seconden. Voor het geval iemand van plan was hen na de eerste lancering tegen te houden, was de assistent gewapend met twee Makarov semiautomatische pistolen, een AK-47 en zes fragmentatiegranaten.

De chauffeur was net zo bewapend. Een tweede auto met een reservechauffeur zou vlak achter hen staan.

Hoe zou een van de burgers op het GSM Parkeerterrein hen kunnen tegenhouden? De meesten waren waarschijnlijk slechts gewapend met een mobieltje en slechte manieren. Misschien zouden een paar gangsters uit South Central op een collega uit Oakland of Chicago wachten, maar zelfs als dat het geval was, zouden ze algauw in een muur van vuur op de grond vallen.

Samad en zijn mannen moesten de regering van de Verenigde Staten en de luchtvaartmaatschappijen bedanken omdat ze hun vliegtuigen niet beschermden. Het voorzien van elk vliegtuig van militaire tegenmaatregelen – antiradarsneeuw en/of infrarode stoorzenders, sterke lasers om de zoekkoppen op raketten te verbranden of het gebruik van gevechtsvliegtuigen om de vliegtuigen in en uit gevaarlijke gebieden te begeleiden – was onbetaalbaar voor iets wat ambtenaren een 'gebrek aan informatie over strafbare feiten' noemden. De FAA, Federal Aviation Administration, beweerde dat de overheid de luchtvaartmaatschappijen voorzag van een bepaalde 'oorlogsrisico'-verzekering, maar het was niet duidelijk of het programma ook rekening hield met aanvallen door grond-luchtraketten. Samad grinnikte. Hoewel ze op het vliegveld kinderen van vijf grondig controleerden, deden ze niets – en dan ook helemaal niets – om vliegtuigen tegen dit soort raketaanvallen te beschermen.

Allahu Akbar!

De Israëli's hadden geweigerd in dit juridische en politieke moeras te verdrinken, ook omdat ze wisten dat ze altijd wel iemands doelwit waren. Zij hadden hun El Al-vliegtuigen voorzien van complexe antiraketsystemen die zichzelf al hadden bewezen tijdens een opvallende situatie waarin een Boeing 757-300 erin was geslaagd niet één, maar twee raketten te ontwijken. De Israëlische regering ontkende dat het vliegtuig over deze tegenmaatregelen beschikte, ook al werd dit vliegtuig vaak door de premier van Israël gebruikt.

Ze reden naar de noordoostkant van het GSM Parkeerterrein. Hun Hyundai had zo'n grote kofferbak dat zowel de granaatwerper als de raket erin paste. Ze parkeerden in een vak ten noordoosten van de voetbal- en honkbalvelden van het Carl E. Nielsen Youth Park. Rechts van hen lag een woonwijk tegen het park aan. Samad stapte uit en snoof de koele avondlucht op. Talwar parkeerde de bus een paar plaatsen verderop, stapte uit en kwam bij hen staan.

'De reis hiernaartoe was veel moeilijker dan de feitelijke opdracht zal zijn,' zei Niazi.

Samad grinnikte. 'Kijk eens om je heen. Deze mensen zullen niet eens reageren. Ze zullen in hun auto blijven zitten en net doen alsof ze dit alles op de televisie zien gebeuren.'

'Iemand zal tijdens de tweede lancering zijn camera op ons richten,' zei Talwar. 'Dan komen we op CNN. En dan kunnen we er steeds weer naar kijken.'

Er kwam een auto aan, van de luchthavenbeveiliging. Snel drukte Samad zijn mobieltje tegen zijn oor en deed net alsof hij praatte.

De auto stopte voor hen, het raampje ging naar beneden.

'U moet weer in uw auto stappen,' zei een verveeld klinkende zwarte man.

Samad knikte, glimlachte en zwaaide, waarna ze terugliepen naar hun auto's.

Morgenavond zouden ze terugkomen voor een oefensessie, en de avond daarna weer. De telefoontjes zouden worden gevoerd, de teams in positie gezet en dan zouden ze hun bestemmingen te horen krijgen.

DEA Office of Diversion Control
San Diego, Californië

Towers gaf de USB-stick aan de analisten op kantoor en wilde bij hen blijven terwijl ze Corrales' zogenaamde bewijs tegen het kartel bekeken. Moore zei tegen hem dat de geest gewillig was maar het vlees een beetje te vaak was beschoten, en dat hij liever naar het hotel terugging om wat te slapen. Hij sliep niet echt tot bijna twee uur 's nachts, en toen hij wel in slaap was gevallen, bevond hij zich weer op het dak van Zuniga's huis waar hij zag dat Frank Carmichael werd beschoten, in de borst werd geraakt en naar beneden viel. Sonia, de jonge undercoveragent die bij Rojas' zoon was, zei tegen Moore dat hij moest ophouden met huilen, dat hij een opdracht had, dat hij haar leven had gered en dat dat iets betekende. Niet iedereen om hem heen ging dood. Niet iedereen.

Ze was een bijzonder aantrekkelijke vrouw en hij voelde zich schuldig omdat hij dat vond, alsof hij Leslie daardoor verried. Maar Leslie was zo ver weg en eigenlijk wisten ze allebei wel dat het niet meer was dan een bevlieging, twee wanhopige mensen die geluk probeerden te vinden in een land met zoveel ellende en dood. Hij zou zomaar verliefd kunnen worden op Sonia, haar jeugd was bijzonder aantrekkelijk voor een man van zijn leeftijd en hij had zich tot nu niet gerealiseerd dat hij door haar leven te redden eigenlijk veel meer had gedaan dan zomaar een klus opknappen.

Towers belde hem om halfacht. 'Hoe gaat het?'

'Het gaat.'

'Ik wil dat je hiernaartoe komt.'

'Je klinkt uitgeput.'

'Ik ben hier de hele nacht geweest.'

'Hé, dat weet ik. Heel goed van je.'

'Kom hier nu maar naartoe.'

Moore stapte uit bed, trok wat kleren aan en stapte in de huurauto.

Het meisje achter de balie van Starbucks vroeg hem of het wel goed met hem ging.

'Ach, vannacht hebben een paar mensen geprobeerd me te vermoorden,' zei hij.

'Mijn vriendje doet dat ook altijd,' zei ze. 'Blijft de hele nacht op en speelt Call of Duty, en dan is hij de volgende dag niet te genieten...'

Moore nam zijn koffie aan en gaf haar zijn creditcard. 'Bedankt voor de tip. Ik zal proberen me vandaag niet als een chagrijnige klootzak te gedragen.' Hij knipoogde en liep snel naar buiten.

Op kantoor zat Towers – die eruitzag als een opgewarmde dode – bij een groepje analisten. Hij stond op, propte een map onder z'n arm en gebaarde dat ze naar de vergaderkamer gingen. Zodra ze binnen waren, vroeg Moore naar Corrales.

'We hebben hem in hetzelfde hotel gestopt en er een paar man neergezet om hem te bewaken. We denken dat nu ook een paar spotters van Juárez die plek in de gaten houden.'

'Verbaast me niets.'

'We hebben informatie over die politieauto's en politiebusjes uit Calexico. Ze hebben de jongen gevonden die ze heeft gespoten. Een van onze mannen was daar om hem te verhoren. Hij heeft je buddy Gallagher geïdentificeerd.'

'Wat doet Gallagher? Werkt hij voor het kartel, de taliban of beide?'

'Daar kom je nog wel achter. Maar voorlopig hebben jullie een heel groot lek.'

'Ik dacht gewoon... ze zeiden dat ik hem kon vertrouwen, dat hij een goede vent was, jarenlang *case officer* geweest. Wat is er gebeurd?'

'Geld,' zei Towers kortaf.

'Ik hoop dat ze hem goudgeld betalen. Hij zal zich voor ons moeten verbergen. Oké, hoe zit het met Rojas?'

'Ik weet niet waar ik moet beginnen.' Towers wreef in zijn ogen en ontweek zijn blik. 'De situatie is... ingewikkeld.'

'Wat is er aan de hand? Heeft Corrales ons niets gegeven?'

'O nee, hij heeft geweldige informatie. We hebben de hoofdleverancier van het kartel in Bogotá geïdentificeerd, ene Ballasteros. We werken al samen met de Colombiaanse regering om hem op te sluiten, maar de timing is cruciaal. Corrales heeft zelfs wat informatie over Rahmani's locatie in Waziristan.'

'Leuk.'

'Daar zijn we ook mee bezig.'

'Wat is het probleem dan?'

Towers perste zijn lippen op elkaar en aarzelde weer. 'Laat ik bij het begin beginnen. Jorge Rojas is een van de rijkste mensen ter wereld, en een van de beroemdste mensen in Mexico. Hij heeft meer voor het Mexicaanse volk gedaan dan de regering. Hij is een beroemdheid, een heilige.'

'En dat heeft hij allemaal gefinancierd met drugsgeld. Zijn bedrijven blijven overeind met drugsgeld. Duizenden zijn dood dankzij hem en zijn drugsgeld.'

Towers schudde zijn hoofd. 'Weet je wie zijn zwager is? Arturo Gonzalez, de gouverneur van Chihuahua.'

'Kom ter zake.'

'Rojas heeft ook een goede band met de opperrechter van het Mexicaanse hooggerechtshof. Hij is regelmatig op vakantie gegaan met de minister van Justitie en is de peetzoon van diens oudste zoon.'

'Nou en? Ik ben ervan overtuigd dat hij de weekenden doorbrengt met de president van Mexico. Hij blijft een verdomde drugsdealer.'

Towers sloeg de map die hij had meegenomen open en bladerde door een paar documenten. 'Oké, ik heb ze wat onderzoek laten doen naar de Mexicaanse regering, omdat ik daar helemaal niets vanaf wist. Luister: volgens de Grondwet van 1917 zijn de staten en de federatie vrij en soeverein, en hebben ze hun eigen congres en grondwet, terwijl het Federale District maar beperkte autonomie heeft, met een lokaal congres en zijn eigen regering.'

'De staten hebben dus veel meer macht. Wat kan ons dat schelen?'

'Omdat dit genoeg is om te voorkomen dat Rojas ooit voor de rechter komt. De gouverneur van Chihuahua – Rojas' zwager – heeft soevereine macht en zou hem nooit overhandigen aan de federale rechter. En ook al zou hij dat wél doen, zou Rojas nog vrijuit gaan, dankzij het feit dat hij de opperrechter en de minister van Justitie in zijn zak heeft. Bovendien is de doodstraf in 1930 afgeschaft, behalve voor misdaden tegen de nationale veiligheid, zodat hij nooit de doodstraf zou krijgen.'

'Begrijp ik dit goed? We zijn drie goede mensen kwijtgeraakt, maar kunnen toch helemaal niets doen? Corrales heeft de bewijzen. Laten we de zaak aan onze rechterlijke macht overdragen. Dan klagen we Rojas aan voor drugssmokkel en samenzwering.'

Towers hief zijn handen. 'Rustig aan. Vergeet jouw buddy Gallagher niet. Hij praat met Rahmani, en Rahmani praat met Rojas. Het zal twee tot drie weken kosten om hem met deze bewijzen te vervolgen, en dan moeten we maar hopen dat de rechter Corrales geloofwaardig vindt, ook al is hij duidelijk op wraak uit – wat ook niet echt helpt. En gedurende al die tijd moeten we maar hopen dat jouw buddy Gallagher niet rondvertelt dat wij proberen bewijzen tegen Rojas te vinden, want als hij wordt getipt, verdwijnt hij gewoon. Ik durf te wedden dat hij in de hele wereld bezittingen heeft waar niemand iets van weet. Dan verdwijnt hij gewoon van de kaart en zal het jaren duren om hem te vinden, áls we hem al vinden.'

'We hebben Sonia toch? Hij kan zich niet verstoppen.'

'We hebben geen enkele garantie dat Rojas haar mee zal nemen. Hij heeft zijn betrokkenheid bij het kartel zelfs voor zijn eigen zoon verborgen gehouden. Dat heeft Sonia's opdracht heel moeilijk gemaakt. Ze heeft regelmatig geprobeerd bewijzen te verzamelen, in zijn computers te komen, maar elke keer loopt ze tegen een muur op. Hij heeft in het hele huis elektronische sweepers, zodat we hem niet eens kunnen afluisteren zonder dat hij het weet. Zie je, Moore, toen we hieraan begonnen, hadden we geen idee dat het ons naar een man als Rojas zou leiden. Ik bedoel, neem Zuniga; hij ligt veel meer voor de hand en is veel gemakkelijker voor de rechter te slepen.'

'Maar die Niebla in Chicago dan... Mexico heeft hem elf maanden vastgehouden en hem daarna uitgeleverd.'

'Ja, omdat de Mexicaanse regering hem een slechterik vond. Hij had daar geen vrienden. Hij werkte samen met Zuniga, dus heeft Rojas zijn vrienden gebruikt om van die vent af te komen. Maar Rojas... Jezus... Hij heeft de hele wereld in zijn macht. Hij is de heilige van Mexico, en iedereen houdt van hem.'

Moore hief zijn handen en riep uit: 'Het is dus allemaal voor niets geweest?'

'Luister, ik heb hier veertien verschillende agency's op gezet. We kunnen de bewijzen aan onze mensen overhandigen en daarna moeten we er maar het beste van hopen.'

Moore sloot zijn ogen, dacht even na en zei toen: 'Nee, dat gaan we dus niet doen. Absoluut niet. We moeten nu iets doen en we kunnen niet op Rojas wachten. Die moordaanslag heeft ervoor gezorgd dat hij zich gedeisd houdt. Als we zijn smokkelaars en leveranciers arresteren, weet hij wat er aan de hand is. We móéten hem als eerste te pakken krijgen.'

'Hoe moeten we dat onopgemerkt doen?'

'Laat me even een telefoontje plegen. Geef me een paar minuutjes.'

'Wil je koffie?'

Moore wees naar de koffiebeker in zijn hand.

Towers snoof. 'Dat was me niet eens opgevallen. Ik ben echt moe. Ben zo terug.'

Nadat Moore een sneltoets had ingedrukt en eerst de assistent van Slater had gesproken, kreeg hij de man zelf aan de telefoon: 'Meneer, ik heb begrepen dat u een Force Recon Marine was.'

'Je gebruikt de verleden tijd.'

'*Hooyah, sir*. Eens een marinier, ik weet het. We hebben hier een afschuwelijke situatie en ik zou het op prijs stellen wanneer u hier meer als een soldaat dan als een spion over nadenkt, als u begrijpt wat ik bedoel.' Moore begon de details te vertellen en tegen de tijd dat hij klaar was, zat Slater zelf te vloeken.

'Dus meneer, ik denk dat u wel begrijpt wat ik wil vragen.'

'Dit moeten we heel slim aanpakken. Heel slim. Het zou gemakkelijker zijn als we de Sinaloa's of de Guatemalanen konden gebruiken, maar die klootzakken kunnen we niet vertrouwen.'

'We kunnen niemand in Mexico vertrouwen, behalve de marine. Daarom wil ik dat u dat telefoontje pleegt.'

'Ik weet dat je met die mannen hebt getraind, net als ik trouwens. Dat zijn goede mensen. Er zijn ten minste twee commando's daar die me iets verschuldigd zijn, als ze nog steeds in actieve dienst zijn. Ik zal ze bellen.'

'Dank u wel, sir.' Moore verbrak de verbinding en zette zijn koffiebeker neer. Hij sloot zijn ogen weer en vroeg het heelal om een klein beetje rechtvaardigheid.

Towers kwam terug, nog steeds met een sombere blik en snoof de geur van zijn koffie op.

'Goed nieuws,' zei Moore. 'Slater gaat een paar mensen van de Mexicaanse marine bellen die hem iets verschuldigd zijn.'

'Waar denk je aan?'

Moore haalde diep adem. 'Het is wel duidelijk dat we de Amerikaanse of Mexicaanse regering hier niet bij kunnen betrekken. Onze president kan zich hier niet openlijk mee bemoeien en Rojas zou getipt worden zodra we officieel met zijn regering zouden willen onderhandelen. Maar we kunnen misschien wel zakendoen met de Special Forces van de Mexicaanse marine. Het komt erop neer dat we een stuk of twee pelotons inhuren die hun regering niet op de hoogte stellen. Die kerels zijn *gungho* en zouden niets liever doen dan een hufterige drugssmokkelaar te pakken nemen. Zij zullen ons helpen, zodat het, als het bekend wordt, net lijkt alsof de Mexicaanse marine deze klus heeft geklaard. Dan kan onze president zeggen dat wij hier niets mee te maken hebben gehad.'

Towers zei glimlachend: 'We veranderen hun Special Forces-jongens gewoon in huurlingen.'

'Geloof me, ze gaan het doen. Ze zullen zeggen dat ze wel op eigen houtje moesten opereren omdat hun regering zo corrupt is. We gaan er dus naartoe op uitnodiging van die mannen, vallen Rojas' huis binnen en arresteren de klootzak. We zorgen ervoor dat Slater de marine betaalt en dat ze de rest in beslag mogen nemen.'

'Dan moet je allereerst Sonia daar weg zien te krijgen.'

'Absoluut.'

'En Rojas? Wat doen we met hem als we hem echt te pakken krijgen?'

'Wat bedoel je met te pakken krijgen?'

Towers hief zijn handen. 'Hé, rustig aan. Hij is de enige die alle feiten kent.'

'Ik wil je iets vragen: krijgen we genoeg informatie van Corrales om het kartel te vernietigen?'

Towers dacht hier even over na. 'Die kleine rotzak weet veel meer dan ik dacht. We hebben genoeg om grote schade aan te richten.'

'Vergeet Rojas dan. Ik zou niet willen proberen hem te pakken te krijgen. Ik zou hem willen doden.'

'Levend is hij van meer waarde, maar ik ben het met je eens dat het bijzonder gevaarlijk en een logistieke nachtmerrie zou zijn als we hem in leven hielden. Als we hem aan de marine overdragen, zullen ze hem ook moeten doden, anders komt hij alsnog vrij.'

'Denk daar maar niet te lang over na.'

Vijf minuten later ging Moores telefoon. Slater. 'Goed nieuws,' zei hij tegen Towers. 'We hebben zojuist een paar Special Forces van de Mexicaanse marine ingehuurd. *Hooyah*.'

38

Alleen op uitnodiging

Rojas' herenhuis
Cuernavaca, Mexico
90 kilometer ten zuiden van Mexico City

Jorge Rojas zat in zijn kantoor en het financiële nieuws had hem eigenlijk in een goede stemming moeten brengen. De DowJones-index, de NASDAQ en de S&P 500 waren allemaal gestegen. Bovendien zag de IPC van de BMV (Bolsa Mexicana de Valores), waarin vijfendertig aandelenkoersen waren opgenomen en die de beste indicator was voor de algemene stand van zaken van de BMV, er uitstekend uit. Vooral de IPC was belangrijk, omdat Rojas' ondernemingen drieënveertig procent van deze cijfers bepaalden. Zijn investeringen deden het bijzonder goed en zijn ondernemingen hadden gerapporteerd dat de winsten dit kwartaal zouden stijgen.

Waarom zat Rojas dan met een zuur gezicht aan zijn kopje koffie? Om allerlei redenen... omdat hij tegen zijn zoon had gelogen... omdat hij nog elke dag verdriet had om het verlies van zijn vrouw... omdat zijn imperium waar hij van hield en dat hij verafschuwde werd bedreigd...

Wat was er met hem gebeurd? Hij had zijn imperium niet op tranen maar op zweet gebouwd. Hij had zijn tegenstanders niet vernietigd door te huilen als ze toesloegen, maar hij sloeg altijd tien keer zo hard terug.

Hij had het geld. Hij had de wapens. Maar nee, hij was niet beter of anders dan zij, het tuig dat op schoolpleinen drugs verkocht, de gangsters die geld van hun oma's jatten om hun verslaving te kunnen bekostigen. Hij was al een lijk in een kogelvrij pak, hij zat in een herenhuis en had medelijden met zichzelf omdat hij zijn ziel was kwijtgeraakt. Omdat hij zijn geheimen nooit met Alexsi had gedeeld, opperde ze als ze zijn verdriet zag dat hij professionele hulp moest zoeken. Rojas wilde daar niets van weten. Hij wilde trots kunnen zijn en doorgaan, zoals hij altijd deed, zelfs nadat hij in de levenloze ogen van zijn broer had gekeken.

Hij keek nog een keer naar zijn smartphone. Niets. Rojas had geprobeerd contact op te nemen met Mullah Rahmani, maar de man had zijn telefoontjes niet beantwoord. Samads nummer was afgesloten. Castillo had Rojas verteld dat de politieauto's in Calexico door Arabieren waren bestuurd en dat een jongen uit die stad was ingehuurd om de voertuigen in een andere kleur te spuiten. Rojas had al geconcludeerd dat Samad en zijn mensen Pedro Romero hadden vermoord en de tunnel waren binnengegaan. Nadat hij zijn mannen opdracht had gegeven de tunnel te vernietigen, zei Castillo dat Romero's gezin dood in hun woning was gevonden, allemaal met een schot in het hoofd, als een executie. Corrales was nog steeds verdwenen, hoewel Fernando dacht dat hij naar Zuniga's boerderij was gegaan. Zuniga was gedood tijdens een vuurgevecht daar. Spotters hadden gezien dat het lijk van een vrouw het huis uit was gedragen. Misschien was dat Corrales' vriendin Maria, maar geen van de spotters had Corrales geïdentificeerd. Federale agenten, die misschien als spion hadden gewerkt, waren in een helikopter gevlucht. De spotters hadden hen niet goed kunnen zien. Rojas was bang dat Corrales naar de autoriteiten was gegaan, de Mexicaanse of de Amerikaanse. En het ergste was dat Fernando had gerapporteerd dat hun beste contact met de federale politie, inspecteur Alberto Gomez, was verdwenen.

Het werd tijd bankrekeningen te sluiten, geld te verplaatsen, laden te legen en sloten te veranderen. Hij was een expert geworden in het verbergen van zijn banden met het kartel door zijn legale ondernemingen en dankzij ongelooflijk trouwe medewerkers die nooit hadden gedreigd hem te verraden. Maar nu was alles anders.

Toen zijn telefoon ging en hij het nummer zag, schrok hij. 'Hallo?'

'Hallo, señor Rojas.' De man sprak Spaans, maar Rojas rilde van het accent.

'Rahmani, waarom hebt u mijn telefoontjes niet beantwoord?'

'Ik ben op reis geweest en de mobiele ontvangst was niet goed.'

'Ik geloof u niet. Waar bent u nu?'

'Thuis.'

'Goed, voordat u nog iets zegt, moet u heel goed naar me luisteren. Samad kwam in Bogotá bij me met een lang, zielig verhaal over een zieke imam. Hij wilde veilige doorgang naar de Verenigde Staten. Hij probeerde me om te kopen met bermbommen en pistolen.'

'Die u natuurlijk hebt aangenomen.'

'Natuurlijk, maar u weet waar ik de grens trek. We mogen de slapende hond niet wakker maken.'

'Señor, accepteer mijn excuses alstublieft. Samad is een schurk en ik kan geen contact meer met hem krijgen. Eerlijk waar, ik heb geen idee of hij in de Verenigde Staten is of niet. Ik heb hem heel duidelijk gemaakt dat hij weg moest blijven en onze relatie niet op het spel mocht zetten, maar hij is een onbezonnen jongeman, en ik zal ervoor zorgen dat hij boet voor zijn fouten.'

'Als hij in Amerika is, zijn u en ik verleden tijd. Dan zal ik niet alleen ophouden met het importeren en transporteren van uw product, maar dan zal ik ervoor zorgen dat u nooit meer ook maar iets naar mijn land kunt brengen. Ik heb Samad hier al voor gewaarschuwd, en ik heb u al eerder geprobeerd te waarschuwen toen ik in Bogotá was, maar u hebt mijn telefoontjes nooit beantwoord. Begrijpt u me?'

'Ja, ik begrijp u wel, maar maak u geen zorgen. Ik zal alles doen wat in mijn macht ligt om elk mogelijk probleem dat Samad voor u of uw ondernemingen zou kunnen vormen op te lossen.'

Rojas zei op wrede en bijzonder dreigende toon: 'Ik hoop snel van u te horen.'

'Dat gebeurt ook. O, en dan nog iets. We hebben een waardevolle informatiebron die misschien van belang is, een Amerikaanse CIA-agent die nu voor ons werkt. Ik geef u graag alle informatie die voor u van belang kan zijn. Ondertussen verzoek ik u door te gaan met het transporteren van het product. Doe niets overhaasts. De hond, zoals u zei, slaapt nog steeds en dat willen we graag zo houden.'

'Zoek Samad. Bel me dan.' Daarna verbrak Rojas de verbinding en keek naar de deuropening waar Fernando Castillo stond te wachten.

'Goedemorgen. J.C. heeft het ontbijt klaar.'

'Dankjewel, Fernando. Ik wist niet dat je ook onze butler was.'

'Nee, meneer. Ik kwam hier eigenlijk voor iets anders. Voor twee dingen eigenlijk...' Hij haalde diep adem en sloeg zijn blik neer.

'Wat?'

'Er is een explosie geweest in San Martin Texmelucan.'

'De pijpleiding?'

Hij knikte. 'Ongeveer vijftig mensen dood. De Zetas hebben onze waarschuwingen alweer in de wind geslagen en ze zijn er nog steeds.'

Las Zetas, een bende sicarios van het Gulf Cartel, waren ingehuurd om olie te stelen van Pemex, een aardolieonderneming die staatseigendom was en ook door de staat werd gerund. De president van Mexico had zich tot Rojas gewend voor advies en voor hulp, en hoewel Rojas ontkende dat hij rechtstreeks contact had met het kartel, had hij het geld geschonken dat nodig was om in de meest kwetsbare gebieden de lokale politie en de veiligheidsdienst van Pemex te versterken. Ondertussen had Rojas Castillo opdracht gegeven contact op te nemen met de Zetas en hen gewaarschuwd voor nieuwe aftappingen. Alleen al dit jaar hadden ze meer dan negenduizend vaten olie gestolen, genoeg om meer dan veertig tankwagens te vullen. Ze verkochten de brandstof via hun eigen benzinestations en transportmaatschappijen die ze voor hun witwaspraktijken hadden opgericht, en bovendien op de internationale zwarte markt. Veel van die olie kwam terecht in de Verenigde Staten. Soms vermengden ze de gestolen brandstof met legaal aangeschafte brandstof om extra winst te maken. Castillo had het er vaak over gehad om de Zetas-operatie over te nemen, zodat ze veel meer winst konden maken. Het was natuurlijk wel waar dat Rojas de regering met de ene hand geld gaf en het met de andere hand terug pikte, maar hij vond het kortzichtig en roekeloos om de financiële stabiliteit van de belangrijkste olieleverancier van het land in gevaar te brengen. Bovendien was de operatie veel te riskant en werd deze slecht geleid. Deze explosie sterkte hem zelfs in die mening.

Rojas vloekte en dacht even na. 'Bel je vriend. Zeg tegen hem dat als de Zetas niet ophouden met het aftappen van olie, wij de pijpleiding dan namens de regering komen bewaken.'

'Zal ik doen,' zei Castillo.

'Oké, hoe zit het met de tunnel die we zijn kwijtgeraakt?'

'We vullen het gat aan onze kant, ontkennen dat we wisten dat de toegang zich in het pakhuis bevond en hebben een van de onderaannemers de schuld in de schoenen geschoven. Ik ben al op zoek naar een nieuwe bouwkundige en naar een nieuwe locatie voor een tunnel, maar we hebben daar heel veel geld verloren. Ik hoop dat u begrijpt dat het vernietigen van de tunnel een goede beslissing is geweest.'

'Natuurlijk, Fernando. Je hebt me nog nooit teleurgesteld.'

Castillo grijnsde even. Daarna liep hij naar Rojas' bureau en haalde een digitaal opnameapparaatje achter een van de ingelijste foto's vandaan. 'Ik kreeg de melding dat er een clandestien apparaat in uw kantoor zou zijn. Dat is de andere reden dat ik hier ben.'

'Miguel?'

Castillo knikte.

Rojas vroeg zich af wat hij het beste kon doen en zei toen: 'Wis alles maar en laat hem daar staan...'

Met een hol gevoel in zijn maag verliet Rojas zijn kantoor en liep in zijn kamerjas naar de keuken waar in elk geval iets hem blij maakte: de zoete geur van *huevos rancheros*.

Sonia zat door het slaapkamerraam naar buiten te kijken. Miguel kwam achter haar staan en sloeg zijn armen om haar middel. 'Wat ruik je lekker,' zei hij.

'Jij ook.'

'Zullen we vandaag naar de waterval gaan?'

'Weet ik nog niet.'

'Dat heb je beloofd. En ik dacht aan dat resort en de spa waar je het over had, Misión del Sol. We kunnen een massage nemen en ik wil een pedicure. En we kunnen er blijven slapen en iets romantisch doen. Volgens mij zijn we daar wel aan toe.'

Miguel voelde de spanning in zijn schouders, alsof iemand dikke leren riemen om hem heen sloeg en ze langzaam stevig aantrok, gaatje voor gaatje. 'Ik voel me niet goed.'

Ze maakte zich los uit zijn omarming om hem te kunnen aankijken. Ze keek naar zijn ogen, legde haar hand op zijn voorhoofd en keek hem pruilend aan, als een verdrietig klein meisje. 'Geen koorts.'

'Dat is het niet. Kijk eens.' Hij haalde het apparaat uit zijn heupzak.

'Een nieuwe telefoon?'

'Nee, een digitaal opnameapparaat. Gisteravond heb ik hem in het kantoor van mijn vader verstopt. Ik heb hem net opgehaald. 's Ochtends voert hij altijd heel veel telefoongesprekken. Weet je, dit heb ik al heel lang willen doen. Hij heeft tegen me gelogen toen we beneden in de kluis waren. Hij loog. Dat weet ik en hij wil niet dat ik het weet, omdat hij bang is voor wat ik van hem zal denken.'

'Heb je hem al afgeluisterd?'

'Nee. Ik ben bang.'

Ze liep naar de deur van de slaapkamer en deed hem dicht. 'Maak je maar geen zorgen. Wil je dat ik erbij ben?'

'Ja.'

Ze gingen op het bed zitten en hij haalde diep adem. Hij drukte op de playknop, maar ze hoorden niets.

'Is hij kapot?'

'Nee. Hij deed het. Dat weet ik zeker.'

'Misschien heeft hij hem gevonden.'

'Ja, en als er dan iets op stond, heeft hij het gewist, omdat hij niet wil dat ik dit te weten kom.'

'Dat spijt me.'

Miguels ademhaling versnelde. 'Hij móét iets voor me verbergen.'

Sonia vertrok haar gezicht. 'Je vader is geen drugsdealer. Je vergeet steeds weer hoeveel hij voor Mexico heeft gedaan. Als hij zaken moet doen met de drugskartels – je weet wel, ze manipuleren, om hen heen laveren – dan zou je daar begrip voor moeten hebben.'

'Ik denk niet dat hij de drugskartels manipuleert. Ik denk dat hij een drugskartel ís.'

'Je luistert niet naar me. Mijn vader moet in zijn bedrijf ongeveer dezelfde dingen doen. Er zijn handelaren en producenten die hem altijd last bezorgen, wielrenners die doping gebruiken en worden betrapt, sponsorcontracten die mijn vader moet verbreken. Dat is de zakenwereld en je zou moeten accepteren dat je daar bepaalde dingen moet doen, omdat je ooit veel meer zult erven dan alleen je vaders geld. Je zult de betrokkenheid erven, en ik weet zeker dat je vader dát wil. Misschien probeert hij je te beschermen voor de smerige kant van de zaak, maar de zakenwereld van tegenwoordig is geen schone zaak. Echt niet.'

'Je zit wel op de praatstoel vandaag.'

'Alleen maar omdat ik me zorgen maak.'

'Dat hoef je mij niet te vertellen.'

'Stel eens dat je gelijk hebt. Stel dat je vader inderdaad een kartel is. En dat ze hem arresteren. Wat ga je dan doen?'

'Zelfmoord plegen.'

'Dat doe je niet, dat weet je best. Je zou ermee doorgaan, omdat je veel sterker bent dan je denkt.'

Miguel pakte de digitale recorder, trok een la open en smeet hem erin. 'Ik heb geen idee wat ik ben.'

Ze rolde met haar ogen om zijn sombere opmerking, dacht even na en keek hem toen weer aan. 'Volgende week begin je dus met je vakantiebaan bij Banorte. Dan denk je hier echt niet meer aan.'

Hij zuchtte. 'Ik weet het niet. Misschien niet.'

'O, doe het maar gewoon. Dit najaar verhuizen we naar Californië en dan zal alles perfect zijn.'

'Nu klinkt het bijna alsof je daar verdrietig om bent.'

Ze perste haar lippen op elkaar. 'Ik zal mijn familie erg missen.'

Hij trok haar tegen zich aan. 'We zullen hen zo vaak mogelijk opzoeken...' Miguels telefoon trilde. 'Dat is een sms uit de keuken. J.C. zegt dat de eieren koud worden. Heb je honger?'

'Niet echt.'

'Ik ook niet. Kom, laten we gaan. Dan nemen we onderweg wel koffie. Ik heb helemaal geen zin om mijn vader nu te zien.'

Gulfstream III
Onderweg naar Mexico City

Moore en Towers zaten in het tweemotorige vliegtuig en bekeken het pdf-bestand met de plattegrond van Rojas' herenhuis in Cuernavaca. Het huis was bijna 270 vierkante meter groot, had twee verdiepingen en een garage, was volledig onderkelderd, leek vanbuiten op een kasteel uit de zestiende eeuw en was gebouwd op een heuveltop die uitkeek over de stad. De residentie was ooit het hoofdonderwerp geweest van een tijdschriftartikel, waarvoor Rojas' overleden vrouw Sofia (wier naam griezelig veel leek op die van hun agent Sonia) de redacteuren een rondleiding had gegeven door het huis en de omringende tuinen. Zij had de plek La Casa de la Eterna Primavera genoemd.

De Agency had het huis in de gaten gehouden met menselijke spotters omdat de hele omgeving vol zat met afluisterapparatuur. Towers en Moore hadden een gedetailleerd rapport ontvangen over het aantal bewakers van Rojas en hun positie, en verdere informatie over de elektronische beveiliging van het huis. Rojas bezat verschillende beveiligingsbedrijven in Mexico en de Verenigde Staten, zodat ze mochten aannemen dat hij zijn huis beveiligde met het beste wat voor geld te koop was: verborgen camera's waarvan de software kon worden 'getraind' om alarm te slaan na elektronisch analyse van 'interessante' objecten, zoals het silhouet van een mens of dier, of iets anders wat je het systeem leerde ontdekken. Hij had ook bewegings- en geluidssensoren, lasers en sweepers binnens- en buitenshuis, en dit alles maakte deel uit van een virtuele verzameling detectieapparatuur die vanuit een beveiligde bunker in de kelder door een bewaker werd gemonitord. Bij het artikel stonden foto's van Rojas' collecties antieke meubels en boeken die volgens de schrijver zorgvuldig in kluizen waren opgeslagen. Moore concludeerde dat deze kluizen zich in de kelder bevonden.

Towers had al een opvallend zonnedek ontdekt op de eerste verdieping op de noordwesthoek van het huis. Perfecte toegang tot de eerste verdieping. Op het beeldscherm van zijn iPad dubbelklikte hij op de plek en prikte er een blauwe punaise in.

'Hiervandaan kan hij zomaar op de oprit komen,' zei Moore en hij wees naar het beeldscherm. 'Als hij in de problemen komt, kan hij via die helling in de garage komen en proberen door die stenen muur te rijden... en hier... Dat is de tweede garage. Daar heeft hij misschien wel een wagen klaarstaan.'

Towers keek Moore aan en zei: 'Als hij ontsnapt, moeten we allebei met pensioen gaan.'

'Ik zeg het alleen maar.'

'Zeg het maar niet. Dat gebeurt niet als ik erbij ben.'

Moore vroeg glimlachend: 'Zeg, je hebt me nooit verteld... hoe heb je eigenlijk toestemming gekregen om erbij te zijn?'

'Dat heb ik niet. Ze denken dat ik nog in San Diego ben.'

'Je maakt een grapje zeker...'

Towers grijnsde. 'Inderdaad. Ik heb een goede baas, en hij respecteert mijn werk. Ik heb nooit eerder zoveel mensen tijdens één operatie verloren, dus ik maak dit ook af. Slater heeft me ook gesteund. Hij wilde niet dat jij dit alleen moest doen. Ze lijken je te mogen.'

'Dat verbaast me.'

Towers trok een wenkbrauw op. 'Mij ook. O ja, de lijst die Gomez ons heeft gegeven, is gecontroleerd. Hij heeft tien sleutelfiguren binnen de federale politie genoemd, plus de onderminister van Justitie. En zodra we klaar zijn met deze operatie ga ik me daarmee bezighouden. Het kan me niets schelen, ook al moeten we de hele politiemacht van Juárez arresteren. Ze gaan er allemaal aan.'

'Helemaal mee eens, baas. In elk geval gaan we nu samenwerken met een paar keiharde lui. Die jongens van de FES zijn geweldig en ze gaan een feestje bouwen. Ik ben heel blij dat we ook zijn uitgenodigd.'

Moore stelde zich natuurlijk bescheiden op, want Slater had niet alleen gebruikgemaakt van zijn eigen contacten, maar ook van Moores ervaring als Navy SEAL om de Fuerzas Especiales (FES) in te huren, een Special Operations Unit van de Mexicaanse marine die eind 2001 was opgericht. Moore beschouwde ze als de Mexicaanse versie van de Navy SEAL's, en had niet lang nadat deze groep was opgericht zelfs vier weken samen met hen in Colorado getraind. Hun motto was eenvoudig: *fuerza, espíritu, sabiduría*: kracht, karakter, wijsheid. De groep van bijna vijfhonderd man was ontstaan vanuit het Marine Airborne Battalion uit de jaren negentig. Hun primaire taak was het uitvoeren van amfibische operaties, maar ze waren ook uitstekend getraind voor onafhankelijke, onconventionele oorlogvoering in de lucht, op zee en op het land met gebruikmaking van alle beschikbare middelen. Ze waren ervaren duikers en parachutisten, en goed getraind in verticale afdaling, gevechten in steden en sluipschieten. Zoals iedere goede marinecommando hadden ze een gezonde belangstelling voor alles wat boem zei. De groep was onderverdeeld in twee units, de Pacific-unit en de Gulf-unit, en had drieënvijftig weken lang een trainingsprogramma gevolgd dat alleen de sterkste mannen konden volhouden. Ze hadden een belangrijke rol gespeeld bij de oorlog van de Mexicaanse regering tegen drugssmokkelaars, dankzij hun goed geplande en bijzonder agressieve tactieken, technieken en procedures: de goede oude TTP's, zoals Moore ze kende.

Een van de opvallendste FES-operaties vond plaats op 16 juli 2008, toen ze opereerden vanaf de zuidwestkust van Oaxaca, Mexico. FES-teams daalden af vanuit een helikopter op het dek van een tien meter lange narco-onderzeeër. Ze arresteerden vier mannen en namen een kleine zes ton Colombiaanse cocaïne in beslag.

In een vrij berucht kabeltelegram, gelekt door Amerikaanse diplomaten, werd het Mexicaanse leger beschreven als bekrompen, risicomijdend en veel te territoriaal ingesteld, omdat agency's zoals de DEA en de CIA hadden geprobeerd met hen samen te werken om drugssmokkelaars aan te pakken, terwijl officieren van de Mexicaanse marine al jarenlang samenwerkten met hun Amerikaanse collega's en hun vertrouwen hadden verdiend. De samenwerking tussen de Mexicaanse marine en de Amerikaanse agency's was ongekend. De DEA was natuurlijk altijd terughoudend geweest over samenwerking met welke Mexicaanse dienst dan ook na de inmiddels beroemde kidnapping van een van hun meest succesvolle agenten, Enrique Camarena, die in 1985 door corrupte politieagenten was ontvoerd, gemarteld en ten slotte op brute wijze vermoord.

Moores contact met de FES was kapitein Omar Luis Soto. Dat was niet toevallig, want ze hadden elkaar in Coronado leren kennen. Soto was inmiddels eind dertig, had een gemakkelijke glimlach, brede schouders en een neus die hij zelf beschreef als 'Maya-architectuur'. Hoewel zijn lichaam bijzonder intimiderend was, was hij door zijn scherpschutterskunst de opvallendste man uit de Mexicaanse groep. Toen hem werd gevraagd hoe het mogelijk was dat hij zoveel fatale schoten met zoveel verschillende wapens kon afvuren, glimlachte hij alleen maar en zei: 'Ik hecht aan het leven.' Moore had later gehoord dat Soto veel tijd op de schietbaan doorbracht, en dat al sinds zijn vroegste jeugd had gedaan.

Moore vond het geweldig dat hij de man weer zag, ook al had hij liever gezien dat dit in andere omstandigheden gebeurde. Voor de goede orde, had Slater gezegd, de Verenigde Staten hadden niets te maken met de inval in de woning van Jorge Rojas. De FES zelf werd heel goed betaald om de hele operatie buiten de publiciteit te houden, zodat de Mexicaanse regering er niets van wist.

Zoals Slater had gehoord en Moore had vermoed, kon Soto's team niet wachten tot ze de inval konden uitvoeren. Bovendien vonden ze het geweldig dat ze konden samenwerken met twee slimme Amerikanen.

Campo Militar 1
Mexico City, Mexico

Moore en Towers landdden halverwege de middag in Mexico City. Daar huurden ze een auto en reden naar een legerkamp tussen Conscripto en Zapadores Avenue en de Belt Freeway. Het was de enige militaire basis met roze muren en een zwart gietijzeren hek die Moore ooit had gezien. Ze toonden hun identiteitsbewijzen aan de bewaker bij de poort, die een telefoontje pleegde, hun namen op een lijst opzocht en hun ten slotte toestemming gaf door te rijden. Ze kwamen bij een administratiegebouw van één verdieping, waar ze Soto en de rest van zijn team zouden ontmoeten. De vergaderkamer was uitgeleend aan de marine door de administrateurs van het legerkamp, en Soto had zich al van tevoren verontschuldigd voor het eenvoudige onderkomen.

Een paar seconden nadat Moore hun auto op een parkeerplaats had gezet, gingen de dubbele deuren open en verscheen Soto, gekleed in een spijkerbroek en sweatshirt. Hij grijnsde en gaf Moore een stevige hand. 'Goed je weer te zien, Max!'

'Idem.'

Nadat Moore Towers had voorgesteld, liepen ze snel achter Soto aan naar binnen. Via drie gangen die al heel lang geen bezem meer hadden gezien, stapten ze de vergaderzaal binnen. Aan een lange tafel zaten ongeveer twaalf mannen te wachten, die allemaal, net als Soto, burgerkleren droegen. Tot Moores verbazing bevond zich achter in de ruimte een projectiescherm waar ze hun computers en iPads konden inpluggen om beelden te laten zien. Ze hadden hier wel om gevraagd, maar niet zeker geweten of de FES dit kon regelen.

Soto nam alle tijd om hen aan iedere agent voor te stellen; het waren stuk voor stuk doorgewinterde mariniers die lid waren geworden van de Special Forces. Twee van de mannen waren piloot. Nadat de introducties waren afgerond, maakte Towers zich klaar om aan de briefing te beginnen. Hij schraapte zijn keel en zei in het Spaans: 'Goed dan, heren, wat we van plan zijn te gaan doen, zal de krantenkoppen halen. Jorge Rojas is niet alleen een van de rijkste mensen ter wereld, maar ook een van de belangrijkste leiders van een drugskartel. En vannacht gaan we hem uitschakelen en zijn kartel ontmantelen.'

'Señor Towers, onze groep is eraan gewend geschiedenis te schrijven,' zei Soto, terwijl hij met een gezonde dosis bewondering naar zijn team keek. 'U kunt dus op ons rekenen.'

Moore keek de kamer rond. De mannen hadden er zichtbaar zin in en toen hij dat zag, begon zijn hart ook sneller te kloppen.

Hij dacht weer aan Khodai, Rana, Fitzpatrick, Vega en Ansara, en nam zich voor er deze nacht voor te zorgen dat geen van hen voor niets was gestorven.

Towers verhief zijn stem. 'Heren, we hebben plattegronden van Rojas' herenhuis en die zullen we allemaal nauwkeurig bekijken, maar we moeten er ook van uitgaan dat niet alles hierop staat. Daarna gaan we de hele omgeving analyseren en de details van ons aanvalsplan bespreken. Ik wil nogmaals benadrukken dat deze operatie streng geheim is. We moeten er hoe dan ook voor zorgen dat de regering niet te weten komt dat deze operatie plaatsvindt.'

Soto knikte. 'Dat begrijpen we, señor Towers. Alle voorzorgsmaatregelen zijn genomen...'

39

Het vuur in hun handen

Los Angeles International Airport (LAX)
GSM Parkeerterrein
9011 Airport Boulevard

In tijden van oorlog moeten er voorbereidingen worden getroffen.

Moeten mannen worden opgeofferd.

En mag Allahs wijsheid niet in twijfel worden getrokken.

Toen Samad nog een jongen was en in Sangsar woonde, een dorpje aan de rand van Kandahar in het zuiden van Afghanistan, keek hij omhoog naar de met sneeuw bedekte bergtoppen en naar de vliegtuigen die eroverheen vlogen. Hij stelde zich voor dat de piloten een scherpe bocht maakten en hun vliegtuig op de bergtop neerzetten zodat de passagiers konden uitstappen om foto's te maken. Samad en zijn vrienden zouden naar die toeristen toe gaan en hun ansichtkaarten en sieraden verkopen als herinnering aan deze bijzondere vlucht. Samad had nooit helemaal bedacht hoe hij en zijn vrienden op die bergtop kwamen, maar dat was niet belangrijk. Soms stelde hij zich voor dat hij zelf in een van die vliegtuigen zat en naar een plaats vloog waar ze snoep hadden, chocolade om precies te zijn. Hij droomde van chocolade... elke dag... jarenlang. Witte chocolade, melkchocolade, pure chocolade, hij vond het allemaal heerlijk. Hij kende zelfs een paar merknamen: Hershey's, Cadbury, Godiva, en had zelfs een illegale kopie gezien van de film *Charlie en de chocoladefabriek* op de televisie achter in de kraam van een tapijtenhandelaar op de lokale bazaar.

Terwijl hij in de stilstaande bus zat, met Niazi op de passagiersstoel naast hem en Talwar achterin met de raketlanceerder op de schouder, haalde hij de foto van zijn vader uit zijn zak: hij glimlachte zodat zijn slechte gebit zichtbaar was, hij had een baard die op staalwol leek en zijn gezicht was vaag door het vergeelde plastic. Uit zijn andere zak haalde hij een Hershey's-reep die hij in de Dollar Tree had gekocht. Hij haalde de reep uit de verpakking, stopte hem in zijn mond en liet de chocolade op zijn tong smelten.

Ik ben geen slechte man, had hij tegen zijn vader gezegd. *De ongelovigen hebben dit over zichzelf afgeroepen, en ik ben Allahs instrument. Dat moet u geloven, vader. Daar mag u geen seconde aan twijfelen. Alstublieft...*

Hij keek op zijn horloge, stopte de foto in zijn zak, stapte uit en zei tegen Talwar en Niazi dat ze moesten wachten.

De sms'jes van hun team op het vliegveld waren al binnen:

VAN 8185557865: VLIEGTUIG RIJDT NU WEG.

VAN 8185556599: TAXIET OP DE STARTBAAN.

VAN 8185554590: STIJGT OP.

Elk team van drie man buiten het vliegveld werd ondersteund door een team van drie man op het vliegveld; deze laatste teams bestonden uit 'slapende spionnen'-cellen die al jaren geleden in het land waren geplaatst. Ze werkten als schoonmaker of bagagemedewerker, of in een van de tientallen bedrijven in de terminals. Het waren gewoon spotters met goede informatie die de vluchtgegevens bevestigden die Samad op zijn computer kon zien. Het was hun taak om te kijken, te rapporteren en, boven alles, niet te worden geïdentificeerd of gearresteerd.

Samad stond vlak bij de motorkap van de bus en tikte op zijn iPhone om de Airline Identifier-applicatie te activeren die hij voor 4.99 dollar van iTunes had gedownload. Hij richtte hem op het vliegtuig boven hem, een vliegtuig dat vóór hun doelwit was opgestegen, en de applicatie identificeerde dit vliegtuig correct: het vluchtnummer, de snelheid, de bestemming, de afstand tot Samad en meer. Hoewel de software niet altijd accuraat was en Samad bijna zeker wist dat het volgende vliegtuig hun doelwit was, had hij de andere teams opdracht gegeven zich er twee keer van te vergewissen dat ze het juiste vliegtuig hadden. Daar was Rahmani heel duidelijk over geweest, omdat in elk vliegtuig op de afgesproken tijd een 'slapende spion' zat – een man die de marteldood zou sterven – die een verklaring aan de passagiers zou voorlezen. Deze mannen hoefden de explosieve vloeistoffen niet in kleine flesjes te verbergen om te voldoen aan de strenge regels voor vloeistoffen in de handbagage, maar konden 'schoon' aan boord gaan en hun boodschap afleveren. De TSA (Transportation Security Administration) van het Department of Homeland Security (DHS, de binnenlandse veiligheidsdienst) zou hen niet kunnen tegenhouden, omdat Allah hen steunde. Sterker nog, de 'slapende spionnen' zouden de passagiers zelfs opdracht geven de videocamera van hun mobieltje te gebruiken en opnamen te maken. Deze video-opnamen zouden aan het Amerikaanse publiek worden getoond, via e-mail, direct op internet of uit de wrakstukken worden gehaald.

Samad tuurde in de verte, hoorde het lage gedreun van de motoren van het vliegtuig en tikte twee keer snel achter elkaar op de motorkap. De achterportieren gingen open en Talwar kwam naar buiten, hoewel de raketlanceerder nog binnen stond. Talwar drukte zijn mobieltje tegen zijn oor alsof hij een telefoongesprek voerde, maar in werkelijkheid probeerde hij de vuurpositie te bepalen. De knipperlichtjes van het vliegtuig verschenen in de verte en toen, eindelijk, ook het vliegtuig zelf dat over hen heen vloog.

'Drie, twee, één, vuur!' fluisterde Samad.

'En drie, twee, één, herladen,' antwoordde Talwar.

Niazi kwam naast zijn vriend staan en knikte. 'Herladen in drie, twee, één. Klaar om te vuren.'

'Klaar om te vuren. Drie, twee, één, vuur!' zei Talwar.

Samad telde in gedachten nog vijf seconden af en zei toen: 'We gaan.' Hij keek nog één keer naar het vliegtuig en daarna naar de iPhone-app die het vliegtuig identificeerde als Delta-vlucht 2965.

Hij stapte in de bus en keek naar de andere chauffeurs op de parkeerplaats. Niemand had opgekeken van zijn mobiele telefoon. Zou het niet ironisch zijn als Talwar zich vergiste? Misschien waren deze Amerikanen zo gehypnotiseerd door hun technologie dat zelfs een draagbare raketlanceerder vlak bij hen niet voldoende was om hun aandacht af te leiden van hun apps en games en YouTube-video's en sociale-netwerkwebsites. Ze liepen immers ook als zombies door winkelcentra, keken nietsziend naar de kleine beeldschermpjes in hun hand, zonder op te kijken, zonder zich te realiseren dat het vuur dat hun ziel voor altijd zou verbranden al in hun hand lag.

'Ik zie absoluut geen problemen,' zei Talwar achter in de bus nadat hij de Anza weer had gecontroleerd. 'De batterij is nog steeds helemaal vol.'

Samad knikte. '*Allahu Akbar*.'

De mannen herhaalden dit. En toen ze wegreden, dacht Samad weer aan een vraag die Talwar hem had gesteld: 'Wat gaan we doen als dit allemaal achter de rug is? Waar gaan we dan naartoe? Terug naar huis?'

Samad had zijn hoofd geschud. 'We kunnen nooit meer terug naar huis.'

Rojas' herenhuis
Cuernavaca, Mexico
90 kilometer ten zuiden van Mexico City

Op de klok was het 01.21 uur en Jorge Rojas kreunde, sloeg een arm over zijn voorhoofd en sloot zijn ogen. Alweer. Alexsi lag naast hem, rustig te slapen. Rojas dacht in de verte het geluid van een helikopter te horen, vast weer een politieachtervolging. Hij probeerde nergens aan te denken en liet zichzelf verder wegzakken in de duisternis.

Misión del Sol
Resort en spa
Cuernavaca, Mexico

Miguel rolde opzij en merkte dat Sonia weg was, maar er kwam een straaltje licht onder de deur van de badkamer door van de chique villa die ze voor de nacht hadden gehuurd. Hij wilde zijn telefoon pakken om te kijken hoe laat het was, maar die lag niet op het nachtkastje waar hij dacht dat hij hem had neergelegd. Hmmm. Dan zat hij misschien nog in zijn broekzak. Het licht in de badkamer flikkerde, hij zag schaduwen bewegen. Misschien voelde ze zich niet lekker. Ze hadden best een fijne dag gehad, hoewel hij nog steeds gedeprimeerd was en zij afwezig leek. Geen van beiden had zin gehad om te vrijen, zodat ze gewoon even hadden gekletst over het restaurant en de waterval. Daarna gingen ze terug naar het hotel en dwaalden door de prachtige tuinen die naar tropische bloemen roken. Vervolgens waren ze naar binnen gegaan voor hun massage en een rustig nagerecht. Hij had zijn vader gebeld om hem te laten weten dat ze er waren en had net gedaan alsof hij niet had gemerkt dat de twee bodyguards van zijn vader hen volgden.

Het licht in de badkamer ging uit. Hij hoorde haar naar het bed lopen en deed net alsof hij sliep. Ze glipte naast hem en nestelde zich tegen hem aan.

'Gaat het?' fluisterde hij.

'Ja hoor, alleen een beetje maagpijn. Laten we maar weer gaan slapen...'

Rojas' herenhuis
Cuernavaca, Mexico
90 kilometer ten zuiden van Mexico City

Fernando Castillo had altijd drie dingen op zijn nachtkastje liggen: zijn telefoon, zijn ooglapje en de Beretta die zijn vader hem had gegeven toen hij eenentwintig werd. In de handgreep van de Beretta stond een gouden cowboy die zijn vader voorstelde, een rancher. Castillo schoot maar één of twee keer per jaar met dit wapen, alleen maar om er zeker van te zijn dat hij goed functioneerde.

Toch twijfelde hij eraan.

Terwijl hij naar de schoten luisterde, liep hij naar zijn kast. Achterin bevond zich een grote wapenkast, groot genoeg voor tientallen geweren en zelfs nog krachtiger wapens.

UH-60 Black Hawk-helikopter van de Mexicaanse marine
Onderweg naar Rojas' herenhuis
01.31 uur

Ervan uitgaande dat Rojas de ingewikkeldste en uitgebreidste veiligheidsmaatregelen had die er maar konden zijn, en gezien het feit dat het omsingelen van het huis en de omgeving topprioriteit was en zou worden afgerond voordat ze de inval zouden uitvoeren, hadden ze besloten als team naar binnen te gaan zonder de elektriciteit in de hele buurt af te sluiten zoals ze in eerste instantie hadden overwogen. Proberen elke veiligheidsmaatregel te omzeilen zodat een agent naar binnen kon glippen om Rojas te lokaliseren, zou te veel tijd kosten en één man tegenover een onbekend aantal tegenstanders binnen plaatsen. Ze moesten het risico zo klein mogelijk maken en de kans om Rojas te pakken te krijgen zo groot mogelijk. Bovendien moesten ze een mogelijkheid creëren om zijn mensen – luitenants, sicarios – die ook binnen konden zijn te arresteren of te doden. Dit was niet de tijd of plaats voor heldhaftigheden en er was geen tijd om iets te doen wat de mensen in het huis als iets bijzonders zouden beschouwen, zoals een stroomstoring.

Moore, een man die ooit alleen in zichzelf had geloofd, maar die van Frank Carmichael en de Navy SEAL's had geleerd in een team te werken, was het van harte eens met deze aannames.

Ja, ze zouden in de kleine uurtjes als team een inval doen en wel nu. Sonia had bevestigd dat de man thuis was. Elke keer als ze haar vader in Spanje belde, werd haar telefoontje doorgeschakeld naar Langley, en haar twee recentste rapporten hadden aangegeven dat Rojas gespannen was en misschien binnenkort op reis ging.

Op dit moment werden de tweeëntwintig bewakers van Rojas uitgeschakeld. Hij had ze rondom het huis geposteerd, verspreid over het terrein van één hectare en langs de stenen muren die het terrein omzoomden.

Een Ford F-250 'minicommando'-truck stond aan de overkant van de straat, tegenover het toegangshek van Rojas. Het ijzeren hek was drie meter hoog en was bevestigd aan twee stenen pilaren van minstens vierenhalve meter hoog. In de truck zaten drie van Soto's mannen, die meteen aan het werk gingen voordat Rojas' bewakingsteams konden reageren. Boven op een rail die op de laadbak van de truck was bevestigd, stond een CIS (Chartered Industries of Singapore) 40-mm automatische raketlanceerder met een capaciteit van 350-500 kogels per minuut, met een mondingssnelheid van 242 meter per seconde. De lanceerder had een opvouwbaar klepvizier en het aanvoersysteem was een geschakelde riem met 40x53-mm granaten die niet fragmentarisch waren, maar een aangepaste en niet-dodelijke versie bevatten van kolokol-1, een op opium gebaseerd verdovend middel dat in de jaren zeventig was ontwikkeld in een militair onderzoekslaboratorium in de buurt van Leningrad. De drug was binnen een paar seconden werkzaam en zou Rojas' externe bewakers twee tot zes uur bewusteloos houden. Men beweerde dat Spetsnaz-troepen een instabielere versie van dit gas hadden gebruikt tijdens het gijzeldrama in het Dubrovka Theater in Moskou in oktober 2002, waarbij minstens 129 gijzelaars waren gedood. Hoewel Moore, Towers en de mannen van de FES het geen enkel probleem zouden vinden als een van Rojas' mannen per ongeluk bezweek, was het wel de bedoeling het aantal doden onder Rojas' personeel (dienstmeisjes, koks, enzovoort) tot een minimum te beperken.

Dus terwijl een van Soto's mannen de cilindervormige gasgranaten naar Rojas' terrein schoot – het sissende geschut vloog over het hek en landde op strategisch uitgezochte locaties zo dicht mogelijk bij de bewakers (en binnen het 2.200 meter-bereik van het wapen), stond een andere marinier met een M240-machinegeweer op de laadbak en dekte hem voor mogelijke aanvallen van buiten het hek. De chauffeur zat achter het stuur, klaar om weg te scheuren als ze zwaar onder vuur kwamen te liggen.

Ondertussen had Soto volgens plan door een veel grotere groep van bijna honderd man elke straat naar de wijk laten afzetten. Voor deze klus gebruikten ze commandovrachtwagens en verschillende Russische BTR-60's en BTR-70's, pantservoertuigen op acht wielen die niet alleen de bewoners angst zouden aanjagen, maar ook Rojas' mannen.

Moore zat naast Towers in de UH-60 Black Hawk-helikopter met het woord MARINA op de romp en aan de onderkant tussen het landingsgestel. De Mexicaanse piloot, copiloot en de twee schutters met de 7.62-millimeter minigeweren met Gatling-stijl roterende lopen wachtten op het startsein van Soto's luitenant op de grond.

Soto zat naast Moore en had contact met zijn team op de grond. De geplande aanvalstijd was 01.34 uur. Ze rapporteerden dat enkele bewakers naar het huis vluchtten, voordat ze door het gas waren verdoofd. Dat was niet onverwacht, en het aanvalsteam zou hen bezighouden zodra de ingangen op de begane grond waren vernietigd. Het team wilde naar binnen gaan door een keukendeur, een deur naar de grootste slaapkamer, de glazen schuifdeuren van de woonkamer, de garagedeuren en de voordeuren. Explosieven en stormrammen zouden die obstakels uit de weg ruimen.

'Oké, oké, we kunnen nu naar binnen!' riep Soto door de intercom. Hij zette, net als de anderen, zijn helm af en zijn gasmasker op.

De Black Hawk landde hard, zodat Moore de rand van zijn smalle stoel stevig vast moest houden. De andere drie mannen van de FES zaten tegenover hem, met hun knieën bijna tegen die van Moore. Ze droegen niet alleen een buitenaards ogend masker, maar ook een zwarte gevechtshelm en een bijpassend tenue, met een dik kogelvrij vest onder hun shirt en de tactische *web gear* over hun borstkas met daarin zakken voor een mes, reservemunitie, handgranaten, plastic boeien, een zaklamp, kompas en veldfles, en daaronder hun zware pistoolriem. Moore was identiek gekleed, met een embleem op zijn schouders, rug en borst die hem als een 'marinier' identificeerden. Zijn twee trouwe Glocks staken in twee TAC SERPA-holsters op zijn heupen, hoewel hij de geluiddempers had verwijderd. Hij had ook mogen kiezen uit een paar karabijnen: een AK-103, een M16A2 of een M4.

Natuurlijk koos hij de M4A1 met SOPMOD-pakket, een Rail Interface System (RIS), met een opklapbaar achterdeel van het vizier en een Trijicon ACOG 4x-scoop. SOPMOD was de afkorting van Special Operations Peculiar Modification, en Moore beschouwde zichzelf als een bijzondere man die uitermate geschikt was voor een dergelijk wapen. Bovendien was dit geweer precies het type dat hij tijdens SEAL-missies vaak had gebruikt. Hoewel de M16 waarmee hij op Zuniga's dak had geschoten heel vertrouwd had aangevoeld, voelde de M4 perfect. Hij had het geweer tussen zijn benen en wachtte, terwijl hij moeizaam door zijn masker ademde. De helikopter vloog nog een rondje en begon toen te dalen, met een dreunende motor.

Aan de uiterste zuidgrens van het terrein en iets hoger op de heuvel stond een kleiner gebouw, een dubbele garage. Deze werd gebruikt als opslagplaats voor tuingereedschap en als wapenkamer voor de bewakers.

Een paar bewakers renden naar dit gebouw toe, toen de piloot de helikopter weer omhoogtrok en de beide schutters aan boord de doelwitten liet weten. De twee schutters begonnen te schieten en het gebouw versplinterde in de 7.62-millimeter kogelregen. De schutter aan bakboord zwaaide zijn wapen naar links en maaide drie bewakers neer die naar de garage renden. De van bewegingssensoren voorziene lampen sprongen aan en beschenen hun lichaam, bloedend en nog steeds kronkelend.

Voordat Moore het allemaal goed in zich kon opnemen, trok de piloot weer aan de stick en maakte een scherpe daling in de richting van het zonnedek op de eerste verdieping op de noordwesthoek van het huis.

De schutter aan stuurboord sloeg zijn arm om een van de twee touwen die bevestigd waren aan een stang buiten de helikopter. Elk touw bestond uit vier gevlochten ronde touwen om de kans op knikken te verminderen en een betere grip te creëren dan een glad touw; hierdoor hadden de mannen meer controle over de snelheid waarmee ze afdaalden. Elk touw zat opgerold in een loop met de diameter van een vrachtwagenwiel. De schutter gooide het eerste touw naar buiten, gevolgd door het tweede.

Moore had ongelooflijk veel ervaring met afdalen uit een helikopter. Hij had hele weekenden niets anders gedaan, steeds maar weer en weer en weer, tot hij het slapend kon doen. Als de Navy je ergens dropte, was er nooit tijd voor een langdurig afscheid. Ze smeten je een helikopter uit en dan ging je naar beneden. Zoals hem vaak was verteld, moest je zorgen dat je er klaar voor was.

'Touwen buiten,' brulde de schutter in het Spaans en hij keek opzij. 'Touwen uit. Touwen vrij en klaar. Ga, ga, ga!' Hij wees naar Moore en Towers, die hun veiligheidsharnas losmaakten en opstonden.

Moore zwaaide de M4 over zijn rug, waarbij hij ervoor zorgde dat de eenpunts stormriem vastzat, en schoof naar het touw rechts, terwijl Towers het touw links pakte.

'Nog één radiocheck,' zei Towers.

'J-One, dit is J-Two, ik ontvang je!' antwoordde Moore. Een microfoon zo dun als een lucifer liep over Moores wang en was bevestigd aan een oortje dat kleiner was dan een gemiddelde bluetooth-headset van een mobiele telefoon.

'Dit is Marina-One, ik ontvang jou ook,' zei Soto via het kanaal.
'Goed, dit is J-One. We zijn klaar om te gaan!'
Moore vermande zich en controleerde of hij het touw met zijn dikgevoerde handschoenen goed kon vastpakken. Hij leunde naar voren, zwaaide zichzelf uit de helikopter en begon aan zijn afdaling met het touw stevig tussen zijn laarzen geklemd. Hij keek omhoog en zag Towers aan zijn touw hangen, een meter hoger. Moore liet zich iets sneller zakken en keek naar beneden om zijn snelheid en locatie beter te kunnen bepalen.
Op dat moment sloeg iets met een gedempte klap tegen de helikopter, gevolgd door een oorverdovende explosie waardoor de touwen van Towers en Moore wild begonnen te zwaaien.
Moore kon amper zien wat er boven hem gebeurde, maar hij voelde een hittegolf en opeens sleurde het touw hem bij het zonnedek vandaan en in de richting van het gazon.
Toen hij omhoogkeek, zag hij alleen maar rook en vlammen.

Fernando Castillo liet de raketlanceerder van zijn schouder zakken. Daarna rende hij het huis weer in, door de glazen schuifdeuren van de patio. Hij begon te hoesten en werd misselijk, omdat hij een beetje van het gas had ingeademd voordat hij zijn gasmasker had opgezet en de raketlanceerder uit zijn kast had gehaald.
Als Jorge Rojas' rechterhand en hoofd beveiliging had Castillo een plan klaar voor elk scenario dat hij maar had kunnen verzinnen en een aanval met traangas – of welke chemische stof de Navy ook gebruikte – was niet bepaald creatief.
Hij had zijn baas al gebeld, hem opdracht gegeven naar zijn eigen wapenkast te gaan en ook een gasmasker op te zetten. Hij zou zelf naar de kelder gaan, waar ze door de kluis in de kluis naar een tunnel zouden lopen die naar de dubbele garage op de heuveltop leidde waar Rojas' kogelvrije Mercedes stond. Castillo zou de aanvallers zo lang mogelijk op een afstand houden.
De helikopter stortte in een enorme vuurzee neer op de heuvel naast de garage; de rotorbladen knapten alsof ze van plastic waren. De tweede explosie en de brandstof die op de helling van de heuvel vlam vatten, veroorzaakten een muur van vuur.
Castillo had maar één seconde de tijd om zich om te draaien, de lanceerder te laten vallen en zijn geweer te pakken. Een kogelregen sloeg door de ramen en terwijl hij zich op de grond liet vallen en dekking zocht achter een bank hoorde hij een nieuwe kogelregen, gevolgd door de zware voetstappen van naderende soldaten.

Nadat hij de schoten, het gesis van het gas en het veel luidere gedreun van de helikopter had gehoord, was Jorge Rojas naar het raam gelopen. Aan de overkant van de straat stond de truck met de soldaat die granaten op zijn terrein afvuurde. Toen had Castillo hem gebeld.

Het leek wel alsof God Rojas kwam halen.

Rojas wenste dat hij de moed van zijn broer bezat en gewoon naar buiten kon lopen, naar zijn aanvallers toe. Maar hij moest ontsnappen. Dat was het allerbelangrijkst.

Daarom trok hij zijn kogelvrije regenjas aan over zijn zijden pyjama, pakte een AK-47 uit de wapenkast en een reservemagazijn plus de gasmaskers die ze volgens Castillo moesten dragen en zei tegen Alexsi dat ze alvast naar de kelder moest gaan. Ze was natuurlijk doodsbang en hij moest twee keer tegen haar schreeuwen: 'Ga naar de kelder!' Ze zette het masker op en rende weg.

Rojas pakte zijn telefoon en drukte op de sneltoets voor Miguel. Zijn zoon nam niet op en hij werd meteen doorgeschakeld naar diens voicemail.

Toen hoorde hij een harde donderslag in de achtertuin, waardoor de muren begonnen te trillen en Rojas zijn evenwicht verloor.

Moore en Towers hadden een val van een meter of drie gemaakt en waren op het gras geland. Ze rolden opzij toen de helikopter rondtollend achter hen aan kwam. Ze sloegen hun armen om hun hoofd toen de helikopter tegen de grond sloeg en een explosie de aarde deed trillen. De brandstoftanks van de helikopter vlogen in brand, de hitte kwam in grote golven op hen af en de helikopter werd opgeslokt door de vlammen.

'O mijn god,' zei Towers over de radio en hij kreunde. 'Soto en de anderen.'

Vanuit het huis werd geschoten, met verschillende wapens, Soto's mannen en een AK-47, minstens één.

Moore vloekte. 'We moeten hier weg!' Hij stond snel op en zwaaide met zijn geweer. 'Nu!'

Towers stond achter hem, met zijn geweer in de aanslag. Nog steeds moeizaam ademhalend renden ze naar de glazen schuifdeuren die al waren vernield door het eerste aanvalsteam dat opdracht had de begane grond in te nemen.

Moore zag hem eerst niet, hij hoorde alleen het geratel van zijn geweer, maar toen hij zich omdraaide, zag hij de man. Hij had een blote borst, droeg een gasmasker en drukte een AK-47 tegen zijn schouder. Moore wist het niet zeker, maar hij dacht dat hij een ooglapje zag. Als dat echt zo was, was dit Fernando Castillo, hoofd beveiliging van Rojas.

Op dat moment, toen Moore net terug wilde schieten, slaakte Towers een kreet en viel op de vloerbedekking vlak bij Moores laars.

Moore onderdrukte de neiging om naar zijn baas te kijken die op de grond lag, en schoot. Zijn salvo sneed door de lucht, waar hun aanvaller had gestaan. Moore sprong op een salontafel en vervolgens op de bank. Hij begon weer te schieten, omdat hij dacht dat de man zich achter de bank verschanst had, maar toen hij daar aankwam, zag hij dat de man al naar de gang vluchtte.

'Max,' riep Towers via de radio. 'Max...'

Precies op dat moment weerklonk het geluid van automatische wapens door het huis, vanaf de voorkant. Het geluid van springend glas. Het lawaai van de kogelregen werd onderbroken door onbekende stemmen die in het Spaans vloekten.

Terwijl Rojas naar de kelder rende, nog steeds met zijn gasmasker op, zag hij in de woonkamer een soldaat die zich over zijn gevallen collega heen boog. Achter hen zag hij door de gesprongen ramen nog meer gewapende mannen naar het huis rennen. Wie waren deze klootzakken? En waarom had niemand hem gebeld om hem te waarschuwen? Er zouden koppen rollen, dat was zeker!

40

Een nieuw plan

Rojas' herenhuis
Cuernavaca, Mexico
90 kilometer ten zuiden van Mexico City

Towers was in zijn rechterbovenarm geraakt, een schampschot. Maar de kogel in zijn schouder was dwars door zijn kogelvrije vest gegaan en had een lelijke uitgangswond veroorzaakt.

'Als hij nu kan ontsnappen, zijn we hem voor altijd kwijt,' zei Towers. 'Schiet op!'

'Niet voor ik een verzorger voor je heb opgeroepen.' Moore tikte op de afstandsbediening aan zijn riem. 'J-Two, dit is Marina-Two, over?'

Moores oortje kraakte en daarna vroeg een stem: 'J-One, J-Two? Dit is Marina-Two. Zijn contact met Marina-One verloren. Ben je daar, over?'

Dit was Soto's luitenant, ene Morales.

'Marina-Two, dit is Moore. Ik heb in de woonkamer een verzorger nodig voor Towers. In de chaos zijn we Soto kwijtgeraakt, over.'

'Begrepen, J-Two. Verzorger is onderweg.'

Moore slaakte een zucht van opluchting en zag opeens vanuit zijn ooghoek een paar deuren aan de andere kant van de woonkamer. Eén deur stond wijd open, zodat hij de trap daarachter kon zien. Een man met een gasmasker op en een regenjas aan rende naar de trap. Moore begon te rennen. Hij wist het niet zeker, maar de lengte, het haar en de bouw deden hem meteen aan Rojas denken.

Ergens op de eerste verdieping waren Soto's mannen in een vuurgevecht verwikkeld met ten minste twee andere bewakers van Rojas toen Moore over een dik tapijt de trap af rende met zijn M4 in de aanslag.

De lampen sprongen aan toen Rojas over de tegelvloer sprintte en nog geen twee seconden later hoorde hij een explosie achter zich die bakstenen, balken en beton uiteen deed spatten in de ondergrondse garage waar zijn antieke auto's stonden. Hij zag meteen wat er was gebeurd: zijn aanvallers hadden een gat in het plafond geblazen en lieten een touw zakken. Ze kwamen naar beneden. Rojas rende naar de kluis aan de linkerkant van de kelder en begon op het toetsenbord te tikken.

Hij typte de code in, deed de vingerafdrukscan en realiseerde zich toen dat hij zijn gasmasker zou moeten afzetten om de irisscan te kunnen doen. Hij haalde diep adem, hield zijn adem in, trok zijn masker af en drukte zijn oog tegen de scan. De laser flitste. Daarna stopte hij zijn vinger in de buis voor het bloedmonster.

Toen de eerste soldaat aan het touw hing, haalde Rojas een pistool uit de zak van zijn regenjas en vuurde. De soldaat liet zich op de grond vallen en zocht dekking achter Rojas' antieke Ferrari 166 Inter.

Een tweede man kwam naar beneden en Rojas stapte weg van het paneel en wachtte tot de kluisdeur sissend en kreunend openging. Hij rende de kluis in en haalde diep adem in de veronderstelling dat de lucht daar zuiver zou zijn. Dat was zo. Maar hij kon de deur niet sluiten – een garantie om te voorkomen dat hij ingesloten zou worden.

Hij rende langs de honderden kunstwerken, rijen meubels, boekenverzamelingen en dozen en vitrines met wapens en een collectie van tienduizend lp's, waarvan elk album in zijn eigen plastic hoes zat. Sofia was gek geweest op die verzameling en kon er uren mee bezig zijn. Hij kwam bij de achterwand; hier stonden twee grote rekken met nog meer Turkse tapijten, maar ook een zijden Perzisch kleed uit de zestiende eeuw die hij voor vierenhalf miljoen dollar bij Christie's had gekocht, waardoor het een van de kostbaarste tapijten ter wereld was.

Hij schoof de rekken opzij, waardoor er een metalen deur zichtbaar werd met een roterend cijferslot. Hij rolde de cijfers rond: zijn trouwdatum. Het slot klikte, hij tilde de kleine hendel op en trok de deur naar zich toe.

Ondertussen begon hij in paniek te raken; in gedachten zag hij al dat hij gearresteerd werd en alles aan Miguel moest uitleggen. Hij had Miguel nooit verteld hoe zijn broer Esteban was gestorven, hoe het pistool in zijn handen was gevallen en hoe wanhopig graag hij wraak had willen nemen; hij had hem nooit verteld hoe hard hij had moeten zwoegen om zijn ondernemingen op te bouwen, hoeveel risico's hij had genomen; hij had hem nooit verteld over de vele slapeloze nachten die hij had meegemaakt zodat hij zijn zoon alles kon geven waar hij naar verlangde, alles. Maar dat zou niets uitmaken. Alle tijd in de wereld, alle verklaringen en alle verontschuldigingen zouden niets veranderen aan het feit dat die leugen dood was.

En een deel van Jorge Rojas zou deze nacht ook doodgaan.

Schoten van buiten de kluis brachten hem weer terug naar het heden. Hij vroeg zich geschrokken af waar Alexsi was. Hadden ze haar al?

Toen Rojas de deur openduwde, sprongen de lampen in het rechthoekige vertrek aan. De ruimte was hoogstens drie meter breed en ongeveer vijftien meter lang. Aan weerszijden stonden open stalen rekken die doorzakten onder het gewicht van het contante geld, miljoenen en miljoenen Amerikaanse dollars, misschien wel vijfhonderd miljoen of meer – Rojas wist het niet eens zeker.

Iedereen die zoveel geld bij elkaar zag, was verbijsterd. Het geld was gebundeld en opgestapeld tot groene muren van dollarbiljetten. Rojas had weleens gedacht dat deze bankbiljetten de bladzijden waren van een spectaculaire, lange biografie van zijn leven en dat ze niét met bloed waren doordrenkt. Tegen de achterwand van de kluis stonden nog meer rekken met daarop kratten vol wapens en munitie; geen antieke of verzamelobjecten zoals de wapens in de buitenste kluizen, maar mata policía en de bermbommen die hij van Samads mensen had gekregen en die vanuit Colombia het land in waren gesmokkeld. Helemaal achterin was een stenen gewelf en daar weer achter was de tunnel die naar de garage op de heuveltop leidde. De muren van de tunnel waren verstevigd met geïmpregneerd hout en vervolgens opgevuld met bouwsteen en gewapend beton. Rojas zou een dergelijke tunnel ook graag willen aanleggen tussen Juárez en de Verenigde Staten, zelfs nóg gecompliceerder dan de tunnel die Castillo had moeten vernietigen.

Hij rende naar het gewelf en naar de tunnel erachter.

Maar in het vertrek achter hem verscheen een soldaat, met zijn geweer in de aanslag.

Valley View Appartementengebouw
Laurel Canyon Boulevard
Studio City, Californië

Samad zat rechtop in bed en de zachte gloed van zijn mobiele telefoon wierp lange schaduwen op het plafond. Talwar, Niazi en de rest van het Los Angeles-team sliepen in de andere kamers. Rahmani kon hen elk moment bellen zodat hij verslag kon doen van hun activiteiten en Samad wilde dat de oude man eindelijk eens zou bellen; hij was helemaal kapot en zijn ogen vielen al bijna dicht. Wat ze op het punt stonden te gaan doen – de complexiteit en de gedurfdheid ervan, de overtuiging die ervoor nodig was – was zwaar te dragen. Hij zou nooit openlijk toegeven dat hij zich schuldig voelde, maar nu het afgesproken tijdstip dichterbij kwam, werden zijn bezwaren steeds scherper, steeds groter.

Zijn vader was het probleem. Die oude foto sprak tot hem, vertelde hem dat dit niet was wat Allah wilde, dat het doden van onschuldige burgers niet Allahs wil was en dat de ongelovigen moesten worden gewezen op hun fouten en daar niet voor mochten worden vermoord. Die oude foto herinnerde Samad aan de dag waarop zijn vader hem een zak vol chocolade had gegeven. 'Waar hebt u dit vandaan?' had Samad gevraagd. 'Van een Amerikaanse missionaris. De Amerikanen willen ons helpen.'

Samad kneep zijn ogen dicht en balde zijn handen tot vuisten; hij begroef zijn nagels diep in het vlees, alsof hij de schuld uit zijn lichaam kon persen, het kon uitzweten alsof het koorts was. Hij wilde mediteren, nóg harder tot Allah bidden en hem om gemoedsrust vragen. Hij keek naar zijn koran:

O Boodschapper, stuur de Gelovigen naar de strijd. Als er twintig van u zijn, geduldig en volhardend, zullen ze er tweehonderd verslaan: als er honderd van u zijn, zullen ze duizend Ongelovigen verslaan: want zij zijn een volk zonder inzicht.

De telefoon trilde; hij schrok ervan. 'Ja, Mullah Rahmani, ik ben hier.'

'En is alles in orde?'

'God is groot. Onze actie is perfect verlopen en ik heb ook bericht van de andere teams. Geen problemen.'

'Uitstekend. Ik heb nog een nieuwtje dat ik wil vertellen. Ik heb een deal met het Sinaloa Cartel gesloten. Zuniga is wel dood, maar zijn opvolger, die ook zijn zwager was, heeft me dezelfde regeling beloofd als we met Rojas hadden, maar dan nog beter, omdat hij ons in contact brengt met het Gulf Cartel om onze transporten te verdubbelen. We hebben het Juárez Cartel niet meer nodig. Ik heb señor Rojas' gedrag nooit kunnen waarderen.'

'Hij was niet erg aangenaam toen ik met hem sprak.'

'Dat maakt nu niets meer uit. Ik spreek je morgen, Samad. Slaap goed, slaap lekker. *Allahu Akbar*.'

Rojas' herenhuis
Cuernavaca, Mexico
90 kilometer ten zuiden van Mexico City

Moore was achter de man aan de trap af gerend, door de kelder en naar de kluizen. Maar toen was hij van achteren door iemand beschoten en daardoor was hij klem komen te zitten, vlak voor de geopende kluisdeur. Hij kon zich nu met geen mogelijkheid omdraaien en de kluis in komen. Hij keek even naar buiten en zag dat de man door de kelder sloop en dekking zocht achter een van de auto's. Toen de man zijn hoofd omhoogstak en Moore het zwarte lapje onder zijn gasmasker kon zien, opende hij het vuur op hem en schoot drie keer, waardoor de man achteruitdeinsde om betere dekking te zoeken.

Nu kon Moore van zijn plaats komen. Hij stond op en wilde net naar de kluis rennen, toen drie van Soto's mannen bij hem in de kluis kwamen. Ze waren in vuurgevecht met de eenogige Castillo, en Moore belde naar Marina-Two om te zeggen dat deze mannen al hun aandacht op die man moesten richten. 'Zorg dat ze weten dat ik in de kluis ben,' voegde hij eraan toe.

Terwijl Soto's mannen een kogelregen in Castillo's richting vuurden, draaide Moore zich vliegensvlug om en rende naar voren. Hij bleef rennen, maar scande ondertussen elke hoek, elke inham, elk plekje vlak bij of naast een meubelstuk of een tapijt waar iemand zich kon verstoppen. Dit was een kluis. Hoe diep kon die zijn? Maar daar was het al, vlak voor hem, achter dat rek met tapijten: alweer een deur met een cijferslot die iets openstond.

Zijn hart bonsde. De pot op, dacht hij, en hij trok zijn gasmasker af; hij had nu al zijn zintuigen nodig. De lucht was zuiver, dat leek in elk geval zo. Hij had uitgebreid met allerlei soorten gas geoefend, in eerste instantie, heel lang geleden, in bootcamp in de Confidence Chamber en daarna tijdens de SEAL-training. Hij was eraan blootgesteld met en zonder masker, en de gevolgen van herhaalde blootstelling waren vaak rode ogen en braken. Gelukkig had hij een enorme longinhoud, dus haalde hij diep adem, hield zijn adem in en trok de deur open, rende naar binnen en keek verbijsterd naar de ruimte erachter: de rekken, de stapels geld, de geweren en kisten munitie tegen de achterwand, en de stenen toegang naar een tunnel...

Daarna zag hij iets waar hij zo van schrok dat het als een elektrische schok door zijn lichaam trok: Rojas zwaaiend met een AK-47.

Rojas reageerde veel sneller dan Moore had verwacht en liet zich naast een van de wapenrekken op de grond vallen en vuurde een automatisch salvo af.

Twee kogels sloegen in Moores linkerborst, waardoor hij achteruit tegen de rekken met cash viel. Hij kreeg geen adem, zijn kogels misten doel en sloegen in de geldmuur tot hij kon stoppen met schieten.

Rojas viel, klapte met één elleboog hard tegen de grond en liet zijn geweer vallen.

Moore hervond zijn evenwicht, knielde en tuurde naar Rojas die zijn

AK-47 weer wilde richten, maar midden in zijn beweging ophield – hij realiseerde zich dat Moore hem onder schot hield, dat hij geen tijd had, geen enkele kans maakte. Hij stak een hand in de lucht, toen nog een.

'Sta op!' commandeerde Moore.

Rojas stond op en liet zijn geweer op de grond liggen. Met zijn handen nog steeds in de lucht, stapte hij blootsvoets naar Moore.

Dit was dus de rijkste man van Mexico, omringd door de roofbuit van de oorlog die hij had gevoerd tegen Mexico, tegen de Verenigde Staten en tegen de rest van de wereld. Hij had scholen en ziekenhuizen gebouwd, zelfs terwijl de kanker van zijn imperium op datzelfde schoolplein woekerde. Hij was een heilige, zeker weten, zijn witte gewaad nu bebloed, zijn zakken afgezet met de ellende van miljoenen. En hij was natuurlijk zo op zichzelf gericht dat hij geen idee had hoeveel mensen door zijn acties waren gestorven.

Maar Moore kende in elk geval een paar van hen, hun ziel rustte op zijn schouders, hun vergeefse dood was op dit moment, deze nacht, in elk geval niet vergeefs.

Rojas schudde zijn hoofd en keek hem aan. 'Wat een waardeloze inval... Is dit alles? Denk je soms dat dit iets betekent? Als jullie me arresteren, ben ik zo weer vrij.'

'Dat weet ik,' zei Moore. Hij liet zijn geweer zakken en trok een van zijn Glocks, met een kogel al in de kamer. Hij richtte het wapen op Rojas' hoofd. 'Maar ik ben hier niet om je te arresteren.'

Castillo lag tegen een van Rojas' antieke auto's, de 1963 Corvette om precies te zijn, dood te bloeden vanuit een schotwond in zijn hals toen hij in de kluis een schot hoorde. Hij trok zijn gasmasker en zijn ooglapje af en begon te bidden. Hij had een goed leven gehad en hij had verwacht dat het zo zou eindigen. Als je leefde door de kogel, moest je sterven door de kogel. Hij wilde alleen maar weten of señor Rojas was ontsnapt. Als hij kon sterven in de wetenschap dat dit waar was, zou hij deze aarde nadat hij zijn laatste adem had uitgeblazen met een glimlach verlaten. Hij had alles te danken aan Jorge Rojas.

Tijdens de inval hadden Soto's mannen de kok en verschillende bedienden gearresteerd, plus een vrouw, ene Alexsi, Rojas' vriendin. Zodra het huis was ingenomen stapte Towers, nu met een mitella, samen met Moore in een van de ongemerkte auto's die om de hoek hadden gestaan. 'Wat jammer dat je hem moest doodschieten...'

Towers trok zijn wenkbrauwen op, vroeg om details.

Moore ontweek zijn blik en kroop achter het stuur. 'Laten we maken dat we hier wegkomen, voordat het circus hier arriveert. We moeten Sonia oppikken en naar het vliegveld zien te komen.'

Misión del Sol
Resort en spa
Cucrnavaca, Mexico

Miguel hoorde het klopje op hun deur en toen hij opkeek zag hij dat Sonia, die haar kamerjas al aanhad, de deur opendeed. Ze liet twee mannen binnen, gekleed in een lange broek en een donker colbert, en knipte vervolgens een lamp aan. Hij kneep zijn ogen halfdicht tegen het felle licht.

'Sonia, wat is dit? Wie zijn deze kerels?'

Ze liep naar het bed en hief haar handen. 'Rustig maar. Deze mannen horen bij mijn team.'

'Jouw team?'

Ze haalde diep adem en haar blik dwaalde weg, alsof ze naar woorden zocht. Dat was ook zo. 'Luister, het gaat allemaal om je vader. Het ging altijd alleen maar om hem.'

Hij sprong uit het bed en liep naar haar toe, maar een van de mannen kwam met een dreigende blik op hem af.

'Sonia, wat ís dit?'

'Ik kom afscheid van je nemen. En ik kom je vertellen dat het me spijt. Je bent nog altijd een jonge man met een geweldige toekomst, ondanks alles wat je vader heeft gedaan. Dat moet je weten.'

Hij begon te rillen, kreeg geen adem meer. 'Wie ben je?'

Met een kille, vreemd zakelijke stem zei ze: 'Ik ben natuurlijk niet wie je denkt dat ik ben. Net als je vader. Je had gelijk over hem.'

'Echt waar?'

'Ik moet gaan. Je zult me nooit terugzien.' Ze wierp zijn mobieltje naar hem toe. 'Pas goed op jezelf, Miguel.'

'Sonia?'

Ze liep samen met de beide mannen naar de deur.

'Sonia, wat is dit verdomme?'

Ze keek niet achterom.

'SONIA, GA NIET WEG! JE MAG NIET WEGGAAN!'

Een van de mannen draaide zich om en wees met zijn wijsvinger naar Miguel. 'Jij blijft hier,' zei hij waarschuwend. 'Tot we zijn vertrokken.' En hij deed de deur achter zich dicht.

Miguel bleef midden in de kamer staan, in shock, terwijl hij in gedachten alles afspeelde wat Sonia ooit had gezegd, al haar leugens.

41

Raak!

Gulfstream III
Onderweg naar San Diego
02.30 uur plaatselijke tijd

De Agency wilde Moore en Sonia daar onmiddellijk weg hebben en Towers ontving datzelfde bevel van zijn bazen van BORTAC. Hoewel de operatie geslaagd was, waren Soto en zeven van zijn mannen gedood. Ook de piloten en de schutters van de Black Hawk waren dood. Afschuwelijk nieuws, maar deze mannen hadden geweten welke risico's ze namen en die geaccepteerd.

Sonia was wel een beetje van slag toen ze haar bij haar hotel ophaalden, maar nog geen vijf minuten later was ze al druk aan het praten en bedankte Moore dat hij in San Cristóbal haar leven had gered.

'En ja,' zei ze. 'Ik ben je inderdaad een kop koffie schuldig.'

'Daar hou ik je aan,' zei hij met een knipoog.

Zodra ze in het vliegtuig zaten, sloeg ze haar armen over elkaar, nestelde zich in haar stoel en verdiepte zich in haar smartphone. Moore had waardering voor de opofferingen die ze zich had getroost: dat ze zichzelf helemaal aan Miguel had gegeven om in de buurt te kunnen komen van Rojas, een man die zichzelf zo goed had beschermd dat haar opdracht bijna onmogelijk was geweest. Ze was jong, maar bijzonder professioneel. Ze had heel goed geweten wat ze moest doen en wat dit met haar gevoelens zou doen. Ze was steeds toegewijd gebleven, ze had ingezien dat haar opdracht schade binnen het gezin zou kunnen veroorzaken: Rojas had zijn zoon veroordeeld tot jaren van onderzoek en rechtszaken. Wie zou geloven dat Miguel Rojas niet wist wat zijn vader deed? Sonia kon hem niet te hulp komen. De CIA zou zichzelf nooit compromitteren door haar in welke rechtbank dan ook te laten getuigen, al dan niet achter gesloten deuren. Misschien zou ze toestemming krijgen om te getuigen tijdens een 'besloten' sessie voor een soort parlementaire enquêtecommissie, maar daar zou Miguel niets aan hebben. Dat wist ze, ze was zich volledig bewust van haar verraad. Moore was echt onder de indruk van haar sterke karakter.

Towers had zich door de Mexicaanse artsen laten verbinden. Ze hadden het bloeden kunnen stoppen, maar zodra hij en Moore in San Diego aankwamen, zou hij naar het ziekenhuis gaan voor verdere behandeling. Er moesten röntgenfoto's en een MRI-scan worden gemaakt en hij moest worden gehecht omdat de uitgangswond in zijn schouder er niet goed uitzag, maar hij wilde per se dat dit in San Diego zou gebeuren. Zodoende zat hij ontspannen naast Moore in het vliegtuig.

Moore had alleen een paar blauwe plekken op zijn borst, een paar nieuwe als aanvulling op de blauwe plekken die hij sinds het begin van de operatie had opgelopen. Hij zat met zijn computer op zijn schoot naar het Mexicaanse journaal te kijken, naar het nieuwsitem over de inval op Rojas' huis. Hij moest wel lachen toen ze vertelden over de 'schokkende ontdekking' dat een van de rijkste mannen ter wereld een geheim leven had geleid. Zoals ze hadden gepland, kreeg de Mexicaanse marine alle eer voor de inval, zonder dat gerept werd over de Amerikaanse hulp. Moore kon het niet geloven, maar de Mexicaanse autoriteiten hadden de media nu al toestemming gegeven beelden van de kluizen te maken, maar de muren van geld waren verdwenen – daar hadden de FES-troepen al 'voor gezorgd'. De Mexicaanse regering werd ongetwijfeld verscheurd tussen dankbaarheid en woede over de wrede FES-operatie die zonder toestemming van wie dan ook was uitgevoerd, maar die wel had geleid tot een opmerkelijke ontdekking en een geweldig pr-verhaal over de strijd tegen drugs van de Mexicaanse president.

Ondertussen had de Associated Press een ander verhaal opgepikt, over een inval door regeringstroepen op het pakhuis in het oerwoud van Juan Ramón Matta Ballasteros, de beruchte leider van een van Colombia's productiefste en winstgevendste cocaïnekartels met directe banden met het Mexicaanse Juárez Cartel (zoals Dante Corrales hun eerder had verteld). Ballasteros was, heel verrassend, levend gevangengenomen. Moore kreeg een CIA-rapport onder ogen waaruit bleek dat collega-agenten de leiding hadden gehad over de inval in het kamp van Ballasteros. *Hoera!* Alweer een kleine strijd gewonnen.

Towers hield woord en maakte de namen bekend van iedere corrupte agent van de federale politie die Gomez hun had gegeven, tweeëntwintig namen in totaal, plus een verrassende, zelfs deprimerende onthulling: ook de minister van Openbare Veiligheid uit het federale kabinet stond op Rojas' loonlijst. De namen werden niet alleen aan de federale politie gegeven, maar ook opzettelijk naar de media gelekt én per e-mail naar de president van Mexico gestuurd. Rellen, zoals Gloria Vega voor het politiebureau van Delicias had meegemaakt, vonden algauw plaats in heel Juárez en andere steden in Mexico, waarbij lokale agenten eisten dat hun corrupte bazen werden ontslagen. Towers had gezegd dat hij wilde dat dit gebeurde, en het gebeurde dus ook. Gomez, die geloofde dat hij in ruil voor een schuldbekentenis strafvermindering kreeg, zou worden uitgeleverd aan de Verenigde Staten waar hij zou worden beschuldigd van samenzwering tot moord, en van allerlei andere misdaden waar de openbaar aanklagers hem maar van konden beschuldigen. Kleine strijd nummer twee gewonnen...

Overloper sicario Dante Corrales zou in een getuigebeschermingsprogramma worden geplaatst, omdat hij namen bleef noemen en meehielp het kartel te ontmantelen. Zijn informatie over de connecties van het kartel in Afghanistan en Pakistan was echter gedateerd en zijn tips over de verblijfplaats van Rahmani oud nieuws, volgens Moores collega's die in die regio opereerden. Moore had al een sms gestuurd naar Wazir om te kijken of hij al iets had gehoord over de Hand van Fatimahanger en de groep talibanstrijders die volgens Moores vaste overtuiging de Verenigde Staten waren binnengekomen. De Agency had nog steeds geen aanwijzingen over de verblijfplaats van Gallagher (kennelijk had hij zijn schouderzender operatief laten verwijderen), hoewel hij was geïdentificeerd als de man die de jongen had ingehuurd om de politieauto's te spuiten. Als spion was Gallagher getraind om mensen te vinden die niet gevonden wilden worden en was daardoor een expert in het van de aardbodem verdwijnen. In de loop der jaren had hij alle verschillende methoden gezien die mensen gebruikten om zich te vermommen, en bovendien gezien welke effectief waren en welke niet. Voor de zoektocht naar hem zouden geld, tijd, middelen en, volgens Moore, een koortsachtige obsessie nodig zijn.

Even later viel Moore in slaap en werd gewekt door de steward die hem vroeg rechtop te gaan zitten en zijn veiligheidsriem vast te maken.

San Diego
04.05 plaatselijke tijd

Meteen na de landing zei Sonia dat ze een ander vliegtuig nam terug naar Langley, waar ze door haar eigen mensen zou worden gedebriefd.

'Je hebt geweldig werk gedaan,' zei Moore tegen haar. 'Echt waar.'

Met een gespannen glimlach zei ze: 'Bedankt.'

Moore reed Towers naar het Sharp Memorial Hospital, een eersteklas traumacentrum. Toen de verpleegsters hoorden dat Towers een agent was, behandelden ze hem alsof hij van koninklijken bloede was, en nog geen tien minuten later werd hij door een arts onderzocht. Moore kreeg te horen dat hun timing perfect was, omdat de spits over een paar uur begon en de slachtoffers van auto-ongelukken dan binnen zouden stromen – een gewone werkdag in een traumacentrum in een grote stad.

Terwijl Moore in de wachtkamer zat, las hij een e-mail van Slaters assistent. Ze hoopten dat ze later die dag een videovergadering konden houden. Moore had tijdens de terugrit al langdurig met zijn bazen gesproken.

Toen hij bijna weer in slaap viel, hoorde hij een schot. Moore werd vloekend wakker. Het was geen schot, maar zijn smartphone trilde: een telefoontje van Wazir. Moore stond op, verliet de wachtkamer en liep de gang in. 'Hoe gaat het met u, mijn vriend?'

'Ik weet dat het daar vroeg is, maar ik moest u bellen. Ik wilde een bericht inspreken.'

'Wat is er aan de hand?'

'Een paar van de informanten die uw mannen hebben gerekruteerd, hebben problemen veroorzaakt. Gisteren heeft een nieuwe drone raketten gelanceerd en een van mijn beste informanten gedood. U moet hier een eind aan maken.'

'Meteen nadat we hebben opgehangen, zal ik een telefoontje plegen.'

'Ik kan u niet helpen als u mij niet helpt. Uw agency geeft opdracht de mensen aan te vallen die ik het meest nodig heb.'

'Wazir, dat begrijp ik.'

'Goed.'

'Hebt u iets voor me?'

'Slecht nieuws. Een groep van zeventien mannen is de Verenigde Staten binnengekomen door een tunnel tussen Mexicali en Calexico, precies zoals u al vreesde. Samad, de man die als Rahmani's vuist fungeert, is erbij, samen met twee van zijn luitenants, Talwar en Niazi. Van Samad is bekend dat hij de Hand van Fatima draagt.'

Moore balde zijn hand tot een vuist en hield een vloek in. 'Ik moet alles over deze mannen weten, over alle zeventien. En ik moet weten waar Samad en Rahmani zijn... nu meteen.'

'Daar ben ik al mee bezig. Rahmani is hier, maar hij blijft in beweging en zoals ik al zei, wordt het bijzonder gevaarlijk voor me. Hou op met deze drone-aanvallen. Zeg tegen uw mensen dat ze ermee moeten stoppen, zodat ik voor u kan werken.'

'Zal ik doen.'

Moore belde meteen Slater op, die onderweg was naar zijn kantoor. Moore vertelde hem wat Wazir had verteld en voegde eraan toe: 'U moet deze drone-aanvallen stopzetten. Ze mogen best verkenningen uitvoeren, maar niet bombarderen. Niet nu.'

'Ik moet informatie hebben op basis waarvan we actie kunnen ondernemen.'

'Die krijgt u niet als u mijn bronnen doodt. Ik heb net bevestigd gekregen dat Samad hier al is. Hij heeft een team bij zich. Gallagher heeft hem geholpen.'

'Ik zal contact opnemen met DHS en kijken of ze bepaalde operaties willen stopzetten en de terreur-alert-status willen afkondigen.'

Bepaalde regeringsactiviteiten met betrekking tot specifieke terreurniveaus werden niet publiek gemaakt; vaak was de Agency niet eens op de hoogte van de activiteiten van andere departementen – niet verrassend natuurlijk. Bepaalde undercoveroperaties zoals die van Sonia waren niet eens binnen de rest van de Agency bekend. De rechter had bepaalde maatregelen al als illegaal bestempeld en er moest nog uitspraak worden gedaan over veel van deze onderwerpen, zelfs nu werd beweerd dat bepaalde aanklachten politiek gemanipuleerd waren (bepaalde terroristische dreigingen vlak voor de verkiezingen bekendmaken, enzovoort).

Moore bedankte Slater en zei toen: 'Het is absoluut noodzakelijk dat we niet meer aanvallen, oké? Mijn informant Wazir is een goede man, de beste die ik heb. Hij zal ons helpen deze klootzakken te vinden. Maar hou op met die aanvallen.'

Slater aarzelde even, maar zei toen: 'Hou me op de hoogte van de toestand van Towers. Mijn agenda is vandaag boordevol, maar ik spreek je later nog.'

Supermarkt 7-Eleven
In de buurt van het San Diego International Airport

Kashif Aslam, een eenenveertigjarige Pakistaanse emigrant, droomde ervan dat hij ooit zijn eigen 7-Eleven zou hebben. Maar voorlopig was hij manager van de supermarkt aan de Reynard Way, nog geen anderhalve kilometer van het vliegveld. Na vele verzoeken van een kleine groep Pakistani die in de buurt woonden, was Aslam begonnen met de verkoop van *pakoras*, een Pakistaanse snack van aardappel, ui of bloemkool, gefrituurd in een beslag van kikkererwten. Elke ochtend stond zijn vrouw vroeg op om de pakoras te maken, die Aslam meenam naar zijn werk en in de diepvrieskast van zijn winkel legde. De snacks waren zo'n succes dat de eigenaar Aslam betaalde voor alle ingrediënten en voor het werk van zijn vrouw.

Aslam was al zes jaar manager van dezelfde locatie en kende al zijn vaste klanten, vooral de Pakistani zoals hijzelf. Vlak voor het middaguur kwamen drie onbekende Pakistani van begin twintig binnen die naar de snacks vroegen. De drie mannen hadden Urdu gesproken en al zijn pakoras gekocht. Natuurlijk was hij nieuwsgierig geworden en hij had hun gevraagd hoe ze over hem en de snacks hadden gehoord en zij zeiden dat ze een gemeenschappelijke vriend hadden die op het vliegveld werkte. Vreemd genoeg hadden ze hem de naam niet kunnen noemen, ze zeiden dat een andere vriend het contact had gelegd. Dat kon wel waar zijn, maar er was iets niet pluis met deze mannen, hun zenuwachtige reactie nadat hij hun dit had gevraagd, hun onwil om te vertellen hoe lang ze al in het land waren en waar uit Pakistan ze precies vandaan kwamen. Toen ze buiten de winkel stonden te eten, besloot Aslam hen af te luisteren. Hij deed net alsof hij het afval buitenzette en liep achterom naar de grote vuilcontainer, toen hij hen over vluchtnummers en vluchtroutes hoorde praten.

Aslam geloofde oprecht in Amerika; dit land was heel goed geweest voor hem, voor zijn vrouw en voor hun zes dochters. Hij wilde geen problemen en, nog belangrijker, hij wilde niet dat iets zijn nieuwe leven en zijn veelbelovende toekomst in de weg stond.

Hoewel hij niets kon bewijzen, dacht Aslam dat deze mannen criminelen waren – smokkelaars misschien – of illegalen, en hij wilde niet dat de autoriteiten hem of zijn winkel met hen in verband zou brengen. Hij wilde niet dat ze terugkwamen. Ze reden in een donkerrode Nissan en Aslam had het kenteken opgenomen. Nadat ze waren vertrokken, belde hij de politie en vertelde de beide agenten die na zijn telefoontje langskwamen wat er was gebeurd. Een halfuur later kwam een man die zich voorstelde als Peter Zarick, een FBI-agent, hem ondervragen. Hij zei dat hij het kenteken zou nagaan en verzekerde hem ervan dat hij op geen enkele manier met die mannen in verband zou worden gebracht.

'Wat gebeurt er nu?' vroeg hij aan de man voordat hij vertrok.

'Mijn baas zal deze informatie doorgeven aan de andere agency's.'

'Dat is heel goed,' zei Aslam. 'Want ik wil geen problemen, voor niemand.'

FBI-agent Peter Zarick stapte in zijn auto en reed bij de 7-Eleven vandaan. Terug op kantoor stuurde hij zijn 302-rapport naar Meyers, de dienstdoende special agent die het bericht naar Virginia zou faxen, naar het National Counterterrorism Center. Het NCTC organiseerde drie

SVTC's (*secure video teleconferences*, beveiligde videovergaderingen) en stond continu in stem- en elektronisch contact met belangrijke binnen- en buitenlandse spionage- en antiterrorismeorganisaties.

Vanaf het moment dat dit BOLO-alert (Be On the Lookout) voor terroristen in Calexico was uitgegaan en het kantoor had gehoord dat hun collega-agent Michael Ansara was vermoord, had Zarick hard gewerkt en het gebied onderzocht op zoek naar aanwijzingen – en dit was de eerste goede aanwijzing die ze hadden gehad. Hij kon zich amper beheersen toen hij het kantoor van de Field Intelligence Group aan Aero Drive bereikte. Hij stapte snel uit zijn auto en begon te rennen.

DEA Office of Diversion Control
San Diego, Californië

Om twee uur 's middags waren Moore en Towers al uit het ziekenhuis en in de vergaderkamer. Towers voelde zich geweldig nu zijn schouder en arm waren behandeld. De schotwond had er veel erger uitgezien dan hij was, en de arts had Towers verteld dat hij heel veel geluk had gehad, dat hij evengoed een klaplong had kunnen krijgen. Ze wilden hem een mitella geven, maar dat had hij geweigerd. Moore had veel agenten meegemaakt die beschoten waren, maar de stoerste man veranderde soms in een huilend jochie als hij gewond was geraakt. Towers was echter een stoere en kennelijk onverstoorbare vent, wilde geen medelijden of speciale behandeling, alleen een kipsandwich met friet, zodat ze naar een drive-in van KFC waren gereden. Moore had hetzelfde besteld en tijdens het eten keken ze naar CNN om te zien of er nog nieuws was over het Rojas-verhaal. Tegelijkertijd scande Moore de informatie die tot nu toe was verzameld over de jacht op Samad en zijn groep. Het spoor eindigde abrupt bij het vliegveld van Calexico. Ze hadden alle gegevens van alle vluchten van allerlei soorten vliegtuigen vanaf alle vliegvelden in een bepaalde straal gecontroleerd. Het was zoeken naar een speld in een hooiberg, en zoals Towers had gezegd, had de FAA alleen maar de gegevens van ongeveer twee derde van alle kleine vliegtuigen. Er waren niet veel getuigen en zelfs als de groep was gezien, dacht Moore, zouden ze zich hebben vermomd als migrantenarbeiders – een alledaags verschijnsel – die altijd onderweg waren.

Ergens wilde Moore geloven dat Samad en zijn groep niet meer waren dan 'slapende spionnen', dat het hun missie was om jarenlang een onopvallend leven in de Verenigde Staten te leiden tot ze in actie moesten komen. Dan zouden hij en de Agency tijd genoeg hebben voor de jacht... en hen kunnen doden. Daar kon hij zichzelf even mee geruststellen, maar het volgende moment vroeg hij zich af wat er in die rechthoekige pakketten had gezeten: geweren, RPG's, raketlanceerders of nog erger, kernbommen? Natuurlijk waren de analisten van de Agency – in samenwerking met meer dan twaalf andere agency's, onder andere DHS, NEST (het Nuclear Emergency Search Team), de FBI en Interpol – in de hele wereld op zoek naar bewijzen van recente wapenverkopen, vooral tussen de taliban in Waziristan en het Pakistaanse leger. Na tientallen valse aanwijzingen was het spoor wat dat betreft koud geworden.

Opeens begon Moore hardop te vloeken.

'Rustig aan, bro,' zei Towers. Uit zijn borstzakje haalde hij een plastic medicijnpotje. 'Wil je een pijnstiller?'

Moore keek hem alleen maar aan.

Om ongeveer 04.45 uur ontving Moore een e-mail die hem verbijsterde. Maqsud Kayani, de commandant van de Pakistaanse patrouilleboot en de neef van wijlen kolonel Saadat Khodai, had hem geschreven. Hij wilde belangrijke informatie doorgeven die hij had gekregen van een ISI-agent, een vriend van zijn oom. De ISI had onlangs in Waziristan een groep talibansympathisanten verhoord, en een van hen had bekend dat zijn broer in de Verenigde Staten was voor een missie. Het meer ironische of misschien wel profetische deel van de e-mail was:

De broer was in San Diego.

Ik wil dat u weet dat mijn oom een moedige man was, die heel goed wist wat hij deed. En ik hoop dat deze informatie zal helpen de mannen te pakken te krijgen die hem hebben vermoord.

Moore las de e-mail voor aan Towers, die bijna van zijn stoel viel toen hij naar zijn eigen beeldscherm keek. 'We hebben een goede aanwijzing van het Bureau gekregen, hier op deze 302. Drie mannen bij een 7-Eleven, allemaal Pakistani. Man die hen rapporteerde komt ook uit Pakistan. Heeft het kenteken doorgegeven.'

'Hebben ze dat gecontroleerd?'

'Ja, afkomstig van een autoverhuurbedrijf in de buurt van het vliegveld. Man die hem huurde, past bij de beschrijving van een van de mannen bij de 7-Eleven. Zijn identiteitsbewijs bleek echter vals, net als zijn adres. Wauw! Wacht eens even. Holy shit!'

'Wat?' vroeg Moore.

'Luchthavensecurity belde net. Zij hebben die auto gezien op het

GSM Parkeerterrein op North-Harbor. Ze hebben opdracht ze niet te benaderen.'

Moore sprong overeind. 'Kom mee!'

Binnen een paar seconden stonden ze buiten, sprongen zo ongeveer in hun SUV, Moore achter het stuur en Towers met zijn mobieltje in gesprek met ene Meyers van het Bureau die zijn Unit SWAT-team, het Special Weapons and Tactics-team, al op weg had gestuurd.

'Zeg tegen ze dat ze zich gedeisd houden!' brulde Towers. 'We willen niet dat ze op de vlucht slaan. Hou ze terug!'

Moore had het vliegveld in zijn gps geprogrammeerd, zodat hij de route op het beeldscherm kon zien en de stem hem vertelde welke afslagen hij moest nemen: west op Viewridge in de richting van Balboa, bocht naar links, de I-15 op en later de I-8. Het was spitsuur en hij reed dan ook met witte knokkels om auto's heen die langzamer reden. De afstand naar het vliegveld was ongeveer twintig kilometer, zonder verkeer dus een rit van twintig minuten, maar zodra ze de San Diego Freeway in zuidelijke richting op reden, zagen ze voor zich zover ze konden zien een lint van remlichten en koplampen.

Daarom reed Moore de vluchtstrook op en gaf gas, zodat het stof hoog opdwarrelde. Ze reden zo lang mogelijk over fastfoodverpakkingen en repen vrachtwagenbanden tot ze weer moesten invoegen om de volgende afslag te kunnen nemen.

Los Angeles International Airport (LAX)
GSM Parkeerterrein
9011 Airport Boulevard

Samad had een droge mond toen ze op de parkeerplaats stopten. Hij keek op zijn horloge, 17.29 uur. Plaatselijke tijd. Hij keek naar Niazi die naast hem op de passagiersstoel zat. De jonge man keek hem met grote ogen aan en likte zijn lippen, als een luipaard voor de aanval. Samad keek achterom naar Talwar die de Anza op zijn schouder had en zachtjes zat te bidden. De motor van de bus liep stationair en Samad drukte op een knopje om het raampje te laten zakken, zodat hij de koelere avondlucht kon inademen.

Hij haalde een chocolaatje uit zijn zak en haalde de wikkel eraf. Hij keek ernaar alsof het een kostbare edelsteen was en stopte hem toen in zijn mond.

Op zijn schoot lag een vel papier dat Rahmani het doelwitoverzicht noemde. Hierop stond naast elke stad een handgeschreven mobiel telefoonnummer:

Los Angeles (LAX)
Vluchtnr.: Delta 2965
Bestemming: New York, New York (JFK)
Vertrek: 6 juni, 17.40 uur
Boeing 757, tweemotorig straalvliegtuig
202 passagiers, 8 bemanningsleden

San Diego (SAN)
Vluchtnr.: Southwest SWA1378
Bestemming: Houston, TX (HOU)
Vertrek: 6 juni, 17.41 uur
Boeing 737-700, tweemotorig straalvliegtuig
149 passagiers, 6 bemanningsleden

Phoenix (PHX)
Vluchtnr.: US Airways 155
Bestemming: Minneapolis (MSP)
Vertrek: 6 juni, 18.44 uur Mountain Standard Time
Boeing 767-400ER
304 passagiers, 10 bemanningsleden

Tucson (TUS)
Vluchtnr.: Southwest Airlines SWA694
Bestemming: Chicago (MDW)
Vertrek: 6 juni, 18.45 uur Mountain Standard Time
Boeing 737-300, tweemotorig straalvliegtuig
150 passagiers, 8 bemanningsleden

El Paso (ELP)
Vluchtnr.: Continental 545
Bestemming: Boston (BOS)
Vertrek: 6 juni, 19.41 uur Central Standard Time
Boeing 737-300
150 passagiers, 8 bemanningsleden

San Antonio (SAT)
Vluchtnr.: SkyWest Airlines OO5429
Bestemming: Los Angeles (LAX)
Vertrek: 6 juni, 19.40 uur Central Standard Time
Canadian CRJ900LR, straalvliegtuig
76 passagiers, 4 bemanningsleden

De vliegtuigen zouden een paar minuten na elkaar opstijgen, en elk team van Samad had laten weten dat hun apparatuur klaar was en dat alle vluchten op tijd zouden zijn, ondanks eerdere zorgen over zomerstormen. Samad twijfelde niet meer. Hij had zich gerealiseerd dat zelfs als hij het opgaf, wegliep, zich liet leiden door het schuldgevoel door de herinnering aan zijn overleden vader, dat Talwar en Niazi zonder hem zouden doorgaan, dat de anderen zonder hem zouden doorgaan. De jihad was niet tegen te houden. Hij zou sterven als een domkop en een lafaard. Dus voordat hij zojuist was vertrokken, had hij een lucifer aangestoken, de foto van zijn vader verbrand en de as weggespoeld in de wastafel in de badkamer. Ze hadden hun avondgebed gebeden en daarna was Samad met half dichtgeknepen ogen en een gebalde vuist weggereden.

Er reed een auto van de luchthavenpolitie over de parkeerplaats, agenten die keken of er verlaten auto's stonden. Samad drukte zijn mobiele telefoon tegen zijn oor en deed net alsof hij in gesprek was. Net als eerder waren de andere chauffeurs verdiept in hun elektronische apparaten en er hing een spookachtige stilte op de parkeerplaats die even werd onderbroken door het volgende vliegtuig dat hun kant op kwam denderen.

17.36 uur.

Samad activeerde de iPhone-app als tweede bron van identificatie voor hun doelwit. Hij had ontdekt dat hij de informatie van de applicatie met een halve minuut vertraging doorkreeg, maar dat was niet belangrijk. Het enige wat Talwar moest doen, was het doelwit zien en dan zou de raket de rest doen.

17.37 uur.

De seconden waren minuten, de minuten uren; zijn hartslag versnelde. De lucht was blauwachtig geel geworden, met strepen erin van de ondergaande zon en alleen in het oosten een paar smalle wolken. Ze zouden een spectaculair en ongehinderd zicht hebben op de lancering.

Zijn telefoon trilde. En daar kwamen ze: de sms'jes van hun team op het vliegveld.

U.S. Airways-vlucht 155
Van Phoenix naar Minneapolis
18.42 uur Mountain Standard Time

Op zijn zestiende had Dan Burleson in een Cessna 150 een solovlucht gemaakt over Modesto, Californië. Hij kon al vliegen voordat hij zijn rijbewijs had gehaald. Twee jaar lang had hij al het geld dat hij met grasmaaien had verdiend, opgespaard om vliegles te kunnen nemen. Hij groeide op in de Salinas Valley en had veel bewondering voor de piloten van de gewasbesproeiingsvliegtuigjes. Hij wist dat hij dat ook wilde gaan doen en had in de volgende drie decennia zijn passie voor vliegen uitgeleefd: hij had katoenvelden in Georgia bespoten, gewerkt als verkeersjournalist vanuit de lucht in Florida, en had vanuit het zuidoosten medische monsters en andere zaken vervoerd. Hij bestuurde eenmotorige vliegtuigjes, de Cessna 210 Centurion en tweemotorige vrachtvliegtuigen, de Beechcraft Baron 58. Hij had geëxperimenteerd met alle denkbare storingen, had met één motor gevlogen en was bijna neergestort toen zijn vliegtuig tijdens een storm over de kop werd geblazen. Hij had de klinknagels los horen knallen en had zeker geweten dat hij zou sterven.

Waaruit maar blijkt dat meneer Dan Burleson niet zomaar een gemiddelde passagier in een verkeersvliegtuig was. Hij was nieuwsgierig naar wat er in de cockpit gebeurde en wist wanneer de piloten de automatische piloot inschakelden om het vliegtuig naar de juiste hoogte te brengen. De piloot zou de wendingen en hoogteaanwijzingen invoeren via een toetsenbord of door op een soort kompas de juiste koers in te stellen. Als de luchtverkeersleiding bijvoorbeeld doorgaf: '*Delta 1234, turn right to 180 degrees*', dan draaide de piloot een wijzer op het FMS (Flight Management System, een gecomputeriseerd avionicasysteem) op '180', waarna het vliegtuig automatisch die richting insloeg. Elke keer als Dan in een vliegtuig zat, stelde hij zich voor wat er in de cockpit gebeurde. Dat was zijn gewoonte.

Deze avond zat hij op stoel 21J, bij de nooduitgang en rechts van hem het raam. Hij was ruim een meter negentig en woog bijna honderdveertig kilo, zodat hij nooit echt kon kiezen waar hij wilde zitten; hij zat altijd bij de nooduitgang. Hij was onderweg naar Minneapolis waar hij samen met twee schoolkameraden een week lang zou gaan vissen. Ze hadden hem een enorme forelbaars beloofd. Zijn vrouw had het goed gevonden en zijn volwassen zoon, die ook was uitgenodigd, moest werken.

Ze taxieden naar de startbaan en Dan leunde achterover. Hij keek om zich heen: een tienermeisje zat een boek te lezen met het woord 'esthetiek' in de titel en een jongen met een donkere huid, waarschijnlijk uit India of het Midden-Oosten, zat rustig met zijn hoofd gebogen en zijn ogen dicht. Hij leek bang. *Watje.*

'Zorg dat uw tafeltjes zijn ingeklapt...'

'Ja, ja,' zei Dan en hij kreunde.

San Diego International Airport (SAN)
GSM Parkeerterrein
North-Harbor Drive

Het San Park GSM Parkeerterrein met vijftig parkeerplaatsen lag tegenover de met bomen omzoomde oprit naar de hoofdingang van de lage gebouwen van het Kustwachtcentrum. Het parkeerterrein was rechthoekig en bestond uit een enkele rij parkeerplaatsen langs een hoge rij struiken en een harmonicagazen hek. Erachter stonden hangars en andere dienstgebouwen.

'Meyers heeft zijn mensen opgesplitst. Zes bij het Kustwachtcentrum en vier op het dak van de hangars aan de noordkant,' zei Towers. 'De rode Nissan staat helemaal achteraan, aan de zuidzijde. Wij zijn het team dat naar binnen gaat.'

'Jij niet, ik alleen,' zei Moore. Hij reed het parkeerterrein op en stopte op de eerste de beste vrije parkeerplaats rechts, naast een gele P+R-bus met getinte ramen.

'Ik voel me goed,' zei Towers. 'Ik ga mee.'

Moore zei met een knipoog: 'Jij bent de baas, baas.' Hij maakte de rits van zijn jasje open zodat hij gemakkelijk bij zijn schouderholster kon. Daarna stapte hij uit de SUV, maar bleef dicht bij de struiken. Towers liep vlak achter hem. Een paar mannen van het SWAT-team klommen als een kat op het dak van het Kustwachtcentrum. Moore zag beweging op de daken van de hangars rechts van hen, heel even zag hij een hoofd verschijnen en weer verdwijnen. De mannen van dit SWAT-team waren harde aanvallers, indringers en sluipschutter/waarnemers. Ze droegen een kogelvrije helm, een schutbril, een kogelvrij tactisch MOLLE-vest (Modular Lightweight Load-carrying Equipment, lichtgewicht vest met verplaatsbare holsters) en een H&K MP5 submachinegeweer – het standaardgeweer voor iedereen behalve de sluipschutters, die het precisiewapen .308-kaliber snipergeweer hadden. Een van Moores buddy's van SEAL-team 8 had de Navy verlaten en was lid geworden van een SWAT-team van de FBI, en hij had Moore getraind met hun wapens, tactieken, technieken en procedures. Hij had zelfs geprobeerd Moore te rekruteren, die op dat moment ook door de CIA werd benaderd. Moore voelde zich dan ook bijzonder gesteund door deze vastberaden en bijzonder goed getrainde mannen.

Op het bord bij de ingang stond dat de maximumparkeertijd één uur was en dat de motor aan moest blijven. Dit om langparkeren en gelanterfanter te voorkomen, en bovendien om de chauffeurs het gevoel te geven dat ze haast hadden gezien de hoge benzineprijzen.

Toen Moore samen met Towers naar de rode Nissan Versa liep, zag hij meteen dat de auto leeg en de motor uit was. Ontmoedigd liepen ze snel door. Gefrustreerd roffelde Moore met zijn vuist op het zijraampje. Twee leden van het SWAT-team kwamen samen met een derde man – van middelbare leeftijd met grijze bakkebaarden en met alleen een vest en helm – de hoek om en renden naar hen toe.

'Towers? Moore?' riep hij. 'Ik ben Meyers. Is ie leeg of hoe zit het?'

Moore draaide zich snel om en scande de lange rij auto's en lege plekken. Waarom zouden deze mannen een auto op een GSM Parkeerterrein achterlaten? Zouden ze hem binnen een uur komen ophalen? Waren ze bang dat ze zouden worden weggesleept? Waar waren ze nu?

Hij keek net op zijn horloge, 17.42 uur, toen de achterdeur van de gele P+R-bus die naast hun SUV stond openging. Er stapte een man uit die een spijkerbroek en een geruit overhemd droeg en een zwarte bivakmuts die zijn gezicht verhulde. Hij had een raketlanceerder op zijn schouder. Twee identiek geklede mannen sprongen achter hem aan naar buiten, ieder met een machinegeweer.

De man met de raketlanceerder rende naar Harbor Drive, koos positie tussen de straat en een boom links van hem, en richtte zijn wapen op de lucht...

En daar was het, zijn doelwit, een tweemotorig straalvliegtuig van Southwest Airlines met een glanzende blauw-rode romp.

Moore zag dat de wielen werden ingeklapt en schreeuwde: 'De bus!'

Terwijl hij naar de groep rende, openden de sluipschutters aan de overkant het vuur. Ze raakten een van de terroristen met een machinegeweer, terwijl zijn partner zich omdraaide en zijn geweer richtte op de daken aan de overkant. De eerste man viel naar rechts en er vloog een fontein van bloed, vlees en stukken schedel de lucht in.

Moore focuste zich op de man met de raketlanceerder; hij begon te rennen en te schieten, en raakte de man in zijn arm, borstkas en been. De terrorist verloor zijn evenwicht en draaide zich om. Er kwam een withete flits uit de loop van de raketlanceerder, die hij had laten zakken en nu op de rij geparkeerde auto's was gericht.

Hijgend liet Moore zich vallen op de strook gras rechts van hem, terwijl de raket over de parkeerplaats suisde en hard insloeg, tegen de eerste de beste warmtebron: de stationair draaiende motor van de gele bus van de terroristen zelf. Het was een fragmentatiebom en de bijzonder explosieve lading ontplofte meteen toen hij de motorkap raakte. Stukken staal, plastic en glas vlogen alle kanten op en de bus werd bijna twee meter de lucht in getild. Door de klap werd Moores SUV omver geblazen, net als de auto aan de andere kant van de bus. Tegelijkertijd ontplofte de benzinetank van de bus en toen de bus met een luide dreun en veel glasgerinkel op de grond klapte, spoot er een plas brandende benzine onder de bus vandaan. De stank van de brandende benzine en de dikke wolken zwarte rook trokken de aandacht van de automobilisten op de snelweg en terwijl Moore overeind krabbelde, reed een taxi achter op een limousine met als gevolg kapotte bumpers. Met tuitende oren van het lawaai en half dichtgeknepen ogen tegen de rook rende Moore naar de man met de raketlanceerder die nu op de grond lag. Hij greep naar zijn wonden en had de groene Anza-lanceerder, die nog heet was en lag te roken, naast zich op de grond laten vallen.

Moore liet zich naast de man op zijn knieën vallen. Hij greep de man bij zijn kraag, trok zijn bivakmuts af en vroeg met opeengeklemde kaken in het Urdu: 'Waar is Samad?'

De man keek hem alleen maar aan, met bloeddoorlopen ogen en moeizaam ademend.

'Waar is hij?!' brulde Moore.

Hij hoorde geschreeuw om zich heen: het SWAT-team probeerde iemand uit de omver geblazen auto te redden.

Towers rende naar de beide andere terroristen toe; de een lag op zijn rug en de ander op zijn zij.

De blik van de man met de raketlanceerder werd leeg, daarna viel zijn hoofd opzij. Moore vloekte en liet hem op de grond vallen. Kreunend stond hij op. 'Dit was maar één team!' riep hij tegen Towers. 'Maar één!'

Los Angeles International Airport (LAX)
GSM Parkeerterrein
9011 Airport Boulevard

Samad glimlachte gespannen.

Elk vliegveld zou binnenkort sluiten, alle bijna vijftigduizend vliegvelden op de wereld.

Iedere piloot in de lucht zou algauw opdracht krijgen onmiddellijk te landen...

Zelfs de uitverkoren zes piloten, hoewel die natuurlijk niet konden gehoorzamen.

Los Angeles, San Diego, Phoenix, Tucson, El Paso en San Antonio – belangrijke Amerikaanse steden waarvan de nooddiensten met nooit eerder vertoonde gruwelijke taferelen zouden worden geconfronteerd. De luchtverkeersleiders van deze vliegvelden zouden zich realiseren dat hun 'gelaagde veiligheidsmaatregelen' niet effectief waren, dat Rahmani's teams precies wisten wat ze moesten doen om niet de aandacht te trekken van de BDO's (*behavior-detection officers*, mensen die onder andere op vliegvelden letten op afwijkend gedrag van mensen met mogelijk criminele of terroristische bedoelingen). Dankzij hun perfecte documenten en zonder iets verdachts in hun bagage hadden ze aan boord gemogen. De luchthavenbeveiliging, de politie en andere bewakingsdiensten zouden zich bewust worden van het feit dat ze de grond onder zovele vluchtroutes niet kónden beveiligen.

Maar het belangrijkste was dat het Amerikaanse publiek – de ongelovigen die het Heilige Land hadden ontheiligd, die de leiders van onrecht en onderdrukking steunden, en die de waarheid ontkenden – hun blik naar de hemel zouden heffen en getuige zouden zijn van Allahs kracht en almacht.

Samad opende zijn portier en stapte uit. Hij richtte zijn iPhone op het vliegtuig in de verte, dat met een donderend en adembenemend gedreun door de lucht sneed. Bevestiging.

Hij liep terug naar de bus, trok zijn bivakmuts over zijn hoofd, kreeg van Niazi de AK-47 in handen gedrukt en riep: '*Yalla!*' Daarna draaide hij zich snel om en trok de achterdeur van de bus open.

Talwar stapte uit met de Anza op zijn schouder, terwijl Niazi uit de bus stapte met de tweede raketlanceerder in de hand.

De vrouw in de Nissan Pathfinder met de vlag van Puerto Rico aan haar achteruitkijkspiegel keek op van haar mobiele telefoon toen Samad zijn geweer op haar richtte en Talwar zich omdraaide naar het vliegtuig.

Over een paar seconden zouden ze beginnen aan de lancering en hoewel de andere mensen op de parkeerplaats opkeken van hun mobiele telefoon, maakte niet een van hen aanstalten om uit te stappen. Ze bleven zitten, als schapen, terwijl Talwar hardop aftelde: '*Thalatha! Ithnain! Wahid!*'

De MK III schoot uit de raketlanceerder met een condensspoor achter zich aan. Voordat Samad adem had kunnen halen, hadden Talwar en Niazi alweer afgeteld en hielp Niazi zijn kameraad het wapen te herladen.

Samad wist niet waar hij moest kijken, naar het gloeiende spoor van de raket of naar een eventuele dreiging voor zijn mannen. Hij liep om de bus heen terwijl hij met veel machtsvertoon met zijn wapen zwaaide. De schapen begonnen te reageren: hun mond viel open en de schok was van hun gezicht af te lezen.

Samad keek achterom naar het vliegtuig, naar de straal uitlaatgas in de lucht, naar de gloeiend hete motor van de raket één seconde voordat...

Raak!

42

Vernietiging

Tucson International Airport (TUS)
GSM Parkeerterrein
East Airport Drive
18.46 uur Mountain Standard Time

Joe Dominguez was naar het vliegveld gegaan om zijn neef Ricky op te halen die per vliegtuig uit Orlando kwam om een week vakantie te vieren. Dominguez was vierentwintig en broodmager, wat hij compenseerde met zijn gevatheid en zijn ruzieachtige karakter. Hij was de enige zoon van Mexicaanse immigranten die eind jaren zeventig naar de Verenigde Staten waren gekomen. Zijn beide ouders waren uiteindelijk genaturaliseerd. Joe's vader was constructeur en metselaar die ongeveer tien personeelsleden in dienst had en voor een stuk of zes aannemers in het stedelijk gebied van Tucson werkte. Toen Joe klein was, had zijn moeder haar eigen schoonmaakbedrijf opgezet en inmiddels had ze meer dan veertig werknemers in dienst die zowel woningen als zakenpanden schoonmaakten; ze hadden zelfs hun eigen wagenpark. Inmiddels was Joe klaar met zijn highschool, maar hij had nog geen zin om naar de universiteit te gaan. In plaats daarvan was hij tijdelijk naar het zuiden van Californië verhuisd, waar hij bij autofabrikant Ford een interne opleiding volgde tot Ford-automonteur. Na twee lange jaren waarin hij alles had geleerd over motorcontrolesystemen, remmen, wielophanging, transmissies en brandstof- en emissiecontrolesystemen en hoge cijfers had behaald, ging hij terug naar Tucson, waar hij werd aangenomen door Holmes Tuttle Ford Lincoln Mercury. Hij genoot van zijn werk als automonteur en had uiteindelijk genoeg geld gespaard om zijn eigen droomauto te kopen: een verhoogde zwarte Ford F-250 FX4 pick-up en BFGoodrich Mud-Terrain T/A KM2-banden. Zijn vrienden noemden zijn truck het 'zwarte monster', en diegenen die genoeg lef hadden om mee te rijden, kwamen tot de ontdekking dat ze een ladder nodig hadden of lenig genoeg moesten zijn om in de cabine te klimmen. De meisjes met wie hij afsprak, waren erg onder de indruk van de truck. Maar hij was niet op zoek naar timide meisjes, hij wilde een avontuurlijk meisje. En was nog steeds op zoek.

Terwijl hij daar zo zat, de motor stationair draaide en de radio zo zacht stond dat hij het zou kunnen horen als Ricky hem belde, keek hij nog eens goed naar de drie mannen die uit hun Hampton Inn-shuttlebus stapten die aan de overkant van het parkeerterrein stond. Ze waren gekleed als Mexicanen, maar ze waren langer en droegen alle drie een zwarte skimuts. Twee van de mannen discussieerden met elkaar, terwijl de derde naar achteren liep en de achterdeuren openmaakte. De twee ruziënde mannen hielden hun mond en een van hen wees naar de lucht waar een vliegtuig van Southwest net opsteeg.

Daarna deed de andere man het zijportier van de bus open en gaf zijn partner een geweer met een gebogen magazijn, een AK-47.

Joe Dominguez knipperde. Hij geloofde zijn ogen niet.

Nu hadden beide mannen een geweer en liepen naar de derde man met een groene raketlanceerder – zoals Dominguez weleens in films met Schwarzenegger had gezien. De man met de lanceerder richtte zijn wapen op het opstijgende vliegtuig, terwijl de beide mannen met de geweren hun wapen op de rijen auto's richtten, om hem te dekken.

Het GSM Parkeerterrein stond bomvol, en toen hij even naar links keek, zag hij dat de vrouw in haar kleine autootje naar de mannen wees en iets gilde tegen het tienermeisje dat naast haar zat.

Dit, zei Dominguez tegen zichzelf, was geen dagdroom. Deze klootzakken – want dat waren het – waren van plan dat vliegtuig neer te schieten!

Zijn hart sloeg op hol en hij reageerde instinctief: hij zette de truck in de versnelling, stampte met zijn slangenleren laars op het gaspedaal en scheurde in zijn zwarte monster met luid gebrul en een wolk uitlaatgas naar voren. Hij reed recht op de man met de raketlanceerder af en had die afstand binnen drie seconden afgelegd.

De andere twee klootzakken reageerden meteen met geweervuur. Dominguez bukte zich terwijl de kogels door de voorruit sloegen: eerst een dreun, daarna luid gekraak toen hij achter op de shuttlebus reed. Hij keek even omhoog...

En zag dat de twee andere mannen, die opzij waren gesprongen, op zijn truck bleven schieten. De kogels ketsten af, hij bukte zich weer en slaakte een kreet.

Toen... nog meer schoten. Andere wapens. Hij keek even door het zijraampje en zag twee mannen met een pistool van wie één een zwarte cowboyhoed droeg. Ze renden al schietend recht op de terroristen af. Dominguez herinnerde zich opeens dat hij zelf een geregistreerd wapen had en haalde zijn Beretta uit de middenconsole van zijn truck. Hij ontgrendelde de veiligheidspal, deed een kogel in de kamer en sprong uit zijn truck.

Hij hurkte naast het voorwiel en zag dat de man met de raketlanceerder onder zijn motor lag. Zijn hoofd was opengebarsten, maar hij leefde nog wel en lag zacht te kreunen.

Het vuurgevecht ging door. Dominguez zag dat de terrorist naar hem opkeek en naar zijn middel reikte. Dominguez vloekte en schoot een kogel in het hoofd van de man.

'Ophouden met schieten!' riep iemand achter hem. 'Ze zijn allemaal neer!'

Dominguez keek achterom en zag dat de man met de cowboyhoed boven hem uit torende. Hij had een kort baardje en de diamanten oorring in zijn linkeroor schitterde net als zijn ogen. Om zijn hals droeg hij een veterdas met daarop een stierenkop met lange hoorns en turkooizen ogen. 'Ik heb gezien wat je deed,' zei hij. 'Dat viel me op en ik kan het gewoon niet geloven.'

De cowboy stak zijn hand uit, Dominguez nam hem aan, stapte bij zijn truck vandaan en keek vervolgens naar zijn trotse bezit.

Holy shit. Zijn zwarte monster was doorzeefd met kogels.

Hij hapte naar adem en voelde opeens een tinteling in zijn linkerarm. Hij trok zijn mouw omhoog en zag een snee in zijn bovenarm en een stukje loshangende huid.

'Verdomme, knul, je hebt een schampschot! Ik heb er nog nooit eentje van zo dichtbij gezien!'

Dominguez wist niet wat er aan de hand was, maar toen hij de wond even aanraakte, werd hij misselijk en pas daarna drong het tot hem door wat er was gebeurd. Hij was bijna dood geweest. Hij bukte zich en begon te braken...

'Ja, het is goed hoor, jongen. Kots het er allemaal maar uit.'

In de verte hoorde hij sirenes.

En in zijn truck hoorde hij zijn mobieltje overgaan. Ricky...

U.S. Airways-vlucht 155
Van Phoenix naar Minneapolis

Dan Burleson was er echt voor gaan zitten om te genieten van het harde gebrul en het heerlijke getril van de Pratt & Whitney-turbomotoren, toen er kort na elkaar drie dingen gebeurden.

Ten eerste stegen ze probleemloos op en bleven de 'gordels vast'-lampjes branden.

Ten tweede maakte de angstig kijkende jongen naast het schoolmeisje opeens zijn gordel los en klom letterlijk over het meisje heen; hij stapte op haar schoot om in het middenpad te komen.

Ten derde – toen Dan dacht: *Wat ís dit verdomme?!* – schreeuwde de jongen dat iedereen zijn elektronische apparatuur weer moest aanzetten en video-opnamen van hem moest maken. Hij begon zelfs nog harder te schreeuwen toen een paar geschrokken passagiers hun mobiele telefoon inderdaad op hem richtten. Er kwam een vurige gloed in zijn ogen en hij begon vreemd melodieus te praten; met een zwaar accent, maar duidelijk genoeg: 'Amerikanen, deze boodschap is voor jullie. De jihad is terug op jullie grondgebied, want wij zijn vrije mannen die niet slapen als we worden onderdrukt. Wij zijn hier dankzij de gratie van Allah om jullie ongelovigen te bevechten, om jullie van ons Heilige Land te verdrijven en jullie eraan te herinneren dat de valse profeten in jullie Witte Huis die alleen maar oorlog tegen ons voeren om hun bedrijven in stand te houden, verantwoordelijk zijn voor jullie dood. Dit is de vergelding voor ongelovigen die Allah aanvallen. Dit is de waarheid. *Allahu Akbar!*'

Toen een van de stewardessen die voor in het vliegtuig had gezeten, haar gordel losmaakte en door het middenpad naar hem toe rende, draaide de geschifte vent zich vliegensvlug om en haalde zijn mobieltje uit zijn zak. Hij hield hem stevig met één hand vast, als een mes. Hij keek achterom, naar de stewardess die naar hem toe rende; een elegante blondine die hoogstens een meter zestig lang was en nog geen vijftig kilo woog.

Wel verdomme, dacht Dan. Hij maakte zijn gordel los en stapte het middenpad op. Hij rende de vent achterna, terwijl twee andere stewardessen achter de eerste verschenen.

Op dat moment begon het vliegtuig heftig te schudden, alsof hij in een enorme valwind was terechtgekomen. Door de ramen vlak bij Dans stoel zag hij een felle lichtflits.

Toen hij even achteromkeek, zag hij rook en vlammen onder de vleugel vandaan komen. Daarna zag hij iets wat nóg erger was: het grootste deel van de motor was verdwenen.

Ondertussen stond de jonge terrorist op het middenpad op het punt de stewardess aan te vallen.

Los Angeles International Airport (LAX)
GSM Parkeerterrein
9011 Airport Boulevard

Een paar auto's die verder van de bus af stonden, keerden en probeerden het parkeerterrein met gierende banden te verlaten. Maar één uitgang werd geblokkeerd door twee auto's die op elkaar botsten.

Samad vuurde een waarschuwingsschot in de lucht toen een dikke Latijns-Amerikaanse vent met een baard die wel op zijn gezicht getekend leek iets tegen hem riep.

Achter Samad hielp Niazi Talwar met het laden van de tweede raket en zonder te aarzelen – alles verliep precies volgens plan – vuurde Talwar weer.

Het vliegtuig was al geraakt door de eerste raket, de motor was geëxplodeerd en liet een lang rookspoor achter. Het vliegtuig zelf kantelde naar de beschadigde kant.

Drie, twee, één – moge Allah de tweede raket zegenen, die volgens Samad de andere motor wel zou uitschakelen, omdat hij de heetste warmtebron opzocht en de eerste motor nog brandde.

Het was gewoon ongelooflijk om de MK III een tweede baan door het rookspoor van de eerste te zien trekken, een klein lichtpuntje dat steeds kleiner werd tot hij in een enorme lichtflits veranderde, net als de eerste inslag.

Doordat het vliegtuig was gekanteld, vloog de tweede raket dwars door de brandende motor heen en vernielde de vleugel die heel even bleef hangen, maar daarna naar beneden viel, in een fontein van vlammen en vonkende brokstukken.

Samad keek enthousiast toe, niet in staat zich te bewegen, tot de man die tegen hem had geschreeuwd zijn aandacht trok. De man was uit zijn auto gestapt en had een pistool in de hand. Samad schrok ervan en opende het vuur, volautomatisch, waardoor de man tegen zijn sportwagen aan viel en het bloed over het dak en de ramen spoot.

En daarna, even snel als het was begonnen, was het allemaal voorbij. Samad sprong achter in de bus, Talwar deed het portier achter hem dicht. Niazi zat nu achter het stuur en ze scheurden weg. Ze reden over de strook gras, staken de stoep over en stuiterden de straat op. Ze scheurden naar de eerste hoek en maakten een scherpe bocht. Daar gingen ze in hetzelfde tempo rijden als het overige verkeer, zodat ze niet opvielen tussen de andere voertuigen. Ze reden naar de parkeergarage vijf minuten verderop, waar de tweede auto en chauffeur stonden te wachten. Ze hadden graag genoeg tijd gehad om het vliegtuig te zien neerstorten, maar Samad verzekerde zijn mannen ervan dat ze dit steeds weer op de televisie konden zien en dat allerlei zenders documentaires zouden maken over hun geniale en brute aanval.

'Allah zij geloofd, dit geloof je toch niet?' riep Talwar. Hij keek door de voorruit en probeerde een glimp op te vangen van het vliegtuig dat nu in een hoek van vijfenveertig graden aan zijn duik naar de grond begon.

'Vandaag is een geweldige dag,' riep Niazi.

Samad was het met hem eens, maar hij had er spijt van dat hij de foto van zijn vader had verbrand.

110 Harbor Freeway in zuidelijke richting
Los Angeles, Californië

Abe Fernandez vloekte toen de vent voor hem op zijn rem trapte, maar hij reageerde te laat. Fernandez botste tegen zijn voorganger, een ouwe Camry. Daarna reed de een of andere klootzak tegen de achterbumper van Fernandez' kleine pick-up. Ze reden allemaal op elkaar in, de een na de ander. Hij schreeuwde, zette de radio uit en reed zijn auto naar de vluchtstrook, met de voorbumper nog steeds vastgeklemd aan de andere auto.

Hij was opgegroeid in het centrum van Los Angeles en had in zijn korte negentienjarige leven dus al heel veel meegemaakt: auto-ongelukken, schietpartijen, drugshandel, achtervolgingen...

Maar zoiets als dit had hij nog nooit gezien.

Opeens realiseerde hij zich waarom iedereen was gestopt, waarom iedereen op elkaar botste: in het westen zag hij een surrealistisch tafereel.

Hij knipperde met zijn ogen. Nee, dit was geen droom. Ook geen nachtmerrie.

Een gigantisch passagiersvliegtuig van US Airways, met een blauwe staartvin en zuiver witte romp, miste een groot deel van één vleugel, kantelde en vloog recht op hen af. Het metaal en de overgebleven vliegtuigmotor leken te schreeuwen. Fernandez' mond viel open. Toen rook hij de kerosine.

In een reflex duwde hij het portier open en rende terug, over de snelweg, samen met tientallen andere automobilisten. Fernandez huiverde door hun hysterische kreten en de hitte van het achteropkomende vliegtuig.

Hij rende langs een jongen in een Abercrombie & Fitch-T-shirt die het vliegtuig met zijn iPhone filmde, alsof dit alles op YouTube gebeurde en hij niet op het punt stond te sterven. De jongen kwam niet eens in beweging toen Fernandez tegen hem schreeuwde en hem bijna omverliep. Toen hij achteromkeek, zag hij dat het vliegtuig – op de kop, terwijl er donkere vloeistof uit de vernielde vleugel stroomde en de ene overgebleven motor sputterde – in een hoek van dertig graden op de snelweg te pletter viel.

Hij kon nergens naartoe. Fernandez bleef slechts staan, hij keek naar de enorme neus van het vliegtuig en kon niet geloven dat hij op deze manier zou sterven.

Het vliegtuig ontplofte nog geen vijftien meter voor hem, de luchtstroom sloeg hem tegen het asfalt voordat de vlammen hem bereikten. Hij haalde diep adem... geen lucht. En toen schoof het vliegtuig over hem heen.

Wijkcentrum Gilbert Lindsay
East 42nd Place
Los Angeles, Californië

De tienjarige Barclay Jones ging graag naar de naschoolse opvang in het recreatiecentrum. Zijn moeder betaalde vijftien dollar per dag zodat hij met coole jongens kon honkballen. Hij kreeg ook snoep en huiswerkhulp en bijles. Er waren wel een paar pestkoppen op het centrum, maar soms hadden hun moeders niet genoeg geld en kwamen ze niet.

Barclay stapte op de plaat en wilde een homerun slaan, net als een van zijn absolute favorieten, Cal Ripken Jr., die toen hij nog speelde 'De IJzeren Man' werd genoemd.

Maar voordat de pitcher de eerste bal naar hem kon gooien, hoorden ze in de verte luid gedonder. Hij fronste en liet zijn knuppel zakken, de pitcher keek naar links en Barclay naar rechts. Nu klonk het gedreun luider, en vlak boven de rij bomen verscheen hoog in de lucht een vreemde sliert zwarte rook; als de rook van een oude locomotief.

Het gedreun werd steeds luider en Barclay begon te hijgen toen hij nog vreemdere geluiden hoorde, alsof auto's op elkaars botsten en gebouwen in elkaar stortten.

Er denderde iets dwars door de bomen heen en pas op het allerlaatste moment wist hij wat het was: de staart van een gigantisch vliegtuig dat eruitzag alsof het over de grond tolde en stukken van gebouwen en bomen en zelfs iets wat op mensen leek met zich meesleurde.

Vlak achter de staart kwam een vuurzee die zoveel lawaai maakte dat Barclay zijn handen tegen zijn oren drukte en naar de derde baseline rende, net als alle andere spelers op het veld. Barclay zag dat de staart over het veld schoof en een van zijn vrienden onder het enorme stuk brandende staal verdween. Hij gilde en riep om zijn moeder.

San Diego International Airport (SAN)
GSM Parkeerterrein
North Harbor Drive

Moore en Towers waren nog steeds op het GSM Parkeerterrein. De berichten die ze doorkregen, veranderden met de seconde, volgden elkaar snel op en waren gefragmenteerd. Raketten die vanaf de grond waren afgevuurd... getuigen die zeiden dat ze hadden gefilmd dat een groep mannen in Los Angeles uit een bus waren gesprongen en op een vliegtuig hadden geschoten... nog meer getuigen die zeiden dat ze iets soortgelijks in San Antonio hadden gezien.

Paniek. Chaos. Moore keek op zijn smartphone naar een live nieuwsbulletin toen de nieuwslezeres begon te huilen en wegliep...

Mensen in New York en Chicago vertelden dat ze dachten dat ze hadden gezien dat er vanaf hun vliegveld raketten op vliegtuigen werden afgeschoten...

Een politieagent in Phoenix zei dat hij had gezien dat een raket die vanaf de grond was afgeschoten een opstijgend vliegtuig raakte... Hij had met zijn telefoon een video-opname gemaakt en die naar zijn lokale nieuwszender gemaild. Moore kon het zien: een gloeiend hete witte streep op het beeldscherm van zijn telefoon, opstijgend als een vuurvliegje in de richting van het vliegtuig.

'Hoe is het mogelijk dat u zo'n goede opname hebt gemaakt?' vroeg de nieuwslezer. 'Het gebeurde immers allemaal zo snel.'

'Mijn dochter wilde dat ik opnamen maakte van opstijgende en landende vliegtuigen, voor een schoolproject. Ik ben hier na mijn werk naartoe gereden en dit is zo toevallig dat ik er beroerd van ben.'

U.S. Airways-vlucht 155
Van Phoenix naar Minneapolis

Voordat de schreeuwende man de kleine stewardess met zijn mobieltje kon neerslaan, stond Dan Burleson al achter hem. Hij sloeg een van zijn sterke armen om diens keel en greep met zijn andere hand de arm van de man en trok hem met zoveel kracht achter zijn rug dat hij zijn schouder hoorde kraken.

De man slaakte een oorverdovende kreet toen Dan hem achteruit sleurde, bij de stewardess vandaan en riep: 'Ik heb hem! Ik heb hem!' Als er al een *federal air marshal* aan boord was, dan zag Dan hem niet...

Op het moment dat Dan de man vastgreep, kantelde het vliegtuig. Hij wist dat de piloten zouden proberen de ontbrekende motor te compenseren. Dan sleurde de terrorist met zich mee naar achteren tot hij bij zijn stoel was en liet zich hierin vallen. Het was geen bewust besluit om de man steviger vast te pakken, maar toen deze zich verzette, reageerde Dan instinctief. Hij klemde zijn kaken op elkaar en moest moeite doen in zijn stoel te blijven zitten, toen de overgebleven motor begon te brullen en de passagiers doorgingen met huilen en schreeuwen. Een oudere zwarte vrouw twee rijen voor hem stond op en riep: 'Laat iedereen zijn mond houden, zodat Jezus zijn werk kan doen!'

Op dat moment realiseerde Dan zich dat Jezus misschien al met Zijn werk was begonnen, want de terrorist bewoog niet meer en de piloten hadden het vliegtuig eindelijk weer in balans gekregen. Dan ontspande zijn greep op de man en hoorde dat de piloten de motor op volle toeren lieten draaien. Ze hadden de brandstoftoevoer naar de beschadigde motor natuurlijk al afgeschakeld en de schijf op de transponder al op 7.700 gezet, de ATC-code voor NOODGEVAL. De luchtverkeersleiding had al gezien dat het radarbeeld van het vliegtuig oplichtte en ontving nu via geluidssignalen bericht van het noodgeval. Er was geen radiocontact nodig. De piloten zouden het zó druk hebben met het in bedwang houden van het vliegtuig dat ze geen tijd hadden contact op te nemen met de ATC.

De stewardess die bijna was aangevallen, liep wankelend naar hem toe en keek naar de terrorist. 'Is hij dood?'

Dan haalde zijn schouders op, maar hij wist bijna zeker dat hij de man had gewurgd.

Ze keek hem met grote ogen aan en wilde net iets zeggen, maar bedacht zich. Ze zei: 'U moet uw gordel vastmaken! Nu!'

Dan schoof de man in de stoel naast hem en maakte zijn gordel vast, zoals hem was opgedragen.

Het meisje keek hem met een betraand gezicht aan en knikte.

San Diego International Airport (SAN)
GSM Parkeerterrein
North Harbor Drive

Moore en Towers stonden bij de open achterdeur van een SUV naar een live nieuwsitem te kijken op een laptop die SAC Meyers had gebracht. Moore keek naar zijn hand; die trilde. De gebeurtenissen leken zich van het westen naar het oosten te verplaatsen. Het nieuws aan de westkust was in volle gang, zij reageerden veel sneller op deze gebeurtenissen. Moore had al beelden gezien die een KTLA-nieuwshelikopter had gemaakt van de ongelooflijke en surrealistische schade in Los Angeles: de lange strook van vernieling dwars door de stad, waar het vliegtuig op de snelweg was neergestort en vervolgens door het dichtbevolkte deel van de stad was geschoven, tussen West 41st en West 42nd Street, waarbij het toestel woningen, bars, pandjeshuizen, vismarkten en alles wat het verder maar was tegengekomen had verwoest. Het staartgedeelte was van de snelweg af geschoten met een zelfs nog hogere snelheid dan de rest van het vliegtuig, was in een recreatiecentrum gedoken en had daar volgens de berichten meer dan twintig kinderen gedood.

'Moore,' riep Towers, en hij liet zijn telefoon zakken. 'Ze hebben net Tucson aangevallen, maar een groep burgers heeft ze uitgeschakeld. En ik hoorde net dat ze El Paso en San Antonio hebben aangevallen. Dat is zes in totaal. Dit is een gigantische terroristische aanval. Een herhaling van 11 september.'

Moore vloekte en keek naar de drie lichamen van de terroristen die in een lijkenzak werden gelegd, terwijl de brandweer het hele gebied met schuim bedekte.

U.S. Airways-vlucht 155
Van Phoenix naar Minneapolis

Dan Burleson ging ervan uit dat de piloten probeerden te besluiten of ze een bocht zouden maken om terug te vliegen naar het vliegveld. Maar ze konden waarschijnlijk beter niet op het vliegveld proberen te landen. Het hing er helemaal van af of ze dachten dat ze voldoende vermogen hadden om het vliegtuig in positie te houden. Als ze een bocht probeerden te maken zonder voldoende vermogen, zouden ze heel snel hoogte verliezen. Piloten van eenmotorige vliegtuigen leerden dat ze nooit, maar dan ook nooit, terug naar de startbaan mochten gaan, omdat ze te veel hoogte zouden verliezen als ze een bocht maakten. Iets dergelijks was gebeurd op 15 januari 2009. Gezagvoerder Chesley Sullenberger had de leiding over US Airways-vlucht 1549, die onderweg was van LaGuardia naar Charlotte. Nadat het vliegtuig was opgestegen, was hij door een zwerm vogels gevlogen waardoor hij beide motoren verloor. Sullenberger wist dat hij kostbare hoogte zou verliezen als hij een bocht zou maken zonder dat de motoren voldoende vermogen hadden en besloot dat hij de meeste kans maakte door een noodlanding op de rivier te maken. Zijn besluit had het leven gered van de bemanning en van alle passagiers.

Voor die bijna-ramp konden ze de vogels de schuld geven, maar Dan wist zeker dat meneer Allahu Akbar in de stoel naast hem, samen met zijn vrienden, verantwoordelijk was voor hun huidige dilemma.

'Dames en heren, dit is gezagvoerder Ethan Whitman. Zoals de meesten van u al weten, zijn we een motor kwijt, maar we zijn van plan te keren en terug te vliegen naar het vliegveld. We hebben er alle vertrouwen in dat we in staat zullen zijn het vliegtuig op de landingsbaan te zetten. De geluiden die u zojuist hoorde, werden veroorzaakt door het landingsgestel dat uitklapte. Zo dadelijk beginnen we aan de bocht terug naar Phoenix. We hebben alle vertrouwen in de landing, maar willen toch onze noodlandingsprocedures volgen. Blijft u alstublieft rustig en laat het cabinepersoneel hun werk doen. Luister naar wat zij zeggen en gehoorzaam onmiddellijk, voor uw eigen veiligheid en die van de mensen om u heen. Dank u wel.'

Nog geen vijf seconden later begon het vliegtuig aan de bocht.

Breng ons naar huis, jongens, dacht Dan. *Breng ons naar huis.*

Kustwachtcentrum
San Diego, Californië

Moore, Towers en een paar van Meyers' FBI-agenten waren de straat overgestoken en praatten nu met de baas van het Kustwachtcentrum, John Dzamba, die een stuk of tien van zijn mensen opdracht had gegeven de plaats des onheils onder controle te houden en het verkeer te laten doorrijden. Ze leenden een vergaderkamer met breedbeeld-tv's. Hier begon Moore te ijsberen en keek hij ongelovig en vol afschuw naar de beeldschermen, terwijl Towers online ging om te zien welke informatie de andere agency's bij elkaar hadden gesprokkeld.

Bijna elke Amerikaanse televisiezender onderbrak zijn gewone programmering voor nieuws over de verschillende raketaanvallen op vliegtuigen, die zich van de west- naar de oostkust verplaatsten. De nieuwszender van San Diego speculeerde dat er nog meer aanvallen zouden plaatsvinden in het Midwesten en op vliegvelden langs de oostkust, terwijl vliegtuigen in het hele land opdracht kregen te landen en de luchtverkeersleiders hun best deden die vliegtuigen bij de meest kwetsbare gebieden vandaan te houden, zoals de olieraffinaderijen in Newark, New Jersey, en andere dichtbevolkte gebieden. In Newark werden vluchten vanuit Europa naar Nova Scotia/Newfoundland omgeleid, net als op 11 september 2001. En net als op die dag bleef er sprake van geruchten en onjuiste berichtgeving.

Slater en O'Hara slaagden er na een tijdje in een videovergadering te houden die volgens Slater niet langer dan twee minuten kon duren omdat ze het smoordruk hadden.

'De kernteams zijn al naar de grote steden,' zei O'Hara.

'En wij hebben ervoor gezorgd dat de NSA-computers mobiele gesprekken controleren op sleutelwoorden als vluchtnummers, accenten en woorden uit het Midden-Oosten. Jullie mannetje Samad zal proberen zijn baas Rahmani op de hoogte te brengen en als hij dat doet, maken we een goniometrische berekening van zijn locatie.'

'Deze mannen zijn daar veel te slim voor. De enige manier om hem te pakken te krijgen, is HUMINT,' zei Moore. 'Laarzen op de grond. Mensen die weten waar Samad naartoe gaat. Hij krijgt hulp. Overal "slapende spionnen" en schuilplaatsen. Ze weten hoe ze zich moeten verstoppen, en als Gallagher hen nog steeds helpt, heeft hij hun alles verteld over onze TTP's.'

'We hebben een team achter hem aan gestuurd,' zei Slater. 'En dat zal hem vinden.'

O'Hara zei: 'Towers, we hebben toestemming u bij ons te houden, omdat uw joint taskforce toch al voor gezamenlijke operaties was opgezet. U wordt gekoppeld aan een paar nieuwe agenten van de FBI en de DEA; bovendien ken ik iemand van TSA die we er ook bij moeten hebben. Ik neem aan dat u fit genoeg bent om aan het werk te blijven?'

'Natuurlijk, meneer!' zei Towers.

Moore zei hoofdschuddend: 'De antwoorden zijn niet hier te vinden, maar daar. In de bergen. In Waziristan. Hebt u die luchtaanvallen al afgeblazen?'

'Werk ik nog aan,' zei Slater.

Moore kon nog net een vloek inhouden. 'Werk alstublieft harder... meneer.'

Na de vergadering ging Moore naar het toilet. Hij kokhalsde en ging even met zijn hoofd boven het toilet hangen. Toen hij terugkwam in de vergaderzaal, stond er een kop verse koffie voor hem klaar.

Towers keek hem met een medelijdende blik aan. 'Hé man, dit konden we echt niet voorzien. We wilden een kartel uitschakelen. Onze timing was bar en boos. Punt uit. Maar toch hebben we ons werk gedaan.'

Beiden keken naar de flatscreen waarop nu live de videobeelden te zien waren van het vliegtuig dat op het vliegveld van Phoenix landde, met één rokende motor. Het landingsgestel maakte een perfecte landing.

Maar de uitzending werd onderbroken voor nog meer livebeelden van een neerstortend vliegtuig, op Interstate 10 in de buurt van San Antonio.

'O mijn god,' zei Moore geschrokken.

Beide motoren waren uit en het enige wat de piloot kon doen, was het vliegtuig vlak houden. Het landingsgestel was uitgeklapt, maar opeens verloor het vliegtuig nog meer hoogte. Het werd steeds drukker op de snelweg, het was spitsuur; de automobilisten probeerden de vluchtstrook te bereiken, maar waren niet op tijd.

Zestig meter. Dertig meter. De achterste wielen raakten de grond, maar toen botste het vliegtuig op een paar auto's, waarna de voorste wielen met zo'n kracht tegen de grond klapten dat de wielen afbraken en het vliegtuig op zijn buik vooruit gleed, tegen nog meer auto's aan die opzij werden geschoven of als speelgoedautootjes door de lucht vlogen. De romp scheurde, vlak voor de vleugels. Het voorste gedeelte brak eraf en gleed ronddraaiend van de snelweg af. De snelheid van de rest van het vliegtuig nam af doordat het tegen steeds meer auto's botste, met een dikke zwarte rookwolk achter zich aan.

De verslaggevers op tv schreeuwden nu, en Towers zei: 'Er zullen zeker overlevenden zijn. Sommige mensen zullen dit overleven.'

Moore streek met zijn vingers door zijn haar, pakte zijn smartphone en stuurde een sms naar Wazir: MOETEN ZSM PRATEN. DRINGEND.

43

Hoe meer er verandert

DEA Office of Diversion Control
San Diego, Californië

Moore en Towers kregen van Meyers en zijn agenten een lift terug naar het DEA-kantoor. Op een video, gemaakt door een vrouw op het GSM Parkeerterrein van LAX, waren drie terroristen te zien naast een satellietbus van DirecTV. Ze waren gekleed als migrantenarbeiders in een spijkerbroek en een flanellen overhemd, en droegen een bivakmuts om hun gezicht te verbergen. De opname van Gigi Rasmussen, eerstejaarsstudente aan de USC, begon met de lancering van de tweede raket, de moord op een burger die de terroristen had willen tegenhouden en daarna hun vertrek – dit alles had ze opgenomen terwijl ze bijna continu 'o mijn god' had gemompeld. Ze had de video verkocht aan CNN, maar de Agency was erin geslaagd de uitzending ervan tegen te houden in het belang van de nationale veiligheid, hoewel Moore wist dat hij uiteindelijk toch zou worden uitgezonden. De raketlanceerder was geïdentificeerd als een Anza, de raket was waarschijnlijk een MK III, hetzelfde type dat door de jongens van SAN werd gebruikt. De Agency kon nu zijn zoekactie richten op transacties van die specifieke wapens, maar zelfs een oppervlakkige scan van de MANPAD's vertelde Moore genoeg: Het wapen was afkomstig uit Pakistan en de MK III-raketten waren de Chinese versie van de Amerikaanse Stinger. Dit was het soort wapens waar de taliban misschien toegang tot hadden en waarmee ze in Waziristan hadden leren werken. Moore bekeek elke foto die ze van Mullah Abdul Samad hadden en zoomde op elke foto in op diens ogen. Daarna vergeleek hij die ogen met een still uit de video. Hij tikte met zijn knokkels op het scherm en zei dat Towers zelf maar eens moest kijken.

'Verdomme, dat zou hem best kunnen zijn! En hé, ze hebben de restanten van de bus gevonden bij een Johnny Park aan 111th Street. In brand gestoken, geen wapens, geen getuigen. Weet je waarom niet? Omdat ze alle werknemers daar hebben vermoord. Gekneveld en geboeid, en daarna doodgestoken.'

Moore schudde vol afschuw zijn hoofd. 'Let op mijn woorden, als ze al DNA vinden, komt die overeen met het DNA op de hanger. Samad heeft het team in LA geleid. Daar durf ik mijn leven onder te verwedden.'

Towers dacht hier even over na en zei toen met een vreemde blik op zijn gezicht: 'Er is nog iets. Kennelijk houden deze klootzakken van chocolade. De vloer van de bus lag vol wikkels. De folie heeft de brand overleefd.'

'Misschien kunnen ze daar een paar goede afdrukken van krijgen. Weet je waar ik nu bang voor ben? Als ik denk aan hoeveel "slapende spionnen" hen hebben geholpen...'

Daarna keek Moore weer naar de televisie.

Alle vliegtuigen stonden nu op de grond. FEMA-teams waren onderweg. Wegversperringen en controleposten werden opgezet in een straal van honderdvijftig kilometer rondom de zes vliegvelden waar de aanvallen waren uitgevoerd. Samad en zijn mannen moesten daar verantwoordelijk voor zijn. Waren ze ontsnapt voordat de controleposten waren opgezet? Of zouden ze nog een paar dagen of weken binnen de afgegrendelde zone blijven?

Ondertussen hield het hele land zijn adem in. Iedereen wachtte af of er nog iets zou gebeuren – met chemische, biologische of kernwapens – terwijl de afschuwelijke beelden steeds maar weer werden uitgezonden. Mensen op Times Square stonden als zombies op straat, omhoogkijkend naar de beelden van verkoolde landschappen, littekens op de grond en de gebouwen van het land.

Op 6 juni waren zes vliegtuigen doelwit van een aanval geweest. Twee passagiersvliegtuigen waarvan de motoren door een raket waren geraakt, waren veilig geland: Phoenix en El Paso. De vlucht vanuit Los Angeles was neergestort, waarbij alle passagiers, de bemanning en honderden burgers op de grond waren gedood. De vlucht vanuit Tucson was zonder ernstige gevolgen gebleven dankzij het feit dat een jonge knaap, ene Joe Dominguez, met zijn verhoogde pick-up een van de terroristen had overreden. De vlucht uit San Antonio had een noodlanding gemaakt, waarna overlevenden uit de wrakstukken waren gehaald. Het dodental liep nog op.

Om negen uur 's avonds sprak de president van de Verenigde Staten het Amerikaanse volk toe en citeerde ruimhartig uit de toespraak van

George W. Bush op die beruchte dinsdag in september 2001: 'Er is een zoektocht gaande naar degenen die deze verschrikkelijke gebeurtenissen op hun geweten hebben. Ik heb al onze inlichtingendiensten en onze hele politiemacht opdracht gegeven de verantwoordelijken te zoeken en ze voor de rechter te slepen. We zullen geen onderscheid maken tussen de terroristen die deze daden hebben gepleegd en degenen die hen beschermen.'

'Als jij Samad was, waar zou je dan naartoe gaan?' vroeg Towers. 'Michigan? Canada? Of de andere kant op... terug naar Mexico?'

'Als hij de grens oversteekt, kunnen we hem nog altijd aanklagen,' zei Moore.

'Denk je dat hij dat van plan is?'

'Eigenlijk denk ik dat hij zich gedeisd zal houden. Hij zal wel ergens in LA een schuilplaats hebben. Daar is hij nu waarschijnlijk ook. Misschien een appartementje in de vallei.'

'Nou, als hij niet probeert de grens over te komen, staat hem nog een ellendige tijd te wachten.'

'Ja, maar het is het een of het ander. Of hij gaat nu zo snel mogelijk naar de grens, of hij wacht tot de rust is teruggekeerd en gaat daarna pas naar zijn eindbestemming.'

'Terug naar Pakistan?'

'Nee, te gevaarlijk. We weten niet veel over hem, maar we weten wel dat hij vrienden heeft in Zahedan en Dubai. Daar moeten we met zijn foto naartoe. Misschien herkent een van de kinderen uit de buurt hem wel.'

'Rustig aan, bro. Als het DNA van de bus terugkomt, denk ik dat jouw jongens in Langley er wel mee naar buiten zullen komen.'

'Dat hoop ik. Maar goed... ik kan niet slapen, dus we kunnen net zo goed naar LA gaan.'

Towers nam een grote slok koffie, knikte en zei toen: 'Het is een afschuwelijke nacht geweest.'

Phoenix Sky Harbor
International Airport
Terminal 4, Hal D

Dan Burleson kneep zijn ogen halfdicht tegen de verblindende lampen en de camera's die op hem en de andere passagiers werden gericht toen ze de terminal binnenliepen. Ze waren net uit het vliegtuig gekomen via de opblaasbare glijbaan die beroemd was geworden dankzij een steward van JetBlue die, nadat hij door een passagier was aangevallen ontslag had genomen en het vliegtuig vervolgens op dezelfde manier had verlaten, volgens sommigen het avontuurlijkste ontslag ooit. Voordat Dan en de anderen het vliegtuig verlieten, was hun verteld dat ze in quarantaine zouden moeten en kort door een onderzoeksteam van de regering zouden worden verhoord. Er zouden ook artsen beschikbaar zijn en ze zouden tegoedbonnen krijgen om de kosten van deze vlucht te compenseren. De stewardess die bijna was aangevallen, gaf Dan een hand voordat hij het vliegtuig verliet en zei: 'Dank u wel.'

Hij bloosde.

Daarna liepen ze langs een grote groep journalisten die door de security van het vliegveld werd tegengehouden. De zwarte vrouw die had geschreeuwd dat iedereen zijn mond moest houden, riep tegen de menigte: 'Jezus heeft vanavond Zijn werk gedaan! En Hij heeft ons deze geweldige man gegeven! Deze held, die ons heeft gered van de terrorist in ons vliegtuig!'

Ze wees naar Dan, die schrok, even zwaaide en vervolgens zo snel mogelijk doorliep, terwijl de cameralampen flitsten als vuurwerk. Hij had het idee dat hij de volgende ochtend weleens in verschillende televisiestudio's zou kunnen zitten om interviews te geven over iets wat hijzelf nooit als een heldendaad had beschouwd. Hij dacht dat iedereen in zijn situatie hetzelfde zou hebben gedaan, dat er nog altijd barmhartige Samaritanen waren, dat het niets bijzonders was.

En helaas, de forelbaars zou moeten wachten.

Universitair Medisch Centrum
Tucson

Joe Dominguez was onderzocht door een arts, zijn arm was gehecht en daarna was hij verhoord door de politie van Tucson en door twee mannen van de FBI, die hem in slechts één uur honderden vragen hadden gesteld.

Zijn ouders kwamen naar het ziekenhuis en nadat hij toestemming had gekregen om te vertrekken, zeiden twee agenten dat ze hem zouden 'helpen' om naar de auto van zijn ouders te komen. Hij begreep niet wat dit betekende, tot de automatische deuren opengleden en ze naar buiten liepen...

Er stond een grote groep journalisten, tien of vijftien man, met cameramannen en lampen... Toen hij de camera's op de schouders van de cameramannen zag, kreeg Dominguez een flashback, zeker toen de digitale camera's begonnen te flitsen. Een verslaggeefster, die hij herkende van het lokale nieuws, drukte hem haar microfoon onder de neus en zei: 'Joe, we weten dat je een held was, dat je die terroristen hebt aangevallen. Kun je ons vertellen wat er is gebeurd?'

'Eh, dat zou ik wel willen, maar ze hebben me gezegd dat ik nu niets mag zeggen.'

'Maar is het waar dat je met je truck over die mannen heen bent gereden en daarna een van hen in het hoofd hebt geschoten? Ja toch? We hebben andere getuigen gesproken die ons dat hebben verteld.'

Dominguez keek achterom naar zijn vader, die heftig met zijn hoofd stond te schudden: *Niets zeggen!*

'Eh, ik mag niets zeggen. Maar zodra ik daar toestemming voor krijg, zal ik u er alles over vertellen.'

'Hoe is het om een held te zijn?' riep een andere verslaggever.

Voordat hij antwoord kon geven, dwongen de politieagenten de journalisten achteruit en leidden hem ertussendoor. Tegen de tijd dat ze bij zijn vaders gedeukte witte pick-up waren, was hij uitgeput.

En huilde zijn vader.

'Papa, wat is er?'

'Niets,' zei zijn vader en hij ontweek zijn blik, gegeneerd. 'Ik ben gewoon heel trots op je.'

Johnny Park
111th Street
Los Angeles, Californië

Ongeveer tweeënhalf uur later waren Moore en Towers in Los Angeles en spraken met de *incident commander* in de parkeergarage.

Er was een mobiel laboratorium van de CIA gearriveerd om de forensische teams van de FBI te assisteren. Moore sprak met de technici die hem vertelden dat ze gebruikmaakten van het nieuwe snel-DNA-analyseplatform, dezelfde techniek die ze in San Diego voor de hanger hadden gebruikt.

De volgende ochtend had hij antwoord: het DNA op de chocoladewikkels die ze hadden gevonden, kwam overeen met dat op de hanger.

Amerikaanse ambassade
Islamabad, Pakistan
Een week later

Foto's van Samad, Talwar, Niazi en Rahmani waren wereldwijd gepubliceerd. De Agency had ontkend te weten hoe de terroristen het land in waren gekomen. De televisiejournalisten hadden de tijd van hun leven:

honderden uren televisie gevuld met hun speculaties en argumenten voor een betere beveiliging van de Amerikaanse grenzen en hun beweringen dat het Department of Homeland Security, ondanks de verhoogde budgetten en de enorme verbeteringen, toch had gefaald. Controleurs van de TSA waren beter getraind om travestieten en borstimplantaten te herkennen dan mogelijke terroristen, zeiden de experts. De thesaurier-generaal van het GAO (Government Accountability Office, de Algemene Rekenkamer) werd ondervraagd over een recent onderzoek naar het DHS. Hij verklaarde dat de operaties van het DHS zo weinig transparant waren dat het Congres niet kon bepalen of het departement gezien zijn enorme jaarbudget wel effectief, efficiënt en economisch genoeg functioneerde. Het GAO zou weer gebruikmaken van zijn uitgebreide bevoegdheden om de boeken van het departement te controleren en kijken of ze konden ontdekken waar de fouten waren gemaakt. Moore hoopte maar dat deze heksenjacht van de thesaurier-generaal niet zou leiden naar de CIA, naar Calexico, naar een grenstunnel die in handen was van het Juárez Cartel en door terroristen werd gebruikt, naar een man die was aangesteld om dat kartel te vernietigen.

Weer hesen veel Amerikanen de Amerikaanse vlag, en mensen wier vaderlandsliefde was weggekwijnd, hervonden die opeens weer. Toen er in het Congres werd gepleit voor een militaire respons zoals na 11 september, reageerde het volk woedend en demonstreerde voor een nóg heftiger respons. Duizenden kwamen bijeen op Capital Hill. De wapenverkoop vertienvoudigde. Er werden bomaanslagen gepleegd op moskeeën en ze werden geplunderd.

Toen, op de zevende dag na de terroristische aanvallen, werd een overwinning gemeld in de tribale gebieden van Pakistan: Mullah Omar Rahmani was, volgens Moores collega's, dood; vermoord door Hellfire-raketten gelanceerd door een van de Predator-drones van de CIA. Zijn dood was het enige goede nieuws dat de Amerikanen kregen sinds de aanvallen. De jacht op de andere terroristen was nog in volle gang, maar nog zonder succes, ondanks de duizenden manuren en de duizenden tips.

De president gaf een persconferentie waarin hij bevestigde dat het 'brein' achter de aanslagen op de vliegtuigen nu dood was en countryzangers gaven nu al albums uit met nieuwe songs over de wraak van Amerika.

Moore kon niet echt blij worden van Rahmani's dood. Hij had niets meer van Wazir gehoord. De radiostilte van de oude man baarde hem zorgen en overstemde welk goed nieuws dan ook. Hij zei tegen Slater en O'Hara dat hij zelf naar Pakistan wilde gaan om Rahmani's lichaam te identificeren; dat dit iets was wat hij móést doen. Tegelijkertijd zou hij proberen weer contact op te nemen met Wazir. Hij herinnerde zijn bazen er ook aan dat het, nu Rahmani dood was, onmogelijk was geworden de anderen te vinden. Hoewel hij ervan baalde, begreep Moore wel waarom zijn verzoek om de drones niet in te zetten was genegeerd. Het Amerikaanse volk wilde bloed zien en de Agency had onder grote druk gestaan hun dat te geven. De tijden van het Colosseum waren teruggekeerd.

Moore was naar Islamabad gevlogen en wilde allereerst naar de ambassade om Leslie te verrassen. Hij had via een gemeenschappelijke vriend gehoord dat ze van de ambassade in Kabul was overgeplaatst naar de ambassade in Islamabad, waar ze elkaar ook hadden ontmoet.

Hij ving haar op bij de parkeerplaats, toen ze wilde gaan lunchen.

'O mijn god,' zei ze. Ze liet haar zonnebril zakken en keek hem aan. 'Droom ik?'

'Nee, ik droom.'

Ze gaf hem een harde duw tegen zijn schouder. 'Dat is goedkoop en jij, eh... ziet er best goed uit. Schoner. Je haar zit leuk. Dat doet me eraan denken dat we meer zouden moeten doen om onze bilaterale relatie te versterken.'

'Wat bedoel je daarmee?'

'Niets onbehoorlijks.'

'Ik zou graag iets onbehoorlijks met je doen.'

Ze haalde diep adem en wendde zich van hem af.

'Wat?'

'Wat bedoel je met "wat"? Wat verwacht je dan? Ik heb ontslag genomen en vertrek aan het eind van de week. Ik ga terug naar de VS.'

Hij hief zijn handen, hij wist hoeveel ze in haar carrière had geïnvesteerd. 'Waarom?'

'Omdat ik het hier niet meer leuk vind. Ik dacht dat een overplaatsing terug naar Islamabad daar verandering in zou brengen, maar dat is niet zo. Het was hier alleen maar leuk en opwindend dankzij jou.'

'Nee, nee, nee. Rustig aan jij! Laten we naar Club 21 gaan, zoals vroeger. Daar hebben ze nog altijd het beste bier in deze stad.'

'Het enige bier in deze stad.'

Hij boog zich naar haar toe en legde zijn hand onder haar kin. 'Ik was je nog een echt afscheid verschuldigd, niet dat vreemde, eh... wat het ook maar was aan de telefoon. Daarom ben ik teruggekomen. Als dit het erger maakt, ben ik een stomkop, maar ik wilde het er niet bij laten. Ik heb me daar vreselijk schuldig over gevoeld.'

'Echt waar?'

Hij knikte.

Na twee glazen bier zette hij haar af bij de ambassade. Hij hield even haar hand vast, kneep er stevig in en zei: 'Jij gaat nog een geweldig leven krijgen.'

Miranshah
Noord-Waziristan
Vlak bij de Afghaanse grens

Voordat Moore naar Noord-Waziristan reed, ging hij naar het Forward Operating Base Chapman, een van de belangrijkste bases van de CIA in Afghanistan, in het oosten vlak bij de stad Khost. Chapman was bekend geworden door een zelfmoordaanval op 30 december 2009, waarbij zeven CIA-spionnen waren gedood, onder wie de commandant van de basis. De voornaamste taak van de Agency was toen het verzamelen van HUMINT voor drone-aanvallen tegen doelwitten in de tribale gebieden, en die aanvallen hadden geleid tot wraakacties van de taliban langs de grens. Bij een aanval op de CIA waren nog niet eerder zoveel doden gevallen. Moore kende drie van de gedode mannen en had telefonisch met de anderen gesproken. Daarna had hij nog een week lang verdoofd rondgelopen. Het was een afschuwelijk verlies, voor iedereen.

Rahmani's lichaam, of wat ervan over was, was hiernaartoe gebracht. En hoewel zijn romp door de bommen was verscheurd, was zijn gezicht min of meer intact gebleven. Moore verbeeldde het zich waarschijnlijk, maar het leek wel alsof de man met een sardonische grijns op zijn gezicht was gestorven.

Aan het eind van de middag arriveerde Moore in Miranshah. Weer vielen hem het stof, de viezigheid en de ouderwetse invloeden van de westerse cultuur op. Maar deze keer, zonder Rana als chauffeur, werd hij op een agressieve manier tegengehouden door vier bewakers, leden van het leger die hem met plezier de loop van hun AK-47 onder de neus duwden. Fronsend schouderde een van hen zijn wapen en schudde zijn wijsvinger voor Moores gezicht heen en weer. 'Ik herinner me jou.'

'Ik herinner me jou ook,' loog Moore. 'Ik ben hier om Wazir op te zoeken.'

De bewakers keken elkaar met een vreemde blik aan, maar toen zei de man die Moore nog kende: 'Identiteitsbewijs, alsjeblieft.'

Moore wachtte terwijl de man het document bekeek.

'Oké,' zei hij en hij gaf hem zijn identiteitsbewijs terug. 'Waar is je jonge vriend?'

Moore wendde zijn blik af. Hij hoefde niet te liegen. 'Hij is dood.'

'Sorry.'

De bewakers lieten hun wapen zakken en hij mocht doorrijden.

Moore volgde de onverharde weg, hij herinnerde zich dat de weg naar rechts boog en de heuvels in liep. Hij stopte vlak bij twee stenen huizen met een satellietschotel op het dak en de verzameling tenten erachter. De geiten en koeien stonden in hun hokken erachter en in het dal beneden waren tientallen boeren op de akkers aan het werk. Hij had nooit eerder zulke zuivere lucht geroken.

Er kwam een oude man naar buiten en liet de deur openstaan. Moore keek nog eens goed: de man droeg een zwart gewaad en een bijpassend vest, maar zijn baard was veel korter dan die van Wazir. Er kwamen nog twee mannen naar buiten, soldaten die hun geweer op Moore richtten. Hij zette de motor af en stapte uit.

'Wie bent u?' vroeg de oude man.

'Mijn naam is Khattak. Ik ben hier om Wazir te bezoeken.'

'Wazir?' De oude man keek naar zijn bewakers en gebaarde toen dat ze wel weer naar binnen konden gaan.

'Is er iets mis?' vroeg Moore.

De oude man vertrok zijn gezicht. 'Ik breng u naar hem toe.' Hij liep om het huis en de tenten heen, langs de hokken van het vee en over een kronkelend pad naar de heuvels erachter. Moore liep zwijgend achter hem aan.

'Bent u een vriend?' vroeg de oude man ten slotte toen ze de heuvel beklommen.

'Ja. En u?'

'O, ja. Wazir en ik hebben samen tegen de Sovjets gevochten.'

Moore haalde diep adem en hoopte dat zijn vermoedens onjuist waren. 'Hoe heet u?'

'Abdullah Yusuff Rana.'

Moore bleef staan en draaide zich om naar het dal.

Dit was Rana's grootvader en de reden dat de jonge Rana Wazir al zijn hele leven kende. Moore wilde de oude man heel graag vertellen dat hij zijn kleinzoon kende, dat de jongen heel moedig was geweest en zijn leven had gegeven voor dat waar hij in geloofde en dat Moore hem veel verschuldigd was.

'Ziet u iets?' vroeg de oude man.

Moore schudde zijn hoofd. 'Het is hier prachtig.'

De oudere Rana haalde zijn schouders op en leidde hem verder de heuvel op. Vlak bij de top was een diepe krater met steengruis dat in vreemde lijnen en in alle richtingen liep. Links zag hij in de schaduw van drie hoge bomen een rechthoekige verhoging.

Een graf.

Rana wees ernaar. 'Wilt u dat ik u alleen laat?'

Moore probeerde adem te halen. Probeerde. 'Wat is er gebeurd?'

'Ik dacht dat u het wist.'

Moore schudde heftig met zijn hoofd.

Rana keek omhoog naar de lucht. 'Wazir kwam hier graag om te lezen en te mediteren. De drone vloog over hem heen en liet de bom op hem vallen. Wat ons betreft, was hij een martelaar. Hij is begraven in de kleren waarin hij stierf, hij ligt op zijn zij en met zijn gezicht naar Mekka, en het was Allahs wil dat hij op zijn meest geliefde plek is gestorven.' Rana sloot zijn ogen en voegde er in het Arabisch aan toe: '*Inna Lillahi wa Inna ileyhi Raj'oon.*'

Waarlijk, wij behoren aan Allah, en waarlijk, tot Hem zullen we wederkeren.

'Ik zal u alleen laten,' zei Rana en hij liep terug naar waar ze vandaan kwamen.

Moore liep naar het graf. Hij was van plan geweest Wazir aan zijn aanbod te houden:

'Als u er klaar voor bent om te praten, moet u terugkomen. Ik wil uw verhaal horen. Ik ben een oude man, ik kan goed luisteren.'

'Het spijt me, Wazir. U hebt al het mogelijke voor me gedaan en door mij bent u nu dood. Ik ben hier gekomen op zoek naar antwoorden. Nu zal ik die niet krijgen. Ik wilde u vertellen over het moeilijkste wat ik ooit in mijn leven heb gedaan. Weet u wat dat is? Mezelf vergeven. Ik weet niet hoe ik dat moet doen.'

Moore wreef in zijn ogen en liep daarna de heuvel weer af. Een briesje streek door zijn haar en hij dacht dat hij de stem van de oude man hoorde, maar het was alleen maar het geritsel van bladeren.

Samad en de rest van die smerige klootzakken zouden ontsnappen dankzij enorme bureaucratie en ongeduld en informatie die moord door de vingers zag. Hoe meer dingen veranderden, hoe meer er hetzelfde bleef.

Toen Moore weer bij het huis was, stond Rana al op hem te wachten en zei: 'Blijf alstublieft voor de avondmaaltijd.'

Het zou onbeleefd zijn als Moore dit aanbod afwees, maar hij was zo gedeprimeerd dat hij het niet kon opbrengen om te blijven.

Er trok iemand aan zijn mouw. Het was de jongen die Wazir had geholpen en de stoofpot had opgediend. Hij was Wazirs achterkleinzoon, herinnerde Moore zich; hij was een jaar of acht, negen. Tussen zijn duim en wijsvinger had hij een opgevouwen, geel gelinieerd papier. 'Mijn grootvader zei dat ik, wanneer u kwam als hij niet thuis was, dit aan u moest geven.'

44

Een warm spoor

Safehouse van de CIA
Saidpur Village
Islamabad, Pakistan

Alle inlichtingendiensten en politiemachten in de hele wereld waren op jacht naar Samad en zijn mannen, en Moore had een adres gekregen dat heel goed de allerbelangrijkste aanwijzing kon zijn die wie dan ook had.

Maar die informatie maakte hem aan het twijfelen.

Als hij deze informatie aan de Agency overhandigde en zij deze informatie doorgaven aan alle andere inlichtingendiensten, zou de uiterst alerte Samad met zijn wereldwijde contacten al verdwenen zijn voordat ze er waren.

Dus met het vel papier diep in zijn zak gestopt, arriveerde Moore bij het oude safehouse. Het was een bitterzoete terugkeer, want hij dacht terug aan de vele gesprekken die hij hier met Rana had gevoerd, op het balkon met uitzicht op de Margallah Hills en met de lichtjes van Islamabad in de verte. Hij kon de stem van de jongen bijna horen: *'Wat is er aan de hand, Money? Je ziet er zo gespannen uit.'* En dat was hij ook. Hij wachtte gespannen op de verbindingen voor de videovergadering die hij had belegd met Slater, O'Hara en Towers.

Zodra iedereen online was, kwam hij meteen ter zake en overviel hen met het nieuws. 'Ik heb een geweldige tip over Samad. Afkomstig van Wazir en ik vertrouw erop. Ik stap vannacht nog op het vliegtuig.'

'Weet u waar Samad is?' vroeg O'Hara.

'Misschien wel.'

'Laten we dan een team samenstellen,' zei Slater. 'Hoeveel man heb je nodig? Tien? Twaalf?'

Hoofdschuddend zei Moore: 'Luister, als hij op de vlucht is, reist hij samen met zijn twee luitenants. Meer niet. Misschien krijgt hij hulp van

Gallagher, dat weet ik niet. Maar Towers en ik gaan dit doen.'

'Wilt u het met z'n tweeën doen? U maakt zeker een grapje?' vroeg O'Hara met stemverheffing.

'Nee, meneer. Geen grapje.'

O'Hara boog zich naar de camera toe. 'We moeten deze man levend in handen krijgen. We hebben namelijk gehoord dat hij Rahmani's plaats zal innemen en dat betekent dat hij al in het bezit is van belangrijke operationele informatie. We nemen ook aan dat hij weet waar de andere raketteams zijn en daar is nog niemand van gevonden. Vergis u niet: Samad is het waardevolste doelwit ter wereld.'

'Meneer, met alle respect, het belang van het doelwit is niet bepalend voor de grootte en omvang van de operatie. Als mijn aanwijzing klopt, bevindt ons doelwit zich al buiten de VS, en als u me dwingt er met een team op af te gaan, zal het moeilijker worden ons te verplaatsen en te verbergen, en veroorzaken we veel meer opschudding. Als de operatie mislukt, is de kans op getuigen en doden groter en ja, u hebt dit allemaal al eens meegemaakt. Towers en ik zullen amper opvallen. Maar als we er met een grote groep op afgaan, zal onze jongen allang verdwenen zijn.'

O'Hara zuchtte. 'U wilt er dus zelf naartoe. Waar is dat precies?'

'Ik heb een adres in Mexico, en als ik u zojuist goed heb begrepen, is het niet alleen noodzakelijk dat we Samad levend in handen krijgen, maar ook dat we hem moeten kunnen verhoren zonder politieke inmenging.'

Slater schraapte zijn keel en zei: 'Max, als jij en Towers deze klootzak te pakken krijgen, wil ik niet dat er andere agency's bij betrokken worden. Ik wil niet dat de regering erbij betrokken wordt, niemand, tenminste, niet voordat we genoeg tijd met hem hebben kunnen doorbrengen.'

'We zitten op één lijn. We hebben het dus over *rendition*.'

Na 11 september had de CIA ongeveer drieduizend verdachte terroristen gearresteerd en opgesloten, een actie die bekendstond als *extraordinary rendition*, buitengewone opsluiting. Deze gevangenen werden overgebracht naar zeer geheime gevangenissen, *black sites* genoemd, verspreid over de hele wereld en vele in Europa. De Raad van Europa en een meerderheid van het Europese parlement beweerden dat deze gevangenen werden gemarteld en dat de regeringen van de Verenigde Staten en Groot-Brittannië op de hoogte waren van deze operatie. Een recenter uitvoeringsbesluit, ondertekend door de president van de Verenigde Staten, verbood marteling tijdens rendition.

'Ho ho, wacht eens even, heren. Rustig aan,' zei O'Hara. 'Ik kan bevestigen noch ontkennen dat ik dit heb gehoord en kan nu dus maar beter vertrekken.' Hij stond op, keek hen allemaal even aan en stak zijn duim op.

'Dat begrijpen we,' zei Slater.

O'Hara ging ervandoor, omdat hij hier niets van mocht weten. Hij zou Moore nooit opdracht geven Samad gevangen te nemen en hem vervolgens naar een black site te brengen waar hij zou worden gemarteld. De regering van de Verenigde Staten martelde geen gevangenen, bracht geen gevangenen naar plaatsen waar ze gemarteld zouden worden, en black sites bestonden niet meer.

Slater leefde gelukkig nog in het verleden. Hij verhief zijn stem en zei: 'Neem die klootzak gevangen, dan help ik je in alle opzichten mee.'

'Afgesproken,' zei Moore. 'Geen teams en geen andere Amerikaanse inbreng. We houden de regering erbuiten. Alleen Towers en ik. Geen getuigen. Jullie laten toe dat we Samad op onze eigen manier vangen, en daarna krijgen jullie je rendition en persen alles wat we nodig hebben uit die ellendeling, hoe dan ook. Anders wordt Washington erbij betrokken, valt hij onder de jurisdictie van het leger... en zelfs als Samad nooit de binnenkant van een rechtszaal ziet en wegrot in Gitmo, zal hij nooit in een situatie terechtkomen waarin hij ons vertelt wat we willen. We pakken hem op, persen alles uit hem wat we willen weten en daarna organiseren we een neparrestatie, overhandigen hem aan de regering en laten die met hem spelen, nadat we hem al helemaal hebben uitgehoord. Wat ik wil zeggen is dit: als we dit niet allemaal van tevoren plannen, is het tijdverspilling hem op te pakken. Zijn informatie is meer waard dan zijn leven.'

'Wauw,' zei Towers verbijsterd. 'Wauw.'

'Meneer Towers, weet u zeker dat u mee wilt doen?' vroeg Slater. 'Dit kon nog weleens lelijk eindigen, in de zin van "uw carrière beëindigen".'

Towers snoof en keek op zijn horloge. 'Het spijt me, meneer, ik heb geen tijd om te praten. Ik moet mijn vliegtuig halen.'

'Bel me onderweg naar het vliegveld,' zei Moore. Towers verbrak de verbinding, zodat Moore en Slater alleen achterbleven.

'Ik heb hem deze vraag gesteld en die stel ik ook aan jou,' begon Slater. 'Weet je zeker dat je dit wilt doen?'

'Ja. Werk maar gewoon mee en bedenk u niet. Zet ons niet onder druk. En vergeet niet alle bloed, zweet en tranen die we al hebben vergoten om deze klootzakken te vangen. Als Samad ons kan helpen hun operaties te verstoren, dan is het de moeite waard.' Moore keek even nietsziend voor zich uit. 'Ik heb hier vaak op dit balkon gezeten en hierover met Rana gepraat. Laten we dus maar afmaken waar we aan zijn begonnen.'

Puerto Penasco/Rocky Point
Sonora, Mexico

De omheinde woonwijk Las Conchas lag aan het strand en op het terrein patrouilleerden bewakers. Het lag aan de westkust van Mexico, keek uit over de Golf van Californië en lag ruim zeshonderd kilometer ten westen van Ciudad Juárez. Het adres dat Wazir aan zijn achterkleinzoon had gegeven, was van een buitenhuis dat bestond uit drie aparte woonkamers, met drie keukens, elf slaapkamers en twaalf badkamers. Het huis stond te koop voor een kleine drie miljoen dollar en volgens de onroerendgoedsite die Moore had bekeken, had het een onbelemmerd uitzicht op de oceaan. Het huis was eigendom van de heer David Almonte Borja.

En na iets meer onderzoek had Moore ontdekt dat Borja de zwager was van Ernesto Zuniga en, volgens Dante Corrales, de meest waarschijnlijke erfgenaam van het Sinaloa Cartel.

Maar er was een probleem: nog maar achtenveertig uur geleden was Borja door de federale politie gearresteerd en gevangengezet in Mexico City op verdenking van moord, samenzwering tot moord en drugssmokkel. De timing van zijn arrestatie was niet helemaal toevallig, want inspecteur Alberto Gomez van de federale politie had de namen genoemd van twee collega's die op hun beurt veel meer hadden verteld over Borja en zijn relatie met het kartel.

Dat Las Conchas zijn eigen bewakingsdienst had, maakte het zelfs gemakkelijker om de woongemeenschap binnen te komen. Moore en Towers hadden een ontmoeting gehad met de eigenaar van het beveiligingsbedrijf en die was goed bekend met het Engelse alfabet: CIA.

De eigenaar zei dat volgens zijn bewakers niemand in het huis was geweest sinds de arrestatie van Borja. Had de makelaar iemand het huis laten bezichtigen? Ze dachten van niet. Panden die een paar miljoen dollar kostten, trokken niet veel bezoekers en konden alleen bezichtigd worden nadat de potentiële koper gescreend was.

'Geef uw bewakers een vrije avond met doorbetaling van loon,' zei Moore tegen de man. 'Wij betalen de kosten.'

'Oké.'

Ze vertrokken en gingen naar de makelaar, een elegante vrouw van achter in de vijftig die heel veel op de filmster Sophia Loren leek. Zij was bijzonder bereidwillig, maar ook een beetje triest omdat ze had gehoord dat Borja gearresteerd was en zij een behoorlijke courtage zou mislopen. Ze gaf hun de code van het slot van de voordeur en de code om de alarminstallatie uit te schakelen. Moore zou het geen probleem hebben gevonden om het slot open te breken, want er waren maar weinig bedrijven op de wereld die hun sloten echt inbraakvrij maakten en toch geld verdienden, wat natuurlijk de slotenmakers, dieven en spionnen aan het werk hield.

Met de satellieten van de Agency op het huis gericht en gekleed in het uniform van de bewakingsdienst, reden Moore en Towers om vijf uur 's middags in hun golfkarretje de oprit op. Towers liep om het huis heen om te kijken of de elektriciteit nog aanstond. Ja dus.

Moore toetste de code van het slot in en duwde tegen de deur. In het hoofdgebouw waren drie paneeltjes van de alarminstallatie: een in de grote hal, een in de garage en de derde in de grootste slaapkamer. De deur zwaaide open. Geen waarschuwingstoon dat het alarm straks zou afgaan en geen gepiep om aan te geven dat de voordeur was geopend. Er was helemaal niets te horen, alsof het alarm niet alleen was uitgeschakeld, maar was gesloopt. Moore had gelijk. Het statuslampje op het paneeltje was uit. De draden waren doorgeknipt. *Vreemd.*

Ze liepen snel naar binnen, over de mozaïekvloer met in het midden een ronde dierenriem. Het hoofdhuis was volledig gemeubileerd in een mengelmoes van modern en zuidwestdesign; Moore vond dat het er allemaal verdomd duur uitzag. Ergens vanuit het huis klonk het vage geluid van een televisie.

Moore gaf Towers een teken. Towers knikte en bleef staan. Hij herstelde heel goed van de wonden aan zijn schouder en arm, maar het zou nog zeker een jaar duren voordat hij weer helemaal op krachten was. Moore pakte zijn Glock met geluiddemper met beide handen vast en keek om zich heen.

Voor hen was een gang. Aan de muur hing een spiegel waarin televisiebeelden werden gereflecteerd. Hij zette twee stappen naar voren. De slaapkamerdeur links stond open. Hij rook eten... Vlees? Kip? Hij wist het niet zeker. Hij keek naar rechts, weer in de spiegel, en verstijfde. Hij keek achterom naar Towers, met nadruk: *Beweeg je verdomme niet!* Toen keek hij weer naar de spiegel, berekende afstanden, zijn eigen reactietijd, de snelheid waarmee zijn tegenstander in beweging kon komen. Hij zou een beroep moeten doen op zijn spiergeheugen en zijn agressie, aangescherpt door zijn jarenlange ervaring.

Hij plande zijn volgende stap, liep in gedachten elk detail na en wist dat als hij er nog langer over zou nadenken, hij zou beginnen te rillen. Tijd om in actie te komen.

Een toilet werd doorgetrokken. De badkamer grensde aan de woonkamer en daar zei een vrouw: 'Wat ben ík dronken!'

Moore keek even achterom naar Towers, wees en mimede de opdracht: *Jij neemt haar.*

Daarna sprong Moore de slaapkamer in. Aan de andere kant van de brede kamer zat een bekende man in een boxershort met een zak tortillachips op zijn schoot.

Bashir Wassouf – alias Bobby Gallagher – een van de meest meedogenloze verraders in de geschiedenis van de Verenigde Staten van Amerika, keek verbijsterd naar de man die in zijn slaapkamer stond.

Op het tafeltje naast Gallagher lag een Beretta. Moore had hem al gezien en ook al bedacht met welke hand de verrader hem zou willen pakken. Gallaghers aanwezigheid hier wees erop dat hij niet wist dat Borja was gearresteerd – een grote fout.

Hij probeerde zijn pistool te pakken toen Moore riep: 'Verroer je niet!'

Bijna op hetzelfde moment begon achter hem een meisje te gillen en te vloeken. Towers brulde dat ze moest blijven staan.

Het volgende moment negeerde Gallagher Moores commando en greep zijn wapen.

Omdat Moore dacht dat de man op hem zou schieten, vuurde hij eerst, één kogel in Gallaghers schouder en een tweede in zijn been.

Maar het was al te laat.

Gallagher had de Beretta in zijn mond gestoken.

'Nee, nee, nee, nee!' brulde Moore en hij rende naar de man toe toen het pistool afging.

Nog geen uur later was de lokale politie ter plaatse, was de vrouw (een prostituee) gearresteerd en haalden Moore en Towers het hele landhuis overhoop.

Boven op een nachtkastje in een van de slaapkamers aan de achterkant van het huis vonden ze elf zilverkleurige propjes papier: elf wikkels van het chocolademerk Hershey's Kisses.

Hoofdbureau van de Federale Politie
Mexico City, Mexico

Zes uur later zaten Moore en Towers in hun huurauto op de parkeerplaats. Ze zouden zo naar binnen gaan om Borja te verhoren. Ze hadden niets te verliezen. Gallagher had Samads locatie mee het graf in genomen. De enige andere getuigen die nog in leven waren, waren drie van de zes terroristen die in de vliegtuigen waren gestapt en zij vertelden allemaal hetzelfde verhaal: zij kenden alleen hun eigen opdracht, meer niet. Moore geloofde dat wel, want de taliban maakten meestal gebruik van aparte cellen. De andere terrorist was uit de wrakstukken van het vliegtuig uit San Antonio gehaald en zijn gezicht en hals waren zo ernstig verbrand dat hij niet kon praten zelfs áls hij dat had gewild.

Maar Borja... Hij móést iets weten. Hij had contact met Gallagher gehad. Samad had die Hershey's-wikkels in zijn huis achtergelaten. Er was dus een verband tussen hen. Dat kon hij niet meer ontkennen.

Moore had met Slater gepraat en deze was het met hem eens: ze zouden een deal met hem moeten sluiten.

Borja was veel jonger dan ze hadden verwacht, midden dertig ongeveer. Hij had een kaalgeschoren hoofd en voldoende tatoeages om de bewondering van de meeste sicarios op te wekken. Maar toen hij zijn mond opendeed, waren zijn intonatie, woordkeus en stembuiging die van een hoogopgeleide zakenman, en dat was gunstig, want ze stonden op het punt serieuze zaken te doen. De verhoorkamer rook naar bleekmiddel. De laatste vent die hier was verhoord, was volgens de politie 'slordig' geweest.

Moore keek Borja strak aan en viel met de deur in huis: 'Gallagher is dood. Zelfmoord gepleegd in je huis in Las Conchas.'

Borja sloeg zijn armen over elkaar. 'Wie?'

'Oké, ik zal je even precies vertellen hoe het zit. Jij zit de rest van je leven in de bak. Ik ben bereid een deal te regelen tussen onze beide regeringen. Als jij weet waar Samad is, vertel je me dat. En als je de waarheid vertelt, krijg je volledige amnestie. Word je nergens van beschuldigd. Ben je vrij. Dat zal ik nog een keer heel langzaam herhalen... Ben... je... vrij.'

'Wie is Samad?'

Towers onderbrak Moore door zijn laptop zo te draaien dat hij het beeldscherm kon zien. Hun collega's op Fort Meade hadden weer iets ontdekt: gesprekken via de mobiele telefoon tussen Borja en Rahmani, opgepikt door de NSA-satellieten. Deze bewijzen waren nog maar een paar uur geleden verzameld en bevestigd.

'Je was ook in gesprek met Rahmani, hè?' vroeg Moore. 'Het heeft geen zin om te liegen. Dat weten we.'

Borja rolde met zijn ogen.

'Hielp je Samad ontsnappen?'

Borja boog zich naar voren. 'Als jullie me volledige amnestie geven, wil ik dat zwart op wit van de regering. Dan wil ik dat mijn advocaten ernaar kijken zodat ik zeker weet dat het rechtsgeldig is.'

'Oké, maar dat zal tijd kosten, en ik weet zeker dat onze vriend onderweg is. Ik beloof je dat als jij me geeft wat ik wil en ik Samad te pakken krijg, jij vrij bent.'

'Je denkt toch niet dat ik een verdomde gringo geloof?'

Moore stond op. 'Zelf weten.' Tegen Towers zei hij: 'Kom mee... Maak de uitleveringspapieren maar klaar. Deze vent zien we wel terug in de VS.' Ze liepen naar de deur.

Borja schoof zijn stoel naar achteren en stond op, nog steeds met zijn geboeide handen op de rug. 'Wacht!'

Gulfstream III
Onderweg naar Goldson International Airport
Belize

Borja, zoals elke erfgenaam van een Mexicaans drugskartel, was banger voor uitlevering aan de Verenigde Staten dan voor de wraak van zijn eigen regering. Dus had hij zijn schouders laten zakken en zijn mond laten praten. Hij vertelde dat Rahmani hem opdracht had gegeven een nieuw smokkelcontract te sluiten, en dat hij Samad en twee van zijn luitenants had moeten helpen naar een safehouse te gaan in San José, Costa Rica. Samad en zijn mannen hadden zich verborgen gehouden in Borja's vakantiehuis, waar ze tot de vorige nacht waren gebleven. Ze waren in een van Borja's privévliegtuigen naar Goldson International Airport gevlogen en daarna het oerwoud in gereden, naar een safehouse aan de New River Lagoon in Belize. Borja zei dat het huis alleen werd gebruikt door mules die Colombiaanse cocaïne naar de toeristencentra Cozumel en Cancún brachten, waar de coke vooral aan Amerikaanse studenten werd verkocht. Fijn. Borja had een Guatemalaanse piloot met een eenmotorige R44 Raven-helikopter ingehuurd om hen op te pikken en naar Costa Rica te brengen, met één tankstop in Nicaragua.

Moore vroeg de man elk detail, ook om welk type helikopter het ging, de naam van de piloot, het telefoonnummer van de piloot, alles.

Voor de verandering kon hun timing weleens goed uitpakken. Samad en zijn mannen zouden om middernacht, plaatselijke tijd, worden opgepikt en de helikopter zou landen op een van de open stukken in de buurt van de ruïnes van Lamanai (een woord dat in de Maya-taal 'ondergedoken krokodil' betekende). De Masker Tempel, de Hoge Tempel en de Tempel van het Jaguarmasker werden overdag door toeristen bezichtigd, maar gingen 's avonds dicht. Het safehouse stond aan de rivier, ongeveer vijftien kilometer zuidelijker, en Samad en zijn mannen moesten met een opblaasboot naar het trefpunt gaan. Borja had Samad twee bodyguards meegegeven, zodat Moore en Towers vijf man tegenover zich zouden hebben.

Ze zouden met z'n tweeën het safehouse binnenvallen, maar Slater was al wat creatieve hulptroepen aan het regelen, voor het geval dat. Hij had ook al wapens en vervoer geregeld.

Op Moores horloge was het 21.12 uur plaatselijke tijd toen ze op Goldson International Airport landdden, iets ten noorden van Belize City. Het vliegtuig werd opgewacht door twee voertuigen: een Jeep Wrangler fourwheeldrive en een taxi.

'Welkom in de oksel van de Cariben,' zei Towers en hij wapperde met zijn overhemd tegen de verstikkende luchtvochtigheid.

Moore lachte. 'Jij bent hier eerder geweest.'

Een jonge man van hoogstens tweeëntwintig met stekeltjeshaar, gekleed in een zwart T-shirt en een kakibroek, stapte snel uit de taxi, deed de kofferbak open en smeet een grote plunjezak achter in de Wrangler. De chauffeur van de jeep, een man die wel een broer van de andere chauffeur leek, stapte uit en achter in de taxi.

Moore liep ernaartoe.

'Alles is er, meneer,' zei de jonge man, met een onmiskenbaar Brits accent. 'Nachtbrillen op de voorstoelen. De Garmin-gps is al geprogrammeerd; de dame met haar sexy stem zal u vertellen hoe u er moet komen.'

Moore gaf de jongeman een hand. 'Bedankt.'

'Het is nog niet voorbij, hè?' Hij drukte een satelliettelefoon in Moores hand.

Moore knikte en sprong achter het stuur van de jeep. Towers kwam naast hem zitten.

'Geweldige service hier,' zei hij.

Moore zette de jeep in de versnelling. 'Ik wilde je gewoon even imponeren, baas.'

'Goed gelukt.' Towers tikte op een paar knopjes van de gps en de sexy dame met een Brits accent vertelde hun dat het 48,94 kilometer was naar hun bestemming. 'Oké, nu heb ik nog één vraag: stel dat Borja heeft gelogen?'

'Je bedoelt dat er niemand is als we bij het safehouse komen? Dat ze al weg zijn of er nooit zijn geweest?'

'Ja.'

'Ik heb het even gecontroleerd, vlak voordat we uit het vliegtuig stapten. Het National Reconnaissance Office (NRO) houdt het huis al in de gaten sinds we hen hebben ingeschakeld. NASA en een groot aantal universiteiten gebruiken satellieten om de ruïnes hier in kaart te brengen, zodat de NRO over vrij veel bronnen kan beschikken. Ze hebben al twee personen gezien. Ze zijn er. En vergeet niet dat Borja heel goed weet dat hij niets krijgt als wij Samad niet krijgen. Die vent in de gevangenis is onze allergrootste fan.'

De sexy gps-dame zei dat ze links moesten aanhouden, wat Moore deed, en ze hobbelden over een paar gaten in de weg. Het licht van de koplampen bescheen de dwarrelende insecten en de elektriciteitspalen langs de weg die op de kruisen in San Cristóbal de la Casa leken. Het dichte oerwoud kwam af en toe tot leven dankzij de glinsterende ogen van de groepen bavianen die vanuit de bomen naar hen keken. Ze moesten ook langs de controlepost van de politie, maar de agenten daar waren al op de hoogte gebracht van hun aanwezigheid door hun Britse contacten, zodat ze mochten doorrijden.

Toen ze bij de hoofdingang van het Howler Monkey Resort kwamen, zette Moore zijn nachtbril op en de koplampen uit, zodat ze de laatste twaalf kilometer naar het huis in het donker konden rijden. Toen ze de hoofdingang en de hutten gepasseerd waren, werd de weg slechter en Moore moest twee keer uitwijken voor schildpadden die door andere automobilisten waren overreden, hoewel ze zelf nog geen auto waren tegengekomen.

Hoewel Moore het gevoel had dat hij en Towers alleen waren – ze waren duizenden kilometers van huis en reden steeds dieper het oerwoud van Belize in – hielden Slater en de analisten in de antiterrorisme- en contraspionagecentra hen in de gaten, legden al hun bewegingen vast en hielden hun adem in.

Hij en Towers reden zwijgend verder; ze bereidden zich voor op de komende inval. Moore vroeg zich af of Towers in God geloofde of dat hij vond dat alles door het lot of een genadeloos universum werd bepaald. Voor Moore zelf lag de zaak eenvoudig: het was tijd iedereen die zijn leven had gegeven te bedanken en die klootzak van een Samad te pakken te nemen, voor hen, namens hen.

En ja, het spoor was eindelijk warm geworden. Heel warm.

Ruim een kilometer voor het huis verliet Moore de weg, zette de jeep in de parkeerstand en de motor uit. Hij en Towers keken elkaar aan, stompten hun vuisten tegen elkaar en stapten uit.

Het duurde even, maar toen realiseerde Moore zich dat zijn baas een bekend rock-'n-rollnummer neuriede: *Welcome to the Jungle* van Guns N' Roses. Moore glimlachte even toen hij de achterklep van de jeep openmaakte en ze aan het werk gingen.

45

Het water was hun thuis

New River Lagoon
Central Belize

Nadat Moore en Towers hadden gekeken wat er in de plunjezak zat, kleedden ze zich om. Ze trokken een zwarte outdoorbroek, een shirt en een kogelvrij vest aan en zetten een bivakmuts op. Daarna bekeek Towers de wapens die ze hadden gekregen. In de zak zaten onder andere twee grendelgeweren: de L115A3 (.338) met een Schmidt en Bendertelescoop en een magazijn met vijf kogels, een paar Browning 9x19-millimeter Parabellum semiautomatische pistolen, een prachtige Steiner 395-verrekijker en twee Fairbairn-Sykes-vechtmessen met een dubbele snede en een ronde greep.

Towers hield zijn mes omhoog. 'Deze jongens van de Royal Marine hebben leuk speelgoed.'

Moore was het met hem eens. Ze hadden geluk dat enkele pelotons van het 45 Commando, een eenheid van de Royal Marines, in deze regio aan het trainen waren. Slater had ervoor gezorgd dat zij als back-up fungeerden. Het was een bevriend leger, al in het gebied aanwezig, en met luchtpotentieel. Het enige wat de Britten wisten, was dat Towers en Moore CIA-agenten waren die jacht maakten op een paar drugssmokkelaars en dat ze misschien extra mankracht nodig hadden. De Britten wilden hier graag aan meewerken.

Moore hield de satelliettelefoon omhoog. 'Als we ze bellen, komen ze ons helpen.'

'Laten we hopen dat we ze niet nodig hebben,' zei Towers.

Ze deden hun rugzak om en gingen op weg, allebei met hun nachtbril op omdat het pikdonker was. Het gekreun, getsjilp en geritsel in het oerwoud naast hen waren niet bepaald de meest geruststellende geluiden. Moore zou het niet erg vinden als ze een baviaan, een brulaap of nog iets ergers tegenkwamen, maar hij zat niet te wachten op het lawaai dat ermee gepaard zou gaan.

Ze liepen langs de rand van het oerwoud, niet over de weg, maar er ook niet ver vandaan, en waren de Britten dankbaar voor de anti-insectenspray tegen muskieten en zandvlooien. Nieuwe agenten vonden hun meer ervaren collega's maar zeurpieten als ze over insecten klaagden, maar Moore had zowel bij de SEAL's als bij de CIA geleerd dat irritante jeuk je aandacht behoorlijk kon afleiden, en je dus je leven kon kosten.

Zijn voorhoofd was al nat en zijn lippen zout van het zweet toen ze bij de oever kwamen. De grond hier was modderig en rul, en er staken boomwortels als dikke aderen omhoog. Moore liep voor Towers uit naar een groepje trompetbomen, waar ze op hun hurken gingen zitten. Moore waarschuwde Towers dat hij de bomen maar beter niet kon aanraken, omdat daarop wespachtige mieren woonden, de *Pseudomyrmex*. Als de mieren de trilling voelden die je veroorzaakte, vielen ze hun aanvallers met pijnlijke steken aan.

Ongeveer dertig meter ten noorden van hen stond het huis, niet meer dan driehonderd vierkante meter op twee meter hoge palen. Het had een kleine veranda en een puntdak, en de privacy werd gewaarborgd door de houten luiken voor de ramen. Ze zagen geen voertuigen. De houten steiger was hoogstens tien meter lang en aan de noordkant ervan lagen een paar Zodiacs. Elke boot had een opblaasbare rand en een buitenboordmotor, en kon drie tot vijf passagiers vervoeren. Een pad, dat Michael Ansara een 'uitstekende singletrack' om over te mountainbiken zou hebben genoemd, kronkelde vanaf de weg achter hen omhoog naar het huis. Een ander pad, dat breed genoeg was voor een fourwheeldrive, liep in noordelijke richting het oerwoud in en maakte een bocht naar de hoofdweg. Als dit huis in de Verenigde Staten zou staan, zou men denken dat het een vissershut was in plaats van een tussenstation voor drugssmokkel.

Op Moores horloge was het 22.44 uur.

Hij zette zijn nachtbril en de bivakmuts af om het zweet van zijn voorhoofd te vegen. Towers vloekte en deed hetzelfde. Daarna pakte hij de verrekijker en scande de steiger. Hij keek Moore met een dringende blik aan en gaf de verrekijker aan hem.

Over de steiger liep een man met een kleine kerosinelamp. Hij had een plastic jerrycan met twintig liter benzine bij zich. Hij zou wel een van de sicarios zijn die Borja met Samad had meegestuurd. Sterker nog, het zou heel goed Samad zelf kunnen zijn! Moore wist het niet zeker, zelfs niet nadat hij had ingezoomd.

De man, die alleen een geelbruine korte broek droeg, klauterde omzichtig in een van de Zodiacs en begon de benzinetank te vullen die zich net onder de buitenboordmotor bevond.

O'Hara was heel duidelijk geweest: neem Samad levend gevangen.

Daarom hadden ze gasgranaten op hun wensenlijstje gezet. De Royal Marines hadden twaalf stuks in de jutezak gestopt, plus twee gasmaskers die ze in hun rugzakken hadden gestopt. De deur intrappen, de gasgranaten naar binnen gooien, ze 'uitroken', afwachten en de mannen gevangennemen.

Maar Moore zag nu een kans die hij niet kon laten lopen.

'Ik pak deze vent, en daarna zie ik je achter het huis. We kunnen ons nu veel sneller verplaatsen.'

'Zeker weten?'

Moore knikte.

Towers hielp hem zijn rugzak af en zijn kogelvrije vest uit te doen, zodat hij nog geen dertig seconden later in zijn ondergoed en heupholster stond. In plaats van een van de pistolen die de Britten hun hadden gegeven, koos hij zijn eigen Glock 17. Deze had hij ingepakt toen hij hoorde dat ze naar het oerwoud zouden gaan. Het pistool was voorzien van maritieme halvemaantjes voor gebruik in waterrijke omgevingen. De halvemaantjes zaten om de slagpen en voorkwamen een storing als er water in het slagpenhuis zat. Het water kon weg langs de inkepingen in de halvemaantjes. De NATO-spec ammo die Moore gebruikte, had waterproof gesealde primers en patroonhulzen, waardoor het wapen natuurlijk nog betrouwbaarder was.

Met de Glock in zijn heupholster greep hij het vechtmes en gleed als een roofdier het pikzwarte water in.

De rivier voelde warm en dik aan zijn handen; de vegetatie op de bodem (misschien hydrilla, maar dat wist hij niet zeker) schraapte langs zijn blote voeten. Hij schatte dat de rivier in dit deel maar tweeënhalve meter diep was. Hij zwom geluidloos, geleid door het schijnsel van de kerosinelamp die de golven voor hem bescheen. Ja, hier voelde hij zich thuis. Hier leefde Carmichael voor altijd...

Pas toen hij vlak bij de steiger was, dacht hij aan de krokodillen.

Hij rilde en kwam achter de tweede Zodiac omhoog. Hij kroop stilletjes uit het water en ademde langzaam uit. Hun man zat in de eerste boot. Moore keek voorzichtig om de romp van de boot heen. Deze vent was een van Borja's sicarios, midden twintig, slungelachtig, met een paar tribale tatoeages op zijn schouderbladen. Samad en zijn mannen zouden geen tatoeages hebben; dat verbood de islam.

Toen zijn jerrycan een gorgelend geluid begon te maken, stopte de sicario met het bijvullen van de benzinetank. Hij controleerde het brandstofniveau en tilde de plastic jerrycan weer op.

Moore keek achterom naar het huis: alles was rustig, behalve het bijna elektriserende gezoem van de duizenden insecten.

Hij dook onder water, zwom om de Zodiac heen en zocht een goede positie.

Het nieuwe plan was dus: eerst deze man uitschakelen en daarna het huis binnenvallen. Hij en Towers hadden zodoende één man minder tegenover zich en konden ze toch nog uitroken. Maar, zoals hij ook al tegen Towers had gezegd, ze moesten snel zijn om te voorkomen dat de benzineman gemist werd.

Moore hield het vechtmes zo vast dat het lemmet onder zijn vuist uit stak. Drie, twee, één, hij zette hard af, sprong uit het water omhoog en sloeg een arm om het middel van de man terwijl hij het mes in diens borst stak en hem opzij trok. Dit alles moest gebeuren voordat de man kon gaan schreeuwen, omdat Moore niet bij zijn mond kon komen.

Hij had overal rekening mee gehouden. Het mes had een scherpe punt en goede snijranden. Moore wist uit bittere ervaring dat een slagader, als je die met een stomp mes doorsneed, de neiging had dicht te trekken en op te houden met bloeden. Als je een slagader met een vlijmscherp mes doorsneed, leidde dit tot bewusteloosheid en de dood. En als je zo iemand dan ook nog eens onder water drukte, ging zijn hart sneller kloppen en zou de dood zelfs nog eerder intreden.

De aanval was perfect verlopen, volgens het boekje. Moore kon zo naar Rhode Island gaan om daar aan het Naval War College les te gaan geven. De man hapte heel even naar adem toen hij overboord viel, en kreunde zacht. Zelfs de plons was niet erg luid, omdat Moore hem niet in het water had geduwd, maar hem erin had laten glijden.

Maar op het moment dat zijn gezicht onder water verdween en Moore zijn kaken op elkaar klemde en naar adem hapte – het moment waarop elke spier in zijn lichaam gespannen was – zag hij vanuit een ooghoek dat de achterdeur van het huis openging en het silhouet van een man verscheen.

Die man had een man uit het water zien opspringen die zijn collega overboord had geduwd. Moore kon niets anders doen dan de tegenstribbelende man onder water houden en de vrees van zich afzetten dat het alarm zojuist was afgegaan.

Zijn hart sloeg op hol.

Hij kon wel gillen. Ze waren de klos!

Maar goed, alles op zijn tijd. Eerst dwong hij zichzelf tot kalmte terwijl hij de man onder water bleef houden, die opeens ophield met tegenstribbelen.

Toen hij de man losliet, sloegen de eerste kogels al in de rivier; de schoten kwamen iets achter hem terecht. Hij zwom naar de pijlers van de steiger en bleef er heel dichtbij, aan de binnenkant onder de steiger.

Daarna hoorde hij nog een salvo, en nog een, volautomatische wapens in een baan van honderdtachtig graden om de steiger heen, het gedempte geluid klonk hem pijnlijk bekend in de oren. Nog steeds heel dicht bij de pijlers liet Moore zich zakken tot zijn mond het water raakte. Daarna haalde hij diep adem. *Zorg dat je hartslag vertraagt... En denk na...*

Towers' snipergeweer knalde bij de rij bomen, en één man op de steiger ging met een dubbele klap neer, jammerend in het Spaans. Gewond, dat was zeker. Towers wist wat hij deed, maar had hiermee ook zijn locatie verraden.

Nog meer rennende voeten. Luider. De steiger trilde. Weer schoten van een AK-47, van twee zelfs. Towers' geweer antwoordde met een enorme knal, en daarna werd het stil op het geluid van het vuurgevecht na.

Een derde AK bemoeide zich ermee.

Daarna was het stil...

'Talwar? Niazi? In de boot, nu!'

Moore kon zich bijna niet beheersen. Dat wás hem, Samad; hij sprak Arabisch en stond op de steiger boven Moores hoofd. En Moore was in het water, gewapend met een mes en een pistool. Drie tegen één. Als Samad gedood had moeten worden, zou hij nu een verrassingsaanval kunnen uitvoeren. Maar weer dwong hij zichzelf tot kalmte. Zijn ongeduld had hem al te veel gekost. *Houd positie. Wacht.*

De Zodiac begon te schommelen toen de mannen aan boord klommen. Een van hen draaide de sleutel van de buitenboordmotor om en de motor sprong meteen aan.

Moore kon de motor niet onklaar maken zonder te worden gezien en beschoten, maar misschien kon hij de boot wel tot zinken brengen voor ze wisten wat hen overkwam...

Hoewel de Zodiac een stevige romp van fiberglas had, had hij rondom nog steeds buizen van synthetisch rubber in aparte secties, zes of meer, dacht Moore. Het rubber was in feite een plastomeer dat aan een polyester doek was gehecht, en beschadigde daardoor minder gemakkelijk dan het gewone oude rubber. Maar dat betekende niet dat Moore het niet probeerde.

Hij zette zich af tegen de pijler, dook onder water en kwam naast de

Zodiac boven terwijl de motor nog stationair draaide. Hij pakte zijn mes en stak ermee in het eerste compartiment. De lucht ontsnapte luid sissend en veroorzaakte een hele rij luchtbelletjes in het water. Hij zwom onder de boot door en stak nog een keer met zijn mes, nu in een ander deel.

De vijftig pk-motor begon meer toeren te maken en Moore dook dieper om te voorkomen dat hij werd geraakt door de scheg of aan flarden werd gescheurd door de schroefas. Toen de boot over hem heen voer, draaide hij zich om, zwom snel naar het wateroppervlak, kwam boven, trok zijn pistool en hield hem boven de golven, richtte op de rubber buizen van de boot, vuurde één keer, twee keer, voordat de man bij de buitenboordmotor zijn pistool hief en ook twee schoten afvuurde. Moore dook onder water en zwom snel naar de steiger.

Tegen de tijd dat hij op de steiger klom, kwam Towers al naar hem toe gerend. Hij had al hun spullen bij zich. 'Wat doen we?' riep hij.

'Tweede boot!' antwoordde Moore.

Towers smeet de rugzakken en geweren in de boot en klom aan boord. 'Sleutels! Geen sleutels!'

De man die Towers had geraakt, lag nog steeds in een grote plas bloed op de steiger, met zijn hand tegen zijn heup gedrukt. Moore liet zich naast hem op zijn knieën vallen. 'Sleutels van de boot?'

De man keek hem alleen maar aan, met een van pijn vertrokken gezicht.

Moore doorzocht zijn zakken. Niets. *In het huis? Moest hij even gaan kijken? Nee, geen tijd voor.*

Wacht. Die vent in het water. Moore keek op. Het lichaam dreef op zijn buik. Moore rende naar de rand van de steiger, dook in het water en zwom naar het lijk. Deze man had waarschijnlijk de sleutels in de eerste boot gestopt. Wie weet had hij de sleutels van de tweede boot nog steeds in zijn zak.

Zodra Moore bij hem was, doorzocht hij de zakken van de man en haalde de sleutels eruit. Hij zwom terug naar de boot en gooide de sleutels naar zijn partner die ze in de buitenboordmotor stak.

'We kunnen gaan!' verkondigde hij.

Moore trok zich op en Towers sleurde hem in de Zodiac.

Terwijl Towers de motor startte, gooide Moore het touw los. De motor pruttelde en ze spoten bij de steiger vandaan.

Met één hand zette Towers zijn nachtbril op. 'Ze hebben een behoorlijke voorsprong,' zei hij en hij wees naar voren.

'En ik heb hem goed kunnen zien... het ís hem! Samad draagt een grijs of geelbruin T-shirt. De andere mannen dragen zwarte kleren.'

'Ik hoorde dat hij zijn mannen riep.' Moore had moeite met ademhalen, hij trilde, de adrenaline overweldigde hem terwijl hij de satelliettelefoon uit zijn zak haalde. Hij zette hem aan, scrolde naar Contacten en zag maar één opgeslagen contact: BOOTNECK FIVE, de bijnaam van de Britse Koninklijke Marine.

Hij drukte het knopje in en wachtte.

'Dit is Bootneck Five,' zei een onmiskenbare Britse stem.

'Hi, dit is River Team,' zei Moore. 'Ons pakketje is onderweg. Ze zitten in een Zodiac en varen in noordelijke richting naar het ontmoetingspunt. Wij achtervolgen hen. We willen dat jullie ze bij het ontmoetingspunt tegenhouden.'

'Geen probleem, River Team. We hoopten al dat jullie zouden bellen. Ik neem contact op zodra we in positie zijn.'

'Bedankt, bro.'

'Bedank ons later maar met een biertje, *mate*.'

'Graag.' Moore stopte de telefoon weer in zijn rugzak, ging rechtop zitten, verstevigde zijn greep op de Glock en testte zijn schietpositie vanaf de plek waar hij zat. De wind striemde over hen heen en vanaf de kustlijn zagen ze minuscule lichtpuntjes die als ze dichterbij kwamen veranderden in donkere vormen.

'Hé, heb je wel gekeken of we genoeg benzine hebben?' riep Towers.

'Shit, nee.' Moore bukte zich en klopte even op de plastic benzinetank. Hol. Uit een vakje van zijn rugzak haalde hij een penlight en scheen ermee op het plastic zodat hij de schaduwlijn van de benzine kon zien. *O shit... niet best.* Dáárom was die eerste vent naar buiten gegaan om de tank bij te vullen.

'Denk je dat we het halen?' vroeg Towers.

'Vol gas. Gewoon door blijven varen.' Moore schatte hun snelheid op bijna dertig knopen, harder konden ze niet met deze kleine buitenboordmotor. Hij bukte zich en haalde zijn eigen nachtbril tevoorschijn. De wereld veranderde van grijze, donkerblauwe en zwarte lagen in een gloeiend groen en wit. Hij keek naar voren en daar, in de verte, zag hij de Zodiac met drie stralen wit opspuitend water erachter.

Er ketste een kogel tegen de zijkant van hun buitenboordmotor.

'Bukken!' schreeuwde Moore en hij liet zich boven op zijn rugzak vallen.

Towers bukte zich, maar hij moest zijn hand wel op de helmstok houden. Moore trok zijn nachtbril af en greep een van de snipergeweren. Ze hoorden nog drie plopjes boven het geluid van de buitenboordmotor uit en daarna gesis aan de linkervoorkant. Moore kroop naar de boeg, steunde met zijn ellebogen op de drijver en installeerde zich daar met het geweer. Hij zag de achterkant van de boot, maar doordat hun eigen boot en die van hun doelwit over het water stuiterden, was een accuraat schot onmogelijk. Als hij het risico nam en Samad in zijn hoofd schoot... Hij vloekte en draaide zich om naar Towers. 'Ik kan ze niet in het vizier krijgen. Kunnen we dichterbij komen?'

'Zal ik proberen!'

Moore legde het geweer neer en haalde zijn Glock tevoorschijn. Samad had zijn piloot waarschijnlijk al gebeld om te zeggen dat ze eerder kwamen. De mobiele telefoon van de piloot werd al door de NSA gemonitord, zodat Moores mensen wisten wanneer hij werd gebeld. Een snelle blik op zijn smartphone bevestigde dit. Sms van Slater: HELIKOPTER BELDE. IS ONDERWEG NAAR DE RUÏNES EN HET ONTMOETINGSPUNT.

Maar dat gold ook voor de Sea King MK4-helikopter met zevenentwintig Royal Marines erin die zich via een touw snel naar het ontmoetingspunt konden laten zakken om het in te nemen. Maar als Samad de helikopter zag, konden hij en zijn mannen het oerwoud in vluchten. Dan liet die idioot zich misschien zomaar vermoorden. Moore controleerde zijn gps-positie op zijn smartphone: het signaal van zijn schouderchip werd opgevangen en doorgeseind naar de satellieten van de Agency, en die informatie werd weer teruggestuurd naar hem zodat hij tot op drie meter nauwkeurig kon zien waar hij zich bevond. Ze waren nu ongeveer acht kilometer de rivier op gevaren en hadden nog ongeveer zes kilometer te gaan, met andere woorden, minder dan tien minuten varen. Eerst hoorden ze het gedreun, gevolgd door het geflits van de lichten van de helikopter in de verte. Nee, dit was niet de Guatemalaanse piloot, maar het waren de Britse mariniers. Ze kwamen met veel lawaai aangevlogen, bij wijze van spreken voorafgegaan door trompetgeschal, en als Samad de helikopter in de verte niet zag, zat hij met zijn hoofd onder water. *Shit.*

De buitenboordmotor achter Moore begon te sputteren en daarna voelde hij het... de boeg zakte lager op de golven toen de boot langzamer begon te varen, de opblaasrand om de boeg heen werd zachter toen er meer lucht uit ontsnapte.

Samads Zodiac was nog geen vijftig meter voor hen. Zij gingen nu ook langzamer, de bestuurder van de boot liet zich afleiden door de helikopter, bracht hem misschien in verwarring. Ze verwachtten een kleine helikopter, maar kregen een bijzonder grote. Daar had Moore niet bij stilgestaan.

Moore begon te vloeken toen hun buitenboordmotor zelfs nog luider begon te puffen; hij zoog nu rook op. Hij keek achterom naar Towers die zei: 'Nu moeten de mariniers het maar opknappen, ja toch? Ze hebben hoop ik de opdracht ze levend op te pakken.'

'Die opdracht betekent helemaal niets. Als er op hen wordt geschoten, zullen ze terugschieten. Ik wilde hen hier alleen maar hebben als een soort blokkade.'

Een iets hoger gedreun vanuit het noordoosten vermengde zich met de lagere bariton van de marinehelikopter. Door zijn verrekijker zag Moore de kleine R44 Whirlybird met zijn tweebladige rotor op een rugvinachtig platform. Deze helikopter kon één piloot en drie passagiers vervoeren, en dat was precies wat de piloot van plan was te doen.

Maar hoe zou de Guatemalaan reageren als hij de soldaten zag die zich op zijn geplande landingsplaats aan een touw uit een andere helikopter lieten zakken? Hij zou als de weerlicht verdwijnen. Samad zou dat ook zien.

Moore liet zijn verrekijker zakken en keek naar Samads Zodiac. De man wees naar de tweede helikopter en gebaarde woest tegen zijn man aan de helmstok dat hij moest stoppen, aan de overkant van de rivier.

Toen zijn man niet reageerde, greep Samad de helmstok en maakte de Zodiac een scherpe bocht naar de rivieroever. Op dat moment botste de drijver aan bakboord tegen iets wat zich in het water bevond. De boot begon te slingeren toen de buitenboordmotor een tik meekreeg en gedeeltelijk boven het wateroppervlak werd geduwd. Samad en een van zijn mannen vielen...

Overboord. In het water. De man aan de helmstok, die de hendel stevig vasthield, zelfs toen Samad het had overgenomen, riep iets en vloog met een grote boog in het water terwijl hij tegelijkertijd probeerde zich om te draaien. Nu zag Moore het goed: er dreef een dunne boomstam op het water, maar was in het donker amper te zien, zodat Samads stuurman eroverheen was gevaren.

Moore keek even achterom, maar hun buitenboordmotor pruttelde alleen nog maar. Hij pakte het snipergeweer, terwijl Towers de helmstok losliet, zijn eigen geweer pakte en zich voorbereidde op zijn volgende schot.

Nu hield hun motor er helemaal mee op. Ze gleden nu in de richting van de andere Zodiac en de mannen in het water. Twintig meter. Vanuit zijn ooghoek zag Moore bij de oever iets bewegen. Geplons. Gloeiende ogen. De man in de Zodiac zag hem ook, trok zijn pistool, maar was te laat, want Moore schoot eerst.

De stuurman had best een waardevolle gevangene kunnen zijn, maar als Moore hem in leven liet, werd de kans dat hij Samad gevangen kon nemen kleiner. Ze moesten hun doelwit isoleren. Het hoofd van de man klapte naar achteren en hij zakte vlak bij de buitenboordmotor in elkaar. De Zodiac was nu stuurloos en voer recht op de oever af.

Samad en de andere man, Talwar of Niazi, zwommen terug naar de boot, maar ze schreeuwden en waren zich er kennelijk goed van bewust dat ze niet alleen in het water waren. Terwijl Samad moeizaam vooruit zwom, slaakte zijn partner een afschuwelijke kreet en verdween in de golven.

Towers pakte de kolf van zijn geweer en gebruikte hem als een roeispaan om dichter bij de andere boot te komen. Nog tien meter.

Het water bewoog weer.

Toen Moore de enorme schaduw zag die achter Samad opdook, schoot hij twee keer. De schaduw schokte naar links en verdween.

Samad was in de bergen opgegroeid en geen goede zwemmer; hij raakte zo in paniek dat hij begon te hyperventileren en onder water verdween.

Towers schoot op een andere schaduw, links van Samad, en toen wist Moore wat hij moest doen.

Hij liet zijn geweer vallen, keek even of zijn Glock nog in zijn heupholster zat en dook het water in.

Ondertussen begon Towers met beide pistolen om Samad heen te schieten, in een poging een soort scherm om hem heen te creëren, en verbreedde zijn vuur toen Moore snel naar de man toe zwom.

'Rustig aan,' zei Moore in het Arabisch tegen Samad. 'Ik krijg je hier wel uit.'

Samad gaf geen antwoord, hij bleef om zich heen slaan en naar lucht happen. Als Moore te dicht bij hem in de buurt kwam, kon hij een klap krijgen. Daarom zwom hij langzaam naar Samad toe en greep, zodra hij een kans zag, een van Samads polsen, terwijl Towers met de Zodiac naar hen toe dreef.

'Kom mee, de boot is vlakbij,' brulde Moore.

Hij duwde Samad naar voren, zwom langs hem heen en duwde de man vervolgens naar de Zodiac, waar Towers zich vasthield aan een van de handgrepen aan de boeg en de andere gebruikte om Samad aan boord te hijsen. Toen de man op het dek viel, met zijn gladgeschoren gezicht en schedel druipend van het water, trok Towers zijn pistool en zei: '*Allahu Akbar.*'

Samad keek hem alleen maar aan.

Moore slaakte een diepe zucht. Ze hadden het gered. Hij greep de Zodiac met één hand vast en bleef zo een paar seconden hangen, hij huilde bijna. Hij wist niet goed hoe hij zich voelde: het ene moment was hij in de wolken en het volgende wilde hij een moord plegen; hij werd overweldigd door deze tegenstrijdige emoties. Daarna was hij even helemaal tevreden en wenste hij dat Frank Carmichael er was om dit mee te maken. Het water was hun thuis, of het nu een oceaan, een rivier of de bodem van een zwembad was.

Towers had al een paar handboeien naar Samad gegooid en hem bevolen zijn handen achter zijn rug te boeien, wat hij deed. 'Hé, ik kan je niet aan boord helpen,' zei hij tegen Moore. 'Ik moet hem in de gaten houden.'

'Geen probleem, buddy. Ik kom eraan.'

De satelliettelefoon begon te rinkelen.

Moore draaide zich snel om. Hij keek naar de Zodiac en wilde zichzelf in de boot hijsen, maar toen begon het water woest te bewegen.

Een seconde later haalde Moore zijn Glock uit de holster, duwde het pistool in het water en haalde de trekker over.

Epiloog

Zwarte koffie

Starbucks
McLean, Virginia
Twee weken later

De Starbucks in Old Dominion Center, oftewel Chesterbrook, was een vrijstaand gebouw met een open haard op de eerste verdieping. Het was een van de drie Starbucks in de buurt van het George H.W. Bush Center for Central Intelligence. Tijdens de ochtendspits stonden de rijen tot buiten aan toe. Moore had niet veel zin om een kwartier op een kop koffie van vijf dollar te moeten wachten en had daarom om vier uur 's middags met haar afgesproken. Dan was het rustiger en stonden de vruchtenpersen en de cappuccinoapparaten minder vaak aan. Hij zat in een stoel bij de ingang en verzon het profiel van de mensen die bij de balie hun bestellingen plaatsten. Binnen een paar seconden had hij hun hele leven verzonnen: waar ze waren opgegroeid, waar ze naar school waren geweest, of ze hun werk leuk vonden en hoeveel geld ze verdienden. Hij bedacht welke seksuele voorkeur, burgerlijke staat en politieke overtuigingen ze hadden. Voor zijn soort werk moest je een goed observator zijn, maar dit spelletje had daar niets mee te maken en alles met zijn pogingen zich te ontspannen.

Zijn hele lichaam deed nog pijn. Toen hij dat tegen Towers had gezegd, had deze geantwoord dat hij alleen maar was beschoten door een stelletje drugssmokkelaars en dat dit gewoon bij het werk van een man van BORTAC hoorde. Ze hadden elkaar op het vliegveld van San Diego nog een laatste keer een hand gegeven en zelfs Towers had het er moeilijk mee gehad. Moore nam zich voor in contact te blijven met de man. Een goede man.

Kreunend keek Moore weer op zijn telefoon. Dit krijg je als je een kwartier te vroeg bent: extra tijd om zenuwachtig te worden. SEAL's kwamen nooit te laat. Nooit! Nou ja, hij had geen sms gekregen waarin de afspraak werd afgezegd en hij werd afgeserveerd. Ze kwam dus wel. Hij stelde zich voor hoe ze in een kort rokje, op hoge hakken en met een prachtige diamanten halsketting door de glazen deuren zou zweven. Zo Europees. Zo ongelooflijk sexy. Met een stem als een muziekinstrument uit een ander tijdperk.

'Meneer Moore?'

Hij keek op en zag niet de ogen van een knappe vrouw, maar een frons op een ongeschoren gezicht, donkere gelaatstrekken en krullend zwart haar. De man was ongeveer even oud als Moore, knap, maar niet arrogant.

'Wie bent u?' vroeg Moore.

'Dominic Caruso.'

Moore zuchtte. Slater had Moore eerder die week gebeld om te zeggen dat deze Caruso met hem wilde praten, dat hij een 'goede vent' was en dat Moore hem moest 'vertrouwen'; verder had Slater niets willen zeggen. Moore had niets over deze man kunnen vinden, behalve dat hij een *fibbie* was geweest en het Bureau had verlaten. Daarna was er niets. Moore had Caruso moeten bellen om een afspraak te maken, om Slater een plezier te doen. Maar ondanks Slaters geruststellende woorden, vertrouwde Moore de man niet echt en hij was absoluut niet van plan vrijwillig ook maar iets over zijn operaties te vertellen.

Caruso stak zijn hand uit, maar dat negeerde Moore.

'Kunnen we ergens rustig met elkaar praten?' vroeg Caruso.

Moore probeerde zijn afkeer te verbergen, maar slaagde daar niet in. 'Hoe hebt u me gevonden?'

'U hebt Slater verteld dat u hier zou zijn. Hij heeft me gezegd hoe u eruitzag.'

'Ik neem aan dat hij een fan van u is. Ik helaas niet.'

'Dat komt nog wel.'

'Luister, dit is niet het goede moment. Ik heb zo een afspraak en zij is veel knapper dan u bent.'

'Ik begrijp het, maar ik heb alleen een beetje informatie nodig.'

'Wat wilt u daar dan mee doen?'

Caruso liet een schuldige glimlach zien.

'Voor wie werkt u?' vroeg Moore.

Caruso opende zijn mond, scheen zich te bedenken en zei toen snel: 'Het spijt me dat ik u heb lastiggevallen. Ik neem wel weer contact met u op.' Hij knikte even naar Moore en vertrok.

Wat wás dit? dacht Moore.

Hij stond op het punt Slater te bellen toen zijn koffieafspraak binnenkwam. Ze droeg een gekreukeld sweatshirt, een spijkerbroek en joggingschoenen. Zijn schouders ontspanden zich, een heel klein beetje. Ze had haar donkere haar naar achteren gekamd zodat haar prachtige jukbeenderen zichtbaar waren.

Het is maar koffie, zei hij tegen zichzelf.

Toen ze hem zag, zwaaide ze even en liep vervolgens stralend naar hem toe. 'Hi! Fijn dat ik je eindelijk kan bedanken.' Haar Engels was heel goed, maar door haar accent klonk het zelfs nog beter, ouder, alsof ze in de dertig was en het leeftijdsverschil minder groot was.

Ze gaven elkaar een hand; haar hand voelde aan als zijde, de zijne als een leren klauw. 'De timing was goed,' zei hij. 'En dat is een klein wonder.'

Ze knikte en hij liep samen met haar naar de balie om te bestellen. Hij dacht dat ze van latte zou houden, maar ze bestelde een grote sterke koffie, zwart. Hij was onder de indruk en bestelde hetzelfde. Ze pakte haar creditcard en zei geluidloos: *Dankjewel.*

'Graag gedaan. Boven is een open haard.'

'Maar het is nog zomer.'

'Ja, maar het is een gas open haard en die brandt het hele jaar. Het is echt gezellig.'

Op de eerste verdieping lieten ze zich op een leren bank vallen, zetten hun koffie op de tafel en staarden een tijdje in het vuur. Om hen heen zaten studenten met hun blik op hun computerscherm gericht die amper opkeken als ze hun bekertje oppakten.

'Ben jij ooit zo serieus geweest?' vroeg ze heel zacht, zodat niemand het kon horen.

'Ik ben nooit serieus geweest tot ik bij de Navy ging.'

'En nu ben je ontzettend sterk.'

Hij grijnsde en pakte zijn koffie. 'Hoeveel weet je eigenlijk?'

'Meer dan je denkt.'

'Ik heb het over Samad.'

'Ik had het over jou.'

'Nee, serieus, je had zijn gezicht moeten zien toen hij dat vliegtuig in Belize zag.'

'Wat bedoel je?'

'We hebben hulp gekregen van de Israëli's om hem het land uit te krijgen. El Al-vliegtuig. Grote davidster op de staart. Hij werd gek, alsof we heilig water over hem heen goten.'

'We hebben toch geen black site in Israël?'

Hij grijnsde. 'Black sites? Ik heb geen idee waar je het over hebt.'

Ze grijnsde. 'Waar hebben we hem naartoe gebracht? Ik heb niets gevonden en niemand doet zijn mond open. Ik bedoel, ze hebben het zelfs nog niet eens openbaar gemaakt. Het is idioot.'

'Eerlijk gezegd heb ik geen idee waar hij nu is. Kogălniceanu in Roemenië, Stare Kiejkuty in Polen en Diego Garcia zijn allemaal verboden. Te veel ogen en oren van outsiders. Verdomme, misschien houden ze hem wel vast op een schip. Dat hebben we weleens eerder gedaan.'

'Ze zeggen dat de Special Task Force van de president niet eens op de hoogte was, en dat betekent dat hoogstens een stuk of tien mensen in de hele wereld weten wat er is gebeurd.'

Moore was het met haar eens, maar hij kon natuurlijk niet helemaal eerlijk tegen haar zijn. 'Na alle ellende die we na 11 september hebben meegemaakt, wilden ze ervoor zorgen dat we dit goed deden, om te voorkomen dat de media gaan zeuren dat Samad naar een geheime CIA-gevangenis is gebracht en wordt gemarteld.'

'De situatie is nu dus zo dat Samad op een geheime locatie wordt verhoord en dat enkele mensen in Capitol Hill ons willen laten geloven dat dit het publieke vertrouwen in ons rechtssysteem ondermijnt.'

'Wat vind jij ervan?'

'Ik vind dat je die klootzak had moeten vermoorden toen je de kans kreeg.'

'Wauw!'

'Het verbaast me dat je dat niet hebt gedaan.'

'Ik heb het overwogen, maar hij heeft informatie die we nodig hebben.'

'Heb je... mijn dossier gelezen?'

Hij trok een wenkbrauw op. 'Als ik nee zeg, zul je beweren dat ik lieg. Als ik ja zeg, zul je me een stalker noemen.'

Ze nam een slok koffie. 'Ik zou het niet erg vinden als je het wel had gedaan. Mijn ouders willen niet meer met me praten omdat ik deze beslissing heb genomen. Mijn vader denkt nog altijd dat Rojas een geweldige man was. Je weet dat het ons twee jaar heeft gekost om dat voor elkaar te boksen.'

'Ik heb geen idee hoe je je daarover voelt.'

Ze knikte en haalde haar mobieltje tevoorschijn, alsof ze van onderwerp wilde veranderen. 'Hmmm, ik zal eens zien wat ik hier over jou heb. Het heeft me verbaasd dat ze je bij de DIA hebben weggelokt en dat je ontslag hebt genomen. Je had het Navy Cross moeten krijgen, maar ze hebben je alleen maar een Silver Star gegeven.'

'Daar praat ik niet over; ik kan alleen maar zeggen dat de Navy en ik er klaar voor waren om uit elkaar te gaan. Ik zal altijd een SEAL blijven, maar de politiek werd me een beetje te heet. Bovendien had ik andere dingen te doen.'

'Maar ze hebben je naar The Point gestuurd, hè? Ik heb drie keer een verzoek ingediend om daar te mogen trainen. Is drie keer afgewezen. Wat natuurlijk belachelijk is.'

De Harvey Point Defense Testing Activity Facility in Elizabeth City, Noord-Carolina, was een weinig bekende CIA-school waar een harde paramilitaire training werd gegeven. De mannen op The Point vonden zichzelf heel wat, maar Moore had die training met gemak doorlopen en had hen een paar SEAL-achtige staaltjes laten zien op het gebied van schieten, verplaatsen en communiceren.

'Je wilt echt niet naar The Point.'

'Waarom niet? Omdat ik een vrouw ben?'

'Omdat wat je met die politieke actiegroep doet veel slimmer en gevaarlijker is. Dat zou ik niet kunnen. En die klojo's daar zouden het ook niet kunnen.'

Ze keek nietsziend voor zich uit. 'Ik vind het heel moeilijk om... Ik weet gewoon niet of dit...'

'Wat is het moeilijkste wat je ooit hebt gedaan in je leven?'

'Ben je gek? Dit...'

'Hier samen met mij zitten?'

Ze stak haar hand uit en gaf hem een stomp. 'Ik bedoel al die leugens. Ik bedoel mijn waakzaamheid laten zakken en die hele leugen echt te leven. In mijn dromen dacht ik dat zijn vader géén crimineel was en ik begon zelfs serieus aan een leven met Miguel te denken.'

'We hebben allemaal weleens een moment van zwakte.'

Ze beet op haar lip. 'Ik zal mezelf nooit vergeven wat ik hem heb aangedaan. Hij was een prachtige man.' Ze bloosde en wendde haar blik af, om haar tranen te verbergen.

'Dat is oké. Nu doet dat pijn, maar uiteindelijk gaan de scherpe kantjes er wel vanaf.'

'Denk je dat echt?'

Hij trok zijn wenkbrauwen op. 'Ja.'

'En jij? Wat is het moeilijkste wat jij ooit hebt gedaan?'

Moore aarzelde even, maar vertelde het haar wel, met een vlakke stem die uiteindelijk brak. En toen de tranen kwamen, schaamde hij zich niet omdat dit voor het eerst goed voelde.

Ze schoof naar hem toe en liet haar hoofd tegen zijn schouder rusten. 'Al deze mensen hier? Iedereen daarbuiten? Ze hebben geen idee wat ervoor nodig is om hun veiligheid te garanderen.'

'Dat mag je hen niet kwalijk nemen.'

'Ik kan er niets aan doen,' zei ze.

'Je hebt gewoon vakantie nodig.'

'Ik heb net vakantie gehad. En ik voel me nog steeds afschuwelijk.'

'Misschien heb je een nieuw vriendje nodig.'

Ze tilde haar hoofd op en keek hem aan. 'Is dat zo?'

'Ja, weet je, om je gedachten af te leiden.' Hij probeerde zo onschuldig mogelijk te kijken.

'Ik begrijp het. Dan heb ik een vraag: ben je weleens in Spanje geweest?'